Beatrice Ferolli wurde als Tochter eines Italieners und einer Österreicherin in Wien geboren. Nach dem humanistischen Gymnasium besuchte sie das Max-Reinhardt-Seminar für Schauspiel in Wien. In Deutschland und Österreich stand sie fünfzehn Jahre auf der Bühne. 1958 begann sie, erfolgreiche Theaterstücke zu schreiben, die in acht Sprachen übersetzt und in fünfzehn Ländern aufgeführt wurden. 1970 erhielt Beatrice Ferolli den Theodor-Körner-Preis für Literatur.
Neben sechs Fernsehspielen und zahlreichen Hörspielen entstand 1976 ihr erster Roman »Sommerinsel«. 1977 folgte »Die Zottelbande«, 1981 »Fährt ein Schiff nach Apulien«, 1983 »Die Kürbisflöte« und 1985 »Septembersong«. Die Autorin ist seit 1972 Professor an der Hochschule für Musik in Wien. Sie ist verheiratet und hat drei Kinder.

Von Beatrice Ferolli sind bisher
als Knaur-Taschenbücher erschienen:

»Sommerinsel« (Band 1401)
»Die Kürbisflöte« (Band 1463)

Vollständige Taschenbuchausgabe 1987
Droemersche Verlagsanstalt Th. Knaur Nachf., München

Umschlaggestaltung Adolf Bachmann
Umschlagillustration Brigitte Schneider
Druck und Bindung Elsnerdruck, Berlin
Printed in Germany 5 4 3 2 1
ISBN 3-426-01446-7

Beatrice Ferolli:
Fährt ein Schiff nach Apulien

Roman

Knaur

ISBN 3-426-01446-7 780

I

1

Es war kurz nach Ende der Semesterferien, am zweiten oder dritten Unterrichtstag, wir hatten uns zu kollegialem Umtrunk in „Lauerbachs Keller", dem etwas despektierlich nach seiner Magnifizenz, dem Herrn Rektor, benannten Souterrain der Universitätsmensa versammelt. Draußen lag der Schnee meterhoch, und die Studenten waren ebenso wie das Kollegium nach Schi- und Studienurlaub teils energiegeladen, teils erschöpft ans Herz der Alma mater zurückgekehrt. Es war ein Abend des Wiederfindens, der freundlich gedämpften Halbtöne, der heiter sarkastischen Sticheleien, des Knüpfens gerissener Fäden, der Wiederaufnahme verwischter Spur. Sebastian saß mir schräg gegenüber, zwischen Logik-Professor Sue Brahmswick und dem Dekan der Philosophischen Fakultät, Caspar Hillebrand, er stocherte in seinem Wurstsalat und versuchte, ein gequältes Lächeln um seine weichgeschwungenen Lippen, Sues Ausführungen zu folgen. Links von mir saß Ihre Magnifizenz Doktor Doktor Lauerbach persönlich, der Schlips hing wie immer schief an seinem Hals, und rechts der Chef der Psychiatrischen Klinik, Kayssa Malmström, vor vierzig Jahren von der Universität Uppsala zugewandert, Sebastians unmittelbare Vorgesetzte.

Ich erinnere mich, daß wir Rollmops aßen und Glühwein tranken, alle außer Sebastian, Sebastian mag keine Rollmöpse und keinen Glühwein, es war spät geworden, und irgendwann stießen noch ein paar Lehrstühle zu uns, türenschlagend, händereibend, mit kälteroten Nasen. Geographie war dabei und Soziologie, und mein strubbelköpfiger Germanistik-Kollege Nikolaus Schilling. Er zwängte sich zwischen Sue und Sebastian, wenn ich nicht irre, durch Sebastians flehenden Blick motiviert, ich schien ein wenig in die Ferne gerückt, vor meinen Augen verschwammen die gelehrten Köpfe in Schleiern aus Rotwein und dicker Luft, der einzige, den ich deutlich wahrnahm, war Sebastian, als säßen alle anderen hinter angelaufenem Glas und nur an seiner Stelle wäre es blankgerieben, wir waren gestern aus der Schwäbischen Alp heimgekommen, vierzehn Tage Sonne und Schnee, keine Germanistik, keine Theaterwissenschaft, keine Psychologie, die Ferien hatten unserem Sohn Christopher Hubertus gehört, er hatte in der Gruppe der Zwölfjährigen den Abfahrtslauf gewonnen, obwohl er erst in zwei Monaten zwölf war. Ich sah ihn auf dem Siegespodest stehen, braungebrannt, das hinreißende Abbild seines Vaters, ich blickte hinüber zu Sebastian, der Glühwein pulsierte in meinen Zehen und Fingerspitzen, der Glühwein und eine Art von Erregung, die meinen Kreislauf unvermittelt zu höchsten Touren trieb und mich in weiche, schwebende Erstarrung zwang, so daß ich das Holz des Tisches und der Bankrückwand als schaumgummiartige Masse empfand.

„Ich verstehe es nicht", hatte die Soziologie einmal während der Konferenzpause zu mir gesagt. „Was ihr uns da vorlebt, gibt es im Grunde nicht. Die Ehe ist keine homogene Institution, sie ist eine Zwangslösung mit allen daraus erwachsenen Nachteilen. Der Mensch ist nicht monogam; er kann, zugegeben, nach einer Reihe von negativen Erfahrungen dazu übergehen, aus Vernunft oder Resignation. Aber in seiner Struktur ist er für eine Dauerbeziehung nicht geschaffen. Er entwickelt sich zu kontinuierlich. Der Partner, der in seinem zwanzigsten Jahr seine Ergänzung darstellte, ist notwendigerweise nicht der, der ihn im dreißigsten Jahr ergänzt, vom vierzigsten gar nicht zu reden. Man entwickelt sich permanent, und da es nicht üblich ist, daß eineiige Zwillinge einander heiraten, entwickelt man sich notgedrungen auseinander."

„Ich habe nicht darüber nachgedacht", sagte ich.

„Das läßt den Schluß auf eine gewisse Unsicherheit zu", erklärte die Soziologie, „wahrscheinlich scheust du dich, den Tatsachen ins Gesicht zu sehen."

„Welchen Tatsachen?"

„Eine Ehe wie die eure ist ein Ding der Unmöglichkeit. Eine Absurdität. Ist dir das noch nicht aufgefallen?"

„Eigentlich...", sagte ich.

„Ihr macht einander etwas vor. Anders ist es gar nicht möglich. Ihr weicht der Wahrheit aus."

„Welcher Wahrheit?“

„Daß ihr in einer totgelebten Beziehung ausharrt. Es kann eine Art von unausgesprochener Übereinkunft dahinterstehen. Aber im Endeffekt hat es mit dem Gesetz der Trägheit zu tun.“

„Wie meinst du das?“

„Jeder Körper verharrt im Zustand der Ruhe, sofern er nicht durch äußere Einwirkung gezwungen wird, diesen Zustand zu ändern.“

„Ich weiß“, sagte ich, „Isaac Newton. Seit wann arbeitest du mit angewandter Physik?“

„In Dingen der Wahrheitsfindung gibt es keine Abgrenzungen“, sagte die Soziologie. „Eines Tages wirst du mir recht geben: Wir bewegen uns im Kräftefeld festverankerter Gegebenheiten. Fakten, die sich diesen Gegebenheiten widersetzen, lösen sich eines Tages automatisch auf. Das ist ein Prinzip.“

Ich nickte geistesabwesend. Irgendwie schienen mir die Prognosen der Soziologie nicht freundlich zu sein. Aber ich hatte es mit einem auf der Wahrheitssuche befindlichen Besessenen zu tun, dessen Ausführungen zu folgen mir im Augenblick einfach die Zeit fehlte.

„Entschuldige“, sagte ich, „Sebastian wartet in der Aula. Wir müssen die Unterwasserausrüstung für Christopher besorgen.“

Die Soziologie entfernte sich kopfschüttelnd, und ich zählte im Hinunterlaufen mein Geld, für den Fall, daß Sebastian wieder sein Scheckbuch im falschen Sakko hatte stecken lassen.

Sebastian hatte sich die bruchstückweisen Überlieferungen aus dem Gespräch mit der Soziologie angehört, während wir über den Hendricksdamm Richtung City fuhren. Die Universität liegt etwa zehn Kilometer außerhalb auf einer Art Hügelgelände, es sollen tatsächlich sieben Hügel sein, und die Romanistik läßt es sich nicht nehmen, von ihrem Bungalowblock als dem „Aventinus“ und dem unseren als dem „Capitolinus“ zu sprechen. Sebastian weilte während des Gespräches augenscheinlich schon bei Christophers Taucherausrüstung, und nachdem wir die Hendricksbrücke passiert hatten und die Fahrbahn sechsspurig wurde, verlief Soziologisches im Sande.

„Christopher ist in gewisser Beziehung ein Spätzünder“, ließ sich

Sebastian, nach längerem Schweigen aus seinen Gedanken ausscherend, vernehmen, „er ist nicht der Typ, der sich auf ein Pferd setzt und losreitet. Aber wenn er einmal in die Materie eingedrungen ist, ist er der erste, der über die Hürden geht."

„Wie kommst du auf Spätzünder?" fragte ich. „Wer behauptet das?"

„Es bezieht sich ausschließlich auf den Sport", erklärte Sebastian, „du weißt ja. Als Wissenschaftler ist er erste Garnitur. Die Leuze (Ruth Leuze vertrat Geographie und Länderkunde im Kollegium) sagt, daß sie immer Lexika wälzt, ehe sie sich mit unserem Sohn in ein Gespräch einläßt."

Ich zweifelte keine Sekunde daran. Christopher hatte mich einmal im akademischen Gästekreis unsterblich blamiert, als er auf meine harmlose Frage nach einer Hauptstadt, ich glaube, es war die von Burundi, im Ton nachsichtiger Verständnislosigkeit gesagt hatte: „Bujumbura, das weißt du nicht?" Er hatte es nicht böse gemeint, für ihn ist es unfaßbar, daß man derlei Grundbegriffe nicht beherrscht, aber der weibliche Psychiatrie-Klinikchef hatte gegrinst, und die männliche Geographie hatte prätentiös mit der Fußspitze gewippt, ich konnte es durch die gläserne Tischplatte zwischen Kognakschwenker und Salzgebäck deutlich sehen.

„Kein Mensch kann behaupten, daß Christopher nicht gut reitet", sagte ich. Das Reiten spielt in unserer Familie eine gewisse Rolle. „Er sitzt den Trab nicht gern aus, aber wer tut das schon? Seine Haltung im Galopp ist tadellos. Beinahe aristokratisch, hat der Stallbursche nach dem letzten Ausritt gesagt."

„Das ist genau das, was ich meine", sagte Sebastian. „Daß er zu seinem aristokratischen Jagdgalopp ein Jahr gebraucht hat, ist unerheblich. Was zählt, ist das Resultat. Ich will damit sagen, daß Christopher, falls er bei seinen ersten Versuchen nicht ertrinkt, sicher ein ausgezeichneter Taucher werden wird."

Ich schwieg. Vermied es, darauf anzuspielen, daß die psychiatrische Kapazität, die neben mir in quellendem Leder lümmelte und den Sunbeam mit lässiger Eleganz die Bordsteinkante entlangpeilte, zur Erlangung des Führerscheins sechzig Fahrstunden benötigt hatte, genau dreimal soviel wie die phantasielose Germanistin und Theaterwissenschaftlerin an seiner Seite. Man kann nicht alles können. Und wenn man alles kann, ist man ein Veilchen, das im stillen blüht, und kein Mensch redet davon.

Wir hatten an jenem Tag die Taucherausrüstung gekauft. Und weder Sebastian noch ich wußten, daß dies unser letzter gemeinsamer Sommer vor der Stunde Null sein würde. Wenn mein strubbelköpfiger Fachkollege, der Unglücksrabe Nikolaus Schilling, an jenem Kollegenabend in Lauerbachs Keller nicht das Wort ausgesprochen hätte, vielleicht – aber das scheint mir heute eine Vermutung, ein nachträglich aufgepflanztes Scheinmotiv. Das Wort „Apulien" hat uns nur den Zustand signalisiert, den wir sonst vielleicht übergangen hätten, wie er in Hunderten von Ehen übergangen wird. Da es ausgesprochen war, begann ein Mechanismus zu laufen, der uns zum Denken brachte, ich sage „uns", obwohl ich nur von mir sprechen kann, aber die Vermutung, daß es mit Sebastian ebenso war, liegt nahe und ließ keine Chance offen. Wie hatte die Soziologie gesagt? „Jeder Körper verharrt im Zustand der Ruhe, sofern er nicht durch äußere Einwirkung –" Es blieb Nikolaus Schilling vorbehalten, uns daran zu erinnern, und er tat es ganz absichtslos, aus seiner latenten Sehnsucht nach einer zweiten, übergeordneten Existenz, deren Zauberatem er einmal in jungen Jahren an seiner Stirn gefühlt und die ihn dann gnadenlos im Stich gelassen hatte.

Es scheint an dieser Stelle nötig, sich mit der Person des unversehens zum Diabolus ex machina gewordenen Univ. Prof. Dr. Nikolaus Schilling näher zu beschäftigen.

Nikolaus war ein Dichter. Das war er ohne Zweifel, wenn es ihm auch nicht gelungen war, seinem Talent Steigbügel anzulegen. Pegasus hatte ihm einmal die Mähne geneigt und ihn aufsteigen lassen zu kurzem, stürmischem Ritt, es war in seinem dreiundzwanzigsten Lebensjahr gewesen, und Nikolaus hatte, sozusagen zwischen Rigorosum und Dissertation, einen Roman geschrieben, der die literarische Fachwelt hatte aufhorchen lassen. Mir war sein Buch „Kuckucksglocken" kurz nach dem Abitur in die Hände gefallen, ich gebe zu, daß ich es atemlos verschlungen, schlaflose Nächte damit verbracht habe, darauf gebrannt hätte, den Verfasser kennenzulernen, mir nur Erziehung und Schüchternheit verboten, mich mit ihm in Verbindung zu setzen. Wie erstaunt war ich, als ich dahinterkam , daß der etwas rundliche, igelgesichtige Kollege mit dem Bürstenhaar, der mich zehn Jahre später in die Fakultät der Victoria-Luise-Universität einführte, mit Gherhardus Bell, dem Autor der „Kuckucksglocken“, identisch war.

Ich sagte ihm, daß ich sein Buch gelesen hätte. Er freute sich und fragte mich, wie mir der Titel gefallen habe. Ich sagte, gut, weil es ein Titel sei, unter dem man sich nichts vorstellen könne. Ich liebe Titel, unter denen man sich nichts vorstellen kann. Damit stehe ich begreiflicherweise im Gegensatz zu meinem Verleger, ich habe unter meinem Mädchennamen Simone Fleury ein paar Bücher herausgebracht, ein Sachbuch für Theatergeschichte, eine Anthologie und eine erhebende Studie über magische Liebesbeziehungen in der abendländischen Poesie. Keine literarischen Ereignisse wie „Kukkucksglocken“, aber merkwürdigerweise stoße ich immer wieder auf Leute, die etwas davon gelesen haben. Auch Nikolaus hatte, und er sagte, mein Verleger hätte in der Titelfrage im Prinzip recht, es seien die Ausnahmen, die die Regel bestätigten, ich sagte, gewiß, es seien auch keine gravierenden Meinungsverschiedenheiten, und dann fragte mich Nikolaus, wie es mir möglich gewesen wäre, nach meinem ersten Buch ein zweites und nach dem zweiten ein drittes zu schreiben. Ich sagte, ich wüßte das nicht so genau, vermutlich, weil obgenannter Verleger mich dazu aufgefordert habe, und Nikolaus sagte, und sein Gesicht schrumpfte im gleichen Augenblick zu einer todtraurigen Igelmaske, das träfe vielleicht auf mich zu und auf alle anderen, nicht aber auf ihn, denn er habe kein zweites Buch geschrieben, er könne kein zweites Buch schreiben, er werde nie wieder ein Buch schreiben.

Er stand auf dem Treppenabsatz am Aufgang zum physikalischen Kabinett und lehnte an der Wand, blaß, klein, mit nach unten gezogenen Mundwinkeln, und sah aus wie Marcel Marceaus BIP, dem die Verzweiflung im Gesicht gefriert. Ich hätte ihm mein ungeschriebenes nächstes Buch zum Geschenk machen wollen, um diese Maske von seinem Gesicht zu wischen. „Nikolaus“, sagte ich – wir kannten einander seit einer Viertelstunde, und ich sagte „Nikolaus“, weil ich in dieser Situation nicht gut „Gherhardus“ sagen konnte –, „wir werden einen Weg finden, ganz gewiß, man kann Probleme nur im Teamwork lösen, glaub mir, Nikolaus, ich hätte das eine oder das andere Buch sicher nicht geschrieben, wenn nicht am Abend vorher in einer rein zufälligen Gesellschaft das eine oder das andere rein zufällige Wort gefallen wäre." Und Nikolaus nickte, noch immer starr, und sagte, das mit dem Teamwork leuchte ihm ein, aber der springende Punkt sei bei ihm nicht die Story, sondern der Titel.

Ich muß um Verständnis bitten, daß ich diese Geschichte so ausführlich erwähne: sie ist von dramaturgischer Wichtigkeit. Nikolaus Schillings verbissene Titelsuche ist, man mag es glauben oder nicht, die direkte Ursache meiner Scheidung von Sebastian. Nikolaus Schillings Überzeugung, daß er, sobald er nur den richtigen Titel habe, wieder ein literarisches Meisterwerk von Stapel lassen werde, hat mich in die Situation gebracht, in der ich mich heute befinde, zwischen Disziplinarverfahren und Untersuchungshaft, ich habe es immer gewußt, in meiner Familie herrscht ein geheimnisvoller Hang zu kriminellen Verwicklungen. Mein Vater, Philippe Fleury, Physiker und Vorsitzender der französischen Nuclear Energy Commission, verbrachte die drei Wochen vor seiner Pensionierung in polizeilicher Schutzhaft, weil das unter seiner Aufsicht stehende Kernkraftlabor am Stadtrand von Auteuil während eines Experimentes in die Luft geflogen war. Mein Großvater väterlicherseits, der Getreidehändler Joliot Fleury aus der Auvergne, wurde kurz nach seinem 50. Geburtstag für einige Wochen im Kreisgefängnis von Clermont-Ferrand festgehalten, weil in einem seiner Getreidesilos das Waffenlager einer regierungsfeindlichen Verbindung aufgefunden worden war und Großvater einige Mühe hatte, zu beweisen, daß die Lage des Silos für die Zwecke der Anarchisten vermutlich günstig, er selbst aber an der Errichtung des Arsenals unbeteiligt gewesen war. Im Grunde wartete ich seit Erreichung meiner Volljährigkeit auf ein Ereignis, das mich in unmittelbaren Kontakt mit dem Staatsanwalt bringen würde, und ich teilte dies Sebastian am Tage unserer Eheschließung mit. Er hat darüber gelacht und gesagt: „Solange ich bei dir bin, wird dir nichts Derartiges zustoßen." Wie recht er hatte: Solange er bei mir war, ist mir nichts Derartiges zugestoßen.

Nikolaus lehnte am Mauervorsprung neben dem physikalischen Kabinett, und ich versprach ihm in die Hand, mit ihm nach einem

Titel zu suchen. Ich sagte: „Kopf hoch, Nikolaus", er sagte: „Dich schickt der Himmel, Simone", wir kannten einander 25 Minuten und sagten einander du, er fragte, bei wem ich Theaterwissenschaften gemacht hätte, ich sagte, bei Margret Dietrich in Wien, er sagte, ob ich wisse, daß dies hier kein Hauptfach sei, ich sagte, ja, aber hier hätte ich ja Germanistik, er sagte, du hast ganz recht, an der Germanistik allein kann man sterben, ich würde auch daran sterben, wenn ich nicht das mit dem Titelsuchen hätte, ob du es glaubst oder nicht, ich habe in den letzten zehn Jahren gut dreihundert unbrauchbare Titel erfunden, sie stehen in einem orangen Heft mit Linien, ich sagte, daß ich sie gern sehen würde.

Nikolaus küßte mich auf die Wange, wir kannten einander 35 Minuten, und er küßte mich auf die Wange. Zuletzt sagte er noch, er sei glücklich, daß ich so glücklich verheiratet sei, er sei glücklich geschieden und würde nie wieder heiraten, er wechsle seine Freundinnen halbjährlich, seinem Sohn mache das Freude und ich solle mich vor der Soziologie hüten, die Soziologie sei ein destruktives Element, das einem Goldfalter wie mir die Flügel versengen könnte. Ich dankte ihm für dieses lyrische Bild und versicherte ihm, daß er ein Dichter sei. Wir kannten einander 45 Minuten, und ich hatte einen Freund gefunden.

Sebastian freute sich, als ich es ihm erzählte. Er sagte, dieser Schilling sei ein komplizierter Mensch, ob er selbst es wisse, sei die Frage, aber ihm, dem Psychiater, sei es sofort aufgefallen.

„Wieso?" fragte ich.

„Weil er sich mit gespreizten Fingern durch die Haare fährt, zweimal in der Minute. Hast du das nicht bemerkt?"

„Schon", sagte ich, „was bedeutet es?"

„Er ist frustriert", sagte Sebastian, „ich weiß, du kannst das Wort nicht leiden, weil es jeder gebraucht. Aber ich kann nichts dafür, daß es jeder gebraucht. In meinem Beruf gibt es keinen anderen Terminus."

„Er ist nicht frustriert", sagte ich, „er wechselt seine Freundinnen halbjährlich."

„Ich habe nicht gesagt, daß er sexuell frustriert ist", sagte Sebastian. „Es gibt eine Komponente in seinem Leben, die er nicht auszufüllen imstande ist."

„Gibt es die nicht bei jedem?"

„Peripher", sagte Sebastian, „aber bei Schilling handelt es sich um etwas Existentielles. Schau dir seine Schläfenbogen an, die Augenwinkel, die Form seiner Stirn. Achte darauf, wie er beim Sprechen die Sätze bündelweise an sich reißt und dann fast erschöpft innehält, um die nächste Form zu finden. Der Mann ist genial, ohne sich ausdrücken zu können. Ich würde mich nicht wundern, wenn er in jungen Jahren ein Werk geschaffen hätte und an der Unmöglichkeit der Wiederholung zerbricht."

Ich starrte Sebastian an. Er hatte mir sein Gesicht zugekehrt, die vertrauten Linien glitten ineinander, ich verirrte mich darin, ein Monstrum, hatte meine Mutter am Tag unserer Hochzeit gesagt, ein Mann kann unmöglich so schön und so gescheit zugleich sein, sicher hat er einen Defekt, er ist vermutlich, du weißt schon, was, ich antwortete nicht, weil ich den Gegenbeweis in Form des künftigen Christopher Hubertus zu diesem Zeitpunkt bereits unter meinem Herzen trug und meine Mutter mit dieser Eröffnung nicht schokkieren wollte.

Sebastian sah mich aus seinen beinahe zwei Metern Höhe an, als wüßte er wie immer, woran ich dachte, und schwieg, wie immer, wenn er mich zu einer Meinungsäußerung bewegen wollte.

„Sebastian", sagte ich, „kennst du Gherhardus Bell?"

„Nein", sagte Sebastian, „wer ist das, der Schulwart?"

„Vielleicht ist Schilling frustriert", sagte ich. „Ich muß mir seine Schläfenbogen genauer ansehen."

Es war, um endlich darauf zurückzukommen, an jenem Abend in Lauerbachs Keller, als Nikolaus das bewußte Wort aussprach. Er sagte es zwischen Rollmöpsen und Glühwein, und, soviel ist sicher, er wußte nicht, was er tat. Wir hatten in den vergangenen Jahren – es war das vierte Jahr nach unserem Eintritt in die Victoria Luise – seine dreihundert Titel umfassende Sammlung um etwa fünfzig erweitert. Bei manchen Vorschlägen meinerseits machte Nikolaus ein so betretenes Gesicht, daß ich den Verdacht nicht loswerde, er habe sie in seinem orange linierten Heft erst gar nicht festgehalten. Nikolaus wußte meine Ambition zu schätzen, er horchte jedesmal hoffnungsvoll auf, fühlte dem Klang meiner Worte nach, wartete auf den Widerhall in seinem Inneren und schüttelte dann sanfttraurig den Kopf. Wieder nichts, wußte ich, wir schaffen es schon, sagte ich, hab Geduld, Nikolaus, eines Tages.

Ich war an jenem Abend bester Laune. Christopher Hubertus hatte nach vierjährigem Schitraining die Technik des Parallelschwunges so blitzartig erfaßt, daß er seinem Vater, mir und der gesamten Gruppe B der Schischule Schwäbische Alp mühelos davongefahren war. Als wir in der Schutzhütte anlangten, saß er bereits in Socken vor dem offenen Feuer und hatte die Bohnendose mit der Holzhacke geöffnet – habe ich erwähnt, daß praktische Dinge nicht seine Stärke sind? –, hingegen hatte er die Temperatur des Siedepunktes bei einer Seehöhe von 2400 Metern mit Hilfe eines Testes der Wasserdichte nach Archimedischem Prinzip errechnet und überraschte uns mit der Feststellung, daß die Bohnen unter den vorliegenden Gegebenheiten und bei einer Wasserbeigabe von einem Liter um vier Minuten früher als auf dem Flachland kochen, dafür um zwölf Minuten später weich sein würden...

Sebastian, zwischen Nikolaus und der Soziologie eingeklemmt, hob mir sein Glas entgegen, Sue Brahmswick versuchte hinter Nikolaus' Rücken mit Sebastian zu argumentieren, Worte wie „Logos" und „Contradictio" drangen an mein Ohr, die Soziologie heftete prüfende Blicke auf die Tischrunde, Ihre Magnifizenz Doktor Doktor Lauerbach setzten sich mit dem Kantinenwirt Gräfelfing über eine eventuelle Verschiebung der Sperrstunde auseinander, und Nikolaus entrollte mit Hilfe von zwei Zahnstochern einen Mops auf seinem Teller, die Zwiebelschnitten mit Akribie über die gesamte Fläche verteilend. Nichts an ihm kündete Schicksalhaftes, wenn man davon absieht, daß sein Blick äußerste Konzentration, um nicht zu sagen Spannung verriet. Ich vermutete, daß er sich wieder einmal mit Titelproblemen befasse, aber ich hatte unrecht, er weilte in südlichen Gefilden, da wo der italienische Stiefel im Absatz mündet, da wo die Boote mit knatternden Wäschestücken am Mast – ich weiß das bis heute nur vom Hörensagen – vor der Küste kreuzen, da wo die Kinder des Nachts am offenen Feuer gepfählte Muscheln braten, aus deren leergekratztem Gehäuse noch jahrelang das Rauschen des Meeres wiederklingt. Wir hatten so ein Gehäuse daheim, es lag auf Großvaters Schreibtisch und hat meiner Kindheit geheimnisvollen Glanz verliehen, woher ist sie, fragte ich, aus einem heißen Land, sagte Großvater, Großmutter und ich haben unsere Hochzeitsreise dorthin gemacht, der Himmel ist wie eine Glocke aus Glas, und das Meer singt vor den Fenstern das Lied von der Ewigkeit. Wie geht das Lied von der Ewigkeit, fragte ich, hier, sagte Großvater, hör doch, und hielt mir die Muschel ans Ohr. Wie heißt das Land, fragte ich, und Großvater sagte es mir, es klang wie eine Frucht, eine Frucht in der Mehrzahl, wie viele Früchte, orange, mit roten, pinselförmigen Streifen.

Wie lange habe ich das Wort nicht gehört?

In Nikolaus Schillings Rocktasche steckte ein Reiseprospekt.

Er strich mit dem Finger über den Falz, mehrmals, legte dann die Hand geöffnet auf den Tisch. Der Rollmops war geglättet, die Zahnstocher bildeten auf dem Tellerrand ein stumpfwinkeliges Dach. Nikolaus blickte auf, er atmete rasch, auf seiner Stirn lag das rauchweiße Kantinenlicht, er sah durch mich, durch die getäfelte Wand hindurch, Schatten standen in seinen Augen, dunkel, tief.

„Simone", sagte er, „ich hab's."

Ich ließ das Glas sinken. Wie lange kannte ich Nikolaus? Sein skeptisches Nicken, sein hoffnungsvolles Aufhorchen, sein sanfttrauriges Kopfschütteln, wie lange?

Ich hab's, Simone.

„Ja", sagte ich, „wie heißt es?"

„Ein Schiff", sagte Nikolaus, „gespannte Segel, verstehst du? Meine Freundin hat gestern ihre Sommerreise gebucht. Sie fahren natürlich mit dem Zug. Das ist billiger. Auch wegen ihrer alten Mutter. Vierzehn Tage mit Halbpension, Zimmer mit Meerblick. Ich habe die Geschichte fertig, Simone, ich brauche sie nur noch aufzuschreiben."

„Erzähl", sagte ich mit heiserer Stimme.

„Eine kleine Sekretärin", sagte Nikolaus, „Export-Import-Firma. Sie lernt auf einem Betriebsfest einen Südländer kennen, Geschäftspartner, Juniorchef. Er verspricht, sie einzuladen, Schiffskarten zu schicken. Sie wartet, macht Pläne, wartet, er schreibt nicht, sie kauft Landkarten, er schreibt nie, sie wartet lebenslang, hat Bilder gesammelt, Prospekte, Autokarten, Ansichtskarten. Er hat sie vergessen, verstehst du? Sie verwartet ihr Leben. Das Schiff fährt nicht, für sie. Sie stirbt im Altersheim, ohne das Land je betreten zu haben."

„Das Land?"

„Apulien", sagt Nikolaus.

Apulien.

Rauschende Muschel auf Großvaters Schreibtisch. Hochzeitsreise, das Lied von der Ewigkeit. Großvaters Ewigkeit hat fünfzig Jahre gedauert, dann starben sie beide im gleichen Jahr. „Unsere Ewigkeit wird länger dauern", hat Sebastian auf der Brücke von Budapest gesagt, „die Lebenserwartung ist heute größer als zur Zeit deiner Großeltern. Wenn wir nicht diät leben und nicht zuviel Sport betreiben, werden wir beide hundert." – „Und die Hochzeitsreise holen wir nach", habe ich gesagt, „wenn wir Geld haben. Und wenn der Punkt Null überschritten ist. Vorher hätte ich gar keine Nerven für eine Hochzeitsreise." – „Ja", hat Sebastian gesagt, „das ist eine gute Idee." In dreizehn Jahren, dachte ich, wenn unser Sohn zwölf ist, es ist nie zu spät für eine Hochzeitsreise, es ist nie zu spät für Apulien.

Ist es möglich, daß man ein Wort zwölf Jahre lang vergessen hat? Es steht doch auf jeder Landkarte. Es gibt Menschen, die dort wohnen. Solche, die dorthin auf Urlaub fahren. Keiner hatte es je wieder in meiner Gegenwart ausgesprochen. Ich hatte es nicht gelesen, nicht gehört, nicht gedacht, seit Budapest. Und Sebastian?

Ich wagte nicht, den Blick zu heben. Sein Schatten war da, schräg gegenüber, Zigarettenrauch, Weindunst, Strickjacke, leicht vorgebeugte Schultern, vertraute Silhouette. Unsere Ewigkeit hat zwölf Jahre gedauert, und jetzt?

„Hörst du mir zu?" fragte Nikolaus.

„Natürlich. Sag schon. Wie heißt das Buch?"

„Fährt ein Schiff nach Apulien", sagt Nikolaus.

Sebastians Zigarette ist auf halber Höhe stehengeblieben. Ich sehe das winzige Stück Glut über der Tischplatte schweben. Hat er es schon vorher gehört, oder erst jetzt?

„Fährt deine Freundin mit dem Schiff?" frage ich.

„Mit dem Zug", sagt Nikolaus, „wegen ihrer Mutter."

„Und dein Titel?"

„Er ist die Story. Jeder von uns trägt ein Stück unbetretenes Land in sich. Ungekanntes, unerobertes Land. Es ist vielleicht nur eine Wiese, ein Hügel aus Lehm. Vielleicht nur ein Steinfeld. Aber da du es nicht kennst, wird es zur Insel deiner Seele. Die kleine Sekretärin, die ihr Leben lang auf das Schiff gewartet hat, ist im Grunde zu beneiden. Sie hat ihr Apulien nicht erreicht und hat es dadurch behalten."

„Jetzt versteh' ich", sagt Sue, „wenn der fesche Juniorchef sie geholt hätte, wäre es vielleicht eine Enttäuschung für sie geworden."

„Nicht vielleicht", sagt Nikolaus, „sicher. Apulien, wenn man es kennenlernt, ist nicht das, was es als Vorstellung war."

„Da bin ich aber nicht deiner Meinung", sagt die Geographie, die nur den letzten Satz gehört hat. „Wenn du von der Ostküste landeinwärts kommst, hast du die herrlichste Mediterranlandschaft, mit Olivenhainen und Weingärten. Im Gegensatz dazu das Gebirge aus Granit und Schiefergestein, Untergrund aus flachliegenden Kalkschichten. Der Luftdruck liegt zwischen 1080 und 1024 Millibar, das ist fast tropisch, dazu die Bora vom Nordosten, ein kalter und trockener Fallwind, der bei einer Geschwindigkeit von..."

„Trottel", sagt der Klinikchef Kayssa Malmström mit dumpf rollendem schwedischem ‚R'.

Sebastian hat den Kopf gehoben. Ich fühle es, ohne hinzusehen. Weiß, daß etwas in seinem Hirn aufgezuckt, aufgedämmert ist. Daß er den Fuß auf die Brücke gesetzt hat: Csardasklänge, windzerrissen, vom nahen Ufer, Lichterketten, gespiegelt im nachtdunklen Strom. Ohne es zu wollen, wende ich den Kopf. Begegne seinem Blick. Sehe, daß das Wort ihn erreicht, hinter seiner Stirn Wurzeln geschlagen hat.

Februar, denke ich, wir haben Ende Februar. Christophers Geburtstag ist im April. Anfang April, am vierten. Christophers zwölfter Geburtstag ist in zwei Monaten.

2

Mein Sohn Christopher Hubertus ist ein Reitunfall. Es ereignete sich in den Wäldern von Tatabánya nahe dem Gestüt Fehervár, am Ufer des sommerlich träge dahinplätschernden Sába, vor nahezu dreizehn Jahren. Es war Juli, die großen Ferien hatten begonnen, ich war frischgebackene Germanistin, mit Nebenfach Theaterwissenschaft. Ein Grund, Urlaub zu machen, fanden meine Eltern, ich solle mir aussuchen, wo und auf welche Weise. Reiten, sagte ich, reiten in Ungarn. Ich kannte Fehervár seit meinen Kinderferien, österreichische Mutter, ungarische Verwandtschaft, Ungarn ist billig, wir fahren im Sommer nach Ungarn, Simone. Onkel Féhervary hatte die Achtjährige aufs Pferd gehoben, alle waren freundlich, Reitknechte, Stallburschen, gaben bei jedem Wiedersehen das Gefühl des Heimkommens, Pferde, die auf den bloßen Gedanken hin zu gehorchen schienen, hochrassig, willig, zärtlich.

Wo ist Judit, fragte ich sofort nach der Ankunft, die schokoladebraune Stute, milchschokoladebraun, in der Koppel, sagte Lajos, hol sie dir, sie wartet auf dich. Sie hob den Kopf, wenn ich über den Sandweg lief, schüttelte die Mähne, trabte an den Holzzaun, rieb die Nüstern an meiner Schulter.

In jenen Ferien waren wir tagelang zusammen unterwegs. Sternritt, Aufbruch im Morgennebel, Mittagsrast in glühender Sonne, komm weiter, Judit, aufsteigender Wind, vom weiten, flachen Horizont her, Gewitter, Blitze über grauer, regenverhangener Unendlichkeit. Abends erschöpftes Einschlafen, Seite an Seite, auf Strohschütten in fremden Ställen. Am dritten oder vierten Tag war es, der Parcours ging von Piliscsaba über Dórog an die tschechische Grenze, niederer Laubwald, fern hatte sich beim Aufbruch eine schmale Silhouette in mein Blickfeld geschoben, auf schwarzbraunem Hengst, Strickjacke, wehendes Haar, er schien zwischen den

Stämmen dahinzufliegen, zwei, drei helle Gestalten um ihn, nicht groß, Kinder auf schnobernden Fohlen. Judit war ausgeruht an diesem Morgen, die Luft schien weiß, Milchglas, Blätter und Äste verschwammen in kühlem Dunst. Irgendwo waren Schüsse gefallen vor Morgengrauen, Treibjagd, dachte ich, vom Gestüt Táta, unweit von Fehervár, drüben an der Sába wechselte ein Hirsch, sie werden ihn abknallen, das Geweih in die Halle hängen.

Judit war glücklich an diesem Morgen. Warf die Beine im Trab voraus, wechselte auf winzigsten Schenkeldruck zum Galopp, flog unter dem Bogen der Kriechbäume hin, wehende Mähne, zitternde Flanken. Quergraben, zwei, drei Stämme, Judit sprang mit gespannten Sehnen, jeder Nerv an ihr vibrierte, sie atmete tief und ruhig, ihr Blut pulsierte unter meiner sekundenlang an ihren Hals gelegten Handfläche, demütig starker Herzschlag. Die Sonne stieg höher, Vormittagslicht, wieder ein Flecken Kriechwald, Galoppstrecke, Spinnweben strichen mir über Wangen und Augen, Blätterspitzen schlugen mir ins Gesicht. Tiefgebückt, die Stirn an Judits Mähne, schloß ich die Augen, zwei, drei Galoppsprünge lang, blindes Vertrauen von dir zu mir, von mir zu dir. Dann geschah es. Wenige Meter neben uns fiel ein Schuß. Knallte aus dem Dickicht, peitschte zwischen den Stämmen durch, hell, tückisch, hart.

Judit scheute. Stieg, warf den Kopf zurück. Verharrte sekundenlang in reglosem Entsetzen. Worte, Berührung erreichten sie nicht. Ein keuchender Atemzug, zwei. Dann setzte sie seitwärts in den Wald, panisch, gehetzt, preschte durchs Kriechholz, zurückgelegte Ohren, langgestreckter Hals, taubblind vor Angst.

Knackende, brechende Äste, stiebendes Laub. Ein Schlag an meiner Schulter, ein zweiter an der Schläfe. Judits Hufe schienen dicht über mir zu sein. Rollen in feuchtem Moos, kaltweiche Unterlage. Schatteneinfall, urplötzlich. Netz über Schläfen und Stirn.

„Hallo“, sagte eine Stimme.

Ich versuchte die Augen zu öffnen. Eine Hand schien darüber zu liegen.

„Laß los“, sagte ich mit flacher Stimme.

Lachen, fröhlich, tief. „Ich halte dich ja nicht.“ Und nach ein paar

Minuten: „Gut, daß du reden kannst. Versuch einmal, dich zu bewegen.“

Ich wandte den Kopf. Fühlte meine Nackenmuskeln schmerzen, sich dehnen. Das Dunkel über meinen Augen wich zurück, wurde hellgrün, hoch.

„Frierst du?“

„Wie lange liege ich hier?“

„Woher soll ich das wissen?“ Wieder das dunkle Lachen. Das Gesicht über mir nahm Konturen an. Tiefe, samtbraune Augen, merkwürdig ernst. Schmale, gerade Nase, weichgeschwungener Mund. Strickjacke, in die Stirn fallendes hellbraunes Haar.

„Mein Pferd“, sagte ich.

„Sie ist drüben am Wasser“, sagte der Mann. „Hat einen Haken über die Felder geschlagen und ist dann zurückgekommen. Sie lahmt am linken Vorderhuf. Seid ihr gestürzt?“

„Ich weiß nicht“, sagte ich.

„Bist du von unserer Gruppe?“

„Welche Gruppe?“

„Hubertus Táta. Stafettenritt an die tschechische Grenze.“

„Nein“, sagte ich, „ich komme von Fehervár.“

„Versuch deine Beine zu bewegen“, sagte der Mann.

„Es geht.“

„Schmerzen?“

„Nein.“

„Deine Stute lahmt“, sagte er, „und die Gruppe kommt nicht vor morgen zurück. Kannst du einen Hengst reiten?“

„Im allgemeinen“, sagte ich, „aber im Augenblick scheint in meinem Kopf etwas locker zu sein.“

„Wir haben Zeit“, sagte er, „die Stafette habe ich ohnehin verloren. Ich war unten an der Flußschneise, als ich das reiterlose Pferd aus dem Wald preschen sah.“

„Sie hat gescheut“, sagte ich. „Jemand hat geschossen.“

„Ich hab’ es gehört. Heute früh ist eine Jagdgesellschaft aus Wien angekommen. Sie knallen überall herum.“

Ich versuchte mich aufzusetzen. „Wer bist du?“

„Sebastian Sommer, Heidelberg, Psychiatrie, letztes Semester. Ich verdiene hier als Reitlehrer mein Studiengeld. Und du?“

„Simone Fleury, Germanistik und Theaterwissenschaft, München", sagte ich.

„Bist du öfter in Ungarn?"

„Ja. Und du?"

„Jeden Sommer. Die Pferde, nicht wahr? Deine Stute ist ein Zaubertier."

„Sie gehört Onkel Féhervary."

„Und du, wem gehörst du?"

Ich antwortete nicht. In meinem Kopf kreiste ein Schaufelrad. Der Mann hatte, um mich zu stützen, die Hände um meine Schultern gelegt.

„Antworte", sagte er ruhig.

Die Schaufeln kreisten schneller. Stämme verschwammen vor meinen Augen in Wolkenweiß, Braun verfloß mit Grün, meine Fingerspitzen wurden taub.

„Niemandem", sagte ich heiser, rasch, flüchtiger Gedanke an Alfons, mit dem ich so gut wie verlobt war, Atemnot, schmerzendes, pochendes Strömen vom Herzen zur Stirn, „ich gehöre niemandem."

Die Sonne stieg höher über dem Wald von Tatabânya. Mattweißes Licht, verhangen, ohne Wärme. An der Flußböschung weideten Stute und Hengst, Hufschlag dann und wann, Geräusch von aufspritzendem Wasser. Der Mann hatte sich aufgerichtet und nach den Baumwipfeln gesehen.

„Wir haben Glück, die Wolken ziehen weiter. Ich dachte erst, es würde ein Gewitter geben."

„Wo sind wir?"

„Südlich von Esztergom. Grenzgebiet. Die genaue Richtung weiß ich nicht."

Er stand auf. Ich sah erst jetzt, wie groß er war. Haare und Strickjacke flatterten im Wind, der durch die Stämme pfiff.

„Frierst du?"

„Nein."

„Kannst du aufstehen?"

Er streckte mir die Hand entgegen. Ich ergriff sie, stützte mich vom Boden ab.

„Gut so. Wir versuchen, ein Haus zu finden."

„Und die Pferde?"

„Wir binden sie einfach am Flußufer fest. In meiner Satteltasche ist Verbandszeug für deine Stute. Wir werden ihr das Gelenk schienen."

„Kannst du das?"

Er lachte. „Ich habe ein Praktikum absolviert. Zwischen Pferde- und Menschenknochen besteht kein sehr großer Unterschied."

Ich mußte ihn ansehen. Er mochte vier oder fünf Jahre älter sein als ich, dennoch hatte er die Ausstrahlung eines reifen Mannes. Bewegte sich ruhig, fast besonnen, keine Geste schien überflüssig, seine Hände, sehnig, schmal, hätten ebensogut die eines Turnierreiters wie die eines Chirurgen sein können.

„In welche Richtung gehen wir?"

„Ostwärts. Der Grenze zu."

Er bahnte uns durch das Dickicht einen Weg zum Fluß. Judit stand mit den Vorderhufen im seichten Uferwasser. Horchte auf, als wir näher kamen, wandte sich um, hinkte die Böschung herauf. Blieb mit gesenktem Kopf vor mir stehen.

„Sie bittet dich um Verzeihung", sagte der Mann. Ich kraulte Judits Mähne. Strich über das schimmernde Fell.

„Halt sie fest", sagte der Mann, „ich hole die Satteltasche."

Er legte Judit einen Druckverband an, während sie ihren Kopf in meiner Achselhöhle vergraben hatte. Ihr Blut pulste unruhig, sie schnaubte hinter meinem Rücken, zuckte ein paarmal auf, in Schmerz oder Angst.

„Gut", sagte der Mann, „sie wird nicht weit laufen können, aber für den Augenblick hilft es. Vielleicht bekommen wir im nächsten Dorf einen Wagen."

Wir banden die Pferde am langen Zügel fest. Der Mann nahm Weißbrot und Wein aus der Satteltasche. Kniete auf dem Waldboden und reichte mir die Flasche.

„Trink."

Seine Gestalt war schlank und biegsam. Ich nahm die Flasche aus seiner Hand. Er sah mich an, lachte.

„Kannst du Alkohol vertragen?"

„Natürlich."

„Komm", sagte er, „wir gehen."

Die Sonne stand im Zenit, als wir den Wald verließen. Wir gingen etwa anderthalb Stunden ostwärts, ohne auf ein Haus oder eine Straße zu stoßen. Das Gras war trocken, vereinzelte Sträucher, Ginster, Weiden, Sandflecken in braungrünem Grund. Weizen- und Maisfelder, eine Schafherde. Keine Bäume. Der Schafhirt saß auf einem Wollfleck zwischen Wiesensaum und Buchweizenfeld. Er hob die Hände, als wir näher kamen, stehenblieben. Grüßte in fremder Sprache. Kaute an einem Stück Weichholz, hielt eine Flasche mit glasklarer Flüssigkeit hoch. Mein Begleiter griff danach, entkorkte. Korn, doppelt gebrannt. Der Schafhirt lachte, sprach, stellte eine Frage, unbekannte, singende Sprachmelodie, viele Konsonanten, dünne Lippen, zahnloser Mund.

„Ist das Ungarisch oder Tschechisch?"

„Eine Mischung. Wir müssen nahe an der Grenze sein."

Mein Begleiter versuchte dem Schafhirten eine Frage zu stellen. Deutete, erklärte. Der Schafhirt lachte, schüttelte den Kopf.

„Nevim. Nevim." Er hob wieder die Hände, zuckte mit den Achseln, deutete nach Osten. Der Horizont spannte sich endlos, flach, Pußtalandschaft, kein Anhaltspunkt für Richtung und Ziel.

„Wir kehren um", sagte mein Begleiter.

Noch ein Schluck aus der Kornflasche. Selbstgebrannt? Er verstand, nickte. Lächelte, legte die Handflächen aneinander. Winkte uns nach, als wir uns wieder südwärts wandten.

Die Schatten wurden länger, liefen vor uns her. Schatten im Gleichschritt, ungleich groß, unscharf, verschwommen. Müde Sonne, müde Schatten, ein großer und ein kleiner.

Ich glaubte, unter einer Glocke aus Glas zu gehen. Das Gras unter meinen Füßen gab nach, Gummi, weichwarm, elastisch, zurückfliehende, dumpfdichte Wolkenwand.

– und du, wem gehörst du? –

Ich sah ihn von der Seite an. Er ging ruhig neben mir, hob manchmal die Hand, zeigte auf einen Halm, einen fliegenden Vogel, einen Schatten im Gras.

Die Pferde weideten an der Uferböschung. Judit streckte den Hals, schüttelte ihren schmalen Kopf, trabte an gespannter Leine ein paar Schritte im Kreis. Schien schmerzfrei zu sein. Die Sonne stand schräg über dem Laubwald.

„Irgendwo hab' ich während des Reitens eine Hütte gesehen. Einen Werkzeugschuppen oder eine Scheune."

Wir banden die Pferde los, gingen langsam flußaufwärts.

„Wenn wir am Wasser bleiben, kann uns nichts passieren. Flußabwärts geht es an die Grenze, zur Donau. Das ist zu gefährlich, wegen der Posten. Flußaufwärts kommen wir irgendwann nach Dórog. Außerdem holt uns die Stafette ein. Der Parcours geht die Sába entlang."

„Dort vorn an der Biegung, ist das die Hütte?"

Sie klebte sonderbar dicht am Steilhang, war bei näherer Betrachtung kein Werkzeugschuppen, sondern eine Holzkapelle. Grobgeschnitzter Opfertisch, Marienbild, tschechische Inschrift. Mein Begleiter steckte einen Ginsterzweig in die sandverkrustete Vase am Altar.

Die Sonne stand in scheinbar gleicher Höhe mit uns an dunstverhangenem Himmelsrand. Hier und dort an Flußwindungen blitzte es auf, Reflexe von Wasserwirbeln, sanft sprühende Tropfen, lichtdurchsetzt.

Wir gingen weiter, bis die Pferde müde wurden. An der nächsten Biegung ein Flecken Kriechwald, Birken, Weiden. Das Wasser der Sába kroch träge zwischen den Steilufern hin. Blätterschiffchen, ein treibender Zweig.

„Drüben unter den Bäumen", sagte mein Begleiter, „siehst du die Mulde? Durch die Stämme sind wir vor dem Wind geschützt."

Wir banden die Pferde fest, hoben Sattel und Decken ab. Waldboden. Brot, ein Schluck Wein. In schwarzer Himmelskuppel begannen einzelne Lichter aufzuglimmen. Müdegewehter Wind fing sich zwischen den Halmen, verstummte, schwieg.

„Kannst du schlafen?"

„Ich weiß nicht."

Ich richtete mich auf. Er saß mir gegenüber, an einen Baumstamm gelehnt. Das Haar fiel ihm in die Stirn, seine Augen lagen im Schatten des Blätterdaches.

„Deine Stute hat sich gelegt."

„Vielleicht hat sie Schmerzen."

Ich rief sie beim Namen. Judit bewegte sich, wandte sich um. Zweigeknacken, leises Schnobern, regelmäßiger Atem.

„Es kann nicht schlimm sein. Das Bein ist nicht verletzt. Nur das Sprunggelenk ein wenig angeschwollen."

Ich nickte. Lehnte mich an den Stamm ihm gegenüber.

„Wir sind einen Tag beisammen, und ich weiß nichts von dir."

„Ich auch nicht von dir."

Er lachte, kurz, tief. „Da gibt es nicht viel. Meine Eltern sind tot. Autounfall. In einem Jahr bin ich mit meinem Studium fertig. Dann gehe ich an das Max-Planck-Institut nach München."

„Keine eigene Praxis?"

Er schüttelte den Kopf. „In der Psychiatrie sollte man sich nicht abkapseln. Kontakte sind unerläßlich. Gespräche mit Patienten, mit Ärzten. Wir sind eine junge Wissenschaft, die der Zusammenarbeit bedarf."

Er schwieg, strich dann mit einer weichen, etwas verzögerten Geste das Haar aus der Stirn.

„Ein Platz in einem Klinikteam, das wäre mein Wunsch."

„Oder ein Lehrstuhl."

Er lachte wieder. „Das vielleicht auch. Und du?"

Ich zog die Beine hoch, schlang die Arme darum. Die Reithose spannte über meinen Knien, ich legte die Wange darauf.

„Ich wollte immer jemand kennenlernen, der Sebastian heißt."

„Wir wollten von dir sprechen."

„Ich spreche von mir. Sebastian war mein Kindername. Manche von meinen Freunden nennen mich heute noch so."

„Wie kommt das?"

„Die deutschen Schulkinder konnten mit meinem Vornamen nichs anfangen. Das e am Ende störte sie. Als man ihnen sagte, daß man es nicht ausspricht, nannten sie mich einfach Simon. Ich trug meist Hosen und immer kurze Haare. In allen Theaterstücken mußte ich den Prinzen spielen. Eines Tages kam ein neuer Deutschlehrer in die Klasse. Er fragte: Welches von euch ist das Mädchen, das Sebastian heißt?"

Er lachte. Stützte seine Hände auf den Boden. „Und du? Hast du dich gemeldet?"

„Ich wußte sofort, daß ich gemeint war. Aber ich sagte nichts. Eine Klassenkameradin stand auf und sagte: Vermutlich meinen Sie Simon, wenn Sie Sebastian sagen."

„Und der Lehrer?"

„Er sah alle der Reihe nach an und sagte dann zu mir: Du bist es, nicht wahr? Entschuldige, aber du siehst viel mehr nach Sebastian als nach Simon aus."

„Und du?"

„Ich war einverstanden. Es war auch der schönere Name von beiden. So bin ich für den Rest meiner Schulzeit Sebastian geblieben."

Seine Augen schienen das Dunkel zu durchdringen. Jetzt, da die Schatten fielen, gewannen die Konturen neuen Umriß, schienen deutlicher hervorzutreten als vorher im Dämmerlicht. Ich lehnte mich zurück, fühlte die kantige Rinde des Baumstammes in meinem Rücken, fühlte das dumpfe Rauschen des Flusses in meinen Kreislauf dringen, mich ausfüllen, forttragen.

Und du, wem gehörst du?

Halblaute Worte, Erinnerungen, heraufbeschworene Bilder, Schulzeit, Kinderzeit. Er ist so nah, so gegenwärtig. Lichtpunkte scheinen in seinen Augen zu stehen. Was ist wahr, was geträumt? Er ist ein Fremder für mich, oder? Ein Fremder, nach diesem langen Tag.

„Simone", sagt er. Ein heller Ton schwingt in seiner Stimme mit, ungewohnt, alarmierend. Wach auf, Simone.

Er kniet vor mir auf dem Waldboden, hat den Sattel beiseite geschoben, der Steigbügel am Lederriemen glänzt zwischen den Halmen, über den Baumwipfeln muß der Mond aufgestiegen sein, silberfunkelndes Eisen in mattem Licht, er hat die Hände auf meine Schultern gelegt.

„Simone."

Mein Atem stockt. Wenn du näher kommst, ersticke ich. Zwei Herzschläge, drei.

Der Fluß ist in mir mit allen Fischen, den Libellen an der Oberfläche, den Steinen auf dem Grund.

Helft mir, ihr Steine, ihr Libellen, ihr Fische.

„Vom ersten Augenblick an", sagt er.

Seine Arme sind sanft wie Eisenklammern. Wer hört mich? Der Fluß ist in mir und der Wald und der Mond.

Da sind seine Lippen. Weich, offen, kühl.

Zwei Nachtvögel fliegen auf. Schwingen sich von der Uferböschung, finden den Weg zwischen den Baumwipfeln, ihre dissonanten Schreie verklingen im Wind jenseits des Flusses.

Der Steigbügel gräbt sich in meine Schultern, schneidend, scharf.

Ich sinke.

Sinke in seine Umarmung, bodenlos. Bin ich auf dem Grund?

„Wehr dich", sagt er dicht an meinem Ohr, sagt es mit heiserer Stimme, fliegender Herzschlag an meinem Herzen, „um des Himmels willen, wehr dich, Simone."

Der Mond ist müde geworden. Verliert seinen Umriß, gleitet, einem metallenen Geldstück gleich, in den weißgrauen Morgenhimmel.

Ich bin ertrunken.

3

Nikolaus stand im Schnee an der Ausgangstüre, als das Kollegium, in einer Alkoholwolke die Treppe hinaufstolpernd, Lauerbachs Keller verließ. Die Soziologie, Zigarre zwischen Mittelfinger und Ringfinger geklemmt, dozierte rückwärtsgehend über Borght und Heyde, übersah die letzte Stufe und wäre kehrseitig im Schnee gelandet, wenn Nikolaus nicht geistesgegenwärtig die Hand ausgestreckt und die Soziologie in Wort und Schritt gebremst hätte. Wir standen unter dem Vordach, der Himmel war hoch und schwarz, frostklare Winternacht, die Abschiedssprüche stiegen als kleine Wölkchen von den Lippen, lösten sich oberhalb der Hutkrempen in Atmosphäre auf.

Sebastian stand am Wagenschlag. Ihre Magnifizenz, fanatischer Fußgeher, ließen sich von Sue Brahmswick den vereisten Weg entlangsteuern, die Soziologie, unbelehrbar, hatte auf ebendiesem Weg wieder begonnen rückwärtszugehen. Kayssa Malmström kletterte durch das Fenster ihres Kabriolets – Volvo, Spezialanfertigung – in den roten Ledersitz. Nikolaus stand in einem Schneehaufen am Wegrand, stumm, ungläubig, die Hände in den Manteltaschen vergraben, er schien von innen heraus zu leuchten, der Genius schwebte unsichtbar über ihm, umkreiste die himmelwärts gerichtete Stirn, das zu Berge stehende, kurzgeschnittene Igelhaar.

„Simone", flüsterte er, „ob du es glaubst oder nicht, du hast mir sehr geholfen. Ich werde dir mein Buch widmen."

Sebastian war eingestiegen, schaltete das Licht ein, startete. Die Kolonne der Fußgeher war hinter der Buchengruppe verschwunden, leise Rufe, Lachen, Rutschen, Geräusch von zwei oder drei Automotoren.

„Viel Glück, Nikolaus", sagte ich, meine Kehle war ausgetrocknet.

Er lehnte es ab, bis zur Brücke mitgenommen zu werden. Stand im dunklen Park, als ich mich umwandte, ihm zuwinkte. Wir überholten den kleinen Trupp, Scherze, Zurufe, gute Heimfahrt, die Soziologie klatschte mit der flachen Hand auf die Kühlerhaube, wäre beinahe wieder gestürzt, diesmal griff die männliche Geographie zu, stützte, fing, deutete sich mit unmißverständlicher Geste an die Stirn. Das Gittertor war offen. Vier Minuten Autofahrt bis zum Capitolinus. Die Bungalows für den Lehrkörper liegen oberhalb des Universitätsgeländes. Nicht alle wohnen da, aber viele. Die Häuser sind luftig, hell, warm. Wer nicht in der City zu Hause ist, ist es hier, auf den Hügeln oder in den Tälern, es ist eine kleine Bergstadt, Minimundus hat Ruth Leuze sie genannt, es leben nicht nur Professoren hier, auch Studenten, und eine Menge Leute, die nicht zur Uni gehören und morgens in die City zur Arbeit fahren. Unser Portier beispielsweise ist im Nebenberuf Laborgehilfe, in seiner Loge türmen sich Schuhschachteln mit gefährlich klingenden Aufschriften: Kaliumzyanid, Atropin, Arsenicosum, Rattengift. Auf einem Regal an der Seitenwand, gleich neben dem Beschwerdebriefkasten, finden sich Dutzende von Flaschen, verschiedenfarbig gefärbt, mit Totenkopfetiketten beklebt. Die Dame aus dem Rundhaus an der Allee hat bei der Verwaltung protestiert, sie habe es satt, jedesmal wenn sie einen Beschwerdebrief in den Kasten werfe, mit grinsenden Knochenköpfchen konfrontiert zu werden. Aber es hat nichts genützt, der Portier ist gut angeschrieben und versorgt den gesamten Wohnblock mit selbstgewonnenem Natriumnitrat, das gegen Wurzelfäulnis von Zimmerpflanzen hilft und bei ihm um eine Mark fünfzig billiger ist als in der Apotheke.

Sebastian steuerte über den eisglatten Schotterweg, nahm vor der Kurve das Gas zurück, bog vorsichtig nach rechts ab. Oben auf dem Plateau lag unser Haus, Vierfensterfront, der Birnbaum am Tor, dunkler Umriß, Grau in Schwarz verfließend. Kein Licht.

„Christopher schläft“, sagte Sebastian. „Es ist noch nicht spät. Möchtest du nach Hause?“

„Nein“, sagte ich, „fahren wir zum Damm.“

Der Hendricksdamm ist die direkte Verbindung der City mit der Universität, wird in der Verlängerung stadtauswärts zur Ausfahrtstraße und mündet schließlich in die Autobahn. In Richtung Stadt führt er etwa vier Kilometer den Strom entlang und erweitert sich in der Hälfte des Weges zum Aussichtspark, Campingplatz und Sportareal. Sebastian steuert den kleinen Hügel abwärts, schweigend, die Hände locker auf dem Lenkrad, entspannt, wie es schien, gedankenlos.

Ich kurbelte das Fenster herunter, ließ die Nachtluft ein. Blickte bei einer Wendung zurück zum Universitätsgebäude, das wie ein gemeißelter Block aus dem Dunkel ragte. „Ich werde dir mein Buch widmen", hatte Nikolaus gesagt.

Die Bogenlampen traten aus dem Dunkel, begannen die Straße zu säumen. Glühstäbe, häßliches blauweißes Licht, in schnurgerader Reihe. Wir fuhren das Ufer entlang, der Tachometeranzeiger tanzte vor meinen Augen, rot in grünem Feld, über das Armaturenbrett huschten die Neonreflexe in regelmäßigen Abständen, licht, dunkel, licht, dunkel.

Sebastian bog nach links ab, bremste. Ließ den Wagen ausrollen, hielt auf der Schotterfläche am Parkeingang.

„Zigarette?"

Vor uns lag die Umzäunung. Schmale Holzbalken, schneebedeckt, dahinter ragten die Bäume hoch. Tannen, vollgeschneit, weiße Wipfel, Zweige gebogen unter der Last des Schnees.

Ich griff nach dem Anzünder, Sebastian nahm ihn mir aus der Hand. Verhielt einen Augenblick, ehe er uns Feuer gab.

„Schön, wieder hier zu sein."

Ich nickte. Wir kannten den Platz. Kamen fast nach jedem Theaterbesuch in der Stadt, nach jeder Party hierher, um eine Zigarette zu rauchen, den Abend ausklingen zu lassen. Sebastian steckte den Anzünder in die Metallhülse, lehnte sich zurück. Griff nach meiner Hand, die ich auf den Ledersitz gestützt hatte. Ich lehnte mich ebenfalls zurück.

Eine Heimfahrt wie jede andere.

Wir saßen oft so, schweigend, rauchend.

„Lauerbach möchte, daß du den Lehrstuhl übernimmst", sagte ich. „Wirst du ablehnen?"

„Kayssa ist noch nicht an der Altersgrenze."

„In vier Jahren", sagte ich, „Lauerbach möchte wissen, woran er ist. Er möchte dich fester an die Universität binden."

„Ich weiß.“ Sebastian sah durch das Seitenfenster, auf dem Damm fuhren zwei Lastwagen, Schneeketten, scharrendes Geräusch. „Aber ich kann mich nicht entschließen. Es hätte etwas Endgültiges für mich.“

„Die Klinik bedeutet dir viel.“

„Aber die Lehrkanzel bringt mehr Verantwortung. Und der Klinik vorzustehen hieße sich mit all den Dingen befassen, denen ich bisher ausgewichen bin. Ich würde gerade das, was ich jetzt an der Klinik tue, zuerst einschränken und schließlich ganz damit aufhören. Das ergibt sich ganz einfach.“

„Kayssa hat es jahrelang geschafft.“

„Kayssa ist ein Pferd an Willensstärke und Arbeitswut. Und letzten Endes ist sie doch gescheitert. Ihre Psychopathologie hat sie nicht herausgebracht.“

„Das kann sie nach der Emeritierung tun.“

Sebastian lachte. „Du meinst, das könnte ich auch. Aber so lange möchte ich nicht warten.“ Er strich mit dem Daumen über meinen Handrücken. „Außerdem besitzt Kayssa nichts außer ihrer Arbeit. Nichts und niemanden, der sie davon abhält.“

„Halte ich dich von der Arbeit ab?“

„Gottlob“, sagte Sebastian.

Meine Empörung war nicht echt gewesen. Nichts war echt an mir, an jenem Abend. Meine Gedanken waren unterwegs, kreisten, sprangen, liefen voreinander her, holten einander ein.

Meine Ehe war glücklich, oder? Was war es dann, das mich so unruhig machte. Unruhig seit dem Augenblick, da mir das Wort ‚Apulien‘ das Budapester Gespräch ins Gedächtnis gerufen hatte. Oder war ich es schon vorher gewesen und hatte es mir nicht eingestanden?

Wahnsinn. Das ist absurd! Ich liebe Sebastian, er ist mein Leben. Eben deshalb, sagt die Stimme neben mir, so war es bis heute. Du kennst nichts anderes als ihn. Woher willst du wissen, wie das Leben aussieht?

Es sieht aus wie Sebastian, sage ich atemlos, mein Zorn auf meinen stummen Widerpart ist nicht echt, damals, auf der Brücke von Budapest waren wir Kinder. Ihr wart Eltern, sagt die Stimme, ihr wart Eltern, ehe ihr ein Liebespaar gewesen seid. Das ist eine Entwicklung, die ein paar Kapriolen beinhaltet. Damals habt ihr es gewußt.

Ich wandte mich Sebastian zu. Eine schwache, vibrierende Welle erreichte mein Herz, pulste hindurch, verlor sich in Richtung Fingerspitzen.

Er hatte sich mir ebenfalls zugewandt, suchte meinen Blick, ruhig, zärtlich wie immer, glitt mit seinen Fingern zwischen meine Handfläche und den Polstersitz, schloß seine Hand, weichwarmer Druck, um die meine.

„Wollen wir einen Spaziergang machen?"

Ich nickte. „Gehen wir hinunter zum Fluß."

Die Luft stand durchsichtig über dem Ufer. Stablampen auch hier, blauweiße Reflexe im Wasser, wenige hundert Meter flußaufwärts die Hendricksbrücke, Eisenbetonbogen aus dem Wasser ragend, gekreuzte Pfeiler, Kettenkonstruktion.

Halt, will ich sagen, laß uns umkehren. Ich hatte ihn in all den Jahren vergessen, den Abend auf der Brücke von Budapest. Laß uns weiterleben wie bisher. Kannst du das, sagt die Stimme, sie kommt aus dem Fluß, wer kann das, vergessen, du hast das Wort gehört. Du weißt, daß du, falls ihr euch an die Abmachung haltet, in wenigen Wochen für zwei Jahre frei bist: Du kannst den Gedanken daran fortwischen, auslöschen kannst du ihn nicht.

Ich muß über die Budapester Abmachung berichten. Was dazu führte, wie sie zustande kam und was darin steht.

4

Die Nacht von Tatabánya war dem aufdämmernden Morgen gewichen, zögernd, graufeuchte Nebelschleier hinter sich herziehend, fahle Sonne an gelblichem Horizont. Sebastian hatte sich aufgerichtet, den Arm noch unter meinem Kopf, er mußte die ganze Nacht so gelegen haben, hatte nach den Pferden gesehen, nach dem Himmel über den Bäumen, war sanft, schweigend in die Umarmung zurückgeglitten, wir lagen, ohne uns zu rühren, betäubt, wortlos dem Wunder nachfühlend.

Der Tagwind erhob sich, die Pferde wurden unruhig, scharrten im Uferwasser, wir waren aufgestanden, einander an der Hand haltend, zum Fluß hinuntergegangen, Verbandwechsel, Judits Sprunggelenk war etwas abgeschwollen. Brot, der Rest aus der Weinflasche, langsames Flußaufwärtsgehen, die Pferde am Halfter. Gegen Mittag holte uns die Stafette ein. Drei Kinder, zwischen zwölf und vierzehn Jahren, dunkle Hautfarbe, dunkle Haare, Zigeuneraugen, freundlich, lebhaft. Einer überließ mir sein Pferd, sprang hinter dem Freund auf den Rücken eines weißgefleckten Wallachs, sie ritten zu zweit, Sebastian bestieg seinen Hengst, führte die reiterlose Judit neben sich her.

Zweieinhalb Stunden bis Piliscaba. Warme Mahlzeit in dunkler Gasthofstube, Sebastian hatte sich von uns getrennt, kam wieder, hatte einen Wagen organisiert, er stand auf der schmalen Dorfstraße am Wiesenzaun, Judit wurde verladen, der Bauernbursche am Lenkrad instruiert, Fehervár immer geradeaus, nicht die Hauptstraße, den Fluß entlang.

Wir standen in der Sonne vor der Gasthaustüre, Mittagsläuten, ein Heuwagen holperte auf der Straße vorüber, ungarische Zurufe von Lenker zu Lenker, Lachen, Peitschenknallen, das war unser Abschied.

„Von Táta nach Fehervár sind es drei Tagesritte", sagte Sebastian, „und solange der Kurs dauert, kann ich nicht fort."

Ich nickte. Er stand vor mir, groß, Haare in die Stirn fallend, Strickjacke.

„Bist du reich?"

Ich schüttelte den Kopf.

„Ich auch nicht. Aber zum Erntedank bekomme ich mein Geld für den Sommer. Am Abend ist dann der Sommernachtsritt, da geht der Pulk mit brennenden Fackeln über den Nyvárhalom, hundertfünfzig Pferde. Dritter September, bist du dann noch in Fehervár?"

„Ja. Ich trete erst im Oktober meine Assistentenstelle an."

„Ich muß auch erst Ende September zurück sein. Du kommst zum Sommernachtsritt nach Táta. Dritter September. Nach dem Erntedankfest fahren wir zusammen nach Budapest. Kennst du Budapest?"

„Nein."

„Ich zeige es dir. Wir bleiben drei Tage und bauen uns ein Schloß auf der Kettenbrücke. Willst du?"

Ich schluckte. „Du brauchst das Geld für dein Studium."

„Ich brauche es, um dich wiederzusehen. Reitstunden geben kann ich auch in Heidelberg. Kommst du?"

Der Fahrer rief etwas in ungarisch, deutete auf den Wagen. Die drei schwarzhaarigen Kinder standen vor der Gasthaustür.

„Du mußt einsteigen. Leb wohl, Simone."

„Leb wohl."

„Am dritten September, zum Sommernachtsritt."

Ich nickte. Kletterte auf den Sitz neben dem schwarzlockigen Bauernburschen.

Sebastian stand in der Sonne, hob die Hand, der Wagen fuhr an, die Kinder winkten, Sebastians Haare und Strickjacke flatterten im Wind.

Ich hatte den Christophorusritt gewonnen, trotz allem. Ich war am weitesten gekommen. Die Holzkapelle an der Flußböschung war mein Zeuge. Jeder kannte sie auf Fehervár, sie ist der Sancta simplicitas geweiht, und die tschechische Grenze läuft quer durch den Altar.

Judits Fuß war geheilt, wir machten weite Ausritte wie vorher. Der August brach an, kürzere Tage, das Pußtagras war braun geworden, abends saßen wir um den Ziehbrunnen auf dem Vorplatz, Onkel Fehervàry spielte auf dem Cimbal. Verwunderte, später verärgerte Briefe von Alfons aus München, warum schreibst du nicht, Simone, eine Karte von Sebastian von einem Ausflug nach Pannonhalma: „Entschuldige, ich bin ein schlechter Briefschreiber. Grüß Judit, gebt gut acht. Wir sehen uns am Erntedanktag." Ich rollte die Karte zusammen, steckte sie in meine Jackentasche.

Eines Tages, ich hatte den linken Fuß schon im Bügel, die Hände am Sattelrand, konnte ich nicht aufsteigen, klammerte mich in plötzlicher Schwäche an Judits Hals. Die Sonne, sagte Onkel Fehervávy, du reitest zu viel und immer ohne Helm, Judit mußte zurück in den Stall, ein Glas Wasser, schnall dir den Gürtel auf, Simone.

Ich wußte es sofort. Das klingt unglaublich, aber ich wußte es sofort.

Am Nachmittag ging ich zum Dorfarzt, er sagte es mir mit schiefgelegtem Kopf, forschende graue Mausaugen, zögernd, hilfsbereit. Nein, keine Hilfe, danke. Ich muß überlegen.

Ich konnte nicht überlegen. Da war etwas geschehen, das mir das Steuer aus der Hand genommen hatte. Ich trieb führerlos, ruderlos, aber ich trieb. Wenn du nichts tust, überhaupt nichts, wird etwas geschehen. Ich sank in ein sanftes, unklares Glücksgefühl, mögliche Schwierigkeiten standen nicht zur Debatte, noch nicht, ich ertappte mich dabei, daß ich Judit vor größeren Sprüngen zurückhielt, um den Wassergraben an der Mühle einen Bogen ritt, anstatt ihn wie sonst im Sturm zu nehmen.

Manchmal, an der Traumgrenze, spätabends, stand Papa an meinem Bett, dunkelgrauer Anzug, Wollkrawatte, er war gestorben, als ich elf war, ich habe ihn nur gütig gekannt. Er stand da, ernste Augen durchs Brillenglas auf mich geheftet, wo willst du hin, Simone, was soll daraus werden? Dein Studium, deine Zukunft, dein Beruf? Ich nahm mich zusammen, wollte antworten, überlegte, verlor die Gedankenspur, wußte nicht mehr, worüber ich nachgedacht hatte, es gab nichts zu entscheiden, nicht jetzt, vielleicht morgen, später, ich glitt in den Schlaf. Sebastian schreiben, ihn um Rat fragen, vielleicht wäre es das Nächstliegende gewesen, aber ich kam nicht auf den Gedanken. Dies war ein kosmischer Vorgang, unbeeinflußbar, undiskutierbar.

Ich bemühte mich, dem Alltag gerecht zu werden. Schrieb an meine Mutter, an Alfons, mühsames Zusammensetzspiel Wort für Wort, keines paßte, sie waren zu übertrieben oder zu nichtssagend oder beides. Ende August kam ein Kuvert mit der Post, Absender S. W., Körös – Táta, als ich es öffnete, fielen mir zwei Geldscheine in die Hand, vierzig Forint, dazu ein Zettel: „Fahrpreis für Sába-Expreß, dritter September, zehn Uhr dreißig. Ich halte das beste Pferd für dich bereit, Sebastian."

Ich packte meinen Koffer, verabschiedete mich von Judit. Kletterte in den pfauchenden, lärmenden Eisenbahnzug, meterhohe Trittbretter, plüschbespannte Einzelcoupés, wir ratterten über die herbstliche Pußta westwärts.

Zwei Stationen vor Körös schob er die quietschende Tür auf, stand auf der Schwelle, gebückt, sonst wäre er mit dem Kopf an den Eisenrahmen gestoßen, strich sich das Haar aus der Stirn, Strickjacke, dunkle Augen, kein Wort oder fast keines, seltsam ernstes Lächeln, ich habe auf dich gewartet, du weißt nicht, wie ich auf dich gewartet habe.

Er war mir zwei Stationen entgegengefahren, ohne Fahrkarte, wie sich später herausstellte, das Geld hatte nicht gereicht, die 40 Forint, die er mir geschickt hatte, waren der gesamte Vorschuß gewesen, aber der Stationsvorsteher von Körös kannte ihn und hatte ihm geraten, in der Mitte einzusteigen, da käme der Schaffner nicht hin, er könne nur bei jeder Station das Coupé wechseln.

Er trug meinen Koffer, der Bahnhof bestand aus einer Holzbaracke, der Stationsvorsteher zwinkerte, hob die Hand an die Mütze, ich gab ihm die zwei von meiner Fahrkarte verbliebenen Forint, er öffnete unter heftigem Gebimmel die Ausgangsschranken, gab den Weg frei.

Vor der Bahnhofsbaracke stand ein Pferdewagen, Sebastian half mir auf den Bock, es war das Zubringertaxi von Körös–Táta, Sebastian nahm die Zügel, ein paar flache Kurven quer durch den Ort, auf der anderen Seite hinaus, da lag das Gut, gelbe Mauern, hellbraune Fensterläden, schiefergedeckte, weitläufige Stallungen.

„Dein Pferd heißt Aranka", sagte Sebastian. „Sie ist ein Fohlen, zweieinhalbjährig, springt wie eine Feder, beim Sommernachtsritt gibt es ein paar Hindernisse, die es in sich haben. Wir gehen gleich zu ihr, erst bringen wir den Koffer auf das Zimmer."

Zwei Reitburschen begegneten uns, Kinder auf braunglänzenden Stuten, ein grauhaariger Herr auf tiefschwarzem, krummnasigem Wallach, Araberabkömmling, gemeißelte Gelenke, vibrierendes Sehnenspiel unter gespannter Haut.

Das Zimmer war eine Burschenkammer, hell, bunte Vorhänge, Holzboden, farbiger, selbstgeknüpfter Teppich, Holzmöbel, grobgeschnitzt, schwer. Sebastian stellte meinen Koffer nieder, schloß die Tür, fuhr sich mit der Hand durch die Haare, blieb stehen, zögerte einen Augenblick lang.

„Kannst du zu zweit in einem Bett schlafen?" fragte er. „Ich brauche nur der Länge nach viel Platz. Der Breite nach fast gar keinen." Er stand an die Wand gelehnt, die Hände, mit denen er kurz vorher etwas ziellos durch die Luft gefahren war, in den Taschen verankert, sah an mir vorbei. In der oberen Ecke des geöffneten Fensters klebte ein Schwalbennest, perfekter Rundbau, ein Elternteil war mit der Vervollkommnung beschäftigt, schleppte Ästchen, kittete, mauerte, leimte.

„Ich muß hinzufügen", sagte Sebastian, „daß du keine Bedenken zu haben brauchst. Seit dem Christophorustag –", er wies mit einer winzigen Kopfbewegung auf das erwähnte Möbelstück, „– hat es außer mir niemand mehr betreten."

Ich schwieg verblüfft.

Wir standen nebeneinander im halbdunklen Stall, Aranka zerrte an Kette und Futterraufe, tänzelte leicht, aufmerksam, als ich sie ansprach, ihr über den braunglänzenden Hals strich. Das Licht fiel schräg durch das Stallfenster, Heuduft, Pferdegeruch, leises Stampfen und Schlagen, Atem von zwanzig zufriedenen, kauenden Tieren.

„Sebastian", sagte ich, „wenn ich heute beim Sommernachtsritt nicht vom Pferd falle oder sonst etwas passiert, werde ich im April ein Baby haben."

Er stand still. Reaktionslos, als hätte es ihn nicht erreicht. Legte den Arm auf Arankas Rücken, strich sich mit der Hand die Haare aus der Stirn, sah geradeaus, durch die Stallwand hindurch. Aranka hatte zu zerren aufgehört, stand still, weichwarmer, brauner Tierkörper zwischen uns.

Sebastian hob plötzlich den Kopf, nahm mich in seinen Blick.

„Du reitest nicht“, sagte er.

„Ich...“

„Du reitest nicht. Wir fahren.“

„Das Sommernachtsfest“, sagte ich.

„Der Kurs ist zu Ende. Sie brauchen mich nicht mehr. Gut, daß du noch nicht ausgepackt hast. Wir fahren nach Budapest, jetzt gleich.“

Er schlug Aranka mit der flachen Hand auf die Kruppe, wandte sich um, verließ den Stall so schnell, daß ich ihm kaum folgen konnte. Ging über den Hof auf das Wirtschaftsgebäude zu, Mittagssonne, Schotterweg, ich lief halb betäubt neben ihm her.

„Wartest du?“ sagte er vor dem Tor, faßte mich an den Armen, hastig, war im Hausflur verschwunden, wenig später Stimmen durch das geöffnete Parterrefenster, seine und eine zweite Männerstimme, brüchig, Wortfetzen, ungarisch, deutsch.

Er kam wieder, lächelte, nahm mich um die Schulter, führte mich über den Vorplatz zum Seitentrakt.

„Ich muß mich von den Kindern verabschieden. Wir fahren mit dem Nachmittagszug.“

Verdammt, dachte ich zwischendurch, wo führt das hin? Du läßt dich treiben wie Ophelia. Wo ist der dritte Akt, wo war der erste? Ich bin gewohnt, die Dinge zu entscheiden, wer will, wer kann es mir abnehmen? Ein Film, dachte ich wenige Stunden später, als die Hügel von Buda aus der Ebene tauchten, das Häusermeer näherrückte, uns zu umschließen begann, ich spiele eine Rolle darin und sehe gleichzeitig zu.

Ich kannte dieses schwebende Glücksgefühl aus meiner Kinderzeit. Wenn Papa gesagt hatte: Zieh deine Fischerhosen an, Simone, wir gehen zum Jahrmarkt. Er hatte den grauen Anzug in den Schrank gehängt, war in ein Paar alter Hosen geschlüpft und hatte sich ein buntes Halstuch umgebunden. Die einzige Konzession an seine Gelehrsamkeit war seine Brille, ohne die er nichts sah, aber die störte nicht, er wirkte wie ein Student auf Kneipenbummel. Er hatte mich an der Hand genommen und war mit mir im Trubel untergetaucht, irgendwann fanden wir uns auf dem Karussell auf zwei nebeneinander kreisenden Pferden oder unter dem Zeltdach der Würstchenbude, während draußen der Regen von den Plachen troff.

Ich mußte daran denken, als wir, am Fenster stehend, in die sonnendunstige Stadt einfuhren und der schwingende Druck auf meinem Zwerchfell sich verstärkte, Ungewißheit, Erwartung, Spannung, Freude.

Sebastian quetschte meine Hand, sagte: „Die Kettenbrücke. Sie ist die schönste Brücke der Welt.“ Blieb mit dem Blick daran hängen, bis ihm der Zug in der nächsten Kurve die Sicht nahm. Wandte sich mir zu und sagte: „Seit ich sie zum erstenmal gesehen habe, möchte ich darauf wohnen.“

Wir hatten das Gepäck in einem kleinen Hotel abgestellt, auf der Pester Seite, Sankt Gellért sah von seinem Berg in unser Balkonzimmer. Zum Abendessen gingen wir hinüber nach Buda, beim Überqueren der Brücke mußte ich die Augen schließen. Sebastian führte mich. „Es ist zu früh“, sagte er, „erst beim Heimgehen, du mußt sie das erste Mal im Licht sehen.“

Ich fiel in diesen Budapester Abend wie in den Traum von der Schwerelosigkeit. Hatte Flügel bekommen, kreiste damit über dem Gasthausgarten, in dem die Zigeuner spielten, Sebastian hielt meine Hände, stand vor der Kulisse aus Klängen und Licht. Der Rückweg führte durch ein paar enge Gassen, offene Türen, Lichtstreifen auf dem Asphalt, fremde Laute, farbig, freundlich, der Geruch von offenem Feuer, Zwiebel, frischem Brot, Kaffee. Kopfsteinpflaster, nach einer Wendung: die Brücke. Monument aus Stahl, Ketten und Licht, hundert Jahre Historie, schwebendes Bauwerk über spiegelndem Strom. Ich verstand sofort, was Sebastian meinte: Von allen Brücken der Welt sieht sie am wenigsten einem Zweckbau gleich. Sie ist ein Palast mit Zinnen, Wachttürmen und Toren.

Wir standen in der Mitte des Fußgeherweges, sahen flußaufwärts den sanften, kreisenden Stromschnellen entgegen, das Lied des Wassers stieg hoch, monotones Rauschen, umschloß, umfing. Sebastian neben mir, Strickjacke, zärtlicher Schatten, vorgebeugt, hatte die Ellenbogen auf das Stahlgeländer gestützt, die Hände ineinander gelegt.

„Hier habe ich gestanden, nachdem meine Eltern verunglückt waren", sagte er, „die ganze Nacht lang bis zum Morgen. Sie waren unterwegs auf Urlaubsreise gewesen, mit ihrem ersten Auto. Vater hat den Führerschein erst spät gemacht. Zu spät vielleicht." Er wandte sich um nach dem Hügel, von dessen Spitze der Budapester Hausheilige das Kreuz in der erhobenen Hand in den Himmel streckt. „Ich habe mich bei ihm beschwert. Mit ihm gekämpft, viele Stunden lang. ‚Wie stellst du dir das vor?' habe ich ihn gefragt. ‚Was soll jetzt werden?'"

„Was hat er geantwortet?"

„Ein einziges Wort: ‚Türelem.' Es war zu Lebzeiten sein Leitspruch und heißt Geduld." Sebastian lachte. „Das wunderbare ist, daß die Heiligen am Ende immer recht behalten."

„Bist du geduldig?"

„Ich habe mich dafür gehalten." Er wandte sich wieder zurück, sah hinaus auf den Fluß, seine Augen wurden um einen Schatten dunkler, er schüttelte leicht den Kopf. „Aber anscheinend habe ich mich geirrt. Ich habe mir nicht viel Zeit gelassen, Vater zu werden."

„Sebastian", sagte ich, ich mußte mir einen Ruck geben. Wem ist schon aufgefallen, daß schicksalsträchtige Unterhaltungen meist von höchst banalen, wenn nicht heiklen Eröffnungsdialogen eingeleitet werden. „Die Sache ist die, daß ich üblicherweise schon die Pille nehme. Ich dachte nur, daß ich sie im Urlaub nicht brauche."

Ein Schleppkahn tauchte unterhalb der Margaretenbrücke auf, glitt in der Dunkelheit auf uns zu, weißgraue Rauchfahne, Lichtreflexe zu beiden Seiten des Buges, hochflutende Wellen mit breitem Kamm. Sebastian schwieg, sah dem Schiff entgegen, löste seine Hände voneinander, strich sich das Haar aus der Stirn.

„Wie heißt der Herr, für den du üblicherweise die Pille nimmst?"

„Alfons. Er ist Diplomkaufmann. Freizeit- und Gartenmöbel."

Sebastian nickte. Schloß die Hände wieder ineinander, sah darüber hinweg dem Dampfschiff entgegen, dessen Anhänger unterhalb des Brückenbogens hervorzutauchen begann. Sprach nicht sofort, erst nach ein paar Sekunden.

„Was wird Alfons sagen, wenn wir heiraten?"

Zwei Wasservögel flogen vom Ufer auf, durchschnitten die Luft mit knatterndem Flügelschlag. Stießen oberhalb des Brückenbogens einen zweistimmigen, schrillen Schrei aus. Der Kahn war rasch nähergekommen, doppelte Geschwindigkeit, Strömung und Maschinenkraft, stieß mit der Spitze unter die Brücke, wurde breit, schäumende Wellenkämme zu beiden Seiten, in lichtgebrochenen Streifen dem Ufer zulaufend.

„Ich kann dich nicht heiraten", sagte ich.

Der Rauch hüllte uns in weiße Schwaden. Aufsteigend, wirbelnd, beißend. Meine Augen brannten.

„Warum nicht?" fragte Sebastian.

Der Rauch hatte sich in meinen Augen festgesetzt, bildete einen Schleier.

„Weil es eine Mußehe wäre", sagte ich, die Stimme glitt mir weg, „das kann nicht gutgehen."

„Wer sagt das?"

„Alle. Frag, wen du willst. Jeder weiß es. Im ersten Augenblick hält man es für eine Lösung. Aber später verzeiht man es einander nicht."

„Ich weiß, wovon du redest", sagte Sebastian, er war ernst geblieben, „aber ich habe in meinem Leben nie nachgedacht und dabei meist recht behalten. Es ist das einzige, was mir im Augenblick einfällt. Das einzige, was ich möchte."

„Weil es eine verschobene Situation ist", sagte ich, „ein Stück Zukunft hat sich herumgedreht und ist uns entgegengelaufen. Jetzt glaubst du, daß wir den restlichen Teil auch umdrehen müssen, damit es wieder stimmt."

Wenn man mir am Morgen nach der Nacht von Tatabánya gesagt hätte, daß ich den Rest meines Lebens mit Sebastian verbringen solle, hätte ich keine Sekunde gezögert.

„Es ist nicht nur das", sagte ich.

„Was?"

„Das weißt du so gut wie ich." Der Anhänger war unter der Brücke verschwunden, ein Rest Rauch stieg zwischen den Gitterstäben hoch. „Wenn eine Sache nicht langsam wachsen kann, hat sie keine Chance. Vielleicht hätten wir eine gehabt, eine echte." Der

Rauch drückte mir die Kehle zu. „Das werden wir jetzt nie mehr erfahren.“

„Wir könnten es erfahren“, sagte Sebastian.

Die Möwen waren wiedergekommen. Verfolgten einander, strichen in der Tiefe über die Wasserfläche hin, daß man meinte, sie müßten in dem glatten Spiegel steckenbleiben, untertauchen.

„Sebastian“, sagte ich, „du wärst in deinem Leben nicht auf den Gedanken gekommen, ein Mädchen zu heiraten, mit dem du einen einzigen Tag verbracht hast, der sechs Wochen zurückliegt.“

„Das stimmt“, sagte Sebastian, „vielleicht wäre ich erst nach einem Jahr auf den Gedanken gekommen. Wir müssen einander die Chance geben, die Entwicklung nachzuholen.“

„Glaubst du, daß das möglich ist?“

„Ich glaube es“, sagte Sebastian, „aus einem sehr einfachen Grund. Aber damit ist nichts getan: Du müßtest es ebenfalls glauben.“

Ich wandte mich ab. Es war sinnlos, zu denken, wie es zwischen uns hätte werden können. Sinnlos, darüber traurig zu sein, daß uns ein gemeinsames Stück Leben genommen war, ehe wir es besessen hatten.

„Es kann nicht gut werden. Nicht auf diese Weise“, sagte ich. Kindertränen, in der Kehle festgefroren, Auflehnung, würgender Trotz.

„Wir machen es noch einmal“, hatte Großvater gesagt, wenn ein Spiel schiefgegangen war. „Du gehst zur Tür hinaus und kommst noch einmal herein.“ Man konnte damit alles auslöschen.

„Wir können es nicht auslöschen“, sagte Sebastian in diesem Augenblick, „und ich möchte es auch nicht, nicht um alles in der Welt. Was dich stört, ist, daß ich nicht dich heiraten will, sondern die Mutter meines Sohnes.“

Ich schluckte. Das war es. Er hatte es ausgesprochen.

„Aber daran ist im Augenblick nichts zu ändern. Nicht in deinem Bewußtsein.“

„Auch nicht in deinem.“

„Vielleicht nicht. Trotzdem besteht kein Grund, eine positive Sache zu unterlassen, weil sie zum unerwarteten Zeitpunkt oder aus nicht vorher festgelegten Gründen geschieht.“

Ich ließ seine Worte verklingen, fühlte ihnen nach.

„Ich möchte es gerne glauben", sagte ich, „aber ich brauche dir als Psychiater nicht zu erklären, daß es Dinge gibt, die vom Kopf her nicht zu steuern sind."

„Nein", sagte Sebastian. Sah hinaus auf den Strom. Der Mond war über den Dächern aufgestiegen, zog eine weiße Spur über das Wasser. Unterhalb der Margaretenbrücke tauchte ein Passagierschiff mit erleuchteten Fenstern auf.

„Sebastian", sagte ich, ich mußte schnell sprechen, um den Satz zu Ende zu bringen, „es ist wunderbar, daß du es gesagt hast. Wunderbar, daß du es willst." Ich wiederholte mich, aber mir fiel kein anderes Wort für ihn ein. „Ich will dir nur sagen, daß ich das weiß. Es hat nichts damit zu tun, daß es nicht geht."

„Nein", sagte Sebastian ruhig. Er hatte die Augen auf das näherkommende Schiff geheftet. Fernher trug der Wind zerrissene Klänge über das Wasser, Zigeunerkapelle, Molltöne, schwebend, weichstimmige Akkorde. Als Großvater gestorben war, hatte ich ihm nächtelang Vorwürfe gemacht, war schweißgebadet aufgewacht, unzusammenhängende Sätze, Worte auf den Lippen, wie hast du das tun können, fortgehen, mich verlassen, das war gemein, wie konntest du das tun? Wein nicht, Simone, hatte er gesagt, du weinst um verschüttete Milch, dazu bist du zu groß, nur Kinder weinen um verschüttete Milch.

Ist es aus? Unser Gespräch ist aus. Wir scheinen auf der Brücke festgewurzelt, ich kann nicht gehen und du auch nicht. Das Motorschiff hat an der Uferstation angelegt, wenige hundert Meter stromaufwärts. Passagiere steigen aus, steigen zu. Die Kapelle an Deck hat nicht aufgehört zu spielen.

„Ich wollte eine große Hochzeit", sagte Sebastian. „Mit Pferdewagen und Orgel und einem Pfarrer, der sich beim Reden die Brille putzt."

Hinter uns ratterte ein Lastwagen über die Brücke, sie erzitterte unter unseren Füßen.

„Eine Hochzeitsreise auf einem Schiff", sagte Sebastian.

Apulien.

„Apulien", sagte ich.

„Wie?"

„Großvater und Großmutter haben ihre Hochzeitsreise nach Apulien gemacht. Sie waren fünfzig Jahre lang ohne Pause glücklich."

„Siehst du", sagte Sebastian.

„Bei ihnen war alles anders. Sie kannten einander zwei Jahre. Großvater war Student und wohnte bei ihren Eltern in Untermiete. Als sie sich verlobten, wollte er ihr auf der Kohlenkiste einen Kuß rauben. Sie saßen auf der Kohlenkiste. Großmutter sagte: Aber Herr Fleury!"

„Ich hätte die beiden gern gekannt", sagte Sebastian.

„Sie war eine bezaubernde Dame. Und er ein imposanter Herr. Er war auf der Hochzeitsreise Schiffsmeister in Piquet."

„Ich bin auch nicht schlecht in Piquet", sagte Sebastian.

Das Schiff legte wieder ab.

Schon gut. Wir haben keine Chance. Laß uns gehen. Der Rauch brennt in meinen Augen, immer noch. Ist flüssig geworden und läuft mir die Wangen hinunter, es tut sinnlos weh, jedes Wort, jeder Gedanke. Die Brücke hat nicht aufgehört zu vibrieren. Ist jetzt Großvater hinter mich getreten, um mir die Hand auf die Schulter zu legen?

Das Schiff hatte die Flußmitte erreicht, tastete mit dem Scheinwerfer das Wasser ab. Vor meinen Augen verschwamm er in nebligem Dunst, wurde zu einer Korona aus trübem Gelb, schimmernd, salzig, heiß.

Sag ein Wort, Großvater.

Was er sagte, besaß Gewicht, was immer es war. Es gibt Menschen, die mit einer Aura von Autorität geboren sind. Bleib hinter mir stehen, bis ich es gefaßt, geformt habe.

„Sebastian", sagte ich.

„Ja?"

„Ich weiß, was wir tun."

„Sag es."

„Wir nehmen uns zwei Jahre. Verstehst du? Wir lassen es laufen, wie es gelaufen wäre. Lernen einander kennen. Holen die verlorene Zeit zurück."

„Warte", sagte Sebastian.

„Wir heiraten in zwei Jahren, wenn wir es dann noch wollen.

Nicht des Kindes wegen, sondern unseretwegen. Dann stimmt es wieder.“

Sebastian strich sich das Haar aus dem Gesicht, wandte sich mir zu. Das Licht des Bordscheinwerfers, vom Wasser reflektiert, lag auf seinem Gesicht. Das Schiff schoß auf die Brücke zu, gestochene Geigenklänge aus der Tiefe, zerbrechlich hoch, von seltsam zäher Melodik.

„Nicht schlecht“, sagte er. Mein Herz tat einen schnellen Schlag. „Ich weiß, was du meinst. Und etwas daran ist richtig.“ Er lächelte, seine Augen ruhten auf mir, unbewegt, glänzend, tief. „Es ist ein Jammer, wenn zwei so gescheite Leute wie wir vor einem Problem stehen, das man am besten ohne nachzudenken löst.“

„Ich bin wahnsinnig glücklich, Sebastian“, sagte ich.

„Ich auch. Aber wir dürfen unser Kind, bildlich gesprochen, nicht mit dem Bad ausgießen.“

„Tun wir das?“

„Möglicherweise. Die erste Lösung war zur Gänze auf unseren Sohn abgestimmt.“

„Ja. Und?“

„Die zweite Lösung, deine, ist zur Gänze auf uns beide abgestimmt.“

Ich zögerte einen Augenblick. „Ja.“

„Wir müssen einen Weg zwischen den Extremen finden. Uns allen dreien gerecht werden. Das geht.“

„Meinst du?“

„Du willst doch bei Silbermann im Institut anfangen.“

„Ja.“

„Dich später dort habilitieren. Einen Teil seiner Übungen hat er dir schon für das nächste Semester zugesagt.“

„Ja.“

„Wie wird er sich zu einem außerehelichen Sohn deinerseits verhalten?“

„Fabelhaft. Er ist ein vernünftiger Mann.“

„Und seine Kollegen? Deine Kollegen?“

„So etwas ist schon dagewesen.“

„Bei Universitätsprofessoren nicht zwingend. Ich weiß nicht, wie viele es gibt, die die Sache mit deinen Augen sehen.“

„Mein Gott –", sagte ich.

„Und wie wird sich dein Sohn dazu stellen? Vielleicht wäre er gern von Anfang an im Besitz eines eigenen Vaters. Sigmund Freud hat diesbezüglich ziemlich konkrete Theorien aufgestellt."

„Aber wir wollen doch nicht..."

„Nein", sagte Sebastian, „wir wollen nicht müssen. Und deine Idee mit den zwei Jahren ist gut. Aber man kann sie noch verbessern."

„Wie", sagte ich, „wie sieht sie dann aus?"

„Wir verschieben die zwei Jahre. Wir nehmen sie uns später. Wenn unser Sohn so vernünftig ist, daß wir es ihm erklären können. Daß er keinen Schaden davonträgt. Freud legt diesen Zeitpunkt etwa mit dem dreizehnten Lebensjahr fest. Da unser Sohn überdurchschnittlich intelligent sein wird, ist er schon mit zwölf soweit. Wenn er vierzehn ist, sind wir wieder beisammen."

„Und in der Zwischenzeit –"

„Ganz recht", sagte Sebastian, „wir trennen uns für zwei Jahre. Als nachträgliche Prüfungs- und Verlobungszeit. Nachher fangen wir bei der Stunde Null wieder an."

„Sebastian", sagte ich, nachdem ich die Sprache wiedergefunden hatte, „dein Konzept ist überwältigend. Es ist die einzige Lösung für uns. Ich möchte dir kein Kompliment machen, aber ich glaube, daß du ein Genie bist."

Sebastian grinste.

„Wenn du dieser Ansicht bist", sagte er, „bildet das eine gesunde Basis für unsere Ehe."

Das Schiff war unter die Brücke geglitten, hatte die Geigenklänge mit sich genommen, sie lösten sich, stromaufwärts geweht, in einzelne melodische Partikel auf. Sebastians Gesicht, wieder ins Dunkel getaucht, war mir so nahe, daß ich seinen Atem an meiner Wange fühlen konnte.

„Wir heiraten am dritten November", sagte er, „für einen Pferdewagen und einen brillenputzenden Pfarrer wird es reichen. Aber für Apulien werden wir im Augenblick allerdings kein Geld haben."

„Das verschieben wir", sagte ich rasch, „bis zu unserer Stunde Null. Dann hat es ohnehin erst die richtige Basis. Vorher hätte ich gar keine Nerven dafür. Wie kommst du auf den dritten November?"

„Sankt Hubertus", sagte Sebastian. „Ich habe mir für diesen Tag Urlaub genommen. Es ist der einzige freie Tag, den ich mir im Wintersemester genehmigt habe. Ich fahre jedes Jahr nach Táta zum Hubertusritt."

„Was wird die Jagdgesellschaft sagen, wenn du nicht kommst?"

„Sie wird es verstehen", sagte Sebastian, „ich werde ihr auseinandersetzen, daß ich als werdender Vater verhindert bin."

Das Schiff gab aus der Ferne zwei langgezogene Huptöne von sich.

„Apulien", sagte Sebastian, „klingt so geheimnisvoll wie die Zeit, die davor liegt. Wir tragen ein Stück unbetretenen Landes in unsere Ehe: Wie es aussieht und ob man darin wohnen kann, werden wir erst wissen, wenn es vorbei ist. Wir werden durchgehen wie durch eine Urlaubsreise." Er hielt inne, horchte den abgerissenen Pfeiftönen nach. „Man sollte jedes gemeinsame Leben so beginnen: Mit einem Stück aufgesparter Freiheit, für die irgendwann der Tag kommt."

Ich fühlte das Stahlgeländer unter meinen Händen nicht, nicht den Asphalt unter meinen Füßen. Die alte Kettenbrücke, das Schloß mit Zinnen und Toren, schwebte über dem Abgrund, und das Rauschen, das von dort heraufstieg, hatte den Klang aus der Muschel von Großvaters Schreibtisch.

„Unsere Ewigkeit wird länger dauern", sagte Sebastian, „die Lebenserwartung ist heute höher, und wenn wir nicht zuviel Diät leben und nicht zuviel Sport betreiben, werden wir friedliche hundert Jahre alt."

Er nahm ein Taschentuch aus seiner Jackentasche, es war rotgrün kariert, später sollte ich erfahren, daß er zwei Dutzend davon besaß, er hatte sie bei einem Stechen in Körös-Táta gewonnen, und wischte mir damit über die Wangen.

„Hör auf", sagte er, „erstens kann ich es nicht sehen, und zweitens gibt es keinen Grund: Wir haben alles, was zwei Menschen besitzen können, und noch zwei Jahre extra."

Ich nickte, griff nach dem karierten Ungetüm.

Die Zukunft lag vor uns wie der buntgeknüpfte Teppich von Sebastians Burschenzimmer in Körös-Táta. Als ich meinen Fuß zum ersten zögernden Schritt darauf setzen wollte, fiel mir etwas ein. Ich atmete hastig ein, stockte, hatte das rechte Wort nicht gefunden, sah zu Sebastian auf.

„Ja", sagte Sebastian und quetschte meine Hand, „ich habe auch gerade daran gedacht: Was machen wir mit Alfons, dem Freizeitmöbelspezialisten?"

„Ich weiß es nicht", sagte ich. „Ich weiß es noch nicht."

Er hatte sich mir zugewandt, sanfte Geste, seine Augen waren ernst. „Soll ich mit ihm sprechen?"

„Nein", sagte ich, „das muß ich selbst tun. Ich werde es tun, sobald ich zu Hause bin. Dann schreibe ich dir."

Sebastian nickte.

„Da wir gerade dabei sind", sagte ich, „ich sollte dich vielleicht nicht fragen, aber..."

„Du hast recht", sagte Sebastian. „Natürlich habe ich etwas zu beenden. Teilweise habe ich es schon getan, wie ich dir angedeutet habe. Den anderen Teil erledige ich, sobald ich in Heidelberg bin."

„Was meinst du mit teilweise?" fragte ich, da ich ihn nicht verstand.

„Die Sache ist die", sagte Sebastian, er hatte sich zur Seite gewandt, räusperte sich ein paarmal, knüllte das Taschentuch, das er mir wieder abgenommen hatte, zwischen den Fingern, „daß es sich um zwei verschiedene Personen handelt. Ich weiß, was du jetzt denkst, und ich habe es nur gesagt, weil ich unser gemeinsames Leben nicht mit einer Lüge beginnen will: Wenn du nämlich sachlich überlegst, wirst du dahinterkommen, daß es die Angelegenheit nicht erschwert, sondern erleichtert."

„Sebastian –", sagte ich etwas fassungslos.

„Mach dir bitte keine Gedanken", sagte Sebastian, „es handelt sich um eine mehr oder weniger aus Zerstreutheit resultierende Konstellation, keinesfalls um eine Lebensauffassung. Ich werde dir das in angemessener Zeit beweisen. Es hat ausschließlich mit der Natur des Sujets zu tun."

„Wie meinst du das?" fragte ich, da ich ihn wieder nicht verstanden hatte.

„Die Sache ist die", sagte Sebastian, er hatte zu knüllen aufgehört, das Taschentuch lag ruhig in seiner geöffneten Hand, „daß ich dich liebe. Ich will es dir schon die ganze Zeit sagen. Schon in Körös-Táta, nachdem du angekommen warst, in meinem Zimmer, bevor wir in den Stall gegangen sind. Aber es hätte sich nicht gut gemacht, es ausgerechnet in dem Augenblick zu sagen, da man jemandem kein eigenes Bett anbieten kann."

Ich sagte nichts, weil nichts zu sagen war.

Die Lichter Budapests waren in den Strom gefallen, schwammen darin wie Schnüre aus Silber, Sebastians Hände lagen an meinen Schultern, sanfte Forderung, Glühbirnen an aufgehängten Stahlseilen, Strickjacke, Holzknöpfe, der Geruch von Rasierwasser, schwindelnder, schweigender Fall.

„Simone", sagte Sebastian, seine Stimme klang heiser, er sagte es in meinem Rücken in die glasklare, elektrisch aufgehellte Nachtluft hinein, „der Himmel weiß es, ich liebe diese Brücke. Aber unter den vorliegenden Umständen möchte ich keine überflüssige Minute mehr hier verbringen."

5

Nikolaus Schilling ist nicht wiederzuerkennen. Hat sich gehäutet wie eine Schlange, oder, um es poetisch auszudrücken, ist wie Phönix aus der Asche gestiegen. Irgendwo zwischen Bibliothek und physikalischem Kabinett ist sein früheres Ich auf der Strecke geblieben, Sebastian verfolgt die Metamorphose mit fachkundigem Interesse, die Kollegen vermuten eine neu aufgetauchte weibliche Sensation in Nikolaus' Germanistenalltag – zu Unrecht, es ist Apulien, das ihn so verändert hat. Die Arbeit an seinem Buch, das Schiff, das er bestiegen hat, um erst nach Beendigung der Reise wieder von Bord zu gehen. Er durchkreuzt die Gänge der ehrwürdigen Alma mater in wiegendem Seemannsschritt, wechselt mit gläsernem Blick von Steuerbord nach Backbord, wenn ihm ein Hindernis in Gestalt einer feindlichen Fakultät entgegensegelt, hebt manchmal den Blick, verweilt auf dem Gegenüber, abwesendes Nicken, verklärt aufblitzendes Grinsen, knorriger Händedruck, geht wieder auf Kurs, gleitet, Hindernisse schlafwandlerisch umschiffend, in die offene See hinaus.

„Wie er seine Vorlesungen hält, ist mir ein Rätsel", hat Sebastian gesagt, „er befindet sich im Stadium der schöpferischen Auflösung."

Apulien hat nicht nur sein Leben verändert.

An jenem Abend nach dem Besuch in Lauerbachs Keller sind wir nicht bis zur Hendricksbrücke gegangen. Sebastian blieb stehen, mitten auf dem Damm, nahm mich um die Schulter, begann ein Gespräch über Sue Brahmswicks gestörte Beziehung zur Logik, es war kein leichtes Thema, und ich mußte, wie bei allen Berufsgesprächen mit Sebastian, höllisch aufpassen, um in der Spur zu bleiben. Ich habe noch nicht gesagt, daß diese Gespräche ein feststehender Teil unseres Zusammenlebens waren, dazugehörten wie essen und schlafen und die gemeinsame Sorge für Christopher Hubertus, und daß sie die hin und wieder in unkontrollierte Zärtlichkeit ausschlagende Bilanz immer so weit ins Gleichgewicht brachten, daß sich der Circulus regenerieren konnte: Wir waren nach einer abgeschlossenen Diskussion umgewandelt und ausgetauscht, so daß wir uns auf neuer Ebene einander nähern konnten.

An jenem Abend auf der Hendricksbrücke hatte unser Gespräch einen fremden Klang, war konziliianter und mit ungewohnter Herzlichkeit beladen. Wir lachten lauter und argumentierten vorsichtiger als sonst. Eine Art von Kontrolle hatte sich eingeschlichen, Status quo ist zu halten, nur keine Meinungsverschiedenheit. Zu Hause gingen wir ins Bett, natürlich, wir mußten es einander ja beweisen. Was beweisen? Daß unsere Ehe glücklich war?

Ich erinnere mich, wie wir gemeinsam Christophers Geburt entgegengewartet hatten. Die Ecke im Kaffeehausgarten auf dem Großstadtpflaster, Abenddämmerung, wir saßen einander Hand in Hand gegenüber, tranken Schokolade, die Wehen wurden stärker, ich preßte Sebastians Finger, erst jede Viertelstunde, dann alle fünf Minuten, das Taxi wartete. „Du mußt essen", hatte Sebastian gesagt, „ich kenne diese Kliniken, du bekommst nichts vor sechs Uhr früh, und wenn du Drillinge zur Welt bringst, nimm noch ein Stück Kuchen, Christopher Hubertus braucht deine Hilfe." Er hatte sich fair gezeigt, der wunderbare Sohn, war innerhalb von vierzig Minuten zum eigenständigen Erdenbürger geworden, brüllte, atmete, strampelte, tat alles, was man von ihm erwartete, zielte darüber hinaus als erste eigenständige Aktion aus seinem winzigen, aber tadellos gebauten männlichen Attribut der Hebamme auf ihre hilfreichen Hände.

„Er wird ein guter Reiter werden", sagte Sebastian und versuchte dem verständnislos dreinblickenden Sohn seine Mittelfinger probeweise als Zügel in die Fäustchen zu schieben. Christopher Hubertus griff zu, jedes Baby tut das, und war von da an mit Vorschußlorbeeren behaftet, die, wie ich noch heute glaube, seine Abkehr vom Sport zugunsten der Wissenschaft bewirkt haben: Rein mechanischer Protest gegen allzufrühe Einstufung.

Erste winzige Wohnung, Windeln über dem Küchenherd, Institutsbetrieb, Studium mit abwechselnder Babyversorgung, Prüfungen, Rigorosen. Sebastian assistierte in München, habilitierte sich schließlich in Heidelberg, ich folgte ihm, arbeitete am dortigen Institut, habilitierte mich zwei Jahre später, nachdem ich meinen Kampf mit der Textlinguistik nicht siegreich, aber heroisch zu Ende gebracht hatte. Vier Jahre später gemeinsame Übersiedlung an die Victoria Luise.

Und Apulien? Wir hatten darauf vergessen. Was hätte uns daran erinnern sollen?

Christopher war ein prachtvoller Bursche. Konnte mit fünf Jahren schreiben und lesen, war mit sechs imstande, unbotmäßige Erstklassler mit gezieltem Jagdhieb zu Boden zu strecken. Er wandte dazu die Taktik des Kung Fu an, die erst Jahre später durch das Fernsehen bekannt werden sollte, gleichzeitiger Fußtritt und Faustschlag, man muß sich so etwas im Kindesalter aneignen, später gehorchen die Gelenke nicht mehr. Christopher war in diesem Punkt Autodidakt wie in anderen Bereichen, die zu erwähnen mir Bescheidenheit verbietet. Manches eignete er sich nicht sofort an, sondern studierte es ausführlich, ehe er es anwandte, seinen ersten Scheitel zog er, wenn ich nicht irre, mit zehn, seine erste Schuhschleife band er mit elf, Manuelles bedeutete Grenzbereich für ihn, ich erinnere mich an das jahrelang bestehende Problem betreffend das zu köpfende Frühstücksei, aber eines Tages beherrschte er auch diesen Trick und hätte von da ab dem Henker von Paris als Gehilfe dienen können.

Das war Christopher Hubertus. Und Sebastian, mein Ehemann?

Er hatte sich nicht verändert, und was wäre Besseres zu sagen? Nicht verändert seit Tatabánya, seit dem Nachmittag von Körös-Táta, dem Abend von Budapest: ...Die Sache ist die, ich liebe dich...

Eines Tages hatten wir auch darauf vergessen, daß es eine Muß-Ehe gewesen war. Protestierten entrüstet, als Christopher uns nach einer Biologiestunde darauf ansprach. Hielten dann inne, mußten lachen, es stimmte, die 285 Tage gingen von Sankt Hubertus bis zu seinem Geburtstag nicht aus, die Biologie ist eine exakte Wissenschaft, wir gestanden, Christopher schlug Sebastian verständnisvoll auf die Schulter, auch in dieser Situation kein Erinnern, der Bogen war anders herum gelaufen, die Forderung blieb ungeformt.

Christopher begann vorsichtig, eventuelle Geburtstagswünsche ins Gespräch zu bringen. Von einem astronomischen Globus war die Rede, von einer faltbaren Sternkarte, einem nautischen Kompaß. Er hat den Wunsch geäußert, die dritte und und vierte Mittelschulklasse in England zu absolvieren, und seine Eltern, überrumpelt und emanzipiert, haben seinem bis ins Detail ausgearbeiteten Lebensplan mit klopfendem Herzen zugestimmt: Englisch ist die Sprache der Astronomie, Mami, ich muß sie beherrschen, bevor ich in die Oberstufe komme. Dann habe ich keine Zeit mehr. Es gibt ein College für Jungen in der Nähe von Greenwich, der Sohn von Lauerbachs ist dort, keine zehn Minuten per Autostop zur Sternwarte.

Ich fragte mich manchmal, auf welchem Weg wir uns befanden. Zeitweise schien er zurück in die Geborgenheit, zeitweise geradeaus ins Nichts zu führen. Eine Woche verging, eine zweite. Die Vorlesungen liefen im vertrauten Rhythmus. Sebastian arbeitete nachmittags in der Klinik, Kayssa hatte ihn gebeten, ihm bei der Fertigstellung ihrer Psychopathologie behilflich zu sein. Ich hatte an einem Essay über Stefan Zweig zu arbeiten begonnen. Ich hasse Essays, besonders solche über Schriftsteller, zwei Zeilen von Stefan Zweig sind aufschlußreicher, als es zwanzig Seiten über ihn sein können, aber der Chefredakteur der „Weltwoche" hatte mich darum gebeten, und ich bin der „Weltwoche" verpflichtet. Christopher hatte unauffällig begonnen, seinen Schreibtisch für etwaige neu hinzukommende Gegenstände freizumachen. Der Rektorstag fiel in diesem Jahr auf den 28. Februar und wurde mit einer achtstündigen Konferenz, betreffend die bevorstehende Hundertjahrfeier der Alma mater, begangen. Als das große Kollegium gegen neunzehn Uhr entlassen wurde, tagte das kleine weiter bis gegen zweiundzwanzig Uhr. Tags darauf, wir hatten Hölderlin durchgenommen – ich erinnere mich daran, weil mir Hölderlin beim Rezitieren infolge der unorthodoxen Interpunktion unweigerlich Schluckkrämpfe verursacht –, wurde ich nach Ende der Vorlesung zu seiner Magnifizenz DDr. Lauerbach in die Rektoratskanzlei gebeten.

„Hallo, du Tier!"

Die Ausdrucksweise seiner Magnifizenz ist mindestens so unorthodox wie Hölderlins Gebrauch von Punkt und Komma. Er stand hinter seinem Monstrum von Schreibtisch, kaukasisch Nuß, aufgestützte Fingerspitzen, schief hängender Schlips, wirres Gelehrtenhaupt, wache, wasserblaue Augen, Adlernase, eigenwillig vorspringendes Kinn. Wenn DDr. Lauerbach nachzudenken pflegte, machte letztgenannte Partie sich selbständig, der Unterkiefer begann zu wandern, mahlte, zitterte, kam zum Stillstand, schob sich vor, schnellte zurück, fiel, wurde ruckartig angehoben. Es gehörte zu Sebastians Spezialitäten, in Kollegiumssitzungen von der Kinnbewegung seiner Magnifizenz deren gefaßte Entschlüsse vorzeitig abzulesen, er pflegte mir diese vermittels Kassiber über den Konferenztisch zuzuschieben und traf damit zu neunzig Prozent ins Schwarze.

„Setz dich", sagte seine Magnifizenz, den Schlips von der rechten nach der linken Seite befördernd, das Kinn mit kühnem Ruck vorschiebend. „Was gibt's, du Tier?"

„Nichts Außergewöhnliches", sagte ich. Die Anrede entspringt Lauerbachs Lebenseinstellung, er hält nicht allzuviel vom Menschen, hebt Individuen, die es in seinen Augen verdienen, solcherart aus der Menge. „Du hast mich rufen lassen."

Lauerbach nickte. Ließ sich, aufgestützte Fingerspitzen, rücklings in den rektoralen Ohrensessel fallen. Deutete mit schlenkernden Fingern auf die Zigarettendose.

„Raucht das Tier?"

„Im Augenblick nicht." Hölderlin saß mir zu frisch in der Kehle. Ich lehnte mich im Gästestuhl zurück, schloß die Finger um meine angezogenen Knie. „Was kann ich für Eure Magnifizenz tun?"

„Erfährst du früh genug. Wie geht's mit der Horde?"

Die Horde sind die Studenten. Ich habe nie Schwierigkeiten mit Studenten. Vielleicht weil ich meinen Beruf bis zur Unsinnigkeit liebe.

„Es geht gut. Warum?"

Lauerbach grinst. Hat mich in Unsicherheit gejagt und freut sich darüber. Versucht es jedesmal, scheitert, sobald ich auf der Hut bin. Heute, da ich nicht konzentriert bin, ist es ihm gelungen.

„Und die Familie? Das Großtier? Und das Welpentier?"

„Sind gesund. Christopher hat gestern seinen ersten Sprung gemacht. Einen Meter zwanzig."

„Wassergraben?"

Ich nicke.

„Teufel, Teufel", sagt seine Magnifizenz.

Er hat mit meinem Sohn des öfteren fachwissenschaftliche Diskussionen geführt. Ist Mathematiker und Hobby-Astronom, sein zweites Doktorat stammt aus der Jurisprudenz, er ist der Erfinder von Christophers Bussole, was immer das sein mag, darüber hinaus sein Taufpate. Unsere Freundschaft stammt aus Münchner Tagen, ich erinnere mich, daß wir große Bedenken hatten, ihn zum Taufpaten zu bitten, obwohl er sich mit Vehemenz angetragen hatte, sein Vorname lautet Dionysos, und wir fürchteten, diesen dem Vornamen unseres Sohnes hinzufügen zu müssen, bis er selbst das Thema darauf brachte und uns davon abriet.

„Es ist ein Name, der zu obskuren Dingen verpflichtet."

Seine Magnifizenz lebt spartanisch, dem verpflichtenden Namen zum Trotz. Seit dreißig Jahren mit derselben hochgeschlossenen, strenggescheitelten, bei näherer Bekanntschaft überraschend großherzigen Dame verheiratet, nährt er sich in der Hauptsache von Rollmops und Blattspinat. Sein reiterliches Fachwissen stammt aus Kriegstagen, Reiter Dionysos Lauerbach stand während der Jahre 1940 bis 42 dem zweiten Mecklenburgischen Kavallerieregiment vor.

„Dein Nebenfach sind die Theaterwissenschaften", sagt er, an imaginärem Gummi kauend, „das ist, wenn ich nicht irre, in Wien ein Hauptfach?"

„Ist es, Magnifizenz."

„Gibt es dabei eine Art Praktikum?"

„Gibt es."

Worauf will er hinaus? Die Standuhr, hinter dem Schreibtisch auf kaukasischen Dreifuß placiert, läßt musizierende Amoretten – ihre Instrumente sehen Saxophonen ähnlich – um eine etwas eiförmig geratene Weltkugel kreisen.

„Wie sieht so ein Praktikum aus?"

„Meine Güte –" Ich bin im Augenblick überfragt. „Soviel ich

weiß, kann man es auf verschiedene Art absolvieren. Erstellung eines Regiekonzeptes, journalistischer Einsatz, Inszenierungspraxis. Ich habe seinerzeit bei Häussermann und Schnitzler Regieassistenz gemacht."

„Prachtvoll", sagt Lauerbach und reibt sich die Hände, erzeugt damit ein trockenes, raschelndes Geräusch.

„Möchtest du eine neue Lehrkanzel installieren?"

„Gott behüte." Lauerbach kaut, hält inne, blickt über meinen Kopf hinweg auf den Kronleuchter, scheint die einzelnen Bestandteile, Glaszylinder, Kugelschnüre, einer gewissenhaften Inspektion zu unterziehen. „Wir dachten, daß du die Festaufführung zur Hundertjahrfeier inszenieren könntest. Sicher hast du brauchbare Leute unter deiner Horde, Germanisten sind in der Regel ein musisches Volk. Wir dachten an einen kleinen Goethe oder Lessing. Irgend etwas Deutsches. Könnte auch eine dramatisierte Novelle sein. Drei, vier Personen, Dauer nicht länger als dreißig Minuten. Clausewitz studiert mit dem Hochschulchor den letzten Satz der Neunten ein, seid umschlungen, Millionen. Dann die Ansprachen. Dann eine halbe Stunde Literatur. Zum Abschluß Hillebrand mit seinem Streichquartett. Eine würdige Sache. Was meinst du?"

„Klingt nicht schlecht", sage ich.

„Überleg es dir. Wir haben das Thema gestern eingehend traktiert. Außer dir ist niemand da, der eine Ahnung vom Theater hat. Könntest du unter deiner Horde ein paar Komödianten ausfindig machen?"

Ich überlege. Paul Helwin, der zwei Meter große romantische Junge aus Westfalen, der so gut aus dem „Werther" liest. Ich hätte ihn heute bitten sollen, Hölderlin zu rezitieren, dann müßte ich jetzt nicht dauernd schlucken. Dann ist da die blonde Kurzhaarige, Barbara, ein schönes Mädchen, etwas herb, schaut mit verschleiertem Blick zu mir auf, wenn wir Heine durchnehmen. Einen Intriganten hätte ich, die „Kabale" könnte ich gut besetzen, aber die ist dafür zu lang.

„Nun?"

„Ich denke, ja, Magnifizenz. Es wird sich machen lassen."

„Gutes Tier. Hab's gewußt. Was brauchst du an Bühnenbild und Kostümen?"

„Kann ich im Augenblick noch nicht sagen. Erst wenn ich das Stück habe. Soll es tragisch oder lustig sein?"

„Beides, wenn du verstehst, was ich meine. Keine Toten, kein Klamauk. Etwas, das uns auf angenehme Weise den Ernst der Stunde nahebringt."

Keine leichte Sache. Ich stehe auf, wühle in Gedanken bereits in der deutschen dramatischen Literatur.

„Textbücher ziehen wir dir auf dem Xerox ab. Proben kannst du jeden Nachmittag in der Aula, Krappmeier steht dir als Bühnenmeister und Techniker zur Verfügung."

Krappmeier ist der Portier, der im Alleingang Giftmischungen herstellt und an den Mann bringt. Ich nicke.

„In Ordnung. Ich melde mich, sobald ein Teilresultat vorliegt. War das alles, Magnifizenz?"

„Beinahe." Dionysos Lauerbach hat sich aus seinem Sessel hochgestemmt, schreitet, aufgestützte Fingerspitzen, die Schreibtischkante ab, Halbkreis, steht vor mir an der Vorderfront. Hebt den Blick abermals zum Kronleuchter, scheint, seitlich verschobenes Kinn, die Glasperlen an der Schalterschnur zu zählen. Hält unvermittelt inne, sagt, sich mir zuwendend, mir sanft in die Augen sehend: „Wir haben beschlossen, dir die Institutsleitung anzutragen. Wirst du akzeptieren?"

Ich stehe bewegungslos. Versuche, mir die Überraschung nicht anmerken zu lassen. Habe begriffen, daß Außergewöhnliches im Gange ist. Was hat die Kommission zu ihrer Entscheidung bewogen? Der Rangnächste wäre Nikolaus.

„Was ist mit Kienzl?" Kienzl ist der derzeitige Institutsleiter.

„Kienzl geht nach Göttingen. Hat sich mit Ausdauer und Geduld dort den Boden bereitet, arbeitet seit fünfzehn Jahren daran. Für ihn kommt ein junger Germanist aus Berlin, dem wir erst auf den Zahn fühlen müssen."

„Wenn du mir das Institut anbietest", sage ich langsam, meine Gedanken bruchstückweise aufsammelnd, „übergehst du Nikolaus Schilling."

„Ich weiß." Der Rektor ist ernst geworden, seine Augenbrauen über den ruhigen Augen haben sich zu einem buschigen Strich zusammengezogen. „Wir wissen es, Simone. Aber der Beschluß steht fest. Schilling ist nicht der geeignete Mann. Nicht in diesem Augenblick."

Ich auch nicht, will ich sagen, nicht in diesem, in keinem Augenblick. Ich will ein Buch schreiben, das Material dazu habe ich von meiner Vorlesung über die Literatur nach '45 komplett zu Hause liegen, wenn ich meinen blöden Essay fertig habe, fange ich damit an, mein Verleger hat mir fünftausend Mark Vorschuß gegeben, ich habe davon schon die Unterwasserausrüstung für Christopher Hubertus gekauft.

„Magnifizenz –", sage ich.

„Simone." Er hat abgewinkt, mit schlenkernden Fingern, es ist ihm ernst, ich bin nicht mehr das Tier, ein Kampf ist auszutragen, und er gedenkt ihn zu gewinnen. „Du kannst die Victoria Luise nicht im Stich lassen."

„Und Kutschera –?"

„Kutschera feiert heuer den Achtundsechzigsten, kommt in anderthalb Jahren zur Emeritierung. Das Kollegium möchte keine Verlegenheitslösung."

„Ich bin eine Verlegenheitslösung." Ich muß zweimal schlucken, ist das noch Hölderlin oder die Enttäuschung über auftauchende Schwierigkeiten. Ich will nicht, ich bin Lehrerin, kein Administrator, ich hasse Verantwortung, fürchte sie, bin damit überfordert. Plötzlich verstehe ich Sebastian: Eine Aufgabe wie diese ist eine Fußangel.

„Du bist doch ehrgeizig, oder?"

„Nicht auf diesem Sektor. Ich möchte ein brauchbares Buch schreiben. Meine Horde zum Doktorat bringen. Sebastian und Christopher ein präsenter Partner sein. Meinst du nicht, daß das reicht?"

„Für dich", sagt Dionysos Lauerbach, wasserhelle Augen unverwandt auf mich gerichtet, zur Ruhe gekommenes Kinn in die Luft gereckt, „nicht für die Victoria Luise."

„Was ist mit Nikolaus Schilling?"

„Weißt du es nicht?" Seine Stimme wird weich, er hat Nikolaus gern, scheint die Entwicklung zu bedauern. „Seine Absenzen nehmen zu. Vielleicht geht er durch eine Krise, jeder geistig arbeitende Mensch macht so etwas einmal durch, ich bin sicher, daß die Sache über kurz oder lang ins Gleichgewicht kommt. Es ist nur nicht der Moment, ihm auch noch das Institut aufzuhalsen." Er wischt mit der Hand durch die Luft, stützt sie wieder auf die Tischkante. „Selbst wenn die Dekanatskonferenz dafür gestimmt hätte: der Studentenschaft wäre nicht damit gedient gewesen."

Ist das so? Er ist hart, Doktor Lauerbach, wenn es um die Alma mater geht. „Hart, aber ungerecht", sagt er manchmal selbst im Scherz. Nikolaus hat mit der Institutsleitung gerechnet, bereitet sich seit langem darauf vor. Hat Pläne geäußert, privater und administrativer Natur.

„Weiß es Schilling schon?"

„Er wird es erfahren, sobald du akzeptiert hast."

Das ist unmöglich. Ein Schachspiel, das keinem dient. Eine Figur wird weggestellt, die andere an ihre Stelle gerückt. Wie soll ich meinem igelhaarigen Freund in die Augen sehen? Und ich würde es hassen, das Institut, wie ich den Essay hasse, wie ich alles hasse, wozu man mich zwingt.

„Ich verstehe dich", sagt Lauerbach um eine Nuance lauter, seine Augenbrauen zucken, er preßt in der Gedankenpause die Lippen aufeinander, „aber du mußt mit deinem inneren Schweinehund ins Gericht gehen. Ihn zum Schweigen bringen. Das muß eines Tages jeder von uns. Du bist der Alma mater verpflichtet."

„Ich bin nicht verpflichtet, einen Freund zu verletzen. Wenn Nikolaus denkt, daß ich ihn verdrängt habe, verzeiht er mir nie."

„Für Schilling wäre es möglicherweise angenehmer, von einem dahergelaufenen Anfänger aus Berlin ausgestochen zu werden." Lauerbachs Sanftheit kann ätzend sein, sein Blick bleibt ruhig und offen. „Wir wissen, daß du keine Patentlösung bist." Seine Ehrlichkeit wäre unter andersgelagerten Umständen verletzend, im Augenblick tut sie mir merkwürdig wohl. „Es handelt sich um einen Kompromiß für beide Teile. Die Alma mater hat keine Wahl. Du hast keine Wahl, Simone."

Meine Kehle ist ausgetrocknet. Nikolaus, alter Kumpel. Was hat Apulien für uns gebracht, für dich und mich? Wenn du dein Buch schreibst, hat es sich für dich gelohnt. Bleibt einer von uns beiden auf der Strecke? Wer, und zu welchem Zweck? Ich schlucke. Hölderlin. Vor einer halben Stunde war die Welt noch rund. Jetzt ist sie eiförmig, und ich soll auf ihrer Spitze stehen, von saxophonblasenden Amoretten umtanzt.

Was wird Sebastian sagen, wenn ich meine Nachmittage im Institut verbringe, anstatt –

„Augenblick", sage ich, da ist die Lösung, meine Worte überstürzen sich. „Du hast Sebastian Kayssas Nachfolge angeboten. Wenn das soweit ist, werde ich, schon aus rein privaten Gründen, die Institutsleitung nicht mehr..."

„Sebastian hat abgelehnt", sagt Lauerbach mit pelziger Stimme.

Was sagt er da? Sebastian hat abgelehnt. Ohne mit mir zu sprechen? Seit zwölf Jahren haben wir jeden Entschluß gemeinsam gefaßt.

Der Boden der altehrwürdigen Rektoratskanzlei beginnt unter meinen Füßen zu schwanken. Es kommt so plötzlich, daß ich nach der Schreibtischkante greife und dabei, ohne es zu wollen, Dionysos Lauerbachs aufgestützte Finger berühre. Er hat es bemerkt, verhält, angespanntes Kinn, sekundenlang unbewegt, ehe er weiterspricht.

„Sebastians Absage bringt uns keine definitive Schwierigkeit. Reitmeyer ist imstande und gewillt, an die Victoria Luise zu kommen. Was uns Kopfzerbrechen macht, ist die Germanistik, nicht die Psychiatrie."

Wann hat Sebastian abgelehnt? Gestern? Heute? Ist es soweit, daß wir Entschlüsse selbständig fassen, jeder für sich? Die Standuhr auf dem Dreifuß tut drei hohe, durchdringende Schläge.

„Simone –", sagt Lauerbach.

Laß mir Zeit. Ich muß überlegen. Die Vorgänge haben mich überrumpelt, eingekreist. Ich muß ein paarmal schlucken, das ist nicht mehr Hölderlin, das ist Apulien. Die Augen seiner Magnifizenz, wasserblau, sanfte Forderung, sind auf mich gerichtet.

„Laß mir Zeit", sage ich.

„In Ordnung, du Tier. Ich weiß, du läßt mich nicht im Stich. Kienzl steht dir als Konsulent zur Verfügung, bis du dich eingearbeitet hast. Es bleiben dir vier Monate zur Vorbereitung, zuzüglich der Sommerpause. Wenn du willst, kann Kutschera bis Semesterende deine Übungen übernehmen."

„Nein", sage ich, „ich möchte die Übungen nicht abgeben."

„Gut so. Ich dachte nur, weil die Proben zur Hundertjahrfeier parallel laufen müssen."

Die Proben.

„Wann findet die Vorstellung statt?"

„Zwanzigsten Juno. Nach Abschluß der Rigorosen. Wir haben Heidelberg und Darmstadt eingeladen. Das halbe Berliner Kolleg hat zugesagt. Wir werden es ihnen zeigen."

Das ist Dionysos Lauerbach. Er fordert nicht für sich. Und nichts, was er selbst nicht zu geben bereit wäre. Ich greife nach meiner Mappe.

„Kann ich gehen, Magnifizenz?"

„Natürlich. Grüß das Großtier und deinen Welpen. Sie werden mir verzeihen. Eines Tages werden sie stolz auf dich sein."

Eines Tages.

Ich steuere meinen Karman aus dem Parkhof. Er ist silbermetallisé, flacher Käferrücken, ein Saurier unter den dort parkenden Autos. Ich habe ihn vor zehn Jahren von meinen ersten Kolleggeldern erworben, aus dritter Hand, er war damals schon ein Oldtimer, besitzt inzwischen den zweiten Motor und steuert damit auf den dritten Hunderttausender zu. Ich pflege ihn wie eine exotische Pflanze, er bekommt, was immer er braucht. Alles an ihm ist zwei- bis dreimal ersetzt, das einzig Originale ist die Karosserie, und die wird noch weitere zehn Jahre überdauern. Ich hätte ihn längst weggeben können, aber irgendwie hänge ich an diesem ersten Symbol meiner Bewegungsfreiheit.

Sebastian hat abgelehnt. Über der Hendricksbrücke steht eine grauschwarze Wolke, sie sieht aus wie ein Haifischkopf. Offener Rachen, spitz zulaufende Zähne. Ich bin sonst keine schlechte Autofahrerin, aber da hätte ich beinahe einen Kilometerstein erwischt.

Ich lehne mich zurück, versuche durchzuatmen. Warum fahre ich stadtwärts? Ich habe ein paar Besorgungen zu machen, aber die sind nicht so wichtig. Angst, nach Hause zu kommen? Seit wann gibt es das für mich?

Und wenn er abgelehnt hätte, weil er Pläne hat? Pläne, die nichts mit uns beiden zu tun haben. Ausgeschlossen, oder? Warum hat er nichts gesagt?

Der Junge muß über das Gitter der Parkumzäunung geklettert

sein. Ist mit einem Satz auf die Fahrbahn gesprungen. Ich sehe ihn erst, als mein Kotflügel ihn streift, der Oberkörper zusammengeklappt wie ein Taschenmesser seitlich über die Motorhaube fällt. Es gibt ein dumpfes, polterndes Geräusch, der Ruck preßt mich in die Polsterlehne. Ich trete auf die Bremse. Kreischen, Schleudern, das Lenkrad unter meinen Händen wird zu Watte, was ist geschehen, Unwirklichkeitsgefühl, ich taste nach der Wagentür. Da liegt er ausgestreckt auf dem Asphalt, seitlich neben dem Vorderrad, muß von der Kühlerhaube geglitten sein, ich kann nicht aussteigen, ohne ihn zu berühren. Passanten, Rufe, ein Herr gestikuliert mit dem Spazierstock, Wortfetzen, direkt unter den Wagen gelaufen, kein Blut, ich will mich bücken, da bewegt er sich, zwei, drei Gestalten knien, der Junge richtet sich auf, sitzt, schaut um sich, verdutzt, wischt mit dem Ärmel über seine Stirn.

Herrgott. Ich habe noch nicht begriffen, kann Anfang und Ende nicht auseinanderhalten. Die Bewegung stockt, läuft wie im Film vor und zurück. Anhalten, was geschieht? Der Junge lebt. Schüttelt den Staub von seinem Hemd. Wischt sich über Arme, Brust. Ergreift eine Hand, die sich ihm entgegenstreckt. Steht auf zwei gummiweichen Beinen.

„Lauf heim zur Mutter", höre ich eine rauhe Frauenstimme sagen, „idiotisch, so was. Springt mitten vor den Wagen. Schwein hat er gehabt, Schwein!" Der Herr mit dem Spazierstock fuchtelt. „Anzeigen sollte man so was." – „Ist ja ganz vorschriftsmäßig gefahren, der Wagen." – „Machen Sie mal weiter, da stockt schon der Verkehr. Wenn Sie einen Zeugen brauchen –"

Das gilt mir. Der Junge ist an den Zaun zurückgewichen, schwingt sich darüber, verschwindet, plötzlich losrennend, im Dikkicht.

„Fahren Sie mal los. Haben Sie einen Schock oder so was?"

Ich klemme mich hinter das Lenkrad. Schock ist nicht schlecht gesagt: Natürlich, der Junge ist auf die Fahrbahn gelaufen. Aber normalerweise hätte ich anders reagiert. Meine Beine gehorchen mir nicht. Als ich vorhin auf den Gashebel trat, glaubte ich doch tatsächlich sekundenlang, den Boden der Rektoratskanzlei unter meinen Füßen zu spüren.

Zweiter Gang. Dritter. Die Panik sitzt mir als Eisumschlag im

Nacken. Macht mir die Arme so starr, daß ich das Rad kaum führen kann. Der Haifischkopf ist in zwei Teile zerfallen: der Oberkiefer schwebt himmelwärts, während der Unterteil sich mit auseinanderbröckelnden Zähnen in die Breite dehnt.

Vierter Gang. Der flimmernde Asphalt verschwimmt vor meinen Augen. Ich trete auf die Bremse, kurble das Fenster hinunter. Halte ein paar Sekunden am Straßenrand. Kinder laufen über den Damm. Der Junge, der vor wenigen Minuten neben meiner Wagentür auf der Straße lag, war in Christophers Alter.

Ich wende, nicht ganz vorschriftsmäßig, gebe Gas, fahre zurück, dem Universitätsgelände entgegen. Die Verkrampfung löst sich ein wenig. Es hat keinen Sinn auszuweichen. Wenn es etwas gibt, worüber wir uns klarwerden müssen, dann soll es lieber jetzt gleich sein.

Kreuzung Wangerode, Kreuzung Bibertal. Heute sind mehr Kinder als sonst auf den Straßen, oder irre ich mich? Meine Benzinuhr zeigt an, daß ich vor Ablauf der nächsten zehn Kilometer tanken muß.

Rechtskurve, Schotterstraße. Da beginnt der schmiedeiserne Gitterzaun. Ulmen grenzen die Einfahrt ab, nach der Kurve taucht über dem schneebedeckten Dach der Alma mater der Capitolinus auf. Ich wende mich im Vorüberfahren zur Seite, da liegt der Universitätskomplex im Nachmittagslicht, sanftes Gold auf hochragenden Mauern. Die breite Treppe, das schwere, holzgeschnitzte Tor. Wo bin ich zu Hause, wenn nicht hier? „Deine Beziehung zur Alma mater unterliegt einem Mißverständnis", hat die Soziologie bei passender Gelegenheit gesagt, „du bringst ihr Emotionen entgegen, die man normalerweise nur einem Menschen entgegenbringt." Vielleicht hat er recht. Was ist „normalerweise"? Ich habe Sebastian gefragt, und er wußte keine Antwort.

Die Auffahrt zum Capitolinus beginnt, Eisfahrbahn, mit Sand bestreut, Schneehügel am Straßenrand. Da, rotes Licht auf meinem Armaturenbrett. Ist das Benzin schon zu Ende? Ich müßte noch bis zur Tankstelle an der Ampel kommen. Aber es geht bergauf, und die Zufuhr stockt, wenn der Behälter schräg liegt. Der Motor tukkert ein paarmal, verstummt.

Ich sehe mich um. Die Straße ist leer. Kein Mensch um diese Zeit unterwegs. Siesta in allen Bungalows. Erst gegen Abend kommen sie einzeln, zögernd aus ihrem Bau.

Ich habe keine Möglichkeit, als auszusteigen und durch den Laubwald hügelaufwärts zu gehen. Wenn Sebastian zu Hause ist, können wir mit einem Kanister zur Tankstelle fahren und den Wagen flottmachen. Ich rolle rückwärts an den Straßenrand, halte, sperre ab. Es ist kalt auf dem freien Gelände, ich beeile mich, das Wäldchen zu erreichen. Zu Fuß sind es etwa zehn Minuten bis zu unserem Haus.

Ich kenne den Weg so gut, daß ich ihn mit geschlossenen Augen gehen könnte. Im Sommer lassen wir den Wagen oft unten an der Straße stehen. Der Weg durch den Birkenwald ist unser täglicher Ausgleich für die langen Stunden im Auditorium oder in der Bibliothek.

Da kommt die Brücke, ich weiß es, ohne hinzusehen. Der Bach ist zugefroren, flinke kleine Wasservögel laufen scheinbar ziellos über das Eis. An der linken Seite ist das Geländer vermodert, jetzt liegt eine Schneeschicht darauf, aber im Sommer sehen die aufgebrochenen Späne wie eine Miniaturlandschaft aus, Flözerwerkstätte im Kleinformat. Christopher hat gelacht, als ich es ihm sagte, ein Osmoseprozeß, Mami, Fäulnis birgt nichts Geheimnisvolles. Für ihn zählt die biologische Tatsache, die Phantasieausflüge seiner Mutter behandelt er mit nachsichtiger Geduld.

Ich muß vorsichtig gehen, um nicht zu rutschen, meine Schuhe haben Ledersohlen, und der Weg ist glatt. Vorne an der Biegung der geborstene Baumstumpf, der Weg vom östlichen Bungalowblock mündet dort ein, ich gehe darauf zu, ohne die Augen vom Weg zu heben. Der Baumstumpf scheint mir anders als sonst, sein Umriß stimmt nicht, etwas in mir signalisiert Vorsicht, und da ich, etwas widerwillig, den Blick vom Boden hebe, bleibe ich wie festgewurzelt stehen: Der Umriß ist der Schatten eines Mannes, der reglos auf dem Baumstumpf sitzt und mir entgegensieht.

Es dauert ein paar Augenblicke, bis ich die Füße vom Boden lösen kann: Weitergehen, alles andere wäre sinnlos. Der Laubwald ist an dieser Stelle so dicht, daß ich die Gesichtszüge des Mannes nicht ausnehmen kann. Weitergehen, ohne ihn anzusehen.

Meine Schritte klingen stumpf auf dem eisigen Boden. Noch ein paar Meter, fünf oder sechs. Ich setze ruhig Fuß vor Fuß, nicht zu rasch, mein Herz klopft bis in die Schläfen. Die Wegkreuzung liegt genau zwischen den Hügeln, niemand würde mich schreien hören, die Möglichkeit, daß sich um diese Zeit jemand hierher verirrt, ist gleich Null.

„Guten Tag, Frau Professor", sagt eine flachklingende Männerstimme. Der Schatten hat sich aufgerichtet, die Beine von sich gestreckt, daß ich stehenbleiben muß, um nicht darüberzufallen. Im Geiste lasse ich Sebastians präsumtive Ratschläge hastig Revue passieren. Versuche, im Weitergehen die in den Weg gestreckten Stiefel zur Seite zu schieben, bleibe, da die Stiefel nicht nachgeben, stehen.

„Wer sind Sie?"

„Ist es die Möglichkeit!" Er lacht auf, es klingt unnatürlich hoch, er zieht blitzschnell das eine Bein an sich, schiebt es hinter meine Füße, ich bin zwischen seinen beiden Stiefeln gefangen. „Wir kennen einander seit über fünf Jahren. Was sage ich, es müssen sechs sein. Vor zwei Wochen waren es genau sechs Jahre. Sind Sie nicht mit Beginn des Sommersemesters in die Victoria Luise eingetreten?"

„Das stimmt." Ich suche in meinem Gedächtnis. Der Mann ist jung, etwas über zwanzig vielleicht, hat ein blasses, gutgeschnittenes Gesicht, dunkle, kinnlange Haare, einen weichkonturierten, etwas nervösen Mund. Da er mich ansieht, kneift er die Augen zusammen, was seinem Gesicht den Ausdruck einer sonderbar hilflosen Verschlagenheit gibt.

„Wie steht's mit dem Erinnerungsvermögen? Ihr Gedächtnis ist doch eine Klasse für sich." Er scheint mir bekannt, die Stimme, die Kopfhaltung, ich kenne ihn gut, habe ihn erst kürzlich gesehen, nicht nur einmal, oft, finde keinen Anhaltspunkt.

„Helfen Sie mir", sage ich. Wundere mich selbst über die Ruhe in meiner Stimme. Mein Herz klopft in rasenden Schlägen. Die Augen des Mannes sind auf mich gerichtet, etwas zuckt darin auf, wechselnder Ausdruck, schwer zu deuten, es scheint von unverhülltem Wohlgefallen zu eiskaltem Zorn zu reichen.

„Warum sind Sie zu Fuß unterwegs?" Er mustert mich, zurückgelehnt, die Hände hinter sich auf den Baumstumpf gestützt. „Sie sind eine verdammt attraktive Frau. Haben Sie keine Angst, daß Ihnen etwas zustoßen könnte?"

„Das Benzin ist mir ausgegangen."

„Habe ich vermutet." Er lacht kurz auf. „Ich sah von meinem Fenster, daß Sie den Wagen an der Straße parkten. Da dachte ich mir, ich gehe Ihnen ein Stück entgegen und biete Ihnen meine Begleitung an." Er fährt sich kurz mit gespreizten Fingern durch das Haar, beobachtet mich mit zusammengekniffenen Augen. „Oh, Verzeihung!" Er zieht die Füße zurück, als hätte er mich unabsichtlich festgehalten, gibt den Weg frei. „Wenn es Ihnen recht ist, bringe ich Sie nach Hause. Ich könnte es nicht verantworten, daß Ihnen etwas zustößt. Es wäre eine Katastrophe für die Victoria Luise."

Ich wende mich zum Gehen, er ist aufgestanden, ist dicht neben mir. Paßt sich meinen Schritten an, wendet sich sekundenlang mir zu, daß ich seinen Atem an meiner Wange fühle. Bei einer glatten Stelle schiebt er seinen Arm unter meinen Ellenbogen, steuert mich mit geschmeidigem Zugriff über das Eis.

„Was täten Sie ohne mich?" sagt er, lacht wieder leise, schüttelt den Kopf. „Wer hätte das gedacht: Daß ich eines Tages so einfach neben Ihnen durch den Wald gehe." Er preßt meinen Arm mit schmerzhaftem Druck. „Ich finde es großartig. Sie nicht?"

Ich versuche, auf meiner Wegseite zu bleiben. Mich aus seiner Umklammerung zu lösen. Er läßt es nicht zu, gibt meinen Bewegungen scheinbar unabsichtlich nach.

„Sie nicht?" wiederholt er nach einer Pause, bleibt stehen, ohne sich von mir zu lösen, fährt sich mit der freien Hand durch das Haar.

Diese Bewegung. Schon vorhin hat er diese Bewegung gemacht. Ich kenne sie gut, muß sie erst vor kurzem gesehen haben, gestern oder heute.

Da ist es: Nikolaus! Der Vorhang ist gerissen. Meine Verblüffung ist so groß, daß die Angst völlig verflogen ist.

„Sind Sie –"

„Na also", sagt er, lacht ein wenig lauter als zuvor, läßt mich los, tritt einen Schritt zurück. „In voller Größe. Als wir einander das erste Mal begegnet sind, war ich allerdings einen Kopf kleiner als heute. Erinnern Sie sich?"

„In der Aula", sage ich, „am Abend meiner Angelobung. Unter

dem Wandarm, auf dem die Kerzen brannten. Ich habe dir die Wachsflecken vom Ärmel geputzt."

„Gewonnen", sagt er, steht schräg vor mir auf dem Weg, die Hände in den Taschen seiner Lederjacke vergraben. „Ich habe schon für Ihr Gedächtnis gefürchtet, der Victoria Luise wegen. Aber wie sich zeigt, war das überflüssig: Sie sind eine fabelhafte Errungenschaft für die Universität."

Ich fühle, daß mir die Röte in die Stirn gestiegen ist: Die Anrede ist mir herausgerutscht, ohne daß ich es wollte.

„Verzeihen Sie", sage ich.

„Keine Ursache." In seinen Augen steht ein kühles Glitzern. „Frauen Ihres Formats dürfen sich alles erlauben. Außerdem, wer sagt Ihnen, daß meine Seele bei Ihren Worten nicht einen Luftsprung getan hat?"

Ich möchte fort. Er ist es tatsächlich, Nikolaus Schillings Sohn. Im Grunde habe ich nichts von ihm zu befürchten. Ich bin ihm früher ein paarmal begegnet, er hat mich scherzhaft „Tante Simone" genannt. Ein hübscher Junge, wenngleich als schwierig bekannt. Caspar Hillebrand hat ihn in seinem Seminar gehabt und hatte große Mühe mit seiner Beurteilung.

„Ich möchte nach Hause..." Wie war nur sein Vorname? „Meine Familie wartet auf mich."

„Daniel", sagt er, als hätte er meine Gedanken erraten, „Daniel Schilling. Ich wäre untröstlich, wenn ich Ihre Zeit zu sehr in Anspruch genommen hätte. Lassen Sie uns gehen, Frau Professor."

Er nimmt meinen Arm, geleitet mich schweigend, meinen Schritten genau angepaßt, durch den Wald. Als sich das Laub über uns zu lichten beginnt, der Weg schließlich nach einer Biegung hinaus ins freie Schneefeld führt, läßt er mich los, geht in formellem Abstand wie ein zufälliger Begleiter neben mir her. An der Abzweigung zu unserem Bungalow bleibt er stehen, deutet eine Verbeugung an.

„Ich bin glücklich, Sie wohlbehalten zu Hause zu wissen. Wenn Sie meine Begleitung wünschen, stehe ich Ihnen jederzeit zur Verfügung."

„Danke." Es hätte nicht so ironisch klingen sollen. Ich habe mich zum Gehen gewandt.

„Einen Augenblick", sagt er, er klingt gepreßt, atemlos, fast bittend. „Sagen Sie mir auf Wiedersehen."

„Bitte?"

„Auf Wiedersehen, Daniel. Nur ein einziges Mal."

„Auf Wiedersehen, Daniel."

„Ganz recht", sagt er. „Auf Wiedersehen, Frau Professor."

Ich fühle, daß er stehenbleibt und mir nachsieht, als ich mich umwende, die wenigen Schritte zu unserer Bungalowtreppe hinaufgehe.

Christopher liegt im Wohnzimmer bäuchlings auf dem Teppich, hat eine Unzahl engbeschriebener Bogen um sich verstreut, eine geologische Weltkarte, Blätter mit Skizzen von Ellipsen und Kreisbahnen. Ich bin hastig eingetreten, bemühe mich, die Tür hinter mir leise zu schließen.

„Tag, Mutter."

„Tag, Sohn."

„Papa ist in der Mansarde. Wenn du mit ihm sprechen willst, mußt du hinaufgehen. Steig dabei nicht auf mein Planetensystem."

„Wieso glaubst du, daß ich mit ihm sprechen will?"

„Ich sehe es", sagt Christopher, ohne den Blick von seinen Skripten zu heben.

„Hat er zu arbeiten?" frage ich, während ich versuche, auf dem schmalen Teppichstreifen zwischen den Papieren das Zimmer zu durchqueren.

„Ich glaube nicht. Hillebrand ist bei ihm."

Ich bleibe am Treppenabsatz stehen. Hillebrand. Was kann das bedeuten? Sebastian hat kaum persönlichen Kontakt mit ihm. Einmal vor Jahren hat er uns besucht, es handelte sich um ein Seminar in London, bei dem Sebastian einen Kurs übernehmen sollte. Hillebrand ist Naturwissenschaftler und organisiert internationale Gespräche zwischen den Universitäten, derzeit bekleidet er das Amt des Dekans der Philosophischen Fakultät an der Victoria Luise. Irre ich mich oder hat er an jenem Abend in Lauerbachs Keller von seinen Kontakten zu einer amerikanischen Universität gesprochen, Kalifornien, oder war es Carolina? Mein Herz tut ein paar schnelle

Schläge, da ist die Panik wieder, nachdem sie durch die Begegnung im Wäldchen vorübergehend beiseite geschoben war. Der Junge auf dem Hendricksdamm neben meiner Wagentür. Meine Beine gehorchen mir nicht ganz, als ich die Treppe hinaufsteige.

Ich stehe vor der geschlossenen Mansardentür. Gedämpftes Sprechen von drinnen, Worte, in unverständliche Partikel zerlegt. Hillebrands leicht dozierender Ton hebt sich deutlich von Sebastians Stimme ab. Er reißt manchmal ein Wort aus dem Zusammenhang, läßt es verklingen, sich auflösen, ehe er nach dem nächsten greift. Musikalisch nennen es seine Freunde, affektiert seine Gegner. Ich habe die Hand auf die Klinke gelegt. Sinnlos, in Hillebrands Gegenwart Sebastian gegenüberzutreten, das Gespräch wird sich in konventionellen Bahnen bewegen. Aber ich muß Sebastians Gesicht sehen, jetzt gleich.

Hillebrand stützt sich aus dem Lehnstuhl hoch, beugt sich über meine Hand. Sebastian, der neben dem Fenster an der Wand lehnte, er sitzt selten bei Gesprächen, geht lieber auf und ab, kommt hinter Hillebrands Sessel auf mich zu, nimmt mich bei den Schultern, küßt mich auf die Wange. Ich versuche, in seinem Blick zu lesen, ihn zu entschlüsseln. Irre ich mich, oder ist er wie sonst?

Ich setze mich, Kognak, Zigarette, die Bücherwände verschwimmen im Rauch, Hillebrands Augen scheinen ihn zu durchdringen, ruhen auf mir, seltsam unbewegt, intensiv. Ihre Meinung, Frau Kollegin, ja, sage ich, Carolina, eine Gastdozentur, zwei Jahre für Sebastian, nein, für Sie beide, sagt Hillebrand, meine Gedanken laufen quer, was ist mit mir los, hat Apulien mich so durcheinandergebracht, daß ich die Dinge im Zerrspiegel sehe?

„Zwei Jahre“, sagt Sebastian, „Kollege Hillebrand und wir beide – ein Austausch, wie es an einigen Universitäten seit Jahren üblich ist. Christopher wollte bis zur Oberstufe nach England. Auf diese Weise kann er mit uns kommen und trotzdem die Zeit bis zur Fünften in englisch absolvieren. Astronomische Geräte gibt es vermutlich auch in Carolina. Für uns kommen drei Gastdozenten der Harkes-Universität an die Victoria Luise. Das bedeutet Blutauffrischung für alle Teile.“

„Lauerbach –“ sage ich.

„Er wird keine Schwierigkeiten machen.“ Sebastian ist an den

Tisch getreten, schenkt Hillebrands Glas voll, greift nach dem meinen. Hält inne, wendet sich, Glas und Flasche in der Hand, mir zu: „Mein Gott, Lauerbach – Ich versuche seit gestern, es dir zu sagen: Ich habe abgelehnt."

„Ich habe akzeptiert", sage ich mit fremder Stimme.

Sebastian hält in der Bewegung inne. „Du hast was –?"

„Akzeptiert." Meine Worte stehen gläsern im Raum. „Er hat mich gebeten, das Institut zu übernehmen. Gestern, nach der Vorlesung."

Sebastian macht eine hastige Wendung. Sucht meine Augen. Nicht jetzt, signalisiert sein Blick, nicht hier, nicht vor Hillebrand. Er geht ein paar Schritte, steht am Fenster, den Rücken uns zugewandt. Das Licht draußen ist fahl, sieht aus wie eine Wand, die über dem Kiesplatz steht. Sebastians Rücken ist ein dunkler Fleck vor dem Fenstviereck. Hat er etwas gesagt? Ich habe nicht verstanden. Hillebrand springt ein, antwortet für mich. Hebt mir das Glas entgegen, lächelt, bezieht Sebastian in die Bewegung ein.

Ich trinke. Spreche. Fange wieder Hillebrands Blick. Vorgestern oder gestern im Professorenzimmer hat er unsere Kollegmappen vertauscht, lief mir durch die Säulenhalle nach, stand vor mir, lächelnd, ein wenig atemlos, braungebrannt, meliertes Haar, reichte mir die Mappe, kann passieren, Frau Kollegin, Vergebung, schönen Tag noch. Er pariert durchhängende Situationen mit der Grandezza eines Tenniscracks, schlägt den Ball lässig und fair in die vom Partner gewünschte Richtung.

Sebastian steht auf, begleitet Hillebrand zur Tür, öffnet, ich bin ebenfalls aufgestanden, der Kollege schließt seinen Auftritt mit ein paar wohlgerundeten Sätzen ab, er kann sprechen, weiß sich zu bewegen, seine Hörer gehen für ihn durchs Feuer, da ist wieder sein Blick, er sieht einem so direkt in die Augen, daß es entwaffnet. Die beiden gehen die Treppe hinunter, ich bleibe oben stehen, höre, wie sie das Wohnzimmer durchqueren, Hillebrand ein paar Sätze mit Christopher, die Ellipsen betreffend, wechselt. Eine Tür fällt ins Schloß, eine zweite.

Sebastian kommt zurück, ich habe mich nicht von der Stelle gerührt, er sieht müde aus, Hillebrand hat ihn bei der Arbeit überrascht, die Bücher liegen aufgeschlagen auf seinem Schreibtisch. Er zieht sich nur bei äußerster Angespanntheit in die Mansarde zurück, arbeitet sonst lieber im Wohnzimmer in Christophers Gegenwart. Vor ein paar Tagen hat er erwähnt, daß er gemeinsam mit Sutterfield ein Psychogramm ausarbeitet, ein Kriminalfall ist zu klären, ein Siebzehnjähriger, behütet, aus gutem Haus, hat seinen Vater regelrecht exekutiert, ihn gefesselt vor ein Tribunal von gleichgesinnten Freunden gebracht, im Verlauf einer Verhandlung den Tod durch Erschießen verordnet. Das Urteil wurde im Anschluß an die Verhandlung vollstreckt. Sebastian ist als Psychiater vor Gericht geladen. Er engagiert sich wie immer in derartigen Fällen, als ob es um sein eigenes Leben ginge. „Ein Mensch hängt daran", sagt er, „man muß alles tun, um den Mächten ihr Geheimnis zu entreißen."

Er steht vor mir, legt seine Arme um mich, die Wange an meiner Schläfe, ich spüre sein Herz, es schlägt ruhig, ein wenig dumpf, er spricht in den hellen, großfenstrigen Raum hinein.

„Was soll jetzt mit Christopher geschehen?"

„Nach Amerika wäre er sowieso nicht gern mitgekommen. Er möchte in der Nähe von Greenwich sein."

„Du willst, daß ich gehe, Simone."

„Wieso –"

Er atmet kurz auf. Der Druck seiner Arme verstärkt sich für einen Augenblick, ehe er sich löst.

„Weil du nicht sagst, daß ich bleiben soll."

Bei Gott. Dazu gehören keine überragenden psychologischen Kenntnisse. Hillebrand ist an der Seitenfront vorbeigefahren, in den bestreuten Feldweg eingebogen. Schaltet vom ersten auf den zweiten Gang. Verehrung, Frau Kollegin, einen schönen Tag noch. Das Summen seines Motors verklingt hinter der nächsten Kurve in der Stille des Winternachmittags.

Sebastian hat mich von sich geschoben, faßt nach meinen Händen, während er mir sanft, ein wenig forschend in die Augen sieht.

„Simone", sagt er, seine Stimme ist wie immer, während sein Pulsschlag unter meinen Fingern sich dem fliegenden Rhythmus seines Herzens angepaßt hat, „wenn es etwas gibt, worüber wir uns klarwerden müssen, sollte es lieber jetzt gleich sein."

6

Sie nennen ihn in etwas unkorrektem Englisch den „Playmaker“, seit er der Victoria Luise sozusagen im Alleingang drei Jahre hintereinander den Titel im Handballspiel gebracht hat. Auf dem grünen Rasen ist er entfesselt, scheint an allen neuralgischen Punkten gleichzeitig zu sein, läuft, springt, schießt aus jeder Position, reißt eine Mannschaft von hohläugigen Bücherwürmern durch sein bloßes Beispiel zu sportlichen Höchstleistungen hin. Vor drei Jahren haben wir den Favoriten Darmstadt ausgeschaltet, voriges Jahr standen wir im Cup-Bewerb gegen Wiesbaden im Finale, dieses Jahr war es wieder Darmstadt, sie hatten ihre Mannschaft aufgestockt, umgebaut, kämpften verzweifelt, aber Rafe Collins, der „Playmaker“ aus Atlanta, Georgia, an der Victoria Luise Germanistikstudent im siebenten Semester, ließ ihnen keine Chance: Nach dreißig Minuten war das Spiel für die Darmstädter verloren.

„Er sollte sich bei seinem Studium so ins Zeug legen“, habe ich in der Pause zu Sebastian gesagt, „dann müßte er nicht zwölf statt der vorgesehenen sechs Semester bei der Germanistik zubringen.“

„Vielleicht hört er deine Vorlesungen gern“, hat Sebastian grinsend geantwortet.

Die Worte fallen mir ein, als Rafe, breitbeinig an den Türstock gelehnt, Daumen in den Jeanstaschen, am Hörsaaleingang steht und mir entgegensieht. Sooft ich ihm begegne, habe ich den Eindruck, daß er auf irgendeine Weise die Zeit totschlägt. Er schlendert, Hände auf dem Rücken, durch die Kantine, steht in der Säulenhalle und blickt mit schiefgelegtem Kopf den vorüberhastenden Studenten nach. Wandert in der Bibliothek von Regal zu Regal und studiert die Aufschriften, ohne je nach einem Buch gegriffen zu haben. Er ist, nicht nur nach meiner Meinung, überdurchschnittlich intelligent. Hat sich die deutsche Sprache in weniger als einem Jahr angeeignet, spricht nahezu akzentfrei, einzig das ‚r‘ verrät den Amerikaner, er könnte vor der Abschlußprüfung stehen, hat bisher ohne erkennbaren Grund jedes Semester verbummelt.

„Vielleicht ist er verliebt“, hat Nikolaus gesagt, als ich ihm einmal kuriositätshalber eine von Rafes Seminararbeiten vorlegte, die von unnötigen Stilfehlern und Schlampigkeiten strotzte. Aber das glaube ich nicht. Ich habe Rafe Collins nie in Gesellschaft eines Mädchens gesehen. Er scheint sich mit Haut und Haaren dem Sport verschrieben zu haben, trainiert morgens vor der Vorlesung und abends nach dem Zapfenstreich, er wohnt im Studentenwohnheim auf dem Aventinus und ist dort seiner Hilfsbereitschaft und Freundlichkeit wegen bei in- und ausländischen Studenten beliebt. Da ich auf ihn zugehe und er mir mit offenem Lächeln entgegensieht, seinen stämmigen Körper auf den etwas zu kurz geratenen Beinen vom Türstock abstemmt, um etwas wie Haltung einzunehmen, die wasserblauen Augen in dem hübschen braungebrannten Sportlergesicht auf mich gerichtet, denke ich, daß es tatsächlich scheint, als hielte ihn etwas an der Victoria Luise fest – wenn auch nicht meine Vorlesungen, wie Sebastian scherzhaft meinte. Er hält sich unverhältnismäßig viel im Universitätsgebäude auf. Macht kaum Gebrauch von seiner Freizeit, sitzt in fakultätsfremden Vorlesungen herum, Hillebrand hat ihn wiederholt bei naturwissenschaftlichen Kollegs angetroffen, schlendert durch die Gänge, lehnt an den Säulen der Vorhalle, sitzt, wenn es die Jahreszeit erlaubt, auf der Steintreppe vor dem Portal.

Wer weiß, was ihn in den Staaten erwartet, denke ich, vielleicht möchte er einfach nicht nach Hause. Es kann hundert Gründe geben, aus denen man das Heimkommen hinauszögert.

Der Gedanke stimmt mich unlogischerweise sanft, und ich bleibe auf seine bittende Bewegung hin auf der Türschwelle stehen.

„Hej, Professora“, sagt er, die Hand zur Begrüßung auf Ellenbogenhöhe hebend, „ich entschuldige mich für die letzte Vorlesung. Mein Meniskus war rausgesprungen, und ich mußte zum Doktor.“

Ich weiß. Wenn Rafes Meniskus Schwierigkeiten macht, ist das eine Angelegenheit von öffentlichem Interesse.

„Es hat mir leid getan. Barbara sagt, Sie hätten wichtige Dinge besprochen.“

Wichtige Dinge? Ich habe die bevorstehende Aufführung erwähnt, meine Schüler zur Mitarbeit aufgefordert. Wer sich für ein schauspielerisches Talent halte, solle sich melden, ebenso wer ein Stück in Vorschlag zu bringen habe.

„Haben Sie schon einen Regieassistenten?" fragt Rafe Collins.

Ich habe noch nicht einmal ein Stück. Rafes Frage hat mich überrascht, ich weiß im Augenblick keine Antwort. Wenn ich ihn zu meinem Regieassistenten mache, heißt das, daß wir für Wochen aufs engste zusammenarbeiten werden, ein Gedanke, der mir Unbehagen bereitet. Ich erinnere mich, daß ich diese leise Abwehr schon bei unserer ersten Begegnung empfunden habe. Ich schätze Rafe und sehe ihn gern in meinen Vorlesungen, seine Fragen sind konstruktiv, die Diskussionen mit ihm beleben den Unterricht. Aber in seiner unmittelbaren Nähe empfinde ich eine seltsame Abneigung, die ich nicht definieren kann. Sei es gegen seine Stimme, die Bewegungen seiner sehnigen Hände oder den offenen Blick, der absurderweise etwas Exhibitionistisches an sich zu haben scheint. Ich habe mit Sebastian darüber gesprochen, und er nahm die Sache ernst.

„Man soll Freud nicht mit Haut und Haaren verteufeln", sagte er, „auch wenn das heute modern geworden ist. Einige seiner Erkenntnisse besitzen unverrückbare Gültigkeit. Vermutlich ist es die sexuelle Ausstrahlung des Jungen, die dir zu schaffen macht. Abneigung dieser Art ist ebenso häufig wie Anziehung, wird nur nicht als solche erkannt. Collins' Aura scheint der deinen zuwiderzulaufen."

„Was kann ich tun, um ihm gegenüber fair zu sein?" habe ich gefragt. Es war mir aufgefallen, daß ich dazu neigte, Rafe, wenn er sich in meiner unmittelbaren Nähe befand, auf kurze, wenn nicht unfreundliche Weise abzufertigen.

„Versuch ihn zu neutralisieren", sagte Sebastian, „das ist leichter, als du glaubst. Denk dir einen anderen an seine Stelle, wenn du mit ihm sprichst. Antworte dem anderen, und nicht Rafe."

„Was bedeutet das ganze?" hatte ich gefragt. „Ist er ein potentieller Kinderschänder, den ich im Geist hinter Gittern wissen will, oder ein persönlicher Wunschtraum von mir, den ich mir aus naheliegenden Gründen nicht eingestehen will?"

„Keines von beidem", hatte Sebastian geantwortet, „vielleicht eher ein Verirrter oder Fehlgeleiteter, der dich durch die Tatsache, daß du keinen Zutritt zu ihm findest, auf sich aufmerksam gemacht hat."

Rafe ein Fehlgeleiteter. Ich mustere das Urbild sportiver Intelligenz. Was will ich, denke ich, ich muß es mir abgewöhnen, überall Gespenster zu sehen. Jeden Nachmittag zwei Stunden, ich werde ihn auf Distanz halten. Ein Einakter, was ist es im Grunde, das mich stört, ein nicht definierbares Unbehagen, das vermutlich an Hysterie grenzt.

„Professora?" sagt Rafe.

Er wippt kurz auf den Zehenspitzen, gleitet in seine Grätschstellung zurück. Bohrt seine Daumen mit drehförmiger Bewegung tiefer in die Gürtelschlaufen.

„Seit wann interessieren Sie sich für Theater?"

„Von Anfang an", sagt Rafe. „Ich habe in den Staaten einige Semester Dramatic Arts belegt. Wir hatten eine Studioaufführung pro Monat."

Ich weiß zu wenig von meinen Schülern. Der Kontakt außerhalb des Unterrichts ist schwer zu halten, vor allem wenn man sich Zeit für die Familie nehmen muß. Die Lehrer, die ihre Nachmittage in Lauerbachs Keller verbringen, haben es leichter.

„Möchten Sie mein Regieassistent werden?"

„Es würde mir viel bedeuten", sagt Rafe. Seine Augen sind um einen Schein dunkler geworden. „Theater ist eine Art von geschenktem zweitem Leben. Man kann damit etwas anfangen, wenn Sie verstehen, was ich meine."

Ich weiß nicht, ob ich verstehe, was er meint. Muß sich Rafe Collins, sportlich, jung, begabt, beliebt, in eine Traumwelt flüchten?

„Gut, Rafe. Ich bin einverstanden."

„Ich bin sehr glücklich, Professora." Er wippt kurz auf den Zehenspitzen. „Haben Sie schon ein Stück?"

Ich weiß nicht, wie lange ich sein amerikanisches Tempo durchhalte, ohne außer Atem zu kommen.

„Nein. Haben Sie eines?"

„Wie fänden Sie die ‚Geschwister' von Goethe?"

„Die ‚Geschwister'?"

Ich habe es nur wiederholt, um Zeit zu gewinnen. Weiß augenblicklich, daß der Gedanke großartig ist. Ein Dreipersonenstück, Weltliteratur, höchsten Ansprüchen genügend, dennoch für Schüler spielbar.

„Die Idee ist ausgezeichnet. Wie sind Sie darauf gekommen?"

„Ich dachte, es könnte passen. Nicht zu ernst, nicht zu heiter."

Keine Toten, kein Klamauk, hat Lauerbach gesagt. Rafe hat keine Ahnung von dem Gespräch.

„Barbara könnte das Mädchen spielen, Paul Helwin den Bruder. Für den Freund hätten wir..."

„Langsam, Rafe. Nicht alles auf einmal."

„Wann können wir uns unterhalten, Professora?"

„Nach der Vorlesung. Im kleinen Lesesaal. Sagen wir, zwölf Uhr dreißig am Eingang."

„Okay, Professora", sagt Rafe. Macht eine rasante Vierteldrehung, schlendert neben mir, Daumen in den Gürtelschleifen, den Mittelgang entlang bis zum Katheder, hebt grüßend die rechte Hand bis zur Höhe des Ellenbogens und zwängt sich in ein Pult in der ersten Reihe.

Als ich heimkam, fand ich Christopher in der Mansarde vor. Er saß an Sebastians Schreibtisch und las in zwei Büchern gleichzeitig, das heißt, er hielt in jeder Hand eines und sah abwechselnd hinein.

„Tag, Mutter."

„Tag, Sohn."

„Brauchst du was?"

„Ich wollte sehen, wo du bist. Lajos hat nach dir gefragt."

„Ist er hier?"

„Er hat angerufen. Er ruft in einer Stunde noch einmal an."

„Ich kann heute nicht reiten, Mami. Sonst vergesse ich, was ich wissen wollte."

„Und jetzt weißt du es noch?"

„Ich notiere es mir gerade."

„Betreffend was?"

Christopher hat mich zu kurzen, präzisen Fragen erzogen: Wenn ich mich nicht daran halte, kommt die Konversation ins Stocken.

„Papi hat versprochen, mir eine Vorlesung zu halten. Ich finde es idiotisch, daß ich nicht bei ihm inskribieren darf. Warum darf ich nicht? Euer Alter ist schließlich mein Taufpate."

„Weil es eine Bevorzugung wäre. Zur Inskription mußt du das Abitur haben."

„Mist", sagt Christopher. „Was ist ein Psychogramm, Mami?"

Ich hole Luft.

„Wenn wir damit anfangen, dauert es eine Stunde, Christopher."

„Macht nichts, Mami. Hat es mit diesem Jungen zu tun, du weißt schon?"

„Ich glaube." Ich möchte nicht gern mit Christopher darüber sprechen. Ich finde den Fall extrem grausam. „Denk an den Fall Manson in Kalifornien: Ein Psychiater hat aus dem Ablauf der Tat das mögliche Bild des Verantwortlichen entworfen: Nur eine Person mit bestimmten seelischen Eigenschaften war fähig, in der vorliegenden Weise zu agieren. Nach der Beschreibung des Psychiaters hat man den Täter gefunden."

„Das ist ein Psychogramm?"

„Ungefähr."

Ich sehe meinen über die Skripten gebeugten Sohn an, und eine plötzlich aufströmende Welle erreicht mein Herz, schmerzhaft, dumpf: War er jemals ein Baby, schutzsuchend, hilflos? Als Säugling, manchmal, hat er kurz und zornig aufgebrüllt, verstummte bei einem leisen Wort, einer flüchtigen Berührung. Plötzlich war er ein fertiger Mensch, besprach Probleme in gemäßigter Form, begriff, handelte, tröstete, wenn es zu trösten gab.

Christopher hat den Kugelschreiber beiseite geschoben, sucht nach einem Absatz im Buch: „Es ist kaum jemand fähig, die Aktivität, die zu einem Verbrechen nötig ist, aus rein abstrakten Motiven abzuleiten. Irgendwo steckt die Schlüsselfigur, die ihn im geeigneten Moment in Bewegung setzt." Er sieht auf.

„Was ist ein abstraktes Motiv, Mami?"

„Glaube", sage ich, „Zorn, Rache, Schuldgefühl. Jeder dieser Begriffe an sich, ohne persönlichen Bezug. Wenn es Rache einer Person wegen ist, sieht die Sache anders aus: Dann hast du eine Leitfigur."

„Toll ist das, Mami", sagt Christopher. Schlägt ein weiteres Buch auf, blättert darin. Bei einem Klassentest war er der beliebteste Mitschüler. Aber er hat nie einen Freund nach Hause gebracht. Er unterhält sich mit uns oder unseren Kollegen. Wie war Sebastian in seinem Alter? Ich muß ihn fragen.

„Der Junge in Papis Prozeß", sagt Christopher, „meinst du, daß er ein abstraktes Motiv gehabt hat?"

„Wie kommst du darauf?"

„Die Sache sieht so aus. Findest du nicht?"

„Ich weiß nicht. Ich habe nicht darüber nachgedacht."

„Mami", sagt Christopher, „ist es wahr, daß Kinder aus geschiedenen Ehen für Verbrechen anfälliger sind?"

„Man sagt es. Es ist statistisch erwiesen."

„Ich bin froh, daß eure Ehe in Ordnung ist", sagt Christopher, „sonst wäre es ziemlich gefährlich für mich. Ich stelle mir immer vor, daß ich das perfekte Verbrechen begehen könnte."

„Das tut jeder. Ich habe mir einmal einen Bankraub zurechtgelegt. Es war ein fabelhaftes Konzept, hieb- und stichfest."

Ein Glück, daß Christopher wissenschaftsgläubig ist: Statistik ist für ihn unwiderlegbar. Solange er aus einer intakten Ehe stammt –

„Was ist los, Mami", sagt Christopher und sieht mich sanft, durchdringend an. „Hast du was?"

„Deine Erkenntnisse", sage ich, „deine potentielle Kriminalität betreffend, sind nicht gerade beruhigend für mich."

„Vielleicht hab' ich das von dir geerbt", sagt Christopher. „Du hast mir erzählt, daß es bei dir in der Familie liegt."

„Eben."

„Hörst du zu, Simone?" fragt Nikolaus Schilling zum zweiten Mal.

„Natürlich, Nikolaus. Das Mädchen beginnt zu begreifen, daß es vergeblich wartet."

„Noch nicht", sagt Nikolaus, „das ist es ja, worauf ich hinaus will. Sie begreift es erst, wenn es zu spät ist. Erst kurz vor dem Ende, und dann kann sie nicht mehr zurück. Sie muß, sozusagen, ihre eigene Lüge weiterleben. Die Wahrheit würde sie umbringen."

„Wie weit bist du?"

„Seite hundertfünf", sagt Nikolaus. „Wenn rechts oben einmal eine dreistellige Zahl steht, hört man nicht mehr auf. Ich bin wahnsinnig froh, Simone."

Lauerbachs Keller ist relativ groß. Trotzdem wirkt er gemütlich und nahezu intim. Das liegt teils an dem im ursprünglichen Zustand belassenen niederen Deckengewölbe, teils an den zu Logen umfunktionierten Einzelkellern. Im Krieg war hier ein Bunker installiert, mit Stockbetten und sanitären Anlagen. Oskar, der Kantinenwirt, damals Schulwartssohn, erinnert sich an die zahllosen Übungen, die der seinerzeitige Rektor im Hinblick auf den Ernstfall veranstaltete, so daß, als tatsächlich der Ernstfall eintrat, dreihundert Studenten mit ihren Professoren tarockspielend in salamanderreibender Unbekümmertheit den Angriff hinter sich brachten, ohne den draußen niederprasselnden Geschützhagel für etwas anderes als einen neuen Regieeinfall ihres kriegspielenden Rektors zu halten.

Ich greife nach einer Zigarette. Eigentlich wollte ich nur einen Kaffee an der Theke trinken. Dann sah ich Nikolaus und dachte, daß es ein guter Augenblick wäre: Ich muß mit ihm sprechen. Warum nicht heute? Am Stammtisch in der Ecke sitzt Caspar Hillebrand und blättert in einer Fachzeitschrift. Er ist aufgestanden, als ich hereinkam, hat mich mit spontaner Herzlichkeit an seinen Tisch gebeten. Aber ich hatte Nikolaus schon gesehen.

„Nikolaus –", sage ich.

„Es gehört eine Menge Selbstdisziplin dazu", sagt Nikolaus. „Genau wie zur Unterrichtssystematik. Natürlich ist man versucht draufloszuschreiben. Vor allem, wenn einen ein Stoff fasziniert. Aber das nimmt kein gutes Ende."

Ich greife nach dem Feuerzeug, Nikolaus raucht nicht, ich streife im Aufschauen die helle Gestalt, die in der Kantinentür steht. Beigefarbener Jeansrock mit aufgesteppten Taschen, Leinenbluse, schmaler Ledergürtel, blondes, kurzgeschnittenes Haar. Das blasse Gesicht ist von herber Schönheit: die klare Nasen- und Mundlinie, die hellen Augen, die hohen Backenknochen, die schräggestellten, kaum gebogenen Augenbrauen. Barbara stammt aus Husum, ist das vierte Kind ostfriesischer Bauern, studiert Germanistik, ist seit zwei Jahren meine Vorzugsschülerin und die präsumtive Hauptdarstellerin für die Festaufführung.

„Verstehst du, was ich meine, Simone?"

„Natürlich. Ich habe nur eine Befürchtung, daß du so elitär schreibst, daß deine Leser kein Wort verstehen werden."

Barbara ist zwischen den Tischen stehengeblieben. Unschlüssig, unsicher, wie es scheint. Sieht hinüber zu Hillebrand. Beißt sich kurz auf die Lippen. Legt die Hand auf die Lehne des neben ihr stehenden Stuhls.

„Ich muß mit dir sprechen, Nikolaus."

Es hat keinen Sinn, es hinauszuzögern. Er erzählt mir sonst sein ganzes Buch. Lauerbach hat für Ende der Woche meine Entscheidung verlangt.

„D'accord, Simone. Sprich mit mir. Aber nimm die Dinge nicht so wichtig."

„Ich muß die Dinge wichtig nehmen, Nikolaus, soweit sie dich und mich betreffen."

Barbara hat mich gesehen. Neigt den Kopf zu einem raschen Gruß. Die Röte ist ihr in die Wangen geschossen. Sie wendet sich um, als wollte sie den Raum verlassen. Bleibt dann stehen und setzt sich langsam in den ihr zunächst stehenden Stuhl.

„Nikolaus", sage ich, „du bist mein ältester Freund hier. Vielleicht mein einziger."

„Ich weiß, was du mir sagen willst." Er reißt sich los von seinen Gedanken, hebt den Kopf. Senkt seinen hellen, ein wenig verschleierten Blick sanft in meine Augen. „Sie haben dir das Institut angeboten. Spring für mich in die Bresche, Simone. Mit mir können sie im Augenblick nicht rechnen."

„Woher..."

„Denkst du, daß das Kollegium dichthält? Ich wußte es lange vor dir. Ich danke dir für deine Sorge. Dafür, daß du zuerst mit mir gesprochen hast. Ich habe gewußt, daß du unsere Freundschaft nicht riskieren würdest. Aber es ist nicht wichtig, Simone."

Ich sehe ihn an, beginne tastend, schrittweise die Veränderung zu begreifen: Sie ist total. Hat alle Werte, die geordnet in Nikolaus' Gelehrtengehirn an ihrem Platz standen, durcheinandergeschüttelt: Nichts ist da, wo es vorher war.

„Wie kannst du dich auf deine Vorlesungen konzentrieren?"

„Überhaupt nicht", sagt er heiter. „Ich halte sie im Schlaf. Ein bißchen ist nach zwanzig Universitätsjahren hängengeblieben."

„Ein gefährliches Spiel, Nikolaus."

„Vielleicht", sagt er, die hellen Augen auf mich gerichtet, ohne mich zu sehen, „ich kann es nicht beurteilen. Es hat keine Realität für mich."

„Und wenn es Konsequenzen hat?"

„Die Studenten? Vielleicht. Das Kollegium wird noch etwas Geduld mit mir haben. Bis dahin bin ich über den Berg. Zumindest mit der ersten Fassung. Die beiden anderen dauern länger, aber sie ergeben sich von selbst."

„Apulien hat dich verändert."

„Ich weiß", sagt Nikolaus. Sein Blick durchdringt die Wände.

„Was sagt dein Sohn? Ist er mit dir zufrieden?"

„Daniel?"

Daniel war seine seelische Instanz, seit je. Nikolaus hat ihm alles zuliebe getan. Die Sommerreisen wurden nach Daniels Gutdünken geplant. Die wechselnden Liebesbeziehungen in Professor Schillings Leben gingen auf Anerkennung oder Ablehnung durch seinen Sohn zurück.

„Ich habe ein wenig die Übersicht verloren", sagt Nikolaus, ohne die Blickrichtung zu ändern. „Es scheint der Tag zu kommen, da die Nabelschnur zwischen Vater und Sohn sich löst." Er ist sich über seine sonderbare Ausdrucksweise nicht im klaren, so sehr hat die von ihm verwendete Bezeichnung für ihn Gültigkeit. „Daniels Gedankengänge haben sich meinem Verständnis entzogen. Ich glaube, daß er ein Mann wird. Kein Mann versteht den anderen."

„Macht es dich traurig?"

„Nein", sagt Nikolaus. Lächelt, sein Blick wird klar. „Warum sollte es? Es ist Gesetz."

Ich drücke die Zigarette aus. Barbara hat ein Glas Coca vor sich stehen. Trinkt nicht. Sieht hinüber zu Hillebrand. Ihr Gesicht ist zur Maske erstarrt. Was hat Nikolaus gesagt? Es ist Gesetz. Spätestens seit seinen letzten Worten weiß ich, daß er das Institut nicht übernehmen kann.

Eine zitternde, dünne Rauchschnur steigt aus dem Aschenbecher, zieht schräg über den abgewetzten Glasrand aufwärts.

„Nikolaus", sage ich, „weißt du, weswegen du möglicherweise von der Universität fliegen wirst?"

„Nein", sagt er hoffnungsvoll, den nunmehr präsenten Blick auf mich gerichtet.

„Weil du auf dem Weg zur Weisheit bist. Ein Weiser hat im Kollegium keinen Platz."

In Barbaras Gesicht ist eine Veränderung vorgegangen. Sie hat den Kopf gehoben. Hillebrand hat die Zeitschrift beiseite geschoben, nach seinem Glas gegriffen. Ist Barbaras Blick begegnet. Sie scheint hypnotisiert, festgesogen, bewegt die starren Lippen zu gemurmeltem Gruß. Scheint wie von unsichtbaren Drähten gezogen, bereit, augenblicklich aufzustehen, wartet auf Aufforderung, Signal. Hillebrand erwidert den Gruß mit leichtem Kopfnicken, sieht flüchtig, scheinbar absichtslos in die Runde. Streift Nikolaus, streift mich mit seinem Blick. Wendet sich, ohne noch einmal von Barbara Notiz zu nehmen, dem Zeitschriftenstapel an seiner Seite zu. Zieht nach lässiger Durchsicht ein Blatt heraus, entfaltet es auf dem Tisch, vertieft sich in die Lektüre.

„Verzeihst du mir, Simone?"

„Was, Nikolaus?"

„Das Institut. Es wird dich auffressen. Aber du wirst keinen Schaden nehmen. Ich bin in Kompromissen eine Niete."

„Das mußt du sein", sage ich, „du hast keine Wahl. Du bist ein Dichter, ob du willst oder nicht. Wenn es dir vorgezeichnet ist, mußt du über Leichen gehen."

Ich meine, was ich sage. Verschweige taktvoll, daß es sich voraussichtlich um meine eigene Leiche handeln wird. Nikolaus ist nicht schuld. Er hat Apulien nicht erfunden, es war ihm in den Weg gelegt. Er muß sehen, wie er damit fertig wird, genau wie ich.

„Weißt du, daß ich dich liebe, Simone?"

„Natürlich. Ich liebe dich auch."

„Ich meine es ernst", sagt mein igelhaariger Freund. „Wenn es etwas gäbe, das dich glücklich macht, würde ich es dir auf der Stelle schenken. Ich würde dir die Alma mater schenken. Mit oder ohne Institut. Den weißen Winterhimmel vor dem Tor, wenn du ihn willst. Einen Titel für dein Buch." Er weiß nicht, wo er ein eindrucksvolles Geschenk für mich hernehmen soll, blickt suchend, opferfreudig in die Runde. „Ich würde dir Hillebrand schenken."

Schönsten Dank. Ich möchte meiner Vorzugsschülerin nicht ins

Gehege kommen. Barbaras Gesicht ist zur Maske erstarrt. Ihre Augen aufgerissen, blicklos, ihre Schläfen eingefallen, schmal. Ich kenne diese Verzweiflungsanfälle. Sie ziehen einen Filter vor die Seele, der nichts durchläßt. Kein Licht, kein Wort, keine Hoffnung. Ist das Sebastians Definition? Und Hillebrand scheint nichts zu merken oder stellt sich taub. Mit Recht, es ist ein Spiel mit ungleich verteilten Chancen: Der Student verläßt die Universität, der Dekan bleibt mit angekratztem Ruf zurück.

Nikolaus hat seine Papierschlange zusammengefaltet, in die Brusttasche gesteckt, greift nach meiner Hand. „Bleib auf dem Posten, Simone. Laß dir deine Schizophrenie nicht nehmen. Schau mich an: Ich bin ein freier Mann, ohne etwas dazu getan zu haben."

„Danke, Nikolaus."

Er hat es mir leicht gemacht. Hillebrand sieht auf, als ich vorübergehe. Barbara grüßt mit marmornen Lippen. Es ist nicht das erste Mal, vor zwei Jahren hat eine Absolventin einen Selbstmordversuch gemacht. Hillebrands Kollegs sind gesteckt voll. Seine Dynamik ist mitreißend, nicht nur für Schüler. Sue Brahmswick bemüht sich seit Jahren um seine Aufmerksamkeit.

Ich war mir bis zu diesem Augenblick nicht darüber im klaren, daß ich verzweifelt bin. Erkenne es mit dumpfem Erschrecken. Es ist wie beim Zahnschmerz: Man wird sich seiner erst bewußt, wenn er eine bestimmte Intensität angenommen hat.

Mein Karman ist vollgetankt, tuckert aufwärts durch den Wald. Der Westwind hat sich gehoben, in die Wolkenwand, die sich in den letzten Tagen aufgehäuft hat, eine Bresche geschlagen. Morgen gehe ich zu Lauerbach. Das Institut ist eine Aufgabe, immerhin. Die Festvorstellung eine zweite. Sebastian geht nach Carolina, Christopher hat begonnen, Englisch zu büffeln, sein Platz in Harrow ist reserviert.

Sie sitzen im Wohnzimmer, beide, Sebastian in der Couchecke, Christopher auf dem Teppich. Beide sehen auf, als ich eintrete, Heimkommen, Vertrautheit, sanfte Berührung, Wärme, mühelose Zärtlichkeit. Es war so einfach, nach der Realität zu greifen. So einfach, sich dem bestehenden Kreislauf einzugliedern. Alles bleibt, wie es zwischen uns war, von Anfang an.

Nur, daß ich jetzt weiß, daß ich verzweifelt bin.

Und plötzlich ging es mörderisch rasch. Als wären wir im freien Fall begriffen, der sich, einzig aus sich selbst, ins Unermeßliche beschleunigt.

Mein Ensemble für die Aufführung stand fest, die Leseprobe fand in der nachmittäglich düsteren Aula statt. Eine kümmerliche Metalleuchte brannte über dem Tisch, die drei Darsteller, Barbara, Paul Helwin und der Studentenführer Knut Mörike – sein Vater ist im Vorstand des Vereins zur Reinerhaltung der deutschen Sprache – versuchten frierend, stockend, nervös, den Einstieg in Goethes herbe Poesie zu finden. Rafe Collins saß am Tischende, kritzelte Hieroglyphen auf Kollegblätter, hielt nach einer Weile damit inne und hörte, auf die Tischplatte gelümmelt, mit geschlossenen Augen zu. Krappmeier, Bühnenmeister und technischer Berater, bastelte auf dem Podium an freiliegenden Leitungen herum. Die zum Regisseur avancierte Professora saß, ebenfalls frierend und nervös, am anderen Ende des Tisches und versuchte, sich auf das Gesprochene zu konzentrieren, während ihre Gedanken um nebulose Auslegungen nebuloser Situationen kreisten. Das Gefühl, daß ein zweiter, nicht steuerbarer Vorgang sich freigemacht habe und neben uns, Sebastian und mir, herliefe, war aus meinem Bewußtsein nicht mehr zu verdrängen.

Als die Probe zu Ende war und wir die Aula verließen, trottete meine kleine Herde neben mir durch den unbeleuchteten Gang dem Ausgang zu.

„Wie wird es?" fragte Barbara mit ihrer etwas brüchigen Stimme.

„Gut. Wir müssen nur die Geduld aufbringen, uns vollkommen mit dem Stoff vertraut zu machen."

„Es sind sonderbare Gedankengänge drin", sagt Knut Mörike, „schwer nachzuempfinden." Knut ist auf angenehme Weise kritisch und unkonventionell. „Wenn der Mann, den das Mädchen offensichtlich liebt, sie in dem Glauben läßt, daß sie beide Geschwister sind, was ist daran fair oder ehrenhaft? Nach welchem verschrobenen Kodex wird hier geurteilt?"

„Es ist aus der Zeit heraus zu verstehen", sage ich, „wir müssen uns ausführlich damit beschäftigen."

Paul Helwin, der große, blonde Junge aus Westfalen, geht neben mir, seine Schritte sind sanft und unhörbar. Er ist der Rolle am nächsten gekommen, schon jetzt. Muß sich viel damit beschäftigt haben. Er spielt Wilhelm, den jungen Mann mit dem übersteigerten Verantwortungsgefühl, der der Zärtlichkeit des Mädchens, das ihn für ihren Bruder hält, mit den widerstreitendsten Empfindungen gegenübersteht. Ein paarmal habe ich aufgehorcht, trotz meiner Unkonzentriertheit, wenn Paul Helwin nach einem Wort, einem Ausdruck zu suchen schien. Es ist tief in die Materie eingedrungen, sieht eine Aufgabe, wenn nicht einen Auftrag darin. Er geht schweigend neben mir, gibt mir die Empfindung, daß der ansonsten nicht gerade ermutigende Auftakt zumindest teilweise sinnvoll gewesen ist.

„Professora", sagt Rafe Collins, als wir am Portal angekommen sind, „ich hätte noch ein paar Fragen. Dürfte ich Sie zu Ihrem Wagen bringen?"

Ich will nicht. Nicht jetzt, nicht heute. Nicht Rafe.

„Mein Wagen steht nicht auf dem Parkplatz. Ich warte auf meinen Mann, er ist in einer halben Stunde fertig. Wir müssen um acht bei einer Party sein."

„Okay", sagt Rafe, auf seinen Fußspitzen wippend, „darf ich mit Ihnen warten, Professora?"

Es scheint keinen Ausweg zu geben. Der Karman hat heute früh gestreikt, Nachtfrost, der Starter funktionierte nicht. Sebastian hat mich hergebracht, wir wollten gemeinsam heimfahren.

„Ich weiß nicht", sage ich, „ich überlege gerade." Mir ist vor Unbehagen heiß geworden. „Es ist schon sechs vorbei."

„Viertel nach", sagt Barbara. Sieht verständnislos von Rafe zu mir.

„Ich gehe vielleicht zu Fuß nach Hause. Wenn ich sofort loslaufe, gewinne ich eine Viertelstunde. Ich muß mich noch umziehen."

Das war das Dümmste. Meine Knie werden weich. In meiner Panik habe ich den größten Fehler gemacht. Gleich wird Rafe sagen, daß er mich nach Hause begleitet. Er zieht die Kollegblätter mit den Notizen aus seiner Hosentasche.

„Professora, wenn es Ihnen recht ist..."

„Augenblick", sagt da geistesgegenwärtig Paul Helwin, der hinter Rafe steht, ihn um Kopfeslänge überragt, „ich habe meinen

Grashüpfer auf dem Parkplatz. Damit gewinnen Sie eine halbe Stunde, wenn es Ihnen nichts ausmacht, die Beine einzuziehen."

„Es macht mir nichts aus", sage ich rasch. „Seien Sie bitte nicht böse, Rafe. Wir sprechen uns in den nächsten Tagen. Die Notizen haben Sie ja gemacht."

„Okay", sagt Rafe. Hebt die Hand in Ellenbogenhöhe, verzieht den Mund zu seinem breiten, offenen Lächeln. „Wenn es nicht heute ist, ist es ein andermal. So lang, Professora."

„Gute Nacht, Knut. Gute Nacht, Barbara."

„Gute Nacht."

Ich hinterlasse eine Nachricht für Sebastian, gehe neben Paul Helwin über den Platz, zwänge mich neben ihn in den grasgrünen Mini. Ich bin ihm lächerlich dankbar und weiß nicht, wie ich es ihm sagen soll. Schließlich gibt es für meine Abneigung gegen Rafe keine Erklärung. Er scheint auch keine zu erwarten. Prüft, über mich hinweggreifend, ob meine Tür geschlossen ist, startet. Er ist so groß, daß seine Knie in dem Minicoupé in spitzem Winkel nach oben stehen.

„Rechts", sage ich, als wir aus dem Parkplatz auf die Straße biegen.

„Ich weiß", sagt Paul Helwin, stemmt sich zurück in die Polsterlehne. „Ich weiß, wo Sie wohnen."

Wir fahren die spärlich beleuchtete Schotterstraße aufwärts.

„Ich möchte Ihnen noch danken, daß Sie mich in dem Stück besetzt haben", sagt er nach ein paar Minuten, „ich wollte immer gern Schauspieler werden."

„Warum haben Sie es nicht versucht?"

„Es ist kein Beruf für einen Mann", sagt Paul Helwin. „Es ist ein eitler Beruf und muß es sein. Es bringt einen in den ungeheuren Zwang, sich selbst als den Nabel der Welt zu sehen. Im Hause meiner Eltern gingen einige aus und ein. Haben Sie einen Schauspieler je über etwas anderes als über sich und seine Rollen sprechen hören? Manche tun es intelligent und unauffällig, die anderen plump und dumm. Aber es gibt keine Ausnahme. Wer nicht bereit ist, in Selbstanbetung zu versinken, hat in dem Beruf keine Chance."

„Merkwürdig, daß Sie das aussprechen. Ich habe von großen Schauspielern dasselbe gehört."

„Dann waren sie ehrlich. Es ist ein emotioneller Beruf. Vielleicht war ich auch nur zu feige, mich meinen Empfindungen zu überlassen. Bei mir behält meist die Vernunft die Oberhand."

„In Ihren Jahren sollte das nicht so sein."

Paul Helwin lacht leise auf, wendet sich auf der nunmehr geraden Straße mir zu. „Ich bin älter, als Sie denken. Ich habe nach dem Abitur ein paar Jahre verloren. Mußte arbeiten, um den Karren meines Vaters aus dem Graben zu ziehen."

„Was haben Sie gearbeitet?"

„Zustelldienst", sagt Paul Helwin. „Ich fahre Ziegel für eine Baufirma. Jetzt nur mehr stundenweise, von sechs bis acht Uhr früh. Aber damals hatte ich mich voll verpflichtet. Es wird gut bezahlt. Natürlich war ich am Anfang wütend. Ich wollte gleich nach dem Abitur fort von daheim, nach Berlin und dort inskribieren. Durch die Arbeit bin ich geblieben. Damals wußte ich nicht, daß es ein Glücksfall für mich sein würde."

„Ein Glücksfall, weswegen?"

Paul Helwin schaltet, gibt Gas. „Weil", sagt er, geradeaus durch die Windschutzscheibe sehend, „Sie hier sind und nicht in Berlin."

Der Mini kriecht im zweiten Gang aufwärts durch den Wald. Die spärlichen Bogenlichter tauchen aus dem Dunkel auf, ihre Reflexe laufen über die Kühlerhaube hin.

„Paul –"

„Machen Sie sich keine Gedanken wegen Rafe Collins. Ich werde dafür sorgen, daß er Ihnen nicht zu nahe kommt."

„Wie kommen Sie darauf –" Ich bringe den Satz nicht zu Ende. Scheine mir selbst fremd und fern zu sein.

„Seine Gegenwart irritiert Sie", sagt der große Junge an meiner Seite und hält das Lenkrad mit seinen beiden Mittelfingern fest, „wir brauchen nicht darüber zu sprechen. Überlassen Sie es einfach mir. Ich kann es nicht vertragen, wenn jemand Sie irritiert."

Er tritt auf die Bremse, läßt den Wagen auf dem hartgefrorenen Schotter ausrollen. Lehnt sich in das Polster, sieht wieder geradeaus durch die Scheibe. Das Haus ist dunkel. Christopher ist nicht daheim. Ich will mich zur Tür wenden. Merke, daß eine sonderbar schwebende Schwäche mich in Erstarrung hält.

„Orion“, sagt mein Schüler und deutet mit leichter Kopfbewegung auf das Sternbild, das neben dem Dachfirst steht. „Er ist ein Jäger, wußten Sie das? Sein Pfeil reicht bis in die blauen Flammen des Sirius. Zwei Himmelhunde begleiten ihn, sie jagen mit hängenden Zungen über das Firmament. Immer einer hinter dem anderen her, und sie können einander weder einholen noch voreinander weglaufen: Ihre Namen sind Logos und Phren.“

Seele und Verstand. Meine Hände sind kalt geworden.

„Eine gute Geschichte.“

„Mehr als das“, sagt mein Schüler, ohne mich anzusehen. Wendet sich zur Seite, öffnet, springt hinaus, seine Schritte knirschen auf dem glasharten Kies, er ist um den Wagen herumgegangen, steht vor mir, als ich aussteigen will. Faßt mit sanfter Bewegung nach meinem Arm, hilft mir aus dem niederen Sitz.

„Danke, Paul“

„Gern geschehen. Gute Nacht, Frau Professor.“

Er klemmt sich etwas umständlich ins Cockpit, zieht die Wagentür zu. Seine Knie stehen spitzwinklig in die Luft, er hält das Lenkrad zwischen beiden Mittelfingern. Schaltet in der Kurve auf den zweiten Gang, ist nach ein paar Augenblicken im Laubwald verschwunden.

Lauerbachs Party begann um acht Uhr. Es war der 21. März, zwei Wochen vor Christophers zwölftem Geburtstag. Lauerbach pflegt nicht nur Weihnachten und Ostern zu feiern, sondern hält in seinem grenzenlosen Liberalismus alljährlich auch eine Art von Sonnwendfest ab, eine im Grunde genommen heidnische Angelegenheit, die ihn an Kriegstage im hohen Norden und die wunderbare Befreiung aus Feindeshand erinnert. Dem Anlaß entsprechend, wird dieses Fest fröhlich begangen. Lauerbach versammelt das Kollegium um sich und gibt der Sache einen Anstrich von Erinnerung an die Studentenzeit. Der auf dem Palatinus liegende Garten ist mit Fakkeln bepflanzt, über dem Brunnen dreht sich das flammende Sonnenrad, um Mitternacht tritt man aus der erleuchteten Diele hinaus auf den frühlingsharten Boden des Vorplatzes und steht unter freiem Himmel, während die sprühenden Pechfunken ins Wasser stieben und die Glocke aus der Kapelle der Alma mater zwölf dumpfe Schläge tut.

Lauerbach hat gegen die Verschmelzung ausgedienter Götter mit Weltreligionen, ja gegen die Verschmelzung dieser selbst keine Bedenken, im Gegenteil: Wenn es nach ihm ginge, würden Tempel eingerichtet, in denen Buddhas Statue neben dem heiligen Antonius stünde, das Standbild Mohammeds neben dem blitzeschleudernden Zeus. „Was soll's", pflegt er zu sagen, „Gott hat hundert Gesichter. Es hängt nur von dem Jahrhundert und dem Breiten- und Längengrad deiner Geburt ab, an welches man dich zu glauben lehrt."

Sebastian war erst Viertel vor neun heimgekommen, wir waren in großer Eile in seinen Wagen geklettert. Er hielt meine Hand während der Auffahrt zu Lauerbachs Bungalow, schaltete mit der Linken, über seine eigenen Knie hinweg nach dem Hebel greifend. Wir beherrschen das beide, tun es unbewußt, wenn wir einander brauchen, auf den physischen Kontakt nicht verzichten können. Gefion Lauerbach empfing uns an der Auffahrt. Des Rektors hochgeschlossene, schlichtgescheitelte Ehefrau fluchte wie ein Kutscher, als sie auf der eisglatten Treppe ausglitt und für Sekunden in Sebastians Arme fiel, erholte sich blitzschnell bei einem Glas Grog und brachte einige Bewegung in die Gästeschaft, als sie zum Apéritif die neuesten, aus ihrer skandinavischen Heimat eingetroffenen Schlagerplatten auflegte. Die Soziologie kam, ein Glas Grog in der Hand, auf mich zugewalzt.

„Ein Tänzchen, Frau Kollegin?"

Er nahm mich, das erhobene Grogglas in der linken Hand, mit der Rechten um die Mitte, steuerte mich rückwärtshüpfend an Sebastian vorbei über das Parkett. Seine Magnifizenz stand am Rande des Teppichs und reckte das Kinn anklagend gegen die Zimmerdecke.

„Nehmt ihm das Glas weg, um Himmels willen!"

Caspar Hillebrand griff zu. Reichte es der verblüfften, in Pailletten gekleideten Sue Brahmswick und löste mich gleichzeitig geschickt aus dem Zugriff der Soziologie. Im Umwenden fing ich einen Blick Sebastians auf, der am Rand der Parkettfläche stand und den Vorgang beobachtet hatte.

„Sind die Koffer gepackt?" fragt Hillebrand, mich mit zwei gekonnten Schritten in den Rhythmus des Liedes ziehend. Ich tanze so selten, muß ich denken, und immer mit Sebastian. Wir lassen uns tragen, achtlos, ich spüre kaum, daß er mich hält. Hillebrand hingegen steuert mich, führt, das ist der richtige Ausdruck, ich spüre seine stummen Anweisungen, er dominiert mich, dirigiert mich, ohne sich einen Millimeter von mir zu lösen. Seltsam, wie unterschiedlich Männer tanzen, das ist mir noch nie aufgefallen. Tanzt jeder anders als der andere? Ich müßte es ausprobieren. Die Soziologie tanzt wie ein Stockfisch, das habe ich an den wenigen Schritten gemerkt. Aber seine Magnifizenz, die sich im Augenblick der fassungslosen Sue Brahmswick erbarmt hat und sie in gebührendem Abstand herumschwenkt; oder Nikolaus, unser igelhaariger Poetencasanova. Wenn ich mit Rafe Collins tanzen müßte, würde mir mit Sicherheit übel werden. Aber Paul Helwin, der Junge mit den ernsten Augen: es müßte sonderbar sein, wenn er auf seine Lehrerin zukäme, um sie in die Arme zu nehmen.

Ich wende mich nach Sebastian um. Hillebrand hat seine Frage wiederholt, ich rekonstruiere sie aus dem Klang, der in mein derzeit etwas schizoides Bewußtsein gedrungen ist.

„Die Koffer gepackt? Nein. Es ist noch Zeit."

„Drei Wochen", sagte Hillebrand, stoppt mich mit weichem Zugriff in der Drehung, die Musik hat den Rhythmus gewechselt, er ist ein brillanter Tänzer, ich kann nicht sagen, daß es mir unangenehm ist, von ihm geführt zu werden. Gefion Lauerbach hat eine neue Platte aufgelegt, es ist ein norwegisches Volkslied, gut übersetzt, von einem gitarrespielenden Hippiemädchen mit nordischem Akzent gesungen. Ich kenne ihre Stimme, Christopher hat ein paar Platten von ihr, sie hat vor zwei oder drei Jahren den Prix d'Eurovision gewonnen.

„Singe, Vogel, singe, eh dein Zweig zu Boden bricht –"

Der Rhythmus ist sonderbar leicht und schwermütig zugleich. Wo ist Sebastian? Ich sehe ihn neben Gefion am Kaminsims stehen. Sue, nach absolviertem Tanz, hat sich dazugezwängt, redet auf ihn ein. Er trägt seinen Smoking, als wäre es seine Strickweste. Wie immer, wenn ich ihn unvermittelt ansehe, werden meine Knie weich. Während der letzten Tage haben wir jede freie Stunde im Bett verbracht.

„– Mein Glück und mein Lieben, wo sind sie geblieben,
du warst meine allerletzte nicht.“

„Zwei Jahre vergehen schnell“, sagt Hillebrand, der meinem Blick gefolgt ist, „und in keinem Beruf gibt es so viel Ferien wie in dem des Hochschullehrers.“

Sue hat es geschafft, Sebastian auf das Parkett zu ziehen. Sie klemmt sich in seine Arme und versucht, Wange an Wange zu tanzen, was am bestehenden Größenunterschied notgedrungen scheitert. Was hat Hillebrand gesagt? Zwei Jahre vergehen schnell.

„Rot sind deine Haare, wie Korallen rot und schwer,
du gabst mir die Jahre, die glücklichen Jahre,
nur heut, Liebe, lieb' ich dich nicht mehr.“

„Es war der Sinn des Arrangements“, sagt Hillebrand, „ich wußte nicht, daß Lauerbach Ihnen das Institut anbieten würde.“

„Der Sinn des Arrangements?“

Ich frage nur, um das Gespräch in Gang zu halten. Wenn wir tanzen, ohne zu sprechen, ist Hillebrands Führung zu akzentuiert, scheint Selbstzweck zu werden.

„Ihnen Freude zu machen“, sagt Hillebrand. „Ich wußte, daß es Ihnen schwerfallen würde, sich für zwei Jahre von Ihrem Ehemann zu trennen. Deshalb hatte ich es für Sie beide arrangiert.“

Gewisse Verhaltensweisen nötigen einem Respekt ab, ob man will oder nicht: Hillebrands Haltung und Gesinnung scheinen perfekt. Ich möchte ihm danken, ein Wort der Anerkennung sagen. Da geschieht etwas Unglaubliches.

Hillebrand, ein paar Takte vor Ausklingen der Musik scheinbar dazu übergehend, sich zu lösen, preßt mich in der letzten Drehung an sich, sanft, wie absichtslos, läßt mich für Sekunden die Herausforderung seines Körpers fühlen.

Herrgott!

Ich bin zu überrascht, um zu reagieren, es ist unmöglich, ich habe mich geirrt: Fühle dennoch, während er mich von sich schiebt, mir mit konventionell-kollegialem Lächeln in die Augen sieht, die Stelle, an der er mich berührt hat, zwei Handbreit unterhalb des Gürtels.

Musikakkord. Die Platte ist ausgelaufen. Beim Empfang hat Gefion mir ein Glas Grog gereicht: Ich spüre, wie mir die Hitze jetzt in Nacken und Schläfen steigt. Hillebrand ist einen Schritt zurückgetreten, tadellose Verbeugung, nicht zu tief, sieht auf, kein Muskel bewegt sich in seinem Gesicht. Alle Achtung, denke ich wider Willen, geschickt gemacht, kein Staatsanwalt könnte ihm etwas beweisen.

Er sieht Sebastian über das Parkett kommen, tritt einen angedeuteten Schritt zurück, gibt mich frei, kameradschaftliche Geste, war reizend, Frau Kollegin, danke für den Tanz.

Ich muß mit Sebastian allein sein.

„Ich muß mit dir allein sein, Sebastian."

„Ich auch mit dir. Nimm deinen Mantel. Wir treffen uns am Brunnen."

„Wenn Lauerbach uns vermißt –"

„Wir bleiben nicht lange. Geh über die Vordertreppe. Ich gehe über die Veranda."

Ich schleiche in das erleuchtete, spiegelbewehrte Vorzimmer und nehme meinen Mantel vom Garderobenhaken. Schlüpfe durch die Haustür, lasse sie einen Spalt breit offen.

Die Luft ist kühl und klar, es ist vollkommen windstill. Über dem Weidenbaum am Brunnen steht Orion, der Jäger. Seine Lichter stecken wie Trichter in der schwarzen Himmelskuppel.

Wir müssen einfach miteinander sprechen, Sebastian und ich. Dann wird alles an seinen Platz gerückt sein und die ihm zustehende Dimension annehmen: Keine Vergrößerungen, keine Verzerrungen.

Lauerbachs Garten ist groß, fast ein Park. Er liegt auf dem Gipfel des Palatinus, ist etwas verwildert, wie es dem Geschmack der Hausfrau entspricht. Gefion ist im Norden Norwegens aufgewachsen, hat ihre halbe Kindheit auf den Rücken der Saga-Ponys zugebracht, kleiner, kräftiger Haflingerabkömmlinge, mit denen sie sommers und winters kilometerweit über das steinige Hochland gejagt ist. Sie ist noch heute eine gute Reiterin, widmet sich in ihrer Freizeit ihren beiden Warmblutstuten, sie und Christopher reiten oft gemeinsam aus. Bisher waren Gefions Pferde im Reitstall am Hendricksdamm eingestellt. Jetzt baut sie einen Schuppen im unteren Teil des Gartens.

Ich habe einen Halbkreis um den Brunnen gezogen, als Sebastian im Dunkel des Terrassengesträuchs auftaucht. Er geht mit großen Schritten über das Wiesenstück, springt über die Hecke am Wegrand. Steht etwas atemlos vor mir, faßt mich an der Hand.

„Komm."

Das Wagenrad hängt an einer Seilgabelung über dem Brunnenschacht. Vermutlich Lauerbachs Konstruktion. Um Mitternacht hält er eine Fackel an die pechbestrichene Nabe. Das Feuer springt blitzschnell über, in wenigen Sekunden steht das Rad in Flammen. Hillebrand behauptet, er würde das Pech mit Weinbrand mischen.

„Gib acht."

Sebastian hat mich um die Schulter genommen. Der Weg ist glatt.

„Wohin willst du?"

„Hinunter. An den Zaun."

Er preßt meine Hand, zieht mich über den feuchten, frühlingsharten Grasboden hügelabwärts.

„Wer hat dich nach der Vorlesung heimgebracht? Hillebrand?"

„Ein Schüler. Paul Helwin. Es war wegen Rafe. Er wollte mit mir warten."

„Ist dir kalt?"

„Nein."

Aus dem Dunkel hebt sich ein grauschwarzes Viereck. Eine Holzwand mit stumpfem Dachgiebel, Bretter liegen davor. Der Bauplatz für Gefions Stall.

„Fall nicht. Komm."

Sebastian steigt über die Bretter, streckt mir den Arm entgegen.

„Riechst du das Holz? Die Erde? Wie damals in Ungarn."

Die Hütte hat vier Wände und einen First, aber noch kein Dach. An einer Seitenwand sind Bretter aufgestapelt. Der blaue Sirius steht über dem flachgekreuzten Giebelbalken.

Wie friedlich die Welt ist, wenn man sie in sich einströmen läßt. In den Stunden, da wir uns dem Morgen entgegendrehen, kann alles ein anderes Gesicht haben. Ich möchte neben Sebastian sitzen, seine Hand halten, mit ihm sprechen, langsam und vorsichtig, ohne die Dinge aus dem Zusammenhang zu reißen oder ihnen zu viel oder zu wenig Gewicht zu geben. Niemand kann zuhören wie Sebastian. Niemand kann Fragen stellen, die so sanft, so nachdrücklich in den Kern der Sache führen.

„Tu ich dir weh?"

„Nein. Aber –"

Er hat mich mit unbeherrschtem Zugriff gegen die Holzwand gestoßen. Ein quer gespannter Leisten bohrt sich in meine Schultern.

„Sebastian –"

„Simone."

Seine Lippen liegen auf meinem Mund. Er hat die Hände in meine Schultern gekrallt. Durch das Leder spüre ich den schmerzhaften Druck. Fühle, wie er sich im Kuß löst, meinen Mantel öffnet, auseinanderzerrt.

„Sebastian, was –"

„Ich will dich haben."

Ich richte mich auf, stoße ihn mit beiden Händen ein wenig von mir. „Lauerbachs Garten, Sebastian, die Gäste. In ein paar Stunden sind wir daheim."

„Nein."

Seine Stimme ist heiser, er hat die Arme unter meinen Mantel geschoben, mich an sich gezogen.

„Ich muß dich jetzt haben. Sofort."

Er ist nicht aggressiv. Nur völlig außer Kontrolle. Ich habe mich an die Dunkelheit gewöhnt, sehe sein Gesicht dicht vor mir. Es ist angespannt, blaß bis in die Lippen.

„Du denkst, daß ich betrunken bin. Schau mich an. Ich habe nichts getrunken, den ganzen Abend lang. Den Grog habe ich in Gefions Topfpflanze geschüttet."

Die arme Gefion sollte wissen, daß er keinen Grog und keinen Glühwein trinkt.

„Du hast gesagt, daß du mit mir allein sein willst, Simone."

„Ich wollte mit dir reden."

„Wir reden später. Morgen." Er läßt mich auf die Bretter gleiten, ist dicht über mir.

Heiliger Sigmund Freud, was ist in meine männliche Umgebung gefahren? Gibt es einen Bazillus, der an der Victoria Luise grassiert?

Sein Atem streift meine Schläfe, keuchend, stoßweise. Eine filmreife Szene: Wir sind seit dreizehn Jahren verheiratet, und er vergewaltigt mich auf einem Bretterhaufen unter freiem Himmel im März.

„Bleib! Denk nicht nach.“

Wenn meine Schüler mich jetzt sehen könnten.

Apropos Schüler –

„Es gibt nur uns beide auf der Welt, Simone.“

Seine Attacke überrascht mich, aber schockiert mich nicht. Sebastian ist in gewisser Beziehung von unbeschreiblich romantischer Virtuosität, und dies ist ein heidnisches Fest –

Der blaue Sirius über dem Dachfirst ist vor meinen Augen verschwommen. Draußen hat sich ein leichter Wind, erhoben, er stößt gegen die Holzwand, trägt einzelne, verwischte Töne mit sich, sie fallen, in Partikel zerlegt, durch das offene Dach: Gefion hat eine neue Platte aufgelegt. Mit geschlossenen Augen sehe ich Hillebrand am Rand der Tanzfläche stehen, er hat die Arme verschränkt, sieht in die Bewegung.

„Ich liebe dich“, sagt Sebastian.

Der Schleier vor meinen Augen wird dichter. Milchweiß, fühlt sich heiß an, wird auf meinen Lippen zu Salz. Ich liebe dich, Sebastian. Es gibt nur einen Mann, gab nur einen, wird nur einen geben.

Der Himmel wird wieder hoch. Da steht Orion, der Jäger, neben dem blauschillernden Sirius. Irgendwo im Dunkel der Nacht jagen jetzt zwei Himmelhunde über den Horizont. Ihre Namen sind Logos und Phren.

„Komm, mein Mädchen“, sagt Sebastian. Er steht vor mir, streckt mir die Hand entgegen. „Das Fest ist noch nicht zu Ende.“

Eigentlich hatte ich ja mit ihm sprechen wollen.

Im Haus scheint die Party in vollem Gang zu sein. Glücklicherweise hat niemand die Tür ins Schloß gedrückt.

Ich schleiche ins Vorzimmer, will aus dem Mantel schlüpfen, greife nach dem Garderobenhaken. Sehe im Vorbeigehen kurz in den Spiegel. Meine Güte! Meine Handtasche mit Kamm und Lippenstift liegt oben auf dem Fensterbrett.

„Na, hör mal!“ sagt eine tiefe Stimme hinter mir. Ich fahre herum.

„Kayssa! Hast du mich erschreckt. Was tust du hier unten?“

„Was tu’ ich hier? Ich benutze die Toilette, das steht mir als Gast des Hauses zu.“ Sie kramt in ihrem monströsen, grauen Lederbeutel, fördert eine Brille ans Licht. „Ich könnte dich dasselbe fragen.

Lauerbach wollte einen Toast auf die neue Institutsleiterin ausbringen, und die Institutsleiterin glänzte durch Abwesenheit."

„Ich war einen Augenblick im Garten, frische Luft schöpfen."

Kayssa stülpt die Brille über ihr Gesicht, schiebt sie den Nasenrücken hoch. Mustert mich mit zusammengekniffenen Augen.

„Luft geschnappt? Du siehst aus, als ob du mit einem Kerl geschlafen hättest."

„Hab' ich auch", sage ich in einer plötzlichen Aufwallung von Ehrlichkeit oder Trotz.

Kayssas Augen werden zu Schlitzen. Sie beugt sich fünf Zentimeter vor. „Mit Hillebrand?"

Schon wieder.

„Was habt ihr alle mit Hillebrand?"

„Wer ist alle?"

„Nikolaus wollte ihn mir zum Geschenk machen. Sebastian hat mich gefragt, ob er mich nach Hause gebracht hat."

„Er ist verrückt nach dir", sagt Kayssa und beginnt in ihrem Ledermonstrum nach einer Zigarette zu suchen. „Hinter seiner Reserve brennt er wie ein Bündel Stroh. Und soll ich dir sagen, warum? Weil du die einzige bist, die er nicht bekommen kann." Kayssa hält inne, sie hat die Zigarette geortet, zieht das verknautschte, halb ausgeronnene Exemplar vorsichtig ans Licht. „Zumindest bis heute."

„Wieso bis heute?"

„Du hast dich verändert." sagt Kayssa. Wendet sich suchend um, greift sich den Aschenbecher vom Garderobentisch. „Hast du Feuer for mich?"

Kayssa lebt seit vierzig Jahren in Deutschland, aber das Wort „für" bedeutet für sie eine uneinnehmbare Hürde. Was immer sie versucht, es wird „for" daraus, mit einem r, in dem der Donner eines schwedischen Sommergewitters klingt.

„Ich habe nichts. Nicht einmal Lippenstift und Kamm."

„Das kann man sehen." Sie macht sich seufzend daran, wieder in ihren Beutel zu tauchen. Gräbt darin herum, während sie mich mit ihren grauen Augen mustert.

„Was ist mit dir los?"

„Wieso?"

„Frag nicht so blöd", sagt Kayssa und ist in der linken Ecke des

Ledermonstrums angelangt. „Du bist irritiert. Du flimmerst und flirrst wie eine Wunderkerze."

Ich lehne mich an den Garderobentisch. Meine Beine sind aus Gummi.

„Ich bin verzweifelt, Kayssa."

„Verzweiflung kann sehr attraktiv sein, wenn sie nicht mit Frustriertheit Hand in Hand geht. Und frustriert bist du nicht."

Weiß Gott. Ich beginne meinerseits in den Manteltaschen nach etwas Rauchbarem zu suchen. Kayssa streift mich mit einem Blick, fördert mit Verbissenheit eine zweite ausgeronnene Zigarette aus ihrem Beutel, hält sie mir unter die Nase.

„Danke dir, Kayssa."

„Also, wer war es?"

„Natürlich Sebastian."

Kayssa pfeift durch die Zähne. „In der frostigen Winternacht? Spielt ihr verrückt, oder seid ihr es?"

Sie erwartet keine Antwort. Hat, ihrem Gesichtsausdruck nach zu urteilen, etwas Feuerzeugähnliches in den Griff bekommen. Zieht es, jedes Risiko vermeidend, langsam ans Licht.

„Ich habe schon überlegt, ob ich dich nicht vielleicht in der einen oder anderen Sache um deine Meinung fragen sollte. Rein abstrakt, verstehst du?"

Kayssas Fang entpuppt sich als eine zerknickte Streichholzkarte, in der zwei geknickte Hälmchen stecken.

„Wozu brauchst du mich, wenn du einen Psychiater im Haus hast?" Sie löst eines der Hälmchen aus der Verankerung, streift es die abgegriffene Fläche entlang. Eine kleine Flamme springt auf.

„Der Psychiater in meinem Haus ist bis zu einem gewissen Grad in die Sache involviert."

Ich bekomme Feuer, Kayssa ebenfalls. Das restliche Streichhölzchen wird vorsorglich in den Beutel zurückbefördert.

„Also doch nicht rein abstrakt." Kayssa grinst, nimmt einen tiefen Zug. „In Ordnung. Nach dem Mitternachtszauber schickst du deinen ehelichen Liebhaber nach Hause, und wir trinken irgendwo ein Glas Aquavit."

Kayssa kommt mit drei bis vier Stunden Schlaf aus und setzt dasselbe von ihrer Umgebung voraus.

„Das geht nicht, Kayssa. Es ist kein kurzes Gespräch, und ich habe morgen ein schwieriges Thema."

„Alles Training." Kayssa zupft ein graues Löckchen aus ihrer Perücke in die Stirn. „Wenn du willst, machen wir es nach deiner Vorlesung. Hol mich in der Bibliothek ab. Ich bin mit deinem Liebsten dort. Hoffentlich ist er zu gebrauchen, nach dem heutigen Abend." Der Tabak rieselt beim Abstreifen aus ihrer Zigarette, sie hält sie vertikal über dem Aschenbecher. „Ich weiß nicht, wie andere Menschen es machen, daß die Zigaretten in den Schachteln bleiben. Bei mir kriechen sie heraus, was ich auch unternehme." Sie versucht einen Zug. „Du mußt rauf, Lilith. Das Kollegium will dich feiern."

„Hast du einen Kamm, Kayssa?"

„Hab' ich." Sie beginnt wieder zu graben. „Irgendwo muß auch ein Lippenstift sein." Sie erwischt eine leere Zigarettenschachtel, einen Schuhlöffel, schließlich einen Kamm und nach weiteren zehn Sekunden einen abgegriffenen Metallstöpfel, der sich als Lippenstift entpuppt. „Ist nicht deine Farbe, aber zur Spurenverwischung reicht es."

„Danke, Kayssa."

„Bis morgen. Laß mir das Zeug auf dem Tisch liegen."

Sie verschwand hinter dem mattgrünen Vorhang. Ich gebrauchte Kamm und Lippenstift und ging nach oben.

Die Mitternachtszeremonie lief ab wie jedes Jahr, anschließend ging es im Haus bei Grog und Rollmops weiter. Gegen ein Uhr früh legte Gefion noch einmal die norwegische Platte auf. Ich placierte meinen Zahnstocher abrupt auf dem Tellerrand.

„Sebastian, ich habe morgen mathematische Satzanalyse."

„Gut. Wir gehen."

Hillebrand lehnte neben dem Kamin am Türstock, die Arme verschränkt, den Blick auf die Tanzfläche gerichtet, wie ich ihn wenige Stunden vorher durch den Orionnebel gesehen hatte. Als er merkte, daß wir aufbrachen, richtete er sich auf, sein bronzebraunes Gesicht unter den melierten Haaren mir zugekehrt, ein kleines Lächeln stand in seinen Augen. Ich fühlte, wie mein Herz bis zum Hals klopfte, mein Gesicht zur Maske gefror, als ich, von Sebastian geführt, mit flüchtigem Kopfnicken an ihm vorbeiging.

7

Die mathematische Satzanalyse sollte abgeschafft werden. Ich habe diese Meinung seit meinen Studienjahren nicht geändert.

Rafe Collins ist eine echte Hilfe. Ich gestehe es mir widerstrebend ein. Trotz seiner Theaterambitionen hat er einen seltsam amusischen Trend zur Logik. Zergliedert Geschriebenes auf präzise Weise, nimmt mir an schwierigen Stellen nahezu die Vorlesung ab. Wenn er mich nicht vor Beginn schon wieder um ein Gespräch gebeten hätte, könnte er mir jetzt nahezu sympathisch sein. Ich habe eine Ausrede gebraucht, für heute, Kayssa erwartet mich, aber ich werde ihm nicht entkommen, und dieser Gedanke, zur Satzanalyse addiert, läßt mich den Stoff in sträflicher Ambitionslosigkeit herunterhaspeln. Außerdem fehlt Barbara, sie sitzt immer links in der vorderen Reihe, im Gegensatz zu Paul Helwin, der rechts sitzt. Ein Grippevirus grassiert, und es scheint sie erwischt zu haben. Auch die beiden anschließenden Plätze sind leer. Es mag ebensogut sein, daß die mathematische Satzanalyse keine genügend große Anziehungskraft ausübt, dafür hätte ich Verständnis. Paul Helwin, von rechts her ernste Aufmerksamkeit ausstrahlend, hält mich bei der Stange, so gut er kann, aber sobald ich mich dem linken Block zuwende, spreche ich ins Leere.

Es ist lächerlich, zu glauben, daß man von seinen Schülern unabhängig ist. Ein Lehrer, der das behauptet, lügt oder versucht sich selbst zu täuschen. Ein einziger Schüler kann eine Vorlesung zum Erfolg oder Mißerfolg machen. Man hat als Lehrer unwillkürlich Personen, an denen man sich festhält. Die verläßlich das reflektieren, was man ihnen anzubieten versucht. Man orientiert sich an ihnen, stellt Tempo, Lautstärke, Schwierigkeitsgrad auf ihre Reaktionen ab. Natürlich versucht man im Laufe der Übung oder Vorlesung jeden einzelnen anzusprechen. Aber unbewußt kehrt man nach ein paar Augenblicken immer wieder zu den Testpersonen zurück. Es sind Ströme von Einverständnis, die einem entgegenschlagen, einen geradezu umhüllen können, verschieden stark, verschieden in der Aussage: Es gehört zu den schönsten Erlebnissen des Lehrers, wenn er einen Schüler, der sich bisher indifferent verhalten hat, in einer Vorlesung plötzlich in den Griff bekommt. Barbara war so ein Fall. Kroch spät aus der Schale, die sie umgab, öffnete sich urplötzlich gegen Ende des zweiten Semsters, wuchs in den Stoff hinein, trug Lehrerin und Hörerschaft über Dutzende von positiven, konstruktiven Unterrichtsstunden. Da sie heute fehlt, fehlt ein Teil meiner Einsatzmöglichkeit.

Ich habe mich von Anfang an auf das Manuskript konzentriert, das Auditorium kaum in den Blick genommen. Sehe ihn deshalb erst gegen Ende der Stunde. Er sitzt in der obersten Reihe, hat den linken Arm aufgestützt, scheint mit dem rechten Notizen zu machen, in sonderbar großgeschwungenen Buchstaben, auf ein Blatt, das vor ihm auf dem Schreibpult liegt. Er starrt mit zusammengekniffenen Augen zu mir herüber, wendet sich wieder dem Blatt zu, kritzelt, ohne den schiefgelegten Kopf aus seiner Haltung zu lösen.

Ich kann mich eines leichten Erschreckens nicht erwehren. Was bedeutet sein Besuch in meiner Vorlesung? Habe ich mich vielleicht getäuscht? Aber er ist es, scheint mein Erkennen registriert zu haben, antwortet mit devotem Kopfsenken auf meinen Blick: Daniel, Nikolaus Schillings Sohn.

Meine normale Reaktion wäre es, die Vorlesung zu unterbrechen, ein paar Worte mit ihm zu wechseln. Ich tue das üblicherweise bei Übungen, wenn ich einen fremden Hörer im Auditorium bemerke. Begrüße den Gast auf scherzhafte Weise, frage, was uns die Ehre gibt, beziehe ihn aus dem Stegreif ins Thema ein. Leider war ich blockiert, habe den Zeitpunkt verpaßt. Hätte wohl auch in diesem speziellen Fall nicht die rechten Worte gefunden. Daniels Anwesenheit ist kein Zufall und kann, darüber bin ich mir augenblicklich klar, nichts Gutes bedeuten. Ich versuche meine aufflatternden Gedanken zusammenzuhalten, konzentriere mich auf Rafes Einwürfe, fange einen besorgten Blick von Paul Helwin. Halte mich daran fest, versuche mit Gewalt, mich am eigenen Zopf aus dem Sumpf zu ziehen, indem ich jeden nicht der Satzanalyse zugehörigen Gedanken aus meinem Bewußtsein sperre. Spreche so kontinuierlich, daß meine Diktion Hölderlinsche Kommalosigkeit annimmt, ich mich am Rande eines Schluckkrampfes bewege. Bringe nach grausamen zwanzig Minuten die Übung zu Ende.

Rafe Collins, der wie üblich in der ersten Reihe saß, steht breitbeinig, die Daumen in den Gürtelschlaufen, am Ausgang. Knut Mörike ist an meiner Seite, als ich den Mittelgang entlanggehe, ich forciere vehement ein Gespräch mit ihm, hoffe auf diese Weise an Rafe vorbeizukommen. Es ist üblich, daß der Professor nach dem Vortrag an der Tür noch ein paar Worte mit den ihn erwartenden Studenten wechselt, ihnen Rede steht, in der Vorlesung offengebliebene Detailfragen beantwortet. Knuts Frage bezog sich nicht auf die Satzanalyse, sondern auf Goethe, und ich versuche, das Thema auf dem kurzen Weg zur Tür so weit zu generalisieren, daß Rafe keine Möglichkeit zur Einmischung hat. Gottlob steht Paul Helwin neben Rafe. Grüßt mit kurzem Kopfnicken, seine Augen sind ernst und forschend auf mich gerichtet. Er kennt mich gut, reagiert auf jede Unsicherheit meinerseits, versucht herauszubekommen, ob er etwas für mich tun kann..

„Ist Ihr Wagen wieder in Ordnung, Frau Professor?“

„Danke, ja. Es war nur der Starter.“

Paul Helwin weicht etwas zur Seite, um den herausströmenden Studenten den Weg freizugeben. Legt plötzlich seine Hand auf Rafes Schulter.

„Ich muß dich etwas fragen, gut, daß ich daran denke. Hast du einen Augenblick Zeit?“

„Ich wollte –“ Rafe sieht auf mich.

„Es ist wichtig, Collins. Wenn wir uns nicht darüber klar sind, leidet das Zusammenspiel. Wir müssen vor der nächsten Probe besprechen, wie wir die erste Szene auffassen.“ Er hat Rafe um die Schulter genommen, führt ihn, intensiv auf ihn einredend, quer über den Gang. Bleibt bei der ersten Fensternische stehen, wirft mir über Rafes Kopf weg einen sanften Blick zu. Wendet sich erneut an Rafe, führt ihn, weitersprechend, den Gang entlang zum übernächsten Fenster, bleibt, da ihm der Abstand ausreichend scheint, vor Rafe stehen, den „Playmaker“ in die Ecke der Nische manövrierend, ihn dort gefangenhaltend.

Trotz meiner Verkrampftheit muß ich lächeln: Mein Fluchtweg ist frei. Ich beantworte Knut Mörikes letzte Frage, seinen Gruß, wende mich zum Gehen. Stehe im Umwenden vor Daniel Schilling, der an der gegenüberliegenden Seite der doppelflügeligen Türe lehnt.

„Guten Tag, Frau Professor."

„Ich habe Sie schon gesehen. Was führt Sie in meine Vorlesung?"

„Interesse", sagt Daniel Schilling. Legt seinen Kopf schief, kneift die Augen etwas zusammen. „Ist das verwunderlich? Mein Vater ist Germanist."

„Weiß er, daß Sie sich dafür interessieren?" Die Hörer haben sich zerstreut, ihre Schritte hallen von fern durch den Gang, surrende Stimen, Klappern von Lederabsätzen auf der Treppe.

„Nein, warum?"

„Weil er mir nie davon erzählt hat. Sie haben Naturwissenschaften belegt, soviel ich weiß."

„Exakt", sagt Daniel Schilling. Er hat die Ausdrucksweise seines Vaters angenommen. Greift nach den Blättern, die er in seiner herunterhängenden Hand hält und die auseinanderzurutschen drohen, streicht über die Kanten, daß sie ein glattes Bündel bilden. Hebt sie ein wenig höher.

„Mein Vater erzählt Ihnen alles, nicht wahr?"

„Nicht alles, aber viel."

„Ich wollte damit sagen, daß Sie Freunde sind."

Auf dem obersten Kollegblatt befindet sich eine Zeichnung. Daniel hält sie so hoch, daß ich sie sehen kann. Vermutlich hat er sie während der Vorlesung angefertigt, daher die großflächigen Zeichen, die er zu Papier brachte und die für eine Schrift zu ausladend scheinen.

„Wir sind Freunde."

Er nimmt den Packen in die andere Hand, die Zeichnung wird dadurch besser sichtbar: Es ist eine Frau, nackt, schlank, mit voll hervorspringenden Brüsten, die Arme nach hinten aufgestützt, den Kopf etwas zurückgeworfen. Sie sitzt auf einer Art Katheder, seitlich, ein Bein angezogen, das andere ausgestreckt. Mir fällt ein Gespräch mit Nikolaus ein: Daniel hätte Talent zum Malen, sollte vielleicht besser die Kunstakademie besuchen. „Erbgut, der Trend zum

Kreativen. Im Grunde ist es gleichgültig, ob man schreibt oder malt: Dinge hervorzubringen, darauf kommt es an."

Die Zeichnung ist gut. Die flüchtig hingeworfenen Striche verraten Schwung und Einfühlungsvermögen. Ich überlege kurz, ob ich ihn bitten soll, mir das Blatt zu zeigen. Er scheint generell unter einem Mangel an Beachtung zu leiden. Werde von seiner Frage abgelenkt.

„Haben Sie je eine Vorlesung von ihm gehört?"

„Von Ihrem Vater? Nein. Es ist nicht üblich, sich zu einem Fachkollegen ins Auditorium zu setzen. Aber ich habe ein paar von seinen Skripten gelesen. Ihr Vater ist ein wunderbarer Lehrer."

„Freut mich, daß Sie das sagen." Daniel hebt die Zeichnung höher, schiebt sie in seinem Arm so weit vor, daß der Kopf freiliegt. Während ich weiterspreche, merke ich, daß mir das Blut siedendheiß in die Schläfen strömt: Die Frau auf Daniels Skizze trägt meine Gesichtszüge. Unverkennbar. Als blickte ich in einen Spiegel. Jede einzelne Linie, die der Stirn, des Mundes, der Augen. Nur der Ausdruck scheint verfälscht, erinnert an die porträthafte Erotik eines in der Bewegung erstarrten Sexfilmplakates.

Als hätte der Zeichner seine eigene Interpretation in das Bild gelegt.

Ich schlucke zweimal. Die Vorlesung. Ich habe eineinhalb Stunden gesprochen, die letzten zwanzig Minuten ohne Punkt und Komma. Hölderlin hat mich nicht immunisiert. Und irgendwo steht ein Netz bereit, in dem ich mich fangen soll. Wenn ich es nur erkennen könnte.

Daniel weiß, daß ich es gesehen habe. Ein seltsamer Ausdruck tritt in seine Augen. Angst, Unsicherheit, Sympathie? Mitleid mit seinem Opfer? Seine Gesichtszüge haben die Starre verloren, sind weich geworden. Schade, er wäre ein hübscher Junge. Der blasse, intelligente Christuskopf mit den schmalen Nasenflügeln, dem nervösen Mund. Ein junger Gelehrter oder ein junger Revolutionär. Er sieht seinem Vater manchmal lächerlich ähnlich. Was hat Sebastian über Nikolaus gesagt? Der Mann ist ein Genie, ohne sich ausdrükken zu können.

Immerhin attackiert Daniel mich heute zum zweiten Mal. Wenn er etwas vorhat, wird er konsequent vorgehen. Ich denke an Nikolaus' Unterrichtssystematik, die buten Linien auf seiner Papierbogenschlange. Daniel verehrt seinen Vater, die positive Beziehung ist gegenseitig.

„Ich würde mich gern mit Ihnen über die heutige Vorlesung unterhalten«, sagt Daniel, die Zeichnung in die Armbeuge zurückschiebend, »natürlich nur, wenn es Ihnen recht ist."

Wenn es mir recht ist. Ich wende mich nach Paul Helwin um, der noch immer im Gespräch mit Rafe in der Fensternische steht. Gottlob, daß er die Zeichnung nicht gesehen hat. Er hätte Daniel k. o. geschlagen. Ich muß so tun, als ob nichts wäre. Die Provokation übersehen. Es gibt keine andere Möglichkeit.

„Vielleicht. Wenn es sich ergibt. Im Augenblick muß ich in die Bibliothek. Professor Malmström erwartet mich."

„Wünschen Sie meine Begleitung?"

„Nein. Danke."

Ich habe mich zum Gehen gewandt. Er ist dennoch ein paar Schritte lang neben mir, lange genug, um Rafe daran zu hindern, mir nachzulaufen. Ich weiß nicht, was mir lieber sein soll, denke ich in einem Anfall von Galgenhumor, manchmal ist das größere Übel vom kleineren nicht zu unterscheiden. Nach ein paar Schritten bleibt er stehen, stoppt mich mit einer kleinen, bittenden Handbewegung.

„Wollen Sie es mir heute nicht sagen?"

„Was?"

„Auf Wiedersehen, Daniel."

Ich schnappe kurz nach Luft, mein Zwerchfell ist um zwei Zentimeter höher gerutscht. Wende mich abrupt um und laufe auf Gummibeinen den Gang hinunter.

„Na also", sagt Kayssa, sie steht am Schreibtisch, hat sich einen Schlapphut undefinierbarer Farbe – dem Vernehmen nach soll er einmal grün gewesen sein – mit kühnem Schwung über die Perücke gestülpt und greift nach Kollegmappe und Beuteltasche. „Ich warte seit zehn Minuten. Habe schon bei Ricardo angerufen. Die Lieferung ist noch nicht da."

Ricardo ist der Wirt von Kayssas Stammkneipe, bei der Lieferung handelt es sich um Aquavit aus der Königlich Schwedischen Schnapsbrennerei von Stockholm.

„Du siehst grün aus. Kein Wunder. Komm."

„Ich möchte Sebastian sagen –"

„Laß deine Hände von Sebastian. Er arbeitet an meinem vierzehnten Kapitel. Wenn er unterbricht, kann ich meinen Termin nicht halten." Sie wickelt den Wollschal ein paarmal um ihren Hals.

„Ich kenne eine Kneipe am Winterhafen", sagt sie ein paar Minuten später, als wir durch die Vorhalle dem Ausgang zugehen. „Der Wirt ist ein eingewanderter Mafioso und glaubt, daß ich einer schwedischen Untergrundorganisation angehöre. Das bedeutet, daß er mich vorzüglich bedient."

Wir klettern durch das Deck ihres Kabrioletts auf die leicht schneebedeckten Sitze. Kayssa, Gesundheitsfanatikerin, fährt zu jeder Zeit mit offenem Dach, ihr Auto ist eine Spezialanfertigung mit acht Gängen, Plastikfenstern und einer Höchstgeschwindigkeit von zweihundertvierzig Stundenkilometern.

„Was tust du, wenn der Wirt eine kleine Gefälligkeit von dir verlangt? Etwa, daß du die Schwedische Botschaft in die Luft sprengst?"

„Ich sage ihm, daß ich nur für ihn arbeite, wenn er mit mir ins Bett geht. Das wird ihn zur Vernunft bringen." Sie startet. „Am besten fahren wir zu mir nach Hause. Ich habe noch eine gute Flasche." Der Wagen macht einen Satz, schlängelt sich in die Fahrbahn.

Ich werfe einen Blick auf die vermummte Gestalt an meiner Seite. Kayssa Malmström, Klinikchef und Professor für Psychiatrie, könnte einem Agatha-Christie-Roman entstiegen sein: Der in die Stirn gedrückte Schlapphut weist Flecken von zerschmolzenem Schnee auf, der Schal flattert im Fahrtwind hinter ihr her, die bloßen, ringgeschmückten Hände mit den weißlackierten Nägeln – Handschuhe machen sie nervös, sie behauptet, darin zu frieren – liegen locker auf dem Steuerrad. Sie ist gut einen Meter fünfundsiebzig groß, selbst sitzend eine achtunggebietende Erscheinung, und ich habe sie noch nie, auch nicht bei Partys oder in der Oper, in anderen Schuhen gesehen als in den großräumigen schwedischen Gesundheitstretern, mit denen sie augenblicklich in gezielten Aktionen Gashebel, Kupplung und Bremse betätigt.

„Steig aus. Wir sind da."

Kayssas Bungalow befindet sich im Tal zwischen Esquilinus und Caelius, den beiden der City am nächsten liegenden Hügeln. Es ist dort etwas flacher als bei uns. Kayssa ist im Besitz eines Swimming-pools, eines Sonnendaches und einer Sauna, die sie sich in ihren Keller hat einbauen lassen und die sie ihren Freunden großzügig zur Verfügung stellt.

„Komm rauf. Halt dich fest."

Die Wohnung ist mit Fellteppichen ausgelegt. Kayssa geht daheim zu jeder Jahreszeit barfuß. Die Treppe erinnert an eine Hühnersteige: Kayssa hat sich in dem als einstöckig gedachten Bungalow das Dachgeschoß zum Studio ausbauen lassen.

„Dort ist die Bar, du weißt ja. Mach dir's gemütlich."

Sie schlüpft aus ihren Schuhen, ich sehe mich im Studio um. Der Raum gefällt mir immer wieder. Die niedere, flachgiebelige Holzdecke, die selbstgezimmerten Bücherwände. Zwei Stahllampen, ein Schreibtisch aus Birkenholz. Der Bodenbelag aus Schaffell. Der geflochtene Schaukelstuhl. Die flache, mit Ziegenleder bespannte, kissenlose Couch.

„Da, trink einen." Kayssa hat mir den Mantel abgenommen, ihn liebevoll auf den Teppich gelegt. Wirft meine Tasche und Handschuhe daneben.

„Der ist aus Dalarna, Mittelschweden, da wo der Frühling vier Monate dauert. Schau dir das Etikett an. Davon werden fünfzig Flaschen im Jahr gemacht. Zehn für mich, vierzig für den Rest der Welt." Sie nimmt einen großen Schluck. „Trink, dann brauch' ich dir kein Spasmolytikum zu geben."

„Wozu ein Spasmolytikum?"

„Damit du redest. Bravo. Noch ein Glas?"

„Es reicht. Das Zeug ist stark."

„Das walte Gott", sagt Kayssa, schenkt ihr Glas noch einmal voll, trinkt es in langsamen, zügigen Schlucken aus.

„Perfekt. Und jetzt leg dich." Sie ist in ihren weißen Mantel geschlüpft, knöpft ihn zu. „Laß dich davon nicht stören. Ich brauche das als Stimulans. Ohne weißen Mantel bin ich halb so gut."

„Du meinst, daß ich mich auf die Couch legen soll?"

„Warum nicht? Sie ist erstklassig. Soll ich dir erzählen, wer schon alles drauf gelegen hat?"

Kayssa hatte ihre Praxis früher in Bonn. Man sagt, daß die höchsten Regierungsmitglieder zu ihren Patienten gezählt haben.

„Ich bin doch kein Patient, Kayssa."

„Was sonst?" fragt sie trocken und zwängt sich in den Schaukelstuhl zu Häupten der Liegestatt.

Schön. Ich klettere, die Schuhe abstreifend, auf das laukühle Leder. Die Couch ist hart, aber das muß so sein, soviel weiß ich von Sebastian. Als ich mich lege, wird mir etwas schwindlig. Der Aquavit.

Kayssa schnaubt ein paarmal durch die Nase, sie hat sich einen Ruck gegeben, läßt den Sessel jetzt langsam ausschaukeln.

„Fertig?"

„Ja."

Eine kleine Spannung hat sich meiner bemächtigt. Sitzt zwischen Magengrube und Zwerchfell. Ich bin seit dreizehn Jahren mit einem Psychiater verheiratet und weiß, wie Séancen ablaufen, aber ich habe noch keine erlebt. Ist es tatsächlich so, daß man Dinge aus dem Unbewußten ans Licht holt?

„Hast du die Augen geschlossen?" fragt Kayssa.

„Natürlich. Kannst du das nicht sehen?"

„Ich schau' dich nicht an", sagt sie, „ich bin auf deine Stimme konzentriert. Leg die Hände so, daß die Handflächen nach oben sehen."

„Gut."

„Keine Spannung in den Beinen. Laß die Fußspitzen einfach auseinanderfallen. Hier brauchst du keinen Appeal."

„Weiß ich."

„Müde?"

„Normal."

„Nichts und niemand ist normal", sagt Kayssa. „Was siehst du?"

„Wieso, was sehe ich?"

„Hör mal, du mußt doch irgendwas sehen, wenn du die Augen zumachst. Jeder sieht etwas. Also?"

Das schmale Möbelstück scheint unter mir zu schwanken. Schiffsplanken, rollend, schlingernd. Was sehe ich?

„Eine Brücke."

„Na also. Was für eine Brücke?"

„Groß. Breit. Mit Ketten aus Lichtern. Ein Schiff fährt unten durch. Musik klingt auf. An Deck spielt eine Kapelle."

„Ich sehe, du begreifst." Kayssa schnaubt durch die Nase. „Was empfindest du bei der Musik?"

„Daß ich –", ich zögere, „– etwas anders machen sollte. Ich weiß nur nicht, wie."

„Ich sag' dir jetzt ein Wort, und du sagst das nächste, das dir dazu einfällt."

„Gut."

„Wasser", sagt Kayssa.

Unlogischerweise ist es das Wort, das ich am wenigsten erwartet habe.

„Apulien!"

„Apulien? Was stellst du dir dabei vor?"

Der Aquavit rotiert in meinem Kopf: Dazu müßte ich beim Anfang anfangen. Ich bin nicht sicher, ob ich das möchte. Aber wenn sie mir helfen soll, hat es keinen Sinn, mit halben Wahrheiten zu operieren.

„Dazu müßte ich beim Anfang anfangen."

„Das ist der Sinn der Sache", sagt Kayssa und gibt dem Schaukelstuhl einen Ruck. „Schieß los."

Sie hört zu, ohne mich zu unterbrechen, vielleicht zwanzig, vielleicht dreißig Minuten lang. Der Sinn für Zeit ist mir verlorengegangen. Ich kann mir nicht vorstellen, daß ein Glas Aquavit eine derartige Wirkung haben soll. Vielleicht hat Kayssa etwas hineingetan, oder sie hat mich hypnotisiert. Ich halte alles für möglich. Oder ich war einfach bereit zu kapitulieren, die Dinge aus der Hand zu geben. Der Schaukelstuhl wippt. Mein Psychiater hat sich eine Zigarette angezündet, der Rauch liegt flach, unbewegt über der Couch.

„Kann ich auch eine haben?"

„Später. Nicht jetzt. Wenn ich dich recht verstehe, hattet ihr die Abmachung vergessen."

„Vollkommen."

„Und jetzt, da ihr beide davon wißt, wollt ihr sie ein zweites Mal vergessen, und das funktioniert nicht."

Ich wende mich zur Seite: Kayssa hat es ausgesprochen.

„Es kann auch nicht funktionieren“, sagt sie, „weil es nur der äußere Anlaß für einen inneren Vorgang ist.“

Da ist der Stich. Ich habe die ganze Zeit darauf gewartet. Natürlich habe ich es gewußt. Und gewußt, daß Sebastian es weiß.

„Ist das die Verzweiflung, von der du gesprochen hast?“

Sie ist es. Hat mich angefüllt von den Haarwurzeln bis zu den Zehenspitzen. Jetzt, da Kayssa das Skelett freigelegt hat. Da sie in den Kern vorgestoßen ist. Meine Kehle ist zugeschnürt.

„Antworte.“

Ich kann nicht. Fürchte, mich lächerlich zu machen. Ich müßte nach Luft schnappen wie ein Fisch. Als Kind habe ich geweint, ohne abzusetzen, ein Ein- und Ausatmen. Im Kindergarten hat mir das eine Sonderstellung eingetragen.

„Simone“, sagt Kayssa mit sanfter Stimme.

„Ja.“

„Warum weinst du nicht, wenn du weinen willst?“

Der Schmerz kriecht von der Kehle weg in die Herzgegend.

„Ich fürchte, wenn ich einmal anfange, kann ich schlecht aufhören.“

„Ist das die ganze Zeit über so?“

„Ungefähr. Außer wenn ich mit Sebastian im Bett bin.“

„Wie lange seid ihr verheiratet?“

„In jedem Fall zu kurz.“

„Davon abgesehen.“

„Dreizehn Jahre.“

„Und wie oft wart ihr in dieser Zeit im Bett?“

Ich antworte nicht gleich. Kayssa räuspert sich.

„Ich schreibe keine Biographie über dich. Gib mir einen statistisch anwendbaren Mittelwert.“

„Mein Gott, Kayssa. Beinahe jeden Tag. Natürlich wird es im Durchschnitt –“

„Schon gut, genügt.“ Kayssa bläst den Rauch quer über die Couch, er steigt in einer sich aufhellenden Wolke zum Giebeldach. Ich merke an ihrer Stimme, daß sie sich mir zugewandt hat.

„Dreizehn Jahre. Und du denkst, daß sich das Schicksal das gefallen läßt?“

Es klingt voll und tief. Kommt so unerwartet wie eine Menschenstimme aus einem Roboter. Mein Herz beginnt heftig zu schlagen.

„Du meinst –“

„Glück“, sagt Kayssa, die Worte fallen über mich wie die Musik durch das offene Dach von Gefions Pferdestall „ist nichts, was man als Tatsache hinzunehmen bereit ist. Man muß es verloren, zerstört und wiedergewonnen haben, um es zu akzeptieren.“

Die Stille steht im Raum. Setzt sich an meinem Körper fest, Quadratzentimeter um Quadratzentimeter. Herrgott! Vielleicht habe ich ihre Worte nicht ganz begriffen. Aber etwas daran ist auf fürchterliche Weise wahr: Wer ist denn glücklich? Der nach langen Kämpfen zur Ruhe gekommen ist. Und der es immer war? Von Anfang an war? Woher soll er es wissen? Aus welcher Lethargie heraus einen Zustand als optimal anerkennen, für den er keine Vergleichsmöglichkeit hat?

„Kayssa“, sage ich, die Stimme gehorcht mir kaum, „du rüttelst an fundamentalen Dingen.“

„Keine Spur“, sagt Kayssa sanft und bringt den Schaukelstuhl mit einer Fußbewegung zur Ruhe. „Ich rücke sie an ihren Platz.“

Ich habe mich aufgestützt, sehe durch das kleine, vorspringende Dachfenster hinaus in den Winterhimmel. Der Frühling kommt dieses Jahr besonders spät. Der kahle Zweig eines Baumes läuft schräg durch das mattweiße Viereck, teilt es in zwei Teile. Meine Augen brennen.

„Mein Gott“, sagt Kayssa, berührt für Zehntelsekunden meine Schläfe mit ihrem Handrücken, „mach dir doch kein Gewissen daraus. Es reißt einfach ein neuer Horizont für dich auf. Du siehst Dinge, die du vorher nicht gesehen hast. In gewisser Beziehung bist du bisher mit Scheuklappen durch die Welt gegangen.“

Ich lehne mich an die Wand, ziehe die Beine an.

„Kann ich jetzt eine Zigarette haben?“

„Schön. Fünf Minuten Pause.“

„Sind wir noch nicht fertig?“

„Keine Spur. Das war die Diagnose. Jetzt kommt die Therapie.“

„Für mich gibt es keine Therapie.“

„Blödsinn“, sagt Kayssa. Diesmal gibt es keine Schwierigkeiten mit Zigaretten oder Feuer. Beides liegt auf dem niederen, birkenholzfarbigen Tisch.

„Jetzt versteh' ich eine ganze Menge", sagt sie nach ihrem ersten Zug. „Auch eure Eskapade bei Lauerbachs Gartenfest: Sterntaler, fürs Museum der Erinnerung geprägt."

Bei Gott: Kayssa ist ein ungewöhnlicher Arzt. Ich hatte in der letzten Zeit jedesmal das Gefühl, von Sebastian Abschied zu nehmen.

„Auch deine neue Zwiebelschale. Du trägst sie wie die Loreley ihr Haargeflecht. Wie sitzt es sich dort oben auf dem Aussichtsfelsen?"

Ich weiß nicht, warum mir Daniel Schillings Zeichnung einfällt: Loreley auf dem Katheder, mit zurückgeworfenem Kopf, plakathaft geöffneten, lächelnden Lippen.

„Ich verstehe kein Wort, Kayssa."

„Natürlich verstehst du. Du weißt, daß du dich verändert hast. Und weißt du, warum? Weil du deine Antennen ausgefahren hast, nachdem sie dreizehn Jahre Tag und Nacht blockiert waren."

„Das ist nicht wahr, Kayssa."

„Mach dir nichts vor. Hast du nicht das Gefühl, daß plötzlich alle Männer mit dir schlafen wollen?"

Ich antworte nicht gleich. Wenn ich an die letzten Tage denke –

„Siehst du!"

„Wie kommst du darauf?"

„Weil es die Wahrheit ist. Vielleicht wollten sie es schon immer und du merkst es erst jetzt. Vielleicht hast du sie auch jetzt erst ermutigt. Weil du es ausstrahlst. Weil du es willst."

Ich fahre hoch. „Das ist ungeheuerlich, Kayssa!"

„Natürlich unbewußt. Reg dich nicht auf. Und aus reiner Selbstwehr: Wenn du schon verzweifelt bist, suchst du dir gleichzeitig eine Möglichkeit zu überleben."

„Soll das eine Möglichkeit sein zu überleben?"

Kayssa blitzt mich aus ihren plüschgrauen Augen an. „Nicht die schlechteste. Oder?"

„Du bist ein Monstrum. Ich weiß nicht, warum ich dir zuhöre. Willst du behaupten, daß das noch zur Diagnose gehört?"

„Nein", sagt sie grinsend, „das ist schon Therapie. Merkst du nicht, daß es dir besser geht? Bist du nicht im Grunde froh, daß es ausgesprochen ist?"

So verrückt es klingt, sie hat recht: Wenn man Gewißheit hat, kann man sich darauf einstellen.

„Gib es zu“, sagt Kayssa friedfertig, den Rauch gegen die Decke blasend. „Im Augenblick, da der Punkt Null zugegebenermaßen und definitiv erreicht ist, hat man die Möglichkeit, mit dem Wiederaufbau zu beginnen. Was ist das ganze schließlich? Eine Funkstille von zwei Jahren. Ihr nehmt euch die Zeit, die Sebastian in Carolina verbringt. Denk dir, er ist im Krieg. Auf Forschungsreise in der Arktis. Nachher geht es weiter wie bisher. Nein, besser, auch wenn du dir das heute nicht vorstellen kannst: Weil ihr die Klippe genommen habt.“

Meine Zigarette wird feucht, schmeckt nach Salz.

„Du bist wunderbar, Kayssa.“

„Ich weiß“, sagt mein Psychiater, stemmt sich aus dem Sessel hoch. „Ein Platz für jedes Ding, und jedes Ding an seinen Platz. In jedem Germanisten steckt ein verhinderter Shakespeare.“

„Und Sebastian“, frage ich, mich vorbeugend, in meine Schuhe schlüpfend, „meinst du, daß er nichts dramatisiert?“

„Auch in jedem Psychiater steckt ein Shakespeare“, sagt Kayssa, „aber er ist im allgemeinen imstande, die Zwiebel von der Schale zu unterscheiden.“ Sie ist zum Schrank gegangen, stellt die Flasche ins Regel. „Ich muß meinen Fliedertee trinken. Kommst du hinunter in die Küche? Vergiß deine Tasche nicht. Und wisch dir das Gesicht ab. Kein Grund, die Ophelia zu spielen. Hast du es noch nicht begriffen? Das Leben liegt vor dir.“

Sebastian war nicht zu Hause. Arbeitete vermutlich an Kayssas vierzehntem Kapitel, kam dann lange nach Mitternacht. Schlief noch, als ich morgens zu einer Prüfung ging. Ich küßte ihn auf die linke Augenbraue, strich ihm das Haar aus der Stirn. Wie oft noch? Christopher saß im Bad und schrie nach dem Handtuch.

Als ich gegen vier aus der Vorhalle der Victoria Luise ins Freie trat, war schwerer Föhn hereingebrochen. Die Luft war warm, der Himmel weiß verhangen, die Sonne schien hinter feinen Filtern von Glas zu stehen, stahl sich mit hungrigen Händen hinter Mauern und Dachgiebeln vor. Das Bibertal, in dem sich das Universitätsgelände samt seinen sieben Hügeln befindet, bildet eine weitläufige Schneise, die sich erst auf dem halben Weg zur City, etwa in Höhe der Hendricksbrücke, ein wenig öffnet und in flaches Land übergeht. Das heißt, daß sich bei uns das Wetter fängt wie in einem Kessel, das gute und das schlechte, und daß die Jahreszeiten bei uns früher oder später anfangen oder enden als anderswo.

Als ich die wenigen Schritte über den Parkhof ging, fiel mir auf, daß Sebastians Wagen nicht an seinem Platz stand. Entweder war er mit der Arbeit an Kayssas Kapitel fertig, oder er hatte für heute abgesagt. Irgendwann in diesen Tagen hatte er vorgehabt, mit Hillebrand die Vorlesungsfolge für die Harkes-Universität festzulegen. Vielleicht war es heute. Ich hatte nicht auf seinen Terminkalender gesehen.

Ich schob den Schlüssel ins Türschloß des Karman, drehte ihn herum, die Tür ächzte ein wenig, als ich sie in den Metallgelenken bewegte. Vielleicht liegt es an einer bestimmten Erinnerung, daß ich mich nicht von dem behäbig gewordenen Silbervogel trennen kann. Ich habe nie darüber nachgedacht, aber es scheint mir möglich. Der Tag liegt fast zwölf Jahre zurück, es war ein heller, diesiger Tag wie heute, München, Isartal, gegen Mittag war Föhn aufgekommen, die Wolken zogen in durchsichtigen Schwaden über den hohen Himmel, Sebastian und ich hatten einen Spaziergang am Flußufer gemacht, der neuerworbene Silbervogel stand an der Böschung. Dann, bei der Heimfahrt geschah es: Sebastian hatte eine Unebenheit übersehen, Schlagloch oder Wurzel, etwas zerplatzte in meinem Inneren, ein paar Minuten später, an der Waldausfahrt, sagte ich: „Nicht nach links abbiegen, Sebastian. Geradeaus, in die Klinik."

Es ist doch nicht möglich, daß man sich trennt. Einfach auseinandergeht. Daß ich eines Tages über den Parkplatz gehe und Sebastians Wagen nicht finde, weil ich ihn nicht suche. Ist das denkbar? Lebbar? Ich werde ihn immer suchen, oder? Kann man sich das Zweisein abgewöhnen? Wie man sich einen Mantel abgewöhnt oder eine Zigarettensorte oder ein Lieblingswort? Es scheint mir so abstrakt. Hat keine Realität, keine Kontur. Es tut nicht einmal weh, darüber nachzudenken. Wie es nicht weh tut, sich eine Hinrichtung vorzustellen.

Daniel Schilling stand am Waldeingang im Schatten der kahlen

Stämme. Der späte Frühling hatte die Schneedecke aufbrechen lassen, der feuchtharte Wiesengrund drängte in Flecken zwischen den schmutzigweißen Winterresten ans Licht. Er stand mitten auf der Schotterstraße, hob beide Arme, als ich näher kam, trat, als ich stoppte, an mein offenes Seitenfenster.

„Würden Sie mich bis zur Kreuzung mitnehmen? Mein Vater braucht ein Medikament." Er hielt eine grüne, weißbeschriftete Packung in der Hand. Ich griff erschrocken nach der Türklinke.

„Steigen Sie ein. Auf der anderen Seite."

„Danke, Frau Professor." Er ging um den Wagen herum, ließ sich in den Sitz neben mir fallen.

„Was fehlt Ihrem Vater?" Ich fuhr an, beschleunigte das Tempo.

„Grippe. Ein Virus. Hat man es Ihnen im Haus nicht gesagt?"

Ich empfand eine Mischung aus Erleichterung und Unbehagen. Hatte an eine Herzattacke oder ähnliches gedacht, natürlich, woran denkt man, wenn man auf diese Weise angehalten wird? Gottlob, die Grippe wird Nikolaus überstehen. Er übersteht sie jedes Jahr.

„Warum haben Sie nicht den Autobus genommen? Von der Apotheke wären Sie längst daheim."

„Er ist über eine halbe Stunde nicht gekommen. Vermutlich eine Störung. So habe ich mich zu Fuß auf den Weg gemacht."

Ich kann seine Behauptung nicht überprüfen. Steuere vorsichtig den kurvigen Waldweg entlang. Der Schnee ist hier im Schatten noch nicht geschmolzen, sprüht in körnigen, feuchten Klumpen nach beiden Seiten.

„Schade, daß es nicht üblich ist, daß Kollegen einander in den Vorlesungen besuchen", sagt Daniel nach ein paar Minuten, er hat sich zurückgelehnt, läßt die kleine weißgrüne Medikamentenschachtel von einer Handfläche in die andere gleiten. „Wenn mein Vater über mathematische Satzanalyse spricht, ist es ein Feuerwerk von Humor und Phantasie."

„Es war die schlechteste Übung, die ich je gehalten habe", sage ich, ohne den Blick von der Straße zu wenden, „ich weiß das."

„Wie kann so etwas passieren?" Daniel öffnet und schließt die Hand um den kleinen Karton.

„Ich habe mich nicht gut gefühlt."

„Wie traurig." In seiner Stimme klingt echtes Bedauern. „Vielleicht hat das Grippevirus auch vor Ihnen nicht haltgemacht." Er wendet sich mir mit einer Drehung voll zu, legt den linken Arm auf die Rückenlehne. „Tatsächlich, Sie sehen nicht gut aus. Ist das der Berufsstreß oder die übergangene Krankheit?"

Ich antworte nicht. Daniel beugt sich ein wenig vor, so daß sein Atem meine Wange streift. „Wenn Sie für einen Augenblick anhalten, kann ich eine Augendiagnose stellen. Ich kann ein Krankheitsbild aus ihrer Iris ablesen. Das ist eine ernstzunehmende Möglichkeit der Diagnostik. Haben Sie davon gehört?"

Ich habe davon gehört. Noch etwa vierhundert Meter bis zur Kreuzung.

„Möchten Sie, daß ich es versuche?"

„Nein, danke. Ich bin nicht krank."

„Sie sind auch nicht gesund", sagt Daniel Schilling, sich in das Polster zurücklehnend. „Ein seltsamer Zustand, nicht wahr? Ich kenne ihn gut."

„Wer pflegt Ihren Vater?"

„Ich", sagt Daniel, hält das Schächtelchen zwischen Daumen und Zeigefinger. „Ich habe drei Semester Medizin."

„Das wußte ich nicht."

„Es gibt vieles, das Sie von mir nicht wissen." Daniel lacht, es klingt seltsam laut und flach. „Darf ich meinen Vater von Ihnen grüßen?"

„Selbstverständlich. Wenn er etwas braucht, soll er mich verständigen."

„Eine wunderbare Idee." Daniel lacht wieder, diesmal leise, läßt das Schächtelchen in die Tasche seiner Lederjacke gleiten. „Ich danke Ihnen. Man steckt manchmal in Konstellationen, die schwer zu bewältigen sind. Ist Ihnen das schon aufgefallen?" Er erwartet keine Antwort, greift nach der Türklinke. Hat den Blick geradeaus durch die Scheibe gerichtet, beißt sich kurz auf die Lippen. „Wenn man die Möglichkeit hätte einzugreifen, die Dinge zum Stillstand zu bringen, ehe sie einen überwuchern, würde man davon Gebrauch machen?"

„Ich weiß es nicht."

„Ich auch nicht." Seine Lippen sind schmal geworden. „Vielleicht leben wir gern im Urwald. Er verstellt auf angenehme Weise die Sicht. Enthebt uns der Aufgabe, das Ende unserer Aktionen zu bedenken. Eine Tatsache, von der jedes Genie und jeder Verbrecher profitiert."

Der Motor des stehenden Wagens läuft mit leisem Summen.

„Sind Sie unglücklich, Daniel?"

„Ja. Sie nicht?" Er öffnet, springt hinaus. Fährt sich mit gespreizten Fingern durch das Haar. „Auf Wiedersehen, Frau Professor."

„Auf Wiedersehen, Daniel."

Und dann, plötzlich, standen wir einander gegenüber. Sebastian war im Begriff, die Treppe hinaufzugehen, er mußte die Universität ein paar Minuten vor mir verlassen haben. Wandte sich nach mir um, als er die Flurtür hörte. Stand eine Minute bewegungslos da und sah mich an. Kam dann auf mich zu und nahm mich in die Arme.

„Mach es dir nicht zu schwer, Simone."

„Wieso bist du hier, Sebastian?"

„Kayssa hat mich heimgeschickt. Sie meinte, daß es dir lieber wäre."

„Hast du mit ihr gesprochen?"

„Nicht viel." Sebastians Wange lag an meiner Schläfe. „Ich glaube, es hat keinen Sinn, es aufzuschieben. Ich kann nicht weiter, und du auch nicht. Komm, mein Mädchen. Wir wollen es hinter uns bringen."

Die Schatten im Raum schienen dreidimensional, wie Gegenstände. Sebastian saß in seinem Ledersessel, verwischte Kontur, vorgebeugte Schultern. Die Glut seiner Zigarette schwebte über dem Tisch, lief als glimmende Spur über die Glasplatte, wenn er die Hand senkte oder hob. Auch die halbgefüllten Gläser waren zu Schatten geworden. Oben hatte Christopher eine Jazzplatte aufgelegt: „Ich muß einmal in der Woche etwas ganz Lautes hören, Mami, ich kann es nicht erklären, es ist wie eine Gehirnwäsche." Sebastian hatte die Ellenbogen auf die Knie gestützt. Ich fühlte im Dunkeln, daß sein Blick auf mich geheftet war.

„Sollten wir nicht versuchen, die Dinge beim Namen zu nennen, Simone?"

„Die Dinge haben keinen Namen. Außerdem existieren sie nicht."

Sebastian schwieg. Ließ meine unlogische Antwort in der Luft hängen, zwang mich damit zum Weitersprechen.

„Es kann passieren, daß man sich aus beruflichen Gründen vorübergehend trennt. Einer guten Ehe schadet das nicht. Nikolaus kennt einen Urgeschichtler, dessen Frau seit Jahren in London lebt und –"

„Simone", sagt Sebastian.

Ich hebe den Kopf. Ein Kloß steckt in meinem Hals. „Ich habe das Institut nicht gewollt. Für dich ist Carolina wichtig. Für die Alma mater ist es anscheinend wichtig, daß ich bleibe. Wir wollen einander doch nicht im Weg stehen, Sebastian."

Er führt die Zigarette zum Mund. Das kreisrunde Pünktchen Glut leuchtet kurz auf, gleichzeitig mit seinem Spiegelbild auf der Tischplatte. Von oben dringt der Jazz gedämpft durch die Zimmerdecke.

„Glaubst du im Ernst, daß das alles ist, Simone?"

„Natürlich. Was sollte es sonst sein?"

„Apulien", sagt Sebastian, das glimmende Pünktchen ruhig zwischen seinen Knien haltend.

Ich atme kurz auf. Gut so. Apulien. Das ist ein gangbarer Weg.

„Vielleicht hast du recht. Jetzt, da wir beide davon wissen, wollen wir die Abmachung ein zweites Mal vergessen, und das funktioniert nicht. Damals auf der Brücke von Budapest haben wir eine Augenblickslösung gesucht und gefunden. Wir waren Kinder, die nach einem Spiel gegriffen haben, um die Realität zu überdecken. Vielleicht müssen wir es jetzt zu Ende bringen, um erwachsen zu werden."

„Das Spiel ist Ausdruck einer Gesamtsituation, die wir damals vorausgesehen haben", sagt Sebastian, seine Stimme ist ruhig. „Als Kind ist man mitunter klüger, als man es später je wieder zu sein vermag."

„Du meinst –"

„Ich meine, daß Nikolaus Schillings Titel kein Signal für uns gewesen wäre. Wir hätten ihn glatt überhört" – er hält inne, setzt nach wenigen Sekunden mit kaum veränderter Stimme fort, „– wenn wir damals nicht recht gehabt hätten, Simone."

Ich kann nicht gleich antworten. Das heißt –

»Das heißt, daß du es so willst, Sebastian."

„Nein, Simone: Es heißt, daß du es so willst."

„Ihr sprecht alle von mir."

„Wer ist alle?"

„Du. Und Kayssa."

„Du bist verändert, Simone."

Das habe ich schon gehört. Der Druck in meiner Kehle wird stärker.

„Ich liebe dich, Sebastian."

„Ich dich auch, Simone."

„Ich weiß nicht, was mit mir los ist. Es ist wie eine Krankheit. Ich glaube, daß ich krank bin, Sebastian. Wenn du mir Zeit gibst, wird es vorübergehen."

„Ich gebe dir Zeit. Zwei Jahre. Ist das genug?"

Da ist er gelandet, der Tiefschlag. Es geht nicht anders. Nicht mehr.

Oben hat Christopher die Tür geöffnet, die Musik wird lauter. Er kommt die Treppe herunter, geht an der Wohnzimmertür vorbei zur Küche.

„Simone."

Ich glaube es nicht. Will es nicht glauben. Apulien. Wenn du von der Ostküste landeinwärts kommst, hast du die herrlichste Mediterranlandschaft –

„Simone, in Gefions Pferdestall: An wen hast du gedacht?"

„An dich."

Christopher hat den Eisschrank zugeklappt, ist wieder auf dem Weg nach oben. Nach Schulschluß geht er nach England, er will schon die Ferien dort verbringen. Ich muß perfekt sein, ehe die Schule beginnt wegen der astronomischen Fachausdrücke, Mami. Die Bücher, die ich lesen muß, sind in englisch geschrieben –

Gut. Gut, Sebastian. Wir haben keine Chance. Keine als diese. „Wann willst du fahren, Sebastian?"

„Gleich nach der Scheidung. Es hat keinen Sinn, es aufzuschieben. Desto schneller haben wir es hinter uns."

Scheidung? Hat er Scheidung gesagt?

„Hast du Scheidung gesagt?“

„Ja. Oder –“ Seine Stimme wird unsicher. „War das nicht ausgemacht? Ich meine, wenn wir die Budapester Version aufrecht erhalten wollen? Entschuldige, Simone, aber es war deine Idee, die Abmachung ins Spiel zu bringen.“

Haben wir damals von Scheidung gesprochen? Hinter meiner Stirn kreist ein Rad. „... als nachträgliche Prüfungs- und Verlobungszeit...“ Hat er das bessere Gedächtnis? Von der verschobenen Hochzeitsreise war die Rede, daran erinnere ich mich.

„Ich weiß nicht, Sebastian. Wenn du die Scheidung möchtest –“

„Wieso ich? Du hast gesagt, daß du Zeit brauchst.“

Zeit. Aber Scheidung? Schon wieder ich. Alles geschieht meinetwegen.

„Gut“, sage ich, „Scheidung. Natürlich war es so ausgemacht.“ Der irrationale Wunsch, ihn zu verletzen, ist in mir aufgestiegen, läßt mich die primitivste Vorsicht außer acht lassen. „Schon für den Fall, daß einer von uns eine neue Verbindung eingehen möchte.“

Getroffen. Ich sehe es an seinen Schultern, die Kontur ist schmaler geworden.

„Richtig“, sagt Sebastian, „ich habe vergessen, es zu erwähnen: Hillebrand hat Carolina ebenfalls abgesagt.“

„Hillebrand?“

„Du hast richtig gehört“, sagt Sebastian, „obwohl ich nicht glauben kann, daß es dich überrascht: Hillebrand bleibt hier.“

Irgendwo habe ich von der „Scheidung wider willen“ gelesen. Richtig, in Jürg Willis Analyse „Die Zweierbeziehung“.

„In der Neigung, auf jede Provokation mit eskalierender Gegenaktion zu antworten, können sich die Partner in eine zwangsläufige Entwicklung hineinsteigern, die sie zur Scheidung zwingt, weil keines ohne Gesichtsverlust nachgeben kann...“ Damals hielt ich Willis Erkenntnisse für intellektuelle Haarspalterei. Heute könnten wir dem Schweizer Psychiater für seine zweite Auflage als Paradebeispiel dienen.

Vorüber. Verschüttet.

Wir lassen uns scheiden. Inkonsequenz ist unsere Sache nicht.

Kayssa tobte, als sie hörte.

„Seid ihr verrückt? Seid ihr total übergeschnappt?"

Sie fand erst nach dem vierten Aquavit ihre alte Form wieder.

„Ihr seid Idioten. Zwei monumentale, vom Intellekt verseuchte Idioten."

Vermutlich wußten wir das beide. Aber es gab keine Möglichkeit, das Rad zurückzudrehen.

Ein paarmal standen wir einander gegenüber, den erlösenden Satz auf der Zunge, laß uns den Wahnsinn vergessen, wozu das Ganze? Ein halbes Wort hätte genügt, aber keiner von uns sprach es aus. Das Seil war gerissen, pendelte fremden Ufern zu.

Die Scheidung fand vier Tage später statt. Ich überstand sie in einer Wolke von Aquavit, auf Kayssas Arm gestützt, ihre ringgeschmückten Finger um mein Handgelenk gekrallt. Eine halbe Stunde vorher waren wir noch im Bett gewesen, Sebastian und ich.

Als ich den Gerichtssaal verließ, stieß mich Kayssa in den Rükken.

„Haltung, Loreley. Die Fischer warten."

Ich hasse sie. Sie verdirbt mir alles. Sogar das Traurigsein.

Sebastian hielt seine letzte Vorlesung. Es war der dritte April. Am Morgen des vierten feierten wir Christopher mit einem astronomischen Globus, einer faltbaren Sternkarte und einem nautischen Kompaß. Dann fuhr Sebastian in die Universität, um sich Bücher zu besorgen.

Er ist nicht nur Psychiater, sondern auch Psychologe. Gegen Mittag, als ich die Küche betrat, fand ich einen Zettel auf der Brotmaschine:

„Ich hätte es nicht fertiggebracht, von dir Abschied zu nehmen. Habe das Vormittagsflugzeug nach Stockholm genommen. Laß bitte alles liegen, wie es liegt, ich möchte es wieder so vorfinden. Bis morgen, wann immer das sein wird. Sebastian."

Manchmal tut man absurde Dinge: Ich schnitt den Brief mit der Brotmaschine in kleine Streifen, langsam und ohne mein Herz zu fühlen. Christopher war in der Schule. Sein Sternglobus stand auf dem Wohnzimmertisch. Sebastians Mansarde sah aus, als würde er sie jeden Augenblick wieder betreten.

Ich schloß das Haus ab, stieg in den Karman und fuhr Richtung

Hendricksdamm. Parkte an der Böschung, stieg aus, ging über den Uferweg der Brücke zu. Wer ist einsamer als eine frisch geschiedene Frau? Vielleicht ein frisch geschiedener Mann.

Vielleicht schreibe ich ihm morgen: Komm zurück. Vielleicht steht er in zwei Tagen vor der Tür. Einen Augenblick lang kann ich wieder atmen. Aber ich weiß, daß keines von beidem geschehen wird.

Ist die Zwischenlandung in Stockholm vorüber? Gleitet dein Silbervogel jetzt westwärts über den Ozean? Und ich fühle noch die Wärme deiner Haut unter meinen Händen, den Duft deines Rasierwassers in meinem Haar. Sterntaler, fürs Museum der Erinnerung geprägt.

Ich gleite mit der Hand über das Brückengeländer, Schritt um Schritt, der Mitte zu. Die Lichter Budapests sind in den Strom gefallen und darin ertrunken.

Der Föhn liegt noch immer über dem Tal. Hat alle Knospen aufgesprengt. Der Fluß singt das Lied von der Ewigkeit.

Hilf mir, Großvater. Du hast es gewollt. Apulien ist weit, und ich stehe an der Schwelle.

Ich werde nie mit einem anderen Mann ins Bett gehen können.

Und wenn doch, wird es mich nicht freuen.

Und wenn doch, mache ich mir etwas vor. Niemand ist wie Sebastian.

Flieg, silberner Vogel. Zieh deine Straße. Apulien, wenn man es kennt, ist nicht das, was es in der Vorstellung gewesen ist.

Laß es wahr sein, Großvater.

II

8

Die dunklen Flecken auf dem Dach der Alma mater sind hell geworden, getrocknet im lauen Frühlingswind. Die Torflügel an der Haupttreppe sind wieder geöffnet, der Hund des Portiers Krappmeier hat seinen Posten zu Füßen des Stützpfeilers bezogen, die Studenten kommen, wenn die Vormittagsvorlesungen beendet sind, langsam, einzeln aus der dunklen Vorhalle ans Tageslicht und lassen sich, Bücher und Mappen als Sitzunterlage benützend, auf der Balustrade nieder, die das Gebäude umläuft. Die Luft ist seltsam diesig in diesen Tagen, ein feiner Schleier liegt über dem Tal, macht hell, ohne zu wärmen, als bewege man sich unter einer Glocke aus Glas, steril, geschützt, ohne Ausgang und Fluchtweg.

Wer kennt den Zustand des Halbiertseins? Man denkt, fühlt, bewegt sich nur mit der Hälfte seiner Existenz. Geht ein wenig langsamer, spricht ein wenig leiser, sieht ein wenig schlechter, ohne es eigentlich zu bemerken. Erkennt es nur, wenn man daraufhin angesprochen wird. Scheint durch Isolierwatte von der Außenwelt abgeschirmt. Ein Zustand, der nichts mit Depression zu tun hat, vielmehr als deren Vorläufer oder Folgeerscheinung auftritt. Er wechselt mit ihr in verschieden lang anhaltenden Phasen: tageweise, wochenweise. Auch stundenweise. Befähigt zu Objektivität und unnatürlicher Klarsicht. Ist in diesem Stadium unerträglicher als die Depression selbst.

Manchmal hilft es, sich auf die Arbeit zu konzentrieren. Während der Vorlesungen und Übungen gelingt es am besten. Die Schüler lassen einem keine Zeit, nach den vorüberpendelnden Gedankenknoten zu greifen, sich an die hoffnungslose Entwirrung zu machen, sie fordern ungeteilte Anwesenheit. Man muß sich anstrengen, um durchzuhalten, bis zum physischen Schmerz, die Schultern werden taub, es zieht in Nacken und Rücken, aber es gelingt. Erst später, allein, taucht man wieder in die matte Erschöpfung, läßt sich von der gläsernen Glocke einfangen, zudecken.

Die Nachricht von unserer Scheidung schlug an der Alma mater wie eine Bombe ein. Vor allem, da das Ganze so unmerklich über die Bühne gegangen war. Die Kollegen hielten es tagelang für einen Scherz, später, als meine Haltung diese Annahme allmählich ausschloß, begann man die Sache zu ventilieren und nach, wie ich hörte, endlosen Diskussionen in Lauerbachs Keller als Faktum hinzunehmen. Gleichzeitig verstummten kaum aufgetauchte Gerüchte über Hillebrand als Scheidungsgrund. Wir hatten uns unausgesprochen auf einen kollegial-konventionellen Ton geeinigt, der mir gleichzeitig half, den Vorfall auf Lauerbachs Tanzparkett zu vergessen oder zumindest so weit beiseite zu schieben, daß die im Alltag unvermeidlichen Gespräche ungestört verliefen.

Die Proben hatten an Tempo und Intensität gewonnen, es war noch nicht ideal, aber wenn der kleine Trupp sich nachmittags in der leeren Aula versammelte – eine Handvoll Leute, die versuchten, ein Stück Literatur in Beziehung zur Gegenwart und zu sich selbst zu bringen –, schien es, als hätte sich der freundliche Gott des Theaters in einer Ecke niedergelassen, um die Flamme hin und wieder mit einem Hauch anzufachen. Durch die hohen, schmalen, in unzählige Vierecke unterteilten Fenster fiel das milchweiße Frühlingslicht und tauchte das zweifarbige Parkett und die holzverkleideten Wände in stumpfes Gold. Der Boden knarrte ein wenig, nicht störend, gerade so viel, um das Bewußtsein wachzuhalten, daß es sich hier um einen Akt der Geisterbeschwörung handle, dem in diesen hochragenden, säulenbewehrten Räumen während der vergangenen hundert Jahre schon andere Beschwörungen vorangegangen waren. Krappmeier, Portier und Giftmischer, hatte sich eigens für die Probenarbeit einen Overall zugelegt, mit dem er bereits am Vormittag in der Loge zu sitzen pflegte, um die Studentenschaft auf seinen Spezialeinsatz aufmerksam zu machen. Während der Proben kroch er dann lautlos zwischen Kulissen und Scheinwerfern umher, tauchte immer dort auf, wo man ihn am wenigsten erwartete, und zog verblüffende, die Aussage des Stückes betreffende Schlußfolgerungen: „Das ist nicht gesund, zwei Geschwister, sehen Sie sich den deutschen Hochadel an, das kommt alles von der Inzucht." Rafe

Collins hat die fatale Idee gehabt, ihn in der Rolle des Briefträgers zu besetzen, er kommt zu Anfang des Stückes und hat den Satz zu sagen: „Einen beschwerten Brief, zwanzig Dukaten, franco halb." Ich habe mich gegen die Idee gewehrt, aber etwas scheint zu Krappmeier durchgesickert zu sein, er umschleicht uns zu Ende der Proben mit ins Auge springender Unauffälligkeit, und ich fürchte, ich stecke in einer Zwickmühle: ihn zu besetzen und damit dem Stückbeginn einen sicheren Heiterkeitserfolg zu vermitteln oder ihn zu brüskieren und mir damit einen gekränkten, in seiner Ambition gestörten Bühnenmeister einzuhandeln.

Habe ich gesagt, daß Paul Helwin hätte Schauspieler werden sollen? Er ist von beklemmender Natürlichkeit. Spricht den schwierigen, verschachtelten Text, als ob es seine Worte wären. Holt die Betroffenheit, das aufdämmernde Erkennen der Wendung, den endlichen Jubel aus Tiefen einer scheinbar unbegrenzten Skala von Empfindungen. Seine Sätze und Repliken scheinen im Augenblick geboren, er deutet an, nimmt zurück, läßt in der Luft hängen, führt wieder fort. Steigert sich so unmerklich zum Ausbruch, daß er selbst, sinngemäß, überrascht scheint, sich unterbricht. Barbara paßt sich an, nimmt nach vorübergehendem Befremden seinen Ton auf, ebenso Knut Mörike, beide hatten anfänglich zu deklamieren versucht, merken jetzt, was Theater aus der Sicht des Schauspielers bedeutet.

Die Handlung des kurzen Stückes ist die: Wilhelm, von Paul Helwin gespielt, hat das Mädchen Marianne, Tochter einer verstorbenen Freundin, in dem Glauben aufgezogen, daß sie seine Schwester sei. Die in Marianne aufkeimende Liebe zum vermeintlichen Bruder wird unterdrückt, als verboten empfunden. Fabrice, ein Freund beider, beginnt um Marianne zu werben. Sie sagt in einer Anwandlung von Schwäche zu, was Wilhelm in tiefste Verzweiflung stürzt. Aber der Vorfall hat Marianne erkennen lassen: Sie wird Wilhelm nie verlassen können. Sie verzichtet auf Ehe und Familie mit Fabrice, obwohl sie Wilhelm noch für ihren Bruder hält. Fabrice tritt betroffen zurück. Das glückliche Ende bringt die Wahrheit und die Vereinigung der beiden Liebenden, Wilhelm und Marianne.

Das Stück lebt von Zwischentönen, angedeuteten Gedankenfäden, die Personen bewegen sich in voneinander unabhängigen psychischen Bahnen. Kleine dazwischengeschaltete Monologe, Aneinandervorbeireden, Ziele, die teils vage, teils bewußt aus verschiedenen Blickpunkten angepeilt werden. Wilhelm liebt Marianne ebenso, wie sie ihn. Nur ist er sich der Verantwortung gegenüber dem Mädchen bewußt, will sie nicht zu früh beeinflussen, schiebt den Tag der Erklärung auf, bis ihm Fabrice beinahe zuvorkommt. Knut Mörike hat Fabrice anfänglich wie einen Schillerhelden gespielt, ist jetzt gedämpfter, heutiger, im Zusammenspiel mit Barbara von ernster Intensität. Barbara besitzt von sich aus nicht viel Phantasie, ist aber imstande, Regieanweisungen peinlichst genau zu befolgen, moduliert, akzentuiert nach Anweisung, läuft ab wie eine Platte, während Paul Helwin permanent am Text arbeitet und bei jeder Probe ein wenig anders ist als bei den vorhergegangenen. Was an Barbara ins Auge springt, an ihrer Darstellung Anteil nehmen läßt, ist der herbe Reiz ihrer Persönlichkeit. Die spröde, fast verschlossene Mädchenhaftigkeit, die hohe, brüchige Stimme, die graublauen, immer ein wenig verhangenen Augen, die Andeutung von Tiefe oder Leid hinter der glatten, fast noch kindlichen Stirn. Vor ein paar Tagen saßen wir zu gleicher Zeit in Lauerbachs Keller, sie hatte ein Glas Coca vor sich stehen, ich versuchte, in eine Seminararbeit des Playmakers eine Spur von System hineinzulesen – so gut er in der Diskussion ist, so wenig ist er imstande, Gedachtes zu Papier zu bringen –, als mir auffiel, daß Barbara in ihrer Zeitschrift nicht las, sondern nur die Buchstaben anstarrte. Ein paarmal sah sie zur Tür, mechanisch, wie von Drähten gezogen, wandte sich wieder der Zeitschrift zu, und als ich ein- oder zweimal unvermutet den Blick hob, merkte ich, daß sie mich angesehen hatte, starr, aufmerksam, als wolle sie etwas studieren oder sich einprägen. „Barbara kopiert Sie", hat Knut Mörike einmal am Ende einer Probe gesagt, „nicht nur im Text, den Sie ihr vorsprechen. Auch außerhalb der Arbeit."

Es war spät, als wir an diesem Tag aufbrachen. Knut und Barbara gingen voraus, Paul Helwin war an meiner Seite, Rafe einen Schritt hinter mir, wir gingen durch die Vorhalle, Krappmeier, in Overall und Segeltuchschuhen, rannte hinter uns her, nachdem er die Aula abgeschlossen hatte, überholte uns in kühner Kurve und stieß das Tor auf. Das Abendlicht lag auf den steinernen Stufen, weißgrau, mild, hing in den unbewegten, frühlingskahlen Baumwipfeln. Wie immer suchte ich sofort mit meinem Blick die Mauer jenseits des Rasens ab, blieb an der drittletzten auf den Asphalt gepinselten Markierung hängen: Sebastians Parkplatz war leer. Sein Wagen stand in der Garage am Hendricksdamm, ich wußte es, er hatte ihn auf dem Weg zum Flugplatz dort abgestellt. Aber ich war nicht imstande, den Blick nach dem leeren Platz zu unterlassen oder auch nur die kurze, heftige Schmerzwelle abzufangen, die mir der Anblick jedesmal verursachte. Manchmal, am Vormittag, war der Platz von einem anderen Wagen besetzt, und ich wußte nicht, was ich mehr fürchtete: den Anblick des leeren oder des bereits wieder okkupierten Raumes.

Paul Helwin war meinem Blick gefolgt, ließ sich nichts anmerken. Undenkbar, daß ein Wort darüber gefallen wäre, aber natürlich wußten meine Schüler, daß ich geschieden war. Seine Reaktion war schwer zu entschlüsseln. Er schien, ohne den Kopf gewendet zu haben, durch die Parkplatzmauer ins Leere zu schauen, ein Ausdruck von Nachdenklichkeit war in seine Augen getreten, von Entschlossenheit. Entschlossenheit wozu? Ich ging an seiner Seite die Stufen hinunter, Barbara verabschiedete sich, danach Knut Mörike. Rafe blieb auf der untersten Stufe stehen und wippte auf den Zehenspitzen.

„Professora –“ begann er.

Ich wandte mich um. Ein heller, kurzer Hupton war aufgeklungen, an der Ausfahrt jenseits der Rasenfläche stand ein brombeerrotes Auto. Nikolaus, dachte ich, das ist Nikolaus Schillings Wagen. Hat er nicht gesagt, daß er heute über Mittag in der Universität bleibt? Er holt sich ein paar belegte Brote in den Lesesaal und arbeitet, er kann am besten schreiben, wenn um ihn Lärm und Bewegung ist. Rafe Collins hat sich ebenfalls umgewendet, nur für einen Augenblick, wippt wieder auf den Zehenspitzen, schiebt die Daumen durch die Schlaufen seines Gürtels.

„Das wäre es dann wohl für heute“, sagt er, seine Stimme klingt höher als sonst, er lächelt, es ist nicht das offene, strahlende Lächeln, das ich an ihm kenne, es wirkt gekünstelt, aufgesetzt. Er wippt noch einmal, hebt die Hand auf Ellenbogenhöhe, macht auf dem Absatz kehrt, beginnt betont lässig die Allee hinunterzuschlendern. Nach ein paar Schritten schwenkt er vom Weg ab und geht quer über den Rasen auf den Ausgang zu. Ich bin so erleichtert, ihm heute auf so einfache Weise entkommen zu sein, daß ich ihm nachsehe, als könnte es sich bei seinem spontanen Abgang um einen Irrtum handeln.

„Schade", sagt Paul Helwin trocken, „das werde ich ihm nie verzeihen."

„Was?"

„Daß er von selbst gegangen ist. Ich hatte einen wunderbaren Plan, ihn wegzubringen. Nun hat er ihn mir verdorben."

„Was hatten Sie vor?"

„Textlinguistik", sagt Paul Helwin und zieht ein schmales Buch aus der Jackentasche. „Interpretieren ist sein Hobby. Wenn ich ihm sage, daß es jemand besser kann als er, versucht er sofort, den Gegenbeweis anzutreten."

Mein Wagen steht in der linken hinteren Reihe, ich muß den Platz überqueren, um hinzukommen. Paul Helwin geht mit seinen ruhigen, großen Schritten neben mir. Hat er das Buch nur deswegen mitgenommen? Es bei sich getragen, um Rafe ins Gespräch ziehen zu können? Ich werfe ihm einen Seitenblick zu. Er hält es noch in der Hand, läßt es, da wir bei meinem Wagen angelangt sind, wieder in die Tasche gleiten.

„Tut mir leid, daß Sie sich die Mühe gemacht haben", sage ich, „ich nehme den Willen für die Tat."

„Tun Sie das wirklich?" sagt Paul Helwin, meinen scherzhaften Ton überhörend, seine Augen ruhen auf mir, er beugt sich vor, um mir die Tür zu öffnen.

Der brombeerrote Wagen hat die Einbahnschleife rund um den Parkhof gezogen, steuert auf den Ausgang zu. Auf dem uns zugekehrten Beifahrersitz ist deutlich die stämmige Silhouette des Playmakers zu erkennen. Er muß eingestiegen sein, während wir auf dem Weg über den Platz waren. Hat Nikolaus Rafe Collins aufgefordert, mit ihm zu fahren? Wohin, weswegen? Ich lasse mich in den Polstersitz fallen.

„Ich danke Ihnen, Frau Professor."

„Wofür?"

„Daß Sie meinen Willen für die Tat nehmen", sagt Paul Helwin über den Rand meiner Autotür gebeugt, ehe er sie mit sanfter Hand ins Schloß drückt.

Ich starte, gebe Gas. Bin wenige Meter hinter dem brombeerroten Wagen. Das Abendlicht blendet, die beiden Silhouetten auf den Vordersitzen heben sich klar gegen die Scheibe ab. Die beiden Personen scheinen in angeregtem Gespräch, der Wagen gleitet gemächlich dahin. An der Kreuzung Bibertal biegt er nach links aus, für Sekunden kann ich die Gestalt hinter dem Lenkrad klar erkennen. Es ist nicht, wie ich angenommen hatte, Nikolaus Schilling, sondern dessen Sohn Daniel, der im Wagen seines Vaters mit dem Playmaker Rafe Collins in, wie es scheint, bestem Einvernehmen Richtung Bibertal fährt.

Entschlossen wozu? hatte ich gedacht, als ich Paul Helwins Blick die Mauer des Parkplatzes durchdringen sah. Am nächsten Morgen wußte ich es. Nachdem ich mich bei meiner Ankunft vor Betreten der Halle auf den letzten Stufen noch einmal umgedreht hatte, sah ich an Stelle des leeren Vierecks zwischen den abgestellten Wagen einen hellgrünen Fleck: Paul Helwins Grashüpfer, mit dem er mich nach der ersten Probe durch den Laubwald kutschiert hatte. Er stand dort, grün und winzig und wie selbstverständlich, und ich dachte, daß ich eigentlich verärgert sein müßte oder schockiert, aber ich war keines von beidem: Er stand dort, sonderbar unschuldig, so merkwürdig das klingt, man hatte ihn abgestellt, er füllte den Platz, vielleicht war es mir lieber, daß er dort stand und nicht ein Fremder.

Paul Helwin erwartete mich am Treppenabsatz, er wußte, daß ich es gesehen hatte, sagte kein Wort, ich auch nicht, wir gingen nebeneinander den Gang entlang. Der Efeu, der die Fenster teilweise überwuchert, hatte Triebe angesetzt, sie steckten wie winzige Tabakröllchen an den Ästen, braun, spitz zulaufend, schlugen im Morgenwind gegen die geschlossenen Scheiben. Vor dem physikalischen Kabinett begegneten wir Kayssa, sie hatte den Schlapphut in die Stirn gedrückt und trug in ihren vor dem Bauch gefalteten Armen einen Mantel, einen Schal, eine Kollegmappe und etwa fünfzehn Bücher, die nach allen Seiten auseinanderzurutschen drohten. Die brennende Zigarette im Mund hinderte sie am Sprechen, Kayssa ist die einzige, die sich konsequent über das Rauchverbot hinwegsetzt, sie zog zum Gruß die Augenbrauen hoch und versuchte mir zuzunicken, was an Hut und Büchern scheiterte. In ihren Augen blitzte ein triumphierendes Licht auf, sie legte den Kopf schief und grinste, soweit es ihr die Zigarette erlaubte. „Ich ruf' dich an", sagte ich rasch, sie quittierte mit einem heftigen Zwinkern, ehe sie auf ihren lautlosen Gesundheitsbooten mit hundert Knoten in die Kurve ging.

Paul Helwin ist verändert, seit unsere Proben laufen. Oder bilde ich es mir ein? Er sagt und tut Dinge, die er früher nicht gesagt oder getan hätte. Das seltsame ist, daß es mir, sobald es geschieht, gar nicht auffällt. Erst später, wenn ich allein bin und mich daran erinnere. Er hebt mir einen heruntergefallenen Bleistift auf und legt ihn nicht auf den Tisch, sondern in meine Hand, mit leichtem Druck. Ich sehe ihn jetzt manchmal lachen, er lehnt sich während der Vorlesungen zurück, in gelöster Haltung, gibt unseren Gesprächen einen neuen, merkwürdig unrealistischen Ton: Ich lasse mich mitnehmen, forttragen, merke erst Minuten oder manchmal Stunden später, daß dies keine Lehrer-Schüler-Unterhaltung war, er tritt mühelos aus dem Kreis, bewegt sich in selbstgesteckten Bahnen, berührt keine Grenze, verletzt nicht, beschwert nicht, gibt auf diese Weise keine Möglichkeit zu Einspruch oder Zurechtweisung.

Es war während einer der letzten Proben, die Kostüme waren teils schon vorhanden, die Dekoration stand fix und fertig montiert, Krappmeier kroch abwechselnd in Overall und Briefträgeruniform zwischen den Versatzstücken umher – habe ich gesagt, daß er die Rolle des Briefträgers spielt? Meine Truppe hat es durchgesetzt, der Regieassistent an der Spitze, sie finden, daß es der Sache einen realistischen Anstrich gibt, wenn der Briefträger nicht von einem Studenten, sondern von einem reiferen Darsteller, der noch dazu etwas wie Amtswürde ausstrahlt, verkörpert wird. Ich kann mir nicht helfen, ich bekomme jedesmal einen Lachanfall, wenn Krappmeier die Bühne betritt und im vollen Bewußtsein der Tatsache, daß das Stück ohne ihn nicht beginnen könnte, seinen Satz verkündet: „Einen beschwerten Brief, zwanzig Dukaten, franco halb."

Er hat den Satz, wie er versichert, in schlaflosen Nächten memoriert, sagt ihn sich während des Dienstes in der Portierloge vor, kam zur ersten Kostümprobe mit dem Vorschlag, einen Vollbart sowie einen Zwicker zu tragen, um die Darstellung zu vervollkommnen. Ich habe ihn auf einen Schnauzer heruntergehandelt, er ist in die Rolle geschlüpft mit Haut und Barthaaren, versuchte verschiedene Charakteristika anzubringen, hinkte, stolperte oder schlurfte über die Bühne, um zu dokumentieren, daß der Briefträger im Berufsleben überlastet oder im Privatleben Arthritiker sei, bis wir ihm nahelegten, um der menschlichen Aussage der Rolle willen sich wie ein Mensch aufzuführen, und er die Gestaltung nicht ohne inneren Widerstand auf Krappmeiersches Alltagsgehaben reduzierte.

Hillebrand hat gebeten, bei einer Probe dabeisein zu dürfen. Er studiert mit dem Streichquartett der Alma mater Schuberts Streichquartett in d-Moll ein und hat die Gesamtorganisation des Festaktes übernommen. Lauerbach hat mich ein paarmal nach dem Verlauf der Proben gefragt.

„Wie geht's in der Arena, du Tier?"

„Gut, Magnifizenz, danke."

„Laß dich nicht vom Löwen fressen. Er ist nicht so groß, wie er aussieht."

Er hat nicht gefragt, wie es zu unserer Scheidung gekommen ist. Versucht mir zu helfen, auf seine widerborstige Art. Keiner hat gefragt. Wer weiß, was sie sich denken. Im Grunde ist es ein Witz. Sebastian ist für mich so gegenwärtig, als säße er drüben in der Bibliothek über Kayssas fünfzehntem Kapitel.

Die Probe war angelaufen wie sonst. Krappmeier absolvierte seinen Satz in weitgehender Zurückhaltung, verließ gemessenen Schrittes die Bühne. Monolog Wilhelm, Dialog mit Marianne, Fabrice. Fabrice – Wilhelm, Wilhelm – Marianne. Das Stück dauert knappe 35 Minuten. Je öfter es durchläuft, desto geschlossener wird es. Barbara ist verwirrt, spröde, wie es die Rolle vorschreibt, dabei von herbem Liebreiz, das Mädchen, das ahnungsvoll seinen Weg findet, allen Hindernissen zum Trotz. Als die Wahrheit zutage tritt, Wilhelm sie in die Arme schließt, bricht sie auf zu ungläubigem Jubel:

„Wilhelm, nein, ewig laß ich dich nicht. Du bist mein, ich halte dich. Ich kann dich nicht lassen."

Fabrice tritt dazwischen. Kurzer Wortwechsel.

„Behaltet einander, ihr seid einander wert."

Paul steht vor ihr, selbst ungläubig, sucht ihren Blick. Nimmt sie in die Arme. Zieht sie an sich.

„Gott, was war das? Darf ich dir diesen Kuß zurückgeben? Welch ein Kuß war das, Bruder?"---

„Nicht so, Barbara."

„Was gibt es?"

Paul Helwin hat unterbrochen. Barbara hat sich von ihm gelöst, beißt sich auf die Lippen.

„Entschuldige, Paul."

„Was ist passiert?"

„Barbara", sagt Rafe Collins, „Sie können es von Ihrem Platz aus nicht sehen, Professora. Sie dreht sich vor dem Kuß jedesmal zur Seite. Paul kann so nicht mit ihr spielen."

„Geht noch mal zurück", sage ich. „Barbara, es war ganz ausgezeichnet. Auch von Ihnen, Paul. Fangt noch einmal an. Auftritt Fabrice."

Die Szene läuft glatt durch. Barbaras Emotion scheint unter dünner Decke zu glimmen. Ist einschaltbar wie Strom. Glüht auf, leuchtet, wärmt.

„Behaltet einander, ihr seid einander wert."

„Halt. Was ist?"

Paul ist einen Schritt zurückgetreten. Barbara hat sich abgewendet, das Blut ist ihr in die Wangen gestiegen.

„Entschuldige. Ich weiß selbst nicht, wie es passiert."

„Was passiert?"

Ich gehe vor zur Bühnenrampe. Paul legt die Hand auf Barbaras Arm. „Komm, wir versuchen es noch einmal. Denk nicht nach, laß dich einfach in den Text fallen."

„Das tu' ich ja", sagt Barbara verzweifelt, „ich dreh' mich weg, ohne es zu merken. Es tut mir leid, Frau Professor."

„Konzentriere dich auf die Situation", sagt Rafe Collins, er ist ebenfalls nach vorn gekommen. „Du liebst ihn. Du liebst ihn, und er küßt dich. Was ist dabei?"

„Ich küsse sie gar nicht wirklich", sagt Paul Helwin, „ich berühre sie nicht einmal. Sie dreht sich vorher zur Seite."

„Es sieht idiotisch aus", sagt Rafe Collins, „ganz so, als würdest du dich vor ihm ekeln. Bis zu dem Augenblick denkt man, daß du ihn bis zum Wahnsinn liebst, und dann fällt man aus allen Wolken."

„Ich versuch' es noch einmal", sagt Barbara.

„Augenblick", sage ich, „denken Sie daran, daß es ein Bühnenkuß ist. Zwischen Ihnen kann eine Handbreit Luft sein, was Sie beide dort oben in Wahrheit tun, ist dem Publikum völlig gleichgültig. Es will nur die Illusion haben, und die müssen Sie ihm geben. Das heißt, Sie können sich im Kuß ruhig zur Seite drehen, aber beide gleichzeitig. So, daß Sie einander zugewendet bleiben. Wenn Barbara sich vorher wegwendet, ist die Illusion zerstört."

„Natürlich", sagt Barbara, „ganz natürlich."

Es klappt wieder nicht. Sekunden vor dem Kuß kehrt sie Paul ihre Wange zu.

„Blödsinn!" sagt Rafe Collins. „Was hast du für Komplexe? Willst du damit dokumentieren, daß du eine Jungfrau bist?"

„Nicht, Rafe", sage ich scharf. Barbaras Augen haben sich mit Tränen gefüllt. Es hat keinen Sinn, ihr den Mut zu nehmen, zwei Wochen vor der Vorstellung.

„Es ist idiotisch", sagt Rafe. „Paul macht es großartig, und sie verdirbt alles. Als ob er den Heuschnupfen hätte und sie sich vor der Ansteckung fürchtet."

„Zeigen Sie es mir, Frau Professor", sagt Barbara mit von Tränen blockierter Stimme.

Schön. Ich gehe die drei Stufen zur Bühne hinauf, nehme Paul Helwins Platz ein.

„Kommen Sie näher, Barbara. So. Wer souffliert mir den Text?"

„Ich", sagt Paul.

„Gut." Ich wende mich zu ihr. „Du bist mein, Marianne!" Sie läßt sich von mir näherziehen, halten.

„Was ist das?" Das ist ihr Text. Ich nehme ihren Kopf in beide Hände, wende mich, sie nach hinten drehend, ihr zu, drehe meinen Kopf ebenfalls, unsere Lippen sind einander auf Millimeter nahegekommen, ich halte still, ohne sie zu berühren, zwei, drei Atemzüge lang, wende mich dann, sie wieder mit mir drehend, wieder nach vorn.

„Gott, was ist das? Darf ich dir diesen Kuß zurückgeben? Welch ein Kuß war das, Bruder?"

Ich lasse Barbara los.

„Wie sieht es aus?"

„Fabelhaft", sagt Rafe von unten. „Wie von Billy Wilder. Hat Barbara es überlebt?"

„Es waren Berge von Luft dazwischen", sagt Barbara, „so einfach geht das?"

„Natürlich. Denkst du, daß auf der Bühne jeder jeden küßt?" Rafe knallt das Textbuch auf das Regiepult. „Das gibt es nur im Film. Dort würdest du allerdings nach der ersten Aufnahme fliegen."

„Es hat wunderbar ausgesehen", sagt Paul Helwin.

„Ich kann es nicht glauben", sagt Barbara. „Es war überhaupt nichts, nur eine Drehung. Ich würde es gern einmal von unten sehen."

Paul steht in der Mitte der Bühne. Wendet sich langsam mir zu. Ich habe ihm geraten, für die Rolle eine Brille zu tragen, sie macht ihn ein wenig reifer. Er trägt sie bei allen Proben, es ist Fensterglas, leicht gewölbt, lenkt den Blick mehr als sonst auf seine Augen. Er könnte aus der Zeit gesprungen sein, könnte Werther sein, Wilhelm Meister. Barbara hat die Bühne verlassen, ich höre ihre Schritte auf den Stufen, dann im Saal. Wie weit geht sie? Fünfte Reihe, sechste, zehnte? Knut Mörike ist ihr gefolgt.

„Hier", sagt Rafe, weit weg, „setzt euch hierher."

Pauls Blick ruht auf mir. Wir stehen allein auf der Bühne. Zwei Meter Abstand, oder drei. Er bewegt die Lippen. Sagt etwas. Ich habe es nicht gehört. Sein Blick hinter den Gläsern ist leuchtend und sanft.

Du mußt etwas sagen, etwas tun.

„Wollen wir es versuchen, Frau Professor?"

Waren das seine Worte? Die Worte von vorhin. Den Lippenbewegungen nach könnten sie es sein. Warum kann ich ihn nicht gleichzeitig sehen und hören? Bin ich in Stücke zerteilt?

„Natürlich", sage ich. Meine Stimme hat keinen Nachklang. Die Akustik in der Aula schluckt alles auf. Ist dumpf und unbewegt wie die Luft über dem Ozean. Watte aus Glas.

Wie geht der Text? Er wird mich in die Arme nehmen, und dann? Was ist das erste Wort? Ich kann die Rolle auswendig. Nimm dich zusammen. Wenn es einer merkt, bist du erledigt. Verdammt, er ist dein Schüler. Mein Herz schlägt rasend, ohne Übergang. Wenn er mich festhält, wird er es fühlen. Ich muß irgendeine Ausrede finden. Ich kann die Szene nicht mit ihm spielen. Nicht jetzt.

„Stichwort Abgang Fabrice", ruft Rafe Collins von unten. „Knut spricht den Text von hier. Ist es Ihnen recht, Professora?"

„Ja."

Meine Stimme kommt von weither.

„Behaltet einander, ihr seid einander wert."

Das ist mein Stichwort. Zwei Himmelhunde jagen über den Horizont. Ihre Namen sind Logos und Phren.

Paul nimmt die Brille ab. Mitten im Satz. Mitten im Spiel. Er sucht immer nach neuen Nuancen.

Jetzt unterbreche ich. Ich sage: Paul, warum nehmen Sie die Brille ab? In dieser Szene, warum?

Er antwortet nicht.

Ich weiß, warum er die Brille abnimmt.

Wo ist mein Stichwort? Längst vorüber.

Hilf mir, Sebastian.

Er ist groß und schön und traurig. Und wie verzaubert, wenn er spielt. Streckt die Hände nach mir aus.

Da, die Berührung. Die hab' ich gefürchtet.

Nach der Probe geh' ich zu Lauerbach und lege mein Ordinariat zurück.

Jetzt kommt sein Text. Oder nein, kein Text mehr.

Er zieht mich an sich. Legt seine Arme um mich.

Schwerelos, sanft, kaum fühlbar. Irgendwo schlägt eine Uhr. Hinter der Versatzwand schlurft Krappmeier über die Bühne, ein Möbelstück wird gerückt, fällt. Wahrscheinlich denkt er, daß die Probe unterbrochen ist, weil er keinen Text hört.

Paul hat sich umgewendet, regiegemäß, mich mit sich genommen. Hält mich in seinen Armen, unbewegt. Herzschläge lang ist sein Mund über mir. Kommt näher in unaufhaltsamem Sog, Magnet zu Magnet. Dann die Begegnung. Unwirklich, unerwartet. Seine Lippen öffnen sich langsam, nach zögernden, zitternden Sekunden. Nein, denke ich, nicht so, Rafe, Barbara, die Vorstellung, die Alma mater, unsere Arbeit.

Zu spät.

Gottlob zu spät. Er hat für uns entschieden.

Mein Schüler hat uns zu Komplizen gemacht.

Wir sind zwei Ausgestoßene und haben uns gegen das Gesetz vergangen. Mitten auf der Bühne, vor der anwesenden Hörerschaft.

Lauerbach wird sich wundern. Die Alma mater wird kopfstehen. Aber das war es wert.

Wo bleibt der Text? Wir können uns nicht in alle Ewigkeit hier küssen.

Und warum nicht? Die Welt geht sowieso unter. Sie ist schon untergegangen.

Er löst sich von mir, wendet sich zurück, langsam, wie im Traum. Seine Augen sind verhangen, hell.

Er hat einen Satz vergessen: – Du bist mein, Marianne. Er hat es nicht gesagt, er hat mich zu früh geküßt. Der Satz fehlt, ist nicht nachzuholen.

„Gott, was ist das?" Habe ich gesprochen? Versucht, die Situation zu retten? Wenn einer einen Satz ausläßt, muß der andere weitergehen, das sage ich seit der ersten Probe.

„Darf ich dir diesen Kuß zurückgeben? Welch ein Kuß war das, Bruder?"

Ich spreche, ohne es zu wissen. Etwas scheint zu funktionieren, auch wenn man sich aufgelöst hat.

„Nicht des zurückhaltenden, kaltscheinenden Schülers –" sagt Paul Helwin.

Halt, wie war das? Er hat „Schülers" statt „Bruders" gesagt.

Jetzt wissen es alle. Nur er hat es nicht gemerkt. Er spricht schon weiter.

„– der Kuß eines ewig einzig glücklichen Liebhabers." –

Ich habe keine Erklärung dafür, Magnifizenz. Aber es tut mir nicht leid, in alle Ewigkeit nicht.

Mach dir nichts vor, höre ich Kayssa sagen. Nicht er ist es, der sich verändert hat. Du bist es. Loreley will dem Fischer die Schuld zuschieben. Eine neue Variation über ein uraltes Thema.

Sei still, Kayssa. Was versteht ein Psychiater vom Leben. Es ist, als wolle ein Chirurg aus Leichenteilen einen Menschen basteln.

„Perfekt“, sagt Rafe Collins. „Noch besser als vorher, wegen des Größenunterschiedes.“

„Nicht wahr?“ sagt Paul Helwin neben mir mit seiner neuen, atemlosen Stimme.

„Es sieht gut aus“, sagt Barbara, „wunderbar. Das Herz steht einem still. Wenn es bei uns auch so aussieht –“

„Es sieht so aus, wenn du es richtig machst“, sagt Collins. Er ist aufgestanden, stößt Barbara durch den Mittelgang zur Bühne vor. „Versuch es gleich. Es ist überhaupt keine Hexerei, das siehst du ja.“

Barbara klettert auf die Bühne. Sie tun, als hätten sie nichts bemerkt.

Paul wirft mir einen Blick zu. Aufgebrochene, unverhüllte Zärtlichkeit.

Sie benehmen sich alle ganz normal. Rafe Collins dirigiert Barbara und Knut an ihre Plätze. „Hier“, sagt er zu Barbara, „und steh ganz locker. Wende dich ihm zu. Warte einfach. Wie es die Professora getan hat. Den Rest besorgt Paul.“

Ich muß von der Bühne. Bewege mich wie eine Marionette. Wundere mich, daß alles an mir funktioniert. Auch meine Stimme. „Noch einmal Auftritt Fabrice, bitte.“

Daß sie von irgendwoher kommt, daß ich sie kaum höre, ist eine andere Sache.

„Einen Augenblick.“

„Was gibt es?“

Paul greift in die Tasche, zieht die Brille heraus. Setzt sie auf. Hebt die Hand zum Zeichen, daß er jetzt bereit ist.

Mein Herz hat einen schnellen Schlag getan.

Danke, Komplize.

„Auftritt Knut. Dann durch bis zum Schluß.“

Es läuft. Ich brauche nicht zu unterbrechen. Barbara läßt sich näherziehen, fällt vor dem Kuß für Augenblicke aus der Rolle, starrt Paul aufmerksam an, folgt seiner Drehung willig und nicht ungeschickt. Die psychologische Ursache für ihr Verhalten liegt vermutlich weit zurück. Es ist auch nicht unsere Sache. Ich weiß es von meiner Arbeit als Regieassistentin: Es gibt junge Schauspielerinnen, die große Schwierigkeiten mit Liebesszenen haben.

„Wilhelm, es ist nicht möglich!"

Das ist der Schlußsatz. Krappmeier, hinter der Bühne, drückt auf sechs Schalter zugleich. Dunkel.

Rafe Collins beginnt zu applaudieren.

„Gewonnen. War es schlimm?"

„Gar nicht", sagt Barbara. „Entschuldigt bitte. Entschuldigen Sie, Frau Professor."

Was, um des Himmels willen?

Krappmeier löscht die Lichter. Paul geht neben mir den Gang entlang. Vor uns Rafe, Barbara und Knut. Ich kann kaum atmen.

Vor dem Portal bleiben sie stehen. Barbara lächelt, ist befreit, hat die Hürde genommen.

„Danke, Frau Professor."

„Auf Wiedersehen, Barbara. Auf Wiedersehen, Knut. Auf Wiedersehen, Rafe."

„Darf ich Sie zu Ihrem Wagen bringen, Professora?"

Die Worte erreichen mich nicht. Ich sehe Paul sich umwenden, Rafe die Lippen bewegen. Von weither fallen Silben, Laute in die abendliche Helle des Parks, stumpf, echolos. Paul muß Rafe geantwortet, ihm gesagt haben, daß sein Wagen ebenfalls auf dem Parkplatz steht, denn er ist es, und nicht Rafe, der an meiner Seite den Hof überquert.

Ich vergegenwärtige mir die Tatsache, daß er mein Schüler ist, in meinen Vorlesungen sitzen wird, auch jetzt, auch weiterhin. Daß ich ihm Prüfungen abnehmen, ihn fachlich beurteilen muß. Ist das noch durchführbar? Gibt es einen Weg? Und wenn, werden wir ihn finden?

Wir sind bei meinem Wagen angekommen. Paul öffnet die Tür.

„Ich brauche nächste Woche Ihre Seminararbeit. Vergessen Sie nicht darauf."

Da ist der Strich gezogen.

„Nein, Frau Professor." Für einen Augenblick fühle ich seinen sanften, männlichen Händedruck. Seine Augen ruhen auf mir, unverwandt, zärtlich, stark.

„Bis morgen, Frau Professor."

„Bis morgen, Paul."

Als ich heimkam, fand ich Post von Christopher aus Harrow. Er ist seit einem Monat dort. Seine Briefe sind die Berichte eines Erwachsenen. Im Sommer will er mit Lauerbachs Sohn auf Kreuzfahrt in die Ägäis, auf einer Segeljacht für sechs Personen. Er ist Vorzugsschüler, in einer fremden Sprache, obwohl er mitten im Semester die Schule gewechselt hat.

Für Sekunden fiel ich in die Realität zurück. Überlegte zum hundertsten Mal vergeblich, was ich für ihn tun könnte. Es scheint, daß er nichts und niemanden braucht. Er ist auf dem Bahnhof gestanden bei seiner Abreise, den Koffer und den Fahrplan in der Hand, hat zwei Minuten vor unserem Abschied einer konfusen Dame ihre Anschlußverbindungen erklärt. Ich habe mich hart am Zügel genommen, erst geweint, als der Zug aus der Halle war. Er schreibt, daß er einen astronomischen Zirkel gegründet hat.

Da ist die Unwirklichkeit wieder, fällt über mich wie ein Netz. Ich ziehe es fest um mich, lasse mich in schwebende Süße fallen, die mich umfängt, über mir zusammenschlägt.

„Nur die erste Zeit, weißt du", sagt Nikolaus, „dann wurde es besser. Die ersten Wochen, drei oder vier. Ich dachte, ich hätte ein Holzbein oder eine Lunge aus Plastik. Irgend etwas an mir sei künstlich, ich wäre kein intakter Mensch. Jaspers sagt, jede Scheidung, auch die der schlechtesten Ehe, halbiere etwas Gewachsenes. Daher der Eindruck, verstümmelt zu sein. Dabei war meine Ehe nicht einmal schlecht. Sie war nur ungreifbar, nicht vorhanden. Keine existente Sache, wenn du verstehst, was ich meine."

Ich verstehe. Nikolaus ist rührend. Spricht seit einer halben Stunde von seiner Scheidung, die zehn Jahre zurückliegt, um mir über die meine hinwegzuhelfen. Im Grunde komme ich mir unehrlich vor, wenn ich Anteilnahme dieser Art akzeptiere, sie steht mir nicht zu. Aber was soll ich sagen? Feiert mich nicht als Witwe, mein Ehemann lebt, das ist nur unsere Art, eine Krise zu beenden, bevor sie begonnen hat?

„Meine Frau", sagt Nikolaus, „war in bestehende Normen nicht einzuordnen. Sie war eine Alraune, schillernd, labil und freiheitsdurstig. Wenn sie eine positive Empfindung an sich feststellte, begann sie augenblicklich, sie zu zerstören. Seelisch frigid hat ein befreundeter Arzt sie genannt. Sie war nicht körperlich, sondern seelisch gefühlskalt. So etwas gibt es. Es machte sie faszinierend und unverletzbar zugleich. Auf der Strecke blieben immer nur die Partner."

„Bist du auf der Strecke geblieben?"

„Nein. Dank Daniel. Er hat mich gelehrt, meinen Widerstand zu mobilisieren, meinen Zorn. Wenn man soweit ist, daß man hassen kann, ist man gerettet."

„Erzähl mir nicht, daß du hassen kannst, Nikolaus." Ich rühre in meiner Kaffeetasse. Nikolaus hat mich in den Bibliotheksvorraum eingeladen, er hat dort einen Elektrokocher installiert, kann im Alleinverfahren Kaffee und Tee herstellen. Und sogar Kartoffelsuppe, wie er sagt, er hat mir welche angeboten, aber ich glaube es ihm auch ohne Beweis.

„Vielleicht nicht", sagt Nikolaus, „nicht im ursprünglichen Sinn. Es gibt da Unterschiede. Aber ich kann jemanden in meinem Bewußtsein auslöschen. So gründlich, daß ich mir Mühe geben muß, ihn wieder ans Licht zu bringen."

„Dann gib dir die Mühe nicht", sage ich, „laß sie schlafen. Sie verdient es vermutlich nicht besser."

„Es ist ganz gesund", sagt Nikolaus, „ich war in den letzten Jahren manchmal unzufrieden. Nicht sehr, und nicht mehr seit Apulien. Seither ist alles anders. Aber vorher. Ich hatte vergessen, was mir widerfahren war."

„Das klingt, als hätte sie dich gequält."

„Ich war gequält", sagt Nikolaus, „ohne daß sie es mit Absicht getan hat. Sie wußte es vermutlich nicht einmal. Sie war ein besonders schönes Mädchen, als ich ihr begegnete. Nicht im herkömmlichen Sinn, ihr Gesicht war unregelmäßig, ihre Nase zu klein, ihr Mund zu groß. Aber sie besaß jenen irritierenden Reiz, der es schwermacht, den Blick wegzuwenden. Sie sah in jedem Augenblick anders aus, die Empfindungen glitten über sie weg wie Bilder über eine Kinoleinwand, man konnte sie ablesen. Wenn ein Mann das Zimmer betrat, mit dem sie schlafen wollte, wußte ich es in der ersten Minute.

„Ist das oft geschehen?"

„Ich glaube. Ich kann mich nicht erinnern. Wahrscheinlich habe ich diese Art Eindrücke verdrängt. So merkwürdig das klingt, es war mir nicht das wichtigste."

„Was sonst?"

„Daß sie imstande war, mich zu dominieren. In jeder Situation. Sie arbeitete mit Mitteln, die nicht durchschaubar waren, vermutlich nicht einmal für sie selbst. Es kam aus ihrem Instinkt. Sie brauchte um nichts zu kämpfen, alles fiel ihr in den Schoß. Sie liebte Geld und alles, was man dafür kaufen kann. Ich war mit meinem Studium gerade fertig, als sie einen Job in der Modebranche bekam, der ihr Reisen, Kleider und Unabhängigkeit brachte. Als ich hundert Mark verdiente, verdiente sie zweihundert. Als ich zweihundert hatte, hatte sie zweitausend."

„Als was arbeitete sie?"

„Sie zeichnete Modelle. Ausgefallenes, dekadentes Zeug. Fleischfarbene Hausmäntel mit Fledermausflügeln, durchsichtige Blusen im Collegestil für Lehrerinnen und Zöglinge. Es wurde ihr aus der Hand gerissen. Sie war der Couture immer um einen halben Schritt voraus. Sie ist es noch heute. Schau dir die amerikanischen Magazine an: Gert Shilling ist ein Begriff."

„Gert?"

„Die amerikanische Abkürzung. Ihr Vorname ist Gertrud."

„Seid ihr noch in Verbindung?"

„Nicht direkt. Wenn sie eine neue Sprosse auf ihrer Karriereleiter hochgeklettert ist, schickt sie mir den Bericht aus der New York Times." Nikolaus greift nach der blauweißen Tube, die auf dem Löschblatt liegt. „Möchtest du Milch?"

„Ein bißchen." Ich nehme ihm das zerknüllte Metallding aus der Hand, drücke daran herum, ein zäher Tropfen fällt in meine Tasse. Jetzt verstehe ich vieles besser. Seine rasch wechselnden Liebschaften mit notorisch attraktiven Frauen: Gert muß ihm belastende Maßstäbe gesetzt haben. Seine verzweifelte Sucht, sich in einem Buch zu verwirklichen: Der Erfolg ist ihm Lebensraum, Existenzbeweis.

„War sie gescheit? Konntest du mit ihr sprechen?"

„Wenn sie sich dazu bereitgefunden hat", sagt Nikolaus. „Sie war meist damit beschäftigt, Pläne für sich zu machen, mit denen ich erst nach ihrer Verwirklichung konfrontiert wurde. Vorher sprach sie mit niemandem darüber, außer mit den Personen, deren sie sich zur Durchführung bediente. Und auch die erfuhren nur Bruchstücke." Nikolaus zieht mit der Löffelspitze Linien in die grüne Löschblattbespannung. „Sie hatte eine eigene Art, die Männer und teilweise auch die Frauen ihrer Umgebung zu willigen Sklaven umzufunktionieren. Jeder, von dem sie es erwartete, arbeitete für sie. Einmal hatte sie die Absicht, eine Konkurrentin in der Branche auszubooten. Ich erfuhr es nur durch Zufall. Sie fand Helfer, die ihr die Arbeit abnahmen, und eines Tages hatte sie das Spiel gewonnen, ohne sich angestrengt oder die Hände schmutzig gemacht zu haben. Sie gewann die Menschen für sich, ohne viel mehr zu tun als halblaute Gedanken, Ideen, Wünsche zu äußern. Man nahm es als Versprechen, wie immer sie es formulierte. Sie war ein Versprechen in ihrer ganzen Existenz. Ob sie vorher oder später tatsächlich mit ihnen geschlafen hat, weiß ich nicht, ich glaube es nicht einmal. Schon die Möglichkeit genügte ihnen."

„War sie so eine Sensation?"

„O ja", sagt Nikolaus still, zieht seine Linien auf dem Tisch.

Ich weiß nicht, wie ich es formulieren soll, zögere kurz: „Aber warum..."

„Warum hat sie mich geheiratet?" Nikolaus lacht, offen, fröhlich, hebt den Kopf, sieht mich an. „Das wolltest du sagen, oder?"

Wollte ich das sagen? Ich weiß es nicht.

Nikolaus ist ein durchaus bemerkenswerter Mann. Trägt seinen Bürstenhaarschnitt wie weiland John Kennedy, seine Anzüge wie Al Martino, strahlt etwas aus, das in den ihn umschwirrenden Damen sowohl den fraulichen wie den mütterlichen Instinkt wachruft, eine ideale Kombination.

„Wir waren ein seltsames Paar", sagt Nikolaus. „Das seltsamste war vielleicht, daß es mir gelungen ist, mit diesem Druidenmädchen ein Kind zu zeugen. Wochenlang war ich überzeugt, daß es ein Kentaur sein würde oder ein Wassergeist. Aber Daniel ist keines von beidem. Er ist mein Sohn."

Daniel. Ich hatte ihn fast vergessen. Daniel, dessen Zeichentalent ererbt ist, wenn er auch keine Fledermauskleider malt. Ich sehe sein Gesicht vor mir, versuche durch ihn hindurch das Gesicht seiner Mutter zu finden.

„Paare wie wir sind beliebt", sagt Nikolaus, nimmt einen Schluck aus der weißen, herzbepinselten Tasse, „sie lassen der Umgebung Spielraum für Vermutungen. Wer ist wem hörig, worauf basiert die Beziehung? Wir traten auf wie Mickey Rooney und Ava Gardner, die Schöne und der Igel. Ich muß irgendeinen Appeal für sie gehabt haben. Vielleicht bestand er in meiner bedingungslosen Unterwerfung. Ich habe von unserer Begegnung an keinen Augenblick mehr um meine Identität gekämpft." Nikolaus setzt die Tasse vorsichtig auf das Löschblatt. Ein Tropfen Kaffee sickert in das grüne, großporige Papier. „Außerdem besaß ich die nötige Phantasie, sie zu nehmen, wie sie war. Ich wollte sie nicht ändern, das gab ihr wohl Geborgenheit."

„Wie kam es zum Bruch?"

„Das war Daniels Verdienst", sagt Nikolaus. „Sein Verdienst oder sein Fehlverhalten. Er war in seine Mutter verliebt wie ein eigensinniges, eifersüchtiges kleines Tier. Sie war für ihn allein groß, schön, sexy und zärtlich. Eines Tages kam er dahinter, daß sie ihn betrog."

„Betrog? Sie ihn?"

„Sonderbarerweise. Er kam nicht auf den Gedanken, daß es mich betreffen könnte. Es betraf nur ihn. Es war während einer meiner Gastvorlesungen in England. Er wachte nachts auf und fand sie mit irgendeinem Dressman im Bett."

„Und?" Ich hatte die Tasse aufgehoben, lasse sie wieder sinken.

„Er rannte zum Safe, riß ihn auf, schrie seine Mutter an: ‚Bezahle ihn und sage ihm, er soll verschwinden.' Er war damals zehn Jahre alt."

„Und deine Frau?"

„Sie wollte einlenken und mit ihm sprechen. Sagte, daß der Mann kein Gigolo sei. Da lief er in mein Zimmer und holte meine Pistole. Ich habe eine Pistole in meiner Schreibtischlade."

„Hat er geschossen?"

„Er hat es versucht. Sie war gesichert, deshalb ist nichts geschehen. Er konnte nicht durchziehen. Aber er hat es versucht. Er hat auf den Mann gezielt und abgedrückt."

„Auf den Mann?"

„Seltsam, daß du das fragst", sagt Nikolaus. „Daniel hat es immer behauptet. Aber Gertrud sagte mir damals, daß er eindeutig auf sie gezielt habe."

Ich greife nach einer Zigarette. In meinem Magen vibriert es. Wenn ich Nikolaus jetzt um eine Kartoffelsuppe bitte, wird ihn das möglicherweise verletzen. Aber ich könnte dringend eine gebrauchen. Meine Hände sind eiskalt.

„Das war der Anlaß zur Scheidung?"

„Der direkte Anlaß. Gertrud und Daniel waren zu Todfeinden geworden. Es war keine Verständigung mehr zwischen ihnen möglich. Es lag sicher an Daniel. Er wurde damit nicht fertig. Und Gertrud nicht mit seiner Reaktion. Wir trennten uns, und Gertrud ging nach Übersee."

„Und Daniel?"

„Er hatte große Schwierigkeiten, zu sich selbst zurückzufinden", sagt Nikolaus. „Ich zog Dr. Sutterfield zu Rate, du kennst ihn, Sebastian arbeitet mit ihm die Psychogramme aus. Er ist es auch, der Gertrud als psychisch frigid bezeichnet hat. Daniel war graphisch immer begabt gewesen. In dieser Zeit begann er, seine Mutter zu zeichnen. Er zeichnete sie in hundert Variationen." Nikolaus stockt, gräbt den Löffel tief in das Löschblatt. „In jeder erdenklichen obszönen Pose. Es war –" Er bricht ab. „Sutterfield riet mir, ihn gewähren zu lassen, es sei eine Art von selbsterstellter Therapie. Ich fürchtete jahrelang, Daniel könnte seelisch krank sein, krank bleiben. Aber mit der abgeschlossenen Pubertät verschwanden diese Erscheinungen. Daniel hat seit seinem sechzehnten Jahr keinen Zeichenstift mehr angerührt." Nikolaus hält den Löffel wie eine Waage auf der Kuppe seines Zeigefingers, sieht darauf nieder. „Einerseits ist es schade. Er hätte Talent gehabt. Andererseits, laut Sutterfield, zeigt es, daß er die Aggressionen abgebaut hat. – Ist dir kalt, Simone?"

„Ein bißchen. Hast du die Heizung abgestellt?"

„Ich stelle immer ab. Mit kühlem Kopf kann ich besser arbeiten. Warte." Er dreht den Metallknopf am Heizungsrohr, es beginnt leise zu ticken. „Möchtest du jetzt vielleicht Kartoffelsuppe?"

„Nein, doch nicht. Danke, Nikolaus."

Demnach habe ich es in Daniel mit einem Mörder zu tun. Daß es nicht funktioniert hat, lag an einem technischen Detail.

„Als sie gegangen war, war ich halbiert", sagt er, den Löffel auf dem Finger wiegend. „Daniel hat mir geholfen, mich auf mich selbst zu besinnen. Hat mir mit seiner Unversöhnlichkeit eine Brücke gebaut. Irgendwann dämmerte ihm, was das Ganze für mich bedeutet haben mochte. Das hat uns noch fester aneinandergebunden. Wir haben uns ein Leben zu zweit aufgebaut. Frauen spielen bei uns nur eine periphere Rolle. Wenn eine Bindung zu fest wird, lösen wir sie wieder. Wir wollen vermutlich nicht mehr lieben, beide nicht. Das ist das Geheimnis." Nikolaus legt den Löffel auf den Tassenrand.

„Auch Daniel? Was für eine Rolle spielen Frauen in seinem Leben?"

„Meine Frauen?"

„Seine. Daniels Frauen."

Nikolaus sieht auf, schüttelt fast unmerklich den Kopf. „Ich weiß es nicht. Ich weiß nicht, ob es welche gibt. Vielleicht ja. Vielleicht nein. Ich habe ihn nicht gefragt."

Ich sehe Daniels dunkle, brennende Augen vor mir. Den weichen, hilflos verschlagenen Blick. Zeichnet er heimlich, ohne daß sein Vater es weiß? Oder war das Kathederbild tatsächlich seine erste Zeichnung seit zehn Jahren?

„Die Heizung funktioniert nicht gut", sagt Nikolaus nach einem Blick auf mich, „es dauert zehn bis fünfzehn Minuten, bis es warm wird. Möchtest du noch Kaffee? Das Wasser ist heiß."

„Nein, danke. Ich muß nach Hause. Morgen ist erste Hauptprobe."

„Hab' ich etwas Falsches gesagt, Simone? Ich wollte dich ablenken. Dich auf andere Gedanken bringen."

„Das hast du getan. Danke, Nikolaus."

„Gute Nacht, Simone."

„Gute Nacht. Grüß Daniel."

9

Die Frau trägt ein nilgrünes Samtkostüm, einen Schiffchenhut mit Schleier und einen Muff aus hellem Nerz. Ein wenig sieht sie aus wie Scarlett O'Hara aus „Vom Winde verweht". Auch das klargeschnittene Gesicht, der flachgeschwungene, zitternde Mund. Sie hat ihren Mann verloren und trägt nicht Schwarz, sondern Nilgrün. Ihr Sohn steht des Mordes angeklagt vor Gericht, und sie hat sorgfältiges Make-up gemacht, von den Lidstrichen bis zu den Schönheitspunkten an Wange und Kinn.

Vor einer Stunde läutete das Telefon. Ich schob Paul Helwins Seminararbeit beiseite und hob ab.

„Ja, bitte?"

„Cynthia Dorffmann", sagt eine etwas heisere Frauenstimme hastig, „kann ich Professor Sommer sprechen?"

„Mein Mann ist verreist", sagte ich ohne nachzudenken.

„Noch immer?"

„Ja." Ich wurde mir der Situation bewußt, überlegte, was ich hinzufügen könnte. „Es wird vielleicht länger dauern."

„Das hat man mir gesagt. Aber ich wollte nichts unversucht lassen. Es ist von größter Wichtigkeit für mich."

„Was ist von Wichtigkeit?"

„Mit ihm zu sprechen. Ich habe seine Analyse gesehen. Der Anwalt hat sie mir zugeschickt. Ich war einem Zusammenbruch nahe. Es ist entweder ein fataler Irrtum oder eine Ungeheuerlichkeit." Die Stimme, leise, kultiviert, hat eine scharfe Färbung angenommen.

„Aber –" sagte ich.

„Ich muß ein paar Tatsachen zurechtrücken. Ich bin in der Angelegenheit nicht befragt worden. Mein Anwalt hat die Sache ohne ausdrücklichen Auftrag in die Wege geleitet. Ich werde an oberster Stelle Protest einlegen."

„Verzeihen Sie", sagte ich, „ich weiß nicht, wer Sie sind. Ich habe keine Ahnung, wovon Sie sprechen."

„Die Mutter von Volker Dorffmann", sagte die Stimme rasch, atemlos. „Lesen Sie keine Zeitungen?"

„Doch. Ich glaube, ich weiß jetzt Bescheid. Das ist der Junge, der –" Ich stockte.

„Er hat seinen Vater erschießen lassen. Ja", sagte die Frauenstimme, sie klang in diesem Augenblick fester, die Atemlosigkeit schien weggewischt. „Er ist im Untersuchungsgefängnis in Eckhartsfeld. Professor Sommer hat dort mit ihm Kontakt aufgenommen. Volker hat mit ihm vier oder fünf Sitzungen gehabt. Wissen Sie davon?"

„Ja."

„Haben Sie das Gutachten gelesen?"

„Nein." Ich zögerte nur einen Augenblick. „Professor Sommer und ich sind geschieden."

„Ach, deshalb", sagte die Stimme am anderen Ende der Leitung.

„Was ist deshalb?"

„Dr. Sutterfield hat mir verboten, mich mit Ihnen in Verbindung zu setzen. Er meinte, Sie könnten mir nicht helfen."

„Ich fürchte, das kann ich wirklich nicht." Ich wollte das Gespräch gern zu Ende bringen.

„Kann ich Sie sehen?" fragte die Stimme, plötzlich wieder weich und atemlos.

„Aber ich sagte Ihnen –"

„Ich werde Ihnen nicht zur Last fallen. Ich möchte Sie sehen. Bedenken Sie meine Situation. Ich bitte Sie."

„Aber wie sollten wir uns treffen? Und wann?"

„Ich komme zu Ihnen. Ich bin an der Umfahrungsstraße. Ich weiß, wo Sie wohnen. In zwanzig Minuten bin ich auf dem Hügel."

„Jetzt, sofort?"

„Ich bitte Sie. Ich muß meinem Anwalt das Skript heute abend zurückgeben. Ich habe es ihm versprochen. Er darf nicht erfahren, daß ich damit außer Haus war."

„Aber wenn Ihr Anwalt nicht einverstanden ist –" Im Apparat begann es leise zu pfeifen.

„Die Zeit läuft ab. Ich komme."

Die Verbindung brach ab. Ich hielt den Hörer noch eine Sekunde lang in der Hand, legte dann auf.

Jetzt sitzt sie mir gegenüber. Hat den Schleier hochgeschlagen, mit bedauernder Geste durch das Fenster auf den hellgrauen Rolls gezeigt, der auf unserem Vorplatz steht.

„Ich fürchte, ich habe die Steinplatten an der Einfahrt verschoben. Er hat eine extrem breite Spur. Wenn ich mir erlauben dürfte, den entstandenen Schaden –“

Ich habe mich nicht umgekleidet, sitze im Hausanzug in der Couchecke, ziehe die Beine hoch. Muß ihr ins Gesicht sehen, ob ich will oder nicht. Wie ein Teenager, denke ich, der einem Popstar gegenübersitzt.

Sie hat den Muff auf den Glastisch geworfen, ein gerolltes Manuskript aus der Tasche gezogen, entfaltet es, hält es mir hin.

„Das ist das Gutachten?“

„Das Psychogramm. Ja.“

„Was soll ich damit? Ich kann es in der kurzen Zeit nicht lesen.“

„Schlagen Sie es irgendwo auf.“

Etwas in mir wehrt sich dagegen. Das ist Sebastians Arbeit. Niemand außer ihm hat das Recht, mich dazu aufzufordern.

„Hier.“ Sie hat es an meiner Stelle getan. Liest laut. „Wir haben es mit einer reinen Projektion zu tun. Das echte und das Scheinmotiv gleiten in der Psyche des Patienten ineinander. Er ist sich zur Zeit der Realisierung über die ursprünglichen Beweggründe nicht mehr im klaren. Der Scheinprozeß ist an die Stelle des echten getreten, das politische Motiv hat das persönliche überdeckt. Volker Dorffmann glaubt im Interesse der Gruppe zu handeln, während er in Wahrheit seine private Rache vollzieht. Die Bezugsperson ist nicht im Kreise der Gruppe, sondern außerhalb zu suchen.“

Cynthia Dorffmanns etwas monotone Stimme hat sich gesenkt, sie atmet rasch und tief, wirft das aufgeschlagene Manuskript neben den Muff auf die Tischplatte. Ich antworte nicht gleich. Kenne Sebastians Definitionen zu gut. Sie haben mich getroffen wie das Lebenszeichen eines Verschollenen.

„Was haben Sie dazu zu sagen?“

Was soll ich dazu zu sagen haben? Ich bin kein Psychologe. Verschiebungen der genannten Art gibt es. Man meint manchmal aus völlig anderen Beweggründen zu handeln, als es tatsächlich der Fall ist.

„Kennen Sie das Theaterstück ‚Die schmutzigen Hände' von Sartre?"

„Ja. Was hat es damit zu tun?"

„Dr. Sommer verwendet es als Beispiel. Ein junger Revolutionär ist von seiner Gruppe beauftragt, den Parteiführer Höderer zu erschießen. Er ist dazu nicht imstande, will den Auftrag quittieren. Dann überrascht er Höderer in einer unzweideutigen Situation mit seiner eigenen Geliebten. In diesem Augenblick schießt er. Verstehen Sie?"

„Natürlich. Der Auftrag ist erfüllt, aber aus einem falschen Motiv. Soll diese Version auf Ihren Sohn zutreffen?"

„Dr. Sommer behauptet es. Es ist ein ungeheuerlicher Gedanke. Er zieht meinem Sohn den Boden unter den Füßen weg. Das einzige, was ihn aufrecht gehalten hat, war das Bewußtsein, der Gruppe gedient zu haben."

„Welches Interesse hatte die Gruppe, Volkers Vater zu exekutieren?"

„Er war die Verkörperung dessen, was sie bekämpfen", sagt die Frau, die zurückgelehnt in meinem Armstuhl sitzt, es klingt in der Gleichförmigkeit ein wenig schrill, sie scheint zwischen den Worten nach Atem zu ringen, „ein Bourgeois, ein Ausbeuter, ein Pharisäer. Er gab öffentlich zehn Mark und nahm heimlich hundert. Seine Methoden waren stadtbekannt. Er gab Sofortkredite zu erhöhtem Zinssatz. Wenn jemand nicht zeitgerecht bezahlte, ließ er ihn pfänden. Ich erinnere mich an einen Antiquitätenhändler aus der Altstadt..."

„Frau Dorffmann, bitte", sage ich halblaut. In meinem Kopf dröhnt es. Ich starre noch immer, ohne es zu wollen, auf die Schönheit, die, ihre brillantenblitzenden Hände im Schoß gefaltet, mit monotoner Stimme ihren toten Mann bezichtigt. „Ich kenne den Fall zu wenig. Ich weiß die Hintergründe nicht. Sie sagten, Sie wollten mich sehen. Zu einer Diskussion fühle ich mich außerstande. Ich habe kein Recht und keine Veranlassung, mich auf diese Weise mit einer Arbeit meines Mannes auseinanderzusetzen."

„Vor allem keine Lust, wie mir scheint", sagt Cynthia Dorffmann, mir ihre Aufmerksamkeit zum ersten Mal voll zuwendend.

„Vielleicht auch keine Lust", sage ich, ohne zu überlegen. Schließlich kann es mir gleichgültig sein, was sie von mir denkt.

„Das kann ich verstehen", sagt sie, ein Schimmer von Interesse gleitet über ihr Gesicht, es ist, als ob etwas an ihr auftaute, Bruchstücke der Maske abbröckelten. Sie sieht ungeheuer anziehend aus in diesem Augenblick. Hat der Bourgeois Dorffmann seine Frau geliebt? Und der unglückliche Sohn, der zum Werkzeug der Anarchisten wurde?

Sie sieht mich an aus schräggestellten grauen Augen, ist in die starre Form zurückgeglitten, taxiert die mögliche Veränderung, die sie bei mir erreicht hat. Aus irgendeinem Grund möchte ich sie nicht enttäuschen, schrecke davor zurück, ihre Mühe umsonst in Anspruch genommen zu haben. Überlege, während ich weiterspreche, ob schon andere vor mir dieser absurden Anwandlung erlegen sind, ob Cynthia Dorffmann um diese ihre Wirkung Bescheid weiß und sie bewußt einzusetzen pflegt.

„Und –" sage ich beinahe gegen meinen Willen, „wie war es möglich, unter diesen Voraussetzungen eine Ehe zu führen?"

„Ich habe Ihre Frage erwartet", sagt sie. In ihren Augen ist ein flüchtiges Licht aufgesprungen, sie hat gewonnen, will ihre Genugtuung nicht merken lassen. „Wir haben unser Bestes getan, Richard und ich. Nicht um unser Zusammenleben erträglich zu machen, das war hoffnungslos. Aber um Volker herauszuhalten. Ich, um Volkers Entwicklung nicht negativ zu beeinflussen. Mein Mann, weil er eine gescheiterte Ehe für einen Mißerfolg hielt, den er vor seinem Sohn nie zugegeben hätte."

„Und Ihr Sohn?"

„Er hat es gewußt. Trotz allem. Er hat seinen Vater gehaßt. Nicht weil ich ihn beeinflußt habe, das hätte ich nie getan. Er verabscheute die Methoden. Richard war exzessiv autoritär. Er liebte es, seine Macht zu demonstrieren. Volker und ich durften nur nach Aufforderung das Wort an ihn richten. Es klingt merkwürdig, aber wir hatten uns daran gewöhnt. Volker war damit aufgewachsen und schien es kaum zu empfinden. Zumindest fügte er sich äußerlich. Erst die Gruppe hat ihm die Augen geöffnet."

„Was hatte die Gruppe damit zu tun?"

„Drei oder vier gehörten zu den von Richard Verfolgten. Die Väter waren gepfändet oder auf andere Weise hintergangen worden. Das ist das richtige Wort. Richard nahm sich hoffnungsloser Fälle an, half scheinbar, um sie unter Kontrolle zu bringen. Ließ sie fallen, sobald die Kugel bei ihm war. Er hat auf diese Weise mehrere Betriebe in seinen Besitz gebracht."

„Ich dachte, Existenzen dieser Art hätten ihren Platz im neunzehnten Jahrhundert."

„Es gibt sie noch heute. Sie heißen Finanzmanager und handeln zum Teil im Auftrag des Staates. Sie kaufen und verkaufen, verschieben und lizitieren. Richard hat an drei Waggonladungen russischen Kaviars, die auf einem Abstellgleis in Swerdlowsk standen, eine Viertelmillion verdient. Dabei weiß ich nicht, ob der Kaviar tatsächlich existierte. Vermutlich wußte es Richard selbst nicht."

„Luftgeschäfte nennt man das wohl."

„Das ist das Wort. Obwohl mehr als bloße Luft daran hängt, wie Sie mir glauben dürfen."

Ich glaube es. Reiße mich gewaltsam von den klarlinigen Gesichtszügen los, versuche mich den beiden oval gefaßten Ringen, dem Brillantarmband zuzuwenden. Cynthia Dorffmann ist meinem Blick gefolgt, schüttelt aufatmend den Kopf.

„Kein Äquivalent", sagt sie hastig, leise, schließt die Finger ineinander, ihr direkter, aufgebrochener Blick trifft mich, senkt sich für wenige rasche Sekunden in meine widerstandslosen Augen. „Es gibt Dinge, die unantastbar sind, unveräußerbar, unkäuflich. Sie zu mißbrauchen fordert Gottes Zorn heraus, auch wenn es in seinem Namen geschieht."

Seltsam, daß sie von Gott spricht. Und auf welche Weise. Ihr Sohn hat seinen Vater erschießen lassen, und sie bewahrt sich den Glauben an gültige Werte. Sind sie psychischer, ethischer Art? Ist diese Frau naiv oder wahnsinnig? Oder amoralisch, auf schuldlose, freiheitssüchtige Art, wie die Alraune, Nikolaus Schillings Frau.

Während ich ohne den Versuch oder den Willen, mich von ihr zu lösen, bewegungslos in der Sofaecke kauere, fällt das Netz wieder dichter um mich, löscht die Gegenwart, macht mich auf schwebende Weise hellsichtig. Ich weiß jetzt, wieso ich auf das Druidenmädchen Gert Schilling verfallen bin: Weil Daniel ihr Sohn ist,

Daniel, der eine seltsame psychische Ähnlichkeit mit der Frau hat, die mir gegenübersitzt: Das gleiche denkmalhaft blasse, nur durch den zitternden Mund belebte Gesicht, der gleiche stählern stoische Wille, der dahintersteht: Beachte mich. Hasse mich, fürchte mich, aber geh nicht vorbei. Daniel ist jünger, die Forderung ist nicht so ausgeprägt. Aber es ist die gleiche passive Aggression, der gleiche Ursprung.

Hat Sebastian sie gekannt? Mit ihr gesprochen? Ich zögere, sie zu fragen. In unseren letzten Wochen gab es keine Berufsgespräche mehr. Normalerweise hätte er mir von ihr erzählt. Welchen Eindruck hat er von ihr gehabt? Ich unterdrücke den Wunsch, nach dem aufgeschlagenen Gutachten zu greifen, lege meine Arme um die hochgezogenen Knie.

„Es waren fünf oder sechs Burschen“, sagt Cynthia Dorffmann, in ihre hastige, monotone Sprechweise zurückfallend. „Äußerlich sah man ihnen nichts an. Sie unterschieden sich in nichts von den anderen, die zu Volkers Gesellschaften kamen. Wir merkten es erst, als Volker sich abzusondern begann. Sein Vater tobte. Stellte ihn zur Rede, setzte ihn unter Druck. Aber zu diesem Zeitpunkt war es schon zu spät.“

„Die Gruppe hatte Autorität über ihn gewonnen?“

„So war es“, sagt Cynthia Dorffmann. „Sie haben ihn unter Kontrolle gebracht. Er kämpfte monatelang darum, von ihnen akzeptiert zu werden. Sie wiesen ihn ab, bis er ihnen den Vorschlag machte, ihnen seinen Vater auszuliefern. Von da an gehörte er zu ihnen.“

Ich habe das Kinn auf meine hochgezogenen Knie gestützt, versuche, das Frösteln niederzukämpfen, das mir über Schultern und Rücken kriecht. Was diese Frau erzählt, scheint monströs, schwer zu begreifen. Vielleicht liegt es an ihrer Art, die Dinge darzustellen. Eine Gruppe von Anarchisten hat ein Opfer gesucht und gefunden. Ein Junge, seelisch mißhandelt, labil, in der Pubertät steckengeblieben, hat auf fatale Weise versucht, sich die Anerkennung einer ihn ablehnenden Gemeinschaft zu erkaufen. War er sich über die Konsequenzen im klaren?

„Frau Dorffmann“, sage ich, „hat Volker gewußt, was die Auslieferung nach sich ziehen würde?“

„Nein“, sagt sie rasch, „das erfuhr er erst später. Aber da konnte er nicht mehr zurück. Die Gruppe hatte ihn in der Hand.“

„Wer sind die anderen?“

„Jungen in seinem Alter, zwischen fünfzehn und siebzehn. Gymnasiasten. Die Namen stehen innen auf dem Deckblatt. Sie sind ebenfalls inhaftiert, haben sich freiwillig gestellt, um den psychologischen Effekt voll auszuspielen. Da sie noch nicht großjährig sind, fallen sie unter das Jugendstrafgesetz. Dieser Faktor war einkalkuliert.“

Ist sie hergekommen, um mit mir darüber zu sprechen? Es gibt so viele häßliche, grausame Dinge, die Welt ist voll davon. Was kann ich dabei tun? Was sagen? Menschen wie Sutterfield oder Sebastian können versuchen, Licht in die diffusen Gegebenheiten zu bringen.

„Volker hat einen Trost“, sagt Cynthia Dorffmann, sie zwingt sich merklich, langsam zu sprechen, zwischen den Worten werden ihre stoßweisen Atemzüge hörbar, „daß er nicht allein steht, daß die Idee ihn an die Brüder schmiedet. Ihm seine Motive abzusprechen hieße den Felsblock sprengen, auf dem er steht. Er wäre damit vom Kämpfer zum Kriminellen geworden.“

Die flächigen Wangen scheinen um eine Schattierung blasser, das Zucken, das um den Mund läuft, hat etwas Künstliches, steht in keinerlei Zusammenhang mit der Person, der Stimme, dem Gesicht. Ich ertappe mich bei dem Wunsch, ein Wort zu finden, das die starre Maske aufbrechen ließe.

„Frau Dorffmann“, sage ich, denke, daß ich vergessen habe, ihr Kaffee, Whisky, Zigaretten anzubieten, sie scheint nichts zu vermissen, „sagen Sie mir bitte, was Sie von mir erwarten. Was kann ich tun?“

„Ich dachte“, sagt die Frau, hebt ihr Gesicht, der Schatten des hochgeschlagenen Schleiers liegt über ihren Augen, „daß Sie mit Professor Sommer sprechen könnten. Ihn dazu bringen, das Psychogramm –“, sie zögert, „– noch einmal zu überarbeiten. In seiner augenblicklichen Form würde es meinen Sohn in die Katastrophe treiben –“ Sie bricht ab.

„Ich bin mit meinem Mann nicht in Kontakt. Ich habe Ihnen gesagt, daß wir geschieden sind.“

„Dr. Sutterfield hat es angedeutet. Er hat allerdings nicht von Scheidung gesprochen."

Ich unterdrücke eine Frage. Sutterfield. Was weiß er davon? Sebastian muß mit ihm gesprochen haben. Er war der einzige, zu dem er Vertrauen hatte. Seltsam, daß diese fremde Frau mir, ohne es zu wissen, von Sebastian erzählt.

Cynthia Dorffmann sitzt unbewegt, hat nur die Schultern ein wenig höher gezogen.

„Frau Dorffmann", sage ich, „was steht in dem Psychogramm?"

„Daß Volker nicht aus Idealismus gehandelt hat", sagt die Frau, es klingt unmoduliert, flach, ohne Schwingung, „was immer wir darunter verstehen. Daß er ein gemeiner Mörder ist. Daß nicht die Gruppe ihn zu seiner Tat motiviert hat."

„Sondern?"

„Ich", sagt Cynthia Dorffmann.

Sekunden verstreichen. Fallen wie zähe Tropfen. Ich kann nicht antworten, obgleich ich augenblicklich begriffen habe.

Sie. Wie plausibel das ist, wie glaubhaft. Da steht ein Konglomerat aus Heroismen gegen Sebastians zähen, unerschütterlichen Willen zur Wahrheitsfindung. Ein Leitbild. Jeder Täter hat eine Leitperson. Wer wäre besser dazu geeignet als diese in attraktivem Leid erstarrte Medusa, die in den Augenblicken ihrer seltenen Zärtlichkeit eine Welt der Verheißung aufbrechen läßt? Gleichgültig, ob sie davon gewußt oder nicht, es gutgeheißen oder verurteilt hat: eine Mutterfigur wie Cynthia Dorffmann ist geeignet, jeden erdenklichen Reflex auszulösen.

„Es ist Wahnsinn", sagt sie in diesem Augenblick, „Volker wird es nicht überwinden. Es entwertet alles, zieht ihn vor seinen Brüdern in den Schmutz."

„Aber es ist die Wahrheit", sage ich, ohne es zu wollen.

Sie hat es gar nicht gehört. Sie hebt ihre langbewimperten Lider. Sie scheinen schwer, der Schleierschatten gibt die Augen nicht frei.

„Richard hat mich mißbraucht", sagt sie, „und Volker wußte das. Warum ich nicht gegangen bin, kann ich hier nicht erklären. Vermutlich bin ich nicht imstande, Taten zu setzen. Ich kann andere dazu bringen, aber ich selbst habe keine Chance zur Aktivität. Einen Anwalt aufzusuchen, eine Scheidung durchzukämpfen liegt jenseits meiner Möglichkeiten. Richard wußte das."

„Und Volker wußte es auch."

„O ja", sagt die Alraune. „Ich war nicht einmal imstande, Richards Schlafzimmer zu verlassen. Ich habe es einmal versucht, Volker war Zeuge. Wollte mir helfen. Es endete damit, daß wir wie geprügelte Hunde in unsere Betten krochen und die Decke über die Ohren zogen: Richard hatte dreiviertel Stunden lang gebrüllt. Er hörte erst auf, wenn er kein Publikum mehr hatte." Sie hebt den Kopf, die Lider bleiben müde. „Vielleicht vermuten Sie Hörigkeit oder etwas Ähnliches. Nichts von alledem. Es war reiner Haß. Haß und Schwäche. Ich bin extrem geräuschempfindlich. Lärm und Geschrei verursachen mir Übelkeit. Volker geht es genauso. Wir fügten uns, um keinen Anlaß zu geben. Ich erinnere mich, daß ich einmal vor Jahren das Wort Scheidung aussprach. Richard brüllte zwei Stunden lang, und ich sagte es nie mehr."

So ist es geschehen. In logischer, unverrückbarer Konsequenz. Wie viele Methoden gibt es, jemanden zum Schweigen zu bringen? Wirksame, unfehlbare Methoden, wie viele?

Cynthia Dorffmann steht auf. Bückt sich, greift nach dem Manuskript, dem hellen Muff, den Samthandschuhen. Geht mit ruhigen Schritten zur Tür, bleibt dort stehen.

„Ich habe kein Abkommen mit Professor Sommer", sagt sie, „vielleicht versuche ich, mit ihm Verbindung aufzunehmen. Ich danke Ihnen für Ihre Geduld. Wenn Sie Volker kennengelernt hätten, wüßten Sie, wovon ich spreche." Sie hebt die Hände, um den Schleier über das Gesicht zu ziehen, hält in der Bewegung inne, ihr Blick trifft mich, wird unvermittelt weich, als bräche ein Leuchten von innen durch, läßt das marmorne Weiß ihrer Züge ineinanderfließen in ungezügelter, aggressiver Zärtlichkeit.

„Ja", sagt sie, direkte Antwort auf meinen Satz von vorhin, der Strahl ihrer demütigen Herausforderung trifft mich, erpreßt Verständnis, Zustimmung, Kritiklosigkeit, „er hat es für mich getan. Er weiß es nicht und darf es nie erfahren. Es wäre sein Tod. Aber es ist die Wahrheit. Er hat es für mich getan."

„Teufel noch einmal!" sagt Portier, Giftmischer und Charakterdarsteller Krappmeier im Brustton empörter Erschütterung, als ich die Wolldecke aufhebe und ihm das zusammengerollte Menschenbündel zeige, das bei mir im Wohnzimmer auf der Couch liegt, das atmende Gesichtchen in die Kissen gedrückt, die braunen Haarsträhnen um Hals und Schultern geschlungen.

„Was hat sie sich dabei gedacht? Ist Ihnen so was schon mal untergekommen? Was ist in ihrem Kopf vorgegangen, was?"

„Keine Ahnung", sage ich, breite die Decke wieder über das schlafende Kind, „vielleicht erklärt sie es uns, wenn sie aufwacht."

„Wenn sie aufwacht! Meinen Sie, ich lasse sie hier liegen und geh' meiner Wege? Sie muß mit, augenblicklich." Er bückt sich, will die Hand auf die Schulter des Mädchens legen.

„Nein", sage ich, halte ihn zurück, „lassen Sie sie schlafen. Sie ist erschöpft. Sie hat zwei Stunden lang geweint."

„Aber ich muß um neun Uhr zum Dienst. Der Apotheker läßt mir die Nachtwache, zweimal die Woche. Ich verdien' mir damit ein bißchen dazu. Um neun muß ich auf dem Stadtplatz sein."

„Sie können sie bis morgen früh hierlassen. Ich bringe sie dann auf dem Weg zur Vorlesung in die Schule. Geht sie in das Gymnasium am Hendricksdamm?"

„Ja. In die Zweite."

„Ich kann sie dort absetzen. Mit Christopher habe ich es immer so gemacht."

„Ich weiß nicht", sagt Krappmeier, mustert das atmende Bündel unschlüssig, "ob ich Ihnen das zumuten kann. Schließlich, wie kommt man dazu, wenn so ein Gör plötzlich Flausen im Kopf hat. Warum ist sie weg, wissen Sie's? Sind Sie einmal von daheim weggelaufen?"

„Ich glaube nicht, daß Bärbel weglaufen wollte", sage ich, wende mich zurück ins Zimmer, „vielleicht wollte sie etwas suchen. Oder jemanden. Vielleicht ist sie einfach, ohne es zu wollen, in ein Abenteuer gestolpert. So etwas kommt vor."

„Meinen Sie?" sagt Krappmeier, er zieht ein Schnupftuch aus der Hosentasche, ist noch im Overall, trägt aber schon die Briefträgermütze in der Hand, war vermutlich gerade dabei, sich für die Abendprobe umzukleiden. „Meinen Sie wirklich, daß sie nicht weglaufen wollte? Die ganze Zeit über mach' ich mir Vorwürfe, seit Sie angerufen haben. Was hab' ich falsch gemacht, hab' ich etwas falsch gemacht? Wissen Sie's?"

Ich schiebe Krappmeier den Armstuhl hin, hole den Birnenlikör, zwei Gläser. Krappmeier läßt sich nieder, legt vorsichtig die ausgestreckten Beine übereinander, mustert durch die gläserne Tischplatte seine Schuhspitzen. Ich habe eingeschenkt, verschließe die Flasche.

„Weshalb machen Sie sich Vorwürfe?"

„Weil ich vielleicht etwas falsch mache. Ich sollte die Bärbel in ein Internat geben. Ich hab' nicht viel Zeit. Tagsüber die Schule, nachts die Apotheke. Wenn ein Kind ohne Mutter aufwächst, weiß man nicht so recht. Die Nachbarin macht jeden Tag das Essen zurecht und hält die Wohnung sauber. Aber das reicht wohl nicht."

Es reicht gewiß nicht. Nicht für ein Kind wie Bärbel. Sie war ein paarmal hier, hat Christopher besucht. Saß auf dem Boden, an die Schranktür gelehnt, und hörte sich seine astronomischen Vorträge an.

„Versteht sie, was du sagst?" habe ich Christopher gefragt.

„Kein Wort", hat er gesagt, „aber sie merkt sich alles. Sie will, daß man mit ihr spricht."

„Seit wann ist Ihre Frau tot?" frage ich Krappmeier.

„Seit sieben Jahren. Bärbel war gerade vier. Es ging sehr rasch. Verschleppte Tbc. So was sollte es heute gar nicht mehr geben."

„Haben Sie nicht daran gedacht, wieder zu heiraten?"

„Gedacht schon", sagt Krappmeier, „aber die, die ich wollte, wollten mich nicht. Einen Spinner wie mich, das ist nicht einfach. Und dann das Kind, die Bärbel hat an ihrer Mutter gehangen. Hat sich gegen alles gewehrt. Ich hätt' sie aus dem Haus geben sollen, aber das wollt' ich nicht. War vielleicht ein Fehler." Er hält das Glas in der Hand, dreht es, seine Finger sind ungeschickt, rauh, der zerbrechliche Stiel nimmt sich dazwischen gefährlich deplaciert aus, wenn er ein wenig fester zugreift, denke ich, hat er die Hand voll Scherben.

„Wie haben Sie sie entdeckt? fragt er. „Durch Zufall, oder hat sie sich freiwillig gezeigt? Sie sagen, sie ist durch das Fenster ins Haus gekommen?"

„Durch die Oberscheibe in Christophers Zimmer. Der untere Teil ist vergittert, bis etwa vierzig Zentimeter unter dem Mauerbogen. Ein Erwachsener kommt nicht durch, aber ein Kind wie Bärbel schafft es spielend."

„Sie klettert wie eine Katze", sagt Krappmeier, „kein Baum ist ihr zu hoch."

„Als sie sich an der Innenseite herunterließ, hat sie das Fenster geschlossen und sich am Riegel festgehalten. Dabei brach der Riegel ab. Sie konnte nicht mehr öffnen und war gefangen."

„Armes Ding", sagt Krappmeier, „sie muß zu Tode erschrocken sein."

„Sie war außer sich. Hatte Angst, ich würde zur Polizei gehen. Ich fand sie, als ich etwas aus Christophers Zimmer holen wollte. Sie saß unter dem Fenster und bewegte sich nicht. Auch nicht, als ich zu ihr sprach. Ich war selbst furchtbar erschrocken."

„Kann ich mir denken", sagt Krappmeier, „so was erlebt man nicht alle Tage."

Ich halte ihm die Zigarrenschachtel hin, er greift zu, kommt in Schwierigkeiten mit dem Glas, stellt es auf den Tisch, greift nach einem Streichholz, zündet die Zigarre an, nimmt einen Zug.

„Was ist jetzt mit der Probe?" fragt er, sich plötzlich seiner Pflichten als Darsteller und Bühnenmeister erinnernd.

„Ich habe sie abgesagt. Es läuft gut genug. Wir haben noch einen Durchlaufer vor der Hauptprobe."

„Gut." Krappmeier raucht. „Das ist gut." Die Spannung fällt etwas von ihm ab, er lehnt sich im Sessel zurück. „Wenn's ein Bub wäre, denk' ich manchmal, das wäre leichter. Da weiß man doch ungefähr, wo's lang geht. Das hat man ja mehr oder weniger selbst hinter sich gebracht. Aber bei einem Frauenzimmer, auch wenn's erst elf ist, ist man als Mann total verkauft. Manchmal kommt's mir vor, daß wir in verschiedenen Sprachen reden. Da nützt die ganze Liebe nichts."

Ich glaube es. Die Bärbel ist ein verschlossenes Ding. Zieht sich in sich selbst zurück wie eine Springblume, schaut einen mit großen, hellen Augen an, nickt oder schüttelt den Kopf. Mit Christopher hat sie gesprochen, mit mir nur, wenn sie nach ihm gefragt hat oder etwas über ihn wissen wollte.

„Glauben Sie, daß sie unglücklich ist?" fragt Krappmeier, vertauscht die Zigarre mit dem Glas, es ist eine umständliche Aktion, die unser beider Aufmerksamkeit vorübergehend voll in Anspruch nimmt.

„Unglücklich? Nein." Sie schien sich wohl zu fühlen, zumindest sooft sie hier war. Kein Kind, das ohne Mutter aufwächst, ist in seinem Lebenskreis geborgen und verankert, wie es sein sollte. Aber Bärbels Introvertiertheit schien eher aus dem Alleinsein als aus einer Veranlagung herzurühren. Sie hat Christophers Gesellschaft gesucht, ich habe die beiden zusammen spielen und lachen gehört. Da er sich sonst ausschließlich an Erwachsene anzuschließen pflegte, fragte ich ihn einmal, was es denn sei, das ihn mit Bärbel verbinde.

„Sie kann sich etwas vorstellen", sagte er, „auch wenn sie nichts darüber weiß. Sie hat Ideen, auf die man mit Nachdenken gar nicht kommt."

„Ich weiß nicht viel über Bärbel", sage ich, die Zigarre, die nahe am Überkippen im Aschenbecher liegt, im Auge behaltend, „sie schien mir zufrieden und fröhlich zu sein. Sie spricht nicht viel, aber das kommt wohl daher, daß sie oft allein ist."

„Sie ist immer allein", sagt Krappmeier, tastet sich an die Zigarre heran, fängt sie mit drei Fingern wie einen davonschwimmenden Goldfisch, „außer in der Schule."

„Hat sie keine Freundinnen?"

„Sie mag keine Mädchen. Sie sagt, die reden nur über Kleider. Bärbel hat nicht viele Kleider. Und vor den Burschen hat sie Angst."

„Angst?"

„Sie sagt, sie prügeln sich. Ich weiß nicht, ob es wahr ist. Wahrscheinlich ist es wahr. In dem Alter hab' ich mich auch geprügelt. War sie öfters hier?"

„Ein paarmal."

„Das hat sie gar nicht gesagt. Was hat sie gewollt?"

„Mein Sohn hat ein paar astronomische Geräte. Er hat gern Publikum bei seinen Experimenten."

„Im Rechnen ist die Bärbel gut", sagt Krappmeier, greift nach seiner Mütze.

Ich habe die Gläser fortgeräumt, dem Kind die Wolljacke ausgezogen, die schweißverklebten Haare aus der Stirn gestreift. Das Gesichtchen ist noch rot, verschwollen vom Weinen. Sie hat tief aufgeatmet, ihre Lider zuckten, als wollte sie die Augen aufschlagen, aber ehe es soweit war, ist sie wieder zurückgesunken ins Niemandsland, hat sich aus dem Lichtkreis der Lampe weggedreht, dem Dunkel zu.

Als das Telefon läutet, brauche ich mich nur umzudrehen, lokkere, ohne Bärbel loszulassen, die Schnur durch vorsichtiges Anziehen, nehme den Hörer ab.

„Hallo?" sagt Hillebrands Stimme dicht an meinem Ohr.

Das Wort hat bei ihm drei verschiedene Vokallagen. Das a ist offen und direkt, das o am Ende in zwei Töne geteilt. Der erste liegt tiefer, der zweite höher. Er läßt den Vokal am Anfang fallen, reißt ihn aber gegen Ende des Wortes hoch, daß es wie eine Frage klingt.

„Hallo – ? –"

„Ja", sage ich, „ich höre Sie."

„Es war so still am anderen Ende. Fühlen Sie sich wohl?"

„Natürlich. Warum fragen Sie?"

„Weil Sie die Probe abgesagt haben. Das Sekretariat hat mich verständigt."

Verdammt. Das habe ich vergessen. Er hatte sich zur Probe angesagt. Wollte das Stück einmal vor der Aufführung sehen. Gut, daß die Sekretärin so schnell geschaltet hat. Als ich Paul, Rafe und die anderen verständigen ließ, hat sie Hillebrand ebenfalls angerufen.

„Ich habe einen kleinen Gast hier, den ich nicht allein lassen kann. Darf ich Sie zur Hauptprobe bitten?"

„Sie dürfen alles", sagt Hillebrand, seine Stimme schleppt ein wenig, klingt durch den Draht noch modulierter, sonorer als sonst. Bärbel bewegt sich, ich habe den Griff gelockert, sie faßt mit der rechten Hand nach meinem Arm, zieht ihn an die frühere Stelle zurück.

„Wie sind die Proben gelaufen, Frau Kollegin? Hatten Sie Schwierigkeiten?"

„Nein. Die Leute sind begabt. Sogar der Portier macht seine Sache gut."

„Das kann nur auf eine meisterliche Dressurleistung Ihrerseits zurückzuführen sein." Er lacht kurz auf, der Klang füllt die Muschel, scheint aus mehreren übereinanderkopierten Tonlagen gleichzeitig zu bestehen.

„Er hat nur einen Satz", sage ich, versuche ebenfalls zu lachen. Wie immer fällt es mir schwer, mit Hillebrand ein lockeres Gespräch zu führen. Gestern, als ich nach Kollegschluß aus der Halle trat, saß er im Freien auf der Steinstufe neben dem Tor, zurückgelehnt, die Hände aufgestützt, er trug wie immer einen Wollpullover, hatte den Kragen seines Sporthemdes geöffnet. Als ich fast vorüber war, sprang er auf, griff nach meinen Händen, sagte ein paar Worte über seine Arbeit mit dem Streichquartett, kündigte seinen Besuch bei der heutigen Probe an. Trotz seiner perfekten Haltung, des leicht hinfließenden Parlandos seiner Sätze bin ich in seiner Gegenwart immer seltsam unfrei, beobachte zu meinem Erstaunen, wie ich in eine Art von Maske gleite, die mich mir selbst entzieht, das Zusammenspiel unserer Worte und Bewegungen zu einer filmreifen Duoszene macht.

„Professor Malmström sagt, die Idee, gerade dieses Stück aufzuführen, sei hervorragend."

„Sie ist nicht von mir. Sie stammt von einem Schüler."

„Germanist?"

„Im letzten Jahrgang. Amerikaner, sein Name ist Collins."

„Der Playmaker", sagt Hillebrand, „ich habe seine drei Tore gegen Heidelberg gesehen. Ist er in allen Belangen so effektiv?"

„Jedenfalls in seiner Eigenschaft als Regieassistent. Er ist eine Art musischer Computer, falls es das gibt."

Hillebrand lacht. „Kann ich mir vorstellen. Er arbeitet auch auf dem grünen Rasen zu fünfzig Prozent mit seinem Kopf." Eine kleine Pause entsteht. „Ich freue mich, Sie so positiv zu hören. Ich hatte mir Sorgen gemacht."

„Worüber?"

„Nicht über etwas. Um Sie. Ganz persönlich und egoistisch. Auf einen Abschnitt der Turbulenz folgt ein Akt der Stille und umgekehrt. Die Übergänge sind oft schwer zu bewältigen."

Er spielt auf meine Scheidung an. Zum ersten Mal. Er hat noch nie ein Wort darüber gesagt. Etwas in mir gefriert.

„Es geht mir gut."

„Das ist es, worüber ich erleichtert bin", sagt Hillebrand, meinen Ton virtuos überspielend, „ich kann es Ihrer Stimme entnehmen. Bei einem Gespräch Aug in Auge kann man einander täuschen. Ablenken durch Haltung, Verstellung, Tricks. Das Telefon legt die Seele bloß. Ist Ihnen das noch nicht aufgefallen?"

„Doch", sage ich fast gegen meinen Willen. Wenn das, was aus dem Draht auf mich zukommt, Hillebrands Seele ist, hat sie Fangarme wie ein Oktopus.

„Haben Sie eigentlich Psi-Kräfte, Frau Kollegin?"

„Psi-Kräfte? Warum?" Die Anrede „Frau Kollegin" hat bei ihm etwas Zwiespältiges, er zelebriert sie, als habe er es mit einem Paradoxon zu tun.

„Es handelt sich um die gestrige Nacht", sagt Hillebrand. „Ich kreuzte mit einer Segeljacht auf offener See, Sie saßen am Steuer. Ein Sturm kam auf, in einer Wendung gingen Sie über Bord. Ich hatte die Ehre, Sie zu retten. Es war ein ziemlich aufregender Traum. Haben Sie nichts davon gemerkt?"

„Wieso sollte ich?"

„Es war nur eine Frage. Dergleichen gibt es, denken Sie an Käthchen und den Grafen Wetter vom Strahl. Manches überträgt sich, das brauche ich Ihnen wohl nicht zu sagen."

„Tut mir leid", sage ich, versuche es ins Scherzhafte zu ziehen, „ich habe das Abenteuer glatt verschlafen."

„Das ist ein Erfolg", sagt Hillebrand.

„Was?"

„Daß es Ihnen leid tut." Er lacht ebenfalls, diesmal leise. „Es war mir eine Freude. Auf bald, Frau Kollegin."

Auf bald.

Ich wende mich um, lege, über Bärbel gebeugt, den Hörer auf die Gabel. Das Kind hat sich an meinem Arm festgeklammert, schlägt, als ich mich zurückwende, die Augen auf.

„Hallo, Bärbelchen. Geht's besser?"

Sie sieht mich an, Erinnerung steigt in ihrem schlaftrunkenen Gesichtchen auf. Die Augen werden starr, der kleine Mund verzieht sich zum Weinen.

„Nein", sage ich, „genug. Du hast genug geweint. Ich hole jetzt eine Tasse Tee und Keks für uns beide, und wir machen es uns gemütlich. Du brauchst mir nichts zu erzählen, und ich werde dich nichts fragen." Ich löse meine Hand aus ihren Fingern, will aufstehen.

„Wo ist Christopher?“ fragt Bärbel. Ich halte in der Bewegung inne.

„In Harrow. In England. Weißt du das nicht?“

„Nein“, sagt Bärbel. „Woher?“

Woher. Sie hat recht. Er ist von einem Tag zum anderen abgereist.

„Seit wann ist er weg?“

Ich zögere kurz. „Zwei Monate. Zweieinhalb.“

Bärbel wendet sich ab, das gegen die Kissen gepreßte Profil scheint in seinen weichen, glatten Linien erstarrt. Als sie spricht, bewegen sich ihre Lippen kaum. „Wie lange bleibt er?“

Es ist nicht mehr als ein Flüstern. Ich hole zweimal Luft, ehe ich antworte. „Vielleicht bis Weihnachten. Er will in den Ferien nach Griechenland.“

Sie hat sich nicht gerührt. Liegt still, scheint kaum zu atmen. Auf ihrer runden Kinderstirn werden winzige Schweißtropfen sichtbar.

„Bärbel. Bärbelchen. Hör doch.“

Sie bewegt sich nicht. Scheint nicht erreichbar.

Ist so etwas möglich? Wie alt ist sie? Elf, zweite Klasse Mittelschule. Wann fängt es an, habe ich Sebastian gefragt, als Lauerbachs Sohn mit vierzehn einen Gedichtzyklus an die schillernde Sue Brahmswick verfaßte. Bei uns war es viel später, waren wir nicht normal? Alles ist normal, hat Sebastian gesagt, einer verliebt sich mit sechs, der andere mit vierzig, der dritte nie.

Am besten lasse ich ihr Zeit. Es wird nur schlimmer, wenn ich in sie dringe. Sie hat die Augen offen, starrt gegen die Wand. Ich stehe auf, beginne in der Küche den Tee zu bereiten.

Die andere Barbara fällt mir ein, die Große, meine Hauptdarstellerin. Sie hat zweimal gefragt, wann Hillebrand zur Probe kommt. Die Verschlingungen sind seltsam vielfältig. Und ich empfinde alles wie durch Glas, weil ich verwandelt bin. Verwandelt, ohne die Kraft oder den Willen, mich zu befreien.

Es ist kein Wort mehr zwischen uns gefallen. Er hat die Seminararbeit gebracht, die Proben laufen wie bisher. Was ist verändert? Alles.

Ich behandle Paul wie einen beliebigen Studenten meiner Hörerschaft. Nicht einmal er selbst vermutet anderes als Müdigkeit, Bequemlichkeit, wenn ich im Gespräch mit ihm nach Tischkante oder

Türstock greife, mich daran anlehne, festhalte, während ich in Wahrheit fürchte, mich augenblicklich aufzulösen. Ich hätte gern Kayssas gescheiten, analytischen Kommentar zu diesem seltsamen Zustand, leider ist es mir nicht möglich, mit ihr darüber zu sprechen.

Hör zu, Kayssa, da ist ein Student, in dessen Gegenwart ich mich fühle wie ein Sieb mit hundert Löchern. Wie würdest du die Symptome einstufen? Welche Diagnose stellen?

Schweig augenblicklich: Ich habe dich nicht nach der Therapie gefragt.

Der Tee kocht über, die elektrische Platte zischt empört auf. Die hellbraune, durchsichtige Flüssigkeit läuft über das Email, tropft von der Kante zu Boden. Vor dem Haus ist die Bogenlampe aufgeflammt, legt einen milchweißen Schleier über das Küchenfenster. Bärbel sitzt aufrecht in der Couchecke, als ich mit dem Tablett ins Zimmer komme.

„War mein Vater hier?“

„Ja. Hast du ihn gehört?“

„Es ist mir so vorgekommen. Dann hab’ ich gedacht, ich hätte geträumt.“

„Er mußte in die Apotheke. Ich bring’ dich morgen zur Schule. Einverstanden?“

„Ja“, sagt Bärbel, greift mit beiden Händen nach dem Tee. Trinkt, dreht das grüngestreifte Porzellangefäß zwischen ihren Handflächen.

„Wo darf ich schlafen? Hier?“

Sie sieht sich um. Der Raum ist groß, liegt im Schatten verschieden starker, verschieden geformter Umrisse.

Ich stelle die Frage in sachlichem Ton, ohne Bärbel anzusehen. „Wäre dir Christophers Zimmer recht?“

Sie hebt den Kopf wie elektrisiert. Versucht mit einem Seitenblick zu ergründen, ob ich es ernst meine. Ihre Wangen haben eine hellrote Färbung angenommen.

„Geht das?“

„Warum sollte es nicht gehen?“

Sie trinkt. Umklammert die Schale. Streicht sich das Haar aus der Stirn.

„Ich werde nichts angreifen. Nur anschauen."

„Es schadet nicht, wenn du etwas angreifst. Christopher hätte bestimmt nichts dagegen."

„Er hat mich sogar seine Bücher ansehen lassen."

„Du kannst ruhig lesen, wenn dich etwas interessiert."

„Die Planeten", sagt Bärbel, „Jupiter ist rötlich, weil er so heiß ist. Der Saturn hat einen giftigen Ring."

Ich presse die Nägel für einen Augenblick in meine Handfläche: Dieses Kind bewegt sich in Christophers Gedankenkreis. Ich widerstehe der Versuchung, sie zu berühren, unsere mögliche Annäherung durch eine unbeherrschte Geste der Zärtlichkeit zu unterbrechen.

„Hat er dir darüber erzählt?"

„Wir haben Berechnungen angestellt", sagt Bärbel, „ich wußte nicht, daß die Planeten Schleifen ziehen. Christopher hat es mir erklärt. Er hat zwei Schleifen berechnet, und wir haben es mit den Aufzeichnungen von Greenwich verglichen. Christopher war nur um zwei Bogenminuten daneben." Sie unterbricht, stellt den Teebecher auf ihre hochgezogenen Knie. „Ist Harrow eine Schule?"

„Ja."

„In London?"

„Nein. In der Grafschaft Middlesex. Das ist am Ursprung der Themse."

„Ist es weit von London?"

„Nein. Warum fragst du?"

„Weil Christopher immer nach Greenwich wollte. Er sagt, er würde am liebsten dort wohnen. Dann könnte er jeden Tag in der Sternwarte sein." Sie streift mit dem Fingernagel über den Porzellanrand. „Ist er deswegen nach England gefahren?"

„Wegen der Sternwarte? Nein." Ich nehme Bärbel die leere Schale aus der Hand, gieße ihr Tee nach. „Sein Vater ist verreist, und Chistopher wollte die Zeit nützen." Die Lüge, die so gut wie die Wahrheit ist, kommt mir leicht über die Lippen. „Ein Junge sollte irgendwann für eine Zeit auf sich selbst gestellt sein."

„Ein Mädchen auch", sagt Bärbel.

„Natürlich."

Sie hat recht, mir meine generationsbedingt antiquierte Denkweise an den Kopf zu werfen. Ich nehme der kleinen Frauenrechtlerin ein hoffnungslos zerquetschtes Keks aus der feuchtheißen Hand, deponiere die Brösel im Aschenbecher.

„Geht es ihm gut? Schreibt er manchmal, wie es ihm geht?"

„Manchmal." sage ich. „Er hat viel Arbeit. Er muß in einer fremden Sprache lernen."

„Natürlich", sagt Bärbel. Wischt die bröselverklebte Handfläche gedankenlos an der Wolldecke ab. „Hat er – hat er nie –"

„Doch", sage ich, „er hat irgendwann nach dir gefragt." Diese Lüge geht nicht so glatt, ich denke, während ich sie ausspreche, daß ich Christopher von Bärbel schreiben muß, er soll es wissen. „Vielleicht habe ich den Brief noch irgendwo. Ich werde später nachsehen."

Bärbel hebt den Kopf. Der hellgelbe Schein der Stehlampe liegt auf ihren Wangen, der glatten, sanftgewölbten Kinderstirn. Der Schatten ihrer Wimpern fällt auf die braungetönte, samtweiche Haut.

„Soll ich Ihnen etwas sagen?"

„Ja."

„Ich war schon öfter hier. Dreimal. Da war das Seitenfenster offen, und ich konnte durch. Bevor Sie zurückkamen, bin ich hinausgekrochen."

Ich bin ehrlich überrascht. Zögere ein paar Sekunden.

„Was wolltest du?" frage ich schließlich, weiß im gleichen Augenblick, daß das eine dumme Frage ist.

„Ich habe Christopher gesucht. Auf ihn gewartet. Ich dachte, einmal muß er kommen. Ich wußte ja nicht, daß er fort ist."

„Und wenn ich dich heute nicht gefunden hätte?"

„Ich wäre wiedergekommen."

Sie wendet sich plötzlich zur Seite, ihre Gedanken, ablesbar wie Buchstaben, registrieren die Wochen, Monate bis zu Christophers möglicher Wiederkehr. Es ist lang, unfaßbar lang. Lang für einen Erwachsenen, doppelt lang für ein Kind.

Ich tast nach der feuchtheißen Hand, die offen auf der karierten Decke liegt, zögere kurz vor der Berührung.

„Bärbel?"

Sie antwortet mit abgewandtem Gesicht. „Ja."

„Wollen wir Christopher schreiben? Wir beide, jetzt?"

Sie überlegt. Bleibt unbewegt, die Gedanken rotieren hinter der glatten Stirn. „Müßte er das nicht tun?"

Hier endet ihr Wille zur Emanzipation. Sie ist bereit, durch das Fenster in Christophers Zimmer zu steigen, aber den ersten Brief soll er schreiben. Kayssa hätte zum vorliegenden Fall zweifellos ein paar gezielte Aphorismen zur Hand.

„Du hast ganz recht", sage ich, „vermutlich wird er es in den nächsten Tagen tun. Er hat bisher nicht viel Zeit gehabt."

Sie scheint plötzlich müde.

„Vielleicht morgen", murmelt sie im Einschlafen. Ich weiß nicht, woran sie dabei denkt, vielleicht ist es der Brief, den sie nun doch morgen schreiben will. Die kleine Gestalt rollt sich zusammen, die Haarsträhnen fallen über Schläfen und Stirn, ich ziehe die Decke ein wenig höher, drehe die Lampe zur Seite. Später, wenn sie fester schläft, werde ich sie in Christopers Zimmer tragen.

Auf dem Weg in den großen Lesesaal begegnete ich Sue Brahmswick. Sie trug einen ihrer superengen Wollröcke, einen breiten, rundgeschnittenen Gürtel mit Goldschnalle und einen knappsitzenden Rollkragenpullover. Der Gürtel war, wenn ich nicht irre, aus Krokodilleder, ebenso wie die hochhackigen, schmalgeschnittenen Schaftstiefel. An ihrer Brust baumelten ein paar verschieden lange Ketten, dünne mit Anhänger, eine breitere mit eingefaßten Halbedelsteinen. Sue hat die Gestalt eines jungen Mädchens, sieht, wenn man ihr im Gang begegnet, nicht wie eine Vertreterin der Wissenschaft, sondern wie eine Studentin aus. Sie ist die weibliche Attraktion des Kollegiums, an ihren guten Tagen schillert sie wie die Kristallkugel an ihrem Platinarmband, sprüht Geist, Witz, Sarkasmus, Charme. Ihre Erfolge bei Männern sind sprichwörtlich, jeder Dozent, der an die Victoria Luise zu einer Gastvorlesung kommt, erkundigt sich am ersten Tag nach der auffallenden Ordinaria, manchmal kommt es zu hitzigen Affären, die aber nach Ablaufen der Dozentur und Abreise des Gastes spurlos versickern: Kaum einer kam jemals wieder, und wenn, war die Sache beendet, der Umgangston mit der akademischen Circe ins Neckisch-Kollegiale abgeglitten. Sie hat manchmal zu Analysen ihrer eigenen Person angesetzt, aber ihre diesbezüglichen, gelegentlich von Kayssa unterstützten Vorsätze wurden regelmäßig durch neue Affären unterbrochen, die dann im Folgenden verliefen wie die vorhergegangenen.

Sie blieb am Eingang zum Lesesaal stehen, als sie mich sah, tastete über die Ledertasche, die an ihrer Schulter hing, als wolle sie nach etwas greifen, Taschentuch, Zigarette, hielt inne, schloß die Hand um den geflochtenen Riemen. Zupfte mit der anderen ein Pony in ihre leicht gerunzelte Stirn.

„Gehst du in die Gruft?"

Die Bezeichnung stammt von der Soziologie, kommt daher, daß die Beleuchtungskörper in dem riesigen, zwei Stockwerke hohen Bibliotheksraum die Form von Stäben mit aufgesetzten Glühkolben haben und ringsum an den Wandbalken zwischen den Bücherregalen montiert sind, was bei erstem Eintreten den Eindruck eines durch Fackeln beleuchteten unterirdischen Gewölbes hervorruft.

„Ich muß ein paar Daten zusammensuchen."

Sue hat die Tasche geöffnet, eine kleine Metallschachtel zutage gefördert. „Möchtest du eines?"

Ich greife nach einer der runden weißen Pastillen.

„Wenn du möchtest, können wir nachher zusammen gehen. Ich brauche etwa eine Stunde. Man hat viel zuwenig Kontakt in diesem Labyrinth. Rennt zehnmal am Tag aneinander vorbei und wechselt kaum ein Wort."

„Gut", sage ich, „wir treffen uns beim Ausgang."

Die theatergeschichtlichen Werke stehen an der Südwand, etwa dreihundert Bände. Sue muß auf die gegenüberliegende Seite, der Saal ist riesig, vier langgestreckte Tischreihen trennen uns voneinander. Die übrigen Fachbücher der philosophischen Fachrichtungen, Logik, Sprachen, Kunstgeschichte, Psychologie, nehmen die ganze Nordwand und noch einen Teil der Westseite ein. Der Rest gehört der Theologie, während an der östlichen Breitwand die Jurisprudenz ihren Platz hat. Das Obergeschoß, nahezu ein ganzes Stockwerk, nur über eine halsbrecherische Hühnerleiter erreichbar, gehört der Medizin. Auf diese Tatsache gründet sich der in der Alma mater verbreitete Scherz, daß sich an diesem Institut jeder Student verbummeln dürfe, nur der Mediziner nicht: nach seinem dreißigsten Jahr wäre er körperlich nicht mehr imstande, an die Fachliteratur heranzukommen.

Die Pfefferminzpastille ist scharf, hinterläßt einen brennendsüßen Geschmack auf meiner Zunge. Ich habe mir zwei Nachschlagewerke geholt, gehe zu dem einzigen freien Stuhl an der unübersehbar langen Tischreihe. Die beiden Studenten an den Nebenplätzen müssen ein wenig beiseite rücken, es ist eng, jeder hat nur ein schmales Stück Raum. Der Junge zu meiner Rechten ist Germanist, hat ein paar mittelhochdeutsche Wälzer vor sich aufgestapelt, schiebt sie zusammen, das Mädchen links kenne ich nicht, sie sieht kaum auf, beugt sich nach flüchtigem Gruß wieder über ihre Arbeit. Im Niedersetzen registriere ich die mit mathematischen Formeln übersäten Kollegblätter auf ihrem Pult, Chemie, denke ich, vielleicht eine von Hillebrands Hörerinnen. Ich strecke die Hand aus, knipse die auf Stahlbogenfuß montierte Tischlampe an, der Glasschirm strahlt mattgelb auf, ein kreisrunder Lichtkegel liegt über meinem Arbeitsplatz. Ich lasse mich in den Sessel fallen, sitze sekundenlang still.

Ich liebe den Lesesaal. Wenn ich an die Victoria Luise denke, zu Hause, auf Ferienreisen, Gastdozenturen, ist es vor allem dieser Raum, in dem sich meine streunende Seele breitmacht. Die Wände liegen nahezu im Dunkel, sind nur im Umkreis der senkrecht montierten Stablampen matt aufgehellt. Wenn man nähertritt, ist das Licht ausreichend, um die Buchtitel lesbar zu machen, wird im Vorbeigehen gegen Ende der Insel schwächer, hellt sich im Grenzbereich der nächsten Fackel wieder auf. Da die Stablampen auch im Obergeschoß angebracht sind, hat man beim Eintritt in den Raum den Eindruck, sich auf dem Boden eines mächtigen unterirdischen Gewölbes zu befinden, Festtempel, Katakombe, Felsensaal. Die Atmosphäre löst verschieden gelagerte Empfindungen aus, eines jedoch ist sicher: sie fördert die Konzentrationsfähigkeit in unglaublichem Maß. Die Stille liegt wie eine Glasglocke über dem Raum. Ich habe Stunden, Tage in der Bibliothek verbracht, mich mit schwierigsten Arbeiten hierher zurückgezogen, meinen Platz nie verlassen, ohne wenigstens die Andeutung einer Lösung gefunden zu haben.

Sue hat die Bücherwand verlassen, ist in der schemenhaften Reihe untergetaucht, der Saal ist gesteckt voll um diese Tageszeit. Am Ende der nächsten Tafel erkenne ich die Soziologie, sie steckt den Kopf abwechselnd in Broschüren, Bücher, Hefte, klappt auf, klappt zu, vergleicht brilleschiebend, hin und wieder um sich blickend. Der Geist der Alma mater, mattgrau gefiedert, das hundertjährige Siegel der Wissenschaft in den knochigen Adlerfängen, hat sich auf der Estrade niedergelassen, die Schwingen schützend, ehrfurchtgebietend über seine Gemeinde gebreitet.

Ich wußte es im Augenblick, als Paul Helwin den Saal betrat.

Ich brauche nicht aufzusehen, mich nicht umzuwenden. Fühle seinen Blick über die Tischreihen gleiten. Vor meinen Augen ordnen sich die Buchstaben in Gruppen. Viererreihen, Mittelgänge, Seitenabstand, geschlossene Formation. Wovon war die Rede? Die Buchstaben marschieren, verlassen die aufgeschlagene Seite, kommen über den wachstuchbespannten Tisch auf mich zu.

„Guten Abend, Frau Professor."

„Guten Abend, Paul." Es ist heiß im Raum, meine Kehle ist ausgetrocknet. Er steht schräg hinter mir, ich habe mich halb umgewendet.

„Haben Sie die Anthologie gefunden? Rafe sagt, er hätte sie schon einmal in der Hand gehabt."

„Sie ist hier. Aber es ist nichts Brauchbares für uns drin. Wir müssen die Autoren einzeln durchgehen."

Pauls Hände sind dicht vor meinen Augen, er hat sie um die Kollegmappe gefaltet, öffnet und schließt seine schmalgliedrigen Finger gedankenlos über dem schwarzen Leder.

Es ist absurd. Die Soziologie blättert in ihren Skripten. Mir gegenüber sitzt ein Student der Archäologie. Er war vor zwei Jahren in Tibet und hat sich dort eine Glatze rasieren lassen, die er heute noch trägt.

„Warte", sagt der Germanist an meiner rechten Seite, sieht flüchtig zu Paul auf, ordnet seine Schreibblätter in eine Plastikfolie, „ich bin gleich fertig. Muß noch ins Institut." Er stapelt die Wälzer aufeinander, schiebt seinen Sessel beiseite. Verschwindet mit gedämpftem Gruß jenseits des Lampenkreises im Dunkel.

Paul setzt sich neben mich. Hat kurz um Erlaubnis gefragt, in das

Rücken des Stuhles hinein. Die schwarze Mappe liegt schräg vor mir auf dem Tisch. Der glatzkopfige Archäologe schreibt sein Traktat auf viereckige, dünne Blätter, sie sehen aus wie Kassenscheine, er häuft sie scheinbar wahllos aufeinander, wenn er dabei kein Spezialsystem anwedet, wird er später in Schwierigkeiten kommen. Paul hat der schwarzen Mappe Bücher und Notizpapier entnommen, schlägt einen Block auf.

„Kann ich Ihnen helfen, Frau Professor?"

„Im Augenblick nicht."

Sein Seminaraufsatz war ausgezeichnet. Nicht so präzis gegliedert wie der von Rafe, aber voll Phantasie und Brisanz.

Er hat sich über seine Blätter gebeugt. Ist so dicht neben mir, daß ich mich nicht zu rühren wage. Wenn ich in meinem Verzeichnis eine Seite wende, fühle ich seinen Atem auf meinem Handrücken.

Die Aufführung findet statt, Magnifizenz. Selbstverständlich. Ist tadellos geprobt. Ich habe auf der Bühne einen Schüler geküßt. Nein, doch nicht: er hat mich geküßt, Magnifizenz. Was ist der Unterschied? Sehr richtig, irrelevant. Außerdem würde ich es wieder tun.

Die Buchstaben haben sich zu Achterreihen formiert. Stehen unbewegt, lassen sich nicht entziffern. Paul arbeitet, scheint intensiv nachzudenken. Er hat an seinem Manuskript noch keinen Strich getan.

Wann wartet Sue auf mich? Die Zeit steht still. Ich kann mich nicht bewegen. Links das Chemiemädchen, rechts mein Schüler. Gegenüber der tibetanische Mönch mit den Seidenpapierchen.

„Verzeihen Sie", sagt Paul. Hat meinen Arm gestreift. Beginnt Notizen auf das Papier zu kritzeln. Hastig, unleserlich.

Der archäologische Glatzkopf greift nach einem Katalog. Bekommt ihn nicht in die dicken, kurzen Finger. Faßt nochmals zu, hat es geschafft. Hält das ledergebundene Monstrum, auf den Tisch gestemmt, geöffnet, vor sein Kaulquappengesicht.

Mein Schüler hat sich vorgebeugt. Den Kopf in seine Hand gestützt.

Der Tibetaner schnauft zweimal durch die Nase. Kämpft mit Nies- oder Hustenreiz. Atmet ein paarmal hörbar durch, kann es nicht aufhalten, das Niesen bricht sich Bahn, er läßt den schweren

Katalog auf den Tisch klappen, um sich die Hände vors Gesicht zu halten.

„Gesundheit", sagt eine hohe Männerstimme von irgendwoher. Ein Mädchen kichert.

Der Luftzug hat die Papierchen irritiert. Sie flattern aus ihrer Pseudoordnung auf, rebellisch, wie Riesenflocken, Schneegestöber aus tibetanischen Kassenzetteln, gleiten nach allen Richtungen auseinander, lassen sich auf den umliegenden Lichtinseln nieder. Die Kaulquappe greift mit dickfingerigen Händen um sich, versucht zu retten, abzufangen, aufzuhalten. Eines der Dinger ist quer über den Tisch geflogen, balanciert kurz auf der Kante, kippt dann zwischen Paul und mir in den Abgrund.

Wir greifen zur gleichen Zeit danach. Er mit der linken, ich mit der rechten Hand. Das Ding hat sich an den Maschen meines Wollrockes verfangen. Klebt fest. Paul nimmt seine zweite Hand zu Hilfe, löst das Papier von meinem Kleid, reicht es, sich aufrichtend, dem Tibetaner über den Tisch. Hat mit der Linken meine herunterhängende Hand ergriffen, schließt seine Finger ohne Hast, nachdrücklich um die meinen.

„Danke. Ich danke", sagt der Mönch. Nickt, lächelt, sein Glatzkopf bewegt sich wie auf Stahlfedern. Wippt auf und ab, die tibetanischen Tempeltänzerinnen können das, ihren Kopf bewegen, als säße er auf einem Stiel, er muß sich tiefer in die Materie eingearbeitet haben, als irgend jemand hier wahrhaben will. Ich starre ihn an, unfähig, mich zu rühren. Paul hält mich fest, sanft, hat seinen rechten Arm kurz auf den Tisch gestützt, dann nach einem Bleistift gegriffen, beginnt Notizen zu machen.

Graugefiederter Geist auf der Estrade, wende deine Augen von mir. Oder noch besser, laß alle Lichter im Saal verlöschen, damit ich mich verstecken kann.

Die Sache ist nämlich die: Ich kann dem Studenten Paul Helwin, Germanist im letzten Jahrgang, meine Hand nicht wegnehmen. Ich werde aber den Bleistift in die linke Hand nehmen müssen und so tun, als machte ich ebenfalls Notizen. Wenn die Soziologie mich mit einem Blick bedenkt, wird sie sich wundern, daß ich plötzlich zur Linkshänderin geworden bin. Gottlob ist es unterhalb des Pultes so schwarz, daß nicht einmal ich selbst etwas sehen kann.

Paul streicht sich mit der rechten Hand das Haar aus dem Gesicht. Den Bleistift zwischen Zeigefinger und Mittelfinger geklemmt. Was sonst, er hat die zweite Hand nicht frei. Wie wunderbar ist die Begegnung zweier Hände. Das hab' ich nicht gewußt. Wir könnten eine Seminararbeit darüber schreiben.

Mein Atem ist wiedergekehrt. Es ist ganz einfach. Er macht es einfach. Hat mich nicht losgelassen. Der Geschmack von Sues längst zergangenem Pfefferminzbonbon liegt noch immer auf meiner Zunge, herb, süßlich, scharf.

Zwei Minuten vor fünf schlage ich mein Buch zu.

„Ich muß gehen. Professor Brahmswick erwartet mich."

Er streicht im Loslösen mit dem Daumen über meinen Handrükken. Hat den Kopf flüchtig, beiläufig von seinen Büchern gehoben.

„Gute Nacht, Frau Professor. Bis morgen."

„Bis morgen."

„Ihr wart doch glücklich. Oder?" fragt Sue. Ihre Stimme hat einen bohrenden Klang.

„Natürlich waren wir glücklich. Was meinst du?"

„Simone, was ist eine Beziehung für dich, eine Partnerschaft?" Sue streicht sicht mit hastiger Geste das Haar aus der Stirn, stützt das Kinn in die Hand, sieht mich über den Tisch weg mit aufgerissenen, ein wenig starren Augen an. „Was war die Ehe für dich, kannst du es mir sagen?"

Der schwarzlockige Kellner legt die Servietten auf das Papiertischtuch. Er ist einssechzig groß, olivenfarbene Haut, ein Bub aus Taormina oder Brindisi, nur in Sizilien sind die Italiener so dunkel und, wie heißt der zweite südliche Landstrich, Apulien, das ist es, Nikolaus Schillings Seelenlandschaft, vielleicht stammt der Junge aus Apulien. Sue hat darauf bestanden, mich zum Abendessen einzuladen, man sieht einander so selten, du bist doch allein, ich habe ein Stammlokal, echter Asti spumante, mach keine Geschichten.

„Manchmal", sagt Sue, „kommt es mir vor, als stünde ich außerhalb einer Verschwörung. Als lebte ich an Dingen vorbei, die anderen mühelos zugänglich sind. Ich kann es nicht anders formulieren. Verstehst du, was ich meine?"

„Da du mich nach meiner Ehe gefragt hast –"

„Liebe, Ehe oder Gemeinsamkeit", sagt Sue, ohne ihre Augen von mir zu wenden, „bedeuten doch für jeden etwas anderes. Ich glaube nicht, daß es zwei Menschen gibt, die das gleiche darunter verstehen. Was ist es für dich, Simone? Wenn du heute an Sebastian denkst –", sie hält kurz inne, versucht mir anzusehen, ob sie mich damit verletzt, hat keine Zeit, sich bei der Möglichkeit aufzuhalten, „– was fällt dir dabei ein? Was hat dir den stärksten, den bleibenden Eindruck hinterlassen?"

Sebastian. Sie spricht als wäre er aus meinem Leben gegangen. Natürlich weiß sie es nicht besser, ich kann ihr auf diesem Weg nicht ausweichen.

„Weihnachten", sage ich, „Geburtstage. Seine Gespräche mit Christopher, unsere Spaziergänge im Herbst." Ich überlege einen Augenblick. „Die Fahrten an den Hendricksdamm, wenn wir von einer Party oder aus dem Theater kamen."

„Klingt nach Heim, Herd und Ewigkeit", sagt Sue.

„Natürlich. Was sonst?"

„Außer ihm hat es wohl nicht viele für dich gegeben?"

„Entschuldige, Sue –"

„Schon gut", sagt sie, „du hast es mir gesagt. Genau, was ich wissen wollte. Du stehst im Kreis."

„In welchem Kreis?"

„In dem der anscheinend normal empfindenden Menschen", sagt Sue. „Es scheint etwas zu geben, wovon ich mir kein Bild machen kann. Sobald ich danach greife, weicht es vor mir zurück, wird ungreifbar, formlos wie Watte. Jedes Ladenmädchen, jede Friseurin scheint damit vertraut zu sein. Aber ich kann bei aller Anstrengung den Zutritt nicht finden."

„Vielleicht ist Anstrengung nicht der richtige Weg." Ich weiche dem Kellner aus, der Teller, Gläser an meinem Kopf vorbei auf den Tisch balanciert. „Was ist eine Beziehung für dich, Sue?"

„Die Frage hat Kayssa mir wiederholt gestellt. Vor zwei Monaten, als die Sache mit Alex in die Brüche ging. Vor zwei Jahren, als es mit Ricardo zu Ende war. Zum ersten Mal nach meiner Scheidung von Burt."

Burt Brahmswick ist Sues verflossener Ehemann, Amerikaner.

Die Ehe dauerte acht Monate, so lange, wie ihre gemeinsame Vortragstournee durch die Vereinigten Staaten. Er war seinerzeit als Gastdozent an die Victoria Luise gekommen und hatte Sue im Blitzverfahren geheiratet und zu einer geschiedenen Frau gemacht.

„Und?"

„Ich kann es nicht definieren", sagt Sue, ihre Mundwinkel ziehen sich nach unten, sekundenlang, geben ihrem Gesicht einen verdrossenen Ausdruck. „Ich habe es bis zur Erschöpfung versucht."

Der Kellner jongliert eine vollbeladene Silberschüssel quer durch den Saal auf uns zu. Die Spaghetti, ungleich lang, ungleich verteilt, hängen über den fleckigen, gezackten Metallrand.

„Es scheint, daß ich nicht imstande bin, verschieden gelagerte Empfindungen auf eine Person zu konzentrieren. Ich begreife es nicht, aber es scheint so zu sein."

Der Kellner legt uns die Spaghetti vor, die Soße, die er aus einem Schöpflöffel darübergießt, ist dickflüssig, dunkelrot. Ich warte ein paar Sekunden, bis er sich von uns abgewandt hat.

„Sue, willst du sagen, daß du nicht lieben kannst?"

„Ist das so?" Sue hat die Spaghetti gekonnt um die Gabel gewikkelt, sieht darauf nieder, zuckt mit den Achseln. „Ich habe es manchmal gedacht. Aber dann bin ich wieder so verrückt nach einem Mann, daß ich denke, ich würde alles für ihn tun."

„Würdest du?"

Die Gabel mit der Spaghettispule schwebt zehn Zentimeter über dem Tellerrand, verhält dort, zögernd, unbewegt.

„Bis zu einem gewissen Grad."

Die Logik hat sie verlassen, da liegt der Lebensnerv bloß. Sebastian hat das gesagt: Wenn es an den Lebensnerv geht, verflüchtigt sich der letzte Schimmer von Logik.

„Alles, bis zu einem gewissen Grad, Sue?"

„Entschuldige. Das ist ein ungeheurer Blödsinn." Sue schiebt die Spaghettigabel zwischen ihre perlweißen Zahnreihen. „Ich meine, ich bin durchaus imstande, einen Mann zu begehren. Auch ihn zu schätzen, zu ihm aufzusehen, ihn zu bemuttern oder zu verstehen. Nur nicht alles gleichzeitig. Wenn ich jemanden mag, stört es mich, wenn er primitive Ambitionen an den Tag legt. Wenn ich nach einem Mann verrückt bin, ärgert es mich, wenn er krank wird und von mir erwartet, daß ich ihn pflege."

„Wenn ich dich richtig verstehe", sage ich, „bringt bei dir das physische Engagement an einen Mann das seelische nicht mit sich, sondern schließt es aus."

„Total", sagt Sue, läßt die leere Gabel sinken, sieht mich über den schütteren Strohblumenstrauß weg mit gerunzelter Stirn an. Greift nach dem langstieligen Weinglas, trinkt. „Hast du so etwas schon gehört?"

„Doch", sage ich, „das gibt es. Es sind nur meist Männer, die so empfinden. Sie können eine Frau lieben oder begehren, nicht beides zugleich. Hat Kayssa dir das nicht gesagt?"

„Kayssa ist für mich keine Hilfe. Sie agiert als Analytiker, was sie mir sagen kann, ist Theorie. Du hast es erfahren, gelebt. Hast eine Beziehung gehabt, die mehr als zwölf Jahre gedauert hat. Ich glaube, daß die verschiedenen Komponenten dabei miteinander verschmolzen sind." Sie trinkt wieder, hastig, mechanisch, dreht den geschliffenen Fuß des Weinglases zwischen ihren Fingern, zögert sekundenlang, ehe sie weiterspricht. „Als ich dich vorhin gefragt habe, hast du einen Punkt ausgeklammert."

„Welchen Punkt?"

„Was für eine Frage", sagt Sue, schiebt das Glas mit knapper Bewegung von sich. „Du willst mir auf deine provokant diskrete Art ausweichen. Wahrscheinlich gibt es Worte, die du nicht auszusprechen vermagst. Dinge, die du sehr wohl zu tun, aber nicht zu denken imstande bist. Ich frage mich, ob du dir auch im Selbstgespräch die Melusine vorspielst oder ob du wenigstens dabei hin und wieder mit einem deiner Körperteile den Boden berührst."

Ich habe den Kopf gehoben, sehe Sue überrascht an. Ihr Mund ist in einer Art von Lächeln verzerrt, sie lehnt sich abrupt im Sessel zurück, wischt mit der Hand durch die Luft, versucht ihrem aggressiven Ausbruch durch hochgezogene Brauen, sanft forschenden Gesichtsausdruck nachträglich eine scherzhafte Note zu geben.

„Entschuldige, Sue", sage ich, „ich weiß tatsächlich nicht –"

„Im Bett", sagt Sue, „du und Sebastian. Ob ihr miteinander geschlafen habt. Herrgott, Simone, versuch jetzt nicht, mir auszuweichen."

Der schwarzlockige Kellner serviert mit Schwung die Teller ab, schaukelt sie auf dem Unterarm durch die Luft. Einen Augenblick lang glaube ich nicht richtig zu sehen: er hat im Niederbeugen mit dem freien Handrücken deutlich, ohne Hast Sues rechte Schulter gestreift.

„Rede", sagt Sue, sie tut als hätte sie die Berührung nicht gefühlt, der Kellner hat sich in Richtung Saalausgang entfernt. „Es hat geklappt mit euch. Man hat es euch doch angesehen. Sag ja, ich weiß es ohnehin."

„Gut, ja. Aber was –"

„Was ich wissen will", sagt Sue, hat die Papierserviette entfaltet, auf dem Tisch ausgebreitet, streicht mit den Fingerspitzen über die orangerote Fläche, „ist, wie man sich in einem solchen Fall trennen kann. Wie lebst du allein, nach diesen zwölf Jahren? Wie kommst du ohne ihn aus, ohne verrückt zu werden?"

Alle vorhandenen Emotionen, hat Sebastian gesagt, können bedenkenlos auf die Grundformen Angst, Hunger und Sex reduziert werden. Ich erschrecke immer wieder vor der Wahrheit dieser simplen Formel. Sue hat die Finger über der Serviette gespreizt, karminrote, spitz zulaufende Nägel auf orangefarbener, löschblattrauher Fläche, possessiv hat Nikolaus Schilling ihre Fingernägel genannt, sie sind leicht nach innen gebogen, attraktive, gepflegte Krallen, die nach etwas greifen, sich daran festklammern wollen.

Sie wartet. Vorgebeugt, als säße sie, dem Opfer auflauernd, vor einer Falle. Ihr gekrümmter Rücken hat etwas Demütiges. Ich glaube nicht, daß es ihr leichtgefallen ist, die Frage zu stellen. Ihr Blick ist abgeirrt, hält wieder an dem schütteren Strohblumenstrauß fest. Auf ihrem Hals oberhalb des umgeschlagenen Pulloverkragens werden einzelne rote Flecken sichtbar.

Was soll ich antworten? Daß ich physisch nicht existiere, nicht als der Mensch, der ich zur Zeit meiner Ehe war? Ich kann es nicht erklären, Sue. Sebastian ist hier. Bei mir, in mir. Vielleicht ist dieser Zustand unnatürlich. Aber ich lebe darin. Ich bin darin gefangen, geborgen.

Der Kellner bringt eine neue Flasche, die er geräuschvoll entkorkt. Sprich zu diesem vorgebeugten Rücken. Sag etwas, und wenn es eine Lüge ist.

„Natürlich vermisse ich Sebastian."

„Nein", sagt Sue, „man kann niemanden vermissen und so gelassen durch das Dasein schweben wie du. Du bist in distanzierte Freundlichkeit gehüllt wie in einen Overall. Seit Wochen warte ich darauf, daß du aus den Pantinen kippst. Kannst du deine Gefühle abstellen wie einen Wasserhahn?"

„Was redest du, Sue." Das Blut ist mir in die Wangen gestiegen. Der Kellner hat eingeschenkt, mit steinernem Gesicht. Sues Stimme hat trotz ihrer gedämpften Sprechweise einen schrillen Klang. Einzelne Wortfetzen knallen aus dem Zusammenhang, lassen keinen Zweifel am Inhalt des Gespräches. Sue scheint zu vermuten oder zu wissen, daß der Junge kein Deutsch versteht. Ich greife mechanisch nach dem Glas.

„Trink", sagt Sue, hebt den spitz zulaufenden Kelch. „Trink schon. Gibt es, verdammt, nichts, das dich aus deiner Reserve reißt?"

Reserve, denke ich, meine Hand ist taub von Pauls Berührung.

Sue hat das Glas abgestellt, beginnt die Serviette zu einer Wurst zusammenzurollen. „Ich kann nichts sublimieren. Das ist es. Einen Affekt nicht in den anderen ummünzen. Du kannst es, oder? Wie machst du es? Wie macht ihr es?"

„Sue", sage ich, „was ist dir von deiner Ehe in Erinnerung geblieben?"

„Wie Burt im Bett war", sagt Sue. „Von Ricardo, wie er im Bett war. Von Alex, wie er im Bett war. Und wenn ich noch weiter zurückdenke –" Sie bricht ab, zuckt mit den Achseln, öffnet die Finger, die gerollte Serviettenwurst liegt schlaff auf ihrer Handfläche. „Entschuldige. Es ist tatsächlich das einzige, was mir einfällt."

Der Kellner ist am Saalausgang stehengeblieben. Hat die Hände verschränkt, sieht scheinbar teilnahmslos zum Fenster hinaus. Die spärlichen Gäste haben das Lokal verlassen. Sue und ich sind allein an unserem papierbespannten Tisch unter der girlandenumrankten Glühlampe.

„Die erhebenden Augenblicke", sagt Sue, „von denen alle Welt redet, sind mir nicht untergekommen. Nicht die in Freundschaft mündende Liebe, nicht der zu Zuneigung gewordene Sex. Ich möchte wissen, wie man sich vor der Demütigung rettet, wenn eine

Affäre zu Ende ist. Was denkst du, was tust du, woran hältst du dich fest? Wie hast du es fertiggebracht, dem teuflischen Mechanismus beizukommen, der die Welt regiert? Mit welchem Kunstgriff, welchem Winkelzug?"

„Von welchem Mechanismus redest du?"

„Du kennst ihn", sagt Sue hastig, unterdrückt, „du lebst ihn mir vor, in allen Variationen. Er besteht einfach darin, daß nur derjenige etwas bekommt, der es nicht braucht. Der Etablierte die Chance, der Reiche die Erbschaft, der Satte die Einladung zum Dinner. Da du dir in deinem Elfenbeinturm zu genügen scheinst, fliegt dir alles mühelos zu. Du hast Sebastian gehabt, du könntest Hillebrand haben, Nikolaus Schilling, ich weiß nicht, wen noch. Du brauchtest nur deine kühle kleine Hand auszustrecken. Mir, der eine Beziehung eine Frage von Sein oder Nichtsein bedeutet, würde es mit aller Anstrengung nicht gelingen, einen von ihnen auf mich aufmerksam zu machen."

Ich verstehe so plötzlich, daß mir das Blut in den Nacken steigt: Sie will nicht mehr und nicht weniger als mein Rezept. Sue Brahmswick, Ordinaria für Logik und Begriffsklarheit, will von einer Kollegin, mit der sie nicht sonderlich befreundet ist, die bisher für sie von keinerlei Interesse war, wissen, wie sie es anstellen soll, einen Mann, gleichgültig welchen, ins Bett zu bekommen.

Ich weiß augenblicklich, daß ich diese Partie nur verlieren kann. Ich habe kein Rezept, das wird sie mir nicht glauben. Ich habe keine Ahnung, was für sie in diesem Punkt anwendbar, erfolgbringend wäre. Wenn ich ihr das sage, wird sie annehmen, daß ich meine Praktiken für mich behalten will. Mein Blick irrt ab, streift den schwarzlockigen Jungen, der in seltsam katzengeschmeidiger Haltung an der Tür steht. Er richtet seine schräggeschnittenen Augen auf mich, der Anflug eines Lächelns fliegt über sein hübsches, etwas dreistes Gesicht, er richtet sich für Sekunden auf, gleitet dann, die Lider zusammenkneifend, wieder in seine Grätschstellung zurück.

Ich möchte aufstehen, gehen. Greife statt dessen nach einer Zigarette. Der Raum ist überheizt, jemand muß die Tür zur Küche geöffnet haben. Es riecht plötzlich nach Spülwasser, verbranntem Fett. Der Kellner an der Saalwand hat begonnen, auf den Zehenspitzen zu wippen.

„Wir sind die letzten Gäste, Sue."

Das war ein Fehler. Ich weiß es sofort. Ihr Kopf schnellt hoch, abrupt, ihr Gesicht ist blutleer.

„Gut. Laß uns gehen. Kellner, die Rechnung."

Sue hat es über die Schulter gerufen, unbeherrscht, laut. Zerrt den Verschluß ihrer Tasche auf, zieht die Krokodilbörse heraus, wirft sie auf den Tisch. Ich starre auf ihre schmalgliedrigen, schöngeformten Hände, frage mich fieberhaft, was sie mir übelnimmt, daß Hillebrand sich für mich interessiert, daß Sebastian sich nicht um sie bemüht hat, oder beides? Wenn ich mich nicht in den nächsten Sekunden durch irgendeinen Trick zu ihrer Verbündeten mache, habe ich in ihr eine Todfeindin, und mir fällt kein Trick ein.

Der Kellner ist hinter Sue getreten, hat Block und Bleistift gezückt. Schreibt aus dem Gedächtnis, mit halblauter Stimme vor sich hinmurmelnd, in melodisch schleppendem Deutsch. Sue hat meinen Versuch, nach der Geldtasche zu greifen, mit herrischer Geste zurückgewiesen, reicht dem Kellner einen Schein, der Kellner greift danach, streift, ihn zwischen den Fingern haltend, mit dem Handrücken langsam über Sues Schulter und Oberarm, sieht mir dabei mit herausforderndem Lächeln in die Augen. Placiert den entfalteten Geldschein langsam in der aufgeschlagenen Ledertasche.

Etwas wie Übelkeit ist in mir hochgestiegen. Mir fällt ein, daß die Spaghetti lauwarm waren, die Soße klebrig und zäh. Da ich den Blick von dem lächelnden Gigologesicht auf das Papiertischtuch senke, rinnen die farbigen Schmutzflecken ineinander. Sue hat die Tasche geschlossen, mit hastiger Bewegung auf den Tisch gelegt, ihre gespannten Finger darum geschlossen. Ihre Augen sind dunkel vor Zorn.

„Wie du willst", sagt sie, „du kannst mein Vertrauen zurückweisen und dich hinter deiner Dornenhecke verkriechen. Aber verlange nicht, daß ich dir glaube. Was du vor dem staunenden Publikum abziehst, existiert nicht. Nicht in hundert Jahren, und wenn es dir die ganze Welt abkauft. Sebastian war ein Mann mit allem, was dazugehört. Entweder du hast ihm zwölf Jahre lang Theater vorgemacht, oder du hast jetzt eine handfeste Affäre, die dich den Trennungsschmerz vergessen läßt. Die Methode, sich in reinen Geist aufzulösen, ist noch nicht erfunden. Du bist nicht frustriert, du nicht."

Aber du bist es, denke ich, mein Gott, ich habe nicht gewußt, wie sehr. Ich suche ihren zornigen Augen zu begegnen, sie festzuhalten, taste ins Leere, sie weicht mir aus.

„Ich widere dich an“, sagt sie, „alles was sich unterhalb der Gürtellinie abspielt, stößt bei dir auf Verständnislosigkeit. Sag nichts, man kann es dir ansehen. Ich erinnere mich an dein Gesicht auf Lauerbachs Party, als du mit Hillebrand getanzt hast. Dafür gibt es nur zwei Erklärungen: Sex ist dir gleichgültig, oder du hast davon so viel, wie du brauchst.“

Ihre Verachtung prasselt auf mich nieder wie Hagel, läßt mich in Wehrlosigkeit erstarren. Herrgott! Ihr Trugschluß ist ebenso simpel wie einleuchtend. Ich kann ihr nicht begreiflich machen, daß es an der Konstellation liegt: Wenn Paul in seiner behutsamen Präsenz nicht jede meiner aufkeimenden Regungen an sich zöge wie ein Düsenaggregat, wäre ich vermutlich in der gleichen Situation wie die von ihrer Unruhe gepeitschte Sue. Sie wirft die Börse in die Handtasche zurück, schließt, läßt den Riemen gestrafft durch ihre Hände gleiten. Wendet sich halb herum, streift den auf Zehenspitzen wippenden Burschen mit einem Blick.

„Menschliches ist dir fremd“, sagt sie, gräbt die Nägel, den Lederriemen umfassend, in ihre Handfläche. „Das liegt daran, daß dir alles in den Schoß fällt. Vielleicht habe ich mit dem Jungen geschlafen, vielleicht werde ich es tun. Der Tag kann auch für dich kommen.“ Sie sinkt plötzlich ein wenig vornüber, die Ellenbogen auf den Tisch gestützt, starrt auf die Tomatenflecken, zuckt mit den Achseln. „Möglicherweise sollte ich ein Kind haben. Aber ich habe nicht die Courage, die Verantwortung allein zu tragen. Bei dir ist es etwas anderes, du hattest Sebastian.“ Sie scheint zu frösteln, zieht ein wenig die Schultern hoch. „Ich kann mir auch nicht vorstellen, daß es eine Lösung wäre.“ Sie stößt den Sessel zurück, hebt den Blick, Haß ist darin aufgebrochen, hüllt mich in ein Netz aus kaltem Regen. „Komm schon, Rautendelein. Wer weiß, welcher Prinz in deinem Bett liegt, wenn du nach Hause kommst.“

10

Caspar Hillebrand hat den letzten Bogenstrich getan. Er verschwebt silbern, ungebrochen jenseits des Lampenkreises gegen die Deckenbalken. Der Applaus bricht los, taucht die Aula in lebendige Wärme, Aufatmen, Bewegung, Sesselrücken, Taschentücher. Die vier vorn im grünweißen Licht erheben sich von ihren Sesseln, Verbeugung, Applaus, Verbeugung, verlassen das Podium im Gänsemarsch. Am Ende der ersten Sitzreihe eine Rechtswendung der Saaltür zu, da ich auf dem Eckplatz sitze, vollzieht sich der Schwenk in meiner unmittelbaren Nähe. Hillebrand, der letzte in der Reihe, senkt im Vorbeigehen den Kopf, applaudiert mit Geige und Bogen in meine Richtung, beides in halb erhobenen Händen haltend.

Die Aufführung ist ein Erfolg gewesen. Ich wußte es, als sich der Vorhang über dem von Allrounder Rafe Collins installierten Gelehrtenzimmer hob. Die Atmosphäre war peinlich genau getroffen. Sauberer Plüsch, moosgrün, ein wenig Sonnenlicht durch viergeteilte Fenster, gepflegter Hausrat, dunkelbraunes Möbelholz, Blumen in Zinnvasen, zwei Dürer-Stiche.

Die lange Probenzeit machte sich bemerkbar. Es gab keine Unsicherheit, alles lief, wie es dutzende Male vor den leeren Sesselreihen gelaufen war. Ein wenig Premierenspannung lag an diesem Abend darüber und verlieh den Stimmen ein leichtes, lebendig wirkendes Vibrato, den Bewegungen ungewollte Spontaneität. Paul Helwin übertraf sich selbst. Er stand, seinen Konflikten ausgeliefert, wie der dem Buch entstiegene junge Werther auf dem Podium. Als der Applaus aufklang, holten sie mich hinauf, Rafe und Barbara, dreimal, viermal, meine Beine schmerzten vom Sitzen, ich hatte mich nicht zu rühren gewagt vom Auftritt des Giftmischers Krappmeier an bis zu Barbaras letztem Wort, stand nun betäubt oben im Licht, Pauls sanfte Finger um meine Hand geschlossen. Dann hatte der

Chor gesungen, Lauerbach die Festrede gehalten, dann Hillebrand und drei andere Angehörige der Lehrerschaft mit dem Streichquartett in d-Moll von Schubert. In der Garderobe hatte ich einen Strauß hellroter Rosen vorgefunden, langstielig und schmal, Knospen, nicht Rosen, dazu eine Karte mit Glückwunsch, gezeichnet C. H. Sie steckten in Cellophan, lagen erst in der Pause da. Er agiert perfekt, Hillebrand, macht keinen Fehler. Auch sein Applaus mit Geige und Bogen, alle haben es gesehen, alle sollten es sehen. In der Pause begegnete ich Sue Brahmswick, sie war blaß, gratulierte mit knappen Worten, wandte sich abrupt ab, um ein Gespräch mit der Soziologie zu beginnen. Der zweite Teil der Feier fand in den Konferenzsälen statt. Die Pulte waren zu Anrichten umfunktioniert worden, der Kantinenwirt hatte sich selbst übertroffen. Warmes und kaltes Buffett stand bereit, die Porzellanschüsseln blitzten im Licht der Kronleuchter, die Metallgefäße über den Spiritusflammen dampften. Die Delegationen aus Berlin und Heidelberg säumten die Tischkanten wie Pinguine, schwarze, dickbauchige Vögel mit weißer Hemdbrust, brilleschiebend, gestikulierend. Wo sind die Hörer? Einen Saal weiter, an der Flügeltür, mischt es sich. Barbara steht unter dem Wandarm, hellblaues Seidenkleid, Hemdblusenschnitt, ihr kurzes Haar strahlt wie ein Helm aus Goldfäden, sie blickt sich suchend um, da ist Hillebrand, er drängt sich an Lauerbach vorbei, bemerkt Barbara, sagt ein paar Worte, legt ihr für Sekunden die Hand auf die Schulter. Sie strahlt auf, will antworten, da ist er vorbei, sie sieht ihm nach, ihr klares Gesicht verliert die Linien, sie laufen ineinander, als wäre sie urplötzlich müde, zu Tode erschöpft. Sie wischt sich mit dem Arm über die Stirn, starrt sekundenlang ins Lampenlicht. Wendet sich dann um und verläßt den Saal.

Ich will ihr nach, da hält mich Nikolaus zurück. Läßt sich nicht abweisen, muß einen Trinkspruch loswerden, schleppt mich an seinen Tisch. Schenkt ein, zwei Dekane aus Berlin sind da, einen kenne ich aus München, trinken Sie, Simone, auf die gemeinsamen Jahre, die Zeit nimmt alles fort, die Zeit bringt alles wieder. Einen Augenblick lang steht Daniel Schilling vor meinem Sessel, hebt mir das Glas entgegen, ich sehe ihn verschwommen, der Kronleuchter hinter seinem Rücken macht ihn zur Silhouette, nimmt seine Gesichtszüge fort. Später steht Lauerbach da, sagt ein paar Worte, Glückwunsch, Toast, es wogt und dröhnt, Bewegung, Stimmen, Licht, die Spannung hat leichter Betäubtheit Platz gemacht, ich treibe widerstandslos im warmen Strom. Gesichter wechseln, Worte, Gläser, Hände. Ein paarmal hat die Uhr geschlagen. Jemand öffnet ein Fenster. Es wird kühl. Juninacht, noch kein Sommer. Mein Wollschal ist im Garderobenraum hinter der Bühne.

„Ich hole ihn, Simone. Bleib hier."

„Du findest ihn nicht, Nikolaus. Danke dir. Er hängt irgendwo zwischen den Kostümen."

„Komm wieder."

„Natürlich."

Ich bahne mir den Weg durch den Saal. Die Magnifizenzen aus Berlin und Heidelberg haben sich in ein politisches Thema verbissen. Die Soziologie steht mit hervorquellenden Augen dazwischen, sieht von einem zum anderen wie beim Ping-Pong. Zwei Spektabilitäten aus Darmstadt haben sich untergefaßt und schunkeln zum Neckarlied.

„O Heidelberg, du feine, du Stadt an Ehren reich –"

Sie singen nicht schön, aber laut. Irgendwoher blitzen mich Hilebrands Augen an, er hebt die Hand, ich realisiere es nicht, bin vorüber.

„– am Neckar und am Maine, keine andre kommt dir gleich."

Der Gang ist kühl. Ich beginne zu laufen. Es dröhnt auf den glatten Fliesen. Draußen pfeift der Wind durch die Kletterranken, der wilde Wein schlägt gegen die Scheiben.

Links. Nochmals links. Kommt ein Gewitter? Nein, der Mond ist hell. Rund wie ein Spiegelei. Ein Kindermond. Christopher hat den Mond schon in seinem dritten Jahr mit dem Zirkel gezeichnet. Er muß rund sein, Mami, weil er rund ist. Alles andere ist Täuschung.

Die Tür steht einen Spalt breit offen. Knarrt in den Angeln, ich ziehe sie hinter mir ins Schloß. Wo ist der Lichtschalter? Die helle Nacht draußen läßt die Konturen im Raum hervortreten. Die Spiegel schimmern als mattgraue Rechtecke, links der Garderobenständer, er sieht aus wie eine dunkle Säule, die aus dem Boden ragt.

Ich sehe den schmalen Schatten erst, als ich dicht davor stehe. Er löst sich aus dem Fenstervorsprung, langsam, zögernd. Mein Herz krampft sich in Panik zusammen.

„Erschrecken Sie nicht", sagt Paul.

Glaswatte. Schwimmen. Der Raum ist größer, als ich gedacht habe.

„Ich wollte allein sein." Seine Stimme klingt dunkel, spröde. Ein Schwingen liegt darin, als käme sie von weither. Er hat die Hände hinter sich aufgestützt, seine Silhouette hebt sich klar gegen den weißen Nachthimmel ab.

„Ich war zu glücklich", sagt Paul.

Ich taste nach dem Kleiderständer, weiche einen Schritt zurück. Fühle dem Wort nach.

„Mein Schal."

Ich kann nicht sprechen. Die Silben lösen sich widerwillig, rauh. Er hängt hinter mir, ich ergreife ihn mit beiden Händen, locker gewebte Wolle, halte mich daran fest.

„Ich liebe Sie", sagt Paul Helwin.

Oben ist das Fest. Die Lehrer, die Studenten. Die Musik dringt bis hierher.

Ich sage: Sie haben gut gespielt, Paul. Sie waren großartig, Lauerbach hat es gesagt und die Herren aus Berlin. Ich sage: Reden Sie keinen Unsinn, Paul. Ich bin Ihr Lehrer. Wir müssen miteinander arbeiten. Sie müssen Ihre Prüfungen bei mir ablegen.

Er reagiert nicht, hat mich nicht verstanden. Sein Atem geht schnell und flach, ich kann es hören. Panik, verzehrend, süß, steigt an mein Herz, läßt mich in strömender Hitze erstarren.

Sie haben gut gespielt, Paul.

Verdammt, er ist zu nah. Wo ist mein Fluchtweg? Ich darf nicht, selbst wenn ich wollte. Mein Fuß stockt. Wurzelt im Boden fest. Die Frage formt sich, fügt sich, aus unbetretenen Kratern aufgebrochen.

– Willst du –?

Ja. Herrgott, ja: Ich will, daß du mich liebst. Will es so sehr, daß ich die Nägel in meine Handflächen kralle, um mich ins Bewußtsein zurückzuzerren, weg von der Abschußrampe, an der ich stehe, zum Wahnsinnssprung bereit.

Ich bin seitlich zurückgewichen, mache eine unkontrollierte Bewegung. Greife hinter mir in das Cellophan von Hillebrands Rosen, die auf dem Tisch liegen. Ein Dorn ritzt meinen Finger. Beinahe hätte ich aufgeschrien. Da ist ein Stück Realität. Ich gebe mir den Befehl, es gelingt mir, mich zur Tür zu wenden, zwei Schritte, drei, die kühle Klinke unter meinen Händen, der dumpfe Hall, die dröhnenden Fliesen.

Ich laufe, ohne mich umzuwenden. Realisiere im Vorbeihasten die hellerleuchtete Fensterfront, das Licht aus Hunderten von elektrischen Kerzen. Danach der dunkle Parkplatz. Aufsperren, kühler Ledersitz, starten, Fahrt. Der Weg scheint endlos. Wolken vor dem Mond. Seitliche Böen, Nebelschwaden. Endlich der Vorplatz.

Bremsen, Hausschlüssel, das dunkle Wohnzimmer, die Couch. Ich werfe mich darauf. Kein Licht. Liege betäubt. Es mußte sein. Warum? Es mußte sein. Ich schlafe nicht, bin nur zerstückelt, ausgebrannt. Mein Herz schlägt wie rasend, immer noch.

Da knirscht der Kies. Scharrt, wie von Autoreifen. Ich liege still. Horche hinaus ins Dunkel. Horche, bis mir der Atem stockt. Eine Autotür. Schritte auf den Stufen. Dann läutet es. Kurz und schrill. Ich taste mich hoch, kein Licht, keine Schuhe. Laufe barfuß über den Teppichboden, schließe die Haustür auf.

Er steht auf der obersten Stufe, Paul, das Haar hängt ihm in die Stirn, der Nachtwind zerrt an seinem geöffneten Trenchcoat. Er hält meinen Schal in der erhobenen Hand.

Ich greife danach. Er ist mit zwei Schritten bei mir. Seine Arme liegen um meine Schultern.

„Sag nichts. Ich liebe dich."

Er hält mich. Sanft, wie für die Ewigkeit.

„Hab keine Angst. Es muß so sein. Wir haben es gewußt."

„Es ist Wahnsinn, Paul."

„Nein. Nein." Er streicht mir mit der Hand über die Schläfe. „Wir können nichts dafür. Laß mich bei dir sein. Es wird nichts geschehen, was du nicht willst."

„Komm."

Die Dielenbretter knarren, er folgt mir, hält meine Hand umfaßt.

Dunkle Türschwelle, ich falle in die Couchecke, Paul gleitet neben mir zu Boden, vergräbt das Gesicht in meinem Schoß.

„Seit ich dich kenne", sagt er. „Ich habe alles getan, um es zu verhindern." Er schließt die Arme um meine Knie, wendet sich zur Seite, die Wange in meinen Schoß gepreßt. „Zuerst dachte ich, daß ich dich nur geistig begehre. Weil du mein Lehrer bist. Weil es ein Ausweg schien. Aber das war Selbstbetrug. Ich wußte es bald."

Die Uhr auf dem Kaminsims tickt.

„Seit einem Jahr", sagte er, „habe ich dich jede Nacht in meinen Armen gehalten. Ich kann es nicht ändern. Es ist die Wahrheit."

Er gleitet hoch, ist neben mir. Hält meine Schultern umfangen, meine Arme. Läßt mich zurückgleiten. Ist an meiner Seite, hat mich umfaßt, sein Gesicht an meiner Schulter. Das Samtkissen ist naß. Ich muß vorhin im Schlaf geweint haben. Ich kann es an meiner Wange fühlen.

Er liegt reglos, als horche er in sich hinein, tastet mit der Hand über das Kissen.

„Hast du geweint?"

Ich kann nicht sprechen, nicke. Paul atmet auf, es klingt wie ein Schluchzen. Umspannt meinen Nacken mit schmerzhaftem Griff. Senkt, über mich gebeugt, seine Lippen langsam, unaufhaltsam auf meinen Mund.

Gut, Paul. Das Ende hat begonnen. Ich habe mich gewehrt. Alle Glocken der Alma mater werden läuten, wenn Frau Professor Sommer von der Schule fliegt.

„Paul –"

„Hab keine Angst. Vertrau mir."

Der Tag steigt auf, die Alma mater hat Geburtstag. Ist hundert Jahre alt und einen Tag. Die Festaufführung hat stattgefunden. Die Tauben auf dem Metallsims vor dem Fenster scharren, gurren im Morgendämmer. Plustern die Federn, schlagen mit den Flügeln, fallen zurück in Schlaf.

Die Uhr auf dem Kamin schlägt Mittag, als ich die Augen öffne.

Auf dem Tisch neben der Couch liegt ein Blatt Papier. Ein paar Worte sind darauf hingeworfen, in Pauls großer, steiler Schrift, die ich von seinen Seminararbeiten kenne:

„Hab keine Sorge. Am frühen Nachmittag bin ich zurück."

Ich raffe mich auf, gleite in ein heißes Bad. Trinke eine Tasse Kaffee, tue ein paar ziellose Handgriffe. Einmal läutet das Telefon.

„Simone, wohin bist du gestern abend verschwunden?"

„Nach Hause, Nikolaus. Sei nicht böse."

„Wir haben gewartet. Geht es dir gut?"

„Wunderbar. Ich ruf' dich an."

„Bis dann, Simone."

Ich falle auf die Couch. Das Kissen atmet den Duft von Pauls Rasierwasser.

Gegen drei knirscht der Kies an der Einfahrt. Ich fahre hoch, war wieder eingeschlafen. Fliegende Schritte draußen, die Haustür fällt ins Schloß. Paul steht im Zimmer, atemlos, das Haar fällt ihm in die Stirn, er hat den Trenchcoat über die Schulter geworfen, hält die Kollegmappe unter dem Arm. Seine Augen suchen mich, er kommt näher, seine große Gestalt füllt den Raum.

„Wo warst du?"

„In Berlin", sagt Paul, „ich bin drei Stunden hin und drei zurückgefahren. Habe mir die Inskriptionspapiere für das Wintersemester geholt. Dann war ich in der Victoria Luise und hab' in der Rektoratskanzlei meinen Austritt deponiert." Er wirft Kollegmappe und Trenchcoat auf den Tisch, kniet bei mir nieder, umfängt meine Knie. Wirft mit weicher Bewegung das Haar zurück, sieht lächelnd zu mir auf.

„Ich hab' gesagt, daß du dir keine Sorgen machen sollst. Was immer geschieht, ich bin nicht mehr dein Schüler."

III

III

11

Die Gangway klappt hoch, vier Matrosen sind damit beschäftigt. Zwei stehen an der Ausstiegsluke, zwei ein Stockwerk höher an der Reling. Sie ziehen an den dickgewundenen Seilen, rufen einander unverständliche Worte zu. Der Boden unter meinen Füßen schwankt ein wenig, es ist ein langsames, weitausladendes Schwanken, kaum merkbar, wie es nur bei sehr großen Schiffen der Fall ist. Der Schlauch, durch den die Passagiere in den Schiffsbauch geleitet wurden, wird vom Hafenpersonal zusammengefaltet, klebt schließlich als abgeschnittenes Riesenrohr an der Wand des Zollgebäudes. Ein Stockwerk höher wird die Tür zur Aussichtsterrasse geöffnet. Die Angehörigen strömen heraus, kleben am Gitter, sind nun auf gleicher Höhe wie die Abreisenden an Oberdeck, man ruft einander in mehreren Sprachen Abschiedsworte, Wünsche, Ermahnungen zu. Der Kai hat sich gefüllt, Hafenarbeiter, Touristen, Kinder, die Lotsenschiffe kreisen in flachen Kurven vor dem Bug. Aus einer der Kajütenluken in der untersten Reihe hievt ein Matrose eine an einer Schnur hängende Flasche an Bord.

„Für Tauschgeschäfte", sagt ein Passagier neben mir, „das ist eine Währung, die in allen Ländern gilt."

Die alte Dame neben mir stößt mich mit sanftem Nachdruck zur Seite. Ihr Haar ist kurz, straff nach hinten gekämmt, gelblichweiß.

„Erlauben Sie", sagt sie in stark norddeutscher Sprachfärbung, „ich will nur noch mal eben meine Tochter –" Sie winkt, schwenkt einen Prospekt, schreit plötzlich, über die Reling gebeugt: „In Heraklion haben wir einen halben Tag Aufenthalt. Wenn ich den Bus nach Knossos nehme –"

Das Schiff erzittert, dumpf, sanft. Die Worte über unseren Köpfen werden lauter, klingen hoch, flach, Anweisungen, Befehle in fremder, melodischer Sprache. Eine Windbö streicht über das offene Deck, bringt Hüte, Kleider, Haare in Bewegung. Für Sekundenbruchteile glaube ich Pauls hellbraunen Haarschopf zu erkennen, aber das ist mir öfter so gegangen, in dem halben Jahr seit wir uns getrennt haben. Er kennt den Tag meiner Abreise nicht, wir wissen nichts voneinander, so war es beschlossen. Es war ein langer Sommer gewesen, kein Abschied, hatten wir einander versprochen, kein Winken, du setzt dich in deinen Wagen und startest einfach, so wie du damals auf dem Kiesplatz einfach vorgefahren bist. Das Semester beginnt, du mußt nach Berlin, ich muß mich im Institut einarbeiten, es war ein wunderbarer Sommer, jetzt muß jeder seinen Weg gehen. Paul hatte mir zugestimmt, wortlos, mit einem kurzen Nicken seines Kopfes, hat im Wiederaufsehen das Haar aus der Stirn gestrichen, mit der vertrauten, raschen Geste.

„Du hast für mich etwas Undenkbares wahr gemacht. Von jetzt an werde ich jedes Wunder für möglich halten."

Meine Kehle war trocken.

„Ein guter Start, Paul."

Er mußte gehen. Nach Berlin. Seit dem Aufführungstag war er nicht von meiner Seite gewichen. Hatte die Ferien mit mir verbracht, teils in meinem Haus, teils auf einer Studienreise nach Weimar und Königsberg. Wir arbeiteten, diskutierten. Da er nicht mehr Hörer der Victoria Luise war, kümmerte sich niemand darum. „Er hilft mir bei einer Arbeit", sagte ich, wenn man mich fragte. Es kommt häufig vor, daß der Verfasser einer wissenschaftlichen Publikation sich einen Assistenten nimmt. Ein paarmal trafen wir auf Daniel Schilling, der mit indifferentem Gesicht grüßte und weiterging. Paul fuhr von sechs Uhr früh bis Mittag für seine Baufirma. Machte die täglichen Besorgungen von seinem Geld. Bestand darauf, als ich es ihm verbieten wollte. Ich stand vor ihm, sah zu ihm auf, gefangen in Stolz und Zärtlichkeit. Wenn du nicht mein Geliebter wärst, solltest du mein Sohn sein. Christopher ist nicht heimgekommen in diesem Sommer, ist auf Kreuzfahrt in Norwegen, das Haus wäre leer, du bist das Leben in diesem Haus, was täte ich ohne dich.

Das Schiff erzittert stärker, ein schriller, langgezogener Pfeifton ertönt. Die Taue werden vor unseren Augen hochgezogen, schlagen in dumpfen Stößen gegen die Reling. Die schmale Wasserrinne zwischen Schiff und Ufer wird breiter, unmerklich erst, dann rascher, die Matrosen am Kai treten zurück, schwenken die Mützen, die Angehörigen auf der Terrasse winken. Ein breiter Sonnenstrahl fällt auf das Wasser, blendet, macht das Ufer schattenhaft, grau. Ich wende mich um, gehe ein paar Schritte vor zum Bug. Die Lotsenschiffe fahren vor uns her, eines rechts, eines links, aus ihren dünnen Schornsteinen steigen Rauchfahnen steil in den weißgrauen Winterhimmel.

Die dumpfen, summenden Maschinenstöße werden leiser, vereinigen sich zu einer Art von Rhythmus, einem seltsam schleppenden Sechsachteltakt. Der Fahrtwind zerrt an meinem Mantel, ich schlage den Kragen hoch, halte mich am eisernen Relinggitter fest, die Kälte kriecht durch meine Handschuhe die Arme hoch bis zu den Ellenbogen. Die Sonne ist hinter eine Dunstwand geglitten, trüb, milchweiß, körnig, scheint während der wenigen Minuten seit Ablegen des Schiffes ein ganzes Stück gesunken zu sein. Am Horizont verschwimmt die Wasserlinie mit den Schwaden der aufsteigenden Dämmerung.

Ich sollte hinuntergehen in meine Kajüte, mich umziehen. Vor dem Abendessen muß ich die Mitglieder der Delegation begrüßen. Hundert Germanisten aus Europa und den Staaten, die zu einer Art Literaturgespräch an Bord der „SS Odysseus" versammelt sind. Drei Wochen Griechische Inseln, wie wollen Sie die Semesterferien verbringen, hat Hillebrand gefragt, ich hätte einen interessanten Job für Sie. Es geht so weit nach dem Süden, daß die Luft ganz mild ist um diese Jahreszeit. Griechenland ist grün, nicht so verbrannt wie im Sommer. Wenig Touristen, Sie werden die Insel Delos für die Dauer Ihres Dortseins allein besitzen.

Ich hatte von meinen Korrekturfahnen aufgesehen, er stand vor mir, braungebrannt, Rollkragenpullover, offenes Sportsakko, etwas vorgebeugt, die Hand auf meinen Schreibtisch gestützt, blitzte mich aus seiner Dreiviertelhöhe mit stahlblauen Augen an. Wischte die Frage, die mir auf den Lippen lag, mit unterspielter Geste beiseite. „Keine Bedenken. Ich werde Sie für diesmal nur in meinen Gedanken begleiten." Er richtete sich auf, die Hände in den Hosentaschen vergraben, lockere Haltung, dennoch diszipliniert. Kein Hauch von Zufälligkeit, Lässigkeit in seinem Auftritt.

Ich überlegte, überrumpelt, konnte mich von der Unfreiheit, die mich in seiner Gegenwart stets befällt, nicht losmachen.

„Nicht jetzt. Sie haben Zeit", sagte er, ohne seine Haltung zu verändern. „Sagen Sie mir in den nächsten Tagen Bescheid. Ihre Arbeit mit dem Germanisten dürfte wohl bis Semesteranfang erledigt sein."

Ich horchte auf, konnte in seiner Redeweise keine besondere Betonung bemerken. Hatte er gesagt „mit Ihrem Germanisten"? Mein empfindliches Gewissen machte Rösselsprünge, ich zwang mich zur Konzentration.

„Ich denke", sagte ich, wies kurz auf den Tisch. „Hier sind die ersten Korrekturfahnen."

„Wie schön für Sie", sagte Hillebrand. „Eine Arbeit, die dem Ende entgegengeht, ist wie eine Zielgerade ohne Kurven. Aber die Reise sollten Sie in jedem Fall machen. Schon um Abstand zu gewinnen."

„Abstand?"

„Von Ihrer Arbeit", sagte Hillebrand leichthin, wies auf den Tisch. „Gottes Garten ist groß. Man sollte über der Zypresse am Wegrand nicht die Feuerlilie am Teich vergessen." Er trat einen Schritt zurück, lächelte offen, spontan. „Verzeihen Sie, wenn ich meine Vergleiche der Naturgeschichte entnehme. In Germanistik war ich niemals Vorzugsschüler."

Knappe, gezielte Geste, perfekte Verbeugung, er verließ den Raum mit federnden Schritten, die Tür glitt hinter ihm ins Schloß.

Drei Tage später sagte ich ihm zu. Er nickte, als hätte er es erwartet. Übernahm meine Papiere, brachte mir eine Woche vor der Abreise die Schiffskarten und das Programm ins Institut. Ich war darin mit drei Vorträgen vertreten, Gegenwartsliteratur aus deutscher Sicht. Außer der Delegationsgruppe noch fünfhundert Privatpassagiere, die „SS Odysseus" ist ein Monsterschiff, das sechshundert Reisende aufnimmt. Ihre Fahrtroute erstreckt sich über den gesamten Mittelmeerraum, reicht im Westen über den Pazifik nach Südamerika und im Osten über den Indischen Ozean nach Malaysia und den Sundainseln. Für unsere Fahrt waren zwölf griechische Inseln vorgesehen, darunter Korfu, Kreta, Karpathos, Rhodos, Zypern.

„Fahr gut, du Tier“, hat Lauerbach gesagt, „und komm gut wieder.“ Sein Sohn hat Harrow absolviert, ist mit Christopher auf Sommerreise gewesen, seit Beginn des Semesters bei mir Hörer im ersten Jahr. Ein schlanker, hellhaariger Bursche, trägt unverkennbar Dionysos Lauerbachs Gesichtszüge, die hellen Augen, das kantige Kinn. Hat etwas von Gefions nordischem Largo, ihren mangelnden Realitätssinn, ihren eigenartigen, manchmal ins Absurde abgleitenden Humor. Studiert Sprachen, möchte nach seinem Doktorat an die Sorbonne, etwas wie vergleichende Sprachwissenschaften schwebt ihm vor. Vor seinem Abgang nach England, mit vierzehn, hat er eine zwölf Seiten lange Ode an Sue Brahmswick verfaßt. „Gib acht“, hat Lauerbach gesagt, „er schwärmt für die aufgeblühte Weiblichkeit. Bei der ersten gereimten Zeile, die er an dich verfaßt, stecken wir ihn in Nikolaus Schillings Stall.“ Ich mußte lachen, hatte keine Bedenken: Wenn Sue sein Typ ist, kann ich es unmöglich sein. Ich habe recht behalten: Er verdreht noch immer den Hals, wenn die attraktive Ordinaria seinen Weg kreuzt. Ich glaube, daß nur seine gestörte Beziehung zur Logik ihn davon abgehalten hat, ihre Vorlesungen zu belegen.

Die Kabine ist überraschend geräumig, überraschend gut eingerichtet. Ich bleibe in der Tür stehen, habe den Eindruck, ein Wohnzimmer zu betreten. Wenn das Bullauge nicht wäre, könnte man meinen, sich in einem Hotelzimmer zu befinden. Der Steward steht hinter mir, kommt mit dem Koffer nicht vorbei.

„Gut schlafen“, sagt er, als ich mich umwende, ihm Platz mache, in seinem auf harte Weise melodisch klingenden Englisch. „Wind vom Westen. Gute Fahrt.“

„Sind Sie Grieche?“

„Ja. Griechisches Schiff. Griechische Mannschaft.“ Er zeigt auf sich. „Tassos, ich. Wenn wünschen, läuten Tassos.“

„Danke, Tassos.“ Er weist den Geldschein, den ich ihm geben will, zurück.

„Wenn Fahrt zu Ende. Wenn gute Service.“ Er lächelt, seine Zähne sind blendend weiß. Er ist groß, breitschultrig, ein hübscher Bursche, vielleicht 24, vielleicht 26 Jahre alt.

„Sind Sie schon lange auf der Odysseus?“

„Fünfte Fahrt. Halbe Jahre. Vorher zu Hause. Amorgos.“ Er

deutet mit den Händen einen hohen Berg an, kleinere Hügel, Täler. „Mein Vater griechischer Bauer. Versteh? Auf Berg ich bin mit Schaf." Er spricht das englische Wort „sheep" so aus, daß ich es für das Wort „Schiff" halte. „Schafe. Versteh?" Ich nicke, habe begriffen.

„Wo haben Sie Englisch gelernt?"

„Marineschule. Zwei Monate Englisch. Mein Englisch schlecht. Tassos gut, aber nicht englisch." Er sieht mich an, seine Augen werden schmal, er legt den Kopf ein wenig schief. „Ich möchte spezielle Dinge für Sie tun."

Der Satz kommt fließend, als wäre er gewohnt, ihn auszusprechen. Er lächelt dabei, steht in der Tür, füllt den Rahmen, fährt mit der Manschette über die goldenen Brustknöpfe seiner Uniform.

„Gut, Tassos. Wenn ich etwas brauche, läute ich."

Er verbeugt sich, verläßt, rückwärtsgehend, den Raum.

Ich sehe mich um. Es ist eine Doppelkajüte, das eine Bett ist zur Couch umfunktioniert, bildet mit zwei Sesseln eine Sitzecke. Die „SS Odysseus" hat acht Stockwerke, ein Lift befindet sich in der Mitte des Schiffes, die Treppe windet sich darum wie in einem Wohnhaus. Zwei Stockwerke liegen unterhalb der Wasserlinie, das weiß ich aus dem Prospekt, die Vortragsräume, deren einer gelegentlich als Kino benutzt wird, und die Sport- und Gesundheitsanlagen, Turnsaal, Sauna, Hallenbad, Massageräume. Das Deck „Poseidon", das ich bewohne, liegt zwei Stockwerke über der Wasserlinie, die Reflexe, die die untergehende Sonne über das Wasser gießt, spiegeln sich als sanftes Flimmern auf der elfenbeinfarbenen Kajütendecke. Wandbespannung, Bettüberwurf und Polstermöbel sind in mattem Brombeerrot gehalten, die wenigen Möbelstücke, Kommode, Schrank, Nachttisch, sind mattweiß wie die Wände. Alles in allem kein moderner Raum. Die „SS Odysseus" ist vierzig Jahre alt und die Einrichtung seit ihrem Stapellauf peinlichst instand gehalten, aber nicht verändert worden. Ich werfe Mantel und Reisetasche auf die Couch, öffne die Tür zum Badezimmer, bin überrascht, eine gekachelte Wanne samt Handdusche und dreiteiligem Spiegelschrank vorzufinden, atme ein paarmal tief durch und lasse mich auf die brombeerrote Couch fallen: Zu Hause in diesem Raum, für die nächsten drei Wochen.

Eine Melodie läßt mich hochschrecken. Zwei, drei gestochene Takte, das Glockenmotiv aus der „Zauberflöte". Ich muß eingeschlafen sein, habe, ohne es zu wissen, die Schuhe abgestreift, mich auf der Couch zusammengerollt. Aus dem Lautsprecher über der Tür klingt eine gedämpfte Männerstimme.

„Ladies and Gentlemen – !" Der Sprecher begrüßt die Gäste an Bord, sagt, daß die Melodie uns ab jetzt zu den Mahlzeiten rufen wird. In dreißig Minuten werde der Speisesaal geöffnet. Der Empfang durch den Kapitän sei beinahe vorüber, wer ihm noch die Hand drücken wolle, müsse sich schleunigst zur Hesperides-Lounge in den vierten Stock begeben.

Wie spät ist es? Was habe ich versäumt? Die Begrüßung durch den Kapitän. Bei sechshundert Personen wird er froh sein, wenn er nicht jede einzelne Hand drücken muß. Reicht die Zeit für ein Bad?

„Der Kapitänscocktail", sagt die Stimme aus dem Lautsprecher, „findet morgen, siebzehn Uhr, in der Hesperides-Lounge statt. Anschließend großes Dinner im Abendkleid. Für heute nur zwangloses Abendessen, Sie werden von der Anreise müde sein und sich vermutlich bald zur Ruhe begeben. Danke schön." Es knackt im Apparat, die Stimme verstummt.

Etwas wie Erregung ist in mir hochgestiegen, kriecht mir als leichter Schauer über die Haut. Nicht störend, angenehm. Es ist ein Abenteuer, oder? Drei Wochen in fremder Umgebung, mit Menschen, die man nicht kennt. Der kurze Schlaf hat mich in einen fiebrigen Dämmerzustand versetzt, die letzte Nacht mit Paul, die nun ein halbes Jahr zurückliegt, ist, wie schon oft, in zerrissenen Traumbildern an mir vorbeigezogen. Abschied für immer, das haben wir damals, unausgesprochen, beide gewußt. Etwas wie Schwere liegt in meinen Gliedern, noch immer, die dumpfe, befreite Trauer, die uns befällt, wenn etwas ein gutes Ende gefunden hat. Oder ist es noch etwas anderes? Ich will nicht, daß es Gestalt annimmt, schiebe es beiseite. Als ich den Reißverschluß der Toilettentasche öffne, fällt mir die mattblaue Duftkugel in die Hand, die Bärbel Krappmeier mir zur Abreise geschenkt hat. Sie ist aus Porzellan, apfelsinengroß, glattglänzend, mit aufgemalten grünen und hellvioletten Blumen. In der Mitte jeder Blume eine kleine Öffnung, aus der ein Duft aufsteigt, scharf und süß, wie von orientalischen

Rauchkerzen. Alles in meinem Koffer riecht davon. Ich habe gezögert, sie einzupacken, aber Bärbel hat sie mir einfach in den Koffer gesteckt. Ich habe ihr versprochen, ihr nach meiner Rückkehr den Hausschlüssel zu geben, damit sie kommen kann, wann sie mag. Da Paul nicht mehr da sein wird, gibt es kein Problem; wenn sie will, kann sie in Christophers Zimmer spielen, Platten hören oder lesen. Christopher hat ihr ein- oder zweimal geschrieben, und sie trägt die zu Würsten gerollten Briefblätter in ihrer Rocktasche.

Das Badewasser läuft in die Wanne, der Spiegel wird matt, weißer Dunst steigt in Schwaden zur gekachelten Decke. Was suche ich vor mir selbst zu verstecken, wovor laufe ich weg? Bist du glücklich, Sebastian? Gewiß, sonst hättest du nach mir gerufen. Wie ich nach dir gerufen hätte, vielleicht, wenn Paul nicht an meiner Seite gewesen wäre. Draußen vor dem Bullauge ist es schwarz, nur wenn man nähertritt, sieht man die Lichtreflexe auf den Wellen schwimmen, den Widerschein der Lampen von der Reling. Bist du glücklich, Sebastian? Du sollst, du mußt es sein, das ist der Sinn, wir mußten uns voneinander lösen. Aber hör zu: Ich ertrage es nicht. Was soll ich tun, Sebastian? Bisher habe ich es nicht bemerkt, mir nicht eingestanden, es war verschüttet, zugedeckt von Pauls behutsamer Gegenwart, von meiner Arbeit, den Gesprächen mit Hillebrand. Jetzt stehe ich frei im Wind, er wird mich schütteln, mich niederstoßen. Ich hab' es gefürchtet, aber nicht geglaubt: Ich kann nicht leben ohne dich, Sebastian.

Das heiße Wasser prickelt auf meiner Haut. Der Dunst verschwimmt vor meinen Augen in strömendem Salz. Pfui Teufel, höre ich Kayssa sagen, du bemitleidest dich wie ein altägyptisches Klageweib, spielst dir den Liebestod in der Badewanne vor. Um wen heulst du eigentlich, um Paul oder Sebastian? Du zynische Person, sage ich, du weißt genau, daß man seine Emotionen weder einordnen noch abstellen kann. Umstellen, sagt Kayssa, stürz dich ins nächste Abenteuer, hast du den grauhaarigen Beau an der Einstiegsluke nicht mit einem nachdenklichen Blick bedacht, was ist er, Weltenbummler, Filmschauspieler, Herzchirurg? Das ist mir Wurst, sage ich, laß mich in Ruhe, ich liebe Sebastian, ich will um Sebastian weinen, wann und wo ich will, auch in der Badewanne.

Ich kämme mir die Haare nach hinten. Kein Aufwand für den ersten Abend! Die Herren Germanisten sollen sehen, daß sie eine schlichte, der Wissenschaft ergebene Kollegin vor sich haben. Hosen und Pulli, etwas Lippenstift, die dicke weiße Wolljacke: Sportiver Ernst, das wird das Motto dieser Reise sein.

Meine Augen sind aufgeschwollen und rot. Ich bade sie in kaltem Wasser, komme damit nicht viel weiter, weil jeweils nach beendeter Aktion der Tränenstrom von neuem losbricht. Ich sollte mich krank melden und im Bett bleiben.

Der Speisesaal ist riesig, durch eine Anzahl von Tragsäulen in kleine, abgeschlossene Inseln geteilt. An der Stirnseite der langgestreckte Kapitänstisch, Sitzbänke, Sessel aus dunklem Leder. Darüber an der Wand Flaggen aller Nationalitäten, eine überdimensionale Weltkarte mit der durch Fähnchen markierten Fahrtroute der „SS Odysseus". Ein Steward nimmt mich an der Tür in Empfang, weist mich zu einer Inselgruppe an der Außenwand, schräg gegenüber dem Kapitänstisch. Die Embleme der vertretenen Universitäten sind auf den umstehenden Tischen verteilt, der blaue Löwe von Helsinki, der Falke von Nottingham, der Bär von Berlin. Zwischen zwei Aschenbechern entdecke ich die graugefiederte Eule der Victoria Luise. Ich steuere auf den Tisch zu, zwei Herren erheben sich, ein rundgesichtiger Riese und ein schmaler, vergrübelt aussehender Neurotiker, sie wirken wie David und Goliath aus Freuds Taschenkatalog.

Begrüßung, der Kleine ist aus Frankreich, der Große aus der Schweiz, sie sind in einer teils italienischen, teils französischen Debatte über die Situation des P E N begriffen, bereit, sich meinetwegen auf deutsch oder englisch umzustellen. Der runde Tisch hat fünf Plätze, die beiden Gäste, die uns noch zugewiesen werden, sind eine große, hagere Dame und eine runde, freundliche Tochter, sie grüßen kurz, nehmen Platz, die Tochter mustert uns neugierig, lächelt, faltet die Hände im Schoß.

Ich erinnere mich, das Gesicht der Dame aus der Programmbroschüre zu kennen. Sie bekleidet das Amt des Dekans der Philosophischen Fakultät der Vesleyen-University von New Jersey. Gebürtige Hamburgerin, soviel ich weiß, sie wird eine der Eröffnungsansprachen halten. Den Diskussionsteilnehmern war es freigestellt, Begleitpersonen auf eigene Rechnung auf die Fahrt mitzunehmen. Einige aus Übersee, hat Hillebrand gesagt, werden sicher davon Gebrauch machen.

Während der Vorspeise mustere ich meine Tischgenossen und komme zu dem Schluß, daß es vermutlich die langweiligste Runde ist, die sich auf diesem Schiff zusammenfinden konnte. Die Hamburgerin verständigt sich in halblautem Englisch mit ihrer Tochter über die Qualität des Leberfilets, und die Herren haben, ebenfalls in gedämpftem Ton, ihre Auseinandersetzung wieder aufgenommen. Sie sprechen jetzt deutsch und versuchen beide mich mit aufmunternden Blicken für ihren jeweiligen Standpunkt zu interessieren.

Ich nicke hier und dort, habe keine Ahnung, worum es geht, versuche die schrittweise hochsteigende Depression in den Griff zu bekommen.

In London lag der Schnee halbmeterhoch, als wir uns den Weg durch die Geschäftsstraßen bahnten. Er war schmutzig und naß, und Christophers Hosen hatten graue Ränder. Wieso fällt mir das jetzt ein? Der Steward hat abserviert, bringt den Kaffee. Christopher ist zu Weihnachten nicht heimgekommen. Ich habe ihn verstanden, er wollte nicht ohne seinen Vater daheim sein, lieber in fremder Umgebung, die keine Vergleichsmöglichkeit mit früheren Festen zuließ. Er schrieb mir, ob ich ihn besuchen würde, und wir feierten im Hotelzimmer des „Royal Westchester". Die Hotelleitung hatte uns einen kleinen Lichterbaum ins Zimmer stellen lassen, er erhellte die mattblauen Plüschtapeten, Christopher packte Geschenke aus, seine und meine, erzählte, lachte, kopierte Lehrer und Mitschüler, um Mitternacht gingen wir durch die lichterhellen, nebelweißen Straßen zu Fuß hinüber zur Westminster-Abtei. Ich glaube, daß wir einander sehr nahe waren an diesem Abend. Er sah in seinem Tweedanzug aus der Carnaby Street überraschend erwachsen aus, hatte etwas von der englischen Schlaksigkeit angenommen. Sebastian hatte seine Geschenke nach Deutschland geschickt, und ich hatte sie nach London mitgebracht, ein Scherenfernrohr und einen Kreiselkompaß für Christopher, ein Kettenarmband mit einem Perlenanhänger für mich. Es sah wunderschön aus, die Perle war in einen länglichen Kelch aus Gold gefaßt, der irgendwie an eine Träne erinnerte, ich ließ es mir von Christopher umlegen, es baumelte an meinem Handgelenk, nahm die Wärme meiner Haut an.

Drüben in der Bar hat die Kapelle zu spielen begonnen. Vier Menschen, die ich nicht kenne, sitzen mit mir am Tisch, sie sprechen miteinander, sprechen mit mir, wo will ich hin, wo soll ich hin, zu welchem Ende?

Da wir einander auf die Reise geschickt haben, müssen unsere Segel fern voneinander im Wind stehen.

Der Kellner hat mir griechischen Wein gebracht. Ich wollte italienischen, aber er erklärte mir, daß der griechische besser sei. Machte ein todtrauriges Gesicht, kämpfte mit Argumenten, Gesten, rief die Kellner von den Nachbartischen zu Zeugen. Strahlte auf, als ich mich überreden ließ, die Tischrunde sich anschloß. Agierte von diesem Augenblick an als devoter Sieger. Ich hatte das Glas gehoben, meinem rundgesichtigen Gegenüber nach dessen Aufforderung zugetrunken, als mein Blick auf den mittlerweile besetzten Kapitänstisch fiel.

Sie saßen in einer Reihe unterhalb der Flaggenwand, dem Saal zugekehrt, dunkelblaue Uniformen, Goldtressen, braungebrannte Gesichter.

Ich streifte sie mit einem Blick, wollte mich abwenden, kehrte zurück, blieb in der Mitte der Reihe hängen.

Das Gesicht.

Blaß, nicht braungebrannt als einziger. Tiefdunkle, flackernde Augen. Er sitzt vorgebeugt, spricht mit einem der Offiziere. Die Schultern, die Haltung. Die knappe, ruhige Handbewegung.

Ich wende mich ab. Ich habe nie so ein Gesicht gesehen. Der Goliath an meinem Tisch sagt etwas, aber es dringt nicht zu mir durch.

Ich muß ihn noch einmal ansehen. Seltsam, daß alle schweigen. Der Kapitänstisch ist wie in weite Ferne gerückt, schaukelt auf offener See unter einer hellen, elektrischen Sonne. Der Mann hat ein Gesicht wie eine Mondlandschaft. Er ist unmöglich von dieser Welt.

Der Goliath bricht das Schweigen, stellt eine Frage, die Vesleyen-Professora antwortet mit einem Scherz, sie lachen, erstmals gemeinsam, ich lache mit, habe Scherz, Frage nicht gehört, nicht verstanden. Die Traurigkeit wird unwirklich, verschwimmt in dumpfen Dämmern. Der Mann da drüben ist trauriger als ich.

Die Professora, vom Wein schon etwas rosig behaucht, sagt, daß sie Margery heißt und wir sie auch so nennen sollen, eigentlich Margarete, aber nach 20 Jahren New Jersey amerikanisiert. Die Tochter heißt Laurie Lee, ich sage, daß ich Simone heiße, und muß mich minutenlang von David und Goliath ob der Tatsache bestaunen lassen, daß man mit solchem Vornamen nicht fließend französisch spricht.

Der Steward hat recht gehabt, griechischer Wein war das Beste, das uns widerfahren konnte. Nach einer Stunde sind wir in voller Fahrt. Margery erzählt, daß sie sozusagen zwischen zwei Ehen stehe und die Reise mache, um Abstand zu gewinnen, nein, nicht von Laurie Lees Vater, von ihm sei sie schon seit zehn Jahren geschieden, aber von Max, mit dem sie seit zehn Jahren verheiratet ist, und von Maurice, der seit acht Monaten Witwer und seit sechs Monaten ihr Herzensfreund ist. Sie betont das Wort mit einem Seitenblick auf Laurie Lee. Die beiden Herren seien sich noch nicht einig, wer von ihnen vor- respektive zurücktreten solle, Margerys Abwesenheit würde dazu beitragen, die Situation zu klären. Ich frage erstaunt, ob sie nicht die Absicht habe, selbst zu entscheiden? Nein, dazu sei sie nicht imstande, die beiden sollten das untereinander ausmachen, sie würde sich dem Beschluß fügen.

Ich muß an Sue Brahmswick denken, der es nicht möglich ist, einen Mann länger als ein halbes Jahr an sich zu binden. Margery ist hager, blaß, hat eine messerscharfe Nase, dünne Lippen, mausgraue, glanzlose Augen, eine hohe, hart wirkende Stirn. Sie trägt nahezu kein Make-up, was für eine Frau, die seit zwanzig Jahren in den Staaten lebt, bemerkenswert ist. Ihre Dauerwelle ringelt sich spröde und unvorteilhaft um ihre Ohren, ihre Figur ist unproportioniert, der Oberkörper knochig, der Unterkörper matronenhaft breit. Sie zeigte der zu williger Zuhörerschaft aufgetauten Tischrunde die Fotos des derzeitigen und des potentiellen Ehemannes, und es sind zwei Herren, deren sich Sue nach Maßgabe der Möglichkeiten augenblicklich bedienen würde. Was ist es, das Männer in einer Frau sehen, suchen, finden? Man erklärt sie zu leichtfertig labilen Augentieren, aber das stimmt nicht. Die Beobachtung habe ich unzählige Male gemacht. Die attraktivsten Männer haben die unscheinbarsten Frauen und halten an ihnen fest, während Frauen von der Persönlichkeit und Anziehungskraft einer Sue Brahmswick oft ein Leben lang einer festen Bindung nachlaufen.

Laurie Lee sitzt zurückgelehnt im Sessel, mit halb gesenktem Blick, es ist nicht klar, ob ihr die Eröffnungen ihrer Mutter peinlich sind oder sie mit Stolz erfüllen. Der Steward wird rot, als ihm eine Apfelsine vom Teller rollt und in Laurie Lees schottisch kariertem Schoß landet. Sie läßt ihre Handflächen darunter gleiten, hebt ihm die Frucht entgegen, er lächelt, schüttelt den Kopf, nein, danke, behalte sie, ihre Brüste unter dem weißen Pulli sind rund. Begehren springt in ihm auf wie eine Stichflamme, er starrt sie an, sein Gesicht wird weiß, der Mund verkrampft sich, die Obstschüssel in seiner Hand beginnt zu zittern.

Ich habe nicht begriffen. Nicht, als Tassos bei meiner Ankunft seinen seltsamen Spruch aufsagte, nicht, als ich den gleichen Spruch tags darauf vom Barkeeper, dem dunkelhaarigen jungen Verkäufer aus der Schiffsboutique und dem Chefsteward hörte: I want to do special things for you – ich möchte spezielle Dinge für Sie tun. Ich habe mich noch beim Steward bedankt, weil ich dachte, er wolle meine Stimmbänder mit Milch und Honig kurieren, ich war vom ersten Seetag heiser und sollte meinen Vortrag halten. Ich hielt die speziellen Dinge, die man für mich tun wollte, für Sonderbestrebungen griechischer Gastlichkeit, die freundliche, unkomplizierte Art, Brücken zwischen Mannschaft und Passagieren zu schlagen.

Es war das Gespräch mit Dr. Herford, das mir die Augen öffnete, ich muß bis dahin blind gewesen sein. Der Schiffsarzt ist der einzige Deutsche in der Crew, ein gepflegter, etwa fünfzigjähriger Herr, mittelgroß, schütteres graues Haar, tadellose Haltung, vertrauenerweckende, zurückhaltende Freundlichkeit. Er forderte mich zum Tanzen auf, nachdem Margery erst von David, dann von Goliath aufs Parkett geschleppt worden war, brachte mich dann an die Bar und überredete mich zu einem Drink – aber das ist die Mitte der Geschichte, und ich muß zurück zum Anfang. Zurück zum ersten Seetag, an dem wir, Germanistengruppe und Passagiere, etwas scheu und neugierig auf dem Schiff umherwimmelten, einander begegneten, auswichen oder uns miteinander bekannt machten, kurze erste Gespräche führten. Die Kongreßteilnehmer versammelten sich am späten Nachmittag in der Hesperides-Lounge, ein Germanist aus Berlin hielt den Einführungsvortrag, dann kam Margery als Vertreterin aus Übersee, ihre Wangen waren rosig behaucht, sie sprach, wie es schien, ohne Konzept, ging auf Zwischenrufe ein, erinnerte in ihrer humorvollen Brisanz an Kayssa, die ihre Häßlichkeit besser verkauft als Sue Brahmswick ihre Schönheit. Dann folgten zwei einander zum Verwechseln ähnliche Herren aus London. David an meiner Seite gähnte und schielte nach Margery, die sich, vom Erfolg noch rosiger behaucht, zwei Plätze neben ihm niedergelassen hatte. Goliath schielte nach dem Buffet an der Längswand des Saales, nach mir, nach Laurie Lee, die artig, die Hände im Schoß, neben ihrer Mutter saß, und wieder nach dem Buffet. Endlich war die konstituierende Sitzung beendet, der Kongreß geboren, nach dreißig Minuten das Buffet, nach weiteren zehn Minuten die Hesperides-Lounge leergefegt. Umziehen zum Kapitänsdinner, der Frisiersalon hat geöffnet, großes Abendkleid, Captain Colytas gibt sich die Ehre.

Ich blättere den Prospekt der „SS Odysseus" durch, während das Wasser in die Badewanne rinnt. Die Namen der Crew klingen wie die Besetzungsliste aus „Alexis Sorbas". Durch den Lautsprecher dringt die Stimme des deutschen Reiseleiters, der die Position des Schiffes durchgibt, Uhrzeit, Außentemperatur, Wettervorhersage für morgen. Der Name des Captain steht an der Spitze der Liste: Cyros Colytas, Kommandant der „SS Odysseus".

Laurie Lee trägt eine weiße Bluse zu goldenem, Margery eine goldene Bluse zu schwarzem Rock. Die Kellner sind in hellblaue Tuchanzüge verpackt, das weiße griechische Kreuz an die Brusttasche geheftet. Ein gutaussehender Herr in Seemannsuniform begrüßt die Gäste, scheint einzelne von früher her zu kennen, er ist groß, schlank, graublonder Seemannsbart, lässige, geschulte Bewegungen, macht es geschickt, er ist der Entertainer, erklärt Goliath, er ist mit ihm auf der „Achille Lauro" gefahren. Er kommt an den Tisch, sagt ein paar persönliche Worte, Heinz Rech aus Bonn, vermittelt das Gefühl, am Wohlergehen jedes einzelnen Passagiers interessiert zu sein. Margery lächelt, Laurie Lee schlägt die Augen nieder, eine Dame am Nebentisch wendet sich um, sie trägt einen blonden Pagenkopf, ihre Augen glänzen, sie wirkt wie ein Mädchen, schlank, beweglich, anmutig, wenn man näher hinsieht, ist ihr Gesicht von einem feinen Netz von Falten überzogen. Wie alt ist sie, flüstert David, der meinem Blick gefolgt ist, dreißig? Nein, fünfzig, sagt Margery, sehen Sie die Augen an, das ist Hasch oder Heroin, ich verstehe etwas davon, leider, an unseren Universitäten bekommt man einen Blick dafür.

Heinz Rech geht weiter, er sitzt am Künstlertisch mit ein paar bärtigen Burschen, ein junges Mädchen ist dabei, blond, freundlich, rund, Hunderte von Löckchen hüpfen bei jeder Bewegung an ihrem Kopf. „Die Paukenlilli", sagt Margery, „heute früh hat das Bordorchester geübt, die Kleine bedient das Schlagzeug."

Als Captain Colytas den Saal betrat, verstummte alles. Er stand inmitten seiner Crew an der Flaggenwand, sprach ein paar Worte über Mikrofon, in englisch, deutsch, zuletzt in seiner griechischen Muttersprache. Er sah müde aus. Nein, traurig, ohne Grenzen. Die Tischrunde hatte wieder griechischen Wein bestellt. Ich sah hinüber zur Flaggenwand, man zog mich ins Gespräch, hartnäckig, freundlich.

Der junge Steward hatte Laurie Lees grüne Serviette zu einer Rosette gefaltet, sie sah aus wie ein Blütenblatt. Eine Apfelsine lag darauf, er lächelte, stand hinter ihrem Stuhl, als sie sich ihm zuwandte, zu ihm aufsah, dankte, trat plötzlich einen weichen, raschen Schritt heran, preßte den Unterkörper gegen die Polsterlehne in Laurie Lees Rücken. Ich zwang mich, zur Seite zu sehen, hörte seine stoßweisen Atemzüge, er hatte die Hände um die Holzleisten gekrampft. Ich glaube es nicht, dachte ich, unmöglich, Kayssa könnte es mir erklären, ich wartete, zähe, endlose Zehntelsekunden, wandte mich Goliath zu, dann Margery, sprach sinnloses Zeug, mit hoher, fremder Stimme. Sie haben nichts gemerkt, dachte ich, als es vorüber war, nicht einmal Laurie Lee, oder doch, sie sitzt seltsam geduckt, wie lauernd in ihrem Sessel, die Hände in den Schoß gepreßt.

Gegen zehn wechselten wir hinüber in die Hesperides-Lounge, unsere Tischrunde blieb geschlossen. Der Kapitän hatte an der Spitze seiner Crew den Raum verlassen, mit weichen, weitausholenden Schritten, den Blick ein wenig gehoben, als sehe er an den

Dingen vorüber, durch sie hindurch. Er wirkte unendlich fremd in dieser plüschledernen Nostalgiekulisse. Schien die Dinge nicht zu berühren, weder mit den Händen noch mit dem Blick. Der Diensteifer der Mannschaft wirkte bei seinem offensichtlichen Desinteresse wie der Reigen beflissener Kellner um einen meditierenden Jogi. Ich sah ihm nach, als er den Raum verließ, wunderte mich kurz, daß man an meinem Tisch weitersprach, weiterlachte, daß nicht alle ihm nachsehen mußten. Kehrte dann wieder, halb betäubt, zur Runde zurück.

David hatte Margery nach dem Tanz am Tisch abgeliefert, Goliath hatte sie ihm aus den Händen gerissen. David segelte auf mich zu, als der an der Theke lehnende Herr in der weißen Uniform des Schiffsarztes meine Lage bemerkte. David hatte mit Margery Wange an Wange getanzt, und ich schien beim Gedanken daran etwas in mich selbst zurückgesunken zu sein. Er überholte David in gekonntem Linksschwung und stand Zehntelsekunden vor ihm mit leichter Verbeugung neben meinem Stuhl. Ich glaube, ich bin ziemlich rasch aufgestanden, ließ mich von ihm aufs Parkett führen und sah aus schrägem Blickwinkel, wie David ungeschlagen um sich blickte, innerhalb kürzester Zeit seine Wahl traf und eine rothaarige, etwas verblühte Sportsmaid ansteuerte. Sie trug zu Stirnfransen und schulterlangem, offenem Haar eine Abendbluse mit Ausschlagkragen und rostrote Slacks, ihre Augen strahlten unter Nerzwimpern und violetten Lidschatten wie zwei Quarzlampen, sie warf das Haar in den Nacken und sprang ihm in die Arme wie von unsichtbaren Federn hochkatapultiert. Ich überlegte, ob ihre dunkelbraune Gesichtsfarbe auf Gletscherurlaub oder Helena Rubinstein zurückzuführen sei, entschied mich für das letztere, da der Blusenausschnitt deutliche Spuren davon aufwies, wurde von meinem Tänzer, der meinem Blick gefolgt war, auf sanfte Weise von meinen Betrachtungen abgelenkt.

„Das Übliche", sagte er, „lassen Sie sich davon nicht irritieren. Man muß lernen, die Hintergründe zu sehen. Wenn man wie ich zwanzig Jahre zur See fährt, verschieben sich die Perspektiven um ein gewaltiges Stück."

„Sie fahren zwanzig Jahre zur See?"

„Einundzwanzig", sagte er, „im Sommer werden es einundzwanzig. Seit zwölf Jahren auf der ‚SS Odysseus'. Sie ist ein Fossil, der gutmütige Saurier unter den Hochseetieren. Was sie zur Besonderheit macht, ist ihre Vergangenheit."

„Was für eine Vergangenheit hat sie?"

„Sie fährt auf einer Glücksroute", sagte mein Tänzer, „jedem Sturm um ein paar Meilen voraus oder hinterher. Sie ist noch nie in Schwierigkeiten geraten. Es gibt keine Erklärung dafür, aber es ist eine Tatsache."

„Ein gutes Gefühl", sagte ich, ließ mich von ihm in den Rhythmus der griechischen Volksweise ziehen.

„Es gilt nur für das Schiff", sagte er, führte mich die rundgeschwungene Außenseite der Tanzfläche entlang, „nicht für die Passagiere. Aber Sie brauchen nichts zu befürchten. Für die hierorts grassierende Spezialkrankheit scheinen Sie nicht anfällig zu sein."

„Welches ist die Spezialkrankheit?"

„Wir sprechen später darüber", sagte er, ließ seinen Blick mit kleinem Lächeln über die Tanzpaare gleiten, „wenn Sie mit mir an der Bar einen Cognac trinken."

„Einen Whisky", sagte ich, benützte den Abstand, den uns die Drehung bot, um ihm ins Gesicht zu sehen. „Ich war überrascht, Sie deutsch sprechen zu hören. Ich dachte, die Crew sei durchwegs griechisch."

„Der Arzt sollte die Sprache der Passagiere sprechen", sagte er. „Es wird nicht immer so gehandhabt. Auf russischen Schiffen ist meist auch der Sanitätsstab russisch. Aber es erleichtert die Diagnose und die Therapie."

„Auch für die Spezialkrankheit?"

„Für die vor allem." Das Lächeln, das ich nun schon kannte, glitt wieder über sein Gesicht, sanft, warm, es hatte etwas von Weisheit, verlief in feinen Fältchen hinter seinen Brillengläsern. „Drei Wochen sind eine sonderbare Zeit. Unglaublich lang und unglaublich kurz. Sie reichen dazu aus, die Dinge in Bewegung zu setzen, aber nicht dazu, sie wieder abzustellen." Er musterte mich mit seinen ruhigen, hellgrauen Augen. „Verzeihen Sie, daß ich ein Berufsgespräch mit Ihnen führe, ohne mich vorgestellt zu haben. Ich heiße Herford, Karl Herford. Geboren in Kairo, studiert in London, verheiratet und geschieden in Hamburg."

„Simone Sommer", sagte ich. „Ich gehöre zur Germanistengruppe."

„Ich weiß", sagte Dr. Herford und hielt an, um der Kapelle zu applaudieren. „Ich habe mich nach Ihnen erkundigt. Für einen Universitätsprofessor scheinen Sie seltsam lebensnah. Weibliche Hochschullehrer pflegen verwelkten Zitronen zu gleichen."

„Sie sollten unsere Professora für Logik sehen", sagte ich. „Gegen sie bin ich eine Kaulquappe." Die Kapelle begann wieder zu spielen.

„Kaulquappen sind reizvoll", sagte Dr. Herford und begann den neuen Tanz mit ein paar schnellen, rhythmischen Schritten, bis wir im Gleichmaß waren, „man weiß nicht, was in ihnen steckt. Und sie selbst wissen es oft am wenigsten. Warum sind Sie auf dieses Schiff gekommen?"

„Um Vorträge zu halten", sagte ich, dann, nach einem Blick in seine offenen, sanftgrauen Augen, „– um Abstand zu gewinnen."

Die Musik war in eine Art von Sirtaki übergegangen. Wir konzentrierten uns kurz auf unsere Schritte, er führte gut, war, wie viele nicht zu große, nicht zu schlanke Männer auf diskrete Weise ein hervorragender Tänzer.

„Von einem oder von dem Mann Ihres Lebens?" fragte er nach einer kaum merkbaren Pause, ohne mich aus dem Rhythmus der Schritte zu lassen. Sein Ton war neutral, nahezu sachlich. Ich überlegte nur eine Zehntelsekunde.

„Von beiden", sagte ich, es schien mir in der bestehenden Situation weder ungewöhnlich noch frivol. „Ich weiß nicht, was Sie davon halten, aber es ist die Wahrheit."

Er schwieg sekundenlang, sein Gesicht war unbewegt, er sah über meine Schulter weg in das Gewühl der Tanzenden. David und die Sportsmaid waren neben uns. David hatte das bei Margery ausprobierte Wange an Wange wiederaufgenommen und war bei der Sportsmaid auf volle Zustimmung gestoßen.

Dr. Herford grüßte eine blonde, attraktive Dame, die am Arm des Ersten Offiziers die Tanzfläche betrat, wandte sich mir voll zu. „Wer hat Sie hierhergebracht? Wer hat Ihnen geraten, dieses Schiff zu nehmen?"

„Niemand“, sagte ich verwirrt, bemüht, die Skepsis in Dr. Herfords Augen zu verstehen. „Der Grund ist der Kongreß.“

„Es gibt an die tausend Passagierschiffe, die Kongreßgruppen aufnehmen“, sagte er mit leichtem Kopfschütteln, als hätte ich ihn mißverstanden. „Ich meinte, wer es arrangiert hat, daß Ihre Zusammenkunft auf der ‚SS Odysseus‘ stattfindet?“

Ich weiß nicht, wollte ich sagen, ich habe nicht danach gefragt, es ist von keinerlei Wichtigkeit für mich. Sah auf, um ihm zu antworten, hatte das erste Wort auf den Lippen, als es in meiner Erinnerung hochschoß, pointengleich, dennoch unverständlich, ohne Sinn und Zusammenhang: Hillebrand. Er arrangierte die Kongresse, er hatte das Schiff ausgesucht. Im Endeffekt war er es gewesen, der mich auf diese Reise geschickt hatte.

Ein Sänger hatte sich hinter das Mikrofon geklemmt, er sang mit kehliger Stimme, es klang wie ein Instrument, singende Sägen haben diesen hochgespannten, schwingenden Ton. Herford zog mich zu der kleinen Bar, die, im Raum querstehend, die Hesperides-Lounge in zwei ungleiche, große Räume teilte. Die Musik klang nur gedämpft herüber, die Beleuchtung bestand aus vielköpfigen Lampen mit kleinen Stoffschirmen, die an Stahlarmen aus den Wänden wuchsen.

„Zwei Whisky“, sagte Herford zum Barkeeper, warf mit der Silberzange ein paar Eiswürfel in die von dem dunkelgelockten Adonis bereitgestellten Gläser. An einem der Wandtische hatten David und die Sportsmaid Platz genommen. Sie waren in heftigem Zwiegespräch begriffen, die Sportsmaid gestikulierte, referierte sichtlich über eine dritte Person, der Bericht schien alles andere als positiv, David war ganz Ohr plus Auge, sekundierte, stimmte in ihr Kopfschütteln ein.

„Das ist der Anfang“, sagte der Doktor, hob sein Glas. „Cheers, oder wenn Sie es lieber haben, Prosit. Sie erzählt von ihrer letzten Enttäuschung. Er ist empört, daß man einer Frau wie ihr nicht mit der gebührenden Leidenschaft und Zärtlichkeit begegnet. Er seinerseits lebt seit Jahren neben einer frigiden Frau. Sie ist empört, daß man seine Männlichkeit nicht zu würdigen weiß. Kennen Sie die Gespräche? Sie sind auf ein paar Grundformeln zu bringen, wie die Konfliktsituationen in der dramatischen Literatur.“ Er trank einen Schluck, drehte das Glas in der Hand. Seine Worte waren nur dem Sinn nach zynisch gewesen, in seiner Stimme schwang ein brüchiger, beinahe trauriger Ton.

Ich folgte seinem Blick, versuchte in seinen Gedankenkreis einzudringen.

„Es gibt ein Stück von Williams", sagte Herford. ‚Endstation Sehnsucht'. Im Originaltitel heißt es ‚A Streetcar named Desire'. Eine Straßenbahn namens Sehnsucht. Aber das ist keine korrekte Übersetzung." Seine Stimme drang fernher zu mir, wie durch eine Glocke von Glas. „Das Wort ‚desire' steht für Begierde. Die ‚SS Odysseus' könnte diesen Namen tragen. Ein Schiff namens Sehnsucht. Ein Schiff namens Begierde."

„Ich muß etwas davon mitbekommen haben", sagte ich und versuchte, meine wirren Empfindungen aufzuschlüsseln, „ich wußte nur nicht, was es bedeutete. Ich habe mich dabei ertappt, daß ich Passagiere in Kategorien einzuteilen begann." Ich zögerte einen Augenblick, versuchte dann, ehrlich zu sein. „Vor allem Frauen. Ich glaube, daß ich sonst nicht zynisch bin. Aber da war etwas, das mich verändert hat. Ich mochte mich nicht leiden, bevor Sie mit mir gesprochen hatten."

„Bei flüchtiger Betrachtung hält man es für den Jahrmarkt der Prostitution", sagte Herford, „der körperlichen und der seelischen. Aber in Wahrheit ist es der Jahrmarkt der Verzweiflung." Er stellte sein Glas auf die spiegelnde Bartischplatte. „Ist Ihnen aufgefallen, daß fast keine jungen Leute auf dem Schiff sind?"

„Es ist eine teure Reise", sagte ich, „junge Leute können sie sich vielleicht nicht leisten."

„Es gibt mehr junge Leute mit Geld als zu anderen Zeiten", sagte Herford, „aber sie verirren sich selten auf dieses Schiff. Es muß sich um eine Art Mundpropaganda handeln. Anders kann ich es mir nicht erklären. Einer sagt es dem anderen. Oder besser: Eine sagt es der anderen. Es sind viele Frauen auf dem Schiff. Und wenn Sie genauer hinsehen, kämpft jede von ihnen mit irgendeinem Defizit: sie ist entweder nicht besonders attraktiv oder hat psychische Schwierigkeiten. Die ersten Tage drücken sie sich an Einzeltischen in den Bars herum. Dann beginnen sie ihre Fühler auszustrecken, und nach dem ersten Abend, den Heinz Rech veranstaltet, spricht und tanzt jeder mit jedem, Mannschaft und Passagiere. Und Passagiere untereinander. Die unscheinbaren Damen werden zuerst attackiert, bei ihnen verliert man am wenigsten Zeit. Wer abblitzt, sucht sich augenblicklich Ersatz. Drei Wochen sind kurz. Drei Wochen sind lang, wenn man sie richtig nützt. Und manchmal muß die Erinnerung für ein Leben reichen."

„Ich weiß, daß Sie recht haben", sagte ich, mir war ein wenig schwindlig, ich hatte Wein mit Whisky gemischt. Vielleicht steht er noch oben auf der Brücke, dachte ich, Captain Colytas, der Mann, der nicht lächeln kann, oder er liegt auf seinem Bett und starrt gegen die elfenbeinfarbene Decke. Sicher ist auch die Kapitänskajüte elfenbein und brombeerrot tapeziert, vielleicht sind es seine Lieblingsfarben, und er läßt deshalb nichts daran verändern. „Ich verstehe nur nicht, wie eine Atmosphäre wie diese zustande kommt. Sind alle Schiffe so? Ich habe noch nichts dergleichen gehört. Ist es der Name, die nostalgische Einrichtung? Macht die für ein Schiff ungewohnte Plüschatmosphäre besonders aufnahmebereit, ruft sie bestimmte Assoziationen wach?"

Doktor Herford drehte das Whiskyglas in der Hand. „Das Ganze hat vermutlich einen sehr prosaischen Ursprung", sagte er. „Die Sparsamkeit der Reederei. Dadurch, daß das Schiff sein Image behält, werden Kosten gespart. Und das Personal wird seit Jahren auf die gleiche effektive und billige Weise aufgebracht: Man sucht auf den Inseln nach jungen Männern, die keiner geregelten Beschäftigung nachgehen oder aus den teils primitiven Verhältnissen ausbrechen wollen. Es sind Söhne von Schafhirten, Fischern oder Bauern. Natürlich nimmt man die hübschesten, intelligentesten, bei denen man erwarten kann, daß sie das investierte Geld wieder einbringen. Dann werden sie zu einem Zweimonatekurs nach Piräus gebracht und lernen dort ein paar Worte Englisch und die Grundregeln des Service. Sie sind fast durchwegs zwischen zwanzig und dreißig. Mit dreißig bleiben sie bei einem Urlaub an irgendeinem Mädchen hängen und gründen eine Familie. Dann versuchen sie, eine Beschäftigung im Hafen zu bekommen."

„Wie lange dauert der Urlaub?"

„Zwei Monate", sagte Dr. Herford. „Im Februar und März liegt die ‚Odysseus' in Piräus vor Anker. Dezember und Januar kreuzt sie in der Karibik, dann kommt die große Überholpause. Im April läuft sie wieder aus."

„Und wann haben sie zwischendurch frei?"

„Überhaupt nicht", sagte der Doktor, fuhr mit dem Daumen den Rand seines Glases entlang, es gab ein leises, schleifendes Geräusch. „Während des Dreiwochenturnus arbeiten sie rund um die Uhr. Und während des Hafentages, an dem die Passagiere wechseln, wird das Schiff gesäubert, vom Oberdeck bis in den letzten Winkel des Maschinenraumes. Dabei wird jeder Mann gebraucht." Er hielt in der Bewegung inne, wandte sich mir zu. „Die Burschen kommen zehn Monate lang nicht vom Schiff. Keine Stunde. Verstehen Sie jetzt? Sie sind auf das angewiesen, was ihnen geboten wird. Und sie verstehen es, zu fordern und zu nehmen. Die einen schüchtern und jungenhaft, die anderen ungezügelt und aggressiv. Der Chefsteward" – er wandte sich um, sah suchend über die Köpfe der servierenden Stewards hin – „dort drüben, mit den roten Aufschlägen an den Schultern: Er hat eine eigene Methode ausgearbeitet. Er fragt eine Dame nach ihren Sonderwünschen, tritt dabei hinter ihren Sessel und fährt mit den Fingerspitzen über ihren Rücken, um zu sehen, wie sie reagiert. Wenn der Test positiv ausgeht, läuft die Sache noch in derselben Nacht."

„Er bot mir an, spezielle Dinge für mich zu tun. Ich dachte, es handle sich um Milch und Honig gegen meine Heiserkeit."

Dr. Herford lachte leise auf, wandte sich zurück zur Theke. „Auch Milch und Honig können Sie von ihm bekommen. Er ist ein fabelhafter Mann in seinem Job. Es sind alles fabelhafte Burschen. Zweihundert von ihrer Sorte unter Kontrolle zu halten ist keine Kleinigkeit."

„Zweihundert?"

„Inklusive des Küchen- und Kajütenpersonals. Auf russischen Schiffen besorgen Mädchen das Service. Dort wird die Perfektion in Höchstform zelebriert. Sie laufen ab wie Roboter. Kein Wort, kein Blick, der nicht der Sache dient. Männer sind ungleich schwieriger zu entpersönlichen. Vor allem Südländer." Er hob das Glas, sah darüber weg auf den Chefsteward, der sich zu einer straßbebrillten Amerikanerin hinunterbeugte, das Lächeln sprang sanft, spontan in seinen Augen auf. „Vor allem Griechen."

„Sind Griechen eine spezielle Kategorie von Südländern?“

„Das kann man sagen. Sie suchen bis heute die Brücke von der Historie zur Gegenwart. Ein Königsvolk, das betteln geht. Es fehlt ihm die Servilität des Italieners, die Disziplin des Spaniers. Der Grieche ist auch im Kellnerfrack ein mascio, der sich bestehender Schranken nicht bewußt ist. Er läßt die Industriellengattin nach zwei Nächten sitzen, weil sie ein falsches Wort gesagt hat, und wendet sich der alleinreisenden Hausfrau aus Bielefeld zu. Die Industriellengattin kommt zu mir und verlangt Beruhigungstabletten: Er war ein Wunder, mit dem sie nicht mehr gerechnet hatte. Nun muß sie mit ansehen, wie er es mit der anderen hat, drei Wochen lang, gefangen auf dem Schiff. Sie bricht zusammen, weint. Will von mir hören, was sie tun soll.“

„Und was sagen Sie ihr?“

„Ich versuche ihr klarzumachen, daß es nur ein Abenteuer gewesen wäre. Nach den drei Wochen hätte sie ihn nie wiedergesehen. Aber sie ist nicht imstande, Argumente aufzunehmen. Es geht um das Jetzt, das Heute, das Hier. Sie glaubt, Unwiederbringliches zu versäumen, ihre letzte, ihre einmalige Chance. „Wie lange kann ich noch Rot tragen?“ hat mich einmal eine Schauspielerin gefragt. Sie war in irgendeinem deutschen Nest engagiert und hatte jahrelang für die Kreuzfahrt gespart. Dann ging sie mit dem zweiten Bordmechaniker ins Bett. Wir haben drei davon, sie sitzen jeden Abend an der Delphin-Bar auf dem Oberdeck. Wir nennen sie den Abschleppdienst. Es sind die hübschesten Burschen, die Sie sich denken können. Die Schauspielerin hatte es begriffen. Als es mit dem ersten vorüber war, hat sie es mit dem zweiten versucht und anschließend noch mit dem Kajütensteward. „*Agapimo*“, hat sie zu mir gesagt, „ich habe es in drei Wochen von drei verschiedenen Männern gehört. Das ist mehr, als mir in den letzten dreißig Jahren widerfahren ist.“

„*Agapimo* heißt: Ich liebe dich.“

Herford nickte.

„Sie sagen es, und es ist die Wahrheit. Das unterscheidet sie von anderen. Wenn ein Grieche sagt: ‚Ich liebe dich‘, dann meint er es. Für die Dauer von drei Wochen, drei Tagen oder drei Stunden. Das macht den Anfang so leicht und das Ende so schwer. Es gibt einer

Frau das Gefühl, etwas Einmaliges in seinem Leben gewesen zu sein, bewirkt eine Umkehrung, die sie auf nie gekannte Weise aufwertet. Sie fragt nicht: „Wie werde ich ohne ihn leben", sondern: „Wie wird er ohne mich leben?" Es macht sie für sich selbst akzeptierbar. Ich habe angestaubte Efeupflanzen gesehen, die das Schiff als blühende Buschwindröschen verlassen haben. Und viele von ihnen kommen wieder. ‚*Agapimo*' ist etwas anderes als das italienische ‚*Io t'amo*' oder das spanische ‚*Te quiero*'. Es ist kein Hauch von Selbstzweck oder Show darin."

„Was meinen Sie mit Selbstzweck?"

„Eroberungstrieb", sagte Herford, „oder egoistischer Sex. Der Grieche will die Frau, die er im Arm hält, glücklich machen. Der Italiener ist ein Eroberer, ein Schaumschläger, ihm geht es um den Erfolg, die Jagd, das Spiel. Der Grieche gibt sich selbst, in jeder flüchtigen Begegnung. In seiner Sprache existiert kein Unterschied zwischen den Worten Liebe und Sex. Es ist das gleiche: *Agapimo*. Das liegt bei ihm so dicht unter der Haut, daß man nur daran zu kratzen braucht. Manchmal genügt ein Blick. Er hat seinem Mädchen daheim auf Tinos oder Karpathos Treue geschworen, dem Mädchen, mit dem er jeden Tag beisammen war. Und dann kommt er hierher, ein Bursche wie ein Baum, und nach kurzer Zeit merkt er, daß es um ihn herum flimmert und glüht. Und er will ausweichen, und dann ist es stärker als er. Sehen Sie sich die Jungs an, die Stewards, die Matrosen, die technische Crew. Jeder von ihnen könnte zwei oder drei Frau glücklich machen in einer Nacht. Und dann sind sie für Monate eingesperrt auf diesem Kasten, auf dem es nach schweren Parfums riecht und nach teurem Haarspray, zwischen Plüschtapeten und Lederfauteuils, bei gedämpfter Beleuchtung und Barmusik. Und hinter jeder Kabinentür steht ein Bett."

Der Sänger auf der anderen Seite des Raumes hatte ein neues Lied begonnen, Molltonart, in einem fremdartigen, ein wenig schleppenden Rhythmus.

„Ein Schiff namens Einsamkeit", sagte ich. „Wie halten Sie sich aus all dem heraus?"

„Ich halte mich nicht heraus", sage er, schob dem Steward unsere leeren Gläser zu, bedeutete ihm, sie noch einmal zu füllen. „Ich habe einige der Damen, die mich zur Behandlung aufsuchten, nicht nur medizinisch beraten. Und diejenigen, die getröstet werden wollten, habe ich getröstet. Es war viel Unglaubliches in diesen Begegnungen, und viel Wunderbares. Zwei oder drei von ihnen schreiben mir heute noch." Herford schob den Behälter mit den Eiswürfeln näher, griff nach der Metallzange. „Dann gibt es andere, die sich direkt an mich wenden: an meine vertrauenerweckende, gesetzte Männlichkeit." Er lächelt wieder, diesmal selbstironisch, amüsiert. „Ich bin nicht töricht. Und ich bin nicht weise. Man müßte eins davon sein, um den Dingen auszuweichen."

Ich versuche, die Frage, die mir auf den Lippen liegt, zu unterdrücken, bringe es nicht fertig.

„Und Ihr Captain? Ist er töricht oder ist er weise?"

Seine hellgrauen Augen mustern mich ruhig, nachdenklich, die Metallzange bleibt in halber Höhe über dem Eisbehälter hängen. „Warum fragen Sie?"

„Weil ich nicht glauben kann, daß er in das Spiel eingeschlossen ist."

„Sie können oder Sie wollen es nicht glauben?" Er faßt nach zwei Würfeln, läßt sie in die leeren Gläser fallen, hintereinander, es gibt ein helles, klirrendes Geräusch. „Nehmen Sie sich in acht vor Blendwerk. Die Luft über dem Wasser bringt ähnliche Spiegelungen hervor wie die Luft über der Wüste. Sie weichen zurück, wenn man die Hand nach ihnen ausstreckt."

Ich strecke die Hand nicht aus, hätte ich sagen müssen, aber ich war von seiner Formulierung so betroffen, daß ich dazu nicht fähig war. Ich wußte es, dachte ich, der Fliegende Holländer, ich habe recht gehabt. Wieso können es die anderen nicht sehen?"

„Ich wußte es", sagte ich zu Dr. Herford durch die schalldichte Mauer, die uns trennte.

„Natürlich. Weil Sie im Augenblick ein Zwischenreich bewohnen. In derlei Gegenden wird man hellhörig. Und hellsichtig. Wer auf dem Boden steht, sieht nur die Dinge, die ebenfalls auf dem Boden stehen."

„Und Sie? Bewohnen Sie ein Zwischenreich?"

„Ich bin darin geboren", sagte Dr. Herford, „ich kenne keine andere Landschaft. Ich weiß auch nicht, ob ich dabei etwas vermisse. Meine Ehe ist daran gescheitert. Eigentlich bin ich Psychiater, aber ich habe mich auf die Medizin zurückgezogen, als ich merkte, daß die Psychiatrie mich in die Situation des Patienten und nicht in die des Arztes versetzte. Jeder meiner Fälle machte mich kränker als den Betroffenen selbst. Das ist keine Basis für eine brauchbare Berufsausübung."

Ich mußte lachen.

„Was amüsiert Sie?"

„Mein Ehemann ist Psychiater", sagte ich. „Mein geschiedener Ehemann. Es ist anscheinend so, daß mich die Psychiatrie anzieht."

„Oder Sie die Psychiatrie." Dr. Herford hob das Glas, sein sanfter Blick durchdrang den Nebel, die Kanten seiner randlosen Brille reflektierten das Licht von den Lampenschirmen. „Um auf Ihre Frage zurückzukommen: Der Captain ist vermutlich weder töricht noch weise, sondern unglücklich. Das ist die dritte Möglichkeit. Sie versetzt ebenfalls in ein Zwischenreich. Ich glaube, daß er nichts von dem begreift, was auf dem Schiff vorgeht. Er macht seine Arbeit, ohne sich das geringste davon abnehmen zu lassen. Er stürzt sich jeden Tag von neuem hinein. Steht um vier Uhr früh auf und geht nach Mitternacht zu Bett. Sitzt stundenlang über seinen Plänen oder steht auf der Brücke und beobachtet den Horizont. Wenn er zum Abendessen kommt, bleibt er maximal eine Stunde. Er lebt in seinem gläsernen Turm, und der Boden, der ihn trägt, heißt ‚SS Odysseus'."

„Geht er nie an Land?"

„Nie", sagte der Doktor. „Er läßt sich besorgen, was er braucht. Die zwei Monate, die das Schiff vor Anker liegt, verbringt er daheim auf seiner Insel. Ich weiß nicht einmal, wie sie heißt. Er spricht nicht über sich. Ich habe ihn ein einziges Mal lachen hören, das war zu Anfang, als ich auf das Schiff kam. Er hatte eine Runde von Mädchen an seinem Tisch, aus Hamburg oder Bremen, die haben ihn für Minuten aus der Reserve geholt."

„Er hat etwas in seinem Blick", sagte ich, stockte.

„Wenn man dreißig Jahre lang auf das Meer hinaussieht", sagte Herford, „verschieben sich die Dimensionen."

„Dreißig Jahre?"

„Er ist als zehnjähriger Bub zur See gegangen", sagte Herford, schob mir mein neugefülltes Glas zu, umschloß seines mit den Händen. „Ich habe das in der Reederei erfahren. Er hat sich von unten hochgedient, in Griechenland war so etwas damals möglich. Hat alle Prüfungen im Fernstudium abgelegt. Eine ungeheure Leistung. Er liest und arbeitet auch jetzt in jeder freien Stunde. Studiert Sternkarten, Landkarten, Seekarten. Ich glaube, er kennt jede Seemeile Wasser auf dem Erdball."

„Vielleicht weicht er dadurch den Stürmen aus", sagte ich, „er berechnet ihren Verlauf und hält sein Schiff aus der Gefahrenzone."

„Die Matrosen behaupten das", sagte der Doktor, „aber die Argumente reichen nicht aus. Nicht jeder Sturm ist vorhersehbar. Es spielt ein Faktor mit, für den es keine Erklärung gibt."

„Vielleicht sollte man nicht danach suchen."

„Vielleicht nicht. Positive Erscheinungen wollen hingenommen und nicht seziert werden. Das gilt für Bilder, Landschaften, Menschengesichter." Er sah, daß ich nach dem Behälter mit den bunten Trinkhalmen griff, schob ihn neben mein Whiskyglas. „Haben Sie dem Captain zu tief in die Augen gesehen?"

„Ich habe ihm überhaupt nicht in die Augen gesehen", sagte ich, „nur von fern. Ich habe gestern sogar die Begrüßung versäumt."

„Wie gut für Sie. Er ist aus der Nähe noch unwirklicher als aus der Ferne."

„Warum ist er unglücklich?"

„Einer Frau wegen." Dr. Herford zuckte die Achseln, nahm einen Schluck aus dem randvollen Glas. „Seiner Frau vielleicht. Er ist verheiratet und hat zwei Kinder. Es wird manches gesprochen. Aber es verliert sich wieder, weil er keinen Anlaß gibt. Man kann zehn Sätze über ihn sagen, dann ist das Thema erschöpft."

Ich könnte tausend Sätze über ihn sagen. Er liebt eine Frau, die ihn nicht wiederliebt, eine stumpfsinnige, wahnsinnige, taube, mit Blindheit geschlagene Frau. Sie müßte am steinigen Ufer ihrer Insel sitzen, in glühender Hitze und tobendem Sturm, auf das Meer hinaussehen und auf ihn warten, Solveigs Lied auf den Lippen.

Solveig oder Senta? höre ich Kayssas Stimme aus dem Nebel, sie klingt leicht verzerrt, wie durch ein Sprachrohr, hat aber unverkennbar den vertrauten, zynisch freundlichen Ton. Wie wär's, wenn du dir darüber klar würdest? Du hast mit deinem verflossenen Germanisten die dramatische Literatur zu gewissenhaft studiert.

Die Dame auf Amorgos oder Kythera ist vermutlich weder das eine noch das andere, sondern eine leicht dickliche, leicht verschlampte vierzigjährige griechische Mama, die es satt hat, zehn Monate im Jahr allein in ihrem Haushalt herumzuschuften.

Der letzte Schluck gekühlten Whiskys blieb mir in der Kehle stecken. Bist du verrückt, Kayssa, so etwas zu sagen? Wie kommst du überhaupt hierher?

Blöde Frage, sagte Kayssa, solltest du dir eigentlich selbst beantworten können. Bei intensivem, positivem Kontakt mit seinem Psychiater kann man ein Gespräch mit ihm durchaus auch in seiner Abwesenheit führen.

Okay, sagte ich, versuchte es noch einmal mit dem Halm und den Eiswürfeln, aber versprich mir deinerseits, dich nur in meine Angelegenheiten zu mischen, wenn ich dich dazu auffordere. Ich bin, wie du siehst, augenblicklich in Gesellschaft, und ein Psychiater am Tisch genügt mir.

Viel Spaß, sagte Kayssa, verschwand im Schlagzeugwirbel der Paukenlilli, der von der anderen Seite des Saales herüberdrang. Ich versuchte, aufzusehen, begegnete Dr. Herfords graublauen, geduldigen Augen.

„Geht es besser?"

„Wieso?"

„Sie schienen im Augenblick etwas blaß und müde. Möchten Sie Kaffee?"

„Keinen Kaffee", sagte ich, „ich hatte ein Gespräch mit meinem Psychiater."

„Mit dem, von dem Sie geschieden sind?"

„Nein", sagte ich, „mit einem anderen. Ich will Sie nicht verwirren: Der, von dem ich geschieden bin, ist ein Mann, und der, mit dem ich gesprochen habe, ist eine Dame." Ich hatte, ohne es zu merken, den Halm in meiner Hand zerknickt und sah etwas betrübt darauf nieder.

„Sicher", sagte Dr. Herford, „umgekehrt wäre es ungleich schwieriger."

„Ja", sagte ich, ohne zu verstehen, was er gemeint hatte. „Sie heißt Kayssa Malmström und ist unser Ordinarius für Psychiatrie. Sie ist kein gewöhnlicher Psychiater, wissen Sie?"

„Und ob", sagte Dr. Herford, „ich habe ihre Arbeiten gelesen."

„Wie hübsch", sagte ich, „dann können wir uns ab morgen zu dritt unterhalten."

„Selbstverständlich", sagte Dr. Herford, nahm mir den kaputten Plastikhalm aus der Hand und schob das Whiskyglas aus meiner Reichweite. „Übrigens ist es bereits morgen. Würden Sie mir erlauben, Sie zu Ihrer Kabine zu bringen? Wenn ich nicht irre, haben Sie um elf Uhr dreißig einen Vortrag zu halten."

„Einen Vortrag", sagte ich. „Sehr richtig. Danke schön. Ich glaube, ich finde den Weg allein."

„Das glaube ich nicht", sagte Dr. Herford, war neben mir, als ich in kerzengerader Haltung über den grünen Plüschteppich türwärts schritt, die Kurve zum Lift nahm, ihn bestieg, verließ und vor meiner Kabinentür stand. „Ich werde mir erlauben, Sie zum Frühstück abzuholen. Vergessen Sie nicht, die Tür von innen abzuriegeln. Und grüßen Sie Dr. Malmström von mir, wenn Sie ihr begegnen."

„Ich werde es bestellen", sagte ich, betrat aufrechten Schrittes die Kabine, blieb in der Tür stehen und wartete, bis das plüschbezogene Bett in kerzengerader Linie auf mich zugefahren kam.

12

Das Motiv der Zauberflöte durchdrang den Applaus, ich stand auf dem Podium im Lampenlicht, verbeugte mich, hastig, unsicher, hatte überzogen, ein paar Minuten, Mittagessen, komm, du schönes Glockenspiel, das Auditorium war höflich, applaudierte weiter, erst als der letzte Ton verklungen war, lösten sich die den Türen zunächst Stehenden, begannen den Saal zu verlassen. Ich stieg die wenigen Stufen zur ersten Sesselreihe hinunter. Herford erwartete mich, ich hatte während des Sprechens, ohne es zu merken, immer wieder in eine bestimmte Richtung gesehen, nach Pauls Gesicht gesucht. Erste Reihe halblinks, großer Hörsaal der Alma mater, da saß er immer, warf mit kurzer Bewegung den Haarschopf zurück, verfolgte mich mit seinen wachsamen Augen.

Die „SS Odysseus" hatte mich mit ihrem sanften Rhythmus in den Schlaf geschaukelt. Im Traum hatte ich auf der Brücke gestanden, neben mir Sebastian in Kapitänsuniform, er sah hinaus auf den Horizont, an dem sich der Dunst des Wassers mit sonnendurchstrahlten Wolkenfetzen mischte.

„Wachen Sie auf", sagte der Entertainer im graublonden Seemannsbart, der im Vorbeigehen das Saallicht löschte, „Sie haben eine fabelhafte Schlacht geliefert. Wer weiß schon, was es heißt, da oben zu stehen? Heute abend tanzen wir beide Sirtaki, daß sich die Planken biegen. Warten Sie auf etwas?"

Nein. Worauf soll ich warten? Hatte ich wirklich gedacht, daß der Captain die Brücke verlassen würde, um den Vortragssaal aufzusuchen, wo irgend jemand über irgend etwas sprach, zu irgendeinem für ihn gänzlich unwichtigen Zweck? Ein Foto mußte mich darauf gebracht haben, im Prospekt der „Odysseus", da sprach ein Biologe über Meeresfauna, und er stand an die Wand gelehnt, neben der Polstertür, an der jetzt Herford lehnte. Das war vor Jahren, und ich bin kein Biologe, damals hatte er, ebenfalls im Prospekt abgebildet, auch noch eigenhändig der jeweils frisch gewählten „Miß Odysseus“ die Pappendeckelkrone aufs Haar gedrückt. Das tut jetzt der Erste Offizier, oder der Zweite, Laurie Lee, die sich Chancen ausrechnet, hat den Chefsteward danach gefragt.

„Kommen Sie“, sagte Herford, „vergessen sie Ihre Skripten nicht. Wie Sie gesehen haben, waren Milch und Honig überflüssig.“

Ich bin froh, ihn an meiner Seite zu haben. Ohne ihn wäre ich verlassen auf diesem Schiff. Es ist unglaublich groß. Vier Bars, zwei Spielsalons, Klubräume, Bibliotheken, die riesigen Speisesäle. Die langen, spiegelbewehrten Gänge zwischen Bug, Mittelschiff und Heck. Die Stockwerke, deren Namen quer durch die griechische Mythologie führen: Poseidon-Deck, Nereus-Deck, Hera, Apollo, Calypso, Hermes, Thalia. Frisiersalon, Sauna, Parfümerie, Boutique, Hospital, Operationssaal, zahnärztliche Praxis, Sporthalle, Kinoanlage samt Vorführraum. Natürlich in jeder Kabine ein eigener Fernsehapparat. Vor der Delphin-Bar begegnen wir dem mädchenhaften, blonden Pagenkopf mit den strahlenden Augen, sie ist ganz in Weiß, trägt hautenge Hosen zu saloppem, grobgestricktem Rollpulli, stürzt auf Dr. Herford zu, nimmt seine beiden Hände.

„Ja“, sagt er, „ist in Ordnung.“ Macht uns miteinander bekannt. Sie heißt Cathy, kommt aus der Schweiz, reist allein, ist rührend, lebhaft, freundlich, hinter ihrer Bemühtheit lauert etwas wie Angst, sie sieht dem Doktor forschend ins Gesicht, kneift nervös die Augen zu, beißt sich auf die Lippen. Lächelt wieder, drückt meine Hand, wir trinken zusammen Tee, irgendwann, ganz bestimmt, ich freue mich darauf.

„Kennen Sie sie von früher?“

„Ja“, sagt Herford, „sie kommt jedes Jahr. Schweizer Konzern, sie ist Alleinerbin, geschieden, keine Kinder, keine Freunde. Ein ehrliches, liebenswertes Mädchen. Zerstört für immer, ohne Chance.“

„Margery sagt, daß sie Hasch oder Heroin nimmt. Sie hätte einen Blick dafür.“

„Margery?“

„Die Dame, die mit mir am Tisch sitzt.“

„Miß Pferdegesicht, mit der runden Tochter aus Übersee? Behalten Sie sie im Auge, in drei Tagen wird sie in die heißeste Affäre ihres Lebens verwickelt sein."

„Unmöglich. Sie ist hier, weil sie zwischen zwei Männern steht. Die beiden handeln inzwischen drüben aus, wer sie behält."

„Dabei wird ihr ein dritter die Zeit verkürzen. Denken Sie an mich, wenn es soweit ist."

Ich bleibe ihm die Antwort schuldig. Laurie Lee ist mir eingefallen, der junge Steward und die Apfelsine. Seit ich weiß, daß ich mich auf dem Schiff der griechischen Inselfaune und der bundesdeutschen Wohlstandsnymphen befinde, halte ich alles für möglich. Das Pagenmädchen hat sich verabschiedet, mit strahlendem Lächeln, ist den Gang hinuntergetänzelt. Ich sehe ihr nach, etwas an der Begegnung hat mich traurig gemacht.

„Wieso hat sie keine Chance?"

„Es ist alles versucht worden. Vier oder fünf Entziehungskuren. Sie ist achtundvierzig. Was man tun kann, ist, ihr das langsame Auslöschen ein bißchen amüsant zu gestalten. Und überflüssige Schmerzen von ihr fernzuhalten. Ich gebe ihr jedesmal ein paar Rezepte mit, verschieden datiert. Nicht zu viel, sonst kommt sie in Schwierigkeiten."

Ich möchte nach Dr. Herfords Hand fassen. Wie nach der Hand eines Bruders oder Freundes. Ich verstehe, daß man zu ihm Trost suchen kommt. Mir fällt ein, daß ich ihn nur drei Wochen an meiner Seite haben werde; was für ein Abenteuer gilt, gilt auch für eine Begegnung wie diese: man sieht einander nicht wieder, nach dieser Zeit. Vielleicht noch einmal für drei Wochen, bei einer anderen Fahrt. Es könnte eine Freundschaft für lange sein, aber sie kann nicht gelebt werden. Vielleicht einmal ein Brief. Ein Gruß, den man jemandem mitgibt, der an Bord geht.

„Wie kann man das aushalten? Dies ewige Abschiednehmen?"

„Man nimmt es, wie es ist", sagt er, „das ist die Möglichkeit, damit zurechtzukommen. Man denkt nicht darüber nach."

Mit einem Motorschiff aus Heraklion ist Post an Bord gekommen. Wir liegen vor Kreta, unserer ersten Insel. Aber wir gehen erst morgen früh an Land. Der deutsche Reiseleiter hat über Mikrophon ein paar Daten durchgegeben. Vormittags Abfahrt nach Knossos, Tagesausflug, übermorgen nach Phaistos. Wer beide Fahrten gebucht hat, kann sich am Büro der Kreuzfahrtleitung eine Broschüre mit Informationen abholen. Ich hole mir die Broschüre, blättere darin, wechsle ein paar Worte mit dem freundlichen Mädchen, das jeden Morgen an Deck mit den Passagieren Frühgymnastik betreibt, will mich abwenden, werde vom Reiseleiter zurückgerufen.

„Verzeihung, Frau Professor Sommer?"

„Ja."

„Hier ist Post für Sie." Er blättert in dem kleinen Stoß von Briefen mit verschiedenfarbigen Marken, zieht einen heraus, ich greife danach, etwas verwundert, erkenne Caspar Hillebrands steile, ausladende Handschrift.

„Hier, noch etwas." Er hat in das Regal an der Hinterwand gegriffen, hält ein großes gelbes Kuvert in der Hand. Adresse in Maschinenschrift, es sieht aus wie eine Zeitschrift oder ein Werbeprospekt. Ich klemme es unter den Arm, öffne auf dem Weg zu meiner Kabine den Brief, sperre die Tür auf, lasse sie hinter mir ins Schloß fallen.

Datum, Absender, Ort am Kopf des Bogens: Hillebrands Perfektionismus macht auch hier nicht halt. Nur die Vorderseite ist beschrieben, gestochen groß, das Blatt sieht aus wie die Prüfungsarbeit eines Absolventen der graphischen Lehranstalt.

„Gute Ankunft auf der SS Odysseus", lautet der Text, „viel Erfolg und viel Freude. Wenn Sie das Schiff nach zwei Tagen nicht hassen, werden Sie es nach drei Tagen lieben. Ich erlaube mir, an Ihrer Seite an der Reling zu stehen und zuzusehen, wie die Sonne hinter den Taurischen Bergen versinkt. Grüßen Sie König Minos, den Entertainer Heinz Rech und die Möwen am Heck der Odysseus, die sich an unsere abendlichen Unterhaltungen noch gut erinnern werden. Da das Schiff alle Stürme meidet, brauche ich Ihnen persönlich keine Vorsicht zu empfehlen. In Ergebenheit der Ihre, C. H."

Ich knülle, ohne es zu merken, langsam den Brief zusammen. Habe das Gefühl, soeben seine Stimme gehört zu haben. Er schreibt, wie er spricht. Ich lasse mich auf das Bett fallen. Ein Aufruhr ist in mir entstanden. Was hat ihn hervorgerufen? Sicher nicht

Hillebrands Brief. Sicher nicht die Erklärungen Dr. Herfords, die „SS Odysseus“ betreffend. Sicher nicht die Gegenwart des schönen, traurigen Schattens auf der Kommandobrücke, drei Stockwerke über mir. Urplötzlich weiß ich es, erkenne den Zusammenhang: Als mir der Reiseleiter zurief: „Post für Sie“, da glaubte, dachte, wollte ich: Sebastian: Er hat erfahren wo ich bin. Wenn ich das Schiff nach zwei Tagen nicht hasse, werde ich es nach drei Tagen lieben. Heute ist der zweite Tag, und ich hasse es. Zufrieden? Leg dich nicht fest, höre ich Kayssas Stimme, das ist keine Frage von entweder – oder: Es kann beides eintreten. Ich möchte zu Sebastian, sage ich, was ist mit mir los, Kayssa? Das fragst du, wann ist dein Schüler nach Berlin gegangen? Du warst seit einem halben Jahr mit keinem Mann im Bett, versuch nicht, dich darüber wegzuschwindeln mit Sublimierungspraktiken, Arbeitseifer, intellektuellen Gesprächen. Das schaffst du nicht, nicht in dieser Umgebung. Weißt du, wer jetzt, in diesem Augenblick, vor deiner Tür steht?

Ich wollte es nicht wissen, aber natürlich habe ich ihn gesehen. Er lehnte am Ende des Korridors, als ich, die Post in der Hand, vom Kreuzfahrtbüro kam. Er hat mich aufsperren sehen, weiß, daß ich allein in der Kabine bin. Geht draußen auf und ab, mit diskret auffälligen Schritten. Bleibt für Sekunden stehen. Jetzt wieder, das ist das dritte oder vierte Mal. So einfach ist das nicht, sage ich, du schlägst alles über einen Leisten, ihr macht es euch leicht, da sind psychische Prozesse im Gang. Quatsch, sagt Kayssa, ich ordne es dort ein, wo es hingehört, auch Freud hat das getan, wir machen es uns leicht, weil es leicht ist.

Die Hitze tropft von der elfenbeinfarbenen Decke. Das Schiff ist überheizt, oder empfinde ich es so, weil ich aus dem deutschen Winter in die Mittelmeerluft komme? Am Vormittag bei der Brükkenführung war er nicht zu sehen. Der Erste Offizier erklärte uns die Instrumente, die Radaranlage, die Einrichtung der Stabilisatoren für hohen Seegang. Auf den Borden im Kartenraum zwischen Brücke und Kapitänskajüte lagen Hunderte von gefalteten Seekarten, einige davon aufgeschlagen auf dem schrägen, pultartigen Tisch. Vor dem Tisch die an der Wand angebrachte Peilanlage, darüber das Echolot. Wie viele Stunden verbringt er hier über das Pult gebeugt, die Anlage beobachtend, den Kurs verfolgend, vorausberechnend, korrigierend? Ich beugte mich darüber, atmete den herben Geruch der Karten ein, Papier, Druckerschwärze, Radierstaub. Von hier aus wird das Schiff geführt, durch die grüngrauen Wasser, die vor dem Bugfenster Katzenköpfe bilden aus Schaum und Gischt, abseits der Stürme, von Hafen zu Hafen.

Der junge Mann auf dem Korridor wird nicht müde. Der Plüschläufer dämpft seinen Schritt, für Sekunden glaube ich, seine Atemzüge durch die gepolsterte Tür zu hören. Was tu' ich, wenn er anklopft, unter irgendeinem Vorwand? Ihn fragen, was er möchte, ruhig, freundlich. Wie machen es die anderen? Was tut Margery? Was die großäugige, mädchenhafte Cathy, die jedes Jahr eine Fahrt auf der „SS Odysseus" macht? Die Sportsmaid hätte längst die Tür geöffnet. Gefragt, ob er ihr eine Flasche Sekt auf die Kajüte bringen könne, sie wäre durstig, das Schiff sei überheizt. Mit einem oder zwei Gläsern, fragt Tassos, er lächelt jungenhaft, siegesgewiß, richtet sich auf zu seiner vollen Größe, mach das, wie du es für richtig hältst, sagt die Sportsmaid, ihr Englisch ist besser als seines, er hat nicht jedes Wort verstanden, aber den Ton, er lächelt, geht, während sie die Tür einen Spalt breit offenläßt, damit er beim Wiederkommen nicht zu klopfen braucht.

Fabelhaft, sagt Kayssa, perfekt aufgebaut! Ich habe nichts aufgebaut, sage ich, ich analysiere meine Umgebung. So kann man es auch nennen, sagt Kayssa, viele Germanisten haben diesen unglücklichen Hang zum Theater. An dir ist eine Duse verlorengegangen, nur gut, daß du selbst dein bestes Publikum bist. Wenigstens versuche ich die Dinge zu abstrahieren, sage ich, Blödsinn, sagt Kayssa, Sex kann man nicht abstrahieren, das ist, als wolle man ein Brathähnchen einatmen, statt es zu essen. Verschwinde, sage ich zu Kayssa. Herzlichen Dank, sagt sie, hab keine Sorge, ich lasse dich allein mit dem schwarzlockigen Adonis. Ich habe nicht die geringste Absicht, deine Probleme zu lösen.

Jetzt hat er sich minutenlang nicht von der Stelle gerührt. Ich fühle die winzigen Schweißtropfen auf meiner Stirn, halte den Atem an, horche hinaus, unbewegt, angestrengt. Wir hatten eine Erzieherin im Pensionat, Madame de Vries, fünfzig, eingetrocknet, dünn, sie fühlte sich belästigt, wenn ein Mann sie ansah. Belästigen Sie mich nicht, sagte sie während des gemeinsamen Mittagsspazierganges zu harmlosen Passanten, merken Sie nicht, daß Sie eine Dame belästigen?

Ich werde jetzt die Tür öffnen und ihn bitten zu gehen. Er muß seinen Dienst nicht ausschließlich hier verbringen. Der Korridor ist lang. Er soll zum Mittelschiff vorgehen oder sich vor Margerys Kabine aufpflanzen. Ich werde es ihm sagen, freundlich, in bestimmten Worten.

Ich greife nach der kleinen Düse an der Kabinendecke, durch die ein Strahl lauwarmer Luft in den Raum strömt, drehe daran. Die Luft wird kühler, streift mein Haar. Ich hebe das Gesicht, halte mich für Sekunden dem leise zischenden Strom entgegen. Vielleicht gehe ich nach oben an die Reling, auf einem Schiff darf kein Fenster geöffnet werden, ich hasse es, eingesperrt zu sein, entweder ich reiße jetzt das Fenster auf oder die Tür.

„I love you", sagt Tassos.

Er steht quer im Türrahmen, größer, breiter, als ich ihn in Erinnerung hatte. Einen Fuß in der Kabine, er muß sich beim Öffnen blitzschnell zur Seite gewendet haben, lehnt am gepolsterten Türstock, ich kann nicht schließen, die Knöpfe seiner Uniform glänzen vor meinen Augen. Der Stoff ist grob gewebt, dunkelblau, nein, marineblau. Er atmet rasch und unhörbar, seine Brust scheint bei jedem Atemzug einen Zentimeter näher zu kommen. Der Korridor ist von Deckenlichtern matt erhellt, ich kann nicht aufschauen, mein Nacken ist gelähmt, ich starre auf die näherkommenden, sich wieder entfernenden Knöpfe.

„Lady", sagt Tassos.

Seine Stimme ist weich, tief, die Atemlosigkeit schwingt darin wie ein zerrissener Saitenton. Ich konzentriere mich darauf, meine Kehle freizubekommen, es gelingt nicht gleich, die Knöpfe entfernen sich, kommen wieder näher.

„Bitte, gehen Sie, Tassos."

„Lady", sagt er. Steht im Raum, zieht die Tür hinter sich zu. Hab' ich die Luftdüse an der Decke wieder abgestellt? Es ist gläsern heiß, der Boden zittert unter den Stößen der gedrosselten Motoren.

„Komm", sagt Tassos.

Die Knöpfe blitzen. Heben sich. Seine Arme bewegen sich auf mich zu, kommen näher, marineblaue Hebel in dichtgewebten Stoff gepackt. Haben sie mich berührt? Alles scheint plötzlich synthetisch. Der Boden, auf dem ich stehe, die Wände, die mich umschließen, der fremde Mann, der nach mir greifen will.

Die Knöpfe sind hart, kantig, pressen sich in meine Haut. Ein fremdes Männergesicht kommt näher, hastige Atemzüge streifen meine Stirn.

„Laß los", sage ich, „laß augenblicklich los."

Der Ton in meiner Stimme läßt ihn aufhorchen. Er hält in der Bewegung inne.

„Laß los."

Ich habe nicht geschrien, nur laut gesprochen. Seine Arme, zögernd, ratlos, gleiten seitlich an mir herunter.

„Gehen Sie, bitte."

Seine Atemzüge werden leiser, die Knöpfe kommen beinahe zum Stillstand. Die Sekunden tropfen zäh, unwirklich durch den Raum.

„Sorry, Lady", sagt er, seine Stimme klingt flach. „Ich dachte –"

„Gut", sage ich, „ist schon gut."

„I love you, Lady."

Bemühen Sie sich nicht, hätte ich gern gesagt, ich weiß, agapimo. Versuchen Sie es doch zwei Türen weiter, es tut mir leid, es tut mir wirklich leid.

„Es tut mir leid, Tassos."

Er hebt die Hände. Läßt sie wieder fallen. Ein Lächeln, zaghaft, hilflos, gleitet über sein Gesicht.

„Andere Mal vielleicht? Wenn wünschen, läuten Tassos. I want to do special things for you."

„Ich weiß." Ich ändere meinen Ton, mühsam, angespannt, sehe in das hübsche Gesicht mit den verständnislosen Augen.

„Ich weiß, Tassos."

„Okay, Lady."

Er wendet sich um, geht einen Schritt auf die Tür zu. Bückt sich plötzlich und hebt etwas auf. Das gelbe Kuvert, das mir der Reiseleiter gegeben hat, ist unter den Schrank geglitten. Tassos hält es mir hin.

„Hier, Lady."

„Danke, Tassos."

Er verbeugt sich. Schließt die Tür hinter sich. Seine Schritte entfernen sich, gedämpft, ein wenig ratlos, ohne Hast.

Ich halte das gelbe Kuvert in der Hand, im Büro der Victoria Luise haben sie die gleichen, sie liegen zu Hunderten aufgestapelt in den Regalen neben den Kanzleibogen. Jeder kann sie dort wegnehmen, Lauerbach ist großzügig, Studenten brauchen Papier, sagt er, Papier bedeutet Wissen.

Ich reiße den Umschlag auf, halte ein gefaltetes Zeichenblatt in der Hand. Knülle den Umschlag zusammen, werfe ihn in den Papierkorb, der unter dem Klapptisch steht. Öffne das Blatt, das glatt, mit sauber gefalteter Kante in meiner Hand liegt. Ich weiß nicht, ob ich überrascht bin oder es durch das gelbe Kuvert gefühlt habe. Starre mit angehaltenem Atem auf die Zeichnung, die, raumfüllend, mit geschliffenem Bleistiftstrich geführt, das Blatt bedeckt.

Es ist eine Paraphrase, Leda und der Schwan. Griffig, gefällig, plastisch, sexgeladen. Leda sitzt mit nach hinten aufgestützten Armen auf einem Rettungsboot, im Hintergrund ragen Kommandobrücke, Radarturm eines großen Schiffes hoch. In ihrem Schoß sitzt ein graugefiederter Vogel mit ausgebreiteten Schwingen in leicht geduckter Haltung, er hat den Kopf gehoben, sein kurzer Hals liegt zwischen ihren nackten Brüsten: Es ist kein Schwan. Die graugefiederten Flügel, die auf ihren geöffneten Knien liegen, sind Adlerschwingen, der Kopf, den er seitlich gewendet, ein wenig gehoben hat, zeigt den gebogenen Schnabel des Seeadlers. Die Flügelspitzen, an ihren Enden wie Ärmel einer Uniform zulaufend, tragen zu beiden Seiten je drei nebeneinanderliegende Streifen, die Rangabzeichen des Kapitäns zur See.

Gut. Gut gemacht, Daniel. Ich fühle meine Knie zu Gummi werden, erreiche haltlos, körperlos das Bett. Was Tassos' Nähe nicht vollbracht hat, erreicht Daniel mühelos aus zweitausend Kilometern Entfernung. Ich klammere mich an den weinrot tapezierten Fußteil, hocke zusammengekrümmt auf der Decke. Magenschmerzen, Herzschmerzen, Ekel, Schwäche, Angst? Die Zeichnung ist zu Boden geglitten, liegt offen auf dem Teppich: Unnötig zu sagen, daß die Frau auf dem Bild meine Gesichtszüge trägt.

Als Herford mich zum Abendessen abholt, glaube ich, es überwunden zu haben, begegne seinem forschenden Blick mit aufgesetzter Sicherheit. Ein inneres Vibrieren ist geblieben, das nicht zum Stillstand kommt.

„Das Schiff ist überheizt", sagt Herford, "und Sie frieren. Sie können ganz unmöglich seekrank sein. Hat man Sie attackiert?"

„Nicht, wie Sie meinen", sage ich, „oder doch, aber das hat mich nicht aus der Fassung gebracht."

„Was hat Sie aus der Fassung gebracht?"

Ich schweige, seine Frage, sanft gestellt, klang rein rhetorisch, er wartet nicht auf Antwort, will mir auf seine Art zu verstehen geben, daß er meinen Zustand durchschaut.

Der Entertainer gibt sein Bestes. Holt willkürlich zusammengewürfelte Paare auf die Tanzfläche, sie müssen einander an den Ohren halten, an den Nasen reiben, für die Dauer des Abends Bruderschaft trinken. Mein Partner ist ein Industrieller aus Westfalen, groß, elegant, weißer Haarkranz über braungebranntem, gutgeschnittenem Gesicht. Die dazugehörige Ehefrau ist freundlich, sitzt am Rand der Tanzfläche, klatscht uns Beifall, als wir einen improvisierten Sirtaki aufs Parkett legen.

„Jetzt ich", sagt der Entertainer, legt mir den Arm auf die Schulter, die Kapelle forciert das Tempo, wer Sirtaki kann, schließt sich in der Reihe an, es ist ganz einfach, ein Schritt hinten rechts, einer hinten links, rechten Fuß heben, linken Fuß heben. Furioso, die Kette reißt, Musik halt! Applaus, ich stehe so plötzlich vor dem Kapitän, daß mir übergangslos der Herzschlag stockt.

Wo ist mein Partner? Ich kann mich nicht nach ihm umsehen. Zwei ruhige, brennende Augen halten mich fest. Er muß unterwegs zu seinem Tisch in die letzten Takte des Sirtaki geraten sein, konnte sich seinen Weg nicht bahnen, steht hier, am Rand der Tanzfläche, von niemandem bemerkt.

Dieses Gesicht. So nah, daß ich nur die Hände zu heben brauchte, um seine dichten Augenbrauen zu berühren, die narbigen Wangen, die scharfgezeichneten Nasenflügel, die rissigen Lippen. Er kann unmöglich von dieser Welt sein.

Wann hab' ich das zum erstenmal gedacht?

Als käme er aus dem luftleeren Raum, jenseits der Planeten, hätte sein Gesicht, seinen Körper um die rastlose Seele immer neu geformt, unzählige Male, bis zur Vollendung.

Er senkt die Lider, kurz, Sekundenbruchteile, sieht wieder auf. Sein Blick streift mich sanft forschend, registrierend. Mein Partner hat sich aus dem Knäuel befreit, drängt auf mich zu, wir sind per du für diesen Abend, komm, ein Glas Sekt, das haben wir uns verdient. Er faßt nach meiner Hand, begreift nichts, sieht nichts, versucht mich fortzuziehen, ich bin festgewachsen. Der Kapitän neigt kurz den Kopf, Gruß, Abschied, drüben an der Flaggenwand wartet die Crew.

Mein Partner zieht mich fort zur Bar, an Herford vorbei, der uns applaudiert. Die Crew trinkt Champagner, er sitzt zurückgelehnt in seiner grünen Plüschecke. Der Großindustrielle bestellt Whisky, er heißt Hanns Eberhard, arbeitet für eine Konservenfabrik oder besitzt sie, ich höre nicht hin, der Captain hat sein Glas unberührt vor sich stehen, spricht nicht, sein Blick, ruhig, dunkel, tastet ins Leere. Die Band spielt „Griechischer Wein", etwas zerdehnt, supermelodisch, der Sänger mit der kehligen Stimme hält jeden Ton eine halbe Sekunde zu lang, sie machen eine Schnulze daraus. Margery tanzt an Goliaths Schulter vorbei, sie hat die Augen geschlossen, ist ganz Tuchfühlung, Rhythmus, Takt.

Ich habe Knossos, Phaistos an mir vorüberziehen sehen wie eine Kulisse. Herford war an meiner Seite, manchmal Hanns Eberhard und seine runde, freundliche Frau. Der Kapitän verläßt das Schiff nicht? habe ich gefragt, obwohl ich es wußte. Suchte von allen erhöhten Punkten der Insel die Bucht, in der die „SS Odysseus" lag. Der Thron des König Minos, winzig, aus eingebuchtetem Marmor, sah in dem kleinen Audienzraum wie eine Kindertoilette aus. Ich soll dich von Hillebrand grüßen, sagte ich in die steinerne Höhle hinein, jahrzehntelang habe ich mir gewünscht, dir zu begegnen, und nun, da ich vor dir stehe, fällt mir nichts ein, als daß Hillebrand dich grüßen läßt und dein Thron wie eine Kindertoilette aussieht.

Die Tischrunde tauscht ihre Erlebnisse aus. Morgen legen wir in Alanya an. Das ist schon Asien, die Südtürkei. Dann geht es wieder zurück. Zypern, Rhodos. Was werde ich davon begreifen? Wie es jetzt aussieht, nichts. Morgen habe ich wieder einen Vortrag. Dann, am Ende der Reise, den dritten. Gottlob kann ich sie im Schlaf halten. Hillebrand wird mich nach den Eindrücken meiner Reise fragen, und ich werde keine haben. Margerys Eindruck von der Reise ist ganz offensichtlich: Goliath, von seinen schütteren, fetten Haaren bis hinab zu den gestopften Wollsocken, die in Plastiksandalen stecken. Beim Kapitänsdinner trug er ein Jackett aus den fünfziger Jahren, die Geographie besitzt ein ähnliches, sie trägt es zu den vormittäglichen Trauerfeiern für verstorbene Kollegen.

Pfui Teufel, meine Depression macht Rösselsprünge. Schlägt aus nach allen Seiten, kommt erst zur Ruhe, als ich sehe, daß Laurie Lee, während Margery sich kichernd zu Goliath beugt, dem jungen Steward sekundenlang ihre nervöse, zuckende Kinderhand überläßt, die er zwischen seinen braunen Fingern beinahe zerdrückt. Das ist erfrischend positiv, die beiden sollten tun, was alle tun sollten, denen es in den Weg gelegt ist. Margery hat keinen Augenblick Zeit, sich um ihre Tochter zu kümmern. Und Laurie Lee kann nach drei Wochen leicht vergessen, sie ist jung genug.

Nach dem Dessert signalisiert er ihr den Ort, deutet nach oben, zeigt, ihr den Teller wegnehmend, blitzschnell mit dem Finger die Uhrzeit auf dem weißen Ziffernblatt an seinem Handgelenk. David schielt nach der Sportsmaid, die drei Tische weiter sitzt, die Sportsmaid schielt zurück, sie lächeln, abgemacht, ich bleibe übrig, wage es nicht, mich nach der Flaggenwand zu wenden, weil ich weiß, daß der Platz in der Plüschecke leer ist. An der Saaltür steht Tassos, starrt mich mit aufgerissenen Augen an, erinnert in seiner dunkelgelockten, glatten Schönheit an ein glotzendes griechisches Bergschaf.

Antalya, Ephesus. Diesmal ist Cathy Bruck an meiner Seite, das Schweizer Mädchen mit den Haschischaugen. Sie flimmert, lächelt, spricht, trägt einen ihrer Rollkragenpullover, hautenge Hosen, die Ponyfransen fliegen um ihr zartes, freundliches Gesicht. Als wir zurück sind, faßt sie meine Hände, sie tut das manchmal, auch bei Herford hat sie es getan, wollen wir unsere Tasse Tee jetzt trinken, wir haben es abgemacht, am Heck im Windschutz stehen Liegestühle, man kann sich dorthin Tee servieren lassen, die Sonne ist noch nicht untergegangen, ich hole uns zwei Wolldecken vom Steward.

Ich habe dem Entertainer bisher Hillebrands Grüße vorenthalten. Bei König Minos war ich auch nicht auf der Höhe. Aber den Möwen am Heck kann ich sie bestellen. Sie fliegen in Formation, ein Dicker macht den Staffelführer, dann kommen zwei Grauweiße, die etwas niederer fliegen, dahinter eine geschlossene Achterreihe, je zwei untereinander. Manchmal kommt die Parade aus dem Rhythmus, wenn eine Windbö dazwischenfährt, formiert sich aber sofort wieder, die Symmetrie bleibt intakt. Cathy kommt über das leere Deck auf mich zu, in der Hesperides-Lounge ist jetzt Bingo mit Heinz Rech, im Speisesaal Teestunde, wir sind die einzigen hier draußen, das Schiff zieht eine breite Wasserstraße in den Ozean, über uns steht in gefleckten Schwaden der Rauch aus dem Riesenschlot der „Odysseus".

„Hier." Cathy wirft mir eine der grünkarierten Riesendecken zu, hüllt sich selbst ein, wir liegen wie verschnürte Pakete in den schaumgummigepolsterten Deckstühlen. Ich weiß nicht, warum ich mich zum erstenmal seit Antritt der Reise ein wenig entspannt fühle.

Der Steward hat Tee gebracht, er steht zwischen uns auf einem hölzernen Klapptisch. Ein wenig Salzgebäck, die Möwen verfolgen jede unserer Bewegungen, haben den Abstand zur Reling verringert, fliegen teilweise neben, teilweise über uns her, Cathy läßt sich zurückfallen, wir schweigen, es gibt nichts, was zu sagen wäre, es ist gut, zu schweigen. Sie sieht mich manchmal an mit ihren glänzenden Augen, ihr Lächeln ist strahlend, ich denke an Herfords Worte und muß mich abwenden, weil ein beharrlicher Schmerz mir die Kehle hochkriecht.

Cathy richtet sich auf, wirft eine Handvoll Salzgebäck über die Reling. Die Möwen fangen jedes Stück im Flug, nichts geht verloren. Sie sind ein wilder Haufen für diesen Augenblick, formieren sich sofort wieder, zermahlen, schlucken im Fliegen. Noch eine Handvoll, noch einmal das Spiel. Dann ist der Teller leer. Die Möwen gleiten in die frühere Distanz zurück, die Formation bleibt bestehen, der Steward serviert lautlos ab, das Tischchen klappt, ist fort, Cathy hat sich mir zugewandt.

„Sie wissen, daß ich nicht mehr viel Zeit habe." Es ist keine Frage, sondern eine Feststellung.

Ich wende mich den Möwen zu, mein Herzschlag ist dumpf geworden. „Wie kommen Sie darauf?"

„Ich sehe es an Ihren Augen. Sie nehmen mit jedem Blick Abschied von mir." Sie sieht ebenfalls auf das Wasser hinaus, zwei, drei gebündelte Rauchschwaden bedecken für Sekunden den Himmel. „Mögen Sie mich?"

Ja. Ja, ich mag dich. Vom ersten Augenblick an. Du bist alles, was verzaubert und berührt. Leuchtend und ratlos wie eine Flamme. Unfähig, weh zu tun, vermutlich unfähig zu hassen. Gestern hab' ich gesehen, wie du der Paukenlilli die Hand auf die Schulter gelegt hast, nachdem der Bandleader sie angeschrien hatte, sie hatte ein Solo geschmissen, und die Tränen liefen ihr über die runden, fleckigen Wangen. Sie beruhigte sich augenblicklich unter deiner Berührung und hielt still, um nichts davon zu versäumen.

„Ja", sage ich.

Cathy wendet sich zur Seite. „Ich wußte es", sagt sie. „Ich mag Sie auch."

Wir schweigen. Es ist nichts, was zu sagen wäre. Der Qualm aus dem Schornstein der „Odysseus" ist heller geworden, mischt sich mit dem weißlichen Dunst, der undurchsichtig wie eine Wolkenwand über dem Wasser steht.

13

„Und weiter?“ fragt Doktor Herford.

„Nichts. Er hat mir die Zeichnung geschickt. Kein Wort, kein Kommentar. Er spielt ein Spiel mit mir, für das ich keine Erklärung habe.“

„Vielleicht ist er in Sie verliebt.“

„Das ist absurd. Er haßt mich. Ich weiß nur nicht, warum.“

„Das sind zwei verschiedene Seiten desselben Gefühls. Die Alternative wäre Gleichgültigkeit.“ Herford faltet ein Papierchen in schmale Streifen, breitet es auf dem Tisch aus, schüttet aus einem Glasbehälter ein Häufchen weißen Pulvers darauf, faltet es zu einem Päckchen, dessen schmale Endstreifen er ineinander steckt.

„Ist das ein Medikament?“

Herford nickt. „Eigenfabrikat. Ich kann es in dieser Zusammensetzung nirgends bekommen. Es ist ein Psychosomatikum, das gleichzeitig die Magennerven beruhigt.“

„Sozusagen ein Mittel gegen die Seekrankheit und die Angst vor der Seekrankheit zugleich.“

Herford lacht. „So kann man es ausdrücken. Das ständige Vibrieren setzt manchen mehr zu als echtes Schaukeln.“

„Kann ich Ihnen helfen?“

Er schiebt mir wortlos einen Stoß geschnittenen Papiers zu, schüttet die Hälfte des Glasinhaltes in eine kelchartige Schüssel, stellt sie daneben. Die Ordination ist hell, vor dem Fenster hängt ein gewebter Store, im Gegensatz zu all dem Plüsch in den Kabinen ist dieser Raum glatt und modern gehalten. Ich greife nach einem der Papierchen, beginne es zu falten.

„Wie sieht er aus?“

Ich schütte Pulver aus dem Kelch auf das Papier, versuche mir Daniel vorzustellen. Ich habe Herford gebeten, helfen zu dürfen, weil ich die Hände nicht ruhig halten kann, ich muß sie beschäftigen, sonst fliegen sie davon.

Es war kurz nach dem Frühstück, der Reiseleiter hatte uns über Mikrofon aufgefordert, uns an Deck zu begeben, die Taurischen Berge wären steuerbord zu sehen, meine Kabine liegt backbord, ich schlüpfte in meinen Wollmantel und ging, immer noch frierend, vor zum Mittelschiff. Der Lift war besetzt, ich überlegte, ob ich die drei Stockwerke hochgehen sollte, da zeigte das grüne Licht auf der Metallscheibe, daß er unterwegs war, ich wartete, zog den Mantel fester um die Schultern, vergrub die Hände in den Taschen.

Er hielt, die Schiebetür öffnete sich nach beiden Seiten, das griechische Liftmädchen trat beiseite, um mich einsteigen zu lassen. Eine Person stand darin, der Unterschied zwischen dem Tageslicht im Schiffsraum und der elektrischen Deckenbeleuchtung im Lift blockierte mein Sehvermögen für Sekunden, ich erkannte ihn erst, als ich neben ihm stand, die Türen zuglitten, der Lift sich aufwärts in Bewegung setzte.

Er sah unendlich müde aus. Erschöpft, als hätte er einen langen Weg hinter sich. Die Furchen in seinen Wangen saßen tiefer, als ich es in Erinnerung hatte. Ich versuchte nach dem ersten Erkennen den Blick von ihm zu nehmen, es gelang mir nicht. Vielleicht war er in der Sauna, flüstert Kayssa mir über die Schulter zu, das strengt erwiesenermaßen an, du unterstellst ihm einen Weg durch die Ewigkeit, während er in der Heißluftkammer zwei Stunden lang geschwitzt hat.

Egal, Kayssa. Schau ihn doch an. Er ist am Ende, so oder so. Was er lebt, ist ein Geisterdasein zwischen Peilanlage und Kartentisch. Schau dir seine Stirn an, seine Lider über den braunen Iriskreisen. Schau dir den Mund an, dessen Kontur rissig ist, die Kerben, die dieses Gesicht zu einem Blatt im Buch der Bücher machen, zu einem Abbild von tiefer, ungreifbarer Schönheit.

Wer spricht zu mir? Ich habe nichts gehört. Er hat die Lippen bewegt, er kann auch lächeln, aber es ist das Lächeln eines Bildes. Ich habe seine Stimme bei der Ansprache über Mikrofon gehört. Jetzt, da sie mich direkt erreicht, fällt mir auf, daß ich sie vorher nicht gekannt habe.

„How are you?“

Die simpelste aller Fragen. Wie fühle ich mich? Sein Englisch ist hart, melodisch, wie das aller Griechen. Das Liftmädchen starrt auf die vorüberschleichenden Stockwerke.

Es ist ein alter Lift, gottlob. Er kriecht im Schneckentempo.

„Ich fühle mich gut auf ihrem Schiff."

Wir passieren ein Stockwerk. Das zweite, Poseidon-Deck. Darunter liegt Nereus, darüber Calypso. Jetzt müßte ein Satz über das Wetter kommen. Herrgott, irgendeine Alltäglichkeit. Mein Hirn ist leer, mir fällt nichts ein, nicht in deutsch, geschweige denn in englisch.

Sein Blick liegt auf mir. Ruhig, forschend, weich. „Danke", sagt er. „Ich freue mich, das zu hören."

Der Aufzug rattert. Wenn er steckenbliebe. Dann müßte ich sprechen. Das müßte ich auch so. Er trägt eine Rollkragenjacke, schwarz, darunter einen Pullover. Ist nicht im Dienst. Oder ist das die Arbeitskleidung? Vielleicht war er bei den Matrosen im Maschinenraum.

Nereus, Poseidon, gebt mir eine Chance!

Ich sage jetzt etwas, gleichgültig, was. Mache eine tiefsinnige Bemerkung, die ihn zwingt, mir zu antworten. Mein Herzschlag, auf Hochfrequernz geschaltet, blockiert mein Gehör, meine Atemwege, vor allem mein Englisch. Ich hole Luft, setze zur ersten Silbe an.

Da hält der Lift.

Calypso: Mittelschiff, Kreuzfahrtbüro. Er wendet sich zum Ausgang, neigt kurz den Kopf. Sagt ein Wort zur Liftführerin, die die Hand auf dem Schaltbrett hält. Tritt auf den herbeieilenden Kreuzfahrtleiter zu. Ich habe noch nicht begriffen. Er steigt hier aus, fährt nicht hinauf zum Brückendeck? Man hat mir ein Stockwerk gestohlen. Das Liftmädchen drückt, lächelt mir kurz zu, die Türen gleiten ineinander, es geht aufwärts. Wie ist ihr Vorname? Wenn sie Calypso heißt, reiße ich ihr den schwarzlockigen, glänzenden griechischen Pferdeschwanz aus.

„Noch Pulver?"

„Ja. Ich habe noch Papier."

Er schüttet meinen Kelch halb voll, schiebt ihn mir zu. Steht auf, holt ein gefülltes Marmeladenglas aus dem lackierten Wandschrank.

„Das ist mein Vorrat. Wenn es Ihnen nicht zu langweilig ist, können wir ihn aufarbeiten."

„Es ist mir nicht langweilig."

Ich bin froh, hier zu sein. „Sie bleiben bis Mittag unter meiner Aufsicht", hat er gesagt. „Keine Besichtigungsfahrt, Sie werden Silifke bei der Rückfahrt sehen. Wir legen hier noch einmal an."

Die weißgefalteten Papierchen häufen sich in der tönernen Schüssel, die zwischen uns steht. Ich bin davon erwacht, daß er die Injektionsspritze aus meiner Vene zog, die Armbeuge schmerzte, ich wollte danach greifen.

„Halt, erst ein Pflaster."

„Was ist mit mir los?"

„Sie wollten über Bord gehen. Wenigstens sah es so aus. Die Frau Ihres Sirtakitänzers hat es bemerkt, war aber nicht schnell genug. Klugerweise hat sie einen Schrei ausgestoßen, der die Umstehenden alarmiert hat.«

„Waren Sie in der Nähe?"

„Wie Sie sehen." Er klebte mir das Pflaster fest, rollte mir die Ärmel herunter. „Es hat nichts zu bedeuten. Ein Kreislaufkollaps, das kommt bei Luftveränderungen vor."

„Ich hasse Leute, die bei jeder Gelegenheit in Ohnmacht fallen."

„Vermutlich war es nicht jede Gelegenheit."

Die Uhr über dem Glasschrank mit dem chirurgischen Besteck zeigt Viertel nach elf. Wie lange bin ich hier? Beinahe zwei Stunden. Wir schütten Pulver, falten, legen die Paketchen weg. Die Sonne zeichnet draußen auf dem Wasser flirrende Muster, die sich an der Decke spiegeln.

Er hat nicht gefragt, aber ich glaubte ihm eine Erklärung schuldig zu sein. So griff ich auf Daniel zurück. Er war eine Erklärung, plausibel und stichhaltig. Die Wahrheit kannte ich selbst nicht. Es war doch wohl nicht möglich, daß man von einem Wortwechsel des Inhalts: Wie geht es Ihnen – Ich fühle mich wohl auf Ihrem Schiff – Das freut mich... umgehend das Bewußtsein verlor. So begann ich von Daniel zu sprechen, den Attacken an der Alma mater, dem Weg durch den winterlichen Laubwald und der Zeichnung, die mit der Post an Bord gekommen war.

Er faltete, sprach ruhig, sanft, stellte einfache, leicht zu beantwortende Fragen. Daß ich mich dennoch nicht konzentrieren konnte, lag nicht an ihm.

Das Glockenspiel erlöste mich, ich war müde, die Injektion hatte meinen Blutdruck auf den eines Säuglings zurückgeschraubt. Die Tischrunde fragte, nahm Anteil, Hanns Eberhards rundliche Frau hatte für die Verbreitung der Nachricht gesorgt, ich wurde mit Tonicwasser gelabt, vom Chefsteward mit Schonkost und einem inhaltsreichen Blick bedacht.

„Hinlegen", hatte mir Herford verordnet, „ich hole Sie zum Abendessen wieder ab. Kein Buch, keine Skripten, keine Arbeit. Wenn es klopft, öffnen Sie nicht. Vier bis fünf Stunden ungestörte Ruhe."

Ich folgte, schloß die Kabine von innen ab. Die Lichter auf dem Wasser tanzten noch immer. Die anderen waren jetzt auf Besichtigungsfahrt. Margery, Goliath, Hanns Eberhard und Frau, David, auch Cathy. Die Schemen auf dem Schiff hatten Namen, Gesichter bekommen. Wie viele kannte ich schon? Acht, neun, zehn, Herford, die Injektionsspritze in meinem Blut nahm mein Bewußtsein mit sich fort.

Es klopfte nicht, es hämmerte gegen meine Tür. Als hätte jemand seit Minuten versucht, Einlaß zu finden. Nicht öffnen, hatte Herford gesagt, aber ich war schon unterwegs, drehte den Schlüssel, stand halbbetäubt vor Tassos, der die Türöffnung füllte. Die Knöpfe starrten stumpf, er stand bewegungslos, die Uniform schien meinen brennenden Augen nicht blau, sondern schwarz. Er hatte etwas in der Hand, hielt es mir nach kurzem Gruß unter die Nase.

„Hier, Lady."

„Was ist das?"

„Für Sie. Vom Captain."

Er sprach hart, abgehackt, vielleicht ist er verstimmt, dachte ich, gewiß, jeder an seiner Stelle wäre es. Ich griff nach dem weißen Ding, es war ein Briefkuvert. Tassos drückte die Tür ins Schloß, ich steuerte mein Bett an.

Aufreißen. Wo? Am breiten oder schmalen Ende? Das Kuvert enthält eine vorgedruckte Karte, alles ist Druck, sogar die Unterschrift. Nur mein Name ist mit Blockbuchstaben eingesetzt: mit rotem Filzstift, ich kenne die Schreibart, Christopher malt seine Meridiane auf den Himmelskarten damit.

– Captain Colytas gibt sich die Ehre, Frau/Herrn – der Herr ist durchgestrichen – Professor Simone Sommer heute, am soundsovielten, um neun Uhr dreißig an den Kapitänstisch zu bitten. –

Der Kapitän gibt sich die Ehre.

Mir fällt nichts ein. Bevor ich zu denken beginne, muß ich es noch einmal lesen.

Captain Colytas gibt sich die Ehre.

Er hatte schon im Lift vor, mich an seinen Tisch zu bitten!

Er ist im zweiten Stockwerk bei Calypso ausgestiegen, weil er den Kreuzfahrtleiter nach mir fragen wollte.

Deshalb hat die Liftfee den Finger so lange auf dem Schaltbrett gehalten.

Deshalb hat sie gelächelt.

Sie hätten sonst nicht gewußt, welchen Namen sie mit rotem Filzstift auf die gedruckte Karte schreiben sollen. Am Ende hätte Margery die Einladung bekommen.

Die Karte ist echt. Und Tassos hat gewußt, was darauf steht. Hat sich auf Schaumgummisohlen zurückgezogen, lehnt irgendwo am Ende des Korridors.

Wann ist das Abendessen? Acht. Anderhalb Stunden später ist es neun Uhr dreißig. Was ziehe ich an? Das Fransenkleid. Es ist dunkelgelb, weit geschnitten, mit einem Gürtel aus geflochtenem Spagat und Fransen an den Schultern und am Saum. Im Licht der Wandhütchen wird es wie Gold aussehen. Ich bin noch immer taub und matt vom Schlaf, agiere in drei Schichten: die unterste ist jagende Prüfungsangst, die zweite hilflose Vernunft, die dritte ungläubige Lethargie.

Wenn ich wenigstens ein Wörterbuch an Bord hätte. Ich habe keine Ahnung, wie man mit einer überirdischen Erscheinung englische Konservation macht. Dabei war ich in Sprachen immer gut. Ich kann sogar Altgriechisch, aber dafür ist er zu jung, obwohl er zeitlos scheint. Wir müßten uns schriftlich verständigen, dabei fallen die Schwierigkeiten der Lautverschiebung weg. Noch besser: Ich werde mich auf meine sprechenden Augen verlassen, wie die Seejungfrau in Andersens Märchen: Wenn er mit seinem samtbraunen Blick fragt, ob ich Kaffee möchte, werde ich vergißmeinnichtblau antworten, bitte ja, aber ohne Milch und Zucker.

Als ich ins Bad steige, ist ein Teil meines Realitätsbezuges wiederhergestellt. Mir ist eingefallen, daß ich meine goldenen Sandalen vergessen habe, und ich beschließe, Cathy zu fragen, ob sie mir für den Abend etwas Passendes leihen könnte.

Sie antwortet nicht, als ich anklopfe. Ich versuche es noch einmal, will mich schon wieder abwenden; ich kann die schwarzen Lackpumps nehmen. Da höre ich Schritte auf die Tür zukommen. Zwei, drei Sekunden vergehen. Dann dringt die leise, brüchige Stimme durch die Polsterfüllung.

„Wer ist da?"

„Simone. Wenn ich Sie störe –"

„Augenblick."

Der Schlüssel dreht sich, Cathy steht vor mir. Sie ist im Hausmantel, hellgelber Samt, die Haare hängen wirr in ihre Stirn. Sie faßt nach meinen Händen, zieht mich in die Kajüte, schließt die Tür hinter mir ab.

„Helfen Sie mir, Simone."

Sie ist ungeschminkt, ihr Gesicht ist marmorweiß, auf ihrer Stirn stehen winzige Schweißtropfen.

„Cathy, was ist geschehen?"

„Nichts." Sie lacht leise auf. „Nicht viel. Ich bin hoffnungslos rechtshändig. Mit der Linken kann ich nicht einmal einen Löffel zum Mund führen."

Ich verstehe nicht. Nicht sofort. Dann sehe ich den hochgerollten Ärmel an ihrem rechten Arm. Auf dem Tisch unterhalb des Kajütenfensters liegt ein Stück Zellstoff ausgebreitet. Darauf ein kleiner Pappkarton, Ampulle, Injektionsnadel.

„Mein Gott, Cathy –"

„Sagen Sie nichts, Simone. Sie wissen es längst." Ihre Stimme ist sanft, ihre zitternden Finger krallen sich in meinen Arm. „Tun Sie es für mich. Ich kann keine Minute warten. Meine Vene im linken Arm ist von den Einstichen ruiniert. Ich finde kaum noch Platz für die Nadel. Die hier ist gut, aber ich kann mit der linken Hand nicht stechen."

„Ich soll –"

„Es ist leichter, als Sie denken. Ich helfe Ihnen."

Sie greift nach einem Chiffontuch, das auf dem Tisch liegt, dreht es zusammen, wickelt es um ihren Oberarm. Ich bin einen Schritt zurückgewichen.

„Verlangen Sie das nicht von mir, Cathy. Ich würde Sie verletzen. Ich hätte Angst, Ihnen zu schaden, Cathy."

„Sie schaden mir, wenn Sie es nicht tun." Sie bricht die Glaskuppe von der Ampulle, drückt den Metallhebel der Spritze hinunter. Hält dabei die Enden des Chiffontuches unter den Arm geklemmt, die Vene in der Beuge tritt deutlich hervor. Ihr flackernder Blick irrt von den Instrumenten auf, sucht mein Gesicht. Ich fürchte, daß sie die Ratlosigkeit in meinen Augen sieht, wende mich ab. Ich kann nicht tun, was sie verlangt. Genausogut könnte man von mir erwarten, daß ich einen Blinddarm operiere. Ihre Hände sind so unruhig, daß ihr die Spritze entfällt, auf das Zellstofftuch rollt.

Ich starre auf das gerippte Papiertuch. „Ich hatte keine Ahnung, daß Sie –"

„Fixen", sagt Cathy, „das ist das Wort. Etwas anderes reicht nicht mehr für mich. Nehmen Sie die Spritze, Simone." Sie versucht wieder, danach zu greifen, hat ihre Finger nicht in der Gewalt. Ich wende mich zur Tür.

„Ich hole Doktor Herford. Er kann es tun."

„Nein!"

Der Ton ihrer Stimme läßt mich stocken. Es war ein Aufschrei, qualvoll und gehetzt. Sie ist mit zwei Schritten bei mir, umklammert meine Schultern.

„Nicht Doktor Herford. Bitte. Tun Sie es für mich. Gemeinsam haben wir drei Hände." Sie lockert ihren Griff, drängt mich zum Tisch. „Hier! Nehmen Sie die Nadel. Sie sehen, daß ich es nicht kann." Sie preßt die Wange für Sekunden hochatmend an meine Schulter. „Bitte. Ich bitte Sie, Simone."

Ich greife nach der silberglänzenden, grazilen Waffe. Cathys Blick, weich und leuchtend, folgt mir, ihre fliegenden Hände gleiten an meinen Armen herunter, sanfte Liebkosung, sie tritt neben mich, schiebt mir das Zellstofftuch auf der holzglänzenden Tischplatte zu. Ich halte die Nadel in meiner Hand.

„Ampulle", flüstert Cathy.

Ich greife nach dem Glasbehälter, der aufrecht an dem schmalen Pappkarton lehnt. Tauche die Nadel hinein.

„Tiefer."

Sie steckt drin bis an den Metallrand. Cathys geflüsterte Worte erinnern an die Anweisungen des Oberarztes im Operationssaal.

„Aufziehen", sagt sie. Ihre Stimme ist tonlos, erwartungsvoll.

„Gut so! Herausziehen. Drücken, bis ein Tropfen Flüssigkeit auf der Nadelspitze erscheint."

Ich versuche, es funktioniert.

„Komm", sagt Cathy. Zieht mich zum Bett. „Ich ziehe das Tuch fester. Warte."

Ich glaube nicht richtig zu fühlen. Was meine Handfläche berührt, ist narbige, brüchige, verkrustete Haut. Ich sehe jetzt erst Cathys Arm. Er ist von einem Netz von Sprüngen überzogen, bläuliche Linien, blutunterlaufen, aufgeplatzt, sie reichen vom aufgerollten Ärmel des Morgenmantels bis herunter zum Handgelenk.

„Einstiche", sagt sie, meinem Blick folgend. „Halt die Spritze senkrecht."

„Ja", sage ich, „ich weiß, wenn eine Luftblase in die Vene kommt –"

Cathy lächelt kindlich, ein Strahl von heiterem Fatalismus scheint in ihr aufzubrechen. Seit sie weiß, daß ich es tun werde, ist sie befreit, ruhig, kann sprechen, atmen, warten.

„Das wunderbare ist", sagt sie, „daß ich nichts zu verlieren habe."

Ihr Blick ruht auf mir, hell, nachdenklich, sanft. Etwas durchzuckt mich, Vorahnung, Erkennen, ich habe nicht verstanden, will nicht verstehen, wovon sie spricht.

„Versuch", sagt Cathy. Zieht das Chiffontuch fest, hält den Arm ruhig in meiner gewölbten Hand.

Da ist die Nadel. Cathy hebt die freie Hand, preßt Daumen und Zeigefinger zu beiden Seiten der Vene in die Armbeuge. Die blaßblaue, pulsierende Wölbung steigt mir entgegen.

„Jetzt", sagt Cathy.

Ich halte den Atem an. Fasse die Nadel schräg, steche von unten aufwärts, ich habe es im Film so gesehen. Der Widerstand ist stärker, als ich dachte, lebendiges Gewebe, ich brauche Kraft, um durchzukommen. Jetzt müßte es geschehen sein. Die Spritze steckt einen halben Zentimeter in der Vene.

„Langsam", sagt Cathy.

Ich drücke. Der kleine Kolben bewegt sich nicht. Fester. Der Schweiß tritt mir auf die Stirn. Da gibt der Kolben nach, zäh, widerwillig. Das Gift sickert zögernd, dickflüssig in Cathys Blutbahn.

„Du hast ruhige Hände."

Ich bin schweißgebadet. Das Kleid klebt an meiner Haut. Halbleer. Dreiviertel. Langsam. Mein Nacken ist starr. Die letzten Tropfen. Fertig.

„Zieh sie einfach heraus", sagt Cathy.

Sie hat einen alkoholgetränkten Wattebausch zur Hand, hält ihn auf den Einstich, zieht den Unterarm hoch.

„Danke, Simone. Ich danke dir."

Jetzt, da es vorbei ist, beginne ich am ganzen Körper zu zittern. „Hab' ich dir weh getan?"

„Nein." Ihre Stimme ist weich, sie läßt sich rücklings auf das Bett fallen. „Magst du einen Whisky? Du warst wunderbar."

Ich könnte einen gebrauchen. Stehe auf, lege die leere Spritze auf das Zellstofftuch.

„Unter dem Spiegelschrank ist die Eisbox."

Meine Knie geben nach. Ich gehe wie auf Schaumgummi. „Nimmst du auch einen?"

„Nein." Sie lacht leise auf, hat die Arme unter dem Kopf verschränkt, entspannt, ihr Blick folgt mir, flackert nicht mehr, ist glänzend, ruhig. „Ich habe alles, was ich brauche. Setz dich zu mir. Weshalb bist du gekommen?"

„Ich habe meine Abendsandalen vergessen."

„Ich habe geflochtene Goldschuhe", sagt Cathy, „ sie passen dir. Nimm sie, wenn du gehst. Jetzt trink."

Zwei Gläser Whisky haben nicht gereicht, um mein Gleichgewicht wiederherzustellen. Als ich in das Fransenkleid, die Goldschuhe schlüpfe, steht mein zweites Ich neben mir und verfolgt meine konfusen Aktionen mit sarkastischer Aufmerksamkeit. Vermutlich hätte ich mir die Haare nicht waschen sollen. Bürsten, sagt mir Kayssa aus der Spiegelecke, dann kommt das Bild zustande, das dir vorschwebt: schlichtes kontinentales Mädchen, zur Galionsfigur umfunktioniert. Ich bürste wie verrückt, um meine Hände in Bewegung zu halten. Vor dem Fenster schimmern die Lichter von Silifke. Wir sind auf der Rückfahrt, die nächste Insel ist Zypern. Die Passagiere sind wieder an Bord. Ich habe sie aus den buntbemalten Autobussen klettern sehen, Hanns Eberhard, Goliath, Margery, Laurie Lee. Wie oft nimmt Cathy ihre Spritze? Täglich? Was tut sie morgen? Übermorgen? Ist dann die linke Vene wieder heil? Oder doch Herford? Warum wollte sie mit allen Mitteln verhindern, daß ich ihn hole? Wenn ich heute morgen die drei Stockwerke zu Fuß hochgegangen wäre, hätte der Captain mir die Einladung nicht geschickt.

Ich bin durch die Eisentür am hinteren Ausgang des Korridors geklettert, wollte ein wenig Luft holen vor dem Abendessen. Es ist das untere Achterdeck, auch Arbeitsdeck genannt. Hier befinden sich Taue, Netze, Werkzeugkisten, die in Paalknoten endenden Seilschlingen, die beim Anlegen um die Poller geworfen werden. Ein paar Rettungsboote liegen kieloben zum Überholen, daneben Farbeimer, Terpentin, Riesenpinsel. Es ist windstill. Passagiere kommen selten hierher. Ich habe den Ausgang entdeckt, als ich irrtümlich die Treppe vom Sonnendeck abwärts statt aufwärts ging. Die Lichter der asiatischen Küste schimmern vereinzelt herüber, Silifke verschwindet am blauschwarzen Horizont. Das Geräusch der Schiffsschraube, friedlich, gleichmäßig, klingt wie das Mühlrad meiner Kindheit: Schlaflied, Sommerlandschaft im Dämmerlicht. Ich trete an die Reling, sehe hinunter in die breite, von Decklichtern schwach erhellte Gischtstraße, die das Schiff durch den Ozean zieht.

Die Stimmen sind nicht gleich als solche zu erkennen, haben den Klang eines auf doppelte Geschwindigkeit geschalteten Tonbandes, hochgezogen, übersteuert. Frage und Antwort gleiten ineinander, geflüstert, angespannt, sie sind dicht neben mir, die hochgestellte Taurolle trennt mich von ihnen, dahinter Flachsmatten, wie sie überall an Deck verteilt sind, sie müssen darauf kauern, sitzen, liegen.

Ich wende mich um, will zurück zur Decktreppe. Die Taurolle hat die Schulterfransen meines Kleides eingeklemmt, macht einen kurzen, kreischenden Ruck, als ich daran ziehe. Das Flüstern nebenan verstummt abrupt, macht lautloser Stille Platz. Ich habe im Umwenden Hanns Eberhard und Frau drüben an der Eisentreppe gesehen, sie haben sich verirrt, werden näherkommen, sobald sie mich erkennen, ich wende mich hastig zurück, sehe mit angehaltenem Atem hinaus aufs Wasser.

„Nichts", flüstert die Männerstimme, melodisch hartes Englisch, „bleib ruhig, es ist nichts."

„Vielleicht sucht sie mich." Das ist Laurie Lees New-Jersey-Akzent. „Sie kennt diesen Ausgang."

„Nein", sagt der Junge. Keuchender, fliegender Atem. „Nein. Bleib. Noch einen Augenblick."

Pause. Der Boden unter meinen Füßen zittert, Motorenstöße, dumpf, gleichmäßig, Wasserrauschen. Laurie Lee stöhnt auf, unterdrückt, die Worte des Jungen fliegen auf, englische, griechische Wortfetzen, kehlig, in Silben zerrissen, sich überschlagend. Ich muß mich bewegt haben, die Taurolle kreischt, die beiden merken es nicht, nicht mehr, ich habe versucht, mich nach Hanns Eberhard und Ehefrau umzusehen, sie haben das Deck verlassen, den Weg nach oben gefunden.

„Agapimo. Agapimo."

An meinen Fransen festgehalten, unfreiwillig in die Rolle des Voyeurs gedrängt, fühle ich, wie flammende Röte mir in die Wangen steigt.

Die beiden sind sich einig. Was habe ich damit zu schaffen? Jeden Augenblick wird die Glocke läuten: Mozart, Papageno, wer wird servieren? Laurie Lee stöhnt auf, Achtung, die Taurolle, jetzt er, ich darf mich nicht bewegen, oder doch, wenn ich mich jetzt losreiße, merken sie es nicht.

Warum steht Cathys Bild vor meinen Augen auf? Hier, im Dunkeln an der Reling, während der Junge seine konfusen Zärtlichkeiten in Laurie Lees Ohr stammelt? Die Nadel, von meinen zitternden Händen in Cathys Vene gesenkt, erzeugte den gleichen magnetischen Effekt wie das hastige Ineinanderfinden der beiden Kinder auf den Planken des Arbeitsdecks. Fernher, undeutlich glaube ich die Töne des Glockenspiels zu hören. Die Melodie dringt nicht bis hierher durch. Er wird den Dienst versäumen. Lauri Lees Stöhnen überdeckt Flüstern, Schraubendrehen, Wasserrauschen: Respekt vor ihrer Erlebnisfähigkeit. Die amerikanischen Mädchen sind durch Parkplatz- und Autokinopraktiken vorgeschult, vielleicht ist sie auch nicht als Intakta an Bord gekommen. Wenn ich nicht irre, ist sie ihm um eine Pferdelänge voraus.

Er richtet sich so unvermittelt auf, daß ich zur Seite weiche, hat sie eingeholt, sekundenlange Stille, dann hastige Atemzüge. Zerren an Kleidern, hier, nimm, vergiß nichts, du mußt gehen, bis dann, agapimo.

So hab' ich es denn auch gehört, das magische Wort, kenne den Klang, weiß, wovon die Luft über dem Schiff elektrisch aufgeladen ist. Als ich mich von der nunmehr verstummten Taurolle losreiße, fällt mir Margery ein, die, mit sich selbst beschäftigt, ihre Tochter in der Konsequenz amerikanischer Collegeerziehung für unantastbar hält. Dahingehende Bemerkungen sind bei Mahlzeiten oft gefallen.

Ist das Schadenfreude? Meine Pulse hämmern. Schadenfreude, sagt Kayssa in das Rauschen des Heckwassers hinein, absurd, es ist dir klargeworden, daß du das gleiche haben kannst, noch heute nacht. Tassos steht auf Abruf bereit, du brauchst nicht einmal die Flachsmatte an Deck zu frequentieren, er hat Nachtdienst auf deinem Korridor.

Ich bin es, die zu spät zum Abendessen kommt. Laurie Lee sitzt auf ihrem Platz, mit im Schoß gefalteten Händen, von ihrer Mutter mit wohlwollendem Blick bedacht, der junge Steward serviert die Consommé, seine Uniform ist tadellos, auch sein Auftreten, er ist zurückhaltend, geschickt, zuvorkommend. Weiß es der Captain, habe ich Herford gefragt, was weiß er davon, nichts, hat Herford geantwortet, er lebt in seinem gläsernen Turm, ich bin sicher, daß er nichts von dem begreift, was um ihn vorgeht.

Vier Gänge oder fünf, ein endlos langes Essen. Laurie Lee läßt

Vorspeise und Fisch aus, wird von Margery mit einem zweiten mütterlichen Blick bedacht. Das Kind hat Ringe unter den Augen, das macht die Luftveränderung, bist du nervös, mach vor dem Schlafengehen einen Spaziergang an Deck, mindestens eine Stunde, das wird dir guttun. Laurie Lee nickt, der Steward ebenfalls, Margery wird mit Goliath tanzen, vielleicht benötigt sie auch die Kabine, ich habe gesehen, daß Laurie Lee anklopfen muß, ehe sie eintritt, manchmal muß sie auch warten, steht an die Wand gelehnt im Korridor, bis Mami von innen den Riegel aufschiebt.

Endlich Dessert und Obst, zwischen zwei Serviergriffen zeigt der Junge die Zeit auf seinem Zifferblatt. Laurie Lee stimmt unmerklich zu, ich frage mich flüchtig, wie tief ihre Augenringe morgen sein werden. Die Tafel wird aufgehoben, Margery nickt Goliath zu, David späht nach der Sportsmaid, Laurie Lee erhebt sich, um ihren Abendspaziergang anzutreten, von dem drei der anwesenden Personen wissen, daß er auf den flachsbelegten Planken im Schatten der Taurolle enden wird.

Zwanzig vor neun. Zeit für einen Cocktail mit Herford in der Delphinbar. Der Captain hat mich an seinen Tisch gebeten, sage ich, wir sind einander im Lift begegnet. Herford reagiert unerwartet, sieht mir mit einem Ruck ins Gesicht, ehrliches Staunen, wendet sich dann ab, spricht über die Gefährlichkeit von Sedativa: Beruhigungstabletten haben immer narkotische Bestandteile, die zur Gewöhnung führen.

Zehn vor neun. Nervosität, in Lethargie verkehrt, lähmt mich. Ich fühle mich physisch auf halbe Kraft geschaltet, während die innere Drehzahl an der Grenze der Zerreißprobe läuft. Als ich aufstehe, geschieht es langsam, das Glas, das ich niederstelle, trifft gezielt, wohlberechnet auf die rundgezackte Metalltasse.

„Ich muß gehen."

Margery kichert in der Wandloge mit Goliath, Hanns Eberhard und Frau walzen vorüber, Laurie Lee ist längst bei der Bastmatte angelangt, auch der Junge, falls jemand ihm den Saaldienst abgenommen hat. Sie sind Verbündete, einer springt für den anderen ein, wer die Chance hat, soll sie nehmen, heute bist du dran, morgen ich. Herford betrachtet mich mit sanft besorgtem Blick.

„Soll ich Sie begleiten?"

„Danke. Ich bin in Ordnung."

Cathy steht am Bareingang, hellviolettes Kleid, Seide, hochgeschlossen, lange Ärmel. Sie hebt die Hand, als sie uns sieht. Ich winke zurück, sie kommt auf uns zu.

„Kannst du nicht bleiben? Wohin gehst du?"

„Sie ist vom Captain an den Tisch gebeten."

Cathys Reaktion, abgeschwächt, gleicht der von Doktor Herford.

„Dann schönen Abend."

„Das gleiche."

Ich sehe, wie Herford den Barhocker für sie zurechtrückt, balanciere am Rand der Tanzfläche zwischen Paaren und Plüschgarnituren dem Ausgang zu.

Liftfahrt, ein Stockwerk. Hesperides-Lounge. Der kehlige Sänger ist heute auf Moll geschaltet. Gedämpftes Licht, Wandschirmchen, kreisende Farbscheiben über der Tanzfläche. Ein junger Steward ist an meiner Seite, beflissen, hält mir die Flügeltür auf, welchen Tisch, der Saal liegt vor mir wie ein wogendes Land der Verheißung, Alice braucht nur die Schleppe ihres Kleides, die Spitze des Schuhs zu heben, um es zu betreten.

„Bringen Sie mich zum Kapitän."

Alice hat ihrer Stimme befohlen, fest zu sein. Alice ist zum König befohlen, und niemand will es glauben. Der Steward starrt sie an, als verlange sie, geradewegs zum Mond kutschiert zu werden. Alice ist total unemanzipiert, Kayssa wäre außer sich, Frauen wie du werfen uns um Jahrhunderte zurück.

Wieder der Balanceakt am Rand der Tanzfläche. Meine Eskorte hat sich verdreifacht, wie ich im Umwenden verblüfft feststelle. Einer rechts, einer links, einer schräg hinter mir, marineblaues Tuch, goldene Knöpfe. Wir halten vor dem Tisch unter der Flaggenwand. Er sitzt in die Plüschecke gelehnt, der Rauch aus seiner Zigarette, in Schwaden aufsteigend, macht seine Züge unscharf. Blauschwarzes, dichtes Haar, zurückgekämmt, die grauen Schläfen, da verschwimmt der Rauch, wird locker, gibt ihn frei, Erkennen, er legt die Zigarette weg, steht auf. Er senkt den Kopf zu stummem Gruß, kurz, angedeutet, beugt sich über meine Hand. Nickt der Eskorte zu, die drei legen die Finger an die Mützen.

Kehrtwende, sie sind fort. Alice steht vor dem König.

Ich finde mich in grünquellendem Plüsch, er sitzt schräg neben mir, Breitseite, ich zum Saal gewendet. Seine linke Hand liegt auf der Polsterlehne, schmale Finger, schwarzgoldener Siegelring.

„Gin? Whisky?“ fragt er, seine Stimme klingt dunkel, akzentuiert, der junge Steward verharrt in halbgebückter Haltung.

„Whisky.“

Er gibt eine halblaute Anweisung, der Steward klappt hoch wie ein Sprungmesser, verschwindet in der Menge der Tanzenden.

Wo ist die Crew? Wir sind allein am Tisch. Er lehnt entspannt in seiner Ecke, die übereinandergeschlagenen Beine in meinem Blickfeld, marineblau, dichtgewebt, messerscharfe Bügelfalte. Er scheint über Tische, Köpfe, Rauchwolken hinwegzusehen. Ich kann den Blick nicht heben, bin mir seiner Nähe zu sehr bewußt. Hanns Eberhard und Ehefrau walzen vorüber, halten wie vom Schlag gerührt inne, als sie mich in der Plüschecke sitzen sehen, winken dann, unsicher, befangen, sind verschwunden. Ich merke erst jetzt, daß alle herüberstarren. Die Sitzenden, die Tanzenden, die Stewards. Der einzige, der mich nicht zur Kenntnis nimmt, ist der Kapitän. Er ist mit sich allein, auch jetzt, auch hier. Der Steward stellt zwei Gläser auf den Tisch, Whisky, Soda, Eiswürfel in silbernem Gefäß.

„Eis?“

„Kein Eis, danke.“

„Salud.“

„Salud.“

Trinken. Schweigen. Die Hand auf der Polsterlehne schlägt den Takt. Die Paukenlilli absolviert ihr Solo. Diesmal fehlerlos, wirft dem Bandleader einen ängstlich fragenden Blick zu, erntet ungeduldiges Kopfnicken. Sirtaki. Die Band hat auch eine Sängerin. Sie tritt in Kleidern auf, in denen man sich unmöglich niedersetzen kann, scheint eingenäht, vom Nacken bis zu den Fersen.

„Waren Sie schon einmal in Griechenland?“

Ich bin über seine Anrede so überrascht, daß ich mich umwende, ihm ins Gesicht starre.

„Ja. Ja.“ Ich war überzeugt, daß wir den Abend schweigend verbringen würden.

Die Sängerin hat langes, brandrotes Haar, singt mit rauchiger Stimme, liebkost das Mikrofon mit wollüstigen Fingern.

„Ich habe eine Inselfahrt gemacht. Vor zwei Jahren, mit einer Privatjacht. Mein Verleger hat mich eingeladen."

„Welche Inseln?"

Welche Inseln? Ich habe sie nicht mehr im Kopf. In Kos waren wir dreimal. Mußten wegen des Sturmes immer wieder umkehren, wenn wir ausgelaufen waren. Die erste war Naxos. Die zweite –

„Naxos", sage ich. „Tinos, Delos, Mykonos. Rhodos, Kalymnos, Simi."

Er hat mitgezählt, nimmt die zweite Hand zu Hilfe.

„Karpathos?"

„Wir wollten hin, aber es war zu stürmisch. Es war Mitte April."

„Um Karpathos ist die See immer unruhig."

Schweigen. Er trommelt zurückgelehnt den Takt auf dem blaßgrünen Plüsch. Summt die fremdartige Volksweise mit seiner dunklen Stimme, greift nach dem Glas, trinkt, dreht es in der Hand, geistesabwesend, stellt es wieder hin. Der Steward steht in halbgebückter Haltung vor dem Tisch, fragt flüsternd nach seinen Wünschen. Der Captain wendet sich mir zu.

„Wünschen Sie etwas?"

„Nein. Danke."

„Champagner?"

Ich schüttle den Kopf.

Er bedeutet ihm, sich zu entfernen, hält ihn dann mit einem halblauten Wort zurück. Gibt eine kurze Anweisung, es scheint etwas außerhalb des Raumes zu betreffen, vage Gebärde, nimmt entschuldigende Antwort flüchtig zur Kenntnis. Ich glaube zu begreifen, was seine Redeweise so akzentuiert macht: Er ist es seit Jahrzehnten gewohnt, Befehle zu geben, sich bündig, unmißverständlich auszudrücken.

Wo waren wir stehengeblieben? Karpathos. Er hat es längst vergessen. Sitzt bewegungslos, der Rauch aus seiner Zigarette steigt jetzt steil aufwärts, steht als schmale, grauweiße Säule über seiner Hand. Wie lange bin ich hier? Fast eine Stunde. Die Worte, die wir gewechselt haben, könnte ich an den Fingern meiner Hand abzählen, wie er es vorher mit den Inseln getan hat: Tinos, Delos, Mykonos. Warum hat der König Alice zu sich befohlen, wenn er allein sein will? Die Sängerin hält das Mikrofon zwischen ihren Händen wie in einer Muschel. Flüstert hinein, die bunten Lichter kreisen über ihrem Haarschopf. Der König bemerkt es nicht. Er bemerkt nichts, hat dreißig Jahre lang auf das Meer hinausgesehen. Vielleicht ist das der Grund. Herford würde es so erklären. Er sagt, daß sich da die Dimensionen verschieben.

Ich bin ein Mädchen aus Piräus und liebe den Hafen, die Schiffe und das Meer. Der Steward steht in halbgebückter Haltung vor dem Tisch. Der Captain wendet sich mir zu.

„Noch einen Whisky?"

Ja. Warum nicht? Wie soll ich soviel Schönheit und soviel Einsamkeit ertragen ohne einen zweiten Whisky? Ob er auch während der zwei Ferienmonate auf seiner Insel schweigt? Natürlich, sagt Kayssa durch die hochsteigende Rauchsäule, deshalb hat er ja eheliche Schwierigkeiten. Wer läßt sich einen Mann gefallen, der zehn Monate weg ist und die übrige Zeit den Mund nicht aufmacht?

Zwei Whisky.

„Salud."

„Salud."

Ensetzlicherweise vergeht die Zeit. Ich weiß jetzt, warum alle so überrascht waren, daß er mich an seinen Tisch gebeten hat. Vermutlich ist das ein nie dagewesenes Ereignis. Ich kann mir nicht vorstellen, daß er je mit einem Passagier ein Wort gewechselt hat. Doch, einmal, vor zwölf Jahren, hat Herford gesagt, daran kann er sich noch erinnern.

Warum bin ich so grausam nüchtern? Der Whisky läßt mich im Stich, so schnell ich auch trinke. Er wird aufstehen, sich über meine Hand beugen und verschwinden. Ich weiß es so genau, als ob es schon geschehen wäre. Warum lehne ich mich unvernünftigerweise dagegen auf? Ich habe von Anfang an gewußt, daß er eine Erscheinung ist, und Herford hat es mir bestätigt.

Salud.

Salud. Das Eis zerschmilzt in dem ovalen, flachen Silberkelch.

»Wollen Sie tanzen?« fragt er unvermittelt, vage Gebärde nach der Tanzfläche, Zigarette, schmale Finger, schwarzgoldener Siegelring. Ich schrecke auf, wie jedesmal, wenn er mich anspricht. Seine

Hand ist zur Plüschlehne zurückgekehrt, liegt seitlich offen, verwischte Rauchsäule, drei schmale Goldstreifen am Ärmelrand.

Mit wem sollte ich tanzen? Wozu? Ich möchte hier sitzen, auch wenn es in der nächsten Minute zu Ende sein sollte. Solange es dauert. Außerdem ist niemand hier.

„Mit wem –?"

Er lacht auf, leise, hart, es ist kein echtes Lachen, ein Ton amüsierter Verwunderung. Die Zigarettenhand bewegt sich kurz, in weichem Bogen auf die Brustknöpfe seiner Uniform zu.

„Mit mir."

Mit ihm.

Darauf wäre ich nicht gekommen.

Cinderella soll mit dem König tanzen.

Die Glocke vom Kirchturm an Achterdeck tut zwölf lautlose Schläge.

Cinderellas Abendkleid wird zu einer Krinoline aus Sternenstaub. Die Unwirklichkeit fällt so plötzlich, daß ich glaube, taub und blind zu sein.

„Ja. Ja."

Mir fällt auch nicht viel ein. Dabei habe ich mich vor der fließenden englischen Konservation gefürchtet. Wenn man mir vorher gesagt hätte, daß wir in drei Sprachen schweigen werden, wäre ich weniger nervös gewesen.

Er steht auf. Legt die Zigarette weg. Streckt mir die Hand entgegen. Ist das griechische Höflichkeit, oder sehe ich so hinfällig aus? Ich mache jedenfalls Gebrauch davon und greife danach. Er faßt zu, unerwartet fest, ich stehe vor ihm.

Er läßt nicht gleich los.

Etwas an meiner Theorie von der Erscheinung kann nicht stimmen: Seine Hand ist lebendig, stark und behutsam zugleich, man kann sich daran festhalten.

Er führt mich zum Tanzparkett. Vor uns weicht man zur Seite, drängend, starrend, die Gasse ist schmal, er hält mich an der Hand, als wir den Rand erreichen, löst er sich, wir stehen einander zugewandt, angedeutete Verbeugung, er tritt einen Schritt auf mich zu, nimmt mich mit einer einzigen, weichen Bewegung in die Arme.

Pause.

Die Sängerin ist aus dem Takt gekommen. Mitten im Satz.

Was ist geschehen? Was geschieht mir?

In der Tanzfläche tut sich eine Falltür auf, ich stürze senkrecht durch Calypso, Nereus, Poseidon, durch Schaumkronen und Dünung hinunter in den nächtlichen Ozean.

Der Bandleader wirft der Sängerin einen wütenden Blick zu. Bleibt selbst in der Bewegung stecken, als er herübersieht. Eine Sekunde später geht es weiter. Bei der ersten Drehung folgen uns Hunderte von Augen. Sie starren aus jeder Ecke, die Kompanie ist außer Tritt geraten. Der Leader hebt den Takt an, hat das Orchester wieder in der Hand. Ich ziehe mit einer Schar von silberschuppigen Fischen über den Meeresboden hin, im wechselnden Licht des Regenbogens, der über dem Wasser aufragt von Horizont zu Horizont.

Was geschieht mir?

Die Luft ist dickflüssig, greifbar, umfaßt, umfängt wie die zwei Arme, die mich halten. Ich habe nie gewußt, daß ein Mensch einen anderen so halten kann.

Er ist verändert.

Als wäre eine Statue zum Leben erwacht.

Ich kann sein Gesicht nicht sehen. Er hat die Wange an meine Wange gepreßt, kein Atom Luft zwischen uns, hat sich meiner bemächtigt. Die Musik dröhnt, rauscht aus Fontänen von hochschießendem Wasser, der Rhythmus kommt aus ihm, ein Schritt, ein Pulsschlag, eine Schwingung. Einmal löst er sich, sieht mir ins Gesicht, sein Blick, tief, dunkel, trifft mich.

Ich habe es nicht bemerkt: Sie sind zurückgewichen, alle, haben zu tanzen aufgehört. Ein Paar nach dem anderen, sie stehen am Rand der Fläche. Er läßt sich nicht stören, scheint die Blicke nicht zu bemerken, der Sänger hat die rauchige Sängerin abgelöst, wie lange tanzen wir schon, griechischer Wein, das ist wie das Blut der Erde, er singt wie Caruso.

Schußakkord.

Er läßt den Takt ausklingen, steht, mich im Arm haltend, unter dem rotierenden Licht. Einen Augenblick lang fürchte ich, daß jemand applaudieren wird, die Sportsmaid am Rand der Tanzfläche hat die Hände gehoben, aber der geistesgegenwärtige David drückt sie ihr hinunter, hält sie fest. Der Captain nimmt mich an der Hand, das Volk weicht vor dem König zurück, er führt mich in die Plüschecke, marvelous, efcharisto, ich danke Ihnen.

Jetzt sind es doch drei Sprachen. Er fügt noch einen Satz hinzu, in hartem Englisch: Es war eine große Freude für mich.

Ein halbgebückter Steward. Whisky? Whisky.

„Salud."

„Salud."

Sein Blick, braundunkle Iriskreise, dichte Wimpern, taucht langsam, schmerzhaft tief in meine Augen. Da ist die Trauer wieder.

„Es ist spät."

Ich glaubte, es sagen zu müssen. Wollte nicht, daß er mir zuvorkommt. Er ist jeden Morgen um vier auf der Brücke, hat Herford gesagt.

Er drückt die Zigarette im Aschenbecher aus. Steht auf.

Ist neben mir, als wir durch den Saal am Orchester vorbei zum Ausgang gehen. Die Interpreten haben wieder gewechselt. Ich bin hinter ihren Trick gekommen: Wenn er singt, ist es Griechischer Wein, wenn sie singt, das Mädchen aus Piräus. Abwechslung muß sein.

Und jetzt?

Er tut das, was ich erwartet habe. Bleibt vor der Lifttür stehen. Drückt auf den Knopf. Beugt sich über meine Hand.

„Gute Nacht. Ich danke Ihnen."

Ich hab' es gewußt.

Um Mitternacht wird er verschwinden, und morgen ist es nicht wahr. Er läßt nicht einmal einen Knopf von seiner Uniformjacke in meiner Hand zurück.

„Gute Nacht."

Der Lift nähert sich. Ich kann es an den Lichtern auf dem Schaltbrett sehen.

Er ist da. Die Türen gleiten auf, das Pferdeschwanzmädchen steht im Rahmen.

Er nimmt mich leicht am Arm, als ich einsteige: Hilft sozusagen mit bei der Beförderung.

Er sucht noch einmal meinen Blick, seine Lippen formen ein unhörbares Wort: „Efcharisto."

Er dankt mir in seiner Muttersprache. Steht mit leicht gesenktem Kopf, bis die Lifttür zugleitet, mich von ihm trennt.

Wir fahren.

„Poseidon", sagt die pferdeschwänzige Liftmaid, sie lächelt immer noch.

Da ist die dunkelrote Plüschdecke. Meine Tränen rinnen wie Sturzbäche. Kann ein Mensch mir erklären, warum ich unglücklich bin? Er hat mich an seinen Tisch gebeten, mit mir getanzt. Er ist das unbegreiflichste Wunder, dem ich je begegnet bin: eine griechische Statue, die in meinen Armen zum Leben erwacht ist. Wer sagt, daß er Cinderella morgen nicht mehr kennt? Verschwinde, sagt Cinderella zu der schattenhaften Frauengestalt, die sich mit skeptischem Grinsen im Plüschfauteuil niedergelassen hat, du bist nicht gefragt. Und wenn ich mich bis morgen früh totheulen sollte: Ich bin glücklich, verstehst du? Recht so, sagt Kayssa, man muß den Tatsachen ins Auge sehen. Emanzipiert, wie du bist, hältst du es spielend drei Akte lang durch. Alice, Senta, Solveig, Cinderella: Wenn das eine Statue nicht erweicht, hat sie einen Defekt, in ihrem klassischen Kopf, ihrem steinernen Herzen oder sonst einem Bereich, den ich im Augenblick nicht näher bezeichnen möchte. Reg dich nicht auf, ich habe nichts gesagt. Laß die Hände von den Schlaftabletten, du bist bis oben hin voll Whisky. Und vergiß nicht, die griechischen Inseln zu memorieren. Es wäre fatal, wenn dir bei nächster sich bietender Gelegenheit der Gesprächsstoff ausginge.

14

Der Felsen fällt steil ab zum Meer. Die Sonne macht aus den senkrecht stehenden Flächen und Scharten eine Kupferlandschaft, taucht sie in rotes Gold. Dem Mythos nach ist Aphrodite hier dem Meer entstiegen, der flache Stein am Westufer zeigt noch den Abdruck ihres Fußes. Durch den wuchernden Pinienwald, dessen Zweige sich über unseren Köpfen zu einem Dach schließen, geht es aufwärts zum höchsten Punkt der Insel, wo ihr Heiligtum liegt.

Naxos, Tinos, Delos: Ich könnte die Inseln, die ich kenne, nicht an den Fingern abzählen, selbst wenn der Kapitän mir seine beiden Hände zur Verfügung stellte. Warum hat niemand mir gesagt, daß Zypern die schönste von allen ist?

Schon als wir sie betreten: Die Luft ist anders, greifbarer als sonstwo auf der Welt. Umfängt, umschließt, ist lau und kühl zugleich. Läßt soviel Sonne zu dir durch, als dir zuträglich ist, hält die stechenden, scharfen Strahlen ab. Niemand ist krank auf dieser Insel, niemand scheint traurig zu sein. Sie besitzt laut Reiseprospekt das freundlichste Klima, die beste Verteilung von Wärme und Feuchtigkeit, die wärmste Meeresküste, die meisten Sonnentage im Jahr. Ein wenig Regen im Herbst; er fällt nur nachts. Ein Mantel von Stille liegt über den Steinen, durchsichtig, dicht, schirmt ab, läßt die Nerven ausschwingen, macht den Atem frei.

Das Amphitheater am flach hinlaufenden Ufer. Wir stehen zwischen den stufenartigen Reihen, Herford, Cathy, ich. Die anderen sind weitergegangen, sitzen oben vor der Erfrischungshütte bei Wein und Limonensaft. Der Wind vom Meer her weht so sanft, als wollte er nur daran erinnern, daß er zu Diensten sei, wenn man nach ihm verlanget, man müßte sich ihm nur entgegenrecken, um ein wenig Kühlung zu empfangen. Wir sind verstummt im Gleichklang, der Boden unter unseren Füßen trägt die Last von Jahrtausenden,

Blut, Tränen, Krieg, Gesänge, Tänze, Feiern. Zypern war Spielball der Weltmächte von Anbeginn, ist es bis heute, Zypern hatte das Kupfer, das die Felsen rot macht, sie wollten es erobern, besitzen, Phönizier, Assyrer, Römer, Kreuzritter. Bis heute ist es nicht zur Ruhe gekommen, die griechische Landkarte verschweigt den türkischen Teil der Insel, und umgekehrt.

„Mein Gott“, hat Herford gesagt, als wir auf den Zinnen des Schlosses standen, „wir halten die Geschichte in unseren Händen.“

Die Gruppe versammelt sich drüben auf der Straße um den Reisebus. Wir fahren heute noch zur Hauptstadt, in der Burg soll Richard Löwenherz seine byzantinische Prinzessin zur Frau genommen haben. Als ich an der Steinpforte stehe, faßt Cathy nach meiner Hand.

„Müssen wir mit? Sie kommen wieder vorüber.“

Ich muß nicht mit. Ich möchte gern bleiben.

„Die Fahrt nach Limassol dauert zwei Stunden. Ich sage Herford, daß sie uns nachher hier holen sollen.“

„Gut.“

Die Steine des Tempels gehören mir für zwei Stunden. Ich lasse mich neben dem Pfosten auf der quadratischen Platte nieder, lehne mich an die Brüstung. Tief unten in der blauen Fläche liegt das Schiff. Er ist in seiner Kajüte. Herford sagt, er betritt die Brücke nicht, wenn das Schiff vor Anker liegt. Wie groß ist die Wohnung eines Kapitäns, drei mal drei Meter, vier mal vier?

„Schau“, sagt Cathy.

Sie sitzt neben mir auf dem sandigen Quader, zurückgelehnt, die Beine angezogen, wir können über die niederen Tempelmauern auf das offene Meer hinaussehen.

„Es ist so friedlich hier“, sagt sie. „Man müßte bleiben dürfen.“

Ich möchte gern nach ihrer Hand fassen, wage es nicht. Presse meine Handflächen zu beiden Seiten auf den Stein.

„Du machst jedes Jahr eine Fahrt?“

„Ja“, sagt Cathy, „dies ist die siebente. Die Zahl sieben hat keinen guten Ruf. Aber mir hat sie immer Glück gebracht.“

„Immer die gleiche Route?“

„Nein“, sagt sie, „voriges Jahr waren wir am Nordkap. Vor zwei Jahren in der Karibik.“

„Aber immer die ‚SS Odysseus'."

Ich sehe hinaus auf den Ozean, Tageswende, die Sonne seht im Zenit. „Gibt es dafür einen Grund?"

Cathy antwortete nicht gleich. Sie umschlingt die Knie, legt ihre Finger über der matten, leicht raschelnden Seide ineinander.

„Es gibt einen", sagt Cathy

Sie sitzt reglos, wie hingeweht auf den Steinen, merkt nicht, daß ich mich ihr zugewandt habe.

„Ich liebe Herford", sagt sie.

Herford.

Die beiden sind per Sie, soweit ich sie auf dem Schiff erlebt habe, der Ton zwischen ihnen ist freundschaftlich, neutral, manchmal ein wenig heiter wie zwischen Kameraden, die einander lange kennen. Er schreibt ihr Rezepte, sie nehmen manchmal zusammen den Nachmittagstee –

Als ich ihr die Spritze geben sollte, hat sie verzweifelt verhindert, daß ich ihn hole. Ich sehe noch die Panik in ihren Augen.

Aber er weiß doch, daß sie Drogen nimmt. Er hat sie ihr selbst gegeben.

„Cathy", sage ich, „meinst du, daß du seit sieben Jahren –"

„Ja", sagt sie. Es klingt hell, ein wenig tonlos. „Seit ich ihm begegnet bin. Es war auf der Treppe hinter dem Lift, zwischen Apollo und Poseidon. Er war mit einer Penicillinspritze auf dem Weg zu einem Passagier."

Das gibt es. Ich sollte die Frage nicht stellen, aber sie läuft meinen Überlegungen voraus: „– Und Herford? –"

„Er weiß es nicht."

„Er weiß es nicht? Du hast es ihm nie gesagt?"

„Warum sollte ich?" Sie schüttelt den Kopf, die hellen Ponyfransen fliegen kurz auf, kommen zur Ruhe. „Ich bin glücklich, daß es ihn gibt. Glücklich, daß ich ihn drei Wochen im Jahr sehen kann. Für die restliche Zeit reicht die Erinnerung. Mehr wäre zuviel, verstehst du?"

Nein. Ich verstehe nicht. „Zuviel wofür, Cathy?"

„Um mein Gleichgewicht zu behalten." Sie legt die Hände wieder um die Knie. „Ich muß mir selbst ein Limit setzen. Wenn ich weiß, daß es drei Wochen sind, finde ich mich damit ab. Wenn es mehr wäre, käme ich in Gefahr, mich zu verlieren. Ich könnte dann nicht mehr verzichten, verstehst du?"

„Aber warum sollst du verzichten? Du könntest bei ihm auf dem Schiff sein. Du hast nichts, was dich anderswo hält. Er ist ein wunderbarer Mensch. Ich bin sicher, wenn er es wüßte –"

„Wenn er es wüßte, würde sich alles ändern."

Sie sagt es still in die gläserne Luft, die jeden Ton vom Mund weg aufzuschlucken scheint. „Ich weiß, daß er mich mag. Wenn er es wüßte, würde er mit mir schlafen wollen. Alle Männer wollen das. Er würde nicht verstehen, daß es nicht möglich ist."

„Aber warum ist es nicht möglich?"

Cathy beugt sich vor, ruhig, ohne Hast, streift das Kleid über ihrem Schenkel hoch. Ein feines, dunkles Netz liegt über ihrer Haut, von Flecken, Rissen, Einstichen durchsetzt. Ich beuge mich tiefer, um meinen Schock zu verbergen: Cathys Körper ist eine einzige Wunde. Sie atmet, lebt, bewegt sich in einem Netz aus Blut.

„Siehst du", sagt sie, „du bist erschrocken. Das sind die Jahre davor, als ich es noch nicht in die Vene injizierte. Ich habe keinen heilen Quadratzentimeter an mir. Es wird erst schlimm, wenn du zweimal, dreimal dieselbe Stelle stichst. Ich habe jede Stelle meines Körpers mindestens zehnmal gestochen. Mit beiden Händen, das ist nicht so schwierig wie in die Vene. Nur mein Gesicht und meine Hände mußte ich freihalten. Und die Beine unterhalb der Knie. Hast du dich nicht gewundert, daß ich immer hochgeschlossene Kleider trage?"

„Ich dachte, daß es zu dir paßt."

Cathy lachte leise, schlägt das Kleid wieder hinunter.

„Es gehört zu mir. Hast du nichts bemerkt, als du mir die Spritze gegeben hast?"

„Ich dachte, es sei nur der Arm."

Aber Herford hätte es gewußt. Deshalb durfte ich ihn nicht holen.

„Kann es nicht besser werden, Cathy? Kann man es nicht heilen?"

„In einem gesunden Körper könnte man es heilen." Cathy wendet sich, an den Stein gelehnt, mir zu, sucht mit ihren sanften Augen meinen Blick. „Ich habe keinen gesunden Körper."

Unten auf der Uferstraße fährt ratternd ein Reisebus vorüber. Das ist die erste Gruppe, die früh am Morgen aufgebrochen ist. Eine Sandwolke wirbelt hoch, mischt sich mit der flimmernden Luft, wird von ihr absorbiert.

„Aber –“

Sie schüttelt den Kopf. Streicht mit den Fingern über die leicht raschelnde Seite.

„Hast du dir nie gewünscht –“

Ihre Finger kommen zur Ruhe. „Doch.“ Sie sieht unbewegt hinaus auf das Wasser. „So sehr, daß ich geglaubt habe zu sterben. Vor allem früher, in den ersten Jahren. Aber das wäre das Ende gewesen. Ich hätte ihn nachher nicht wiedergesehen. Jetzt ist es besser. Weil ich weiß, daß ich nicht mehr lange durchzuhalten brauche. Außerdem hatte es nie viel mit Sex zu tun. Wenn man das Gift gewohnt ist, hören die anderen Empfindungen nahezu auf. Ich habe mir nur verzweifelt gewünscht, daß er mich einmal im Arm hält. Damit ich weiß, wie es wäre. Aber vielleicht hätte ich dann die Übersicht verloren. Es ist besser so.“

Über der „SS Odysseus“ draußen im Ozean hat sich ein dunstiger Schleier niedergelassen.

Der Mittagszauber gießt noch immer sein Licht über den Hügel. Wie viele Moleküle verbleiben der Sonne, wenn sie sich in einer einzigen Stunde an einem einzigen Punkt der Erde so verausgabt?

Herford kommt den Kiesweg herauf. Über dem Bus, der auf der Straße hält, liegt eine weiße Sandwolke.

Cathy zieht ihren Seidenrock tiefer über die Knie, sieht mit weit offenen, glänzenden Augen dem Mann entgegen, der über das Rasenstück auf uns zukommt. Rückt die Manschette ihres Ärmels zurecht, ehe sie eine der beiden Hände ergreift, die er uns entgegenstreckt.

15

Ein Seetag, wir legen heute nirgends an, sind unterwegs von Zypern nach Lindos, Vortrag von David. In der ersten Reihe sitzt die Sportsmaid, läßt keinen Zweifel daran offen, daß er ihr gehört, lacht provokant an unpassenden Stellen, dreht sich auf ihrem Sitz herum und mustert die Zuhörer. Margery folgt den Ausführungen mit dem strapazierten Vergnügen des Professionals, runzelt angestrengt die Stirn, wenn er nach einem Wort sucht, zuckt zusammen, sobald er das falsche gefunden hat. Er spricht ebenfalls frei, aber das sollte nur, wer es beherrscht. Besser gut gelesen als gut gestottert, sagt Lauerbach, du kannst eine Menge im Kopf haben, ohne es auf die Lippen zu bringen. An Seetagen ist das Programm an Bord besonders reichhaltig. Nachmittag Bingo mit Heinz Rech, Teestunde, Jazzkonzert in der Lounge, in den anderen Räumen Bridge, Black Jack oder Roulette, in der Bibliothek wird Cocktail serviert, auf Nereus gibt es Familiensauna mit Gymnastikkurs. Ob David und die Sportsmaid anschließend in die Heißluftkammer gehen? Es gibt einen unterirdischen Swimming-pool, von Neonstäben erleuchtet, sie sind raffiniert zwischen den Kacheln in die Seitenwände eingelassen, leuchten abwechselnd giftgrün und kobaltblau. Am Abend gibt es die Wahl der „Miß Odysseus“, Laurie Lee ist aufgeregt, will Margery überreden, ihr ein Kleid zu leihen. Margery ist wenig begeistert, sie hat es für sich selbst mitgenommen, will es zum Galadinner tragen, nimm doch eines von deinen eigenen Kleidern, ich habe nur das eine, und das trage ich jeden Tag, du hast fünf Kleider und ich nur eines, das ist ungerecht. Dafür bin ich erwachsen, man erwartet es von mir, ich vertrete die Vesleyen-Universität, außerdem dehnst du es mir aus, zwei Tränen fließen in den Obstsalat, warum müssen immer die Jungen nachgeben, ich könnte Schönheitskönigin werden, bei dir ist es sowieso egal.

Goliath löffelt Birnen mit Johannisbeeren, ist klug genug, sich nicht einzumischen, streicht flüchtig über Margerys Arm, als Laurie Lee sich dem jungen Steward zuwendet. Es ist nichts gleichgültiger, als wer von beiden das Kleid trägt, sie sollen sich abwechseln, beide Herren sind an Kleidern wenig interessiert. Bei Laurie Lee wird es auf der Matte des Arbeitsdecks landen, bei Margery auf dem roten Plüschteppich neben dem Bett.

Der Reiseleiter steht mit Heinz Rech an der Säule, wird von einem hinzutretenden Matrosen angesprochen, wendet sich suchend um. Der Matrose tut Dienst im Telegraphenraum, Hanns Eberhard bleibt vor der Pointe stecken, richtet sich auf, versucht den Blick des Reiseleiters auf sich zu ziehen. Er erwartet ein Telex aus Stockholm, es geht um Tausende von Schwedenkronen, vielleicht um Hunderttausende, ich habe nicht zugehört. Der Reiseleiter nickt, kommt auf unseren Tisch zu.

„Für mich?“ fragt Hanns Eberhard.

„Für Frau Professor Sommer“, sagt der Reiseleiter, „wenn Sie sich in den Funkraum bemühen würden. In fünfzehn Minuten kommt ein Gespräch aus Deutschland für Sie.“

„Ach“, sagt Hanns Eberhard.

Ich stehe automatisch auf. „Danke. Entschuldigt, bitte.“

Was denkt man, wenn man auf einer Schiffsreise zwischen Zypern und Rhodos überraschend aus Deutschland angerufen wird? Das bedeutet nichts Gutes. Kein Mensch ruft an, um zu erfahren, wie dir Paphos gefallen hat. Christopher ist in London. Sebastian in den Staaten. Will Hillebrand mich nach dem Wetter fragen? Sei nicht hysterisch, warte, was es ist. Fünfzehn Minuten, denk nicht nach. Dort ist der Ausgang.

„Soll ich mit dir gehen?“ fragt Cathy.

„Nein, danke. Ich komme wieder.“

„Apollo“, sagt der Reiseleiter, „Mittelschiff, hinter dem Lift rechts. Gleich neben der Kapitänskajüte.“

„Danke.“

Ich war schon im Funkraum. Bei der Schiffsbesichtigung. Der Erste Offizier hat uns die Telefonanlage erklärt. Alle drei Stunden werden Schiffe auf See angepeilt, dann bleibt die Verbindung etwa eine Stunde aufrecht. Nachrichten und Wetter werden auf diese

Weise durchgegeben, auch Anrufe. Die Meldungen gehen über eine Funkzentrale, in Deutschland ist es Radio Norddeich, in Griechenland das Kentrikon Limenarcheion in Piräus. Wenn ich ein bißchen langsamer gehe, brauche ich oben weniger lange zu warten.

„Bitte, Lady", sagt der Techniker, er rückt mir einen Stuhl an den Tisch, auf dem verschiedenfarbige Telefonhörer montiert sind. „Etwas Geduld. Wollen Tee, Zitrone?" Er hat einen elektrischen Kocher auf dem Pult stehen, eine dunkelbraune Flüssigkeit siedet in einem Metalltopf vor sich hin, an einigen Stellen der Oberfläche hat sich ein weißlicher Film gebildet.

„Nein, danke. Das ist sehr freundlich."

Er gießt sich selbst eine Viertelliterschale voll, nimmt eine angeschnittene halbe Zitrone aus der Tischlade, drückt ein paar Tropfen hinein. Telefonanlagen haben mich immer verwirrt. Ich suche die zahllosen Löcher samt den scheinbar willkürlich verteilten Kabelstöpseln ab, versuche einen Anhaltspunkt zu finden: Aus welchem von ihnen wird mir welche Stimme entgegenklingen? Mir welche Nachricht bringen? Hat der Funkmeister Rum in seiner Vorratskammer? Mit Rum würde ich einen Schluck von dem Spülwasser versuchen. Nur um etwas Flüssigkeit in den Hals zu bekommen.

Auf dem Nebentisch steht ein Fernschreiber, spuckt unaufhörlich Buchstaben auf eine gelbliche Papierrolle, sie ringelt sich bereits auf dem Fußboden, wird immer länger, niemand hebt das Ding auf, liest die Nachricht. Der Techniker schlürft Spülwasser, die arme Maschine arbeitet sich zu Tode, und keiner will wissen, was sie sagt.

Die Teeschale ist leer. Draußen vor dem Bullauge wogt es dunkelgrün bis dunkelblau, bildet langgezogene Wellen, auf deren Kämmen sich Sekundenbruchteile vor dem Überschlagen schaumige Kronen bilden. Der Boden im Funkraum ist ölig, es riecht wie in der Volksschule, schwarzfettige Holzplanken, an denen man bei jedem Schritt klebenzubleiben meint.

Der Laut zerreißt das monotone Rattern des Fernschreibers, ist hoch und schrill, schalmeienverstärkt. Für den Fall, daß der Techniker den Raum verlassen hat, kann es jeder durch die Holzwände hören. Er stellt die zum zweitenmal gefüllte Teetasse auf ein Blatt Papier, greift nach dem gelben Hörer.

„Allo? –"

Stille. Er bemüht sich zu hören. Verzieht das Gesicht zu einer angestrengten Grimasse.

„Allo. Odysseus, auf 14843. Kentrikon? Kentrikon Limenarcheion?"

Mein Herz hat ein paar schnelle Schläge getan. Ich überlege, ob ich nach dem stehengebliebenen Viertellitertopf greifen soll, um einen Schluck Spülwasser mit Zitrone zu mir zu nehmen.

„Zigarette?" fragt der Techniker.

„Nein, danke."

Er zündet sich selbst eine an, scheint auf eine längere Wartezeit vorbereitet zu sein. Zuckt zusammen, als eine Männerstimme den Hörer füllt, verbrennt sich am Streichholz, wirft es leise fluchend in den hölzernen Aschenbecher.

„Kentrikon? Jeah... Jeah... Moment."

Er stöpselt an der Anlage herum, drückt auf eine Taste, winkt mir, den grünen Hörer abzunehmen. Ich greife danach.

„Limenarcheion", tönt mir eine metallische Männerstimme entgegen, langgezogene Vokale, „einen Augenblick. Sie werden aus Hamburg gerufen, bleiben Sie in der Leitung."

Hamburg. Es knistert im Apparat. Wen kenne ich in Hamburg? Wenn Christopher –

„Hallo", sagt eine flache, etwas atemlose Frauenstimme.

„Ja, bitte? Wer ist dort?"

„Professor Sommer?"

„Ja."

„Man hat mir gesagt, daß Sie auf einer Schiffsreise sind. Ich habe zuerst in der Victoria Luise angefragt und dann in der Berwick University of Carolina."

Wieso in Carolina? Ich setze zu einer Frage an, werde unterbrochen.

„Das Touristikbüro hat mir gesagt, um welches Schiff es sich handelt. Verzeihen Sie bitte, daß ich Sie belästige, aber es ist von größter Wichtigkeit für mich."

Die Stimme klingt verzerrt, dennoch erinnere ich mich, sie schon gehört zu haben. Suche hastig in meinem Gedächtnis.

„Professor Sutterfield hat mir geraten, Sie anzurufen –"

„Mit wem spreche ich?"

„Cynthia Dorffmann. Aber Sie sind nicht Professor Sommer." Eine kleine Pause entsteht.

Cynthia Dorffmann. Die Alraune. Die Mutter des Jungen, der seinen Vater exekutieren ließ. Der Prozeß sollte anlaufen, ist wieder verschoben worden.

„Ich bin Simone Sommer. Sie waren vor einem Jahr bei mir."

„Aber ich wollte Professor Sebastian Sommer sprechen. Man sagte mir –"

Klick. Rauschen. Die Verbindung ist gestört. Der Techniker drückt an einer schwarzen, dann an einer roten Taste.

„Allo. Allo!"

Ich lasse den Hörer sinken.

Sebastian. Sie wollte Sebastian sprechen.

Hat ihn hier gesucht, auf der „SS Odysseus", bei mir.

Ich weiß nicht, was daran so fatal ist. Sie konnte es schließlich nicht ahnen. Hat mir den Schlag völlig absichtslos versetzt. Im besten Glauben sozusagen, unter dem Druck der Mission, die, wie es scheint, ihre ganze Existenz ausfüllt.

„Man hat mir gesagt, daß Sie auf einer Seereise sind."

Der Techniker drückt, stöpselt, drückt.

„Allo. Allo."

„Lassen Sie. Ich brauche die Verbindung nicht mehr."

Er sieht mich verwundert an. „Interrupted."

„Ich weiß. Bemühen Sie sich nicht. Das Gespräch ist zu Ende."

Er versteht nicht, stöpselt weiter. Ich stehe auf, gehe zur Tür.

„Lady –"

Basta. Finito. Wie soll ich es ihm sagen? Finished. Was heißt Ende auf griechisch? Wenn ich den Raum verlasse, wird er es begreifen.

„Lady."

„Danke. Thank you. Efcharisto."

Sebastian ist auf einer Schiffsreise. Soviel ist klar. Sie haben es der Alraune gesagt. Warum nicht, auch in den Staaten gibt es Semesterferien. Vielleicht war er auf dem kanadischen Steamer, dem wir in der Bucht von Heraklion in großangelegtem Manöver ausgewichen sind. Oder auf dem holländischen Luxusdampfer, der in Antalya neben uns vor Anker lag.

Die Alraune wird es anderswo versuchen müssen. Noch einmal

im Touristikbüro anrufen. Erklären, daß sie an die falsche Person geraten ist. Ich höre ihre flache Stimme, die immer etwas angespannt wirkende monotone Redeweise. Sehe sie vor mir in der Polsterecke unseres Wohnzimmers auf dem Capitolinus. Schon damals hat sie mir, ohne es zu wissen, von Sebastian erzählt. Jetzt hat sie mir gesagt, wo er ist. Auf dem Wasser, wie ich. Ich weiß nicht, ob mich das froh oder traurig macht. Vielleicht läuft der Prozeß jetzt an, und sie sucht ihn deswegen. Dann müßte er nach Deutschland kommen.

Die Tischrunde empfängt mich teilnahmsvoll, besorgt. „Eine Fehlverbindung“, sage ich. Für den Rest der Reise werde ich auf jedem Schiff, dem wir begegnen, nach Sebastian suchen.

Ich lande windzerblasen in meiner Kajüte. Werde die Wahl der Miß Odysseus verschlafen. Morgen wird man mir erzählen, wer in wessen Kleid gewonnen oder verloren hat.

Es war nach dem Telefongespräch mit der Alraune, ich hatte den Raum verlassen, im Schiffsinnern ist es dunkel, die Deckenampeln reichen nicht aus. Wenn man aus dem großfenstrigen Telefonraum in den Gang tritt, muß sich das Auge erst gewöhnen, ich wußte nicht mehr, von welcher Seite ich gekommen war, wandte mich nach rechts, automatisch, meine Kabine liegt backbord, ich wende mich immer nach rechts, wenn ich aus der Tür trete. Gleich neben der Kapitänskajüte, hat der Reiseleiter gesagt, als er mir den Weg beschrieb. Ich versuchte mich zu orientieren, sah einen Schein von Tageslicht durch eine Tür fallen, ging darauf zu.

Er schob den Vorhang so plötzlich beiseite, daß ich nicht ausweichen konnte. Trat auf den Korridor, tat zwei, drei Schritte auf mich zu. Ich stand an die Holzwand gedrückt, sah ihn näherkommen, hatte unvermittelt den Eindruck, daß er auf mich zutreten, mir etwas sagen wollte. Merkte, als er abrupt stehenblieb, daß auch er mich erst im letzten Augenblick wahrgenommen hatte. Die offene Kajütentür hellte den Korridor so weit auf, daß ich sein Gesicht schmerzhaft deutlich erkennen konnte. Er musterte mich kurz, senkte mit weicher Bewegung den Kopf zum Gruß.

„Wie geht es Ihnen? Kann ich Ihnen helfen?“

Idiotischerweise funktioniert man auch dann, wenn man es nicht sollte.

„Nein, danke. Ich habe einen Anruf bekommen.“

Er schien es nicht eilig zu haben. Das muß ich wahrheitsgemäß sagen, auch wenn ich mir damit mein letztes Argument zerstöre. Er war ganz ruhig, als er sich abermals verbeugte, einen Schritt seitwärts trat und an mir vorüber auf die Brücke zuging. Die Tür in meinem Rücken öffnete, hinaustrat und sie hinter sich ins Schloß zog. Er war ganz ruhig, als er mich im Halbdunkel stehenließ, als hätte er mich nie vorher gesehen.

Ich hätte sonst sagen können: Er war in Eile. Hat mich nicht erkannt. Etwas auf der Brücke hat seine Aufmerksamkeit in Anspruch genommen. Es muß etwas Wichtiges gewesen sein.

Aber er war nicht in Eile. Er ist einfach an mir vorbeigegangen.

Nein, schlimmer: Er hat mich gefragt, ob er mir helfen kann. Freundlich, höflich. Erklär es mir, Kayssa. Schnell, ich bitte dich.

Nicht jetzt, sagt sie ungewohnt sanft, du bist gar nicht aufnahmefähig. Du bist erschlagen von der Erkenntnis, daß du den Captain liebst. Dabei haben wir es von Anfang an gewußt. Es war nichts dagegen zu tun.

Die Verzweiflung ist mir ins Herz gefallen. Das war das idiotischste, das dir einfallen konnte, oder? Ein Seemann muß introvertiert sein, sonst kann er seinen Beruf nicht ausüben. Aber dies ist vermutlich der introvertierteste Seemann, der je die sieben Weltmeere befahren hat. Wenn er dir morgen begegnet, wird er überlegen, ob er dich schon einmal gesehen hat. Und übermorgen an dir vorbeigehen, als wärst du einer von den Holzpfählen, wie sie auf den Kaimauern im Hafen stehen.

Zwei Schlaftabletten, drei. Sie haben die Wirkung von Pfefferminzbonbons. Um fünf Uhr früh stehe ich auf, schlüpfe in Hosen und Pullover. Bis zu Thalia kann ich mich vorwagen, er ist ein Deck höher. Solange ich unter dem Brückendach bleibe, kann er mich nicht sehen. Er ist seit einer Stunde wach. Ich bin seit zwanzig Stunden wach. Gerechtigkeit muß sein.

Wenn du aufhörst, dich zu bemitleiden, sagt Kayssa, können wir uns darüber unterhalten. Es ist, zugegeben, ein bißchen schnell gegangen. Es ist, zugegeben, nicht die beste Idee. Aber sag mir wahrheitsgemäß, ob du es ungeschehen haben möchtest. Ob du dir wünschst, die „SS Odysseus“ nie betreten zu haben.

Nein, sage ich so laut, daß das Echo sekundenlang über dem

Wasser steht, ich bin glücklich, daß es ihn gibt. Glücklich, ihm begegnet zu sein. Erfahren zu haben, daß es eine Empfindung wie diese gibt, daß ich imstande bin zu lieben, wie ich ihn liebe. Aber es macht mich unfähig, weiterzuleben. Das Gefühl zu Sebastian hat mich stark gemacht, mir Sicherheit gegeben und Zuversicht. Dieses zerstückelt mich, ich kann keinen Gedanken fassen, gleite mir selbst davon.

Das geht vorüber, sagt Kayssa, ob du es glaubst oder nicht. Denk an Sebastian: das sollte dir deine Zuversicht wiedergeben. Oder willst du sagen, daß du Sebastian nicht mehr liebst?

Das kann ich nicht sagen. Es wäre nicht wahr. In wie vielen Schichten bin ich imstande zu agieren?

Ich habe dich für vernünftiger gehalten, sagt Kayssa, und für weniger spießig. Woher hast du die Weisheit, daß Liebe monogam macht? Aus Lesebüchern, vermute ich. Die abendländische Literatur ist voll davon. Ein wenig weiter östlich sieht es anders aus. Und ein paar Jahrhunderte früher noch anders, von den davorliegenden Jahrtausenden nicht zu reden. Warum akzeptierst du dich nicht, wie du bist? Du liebst den Captain. Und du liebst Sebastian. Antworte einfach, ohne nachzudenken: Siehst du. Und Paul? Auch er war mehr als Sex oder Abenteuer, das weißt du. Wenn du jetzt in einem Raum wärst und drei Türen gleichzeitig aufgingen und jeder von ihnen stünde in einer Tür: Was würdest du tun?

Das ist unfair. Ich kann es nicht zu Ende denken. Außerdem liebe ich jeden auf eine andere Art.

Die Beweisführung der Spießerfrau, sagt Kayssa, darauf habe ich gewartet. Liebe ist Liebe, oder nicht? Eine Mutter liebt jedes ihrer Kinder. Zwei, drei, so viele es sind. Warum sollte eine Frau nur einen Mann lieben können?

Das ist absurd, Kayssa. Da ist ein Unterschied

Erklär ihn mir, sagt Kayssa sanft.

Es ist idiotisch: Alles, was mir einfällt, sind Phrasen. Man kann nicht, man darf nicht, man tut nicht. Die Partner wollen es nicht. Ich würde es auch nicht wollen, im umgekehrten Fall. Aber wo ist das echte Argument? Daß jemand etwas nicht will, ist kein Beweis dafür, daß es nicht existiert. Willst du behaupten, daß ich sieben Männer lieben könnte, wie eine Mutter sieben Kinder liebt?

Kayssa schweigt.

Meine Hände auf dem Relinggitter sind klamm von Frühwind und Feuchtigkeit: Herrgott, hör auf zu heulen! Es tropft über die Reling in den Ozean, überall Salz, das Meer ist voll davon, was du treibst, ist Verschwendung, du opferst einem Gott, der im Überfluß sitzt. Ich kann nicht aufhören, da ist ein Mechanismus aus den Fugen, ich habe ihn nicht ins Laufen gebracht, weiß nicht, wie man ihn abstellt.

Der Gouverneur hat mich zu lebenslanger Zwangsarbeit begnadigt. Auf einer Insel, sie heißt Amorgos oder Kithera, ich darf dort Steine klopfen, am Meeresufer, vierundzwanzig Stunden am Tag, ein Schiff wird kommen, und das bringt mir den einen.

Kitsch, sagt Kayssa, aber bitte, wie du meinst. Leg dich ins Bett, gib deiner matten Seele einen Whisky, vielleicht auch zwei, die Nacht ist tot, auch der Tag wird sterben.

Ich gehe außenbord über die Treppe, der Lift ist noch nicht in Betrieb um diese Tageszeit. Als ich bei Hermes um die Ecke biege, duckt sich ein Schatten hinter den Planken des Arbeitsdecks. Ein Steward, denke ich, auf dem Heimweg von einer Wohlstandsnymphe, nein, es war ein weiblicher Schatten, schmal, dunkel, langhaarig. Ich verlangsame meinen Schritt, will ihm den Vortritt lassen, die Gänge sind leer, steige langsam hinunter zu Poseidon, das Schiffsinnere ist dunkel, als ich den Läufer betrete, ist der Schatten vor mir, zehn, fünfzehn Meter, der Gang ist schnurgerade, der Schatten zögert, hält vor dem winzigen Seitenkorridor, verschwindet Sekunden später darin. Ich warte, bis ich glaube, daß die Tür lautlos geöffnet und wieder geschlossen worden ist, gehe dann weiter auf meine Kabine zu. Als ich den Seitenkorridor passiere, ist mir, als hörte ich gedämpfte Stimmen, ein unterdrückter Aufschrei. Tassos, denke ich, er hat das Mädchen verfolgt, überlege, was zu tun ist, da werde ich beiseite gestoßen, jemand klammert sich gleich darauf heftig an mich, geht hinter mir in Deckung. In den Korridor fällt das Tageslicht aus Margerys offener Kabinentür, sie steht auf der Schwelle, ich kann im Gegenlicht ihr Gesicht nicht erkennen, sehe nur den Umriß, sie ist im Morgenmantel, hält ein gefaltetes Handtuch in der Hand.

„Komm hierher!"

Ihre Stimme ist heiser vor Wut. Das Mädchen klammert sich fester an mich.

„Hierher, du Flittchen. Du Dreckstück."

Laurie Lee schreit unterdrückt auf. Ihre Mutter ist auf sie zugetreten, versucht sie am Handgelenk von mir wegzuzerren, als es nicht gelingt, schlägt sie mit dem Handtuch auf sie ein.

„Laß los. Sie kann dir nicht helfen. Laß los!"

Sie schlägt wieder zu. Trifft mich an der Schulter. Ich sehe jetzt ihr Gesicht, sie ist außer sich, auf ihrer fettigen weißen Haut haben sich kreisrunde rote Flecke gebildet.

„Margery, Sie wecken die Passagiere. Nicht, Margery." Ich versuche sie mit ausgestreckten Armen wegzuhalten, sie stößt mich beiseite.

„Ich bringe sie um. Ich bring' die Nutte um."

Laurie Lee weicht aus, indem sie mich herumdreht und sich hinter meinem Rücken versteckt. Mich sozusagen als Schild gegen Margery benutzt. Ich stehe Margery voll zugekehrt, Laurie Lee hält meine Hände auf dem Rücken zusammen, klammert sich daran, macht mich damit, ohne es zu wollen, bewegungsunfähig.

„Lassen Sie sie los, Simone."

Als ob ich sie festhielte! Durch die offene Kabinentür sehe ich ein Glas Wasser auf dem Tisch stehen. Wenn ich meine Hände frei hätte, würde ich es Margery ins Gesicht schütten, um sie zur Besinnung zu bringen.

„Nehmen Sie sich zusammen. Man kann jedes Wort hören. Wenn Sie Laurie Lee etwas zu sagen haben, tun Sie es in der Kabine."

„Komm in die Kabine", sagt Margery, richtet sich auf, hält das Handtuch in beiden Händen.

„Nur, wenn Simone mitgeht."

„Du kommst in die Kabine." Sie greift wieder nach ihr, zerkratzt mit ihren Nägeln meinen Oberarm, hat ein Büschel von Laurie Lees Haaren erwischt, zieht daran. Laurie Lee schreit auf, läßt mich los, Margery zieht, Laurie Lee muß folgen, greift nach meinem Pullover, verfängt sich mit dem Fuß im Läufer, stürzt auf der Türschwelle zu Boden, hebt die Hände abwehrend Margery entgegen, die mit gehobenem Handtuch über ihr steht.

„Simone. Helfen Sie mir, Simone."

Ich trete, ohne es zu wissen, einen Schritt auf die rasende Frau zu, stoße sie von Laurie Lee weg durch die offene Tür in die Kabine hinein. Sie taumelt gegen den Tisch, fällt ebenfalls, das Wasserglas stürzt um – Wunschdenken, Suggestion? –, das Wasser ergießt sich nicht auf das Gesicht, sondern über die Tischkante auf Brust und Hals der überrumpelt aufstöhnenden Margery.

Atempause. Laurie Lee hat sich aufgerafft, sitzt an die Türschwelle gelehnt. Ich bin einen Schritt in den Raum getreten, versuche Margery aufzuhelfen, fasse sie an der Schulter.

„Lassen Sie mich los. Rühren Sie mich nicht an." Die Stimme gleitet ihr weg, wird brüchig, wehleidig. „Ich tu' alles für das Kind. Ich nehme sie mit auf die Reise. Sie stiehlt mir meine Schuhe, meine Kleider, mein Parfum." Ihr Gesicht verzerrt sich zu einer Grimasse, sie fängt unvermittelt zu weinen an, die Tränen fließen über ihre rotfleckigen Wangen, sie knüllt, auf dem Boden sitzend, das Handtuch in ihrer Hand. „Und dann geht sie und läßt sich die ganze Nacht von einem Küchenjungen –" Sie wechselt die Sprache, als sie auf das Wort kommt, sagt in englisch, was Laurie Lee sich von dem Küchenjungen läßt, vielleicht glaubt sie, daß ich es dann nicht verstehe, sie sagt es englisch, aber dafür dreimal, viermal hintereinander, schreit es Laurie Lee ins Gesicht, sie ist außer Kontrolle, in Laurie Lees Augen stehen Ekel, unverhüllter Haß, sie rafft sich auf, kriecht auf ihre Mutter zu.

Es ist absurd: Die beiden Frauen auf dem Teppich, das umgestürzte Glas, zerrauftes Haar, rotfleckige Gesichter, die offene Kabinentür, draußen könnte sich jede Menge von Zuschauern angesammelt haben, sie wissen nichts davon, nur daß sie einander hassen, unbändig, rasend, wie nur zwei Rivalinnen einander hassen oder Mutter und Tochter.

„Hure", kreischt Margery, „Hure, Hure, Hure." Sie hebt das Handtuch.

„Die Hure bist du", sagt Laurie Lee.

Kalt, tönend, laut. Margerys Hand bleibt in der Luft hängen. Laurie Lee ist auf Armlänge an sie herangekrochen, kniet vor ihr, die beiden starren einander keuchend ins Gesicht.

Ich will mich abwenden. Die Kabine verlassen. Brechreiz würgt mich, ich taste nach der Tür.

„Gehen Sie nicht, Simone." Laurie Lees Stimme ist plötzlich ruhig, beherrscht. „Es macht Mutter nichts aus, wenn Sie es hören. Nicht wahr, Mutter? Du hast es doch gern, wenn man an deinen Intimitäten teilnimmt."

Sie wendet sich an mich. „Sie hat drüben zwei, mit denen sie abwechselnd schläft. Zwischendurch treibt sie es mit meinem Vater, von dem sie seit zehn Jahren geschieden ist. Und auf dem Schiff hat sie sich den stinkenden Schweizer ins Bett geholt. Sie kann nämlich ohne diese kleine Abwechslung keine drei Tage leben. Hätten Sie das gedacht? Alles, was die Frau Professor im Kopf hat, ist –" Sie wiederholt das Wort von vorhin, mehrmals hintereinander, wie Margery, aber nicht aggressiv, sondern eiskalt, schneidend, scharf, es fließt von ihren zornblassen Lippen, trifft mitten in Margerys erstarrtes Gesicht.

Getroffen. Laurie Lee stützt sich vom Boden ab, registriert die Wirkung ihrer Worte. Ich bin zurückgewichen, sehe ungläubig in das zur Maske gewordene Kindergesicht. Eine zweite Margery wächst da heran, nur attraktiver, intellektueller, härter als ihre Mutter. Vermutlich hat sie jahrelang geschwiegen, die Dinge hingenommen. Jetzt, da sie die Zeit gekommen sah, mit ihrer Mutter abzurechnen, hat sie es gründlich getan.

Margery starrt sie noch immer an, mit offenem Mund, zuckenden Lippen. Ihre Gesichtsfarbe hat sich geändert, ist aschgrau geworden, Reste der Flecken schwimmen wie Gitter auf ihrer Haut. Mord, denke ich unklar, sie möchte Laurie Lee umbringen, und Laurie Lee weiß es.

Was kann ich tun, ohne die Situation hochzuspielen? Mich zurückziehen, mich einschalten? Beides kann gefährlich sein. Margery ist an der Grenze, ihre weißknöcheligen Finger krallen sich in das Handtuch.

„Hure. Hure. Hure", sagt Laurie Lee.

Es klingt wie eine Feststellung, kühl, angeekelt, teilnahmslos.

Ein Atemzug hebt Margerys flache Brust. „Ich kann nicht mehr leben."

Sie sinkt in sich zusammen, preßt plötzlich das Handtuch vor das Gesicht. Ein trockenes Schluchzen schüttelt sie, hustenähnlich, heiser, erinnert an das Bellen eines Hundes.

Laurie Lee ist aufgestanden, sieht auf sie hinunter, in ihre Augen ist ein kühles Licht getreten. „Steh auf. Mach kein Theater. Du bist nicht allein."

Margery stützt sich auf die Tischplatte, ihre Knie geben nach, ich bin mit zwei Schritten bei ihr, fasse sie am Arm.

„Danke, Simone. Entschuldigen Sie, Simone."

Sie weint in das Handtuch.

Laurie Lee steht bewegungslos am Ende des Tisches. Als ich an der Tür bin, wendet sie sich mir zu. „Ich hab' ihn gern, Simone. Ich hab' es mit ihm gemacht, weil ich ihn gern hab'."

„Ich weiß, Laurie Lee."

„Die Hure ist sie. Sie hat drei oder vier gleichzeitig. Die Hure ist sie."

Ich kann nicht antworten. Laurie Lee ist in ihre Unbeholfenheit zurückgeglitten, hat die Hände ineinandergefaltet, kindhaft, linkisch, manövriert sich in die Defensive vor jemandem, der sie nicht angeklagt hat. Ich möchte gehen, sofort, greife ziellos nach der Türklinke, die Stimme gehorcht mir erst beim zweiten Versuch.

„Was kann ich tun?"

„Nichts. Danke. Sie sehen –" Sie weist mit den verschränkten Händen auf Margery, die, das Handtuch vors Gesicht gepreßt, auf die Couch gesunken ist. „Wenn sie noch einmal auf mich losgeht, bin ich vorbereitet. Ich bin stärker als sie."

Elfenbein, roter Läufer, mattes Licht, Morgenwind in den Gängen. Am Ende des Korridors steht Tassos, mit verschränkten Armen an die Wand gelehnt. Was hat er gesehen, gehört? Ich absolviere meinen Kampf mit dem Türschloß, gewinne in der vierten Runde nach Punkten, der Schiedsrichter hat mitgezählt, ohne sich zu rühren, die Hure ist sie, sie hat drei oder vier gleichzeitig, bei mir ist es etwas anderes. Natürlich, sagt Kayssa, bei jedem ist es etwas anderes, außerdem würde Christopher dich verstehen, Söhne verstehen ihre Mütter immer besser als Töchter.

Es hilft nicht, die Vorhänge vor das Bullauge zu ziehen. Das Licht draußen hat sich verdoppelt, Sonne plus Wasserreflex, kriecht durch den Stoff, malt Kreise an die Wand. Der Tag will sich in seinem Programm nicht stören lassen. Er beabsichtigt noch ein paar Kapriolen zu schlagen, bevor er stirbt.

16

„Der Captain hat Geburtstag", sagte Doktor Herford.

Ich schrak aus meinem Dämmerzustand auf. Die Vormittagssonne stand schräg über dem Achterdeck, die Planken knarrten unter den Schritten der getränkeservierenden Stewards, die Rauchfahne der Odysseus lag wie eine breiter werdende Schnur zwischen Schornstein und Heck. Neben mir Cathy, lesend, zeitweilig, die Hand zwischen aufgeschlagene Buchseiten, zurückgelehnt, die wechselnde Formation der Möwen verfolgend, dann Herford, rechts Hanns Eberhard, Ehefrau, David, die Sportsmaid, Goliath ohne Margery, auf der anderen Seite der geschwungenen Heckreling Laurie Lee, dunkle Riesenbrille über das blasse Kindergesicht gezogen.

„Heute?" fragt Cathy.

„Ja. Einundzwanzigster Februar. Wende des Fisches zum Widder. Ich merke mir Geburtstage leicht."

„Das stimmt", sagt Cathy, zu mir gewendet, „er telegraphiert mir jedes Jahr, auch wenn die halbe Welt zwischen uns liegt."

„Ich habe ein Geburtstagsbuch", sagt Hanns Eberhard, „gibt ein amerikanischer Verleger heraus. Tolle Sache, einmal aufschreiben, nachschlagen, kein Ärger mit beleidigten Verwandten. Vor zwanzig Jahren angelegt, tut seinen Dienst wie die zuverlässigste Sekretärin."

„Dafür vergißt du auf die Hochzeitstage", sagt seine Frau in sanfttrockenem Ton.

Ich fühle Herfords Worten nach, begegne dem Schock verständnislos, überrascht: Was ist daran dramatisch? Der Captain hat Geburtstag. Warum nicht? Habe ich mich tatsächlich in die Manie verrannt, ihn für eine Erscheinung zu halten? Doch nur, um mir die Sache leichter zu machen oder Kayssas Sottisen besser begegnen zu können! Ist es die Erinnerung an meine eigenen Geburtstage, die ausnahmslos zu Katastrophen wurden, sobald ich oder sonst jemand den Versuch machte, sie freundlich zu gestalten? Ich erinnere mich an die Schulzeit: Karzer, seitenlange Strafarbeiten, demütigende Bußgänge zum Direktor fanden unweigerlich an Geburtstagen statt. Später die erste verpatzte Klausur, weil ich Großvaters Tod mit mir herumschleppte wie ein Postpaket. Die Aussprache mit dem Freizeit- und Gartenmöbelfabrikanten Alfons, nachdem ich Sebastian kennengelernt hatte. Die Absage vom Max-Planck-Institut für Sebastian, die unsere damaligen Zukunftschancen auf den Nullpunkt reduzierte – auch sie traf an einem Geburtstag ein.

Damals lernte ich in der Universitätskantine den Chinesen Cyriel Kawagoe kennen, einen alterslosen Weisen mit porzellanglattem Gesicht. Er fand mich hinter zwei Reihen von leeren Whiskygläsern an einem Ecktisch auf, setzte sich schweigend mir gegenüber und begann auf der Rückseite eines Studienführers Wellenlinien zu zeichnen, eckige, flache und wellenförmige, münzte meine einsilbigen Antworten in chinesische Schriftzeichen um und empfahl mir nach einer Stunde und fünf weiteren Whiskys, ab sofort auf meine Geburtstage zu vergessen oder sie auf einen anderen Tag zu legen: Sie bildeten auf der Zeichnung ein zentimeterbreites Tief, das alle bis dahin zivilisiert verlaufenden Linien in sich vereinigte und an den unteren Rand des Studienführers zog. Ich erfuhr später, daß er seinen eigenen Geburtstag nicht kannte, auch nicht sein Alter, er war ein Kung-Fu-Schüler, elternlos, in einem Kloster in Shantung aufgewachsen, kannte 6000 Schriftzeichen und ebenso viele Bücher, hatte in London Sprachen, in Prag reine Philosophie studiert, ein wenig Medizin in München, besaß zwei Doktorate und die Lizenz, die Münchner Universitätsmensa als Pächter zu führen, mit Espressomaschine, drei warmen Speisen täglich, die er selbst zubereitete, und allen Getränken außer hochprozentigen Alkohol. Die Studenten legten ihm vor Prüfungen ihre Daten vor, und Cyriel zeichnete seine Linien, riet anzutreten oder zu verschieben, er erteilte seine Ratschläge für ein Paket Mentholzigaretten und eine Tasse schwarzen Kaffee, ich glaube, er lebte davon und wies den Gedanken an eine andere Tätigkeit, beispielsweise einen Lehrstuhl für Fernöstliche Philosophie an der Münchner Universität, mit stillem Lächeln zurück: Nicht wie, sondern daß man lebe, sei wichtig, man könne seinen Platz überall ausfüllen, es wäre kein Unterschied, ob man mit seinem Mikroskop in ein menschliches Gehirn hineinsehe oder in einen Acker, es sei der gleiche Staub.

Seit Cyriel feiere ich den achtzehnten am einundzwanzigsten oder drei Tage früher am fünfzehnten, drei muß sein, drei ist mein Karma, in der Drei bin ich zu Hause, auch sechs muß sein, das glaube ich, hat Sebastian grinsend gesagt, als ich ihm meine von Cyriel errechnete Ziffernzugehörigkeit darlegte, neun ist die wichtigste von allen, ist dreimal drei, ist, anders gesehen, unsere Familie, Christopher, du und ich, plus Sex, der sein muß, wie du selbst behauptest.

Der Captain ist an einem Einundzwanzigsten geboren. Wen wundert das? Vielleicht sollte er den Tag am vierundzwanzigsten oder am siebenundzwanzigsten feiern. Vielleicht tut er das und ist heute gar nicht traurig. Seine Kräftefelder verzeichnen ein psychisches Hoch. Deshalb hat er sich noch schnell mit dem Motorboot an Land bringen lassen, bevor wir Kurs auf Kerkyra nahmen.

Es war nach Sonnenaufgang, ich stand an der Reling und sah ihn aus der Luke klettern. Zwei Matrosen begleiteten ihn, einer steuerte, einer stand aufrecht hinter ihm im Boot. Was tut er, der nie an Land geht, so früh am Morgen in Rhodos auf Rhodos? Vielleicht will er ein Telegramm aufgeben, dessen Text der Funker nicht wissen soll. Vielleicht jemanden besuchen, den er von früher her kennt. Er hat nicht viel Zeit. Um sieben läuft das Schiff aus.

Vielleicht hat er die Frau auf seiner Insel angerufen, weil er Geburtstag hat und ihre Stimme hören wollte.

Quäl dich nur, sagt Kayssa, recht so. Aus dir wird noch eine brauchbare Masochistin.

Und was, zum Teufel, soll ich ihm schenken? Wenn ich es früher gewußt hätte, hätte ich ihm von Rhodos auf Rhodos eine Blume gebracht. Ich hätte ihn gebeten, mich mitzunehmen, ich müsse etwas besorgen für jemanden, der Geburtstag hat. Warum sagt Herford es erst jetzt, da wir in nordwestlicher Richtung davondampfen, mit achtzehn Knoten in der Stunde, volle Kraft voraus? Ich möchte wetten, daß es auf dem ganzen verdammten Schiff nicht eine einzige Blume gibt.

Was gibt es an Bord? Eine Parfümerie, eine Boutique. Ich kann ihm zu seiner Seemannsuniform keine Krawatte schenken. Auch kein Rasierwasser. In keinem Opernführer steht, ob sich der Fliegende Holländer mit dem Messer oder elektrisch rasiert.

Die Frau auf der Insel, die er angerufen hat, um ihre Stimme zu hören, hat gesagt: Was willst du schon wieder? Du sollst nicht dauernd anrufen. Ich bin beschäftigt, was geht mich dein Geburtstag an?

Vielleicht liegt sie während des Gespräches mit einem schwitzenden Fischer im Bett. Der Captain kann ihn ja nicht sehen. Er hört nur ihre Stimme. Und was sie sagen wird, hat er schon vorher gewußt. Deshalb war er schon vorher traurig.

Er hätte lieber mich anrufen sollen. Jede Kabine hat ein Telefon mit einer vierstelligen Nummer. Meine ist eins eins vierunddreißig. Genau betrachtet, kommt da wieder neun heraus. Ein gutes Omen. Wenn er mich angerufen hätte, hätte ich gesagt –

Ich verlasse das Deck. Tauche ins Dunkel des Korridors. Finde das Türschloß, lande mit Hechtsprung auf dem Bett.

Das Gespräch zieht in Wortfetzen an mir vorbei.

„Wird er abends herunterkommen? Gibt es ein Fest?"

„Nein", hat Herford gesagt, „nie. Er sperrt sich ein. Er zieht sich zurück. Er will nicht, daß darüber gesprochen wird."

Er will allein sein. Er will traurig sein. Kein Fest für den König. Er steht am Bug und sieht hinaus auf das Wasser. Leg die Hand auf meine Schulter, Daddy, Kitschlied aus Kindertagen, amerikanischer Film, Nachkriegszeit, synchronisiert, nur die Songs in englisch, Eddie Constantine oder Frankie Lane, eher Frankie Lane, denn du hast mich, und ich habe dich, und so scheint alles in Ordnung zu sein. Ich frage mich, ob Mammy heute an uns denkt, denn es ist meine Geburtstagsnacht.

Irgendwann ist das Glockenspiel zu mir durchgedrungen. Hat es geklopft? Hanns Eberhards Stimme, dann Cathy: Lassen Sie, sie fühlt sich vielleicht nicht wohl. Meine Lider brennen. Hat Tassos Dienst? Ich müßte ein Glas Tee trinken. Eine heiße Dusche nehmen. Ob ich je wieder aus meiner Höhle ans Licht krieche? Der Captain hat Geburtstag. Seit unserer gemeinsam verlorenen Schlacht ist Kayssa nicht ansprechbar. Was sollte sie auch sagen?

Nichts, das ich nicht selbst wüßte. Nicht einmal Seerosen schwimmen auf diesem blödsinnigen Ozean. Ich könnte sonst über das Fallreep klettern, es hängt noch aus der Luke. Und seine Hand hat die Sprossen berührt.

Ich fühle meine Finger über etwas gleiten. Spiele damit, mechanisch, warme, rundgeformte Schnur aus nachgiebigen Metallgliedern. Die Lorgnonkette an meinem Hals, sie stammt von Großvater, er hat sie Großmutter zur Hochzeit geschenkt. Großmutter war ein wenig kurzsichtig, und damals verbrämte man diesen kleinen Defekt mit ziseliertem Goldrandglas an geflochtener Kette, münzte ihn in Anmut um. Sie hat durch das Lorgnon auf das fremde Land Apulien geblickt, als das Schiff anlegte. Hab' ich gesagt, daß sie fünfzig Jahre lang ohne Pause glücklich waren?

Auf einmal bin ich ganz ruhig. Fasse nach der Kette an meinem Hals. Wohin gehst du? Ich weiß noch nicht. Willst du nicht in den Spiegel sehen, dich umziehen? Wohin gehst du? Ich werde es erst unterwegs wissen.

Vier Treppen. Kein Lift. Apollo. Die Sonne steht schräg. Mittelschiff vor, dreißig Schritte. Noch einmal dreißig. Unten glänzt die See. Er steht außerhalb des Brückenraumes an der Reling, gibt einem Matrosen, der ein Stockwerk tiefer steht, Anweisungen.

Handzeichen rechts, links, noch einmal rechts. Zwischen uns liegt die Absperrung, die die Brücke vom Vorschiff trennt; ein weißes Metallgitter. Seine Hand liegt darauf, als er sich umwendet. Verzögerte Geste, undefiniertes Erkennen.

„Good evening."

Was sonst?

„Guten Abend." Es ist noch lange nicht Abend. In Griechenland beginnt die Nacht am Nachmittag. Was nicht Morgen ist, ist Abend. Im Süden ist das so.

„Kann ich etwas für Sie tun?"

Sei vorsichtig, um des Himmels willen. Sag nicht „Nein, danke" oder etwas ähnlich Idiotisches. Sag etwas, worauf er antworten muß. Wie kann ich mein Hirn aktivieren, wenn meinem künstlich aufgeblasenen Herzen die Luft ausgeht?

„Ich wollte Ihnen etwas sagen. Etwas geben. Es ist Ihr Geburtstag."

Verdammt, mein Englisch. Südstaatenakzent. Ob er mich versteht?

Er hebt abwehrend die Hände, spontan. „Sprechen wir nicht darüber."

Herford hat recht gehabt. Was jetzt? Er wird sich umdrehen und gehen.

„Warum..." Das Wort hängt in der Luft. Warum laufen Sie vor mir weg, hatte ich fragen wollen. Um einen Mann zu werben, habe ich noch nie versucht.

„Beg your pardon?"

Das abgebrochene Wort hat ihn dazu gebracht, in der Bewegung innezuhalten. Er steht, die Hand am Gitter, halb abgewandt vor mir.

„Sie wollen nicht mit mir sprechen", sage ich.

Defensiver Angriff. Unterstellung fordert Widerspruch heraus. Es ist gleichgültig, wer um wen wirbt, sagt Alice Schwarzer, aber ich bin da nicht ihrer Meinung.

„Nein", sagt er. „Nein."

Ist das positiv oder negativ? Er zögert, die Hand auf dem Gitter bewegt sich. „Es tut mir leid, ich kann es nicht öffnen."

Sein Blick ruht auf mir, sanft, nachdenklich. Ich hätte mich doch umziehen sollen. Nicht so salopp vor dem König erscheinen, in Jeansanzug und T-Shirt.

Was hat er gesagt? – Er kann das Gitter nicht öffnen.

„Nicht nötig", sage ich atemlos, „ich kann darüberklettern."

Alice Schwarzer klatscht Beifall: Dornenhecken übersteigen ist Männersache. Du machst dich. Nein, sage ich, lobt mich nicht zu früh: Ich werde ihm zu Füßen fallen, im Augenblick, da ich drüben bin.

Das Gitter ist lächerlich niedrig.

Er mustert mich noch immer, da ich vor ihm stehe. Sanft, unbewegt. In der Mondlandschaft seines Gesichts stehen die Augen als dunkel leuchtende Krater. Ich weiß nichts zu sagen. Bin hilflos verstummt. Er hat mir erlaubt, über das Gitter zu klettern.

Der erste eiserne Reif ist von meinem Herzen gesprungen.

Da ist das Tor millimeterbreit geöffnet. Er hat meine Gegenwart akzeptiert. Die Kugel ist nicht mehr bei mir.

Ein Matrose bringt ihm Kaffee in einer flachen Tasse.

„For you, Captain."

„Efcharisto."

Er trinkt, behält die Tasse in der Hand. Sieht müde aus. Nur seine Augen sind wach. Die Schultern etwas vorgebeugt, in dem einfachen dunkelblauen Sweater mit der Aufschrift „SS Odysseus". Er trägt die gleiche Kleidung wie die Matrosen. Die schlanken, männlichen Gelehrtenhände halten die Tasse fest.

„Ich muß die Boote versorgen."

Er reicht die leere Tasse dem Matrosen, der stumm gewartet hat. Stellt mir mit flüchtiger Geste frei, die Brücke zu betreten, falls ich es möchte. Wendet sich um und geht durch die Glastür in den Steuerraum, verläßt ihn auf der anderen Seite. Beginnt einem Matrosen, der ein Stockwerk tiefer steht, gedämpfte Befehle zuzurufen.

Ich warte ein paar Minuten, öffne dann ebenfalls die Tür. Hier war ich schon, während der Führung. Der Steuermann grüßt freundlich, ohne Erstaunen, weist auf den Sessel am Kartentisch. Danke, ich stehe lieber. Der Schiffsboden ist ohnehin zu Watte geworden.

Ich starre hinaus auf das Wasser. Heute ist wieder Seetag. Bingo, Vortrag, Tanz, Fünfuhrtee. Abends Folklore in der Hesperides-Lounge. Der Captain hat Geburtstag, und ich bin auf der Brücke.

Aber er ist nicht mehr da. Scheint die Boote versorgt zu haben und ist verschwunden. Der Außenraum ist leer. Ich habe den Augenblick versäumt, da er das Deck verlassen hat. Weiß nicht, in welche Richtung er gegangen ist. Ist er schon lange fort? Ich habe auf das Wasser gestarrt und den Augenblick versäumt.

Ich kann nur warten. Von welcher Seite wird er kommen? Was sagen, tun? Er weiß, daß ich hier bin. Hat mir erlaubt einzutreten. Der Sessel am Kartentisch ist leer, aber ich will mich nicht setzen. Ich lehne am Bugfenster und sehe hinaus auf das Wasser.

Wie viele Minuten? Zehn? Zwanzig? Ich wage es nicht, auf die Uhr zu sehen. Vielleicht hat er zu tun. Was kann er zu tun haben, außerhalb der Brücke? Mein Blick fällt auf das Zifferblatt über dem Radartisch. Der Sekundenzeiger kreist unermüdlich, pflichtbewußt.

Und wenn er nicht wiederkommt? Plötzlich weiß ich: Er hat

mich vergessen. Mir einen Platz angewiesen und mich dann vergessen. Wie man ein Requisit abstellt, das einem im Weg liegt und das man nur aufhebt, um es beiseitezuschaffen.

Ich hätte es wissen müssen. Er taucht auf und verschwindet. Gleichgültig ob es Mitternacht ist oder fünf Uhr nachmittags.

Ich gehe. Wo ist die Glastür? Die Uhr zeigt zwanzig nach fünf. Der Matrose am Radarpult sieht auf, lächelt freundlich, flüchtig, malt weiter Zeichen auf den quadratischen Block.

Im Grunde kann ich genausogut hierbleiben. Was versäume ich? In die Kabine komme ich noch früh genug. Ich kann noch eine Stunde stehenbleiben und mir einreden, daß ich auf ihn warte. Das ist wenigstens konstruktiv.

Der abgebrauchteste aller Mechanismen funktioniert exakt: Im Augenblick, da ich den letzten Rest von Hoffnung aufgegeben habe, betritt er die Brücke. In gemäßigter Hast, zwei, drei Befehle im Vorbeigehen an verschiedene Leute erteilend. Steht neben mir, den Blick voraus durch das Bugfenster gerichtet.

„Würden Sie bitte mit mir kommen?“

Ich sehe aus schrägem Blickwinkel, daß er die Kleidung gewechselt hat. Er trägt anstelle des Arbeitspullovers ein weißes Seidenhemd.

„Hier. Durch die Mitte.“ Er geht mir voraus. Ich versuche gewaltsam, die Tatsache, daß er sich umgezogen hat, nicht auf mich zu beziehen. Es gelingt nicht. Für wen soll er es getan haben? Kayssa, für wen? Fall nicht, der Korridor ist dunkel! Da ist der Funkraum. Hier die Tür zum Kapitänsbüro. Und dort an der Wand hat er dich zurückgelassen und ist an dir vorbei zur Brücke gegangen. Denk nicht daran. Jetzt ist er drei Schritte vor dir, zieht den Vorhang beiseite, damit du eintreten kannst.

„Hier.“ Er rückt mir den Sessel neben seinem Schreibtisch zurecht, läßt sich in den Drehstuhl fallen. Greift nach der Brille, die auf der Ledermappe liegt.

„Verzeihung.“ Er studiert zwei, drei Blätter, die auf dem Pult liegen, zieht einen Papierstreifen aus dem Fahrtenschreiber, vergleicht. Legt dann Papier und Brille auf den Schreibtisch.

„Möchten Sie einen Drink?“

Ja. Alles, was die Zeit verlängert, die ich hier sein kann. Er mustert mich ernst, ein wenig forschend. „Gin-Tonic? Nein, Campari. Einverstanden?“ Er drückt die Taste seiner Sprechanlage. „Zwei Campari, einen mit, einen ohne Eis.“ Das Licht fällt durch das große, viereckige Fenster. Ich nehme nur Konturen wahr. Sie sind hell, warm, aus gemasertem Holz.

„Wie heißen Sie?“

„Simone.“

„Verzeihung. Ich müßte es wissen.“ Er lehnt sich im Sessel zurück. Der Steward klopft, tritt ein, stellt zwei Gläser auf den Tisch. Er schiebt mir den Campari mit den Eiswürfeln zu, greift nach dem anderen, entläßt den Steward mit knapper Handbewegung.

„Salud.“

„Salud.“

„Was kann ich für Sie tun, Simone?“

Hic Rhodos, hic salta: Das war die Lateinlehrerin mit der seitenlangen Strafarbeit. Rhodos liegt hinter uns, wohin soll ich springen? Hic Rhodos heißt: Das ist der Augenblick. Die Chance. Was du jetzt tust, entscheidet.

„In Südfrankreich“, sage ich, „gibt es einen Brauch. Mein Großvater stammt aus einem Dorf in der Auvergne. Man schenkt an Festtagen etwas zum Weiterschenken. Weil Geben größere Freude macht als Nehmen. Man gibt das Geschenk des Weitergebens. Ich habe diesen Gedanken immer geliebt.“ Mein Englisch scheint akzentfrei. Er hat mich verstanden, in seinen Augen steht ein sanftes Licht. Ich taste nach der Kette an meinem Hals, nehme sie ab.

„Ich möchte Ihnen etwas geben für die Frau, die Sie lieben. Für ein Fest oder den Tag Ihrer Wiederkehr.“

Seine Hand liegt locker auf der Sessellehne. Ich habe vergessen, daß er unberührbar ist, greife, ohne es zu wissen, danach, wende sie um, lasse die kleine Kaskade aus Goldgliedern darauf niederfallen. Er hat nicht abgewehrt, nicht widersprochen. Seine Augen nicht von mir genommen.

„Es ist schön“, sagt er. „Sie werden es vermissen.“

„Ich möchte es vermissen. Werden Sie es ihr geben?“

„Sie wird glücklich sein.“ Er sieht auf den glänzenden kleinen Goldhügel in seiner Hand. Der Wasserreflex, von der Scheibe gespiegelt, gleitet darüber hin.

„Ich darf es nicht zurückweisen, nicht wahr? Es gehört mir nicht.“

„Das ist der Gedanke.“

Er hat begriffen. Weiß, daß ich einen Einwand nicht ertragen hätte.

Der kleine Lautsprecher auf dem Schreibtisch ist auf halbe Stärke geschaltet. Die Stimme von Heinz Rech aus der Hesperides-Lounge klingt undeutlich herauf.

Er schließt die Finger um die Kette. Um seinen Mund zuckt es. Er möchte etwas sagen. Hält inne. Hebt den Blick zu mir. Die Nachdenklichkeit in seinen Augen ist sanftem Verstehen gewichen. Die Sekunden fallen wie Tropfen, bevor er spricht:

„Das heißt, daß du mich liebst.“

Der zweite Ring. Er birst, löst sich, gibt frei.

Ja. Ja, ich liebe dich. Wie ich noch nie geliebt habe. Du hast mich auf dem Wasser zu tanzen gelehrt, weiße Schaumkronen unter meinem gläsernen Schuh. Hast mir den Schritt zur Ewigkeit zu einer Kapriole im Sechsachteltakt gemacht.

„Vom ersten Augenblick an“, sage ich.

Im Lautsprecher ist eine Pause entstanden. Dann eine Frauenstimme: „Bingo!“ Das ist die Italienerin, sie spricht im Diskant, immer, es klingt aufgeregt, auch wenn sie ein Stück Brot bestellt.

Der Captain hat sich abgewandt, die Kette auf die Ledermappe gleiten lassen. Sie liegt dort wie eine schmale Straße, die in sich selbst mündet. Gehört mir nicht mehr. Er sitzt reglos, die Schultern ein wenig hochgezogen.

Applaus aus dem vergitterten Metallkasten. Es klingt wie Motorenknattern, mechanisch, flach.

Ein Atemzug hebt seine Brust. Dann richtet er sich auf, wendet sich mir zu. Beugt sich etwas vor, die Kerbe über seiner Nasenwurzel ist steil. Er hebt die Hand, legt seine Fingerrücken leicht an meine Schläfe. Bleibt unbewegt, sekundenlang, als fühle er meinen Gedanken nach. Neigt dann den Kopf, bis seine Stirn fast die meine berührt.

„Gut“, sagt er. „Das ist gut.“

Ich wage nicht, mich zu bewegen. Die Gläser auf dem Tisch sind halb leer. Muß ich gehen? Was zu sagen war, ist gesagt.

„Warte", sagt er. „Warte, Simone."

Er steht auf. Hat meinen Namen so selbstverständlich ausgesprochen, als gebrauche er ihn jeden Tag. Tritt an die Wand neben den Vorhang. Streckt die Hand nach mir aus.

„Komm zu mir."

Ich folge. Taubblind, von Drähten gezogen.

Er legt die Arme um mich, wie probeweise. Glatte, weiße Seide. Ich fühle nichts. Mein Körper ist tot. In Hypnose erstarrt, während meine Seele draußen auf dem Wasser Spiralen dreht.

Sein Mund berührt meine Schläfe. Flüchtig, rasch. Meine Wange. Mein Haar. Wie zufällig. Tastende Spur im Sand. Die weiße Seide strömt einen herbsüßen Duft aus. Lavendel, Rosenöl?

„Was ist deine Kabinennummer?"

„Poseidon 203."

„Vielleicht rufe ich dich an – später."

Ich kann nicht antworten, taste nach der Tür.

„Bis dann."

„Ja. Ja."

„Efcharisto, Simone."

Der Vorhang öffnet sich, fällt. Wieder der Korridor. Wie viele Worte haben wir gewechselt? Zehn, zwanzig? Wir haben keine gemeinsame Sprache. Man kann die Welt auseinandernehmen und wieder zusammensetzen mit ein paar Worten aus einer Sprache, die einem nicht gehört.

Windböen am Achterdeck. Die Möwen fliegen Formation. Ich sehe ihnen zu, bis meine Lider brennen. Die Sonne taucht steuerbord unter die Wasserfläche. Wir schreiben den Einundzwanzigsten, immer noch, denn dein ist das Reich und die Kraft und die Herrlichkeit.

Cathy sitzt neben der Tür, steht auf, als sie mich kommen sieht.

„Geht es dir besser?"

„Besser?"

„Simone, was ist mit dir los?"

Ich schüttle den Kopf. Fasse die Hand, die sie mir entgegenstreckt. Hinter der Tür steht Lilli mit dem Leader. Sie haben eine Auseinandersetzung. Lillis Stimme klingt hoch, gepreßt, er zischt die Sätze undeutlich durch die Zähne.

Ich sehe Cathy durch roten Nebel. Sie lächelt, faßt nach meinem Arm.

„Ich hab' dir gesagt, daß alles gut wird."

„Cathy, du weißt nicht..."

„Doch", sagt sie, ein Funken ist in ihren Augen aufgesprungen. „Hab keine Sorge. Niemand außer mir weiß es. Ich kann die Liebe fühlen. Meine Sinne sind dafür geschärft." Sie streicht über meine Stirn, hält die Hand kurz auf meiner Schläfe, wie der Captain es vorher getan hat.

„Cathy, wovon redest du?"

„Er wird dich holen", sagt Cathy, „noch heute nacht. Ich weiß es." Sie läßt die Hände sinken, ihre Atemzüge sind hastig, kurz. „Du hast einen Körper, den du verschenken kannst. Tu's, Simone. Gib ihm alles, was du zu geben hast." Sie sieht auf, bleibt mit ihrem glänzenden Blick an meinem Gesicht hängen. „Ich beneide dich, Simone. Ich möchte an deiner Stelle sein."

„Du irrst dich, Cathy. Er ist –"

„Er ist ein Mann", sagt Cathy, „du wirst es erst begreifen, wenn er bei dir ist. Geh jetzt. Denk an nichts anderes mehr."

Sekundenlang fühle ich Cathys Atem an meiner Schulter, ihre Wange streift mein Gesicht. Dann ist die schmale Gestalt ins Dunkel geglitten, den leichten Duft ihres Seidenkleides zurücklassend.

Der Leader, der zwei Meter neben mir hinter dem Türflügel steht, schiebt den Vorhang beiseite, tut einen Schritt in den Korridor. Seine Lippen sind zu einer zornigen Grimasse verzerrt, er wendet sich noch einmal zurück, reißt das Mädchen aus dem Schatten, stößt sie vor sich her in den Saal. Lilli stöhnt leise auf, ich strecke unwillkürlich die Hand aus, es sah aus, als würde sie über die Türschwelle stolpern. Der Leader wendet sich um, sieht mir ins Gesicht. Seine Mundwinkel ziehen sich nach unten, es soll ein Lächeln sein, verstärkt die Brutalität seines Ausdrucks auf unangenehme Weise.

„Keine Sorge, Missis." Er mustert mich, die zynische Erheiterung zieht sich über das zu weiche, ein wenig aufgedunsene Schönlingsgesicht hinauf in die Augenwinkel, er kneift die Lider zusammen, nickt mir, Einverständnis voraussetzend, in freundlicher Herablassung zu. „Das ist schon so, Missis. Ein Mann hat es nicht immer leicht, wissen Sie?"

17

Die Nacht beginnt zu fallen. Stückweise, Dämmerung um sich ziehend, wie Schleierfetzen. Sie liegen über dem Bugdeck, haben sich als graue Filter über die Positionslichter gesenkt.

Das Abendessen: Und wenn er währenddessen anruft? Warum sollte er anrufen? Weil er es gesagt hat?

Alle sitzen am Tisch, als ich zur Tür hereinstolpere. Der Kapitänstisch ist leer.

Margery und Laurie Lee löffeln, jede starrt vor sich hin, ohne den Kopf zu heben. Die Blumenkohlstücke schwimmen glitschig in der Suppe, lassen sich nicht fassen, sind zu groß geschnitten. Wenn man kein ausgeprägtes Gleichgewichtsgefühl hat, rutschen sie von den viel zu flachen Löffeln.

Laurie Lee hat sich im Laufe des Seetages zu einem Käuzchen verwandelt. Die Sonne an Deck war kräftig, ihr Gesicht ist braungebrannt, nur um die Augen, wo die riesige Sonnenbrille saß, liegen weiße, kreisrunde Felder. Der junge Steward serviert mit zitternder Hand. Scheint wieder am Ausgangspunkt des Abenteuers angelangt zu sein. Starrt auf Laurie Lees unter dem T-Shirt aufquellende Formen, seine Augen sind starr, er tritt beim Servieren des Käsedesserts hinter ihren Sessel, preßt seinen Körper sekundenlang gegen die gepolsterte Rückenlehne. Laurie Lee sitzt in geduckter Haltung, das gezackte Käsemesser in der Hand, dicht neben Margerys auf dem Tisch liegendem Oberarm. Ein Schnitt in die Pulsader, Margerys Blut würde Tischtuch und Käse färben, ehe sie sich erholt hätte, wären zwei Stunden vergangen, zwei Stunden auf den mattenbelegten Planken des Arbeitsdecks.

Ich überlege, ob ich zu einem Drink in die Lounge gehen soll. Ein Glas Whisky hilft vermutlich besser als das Pulver, das ich in dem bereits halbzerfallenen Faltpapierchen mit mir herumtrage. Ehe ich wieder beginne, gegen Wände zu laufen, verzichte ich auf den Whisky und gehe in meine Kabine. Das Telefon hat noch nicht geläutet, seit ich auf dem Schiff bin. Warum sollte es heute läuten? Wahrscheinlich hat es gar keine Stimme, ist nur eine Attrappe, damit die Manager unter den Passagieren den gewohnten Anblick nicht vermissen.

Ich lege mich auf das Bett, angezogen, wie ich bin. Rekapituliere die zwanzig Worte des Nachmittags. Weiß, daß ich keines von ihnen je vergessen werde. Weil es so wenige waren, sagt Kayssa, Kunststück. Nein, sage ich, weil sie mich verändert haben. Der Tanz hat dich verändert, sagt Kayssa, am ersten Abend. Und nicht nur dich, wenn ich mich recht erinnere. Warum behauptest du eigentlich dauernd, daß die Initiative von dir ausgeht? Du liebst ihn, gut. Aber er hat dich an seinen Tisch geholt. Er hat dich auf das Parkett geholt. Wenn er jetzt anruft, wird er dich in sein Bett holen.

Mach mich nicht wahnsinnig! Nicht jetzt, Kayssa, sonst ist es nicht wahr. Außerdem wüßte ich nicht, was ich in seinem Bett tun sollte.

„Krrrrr."

Ich schnelle hoch, starre, aufgestützt, auf das schwarze Plastikgebilde. Der Ton hängt in der Luft, weich wie das Summen eines Reiseweckers.

„Krrrrr."

Das Telefon hat eine Stimme. Ich habe ihm unrecht getan. Vielleicht ruft Cathy an, weil sie eine Spritze braucht.

„Krrrrr."

Ich bin verrückt, nicht abzuheben, aus Angst, er könnte es nicht sein. Am Ende denkt er, daß ich nicht in der Kabine bin.

„Hallo –?" Ich habe den Hörer so hastig von der Gabel gerissen, daß der Apparat an den Rand des Tisches gerutscht ist.

„Simone?"

„Ja."

„Bist du allein?"

„Ja, ich bin allein."

Seine Stimme klingt ruhig, ein wenig brüchig, als er sagt: „Willst du zu mir kommen?"

Ich taste den Worten nach, versuche mich ihrer zu bemächtigen.

„Simone."
„Ja."
„Kommst du?"
„Ja. Ja."
„Komm bald. Ich warte."
Klick.

Die Tür fällt hinter mir ins Schloß. Tassos hat Gangwache, ich warte, bis er am Ende des Korridors um die Ecke biegt. Schlüpfe hinaus in den Hauptgang. Lift, die roßschwänzige Liftmaid, drei Stockwerke, Nereus, Apollo. Die Nacht ist blauschwarz wie Calypsos straffgespannter Zopf. Im Quergang, Mittelschiff, trete ich für Sekunden hinaus an die Reling. Im Umkreis des Wassers ist das Schiff erleuchtet, sanftwellige Dünung. Wenige Meter weiter ist es pechschwarz, taucht erst am Horizont in schwimmendes Nebelgrau. Auf halber Strecke ein Schiff, erleuchtete Bullaugen, Stecknadelköpfe. Der du die Welt umspannst mit lose geschlossenen Fingern von Pol zu Pol, die Meridiane in deine Hand geschmiegt: Du weißt, daß du eines deiner staubgeborenen Geschöpfe vor allen anderen beschenkt hast, unbegreiflich, unverdient. Ich werde nie mehr lügen, nie mehr stehlen, auch keine Kugelschreiber. Nie mehr ein Hühnerbein in den Abfall werfen. Ich werde meinen Bausparvertrag auflösen und das Geld an Amnesty International überweisen. Wenn ich die Lorgnonschnur noch hätte, würde ich sie dem nächsten Bettler schenken. Ich werde nie mehr ungeduldig gegen Rafe Collins sein und der männlichen Geographie zuhören, was immer sie verzapft. Ich werde bis ans Ende meiner Tage nach dir suchen und nicht müde werden, aus den Bruchstücken, die du mir ins Herz gelegt hast, ein Ganzes zu formen, aus dem du mir in deiner Herrlichkeit erstehst.

Der Kokosläufer dämpft meinen Schritt. Da ist die Tür zum Funkraum. Es knattert leise, regelmäßig, als ich vorübergehe. Die fleißige Maschine spuckt Nachrichtenbänder auf den Ölboden. Ob der Diensthabende sie aufhebt? Liest? Ob er Tee kocht, in seiner emaillierten Pfanne? Schwarzgrauen Tee, auf dem glänzende, fette Inseln schwimmen.

Ich erkenne den Schatten erst, als er mich berührt.

„Komm."

Er steht an der Wand neben dem Türvorhang. Dicht vor mir, sanfter Lichtschein auf seinem Gesicht. Wie damals, als ich aus dem Funkraum in den Korridor trat. Nimmt mich leicht am Arm, schiebt den Vorhang beiseite, läßt mich eintreten.

Es ist dunkel. Kein Licht. Nur die Positionslampen vom Bug des Schiffes erhellen den Raum, gelbweiß von der einen, mattgrün von der anderen Seite. Ich erkenne den Schreibtisch, den Sessel, in dem ich nachmittags gesessen habe. Seiner ist zurückgeschoben, als wäre er hastig aufgestanden. Auf der Ledermappe liegt die Goldkette, sanftgeschwungene Lichtspur, kommt aus dem Dunkel, führt ins Dunkel. Das Stampfen der Motoren ist hier oben nur als leichtes Vibrieren fühlbar. Herford hat recht. Es ist ein gläserner Turm. Bei Nacht noch mehr als am Tag.

„Ich hatte Angst, du würdest den Weg nicht finden."

Er hat die Tür geschlossen, den Vorhang mit flüchtiger Hand zugezogen. Steht an die Wand gelehnt, streckt den Arm nach mir aus.

„Komm zu mir."

Zwei Schritte. Drei. Er greift nach meiner Hand. Zieht mich an sich.

Kühle, weiße Seide. Lavendel, aus Großmutters Wäscheschrank. Er senkt den Kopf, seine Lippen berühren meine Schläfe. Sein Atem streift meine Wange. Dann faßt er fester zu. Nimmt mich an sich, kein Atom Luft zwischen uns. Ein tiefer Atemzug, es klingt wie ein Aufstöhnen.

„Mein Gott! Es ist gut, dich hierzuhaben."

Er hebt die Hand. Legt sie an meine Schläfe. Sucht meine Augen. Brennend dunkle Krater. Ruhig und tief.

„Sag es mir." Flüstern, fast unhörbar. Sein Mund bewegt sich kaum. „Sag es mir, Simone."

„Ich liebe dich."

Er verhält reglos, atemlos. Sein Herzschlag ist stark, dringt durch Seidenhemd und Baumwollbluse.

„Es ist gut, dich hierzuhaben."

Wir haben wenig gemeinsame Worte. Sie zweimal zu gebrauchen heißt nicht, zweimal dasselbe gesagt zu haben.

„Komm. Setz dich. Bleib. Du gehst nicht? Du verläßt mich nicht?"

„Nein."

„Komm." Er zieht mich zu der Lederbank an der Längsseite des Raumes. Sie fühlt sich kühl an, glatt unter meinen aufgestützten Händen.

„Ich möchte in deinem Schoß liegen. Erlaubst du es mir?"

Ich kann nicht antworten. Strecke die Hand nach ihm aus.

Wenn er nicht im Befehlston spricht, ist seine Stimme brüchig. Unverbraucht, kantig wie die eines Knaben. Wie viele Worte hat er in den letzten dreißig Jahren gesprochen? Auch seine Anweisungen sind meist nur Zeichen. Er gibt sie mit den Augen, einer Bewegung seines Kopfes. Rechts, links. Ein paar Handzeichen, stop, nicht weiter, efcharisto. Was er zu sagen hat, bedarf keiner Worte.

Er gleitet neben mich, streckt sich, liegt auf der Lederbank, den Kopf in meinem Schoß. Schlingt mit geschlossenen Augen die Arme um meine Mitte.

Ich lehne mich zurück. Lege die Hand an seine Schläfe. Sein Haar ist dicht, stark, etwas spröde. Fühlt sich lebendig an. Ich spreize die Finger, um es besser zu fühlen.

Das Glück hat viele Farben. Einigen davon bin ich begegnet, habe sie durchlebt.

Was mich jetzt ausfüllt, hat keine Farbe, die ich kenne.

Lindos, Tinos, Delos. Amorgos, Naxos. Kos, dreimal. Möchten Sie tanzen? Mit wem? Mit mir.

Er atmet ruhig, man könnte meinen, daß er schliefe, wenn nicht die sich keinen Augenblick lockernde Fessel seiner Arme um meine Körpermitte wäre.

Ich möchte Ihnen etwas sagen. Etwas geben. Es ist Ihr Geburtstag. Sprechen wir nicht davon.

Draußen gleitet ein Schatten vorüber. Ein Matrose, der zur Brücke geht. Ablöse. Der Captain hat sich zurückgezogen. Ist ausgestiegen. Das Schiff muß eine Zeitlang ohne ihn auskommen.

Das heißt, daß du mich liebst.

Ja. Ja, ich liebe dich. Wie ich noch nie geliebt habe. Du hast mich auf dem Wasser zu tanzen gelehrt, weiße Schaumkronen unter meinem gläsernen Schuh.

Irgendwo auf der Erde geht jetzt die Sonne auf. In Japan oder auf den Philippinen. Für Millionen Menschen ist die Nacht vorbei. Wie gut, daß ich nach Rhodos gefahren bin und nicht nach Tokio. Die „SS Odysseus“ hat ihren festgesetzten Kurs, glücklicherweise. Auch wenn sie, wie jetzt, ohne Kapitän fährt.

Fernher tutet ein Schiff, langgezogener, dumpfdunkler Ton, Sekunden später die Antwort der „SS Odysseus“, höher, ein wenig schrill, in polyphoner Dissonanz über dem Wasser verschwebend.

Er hat sich aufgesetzt, die Hände auf meine Schultern gelegt. Das Buglicht hat die Farbe des griechischen Mondes angenommen, zwei Monde stehen nebeneinander vor dem Kajütenfenster, heben sein Gesicht aus der Dämmerung: Was ihn verändert hat, innerhalb weniger Sekunden, ist unglaubhaft, ohne Beispiel. Ich fühle seine fordernden Arme mich hochziehen, halten. Seine Bewegungen sind weich, dennoch von stählernem Willen geführt. Fühle, wie er sich unter Kontrolle hält, seinen Händen Ruhe befiehlt, seine atemlos brüchige Stimme zum Flüstern dämpft.

„Komm. Kommst du?“

Er nimmt mich am Arm, stößt mich beinahe durch die Tür, bewahrt mich gleichzeitig mit weichem Zugriff vor dem Fall. Steht vor mir, nur fühlbar, das Buglicht ist abgeschwächt, Konturen, ein, zwei Gegenstände glänzen im Dunkeln, in meinen Kniekehlen fühle ich, daß ich am Rand eines Möbelstückes stehe, Bett, Couch, er reißt mich mit einer Hand an sich, gräbt die andere mit gespreizten Fingern in mein Haar, ungezügelte Besitznahme, seine Wange an meiner Schläfe.

„Bleib. Verlaß mich nicht.“

Seltsam, daß er das sagt. Zum zweiten Mal. Ist er verlassen worden?

Seine Finger graben sich in meine Schulter. Er versucht, mir nicht weh zu tun, es gelingt nicht. Als wären Dämme gebrochen, als wollte er versuchen, sie zu halten, indes sie von der nächsten Dünung überrollt werden. Seine Hände fassen, zerren, stoßen, alles gleichzeitig, hüllen mich dabei in einen Strom von Hingabe, selbstvergessen, knabenhaft, ungläubig, keusch, als wäre ich die erste Frau, die er im Arm hält.

„Take it off. Nimm es weg.“

Er zerrt an meinem Kleid. Der Stoff reißt unter seinen Händen, knisternd, fällt abgeschält, ein helles Bündel, zu Boden. Er schreit leise auf, als er mich in die Arme nimmt. Weit draußen hebt das vorbeiziehende Schiff seine Stimme. Leiser als vorhin, dumpf, wie erstickt. Der Captain stößt mich auf das Bett, läßt mich im letzten Augenblick sanft niedergleiten. Löst sich von mir, Bewegung im Dunkeln, hastig, ein Aufstöhnen, erstickt, er gleitet neben mich, nimmt mich an sich, verhält in totaler Berührung unbewegt, hingegeben.

„Du bist schön. Laß dich halten. Du bist schön."

Wir haben wenige Worte. Ich kann nicht verstehen, was er an meinem Ohr flüstert, schreit. Kann nicht antworten, bin in Entzükken verstummt. Der fremde, dunkle Schatten auf der Brücke, der Mann, der in meinen Armen vergeht: Sie sind eins geworden.

Er lockert seinen Zugriff, richtet sich auf.

„Ich möchte dich glücklich machen."

„Du hast mich glücklich gemacht."

Die Schiffsmotoren sind jetzt fühlbar. Nicht mehr gedrosselt, wie zu Anfang. Zwei Knoten Zugabe, der Fahrtwind ist mit uns. Ob die Möwen am Heck des Schiffes schlafen?

„Ich habe die Einladung fünfmal gelesen. Ich konnte es nicht glauben, daß du mich an deinem Tisch haben wolltest."

Er lacht leise auf, wendet sich zur Seite. Im Gegenschein steht sein Profil klar gegen die vom Buglicht matt erhellte Kajütenwand.

„Ich wollte dich in meinem Bett", sagt er.

Ich antworte nicht. Klammere mich an seinen Arm. Er wendet sich mir zu.

„Als ich dich sah, wollte ich dich in meinem Bett."

Der Schüttelfrost ist wie ein sanfter, warmer Schauer.

„Warum hast du es nicht gesagt?"

Er schüttelt den Kopf. Beugt sich tiefer über mich.

„Und jetzt bist du hier."

Er atmet tief auf, wirft den Kopf zurück. Das Lachen bricht so plötzlich aus ihm heraus, daß er selbst davon überrascht scheint. Er hält nicht inne, unterbricht sich nicht, lacht, ohne sich Einhalt zu gebieten, gelöst, frei, offen wie ein Junge, dem ein Streich geglückt ist, oder wie ein Gott, der einen neuen Stern erschaffen hat.

„Jetzt bist du hier."

Er stockt, beugt sich über mich. Noch ehe der letzte Ton seiner

Fröhlichkeit verklungen ist, wird sein Zugriff wieder fest. Er hat sich aufgestützt, ein Kleidungsstück mit ungeduldiger Hand beiseitegeschoben.

„Simone."

„Ja. Ja."

„Du bist die erste Frau in diesem Bett. Ich will, daß du das weißt. Ich dachte nie, daß eine Frau hier liegen würden."

Er hat es hervorgestoßen, hastig, beinahe aggressiv. Streicht gleichzeitig mit den Fingerspitzen sanft über meine Stirn, um die Wirkung seines Tones abzuschwächen. Ich halte noch immer seinen Arm umklammert.

„Du wirst hier liegen, wenn du längst gegangen bist. Hörst du?" Er gräbt die Finger einen Augenblick lang hart, schmerzhaft in mein Haar. „Du wirst hier liegen. Immer du, solange ich auf diesem Schiff fahre."

Ich glaube es. Ich weiß es. Wer vor mir hätte die Schizophrenie besessen, über die Dornenhecke zu steigen?

„Wie willst du es? Wie? Sag es mir." Keuchend, hastig hervorgestoßene Worte, brüchiger Ton.

Ich denke an Hillebrand, der mir zu verstehen gab, daß er mich wollte, in der letzten Drehung unseres Tanzes auf Lauerbachs Fest. Gezielt, in perfider Eindeutigkeit.

Dieser Mann begehrt mich mit jeder Zelle seiner Existenz.

Du hast einen Körper, den du verschenken kannst. Tu's, Simone. Gib ihm alles, was du zu geben hast.

„Simone."

„Ja. Komm."

Glaubst du es jetzt, Kayssa? Er nimmt mich wie ein Gott. Wie der verkleidete Apoll die Menschenfrau auf den rundgewaschenen Kieseln von Kithera. Wer außer uns beiden hat je mit einem Gott geschlafen? Leda, aber das ist lange her. Außerdem ist ein Schwan nicht mit einem Panther zu vergleichen, bei aller Gutwilligkeit nicht. Der Grieche ist ein mascio, von Geburt. Ein Herr, der eine Frau besitzt, um ihr zu dienen. Dies ist der griechischste aller Griechen, von Adonis bis Nikos Kazanzakis, den Olymp mit eingeschlossen.

Er kann lieben wie ein Menschenmann. Nur die Hingabe, die er dabei verströmt, ist nicht von dieser Welt. Die Einsamkeit gläserner Jahre ist darin, der immer neu entrückte Horizont, die ewigen Wasser, die gegen den Rumpf der „Odysseus“ schlagen.

Wer hat gesagt, daß Seeleute introvertiert sind oder homosexuell? Ich sicher nicht, sagt Kayssa, wenn du dich recht erinnerst. Ich habe gesagt, vielleicht kann er nicht sprechen, aber alles andere kann er ganz bestimmt.

Ich bin so sehr darin gefangen, die Sprache seines Körpers zu übernehmen, zu entschlüsseln, daß ich nicht antworten kann. Die Menschenfrau auf Kithera hat es erfahren. Wenn ich einen Viertelgott zur Welt bringen soll, dann empfange ich ihn jetzt, in diesem Augenblick.

Der Mond hat das Kajütenfenster verlassen, der Buglampe die alleinige Wache übertragen.

Und wenn ich durch alle Ewigkeiten wiedergeboren werden sollte: nie ginge mir der Augenblick verloren, da er sich freigibt, in mich überströmt. Sein Griff nach meinem Nacken, haltsuchend, selbstvergessen, sein kehlig hoher, auffliegender Schrei, der Aufschrei eines Tieres oder eines Gottes.

Das Schiff zieht seinen Weg durch die sterbende Nacht. Alles an Bord schläft, Dornröschenschiff, der Koch in der Kajüte, die Liftmagd in ihrer Kemenate, Calypso, schwarzlockig, mit aufgeknüpftem Pferdeschweif auf dem Kopfkissen. Die Dornenhecke ist überstiegen, hat ihre Stacheln eingezogen, erblüht im aufdämmernden Morgenlicht rund um das Schiff in rötlichem Feuer.

Der Mann neben mir ist in einem anderen Land, unerreichbar, sein Schlaf ist ohnmachtsähnlich, er hält mich an sich gepreßt, in unbewußter Zärtlichkeit. Einmal, als ich mich über ihn beugte, seine Schläfe berührte, hob er die Hand.

„Simone.“

Nannte meinen Namen im Schlaf. Griff nach mir.

„Wohin gehst du? Geh nicht.“

Ich sank zurück an seine Seite. Er hat im Schlaf meinen Namen genannt. Die gute Fee hat es an ihrer Wiege prophezeit, aber die masochistische Cinderella wollte es nicht glauben.

Dann klang ein leiser Summton auf, an meinem Ohr. Er bewegte sich, faßte mich fester, richtete sich dann auf.

„Meine Armbanduhr. Bist du erschrocken?"

„Nein."

Er zieht den Arm sanft unter meinem Kopf hervor, stellt den kleinen Wecker ab. Die Uhr gleicht einem Kompaß mit vierundzwanzig Stundenziffern, seltsamen Zeichen am Rand der leichtgewölbten Scheibe, glänzt wie ein antikes Schmuckstück an seinem Handgelenk.

„Ich muß auf die Brücke."

„Ich gehe."

Es ist fünf Uhr früh. Die Buglampe ist erloschen. Der Morgenwind fegt vor dem Kajütenfenster über das Deck, zerrt mit ungeduldigen Fingern an den Holzrahmen.

Baumwollrock, weiße Bluse. Er steht vor mir, im blauen Pullover mit der Aufschrift „SS Odysseus": Captain Colytas geht zum Dienst. Seine Augen sind ernst, als er sich über meine Hand beugt.

„Efcharisto, Simone."

Ich fühle der Berührung nach. Das Bett ist offen, zurückgeschlagene Decke. Staubiges Morgenlicht.

„Meine Telefonnumer ist einhundertzehn. Wiederhole sie."

„Einhundertzehn."

„Salud, Simone."

„Salud."

Die Möwen am Heck des Schiffes sind aufgeflattert, versuchen in Erwartung des Frühstücks kleine Probeflüge über dem Wasser. Ihr Kreischen geht im Geräusch der Schraube unter, nur manchmal macht ein hoher Ton sich frei. Tassos sitzt schlafend auf der Bank am Korridor.

Kommt, Cinderellas Kutsche: Sie wird sich nie mehr in einen ausgehöhlten Kürbis verwandeln, mit Rädern aus Möhrenscheiben und vorgespannten Mäusen. Nichts geht verloren. Was du einmal bist, wirst du immer sein. Cinderella trägt den König in sich, und daran wird sich nichts ändern, solange die Wasser den Erdball umschließen.

18

Die Passagiere beginnen von der „SS Odysseus" Abschied zu nehmen. Zögernd vorerst, aber unverkennbar. Durchforschen das Schiff noch einmal von Apollo bis Nereus, suchen die Räume auf, die sie noch nicht kennen, stehen in Gruppen beisammen und tauschen Erfahrungen und Adressen aus. Ein Tag in Simi, Ehepaare stehen auf den Straßen vor Andenkengeschäften, die aufgeschlagenen Brieftaschen inspizierend, reicht es noch für die Silberkette, die griechische Wasserpfeife, den handgeknüpften Teppich? Sind alle Geschenke gekauft, ist nichts und niemand vergessen? Freundschaften sind oder scheinen entstanden, andere sind zerbrochen auf dieser Fahrt. Margery und Laurie Lee verharren in Schweigen, keine Bemerkungen über Leberfilets oder Salatdressing, auch nicht zur Tischrunde, Margerys Mund ist noch schmaler geworden, Laurie Lee, jeden Tag mehr zum Käuzchen verfremdet, scheint während der Mahlzeiten aufholen zu wollen, was sie anderweitig vermißt, sie nimmt täglich zweimal von der Suppe, zweimal vom Dessert, trägt eine Art von triumphierender Passivität zur Schau. Sie setzen sich gleichzeitig, stehen gleichzeitig auf, wenn eine auf die Toilette geht, steht die andere davor, auch an Deck halten sie einander in Reichweite. Die Tischrunde verfolgt in unausgesprochener Beklemmung das absurde Gehaben der beiden Frauen, die einander so tödlich hassen, daß jede lieber selbst verzichtet, als der anderen eine glückliche Stunde zu gönnen.

Goliath trägt es mit Kondition. Er hält gewissermaßen die Fas-
...manchmal das Wort an die eine oder andere, nimmt
...ztheit mit eidgenössischem Langmut hin. Der
...lechter dran. Er hat für die restlichen Tage
...ichkeit, außerdem scheint er Laurie Lee wirk-
...cht während des Servierens ihren Nacken mit

dem Handrücken zu streifen, ihre Schulter zu berühren, zieht sich vor Margerys schneidendem Ordnungsblick zurück, kann selbst seinen Trost nicht loswerden, serviert mit flatternden Händen, verkrampft zum Lächeln verzogenem Mund.

Die „SS Odysseus“ hat Kurs auf Kreta genommen. Vorher noch einige kleine Inseln, Kos, Astipalea, Santorin, Halbtagsaufenthalte. Seetag, mein letzter, Margerys vorletzter Vortrag. Als Komiteevorsitzende der Delegation aus Übersee hat sie das Schlußwort. Während des Mittagessens überlege ich, wie sie darauf reagieren würde, wenn Laurie Lee nach Anfang ihres Vortrags aufstünde und den Platz verließe, merke nach einem Blick auf Laurie Lee, daß dergleichen Erwägungen längst abgeschlossen, Absprachen vermutlich schon getroffen sind. Vielleicht kürzt Margery den Vortrag so drastisch, daß sie Definitives noch verhindern kann. Oder sie wächst über sich hinaus, entscheidet sich in der Frage zwischen Pflicht und Haß für die Pflicht und hält das Referat ihres Lebens. Nikolaus Schilling hat laut eigener Aussage seine beste Vorlesung gehalten, als er auf dem Weg zur Universität das ihm wenige Wochen zuvor angetraute Druidenmädchen Gert mit seinem damaligen besten Freund dessen Haus betreten sah: Sich von etwas wegkonzentrieren, sagt er, ist in den meisten Fällen zielführender, als sich auf etwas hinkonzentrieren.

Ich bin zu einem Teil der „SS Odysseus“ geworden. Tatsächlich fällt es mir schwer, die Beziehung zu den an Bord befindlichen Gegenständen in Grenzen zu halten, die Wände, Möbelstücke, Vorhänge nicht dauernd zu berühren. Die „SS Odysseus“, diese schwimmende griechische Insel, hat mir Heimatrecht gegeben. Ich kenne jeden ihrer Winkel, jede ihrer Korridorampeln, jedes ihrer Dielenbretter. Bin Glas aus ihrem Glas, Holz aus ihrem Holz. Was ich berühre, gibt mir die Empfindung hierherzugehören, daheim zu sein.

Ich bin wunderbar behütet auf diesem Schiff. Alle guten Geister des Wassers sind bei mir. Meine bleierne Schwester, die Schiffsschraube, hat ihre Anstrengung verdoppelt. Wir fahren volle Kraft voraus, hat der deutsche Reiseleiter über Funk bekanntgegeben. Über den Dracheninseln liegt ein Tief, dem wir entkommen müssen, ehe es weiter nordwärts zieht. Sturm? hat Hanns Eberhard während der Teestunde gefragt. Nein, hat Herford geantwortet, sicher nicht: Kein Sturm für die „SS Odysseus".

Gegen Mittag legten wir kurz auf einer kleinen Insel an, sie ist besonders felsig und besonders kahl, liegt zwischen Astipalea und Santorin, ich habe ihren Namen vergessen, kurze Rast, Spaziergang auf der Agora, ein paar Muscheln, über Kohlenfeuer gebraten, griechischer Wein. Die Sonne hatte sich hinter einer Wolkenwand verkrochen, das Meer schlug in leicht gekräuselter, weißgekrönter Dünung gegen den Fels. Abfahrt Richtung Heraklion, dem Ausgangspunkt der Reise, vielleicht noch ein Blick auf die Kindertoilette, die König Minos als Thron gedient hat und die mir in der Erinnerung nicht mehr lächerlich, sondern ehrfurchtgebietend scheint: Er war vielleicht ein körperlich kleiner König, der nicht größer scheinen wollte, als er war. Jeder Psychiater von heute würde ihm das als völlig unneurotischen Wesenszug attestieren: Er hätte sich ja ebensogut einen Riesenthron bauen lassen können. Und dieser kleine König hat Jahrhunderte griechischer Historie beeinflußt, ist zum Träger einer Kultur geworden, die von Kreta ausgehend der Welt ein Beispiel griechischer Geistigkeit gegeben hat.

Noch einmal: Seetag. Gegen vier Uhr nachmittags erscheint ein Steward in der Bibliothek am Hera-Deck: Der Captain sei beschäftigt, aber er lasse mich bitten, mich steuerbord zum Bug zu begeben. In wenigen Minuten würden wir einen Schwarm von Delphinen passieren. Ich folgte, sah vom Bug her hinauf zur Brücke. Er stand zwei Stockwerke über mir, wies mit der Hand hinaus auf das Wasser, senkte den Kopf zum Gruß.

Minuten später schien es unterhalb des Wasserspiegels zu wimmeln: bewegliche, schlanke Körper, hellglänzend, stromlinienförmig, sie schienen zu tanzen, manche sprangen hoch, tauchten unter den anderen durch, kamen wieder zur Oberfläche, wiederholten das Spiel, als wären sie dazu aufgefordert worden. Sie schwammen eine Weile neben dem Schiff her, ließen sich dann in den Strudel der Schraube gleiten, verschwanden schließlich in der Wasserstraße, die die „SS Odysseus" durch den Ozean zog. Die Passagiere waren dem Schauspiel entzückt gefolgt, einige hatten versucht, die Tiere mit Brot und Süßigkeiten zu füttern, Kameras und Fotoapparate wurden in Betrieb gesetzt, man diskutierte, gab biologische Kenntnisse zum besten. Als ich mich umwandte, stand ein Steward mit einem Glas eisgekühlten Camparis hinter mir. Ich sah hinauf zur Brücke, der Captain stand hinter der Bugscheibe, ebenfalls ein Glas in der Hand, hob es, trank mir zu.

Mein Schiff, mein schwimmendes Stück Erde: Laßt mich nicht größenwahnsinnig werden, Götter des Wassers.

Gestern, als ich nach dem Abendessen die Kabine betrat: Ein weißes, rund gewickeltes Paket. Ich riß es auf. Einer der Pullover, wie ihn die Matrosen tragen. Dunkelblaue Wolle, darauf die weißgestickten Buchstaben: SS ODYSSEUS. Es roch ein wenig nach Tabak und Rasierwasser. Mein Herz tat ein paar schnelle Schläge, ich preßte mein Gesicht in den dunklen Wollberg: Hast du ihn getragen, Liebster, mein Herr? Schlüpfte zum Schlafen hinein, er umfing mich sanft, ein wenig rauh. Nach dem Kurzbesuch auf Simi: Ein Arm voll Olivenzweige, die der zweite Etagensteward mir überbringt, etwas ratlos, den als Vase gedachten Sekteimer neben sich auf dem Korridorläufer.

Was mich so berührt, ist die wortlose, bedenkenlose Grandezza, mit der er agiert: Er befehligt ein Heer von Schafhirten, Fischerknaben, Matrosen und Technikern, dazu eine Gruppe von Offizieren. Und er zögert keinen Augenblick, Dinge zu tun, die jeden einzelnen von ihnen in höchstes Erstaunen versetzen müssen. Jeder der zu mir entsandten Stewards betrachtet mich, als käme ich von einem fremden Planeten. Sein Image ist unantastbar, und er weiß es: Wenn es dem König gefiele, mir zu meiner persönlichen Erheiterung ein griechisches Bergschaf in die Kajüte stellen zu lassen, würde er es tun.

Die Ampeln im Korridor streuen ihr mattes, staubiges Licht über die Holzwände, die metallverkleideten Türen. Die Leisten blitzen im Vorübergehen kurz auf, werden im schrägen Blickwinkel zu Leuchtstäben, markieren phosphoreszierend den Weg zur Kajütentür. Das Schiff ist ein wenig unruhig, schlingert und stampft, findet zuletzt seinen Rhythmus. Die Lichter vor dem Bullauge sind aus ihren Ufern getreten, schwimmen in dunstiger Korona, heben und senken sich gleichmäßig gegen den schwarzgrauen Horizont. Verwischte Konturen im Raum, ich habe kein Licht angedreht. Sitze auf der Plüschdecke, dem Bullauge zugewandt, folge den Reflexen der Lichter auf dem unruhigen Wasser. Ein Summton, tief, gedämpft, durchbricht die Stille.

Ich wende mich um, habe das Telefon im Blickfeld. Hebe ab.

„Hallo?"

„Simone? Möchtest du zu mir heraufkommen?"

Der Sturm erreichte uns auf der Höhe von Karpatos. Näherte sich dem Schiff vorsichtig, beinahe sanft, versuchte zwei, drei Vorstöße, Warnung, Ankündigung, ehe er zupackte, den Würgegriff fester schloß. Peilte uns mit verschieden starken Orkanböen an, die die zur Nußschale gewordene „SS Odysseus" in kreiselndes Schlingern versetzten, sie zeitweise über das Wasser in die Luft zu heben schienen. Der Speisesaal war innerhalb weniger Sekunden ausgestorben, leergefegt Aufenthaltsräume und Korridore, der Reiseleiter gab mit flacher Stimme Anweisungen über das Bordmikrofon: Beruhigungstabletten nehmen, ins Bett legen, auf die Seite rollen, tief atmen. Einzelne Passagiere stolzierten in Matrosengang über Deck, wetterfest, seefest, tauschten Erfahrungen über früher erlebte Stürme aus, Hanns Eberhard befand sich darunter, warf mit Seemannsausdrücken um sich, er hatte es schon gewußt, als es am Nachmittag aufgebrist hatte, die Dünung Milch zog. Ferner die afrogelockte Miß Odysseus und der über sich hinauswachsende Binnenländer Goliath. Ich glaube nicht, daß es schwer ist, der Seekrankheit auszuweichen, wenn man im Rhythmus des Schiffes bleibt, sich ihm anpaßt, aber ich habe schon vehemente Gegenmeinungen gehört, kann daher nur für mich sprechen. Außerdem bin ich ein Teil des Inventars. Alles auf der „SS Odysseus" umfängt mich, beschützt mich. Durch Zufall oder einen Defekt im Schaltsystem bin ich bei meinem Kajütenradio auf die Station gestoßen, die die Meldungen des Kentrikon Limenarcheion sendet. In Abständen von fünfzehn Minuten kommen Zahlen und Positionen durch, zuerst in englischer, dann in griechischer Sprache, es klingt wie die Anweisungen eines unsichtbaren Kommandanten an seine Truppe. Auf dem Weg bin ich Herford begegnet, der Cathy zu ihrer Kabine begleitete. Sie legte mir im Vorbeigehen kurz die Hand auf den Arm.

„Hab keine Sorge. Der Kapitän ist auf der Brücke."

Danke für deine Zuversicht. Ich sah ihnen nach, als sie den Korridor hinuntergingen, hatte sekundenlang das unerklärliche Gefühl, ihnen folgen zu müssen. Versuchte mich der aufsteigenden Bangigkeit zu entziehen. Was ist mit dir? Das Schiff schaukelt, und weiter? Sechzehn Knoten die Stunde, das sind sechzehn Seemeilen, und der Kapitän ist auf der Brücke.

Die „SS Odysseus" hat keine modernen Stabilisatoren. Wieso auch, sie ist vierzig Jahre alt. Flossenstabilisatoren gibt es erst seit Danny Brown. Amerikanisches System, die „Achille Lauro" hat sie, wollen wir raufgehen, die Delphin-Bar hat geöffnet.

Hanns Eberhard organisiert, die kleine Truppe folgt, Emilio hat sich angeschlossen, der von Margery der Homosexualität verdächtigte „Mister Odysseus", Fleurist aus Vaihingen. Mit soviel Schönheit, scherzt Goliath auf eidgenössisch, sind wir gegen alles gefeit. Ein bißchen Schaukeln ist bei einer Schiffsreise obligatorisch.

Der Steward, lächelnd, munter, wirbelt den Shaker durch die Luft, kein Alkohol, sagt Hanns Eberhard, eigentlich sollten wir trockenes Brot kauen, doch Alkohol, sagt Miß Odysseus, Windstärke acht, wenn das kein Grund ist, was dann?

Ich kann nicht trinken. Nicht wegen des Seegangs. Bin ein Fremdkörper in dem auf Himmelfahrtsstimmung getrimmten Kreis. Hanns Eberhard holt situationsgerechte Witze aus der Schublade, hören Sie, Käpt'n, ist das da draußen vielleicht das Bermuda-Dreieck? Miß Odysseus kichert, taumelt beim nächsten Witz fast vom Barhocker, Goliath greift zu, vorsichtshalber mit beiden Händen, außerdem an den richtigen Stellen, was ein Schweizer tut, ist wohlgetan. Miß Odysseus verstummt überrascht, die Überraschung scheint weniger Goliath als sich selbst zu gelten, hält durchaus still, Goliath beginnt sich am Rande seines Erfolges hochzuranken, während Hanns Eberhard unermüdlich in seinem Gedächtnis schürft. Der Steward hat sich vorschriftswidrigerweise selbst einen Doppelten genehmigt, verfolgt die ihm unverständliche Heiterkeit mit schiefsitzendem Lächeln.

Ich möchte etwas tun. Etwas Verrücktes. In meine Kabine gehen und deine Nummer wählen. Einhundertzehn. Wiederhole sie. Einhundertzehn. Ich weiß, daß du nicht dort bist. Du bist auf der Brücke, die Kabine ist leer. Aber ich möchte den Raum mit dem Ton meines Rufes füllen. Jeden Winkel damit ausloten. Das Foto auf deinem Schreibtisch zum Erklirren bringen, den Aschenbecher, die Glasscheibe vor der Seekarte an der Wand. Der Ton wäre an meiner Stelle dort, wo ich sein möchte. Was kann ich tun, um dir nahe zu sein, jetzt, da deine Insel in ihren ersten Sturm steuert?

Die Relinglichter gleiten nicht mehr, sie stürzen, fliegen hoch, dahinter brüllendes Dunkel, hochschießend, sich überschlagend. Die Maschinen stoßen den behäbigen Rumpf durch das Inferno, sie quälen sich, scheinen das Letzte zu geben, es schlingert und zerrt. Der Barmixer hält sich an der Metallverstrebung neben der Theke fest, die Flaschen tanzen in ihren Halterungen, klirren, klappern, eine gleitet aus dem silberglänzenden Griff, fällt zu Boden, zerbricht, eine nach Pfefferminz riechende grünklebrige Flüssigkeit kriecht unter dem Bartisch auf uns zu.

„Mir wird schlecht", stöhnt Miß Odysseus, greift nach Goliaths Knie. Goliath wälzt sich, an der Theke Halt suchend, vom Barhokker, faßt nach Schulter, Arm, Taille, Hüfte, scheint mehr als zwei Hände zu haben, balanciert die schwankende Miß durch Pfefferminz bis kurz vor die Tür, fällt bei der nächsten Sturmbö samt Miß in die ovale Sitzecke neben dem Türvorhang.

„He", sagt Hanns Eberhard.

Er ist blaß geworden, hält sich am Tischende fest. Sein Seemannsgehabe ist für den Augenblick ad acta gelegt. Die „SS Odysseus" hat Schräglage angenommen wie ein Düsenjet vor dem Start. Scheint einen Berg hinaufzufahren, Anlauf, erster, zweiter Gang, das Riesenfahrzeug wirkt plötzlich schwerelos. Rummelplatz, Achterbahn, Verhalten vor dem Sturz. Wir scheinen in der Luft stillzustehen, sekundenlang. Dann taucht das Schiff bugabwärts, saust ins Bodenlose. Das Meer brüllt auf, es klingt wie Menschenstimmen, die Wasser klatschen gegen Scheiben und Außenwände, wie hoch gehen die Wogen, sie müssen haushoch sein, wir sind auf Apollo, und das Meer deckt uns zu. Sekundenlang scheint es, als würden wir vom Strudel abwärtsgezogen, hingen in seiner Mitte fest. Dann beginnt das Schiff wieder zu steigen.

„Madonna“, sagt Miß Odysseus mit flacher Stimme. „Madonna.“

Wenn ein Schiff den Stapellauf übersteht, hat Heinz Rech bei seinem Vortrag gesagt, übersteht es beinahe alles.

Das Licht über dem Bartisch beginnt zu zucken. Auch die Lichtstäbe an der Wand. Sie funken im gleichen Rhythmus, Morsezeichen, kurz, lang, lang, kurz. Die Relinglichter haben sich dem Spiel angeschlossen. Als die „Odysseus“ ihre nächste Bergfahrt beginnt, zucken sie noch einmal auf, verlöschen dann unisono, lautlos und nachdrücklich.

Kurzschluß. Stromstörung. Gibt es das auf einem Schiff? Eine Minute Geduld, dann wird das Notaggregat eingeschaltet. Die kleine Gruppe ist verblüfft verstummt. Hanns Eberhard tastet nach meiner Schulter.

„Sind Sie da, Kindchen? Keine Angst. Wir finden unseren Weg genausogut im Finstern.“

Emilio stöhnt auf, versucht den gegen ihn gleitenden Hanns Eberhard von sich wegzuhalten, stemmt gesunde zwei Zentner gegen den Thekentisch.

„Ja“, sagt Hanns Eberhard, „ja, Kindchen, ich bin ja bei dir.“

Wenn in einem Großstadtraum das Licht ausgeht, bleibt meist die Straßenbeleuchtung. Oder das Ganglicht. Oder das Licht vom Nachbarhaus, das zumindest die gegenüberliegende Fassade vergegenwärtigt. Hier ist nichts. Die Finsternis ist absolut. Scheint greifbar, wir hängen darin. Die Wassergötter spielen einander den Ball zu: Heb auf, laß fallen, fang. Die nächste Fahrt beginnt. Wer möchte noch mal? Hat es euch Spaß gemacht? Dann rufen alle „Ja“.

Die Leuchtstäbe an der Wand beginnen zaghaft zu glimmen. Es ist ein seltsames Licht, matt wie Elmsfeuer, verbreitet keine Helligkeit, markiert nur die Umrisse. Zuckt auf, flackert, verlischt wieder.

„In die Kabinen“, sagt Hanns Eberhard, „es ist wohl am besten, wenn wir versuchen, in die Kabinen...“

Emilio ist schon bei der Tür. Hat sich vom Bartisch abgestoßen, den Weg während einer Levade der „SS Odysseus“ angepeilt, ist dann auf seinen Ledersohlen einfach über das Parkett bergab gerutscht. Verläßt den Raum im Bogen, sich am Vorhang festhaltend, ihn wie Tarzan seine Liane als Schwingseil benutzend. Miß Odysseus und Goliath sind nicht daran interessiert, die Kabine aufzusuchen. Was dort geschehen kann, geschieht auch hier, zielführender und weniger mühsam. Sie sind zu einem Knäuel verschmolzen, man muß die Dinge nehmen, wie sie sind, auch ein Sturm hat seine positiven Aspekte, der Kurzschluß ist nicht der schlechteste davon. Das Notaggregat zuckt durch die Leuchtstäbe, versucht sich durchzusetzen, etwas funktioniert nicht, Sand im Getriebe, wir verlassen mit dem sich an seinen Shaker klammernden Steward als Schlußlicht die Delphin-Bar.

Draußen geht es leichter. Der Korridor ist so schmal, daß man sich von einer Seite zur anderen abstoßen kann. Es geht rasch weiter, nach einer Biegung ist der Steward verschwunden, Lift außer Betrieb, Treppe mit festgezurrtem Geländer, auf Hera verschwindet der dort ansässige Hanns Eberhard.

Noch zwei Treppen. In den Gängen tauchen lampentragende Stewards auf. Sie huschen wie Irrlichter, rechts, links, kommen auf dich zu, verschwinden. Hinter einer Kajütentür unmißverständliche Geräusche, tröstende Worte, Stöhnen, ich sterbe, ich sterbe, intensiver Geruch beginnt die Gänge zu füllen, Öl, Teer, Fäulnis, er kriecht unter den Kabinentüren durch, die Temperatur im Innern des Schiffes ist um ein paar Grad gestiegen, ebenso die Luftfeuchtigkeit. Noch eine Treppe abwärts, zwei lampentragende Stewards stützen einen sozusagen in den Seilen hängenden Passagier, es ist einer der beiden redefreudigen bundesdeutschen Literaten, wirr hängendes Haar, keuchender Atem, mir geht es nicht besser, meine Haarwurzeln sind feucht, die Kleider kleben mir am Körper.

Poseidon. Wie lange kann ein Sturm dauern? Vor meiner Kabinentür steht breitbeinig ein Steward. Hebt die Öllampe, als ich näherkomme, leuchtet mir ins Gesicht.

„Okay, Missis?“

„Okay.“

„Ich warten hier, Missis. Haben geklopft. Der Captain lassen Missis bitten, auf die Brücke zu kommen.“

Die Flutwelle steigt rasch, erreicht mein Herz. Läßt mir keine Zeit, den Wassergöttern zu danken. Der Steward ergreift meinen Arm, schiebt mich vor sich her auf den Weg, den ich soeben zurückgelegt habe.

„Was ist passiert? Wieso haben wir kein Licht?"

„Leitung kaputt", sagt er, steuert mich um die Ecke. „Dreihundertachtzig Volt, Starkstrom, Leitung durchgeschmort, Verstehen? Maschinenraum. Mußt neue Kabel ziehen." Er überlegt angestrengt vor jedem Wort, stößt es, sobald er es gefunden hat, triumphierend hervor.

„Kommt es vom Sturm?"

„Nein", sagt er. „Ja, vom Sturm. Hilfsdiesel, verstehen? Kaputt! Automatik kaputt, Aggregat nicht umschalten. Blackout."

Ich versuche, seine etwas pythischen Erklärungen zu entschlüsseln, er peilt die Treppe an, die Odysseus steigt zu ihrer nächsten Bergfahrt. Ich falle, da er mich vor sich herschiebt, gegen seine Brust, es ist wie auf dem Laufteppich im Vergnügungspark, über die Schräge hinauf zum Turm, von einem breitschulterigen Liliom gestützt: Schwung, Vorbeugen, dann bleibst du auf den Beinen, Gewichtsverlagerung ist alles.

Was hat der Captain gesagt, würde ich gern fragen, wie hat er es gesagt: Hol sie? Sag ihr, daß sie kommen soll? Der Matrose scheint sich nicht zu wundern. Vielleicht war er es, der mir den eingerollten Pullover auf das Bett gelegt hat.

Zwei Treppen. Die Luft wird stickiger, je höher wir kommen. Die Notbeleuchtung hat wieder matt zu glimmen begonnen. Als wir den Außenkorridor erreichen, drängt er mich gegen das Bullauge.

„Da. Schauen."

Das Dunkel hat Schattierungen. Hier oben scheinen die Brecher von innen erleuchtet, sprühende, nebelfarbene Helle, vielleicht der Widerschein des Mondes, sie steigen wie Mauern, rollen auf das Schiff zu, geisterhaft, schimmernd, glatt, am oberen Rand beginnt der Zerfall, sie neigen sich, der weiße Rand wird breiter, kommt näher, erfaßt den Rumpf, stößt Sekunden später als Gewehrschuß gegen das Bullauge. Ich bin zurückgewichen, der Matrose ebenfalls, er wartet den Augenblick des Kippens ab, bugsiert mich bergab in Richtung Brücke.

Jetzt weiß ich, warum die Türen auf einem Schiff so fest schließen.

Er greift nach der Klinke, wartet die nächste Welle ab, um Fuß fassen zu können. Öffnet, stößt mich hindurch. Die Brücke ist schwach erhellt: Sturmlampen rechts und links, in Halterungen festgezurrt. Eine in der Mitte über dem Bugfenster. Der Captain steht neben dem Radargerät, wendet sich um, als wir im Raum sind.

„Your order, Captain."

„Efcharisto."

Er entläßt den Matrosen mit einer Handbewegung. Wirft mir einen Blick zu.

„Ich möchte dich hierhaben, Simone. Hältst du es durch?"

„Ja."

Er trägt ein weißes Hemd. Nicht den Arbeitspullover. Wurde vielleicht von der Intensität des Sturmes überrascht. Sein Hemdkragen ist offen, eine steile Falte steht zwischen seinen Augenbrauen. Er gibt eine kurze Anweisung an den Rudergänger, deutet mit der Hand einen Halbkreis an.

„Verstanden, Captain."

„Right." Er wendet sich mir zu.

„Möchtest du Kaffee?"

Ich habe plötzlich das Gefühl der Unwirklichkeit. Szenen wie diese kenne ich aus Filmen, Caine, Bounty, Titanic, in Breitwand, Technicolor: Die Hölle vor dem Bugfenster, Mauern, die auf uns zurollen, sie sind so hoch wie das Schiff, wir tanzen wie ein Blatt über dem Abgrund. Und neben mir der hohe, schöne Schatten, er scheint festgewurzelt auf den Planken des Schiffes, bewegt sich zwischen Bugfenster und Radartisch mit der Grazie eines Panthers, der durch einen brennenden Reifen springt. Wohin steuert dein Schiff, Holländer? Der Regisseur hat keine Kosten gescheut, dir einen spektakulären Rahmen zu geben.

„Simone?" sagt er. Seine Augen brennen in angespannter Konzentration. Er scheint alles gleichzeitig zu sehen, zu denken, zu erwägen. Ich schrecke auf, hatte seine Frage nicht realisiert: Kann man Kaffee trinken, während die Welt untergeht? Er wendet sich zwischendurch ab, ruft zwei Befehle in den Raum. Ein Matrose erscheint in der Tür, ein anderer tritt aus dem Schatten der Schalttafel. Die Bordinstrumente scheinen an einen eigenen Stromkreis angeschlossen zu sein: Sie sind erleuchtet, arbeiten ungestört. Nur die Deckenbeleuchtung fehlt, ist durch die Öllampen ersetzt.

„Ja", sage ich.

Ich will mit ihm wachen, ohne schwach zu werden. Der erste Matrose verschwindet, der zweite nimmt seinen Platz ein. Es geht reibungslos, nahezu wortlos. Ich stehe am Bugfenster, halte mich an der Eisenverstrebung fest.

Der Weltuntergang hat seinen vorhersehbaren Rhythmus. Ich weiß jetzt, warum ich nicht seekrank werde. Bin dazu übergegangen, die Bewegung durch Strecken meiner Knie auszugleichen, so daß der Körper selbst ruhig bleibt. Es ist wie beim Jagdgalopp im Sattel. Wer reitet, kann nicht seekrank werden. Er könnte sonst keinen mehrere Minuten dauernden Galopp überstehen. Die Sprünge des Pferdes sind kürzer als die des Schiffes, aber der Mechanismus ist der gleiche.

„Gut", sagt der Captain kurz, mißt mich mit einem Blick. Steht am Radartisch zwischen mir und dem Rudergänger. Deutet wieder hinaus, beschreibt den gleichen Halbkreis wie vorher, gibt eine kurze Anweisung. Wendet sich mir zu.

„Wir drehen in den Wind. Fahren langsamer, um die Passagiere zu schonen. Das Schiff ist durch seine Höhe instabil, sein Schwerpunkt liegt fast an der Wasserlinie."

„Welche Windstärke haben wir?"

„Zwischen neun und zehn. Das kommt um diese Jahreszeit in der Ägäis vor. Die Tramontana ist ein warmer Sturm, der von den Bergen kommt, ähnlich dem Scirocco." Er wendet sich an den Rudergänger. „Welchen Kurs haben wir?"

„Zweihundertsechzig."

„Langsam backbord auf zweihundertzwanzig kommen lassen."

Der Rudergänger greift in das lächerlich kleine Rad. Es ist elektronenverstärkt, das weiß ich von der Brückenführung. Manche Verbesserungen sind nachträglich in die „SS Odysseus" eingebaut worden. Das Schiff sträubt sich, ein Zittern geht durch den Rumpf.

„Drosseln."

Seine Stimme ist ruhig, er streift den Ärmel zurück, hält die Uhr an seinem Handgelenk ins Licht. Die Zeiger glänzen im flackernden Licht der Lampen, er wendet sich an den Matrosen, der an der Rückwand steht.

„Schaltet das Kentrikon ein. Seid ihr auf Omega Pi?"

„Ja, Captain. Wir können nichts anderes hereinbekommen. Die Anlage ist gestört."

„Okay." Er bedeutet dem zweiten Matrosen, der mit zwei Kaffeebechern vor ihm steht, mir einen zu geben, greift nach dem anderen. „Wieviel Grad haben wir?"

„Zweihundertfünfzig. Fünfundvierzig. Vierzig."

„Gut so. Langsam beidrehen." Die Uhr an seinem Handgelenk glänzt wie ein magisches Gerät. Was ist das für ein Chronometer, das der Captain trägt? hat Hanns Eberhard, Uhrensammler aus Hobby, den Doktor gefragt. Eine Weltzeituhr, hat Herford geantwortet, ein Geschenk der Reederei, eigens für ihn angefertigt. Aus massivem Gold, mit vier Zeigern, zwei für die Stunden, einen für die Sekunden, einen Schleppzeiger für die Weltzeit. Er war der jüngste Kapitän, den die Reederei jemals ernannt hat. Ein Mann, wie es keinen zweiten gibt. Ich hätte Herford gerne geküßt, Cathy hätte es verstanden, aber Hanns Eberhards Gegenwart hielt mich davon ab.

„Zweihundertdreißig", sagt der Rudergänger.

„Gut so. Etwas anziehen."

Er trinkt den Kaffee in einem Zug aus, stellt den Becher ab, sieht mit gerunzelter Stirn durch das Bugfenster. Die Wogen kommen rascher. Aus dem Lautsprecher über dem Schaltbrett dringt die Stimme, die ich von der Kajüte her kenne.

„Kentrikon Limenarcheion. Four, seven, Omega Pi. Kentrikon."

„Bist du bereit?" fragt der Captain. Seine Stimme klingt flacher als sonst, die Spannung schwingt darin wie ein hochgestimmter Saitenton.

„Ja, Captain."

Er ist neben den Rudergänger getreten. Hält den Blick unverwandt duch das Bugfenster gerichtet.

„Mit dem nächsten Brecher. Wenn er über den Bug ist. Jetzt."

Der Rudergänger greift mit beiden Händen ins Steuer. Die Drehung ist auf dem Rad kaum merkbar, nimmt einen Radius von maximal zehn Zentimetern ein. Das Schiff bäumt sich auf, scheint für Sekundenbruchteile steuerbord aus dem Wasser zu ragen, liegt schief wie eine Segeljolle. Dann rollt der nächste Brecher über Bord, trifft uns frontal, hebt den Bug meterhoch, teilt die Woge, schleudert die weißkochenden Wasserkämme zu beiden Seiten der Reling gegen die Brückenfenster.

„Gut so."

Der Captain atmet tief auf, sieht durch das Fenster, wendet sich mir zu.

„Das Schaukeln wird jetzt stärker, aber das Schlingern hört auf."

„Sind wir nicht schon vorher gegen den Wind gelaufen?"

„Zu Anfang des Sturmes", sagt er, „ ganz recht. Aber dann hat der Wind sich gedreht. Wir müssen den Kurs wechseln, um nicht zu kentern. Wir verlieren ein paar Stunden, vielleicht einen halben Tag. Aber wir haben keine Wahl."

Die Stimme aus dem Lautsprecher gibt Daten und Positionen durch. Der Matrose schreibt auf einen Block, den er in der Hand hält. Reißt das oberste Blatt ab, reicht es dem Captain.

„Danke."

Die Öllampen flackern, das Meer schlägt in wütendem Frontalangriff gegen den Bug. Der Captain überfliegt das Geschriebene, reicht es dem Matrosen, gibt eine seiner knappen Anweisungen.

„Was sagen die Meldungen?"

Ich frage nicht meinetwegen. Nur des Schiffes wegen. Mir ist es gleich. Ich möchte mein Leben hier im Sturm mit dir verbringen. Und wenn das Meer seinen Rachen öffnet und wir geradewegs in die Hölle stürzen, mir ist es gleich. Mit dir zu sterben ist kein Tod. Mit dir in der Hölle wiegt die ewige Seligkeit auf. Verzeiht, Götter des Wassers: Ihr kennt ihn nicht, wie ich ihn kenne.

„Nicht gut. Nicht schlecht." Er sieht auf das Papier in seiner Hand. Reicht es dann dem herzuspringenden Matrosen. Ich glaube einen seltsamen Ausdruck auf seinem Gesicht zu sehen, er liegt in seinen Augenwinkeln, spielt um seinen Mund, ich kann ihn nicht entschlüsseln, vielleicht verändert ihn das Licht der Öllampen, macht ihn noch unwirklicher, noch schöner, noch belebter.

Der nächste Brecher stößt mit voller Kraft gegen die Mittelscheibe, prallt von dort ab, klatscht im Rückfluten voll gegen die Reling. Der Captain steht an der Scheibe, wendet sich plötzlich zurück.

„Der Scheinwerfer."

Der linke der beiden Bugscheinwerfer ist abgeknickt, baumelt am

Kabel hängend auf halber Höhe des Lichtmastes. Der Matrose springt gegen das Fenster wie von der Tarantel gestochen.

„Ich hole den Elektriker aus dem Maschinenraum."

„Das sind sechs Stockwerke. Der nächste Brecher holt die Lampe. Gebt mir Werkzeug. Die Teerjacke, wegen der Taschen."

„Nicht, Captain –"

„Augenblicklich!"

Der Matrose macht kehrt, ruft den beiden anderen ein paar griechische Worte zu. Sie springen auf.

„Gummihandschuhe und Isolierband. Rasch." Zum Rudergänger gewandt: „Bleib auf Kurs."

„Ja, Captain."

Er sieht hinaus, die Lampe baumelt. Der nächste Brecher hat sie ein Stück tiefer gerissen. Was will er tun? Hinaus in den Sturm, das Ding abmontieren? Die Matrosen stehen vor ihm, einer hält die offene schwarze Teerjacke, er schlüpft hinein, nimmt von den flachen, ausgestreckten Händen der beiden anderen die Instrumente, verteilt sie in die verschiedenen Taschen.

„Werden Sie das Kabel abschneiden, Captain?"

„Was sonst?" Er zieht den Reißverschluß hoch, steckt die letzten Instrumente ein.

Das Kabel? Aber draußen ist das Meer. Und wenn er die elektrische Leitung berührt –

„Der Strom", sage ich, ohne es zu wollen, „mein Gott, der Strom –"

„Wir haben Kurzschluß, und ich nehme Gummihandschuhe."

Er befiehlt dem Matrosen mit einer Handbewegung, die Handschuhe zu halten, schlüpft in den ersten. Wirft mir, in den zweiten schlüpfend, einen Blick zu.

Ich halte mich an der Metallverstrebung fest, während die nächste Woge das Schiff aufhebt wie eine Streichholzschachtel. Kann meine Augen nicht von ihm wenden: Da ist der Ausdruck wieder. Unverkennbar. Er steht direkt unter der mittleren Sturmlampe, hat sein Gesicht mir zugewandt. Ich lese darin, was ich vorhin nicht sehen, nicht glauben wollte. Da ist kein Zweifel, ich irre mich nicht: Es macht ihm Spaß.

Der Sturm macht ihm Spaß.

Nicht wie einem Jungen, der ein Abenteuer besteht. Da ist kein Funken Angabe, Draufgängertum. Wie ein Mann, der gefordert ist bis an die Grenzen seiner Kraft und weiß, daß er es zu einem guten Ende bringt.

Er geht nicht hinaus, um sich oder anderen etwas zu beweisen. Er geht, weil Eile Not tut und weil er weiß, daß er der beste Mann auf der Brücke ist. Gleichgültig ob es sich darum handelt, den Kurs zu bestimmen oder einen Scheinwerfer abzumontieren.

Er probiert die Handschuhe, während er neben mich tritt.

„Die Tür, Simone."

Ich drücke die Klinke nieder, stoße sie auf. Ein Wasserschwall flutet in den Raum, er weist einen Matrosen, der ihm folgen will, zurück.

„Später. Nicht jetzt." Tritt hinaus in das Inferno.

Wir stehen mit angehaltenem Atem an der Scheibe. Er steht an die Brückenwand gedrückt. Wartet, bis der Brecher über das Schiff geht. Springt mit dem nächsten Steigen der „Odysseus" auf den Mast zu. Ist in der Dunkelheit verschwunden.

Der nächste Brecher rollt heran, hebt seine Gestalt im Widerschein des Öllichts nebelhaft aus dem Schwarz. Er scheint an den Mast festgewachsen. Hat vielleicht ein Bein darum geschlungen, beide Hände sind frei, er arbeitet an der hängenden Lampe.

Der Matrose neben mir schiebt mich sanft beiseite, preßt die Stirn an die Türscheibe.

Die nächste Woge. Sie sprüht Splitter, es klingt wie Hagel, läßt die Scheiben singen. Als sie zurückflutet, ist der Horizont fahl geworden, seine Gestalt hebt sich schattenhaft dagegen ab, er hält die Lampe in der erhobenen Hand. Der Matrose zwängt sich durch die Tür, hält sich am Außengitter fest, sie kommen einander auf Reichweite entgegen, ohne ihre Stützpunkte loszulassen, der Matrose übernimmt die Lampe. Wartet den nächsten Brecher ab, ehe er die Tür aufstößt, in den Raum stolpert.

„Was tut der Captain noch draußen?"

„Isolieren. Eine Minute." Er preßt wieder das Gesicht an die Scheibe. Aus seinen Kleidern und Haaren rinnt das Wasser, bildet zu seinen Füßen eine Pfütze.

Es muß isoliert werden, natürlich. Der Kurzschluß dauert nicht ewig. Nur die Minute ist lang. Jeder Brecher hüllt ihn in Wasser, nimmt ihn fort. Er macht alles selbst, sagt Herford, läßt sich nichts abnehmen. Weil er unglücklich ist? Vielleicht weil es ihm Freude macht.

Da ist die nächste Talfahrt. Das nächste Auftauchen. Der Lichtmast ist leer, ragt schlank, schemenhaft in die Nacht. Keine Sorge; er steht draußen an der Wand, der Matrose reißt die Tür auf, streckt ihm die Hand entgegen.

„Okay, Captain?"

„Okay."

Er schüttelt sich, der zweite Matrose springt herzu, schält ihn aus der Jacke. Reicht ihm ein Handtuch. Ein paar Werkzeuge fallen aus den Taschen, der Matrose hebt sie auf. Das Lächeln steht noch immer in seinen Augen. Er greift nach dem Handtuch, trocknet sein Haar. Das Hemd klebt an seinem Körper, zeichnet die Konturen seiner Schultern, seines Rückens. Er öffnet die Hemdknöpfe, trocknet, ohne das Hemd auszuziehen, seinen Hals, seine Brust.

„Kaffee, Captain?"

„Ja. Für mich und die Lady." Er weist ihn mit einer Handbewegung an, die Lampe mitzunehmen, öffnet die Manschetten, schlägt die Ärmel hoch.

„Am Horizont klart es auf. Wenn wir halbe Kraft fahren, kann es noch zwei Stunden dauern. Hältst du es durch?"

„Ja."

Er fährt fort, sich abzutrocknen. Sieht durch das Fenster, wendet sich dann zurück. Sagt es halblaut, das Flackern des Öllichts auf seinem unwirklich schönen Gesicht, jetzt, nicht in der Umarmung, nicht im Bett, sagt es im brüllenden Sturm unter dem Gischtregen der stürzenden Brecher, wirft es mir zu mit lächelnden Augen, blitzenden Zähnen:

„Agapimo."

Ich schrecke hoch, weiß nicht gleich, wo ich mich befinde. Bin gegen vier Uhr früh angekleidet auf mein Bett gefallen und eingeschlafen. Hat es an meiner Tür geklopft? Mein Kopf schmerzt, die Erinnerung an die letzte Nacht dringt wieder stückweise in mein

Bewußtsein: Bilderbogen, wechselnde Farben, Streiflichter, Worte. Der Sturm hatte sich ebenso plötzlich gelegt, wie er aufgekommen war, wir hatten beigedreht, nicht auf 260, sondern auf 270 Grad, weil wir so weit im Süden waren, daß wir im spitzen Winkel an den Ausgangspunkt zurück mußten. Ich stand neben dem Captain, als der Horizont über dem ölglatten Wasser sich rötlich färbte. Vorüber, geschenkt und unverlierbar. Er sah müde aus, ein wenig verwegen, mit wirrem Haar, brennenden Augen, das kaum merkbare Siegerlächeln um seinen Mund. Draußen war der Bordelektriker damit beschäftigt, die Lampe an dem Metallmast zu befestigen. Der Captain trug noch immer sein Seidenhemd, es war mittlerweile an seinem Körper getrocknet, er fühlte meinen Blick, strich mit den Fingerspitzen über den offenen Kragen.

„Ich trage es deinetwegen. Ich wollte dich rufen."

„Du hast mich gerufen."

Er schloß die Augen, nickte. Berührte meinen Arm. „Ich lasse dich zur Kabine bringen. Danke dir, daß du hier warst."

„Danke, daß ich hier sein durfte."

Die Türklinke bewegt sich, als wolle jemand versuchen einzutreten. Ich richte mich auf.

„Ja?"

„Missis?"

„Ich bin hier. Einen Augenblick."

Also hat es doch geklopft. Ich war nur zu müde, um es zu realisieren. Wie spät ist es? Acht Uhr. Nicht ganz vier Stunden Schlaf, ich stolpere betäubt über den Teppich, fange mich an der Türklinke, schiebe den Riegel auf.

„Was gibt es?"

Der zweite Etagensteward steht draußen. Breit, mit hängenden Armen, vorgebeugt, ein wenig ratlos, wie es scheint.

„Missis –"

„Was ist?"

„Die Lady von zweihundertzwölf –"

Cathy.

„Was ist mit ihr?"

„Krank. Vielleicht krank. Entschuldigung. Sie ruft mich, ich wollen Arzt, sie wollen nicht Arzt, sie wollen Missis."

„Augenblick."

Ich lasse den Steward in der Tür stehen, beginne unter dem Bett nach meinen Schuhen zu suchen, finde sie, schlüpfe hinein. In meinen Schläfen sticht es. Vielleicht braucht Cathy eine Spritze, und ich glaube nicht, daß ich meine Hände gebrauchen kann. Sie sind fühllos, meine Fingerspitzen scheinen dick, angeschwollen. Ich bewege sie, während der Steward die Tür hinter uns zudrückt, wir den Gang entlanghasten.

Vor der Tür bleibt er stehen. „Arzt holen, Missis?"

„Keinen Arzt."

Er hat einen Sammelschlüssel an einer Metallkette aus der Hosentasche gezogen, will ihn ins Schloß stecken.

„Halt. Wir klopfen."

„Nicht klopfen. Lady steht nicht auf. Lady krank."

„Sperren Sie auf. Rasch."

Er dreht den Schlüssel im Schloß. Drückt die Tür auf. Ich schiebe ihn beiseite, betrete den Raum.

Es ist halbdunkel. Die Samtvorhänge lassen das Morgenlicht nur zögernd ein, ein schmaler Streifen liegt auf dem Fußboden, ein breiterer, gedämpfter auf dem Bett. Der helle Fleck auf der bordeauxroten Decke ist schmal, wie hingeweht, Cathys blonder Schopf, der zitronengelbe Frotteemantel. Sie liegt mit dem Gesicht zur Seite gewendet, hat es in der Beuge ihres Armes vergraben.

„Cathy."

Sie dreht den Kopf. Mühsam, es scheint, als müsse sie dazu alle Kraft aufwenden.

Der staubige Lichtstreifen liegt auf ihrem Gesicht. Es ist weiß wie eine Maske, ein Lächeln scheint auf ihren Lippen eingefroren. Sie versucht die Starre zu durchdringen, ein Funken Wille glimmt in ihren Augen auf.

„Cathy, was ist mit dir?"

„Simone."

Sie flüstert, kaum hörbar. Ich beuge mich tiefer über sie. Ihre Lippen bewegen sich, ein Hauch von Farbe fliegt über ihre Wangen, ihre Stirn.

„Ich hab' es getan, Simone."

„Was hast du getan?"

Ihre Augen irren ab. Suchen den glasbelegten Tisch, der neben dem Bett steht. Ein Stück Zellstoff ist darüber gebreitet, die Injektionsnadel liegt darauf. In der flachen, halb aufgezogenen Lade glänzen ein paar Ampullen, drei, vier. Ihre Enden sind abgebrochen, sie sind leer.

Ich starre die runden Glasbehälter an. Begreife, was Cathy getan hat, ohne mir über die Folgen klar zu sein. Erst als ich von den Ampullen abirre, zu Cathys Gesicht zurückkehre, bricht sich die dumpfe Erkenntnis Bahn.

Sie stirbt.

Cathy stirbt.

Der Schrei verebbt, ehe er die Kehle hochsteigt. Durchdringt mich, lähmt wie eine Betäubungsspritze. Cathy wendet den Kopf, sucht meinen Blick. Das Lächeln hat seine Starre verloren, läßt die Marmorfarbe ihres Gesichts von innen her auftauen. Ihre Lippen gehorchen ihr besser als vorher, da sie spricht.

„Simone."

„Ja, Cathy."

„Ich hab' es getan. Es war ganz einfach. Weil es dunkel war. Verstehst du? Er hat mich nicht gesehen."

Ich weiß nicht, wovon sie redet, glaube, daß sie träumt, phantasiert.

„Wer hat dich nicht gesehen, Cathy?"

Sie lächelt, schüttelt den Kopf. In ihren Augen steht ein sanftes Licht.

„Wer? Herford."

Herford.

Und ich sitze hier und begreife nicht. Draußen der Sturm, das Schiff im Dunkeln und Herford und Cathy.

„Er war bei dir?"

Sie nickt. Schließt die Augen. Tastet mit den Fingern über die rote Samtdecke. Der Ärmel über ihrem Handgelenk ist hochgeglitten, gibt einen Streifen ihres narbigen, brüchigen Unterarmes frei. Ich fasse nach ihrer Hand, sie schließt ihre Finger um die meinen.

„Ich bin glücklich, Simone."

Dumpfe Reglosigkeit, Pulsschlag, der von außen an meine Ohren dröhnt. Sie hat die Nacht mit ihm verbracht und sich dann die restlichen Spritzen injiziert. Die Erfüllung ihrer Liebe gegen vier oder fünf ihr verbleibende leere Monate eingetauscht. Herrgott! Ich fühle meine Beine nachgeben, sinke neben ihrem Bett in die Knie.

Sie liegt mir zugewandt, ihre Hand ist kühl, ein wenig feucht. Auf ihrer Stirn stehen winzige Schweißtropfen. Im Marmor ihrer Wangen sind schmale Sprünge aufgebrochen, Haarrisse, bläulich untersetzt. Da hat der Gott mit den stillen Augen seine Hand auf dich gelegt. Du wirst die schönste Statue in seinem Garten sein. Jedem Zitronenfalter, der sich auf deinem Kleid niederläßt, werden die Flügel zu Stein.

Als Kind hab' ich gebetet. Ich hatte hundert Worte, und jedes reichte zu Gott. Jetzt hab' ich keines, das uns helfen könnte. Ich kann nur eines für dich tun: dir deinen Wunsch erfüllen und keine Hilfe holen. Dazu hast du mich mit deinem Vertrauen verpflichtet. Wenn ich deswegen in die Hölle komme, werden wir einander dort ein Fest geben.

Die Risse werden tiefer, dunkler, ziehen sich als feinmaschiges Netz über das starre Gesicht. Cathy, verlöschende Flamme, wie stark du warst in deinem letzten Aufflackern: Mit deinen zerstörten Händen hast du dem Laufrad in die Speichen gegriffen. Der Sturm kam dir zu Hilfe und deiner Liebe, die tief war wie das Wasser unter dem Kiel der „Odysseus". In jedem Schweizer steckt ein Käsehändler oder ein Nationalheld, sagt Goliath. Es kommt nur darauf an, was man von ihm fordert.

Der Zugriff ihrer Finger wird fester, sie umklammert mein Handgelenk, zieht mich näher. Ich bin so dicht über ihr, daß ihre Züge vor meinen Augen verschwimmen. Ihr Atem streift meine Wange, sanft, kühl, mischt sich mit dem Duft ihres Haares. Waldblumen, Pfefferminz, der Felsen von Paphos, weißt du noch, da ist noch ein anderer Geruch, süßlich, herb, Karbol, Chlor, Äther, die Injektionsnadel, ich hab' es getan, Simone.

„Simone."

„Ja, Cathy."

„Ich möchte ein Seemannsbegräbnis. Sie sollen mich nicht heimbringen. Er verbringt sein Leben auf dem Wasser, und ich möchte ihm nahe sein. Wirst du es dem Captain sagen?"

„Ja, Cathy."

Gewonnen, nach Punkten, in der letzten Runde. Du hattest recht, tausendmal recht. Aber was geschieht mit uns, die wir dich lieben?

„Ich werde es ihm sagen." Meine Stimme schwimmt weg. Cathy verstärkt den Druck ihrer Finger, ihre Lippen sind zu Marmor geworden, bläuliches Weiß, das Sprechen macht ihr unendliche Mühe.

„Simone –"

„Ja."

Ein Zucken läuft durch ihren Körper. Sie gräbt die Nägel in meine Hände. Ich bleibe reglos, um ihr standzuhalten. Was kann ich tun, um es leichter zu machen? Ich habe keine Erfahrung mit Drogen. Auch nicht mit dem Tod, dies ist mein erster. Ich weiß nur, daß es anders ist, als ich je geglaubt hätte. Nichts von Furcht oder Panik, nur Zärtlichkeit, der Wunsch, Schmerzen zu lindern, Wache zu halten bei einem müden Kind. Mögen Sie mich? Wie schön. Ich mag Sie auch. Als ich dir die Spritze gegeben habe, sagtest du, ich hätte ruhige Hände.

Es klopft an der Tür. Zögernd, leise.

„Cathy? Darf ich hineinkommen?"

Herfords Stimme. Ich versuche meine Hände aus denen Cathys zu lösen, sie gibt nicht nach, hält mich umklammert. Es geschieht unbewußt, ist nur ein Reflex. Löst dennoch wütenden Schmerz aus. Ich krümme mich über der Bettdecke zusammen.

„Cathy?"

Gottlob merkt sie es nicht. Sie ist weit fort. Mit einem Fuß in einem anderen Land. Ich habe auf absurde Weise angefangen, um Minuten zu kämpfen: Noch nicht. Bleib noch. Noch drei Atemzüge, noch zwei. Ich habe dir nicht alles gesagt. Nur Worte, es waren nur Worte. Die Sekunden hasten, fallen übereinander her. Die Zeit hat zu stürzen begonnen, wie immer, wenn etwas zu Ende geht.

Herford klopft zum zweitenmal. Ich richte mich auf.

„Ja."

Er erkennt meine Stimme, reißt die Tür auf. Ist mit zwei Schritten beim Bett.

„Mein Gott", sagt er tonlos, stammelnd, „mein Gott."

Ich ziehe meine Hände mit einem Ruck aus Cathys Fingern. Warte, bis die Schmerzwelle verebbt, stütze mich vom Boden ab. Trete zur Seite. Herford hat einen Augenblick lang gezögert, eine

Bewegung gemacht, als wolle er sich zur Tür wenden, Arzttasche, Medikamente, ist dann an meine Stelle getreten. Nimmt meinen Platz ein, greift nach den kühlen, offenen Händen.

Fühlst du, daß er bei dir ist? Ich kann die Liebe fühlen. Meine Sinne sind dafür geschärft.

Ich verlasse den Raum.

Der Schiffskater heißt Augustus und ist pechschwarz. Ein zottiger Teufel mit schwefelgelben Iriskreisen um die schmalen Pupillen. Er streicht um meine Beine, fordert mich auf, mich zu setzen, springt, als ich mich in den Deckstuhl fallen lasse, mit einem Satz in meinen Schoß. Ein Tier kann Kummer fühlen, hat Großvater gesagt, er besaß eine Siamkatze mit einem dicken Kopf, und als Großmutter starb, wich sie wochenlang nicht von seiner Seite. Den Schiffskater hätte ich für weniger sensibel gehalten, aber augenscheinlich habe ich ihm unrecht getan. Er streckt sich, bis er die Vorderpfoten auf meine Brust legen kann, und sieht mich aus seinen schräggestellten Augen abwartend, ein wenig forschend an.

Ich habe es dem Captain gesagt. Seine Nummer gewählt, einhundertzehn, er meldete sich mit etwas schleppender Stimme.

„Ja, bitte?“

„Hier ist Simone. Kann ich dich sprechen?“

„Natürlich. Was ist geschehen?“

„Wir haben einen Toten an Bord.“

„Komm bitte sofort zu mir, Simone.“

Herford war nicht ansprechbar. Hatte sich in seiner Kabine eingeschlossen. Ich trug dem Captain Cathys Wunsch vor. Er überlegte mit gesenktem Kopf, die Falte stand zwischen seinen Augenbrauen.

„Es ist schwierig. Aber wir werden es durchsetzen. Ich lasse in Milos die Hafenbehörde an Bord holen.“

Ich nickte, konnte nicht antworten. Er legte die Finger auf meinen Handrücken.

„Hast du mit Herford gesprochen? Er muß die Formalitäten erledigen.“

„Ich weiß.“

Entsetzlicherweise muß er sie untersuchen, den Totenschein ausstellen. Es ist grausam und grotesk zugleich, daß er von Amts wegen ihren Körper inspizieren wird, den vor ihm zu verbergen sie in den Tod gegangen ist.

Cathy ist krank, habe ich zu Hanns Eberhard und der Tischrunde gesagt, nein, keine Besuche.

Niemand an Bord darf es erfahren. Morgen sind wir in Milos. Ein kleiner Hafen. Ein Amtsarzt und zwei Polizisten werden an Bord kommen.

„Wir bestatten sie bei Nacht. Ich möchte, daß du dabei bist, Simone."

„Danke."

Der Kater hat vergessen, die Krallen einzuziehen, hakt sich mit gestreckten Pfoten in meinem Pullover fest, weiß nicht, warum er nicht loskommt. Bewegt sich vorsichtig, ratlos hin und her. Ich helfe, ein paar Fäden sind gerissen, er rollt sich in meinem Schoß zu einem wärmeverströmenden Bündel.

Wer hat dich Augustus genannt? Der Captain? Ein geschichtsbeflissener griechischer Matrose? Der Schiffskoch? Oder einer von den heimwehkranken Schafhirten, die hier die Stewards spielen? Sie sitzen abends am Bug des Arbeitsdecks und singen Sirtakilieder zur Gitarre. Dabei wiegen sie sich im Rhythmus der Melodie, es sieht aus, als streife der Wind über ein Ährenfeld.

Irgendwann im Leben beginnt man an den Tod zu denken. Der Anlaß mag verschiedener Art sein, auch der Zeitpunkt. Irgendwann wird man damit konfrontiert, und es geht nicht wie die anderen Male vorüber, sondern bleibt als winziges Sandkorn im Getriebe des Denkens, Fühlens: Auch du. Auch deine Zeit kommt. Läuft von dem Augenblick an nebenher als unsteuerbare Frequenz, Summton, der unter den Alltagsgeräuschen liegt. Verschwindet, wenn sie überwiegen, verstärkt sich, wenn sie leiser werden oder verstummen. Irgrndwann kommt der Gedanke auf dich zu: Wie wird es bei mir sein? Anders als bei den anderen, schmerzhafter, langsamer, schneller, leichter? Angst vor dem Tod ist mir fremd wie Angst vor dem Leben. Ich kann mir unter beidem nichts vorstellen, halte es für die Projektion realer Ängste auf Metaphysisches. Ich fürchte die Krankheit, den Schmerz. Wer sagt, daß er den Schmerz nicht fürchtet, ist für mich nicht verständlich, monströs bis zur Unglaubwürdigkeit. Ich fürchte den geistigen und den körperlichen Verfall. Der Tod selbst, wie ich ihn glaube, ist ein Stück Natur, warme, aufgebrochene Frühlingserde, die mich in ihren Schoß nehmen, durch mich hindurch die Wurzeln für künftige Sommer schlagen wird.

Ich wollte immer in einer blühenden Wiese sterben. Schon als Kind. Träumte davon, auf dem Rücken zu liegen, mit ausgebreiteten Armen der Sonne zugekehrt, um mich her leise schwankende Halme, Blütendolden, das Summen von Mücken, die Stille eines mittagsheißen Sommers. Fernher das Knattern eines Traktors, windzerrissen, der Duft von frisch gebackenem Brot aus einem Haus am Feldweg. Inmitten all des Lebens zu verlöschen, tief eingebettet in die Erde, versinkend, mich auflösend: Wenn ich es irgendwie einrichten kann, wirst du mich so vorfinden, stiller Gott. Vielleicht gelingt es mir, dem Urteil vorzugreifen, dem Infusionsgalgen, der auf jeden von uns wartet, zu entfliehen, der weißen Karbolwüste, wo die Skalpelle den Weg weisen von Qual zu Qual. Wahnsinn, sagt der schwarze Augustus in meinem Schoß, er ist an seinen Katzenverstand gebunden, Wahnsinn, in der Mitte des Lebens bei augenfälliger Gesundheit den Endspurt zu planen. Weil ich Zeit habe, sage ich, weil ich Christopher heranwachsen sehen möchte, weil ich es ohne Hast und Panik tun kann. Dein Menschenhirn, sagt Augustus, man sollte einen Schalter einbauen, mit dem man es von Zeit zu Zeit abstellen kann. Es ist unser einziges brauchbares Instrumentarium, sage ich, unsere Emotionen laufen jenseits der Kontrolle. Dem Verstand können wir befehlen. Nicht, wie du es meinst, sagt Augustus, die Maus wird gefressen, wann und wo sie der Kater trifft. Sie muß es nehmen, wie es kommt, niemand kann es sich aussuchen. Doch, sage ich, Cathy hat es getan.

Für uns hoffnungslose Binnenländer, hat Goliath gesagt, ist die See eine einzige Versuchung.

Vielleicht hat Cathy von ihrem Tod auf dem Wasser geträumt. Vom Lied der rastlosen Schaumkämme, die sich über ihrem sinkenden Körper schließen. Vorüber, geschenkt und unverlierbar. Der Kater schließt nach einem letzten skeptischen Blick die giftgelben Augenschlitze. Wasser, blühende Wiesen, gebackenes Brot: Was wißt ihr von saftigen Fischköpfen, Leber- und Milzresten aus der unerschöpflichen Schatzkammer der Bordküche? Er streckt sich, beginnt zu schnurren, verstummt nach wenigen Minuten. Ist in meinem Schoß eingeschlafen. Ich schiebe meine Hände, die seit Cathys Berührung starr und eisig sind, unter den atmenden Katzenkörper, um ein wenig Wärme zu bekommen.

„Meine Schuld", sagt Herford.

„Sie hatten keine Wahl."

„Ich hatte keine Wahl." Er richtet sich in seinem weißen Holzsessel auf. „Ich weiß das. Aber ich war die Ursache. Ich hätte –"

„Was hätten Sie?"

Ich möchte ihn provozieren, zum Sprechen bringen. Das Licht fällt weiß, steril in den Behandlungsraum. Er verläßt ihn nur mehr, wenn er zu einem Patienten gerufen wird. Hat mich gebeten, ihn aufzusuchen, nachdem der Captain mit ihm gesprochen hatte. Die Formalitäten sind abgeschlossen. Cathy darf ihre Kabine behalten bis Mitternacht. Dann wird sie vom Heck der „Odysseus" aus bestattet.

Herford verändert seine Haltung. Streicht mit der Hand über seine Stirn, es ist eine Geste verzweifelter Müdigkeit. Er läuft im Kreis, findet keinen Ausweg. Ist vielleicht in der verworrensten Situation, in der ein Mann sich je befunden hat. Die Erfüllung ihrer Liebe hat Cathy den Tod gebracht. Aber ebenso sicher hätte seine Weigerung ihren Tod bedeutet, und er weiß das.

Er sitzt reglos, er hat sich vorgebeugt, die Hände gefaltet, die Ellenbogen auf die Knie gestützt. Er ist verändert seit jenem Morgen, um Jahre gealtert. Sein Blick hat die Direktheit, die sanfte Stärke verloren. Er sieht an den Dingen vorbei, durch sie hindurch. Wirkt müde, ratlos. Sprich mit ihm, hat der Captain gesagt, ich habe keinen Zutritt zu seinem Kummer.

Er kann seinen Zustand nicht ausdrücken, das ist das schwierige. Ich kenne das von Christopher. Man sitzt ihm gegenüber und kann sich nur gedanklich verständigen. Wenn ich ein falsches Wort sage, zieht er sich in sein Schneckenhaus zurück.

„Vor sieben Jahren", sagt er schließlich, er spricht halblaut, ohne seine Haltung zu verändern. „Ich hätte es vor sieben Jahren tun sollen."

„Was?"

„Alles. Von Anfang an. Sie hätte sich daran gewöhnt, daß es mir nichts ausmacht. Ich wußte, wie ihr Körper aussah. Für einen Arzt, mein Gott –" Er stockt, sieht zu Boden. Atmet krampfhaft auf, zuckt mit den Achseln. „Es war unwichtig. Er war nur das Gefäß für ihren Zauber. Sie wissen nicht, was sie mir bedeutet hat." Er atmet wieder auf, gepreßt, mühsam. „Es war nichts zu ändern. Aber wir hätten einander sieben Jahre schenken können. Ich war es ihr schuldig, einen Weg zu suchen. Ich habe gezögert, gezweifelt. Vielleicht hätte es ihn gegeben."

„Es hätte ihn nicht gegeben", sage ich. „Sie hätte es nicht akzeptiert."

„Wie kommen Sie darauf?"

„Sie hat es mir gesagt."

„Gesagt?"

„Auf dem Felsen von Paphos. Im Beisein einiger Götter, die ihre Mittagspause hielten." Ich wende mich zu ihm, versuche die Mauer zu durchdringen. „Verstehen Sie? Was jetzt geschehen ist, wäre in jedem Fall geschehen. Nur früher. Sieben Jahre früher."

Er bleibt unbewegt, scheint sich der Worte zu bemächtigen.

„Glauben Sie das?" fragt er schließlich. „Glauben Sie es, Simone?"

„Sie nicht? Sie haben sie besser gekannt als ich."

Er schweigt sekundenlang. Nickt dann fast unmerktlich, richtet sich im Sessel auf.

„Ja", sagt er. „So war sie. So ist sie. Ich glaube, ich begreife. Ich hatte keine Chance. Nicht gegen ihren Willen und nicht gegen ihre Kraft." Er nimmt die Brille ab, fährt mit der Hand über seine Augen, drückt die Finger in die Augenhöhlen, als wolle er seine Gedanken zurechtrücken. Strafft dann die Schultern, hebt den Kopf. Sein Blick hat etwas von der früheren sanften Stärke wiedergewonnen. „Ich danke Ihnen, Simone."

„Nein", sage ich, die Traurigkeit steckt in meiner Kehle wie ein Kloß. „Wofür? Ich habe nichts getan."

Man sollte weinen können. Weinen wie Kinder, die verlassen,

verloren sind. Wer gibt dir wieder, was du geliebt hast? Verlaß dich nicht auf eine andere Welt. Der stille Gott hat es genommen, und vorerst gehört es ihm.

„Manchmal versteht man nicht", sagt Herford halblaut, abgewandt, sagt es mehr zu sich selbst als zu mir, „man wird als Werkzeug eingesetzt und funktioniert, ohne zu denken. Halten Sie es für möglich, daß ein Konzept dahintersteckt?"

Ich verhalte unbewegt, betroffen. Bin mit der Tatsache konfrontiert, daß ich es in dem sanften, gescheiten Doktor Herford mit einem Atheisten wider Willen zu tun habe.

„Ich bin auf der Suche danach", sage ich schließlich, die Worte einzeln ertastend. „Und da es sinnlos wäre, nach etwas zu suchen, das nicht existiert, muß ich annehmen, daß ich daran glaube."

„Nicht schlecht", sagt Herford, er sitzt vorgebeugt, etwas wie Spannung steht zwischen uns, treibt die aufgebrochenen Gedanken aufeinander zu, verschmilzt, vereinigt. „Ich glaube, daß Sie recht haben. Meinen Sie, Cathy hätte gewollt, daß wir dieses Gespräch führen? Ich könnte es mir vorstellen."

Wir haben Milos verlassen und halten auf Heraklion zu. Es ist eine echte Kreuzfahrt, hat der deutsche Reiseleiter gesagt, das heißt, daß wir nicht wie die anderen Touristenschiffe auf schnellstem Weg von Insel zu Insel steuern, sondern zwischendurch kreuz und quer fahren. Das liegt an der relativ langen Dauer der Fahrt, auch an der Zusammensetzung des Publikums, außer den Literaten befinden sich noch zwei Arbeitsgruppen deutscher Konzerne an Bord, Seetage sind wichtig zur Konzentration der Gespräche, Beisammensitzen, wenig Ablenkung, das bringt die Teilnehmer dazu, sich aufeinander einzustellen, am Ball zu bleiben. Auch unsere Gespräche sind fruchtbringend gewesen, zumindest zum Teil, künftige Austauschaktionen wurden geplant, Gastvorträge an den teilnehmenden Universitäten abgesprochen.

Margery schleicht verkniffen durch die Gänge, memoriert ihren Vortrag. Zwei Schritte hinter ihr die herausfordernd blickende Laurie Lee. David und die Sportsmaid haben eine Auseinandersetzung in einer Loge im Teesalon: „Wieso ich dir, du hast mich angesprochen.“ Leere Cognacgläser stehen auf dem Tisch. Wenn die Sportsmaid zu laut wird, zischt David sie stimmlos an.

Die Nacht steigt vor den Bullaugen aus dem Nebel, färbt die vorüberziehenden weißen Schwaden grau. Bei Tagesanbruch, hat der Captain gesagt, er sah müde aus, hatte den ganzen Tag telefoniert, mit den griechischen Behörden, dem Kentrikon Limenarcheion, der Schweizer Botschaft in Athen, ein Uhr früh, die Bars werden um Mitternacht geschlossen, wir treffen uns am hinteren Ausgang des Arbeitsdecks.

Herford will nicht gestört werden. Der Kapitän ist auf der Brücke. Drei Stunden Zeit, oder vier. Ich liege auf dem Rücken, starre gegen die elfenbeinfarbene Decke, sauge die bittere Stille in mich hinein wie ein Schwamm.

Ich hatt' einen Kameraden.

Sie spielen es schleppend, gedämpft, zur Unkenntlichkeit zerdehnt. Dennoch das deutsche Soldatenlied. In griechischer Verpakkung, zwei Okarinas, eine Mundharmonika, die die Bässe unterlegt. Die eine Okarina ist auf Sopran, die andere auf Mezzo gestimmt. Die drei Matrosen stehen in voller Uniform seitlich der schrägliegenden Bahre, an deren Kopfende zwei Pechfackeln brennen. Die Nacht hängt unbewegt über dem Schiff, kein Wind, die Wolken haben sich gegen den Horizont verzogen, über uns der schwarzhohe Himmel, von ungleich großen Trichtern millionenfach durchlöchert. Das Arbeitsdeck liegt wenige Meter über der Wasserlinie. Ein flaches Holzgestell ist aufgerichtet, das mit seinen tiefreichenden Schienen die dunkle Fläche fast berührt. Zwei Matrosen halten die Taue, an denen Cathys Bahre auf der Schräge festgezurrt ist. Herford neben mir, am Kopfende der Captain, ebenfalls in voller Uniform. Er hält ein aufgeschlagenes Buch in der Hand.

Cathy war evangelisch. Der Gottesdienst, der hier stattfindet, ist einer dem Captain fremden Liturgie entnommen. Dennoch scheint alles wie aus einem Guß, hat die fremdartige Harmonie heidnischer Festlichkeit. Das sanftbewegte Meer, der weitgespannte Himmel. Die verschwebenden Okarinatöne über dem Ozean, die Worte, die er in schleppendem Englisch aus der Bibel liest:

„Denn Liebe ist stark wie der Tod, und ihr Eifer ist fest wie die Hölle."

Das Hohelied Salomonis. Herford hat die Stelle ausgesucht.

„Ihre Glut ist feurig und eine Flamme des Herrn. Daß auch viele Wasser nicht mögen die Liebe auslöschen, noch die Ströme sie ertränken."

Cathys Konturen sind unter dem Segelleinen nicht zu erkennen. Sie ist bedeckt von Kopf bis Fuß, eingerollt in die weißen, glatten Bahnen. Darübergespannt die griechische Flagge, vierblätterige gelbe Blüte im blauen Feld. Zu ihren Füßen der schmale Wimpel mit dem rot-weißen Schweizer Kreuz. Das Lied hat drei Strophen, in der zweiten zieht der Matrose mit der Mundharmonika das Tempo etwas an, es klingt kurzatmig, ich streife ihn mit einem Blick, die Tränen laufen ihm in Strömen über das Gesicht. Er ist jung, vielleicht zwanzig. Der Captain legt die Hand auf die Bahre, spricht einen griechischen Satz. Dann die letzten Worte des Hohelieds:

„Und wenn ich alle Schätze der Welt besäße und hätte der Liebe nicht, so wäre ich ein tönendes Erz und eine klingende Schelle."

„Amen", sagt Herford.

Dritte Strophe. Wer kennt den deutschen Text? Was heißt auf griechisch: Ich hatt' einen Kameraden?

Einen besseren findst du nicht.

Der Captain gibt die Anweisung. Die beiden Matrosen lösen den Paalknoten mit zwei geschickten Handgriffen. Halten die Taue in der geschlossenen Faust.

Noch nicht!

Die Mundharmonika schluchzt auf, dissonant, hart, die Okarinatöne, gemäßigt, zerdehnt, halten das Tempo.

Leb wohl, Cathy.

Halt mir den Platz an deiner Seite frei. Wie wir auf den Deckstühlen gelegen haben, weiß du noch? Mögen Sie mich? Wie schön. Ich mag Sie auch.

„Farewell", sagt der Captain.

Die Matrosen lassen gleichzeitig aus. Die schmale Bahre gleitet über die Schienen abwärts, taucht mit dem Fußende in den schwarzen, aufbrechenden Spiegel, ist in der nächsten Sekunde darin verschwunden.

Die Sterne stehen noch immer über dem Schiff. Wir sind mit sechshundert Passagieren ausgelaufen. Wenn wir ankommen, werden es fünfhundertneunundneunzig sein.

Farewell, Cathy.

Herford hat sich abgewandt, steht an der Reling. Hält sich mit beiden Händen daran fest. Du wolltest ihm nahe sein. Nimm deinen Frieden aus der Hand des stillen Gottes. Wenn er hält, was er verspricht, wird keine Nadel deine Haut ritzen bis ans Ende aller Tage.

Heraklion. Noch eine Nacht an Bord. Am Nachmittag habe ich König Minos' Kindertoilette aufgesucht. Sie hatte sich nur in meiner Erinnerung verändert, ist klein geblieben, wirkt auf liebenswürdige Weise komisch. Goliath gesellte sich zu mir, bot mir einen Platz auf einem Steinkrug an, wir sahen hinunter in die Grube, in der gekittete, bemalte Scherben liegen. Er spricht vor sich hin, halblaut, erzählt von Glarus, dem sonnigen Kanton in der Westschweiz, in dem er mit seiner Familie lebt. Familie? Ich horche zerstreut auf, Goliath, der Sexprotz als Ehemann und Vater, fünf Kinder, sagt er, zwei Buben, drei Mädchen, die Frau ist im Sozialwerk tätig, ehrenamtlich, stammt aus angesehenem Bürgerhaus, sie haben es geruhsam, zu geruhsam für sein rätoromanisches Temperament. Einmal im Jahr muß er ausbrechen, das große Abenteuer suchen, um dann wieder elf Monate Geruhsamkeit durchzuhalten.

Ich unterbreche nicht, verstehe. Daher sein rasches Umschwenken von Margery zur afrolockigen Miß. Die Zeit muß genützt sein. Er sieht schuldbewußt drein, wie ein Bub, der gleichzeitig an zwei Töpfen genascht hat. Keine Ursache, Margery hat die Sache von sich aus beendet, läuft Vortrag memorierend durch die Gänge, die aufmüpfige Laurie Lee im Schlepptau.

„Ich bin ein faustischer Mensch", sagt Goliath, seufzt, besieht seine gekreuzten Füße, die in Häkelsocken und Gummisandalen stecken, „das ist das schwierige daran. Ein Spießer, der zugleich ein Abenteurer ist. Ein Glück, daß ich das Feuilleton in der Zürcher

Zeitung habe. Wenn ich nicht schriebe, wäre ich vermutlich Terrorist oder Taschendieb."

Ich stelle mir die zwei Seelen in seinem umfangreichen, pulloverbewehrten Brustkasten vor, muß lächeln, er ist freundlich, strahlt Wärme aus, schade, daß wir nicht früher miteinander gesprochen haben, die Fahrt ist zu Ende.

Die Fahrt ist zu Ende. Morgen früh sind die drei Wochen um.

Ich wende mich ab, etwas wie Angst ist in mir hochgestiegen. Wie habe ich gelebt in dem Wissen, daß die Fahrt zu Ende sein wird? Was werde ich tun? Von Bord gehen, wie die anderen? Ich habe die Augen davor verschlossen, das Todesurteil nicht gelesen, glaubte es damit aus der Welt geschafft. Wahnsinn ist das! Ich bin ein Teil der „SS Odysseus", kann mich nicht in einen Passagier zurückverwandeln, das Schiff ist meine Erde, außerhalb zerfalle ich zu Staub.

Goliath betrachtet seine Zehen. Bewegt sie, merkt, daß der rechte Socken ein Loch aufweist, versucht es mit dem Nagel der großen Zehe zu erweitern. Ich habe keine Vorstellung von der Zeit danach gehabt, deshalb hat sie für mich nicht existiert. Vermutlich habe ich gehofft, daß wir tatsächlich im Kreis segeln. Von Kreta nach Kreta, dazwischen alle Inseln, die man an den Fingern seiner Hände aufzählen kann.

Goliath bohrt sein Loch, sieht auf, verständnislos, spricht lauter, um meine Aufmerksamkeit wachzuhalten. Ich lächle, nicke, Watte um mich her, etwas wird geschehen, so oder so. Nehmen Sie meinen Arm, sagt Goliath, Sie sind ganz blaß geworden, wo ist Ihre Freundin, das Mädchen aus Winterthur, noch immer krank? Vielleicht haben Sie sich bei ihr angesteckt, welche Symptone hat man bei ihr festgestellt?

Er ist nicht dumm, Goliath: Die Symptome sind die gleichen. Denn Liebe ist stark wie der Tod. Er verabschiedet sich, genug Bekenntnisse, genug Steinkrüge, ein Drink ist fällig. Die Zehe hat ihr Gefängnis durchstoßen, ragt einsam, blaß aus dem grauen Häkelsocken. Er stelzt auf Gummisandalen den Kiesweg hinunter, läßt mich mit meinen Symptomen zurück. Ihre Glut ist feurig und eine Flamme des Herrn, daß auch viele Wasser nicht mögen die Liebe auslöschen.

Der weiße Mondstrahl liegt auf meiner Decke. Breit, staubig.

Meine letzte Nacht an Bord. Das Wort hat keine Substanz, keine Farbe. Der Ozean, der die „SS Odysseus“ trägt, ist Cathys Bett, dunkel und ewig und tief. Ich möchte mit dir tauschen. Er hat es mir gesagt: Agapimo. Was kann noch kommen? Vor meinen geschlossenen Lidern zuckt es, brennt auf, verglüht: Die Pechfackeln, die zu Häupten der Bahre standen, die Matrosen haben sie dir nachgeworfen in die nachtschwarze See. Sie zogen schmale Leuchtspuren durch das Dunkel, verloschen zischend auf der Wasserfläche.

Das Telefon läutet. Heller, gedämpfter Summton.

Danke, Cathy.

Meine Hände sind taub, als ich den Hörer abnehme.

„Hallo?“

„Simone“, sagt er, seine Stimme klingt ein wenig flach, wie von weither. „Ich möchte dich noch einmal haben. Verzeihst du mir?“

Sie klettern die Gangway abwärts wie Ameisen, die sich eine Grasbrücke gezimmert haben. Handgepäck, Andenken, Schaffelle, Strohhüte, noch eine Aufnahme, Lächeln, die letzten Meter Film. Die Ausstiegsluke am Mittelschiff ist doppelt geöffnet, beide Flügel zur Seite geschoben, es ist ungewohnt hell im Raum, an der Rezeption steht Heinz Rech mit dem Reiseleiter, auf Wiedersehen, vielleicht im nächsten Jahr, es hat sich doch gelohnt, wir haben Spaß miteinander gehabt. Draußen auf dem freien Platz vor dem Hafengebäude steht Herford. Ein wenig verloren, sieht sich um, ein Tag Aufenthalt für ihn, abends, wenn die neuen Passagiere an Bord sind, ist auch er wieder dabei.

Er hat mich nach dem Frühstück erwartet, stand neben dem Samtvorhang, wir traten hinaus an die Reling auf Poseidon, backbord beim Vorderausgang, er meidet das Heck. „Ich weiß, was Sie mir sagen wollen, Simone. Verzeihen Sie, wenn ich ein schlechter Zuhörer bin. Vielleicht später. Werden Sie wiederkommen?“

Ich weiß nicht. Nein. Er hält meine Hände, wie Cathy es getan hat.

„Ich habe Ihnen etwas zu sagen, Doktor. Ja, von ihr. Sie war glücklich. Sie hat es mir gesagt, am letzten Morgen. Sie sagte: Ich bin glücklich, Simone.“

Er hält sich am Eisengitter fest, als ich mich umwende, sieht mir nach. Noch einen Schritt, dann ist der Faden zerrissen. Abschied von allen Seiten, und wohin gehe ich?

Um fünf Uhr früh hat die Uhr an seinem Handgelenk gesummt. Ich schrak hoch, er umspannte meine Schulter mit sanfter Hand.

„Bleib. Ich muß auf die Brücke."

Seine hohe, biegsame Gestalt, zum letzten Mal, abgehoben gegen das Kajütenfenster. Draußen der aufsteigende Tag. Ich glitt zurück in Schlaf, träumte, ich läge in seinem Bett. Erwachte, als die Maschinen stillstanden. Der Raum war leer. Ich schlüpfte in die Kleider.

Er saß draußen an seinem Schreibtisch. In voller Uniform, wie ich ihn das erste Mal unter der Flaggenwand gesehen hatte. Wandte sich um, schob den Sessel zurück, stand auf.

Seine dunkel brennenden Augen, die Mondlandschaft seines Gesichts. Die Kerbe über der Nasenwurzel, das spröde, lebendige Haar mit den hellen Schläfenstreifen. Die müde Stirn, der leicht geneigte Kopf, die fast unmerklich gebeugten Schultern: Ich habe ihn nie vorher geliebt wie in diesem Augenblick. Er sah mir entgegen, die Hand auf den Schreibtisch gestützt, war fremd und schön und fern wie ein Bild, durch das verkehrt gehaltene Opernglas gesehen.

„Simone", sagt er.

Abschied vom Klang seiner Stimme.

„Herford sagt, du hast einen Sohn."

Einen Sohn? Ja. Christopher.

„Ich möchte dir etwas geben. Für ein Fest oder den Tag deiner Wiederkehr."

Die Tür zur Brücke ist offen. Ich dürfte ihn nicht umarmen, selbst wenn er es wollte, nicht. Die Behörden sind an Bord, die Formalitäten haben begonnen, Zoll, Schiffspapiere, jeden Augenblick kann jemand anklopfen, die Offiziere warten, die Mannschaft steht bereit.

Er streift den Ärmel seiner Uniformjacke zurück, die weiße Seidenmanschette. Öffnet den Verschluß der Uhr an seinem Handgelenk.

„Es ist ein Geschenk zum Weitergeben. Weil Geben glücklicher macht als Nehmen. Das habe ich auf dieser Reise gelernt."

Er nimmt die Uhr ab, hält sie in der offenen Hand.

„Ich möchte, daß dein Sohn sie trägt, Simone."

Seine Stimme gleitet weg, er faßt nach meiner Hand, legt die Uhr hinein. Sie liegt darin, rund, glatt, schwer wie ein Kiesel vom Grund des Königreichs unter den Wassern.

„Sie ist schön", sage ich. „Du wirst sie vermissen."

„Ich möchte sie vermissen. Wirst du sie ihm geben?"

Ein Sirenenton, hoch, gepreßt, zerreißt die Stille. Zwei Lotsenboote kreuzen draußen auf dem schmutziggrauen Hafenwasser, haben uns auf der Einfahrt begleitet, verlassen das Schiff in Richtung offene See. Ein Auto hupt draußen auf dem sandigen Kaiplateau. Die Uhr in meiner Hand ist warm, die Zeiger kreisen.

„Ja", sage ich. Die Minuten fallen, stürzen. Er hebt den Kopf. Die Kerbe über seiner Nasenwurzel ist steil, tief. Seine Lippen bewegen sich, ich höre nicht, was er sagt. Suche jede Linie seines Gesichts, präge sie mir ein, Negativ auf der Netzhaut, mit Messern gekerbt.

„Hörst du –", sagt er, es klingt spröde, ein wenig flach, „vergiß es nicht: Nur du, Simone. Immer du, solange ich auf diesem Schiff fahre."

Er beugte sich über meine Hand. Der Duft seines Rasierwassers steigt auf, süß, ein wenig herb, Grasblüten, Rosenöl, halt die Berührung fest, es ist die letzte, nie wieder, hörst du, nie wieder.

Er richtet sich auf, ein winziges Zucken fliegt um seinen Mund, Trauer, Lächeln, Abschied, er läßt meine Hand los, tritt einen Schritt zurück, stumme Verbeugung, gesenkter Kopf. Ich schließe die Finger um die warme, glatte Goldscheibe in meiner Hand, das Armband ist hart, bietet Widerstand, ich presse es in meine Handfläche. Der Weg zur Tür ist frei, drei Schritte, zwei, noch einer.

„Efcharisto, Simone."

„Efcharisto."

Der Wagen rattert. Wohin? Flughafen Athen, das sind fünfzehn Kilometer. Die „SS Odysseus" liegt ruhig, mächtig auf dem Wasser, der Kai ist lang, sie ankert weit draußen, wir fahren, fahren, eine Biegung, zwei, ich sehe sie immer noch. Suche das Fenster der Kapitänskajüte, es ist das erste nach der Brücke, steuerbord, die Vierecke sind nadelkopfgroß, verschwimmen ineinander, am

Schornstein die blaugelbe griechische Flagge, die Blume tritt aus ihren Ufern, fließt ins Feld, da wird das Schiff kleiner, endlich, der Jachthafen schiebt sich dazwischen, ich könnte noch zurück, ihn noch einmal sehen, der Wagen rattert, rollt, bringt mich von ihm fort, noch eine Biegung, Bug, Schornstein, Heck, Niemandsland.

Auf diesem Planeten bin ich fremd. Ein Auswanderer von einem andern Stern.

Margery hat mich zum Abschied umarmt, geküßt. Während ihres letzten Vortrags ist Laurie Lee mit dem jungen Steward verschwunden, wie geplant. Margery schlug sich tapfer durch die Runden, Blickrichtung New Jersey, wo das Urteil der beiden zurückgebliebenen Rivalen aussteht.

In den letzten Tagen hat sie es nicht leicht gehabt. Mußte zusehen, wie Goliath sofort nach beendeter Mahlzeit vom Tisch weg auf die afrogelockte Miss Odysseus zustürzte, mit ihr in der nahegelegenen Kabine verschwand. Laurie Lee, während der Reise um Jahre gereift, versteckte ihre Schadenfreude hinter aufgesetzt kindlicher Artigkeit.

David hat es geschafft, den Bruch mit der Sportsmaid zeitgerecht herbeizuführen. Schon während der letzten Woche war sein perfektes Timing zu beobachten. Leise Verstimmung zuerst, dann kleine Zynismen, schließlich offener Streit zwischen herbeigeführten Totalversöhnungen, am Ende die artikulierte Erkenntnis, daß es wohl keinen Sinn hätte, die Beziehung fortzusetzen. David ist nicht verheiratet, aber verlobt, dem Vernehmen nach mit einer Pastorentochter aus dem Kanton Uri, die Reise unter der Flagge Literaturgespräch war wohl sein letztes Aufflackern vor der Ehe. Ich sehe sie vor mir, die vertrauten Gesichter, in der Menge am Kai haben sie sich verloren, aber die Räume der „SS Odysseus“, meines Planeten, bevölkern sie immer noch. Ich habe mir die Weltzeituhr um das Handgelenk gelegt. Werde sie tragen, bis ich sie Christopher geben kann. Sie hängt lose, glänzend, wie ein schweres Armband.

Der Flughafen ist altmodisch, nicht groß. Am Südeingang steht eine Reihe von Omnibussen. „TSS Atlas“ steht auf den Tafeln an der Windschutzscheibe, mit Kohlestift auf Pappe gemalt, in griechischen und deutschen Buchstaben: Eine Gruppe von Schiffsreisenden, die ebenfalls die Fahrt beendet haben. Die „Atlas“ ist ein

Schwesterschiff der „Odysseus". War an der afrikanischen Küste, soviel ich weiß, Alexandria, Port Said. Die Leute, die sich in der Halle am Nebenschalter drängen, sind amerikanische Touristen.

Die meisten der Odysseus-Passagiere nehmen den gebuchten Sonderzug. Ich fliege, weil das Semester morgen beginnt. Es ist mir unmöglich, zu denken, daß ich in wenigen Stunden das Haus auf dem Capitolinus betreten werde, dort sein, dort bleiben. Morgen zur Vorlesung in die Alma mater fahren, die Schüler begrüßen, so tun, als wäre ich wieder da.

Das Mädchen am Schalter nimmt mein Gepäck in Empfang, drückt den Knopf, das Laufband bewegt sich, Bordkarte, danke, fünftes Gate nach Aufruf, bitte. Ich bahne mir einen Weg durch das vielstimmige Dröhnen, stehe an der Absperrung, die amerikanische Reisegruppe strömt vorbei, flattert, nimmt Platz, häßliche Plastiksessel, Gate vier, ebenfalls nach Aufruf.

Captain Colytas, Kommandant der „SS Odysseus": Warum hast du mich gehen lassen? Ich wäre ein brauchbarer Matrose. Jedenfalls hätten die weiblichen Passagiere nichts von mir zu fürchten. Tassos hat mir zum Abschied eine Lehre erteilt, das Trinkgeld, das ich in ein Kuvert eingeschlossen hatte, zurückgewiesen. Die Hand lässig an die Mütze gelegt, mein Gepäck mit müdem Schwung in die Laderinne befördert. Ich wünsche ihm Erfolg für die beginnende Fahrt. Sicher ist eine nicht-schizophrene Wohlstandsnymphe dabei, die sein Angebot zu würdigen weiß.

Die Amerikaner, kaugummikauend, sich über fünf, sechs Köpfe hinweg unterhaltend, haben mich eingekreist. Ich habe mein Terrain verlassen, scheine am falschen Gate zu stehen, versuche mich in die Umzäunung zu retten.

Von der anderen Seite drängt jemand herüber, der die gleiche Absicht in umgekehrter Richtung zu haben scheint. Zwei Tickets vor sich hochhaltend, Strickjacke, etwas an ihm scheint mir bekannt, ich will ausweichen, trete in deponiertes Handgepäck, entschuldige mich, wende mich zurück, stehe einen halben Meter vor Sebastian.

Wir starren einander an, sekundenlang, wortlos, die Überraschung ist zu groß. Seine größer als meine, denn ich wußte zumindest, daß er auf Schiffsreise ist. Er läßt die Tickets sinken, steht reglos, sieht mich an.

Über uns kreist der hölzerne Riesenpropeller der Klimaanlage, der keine Kühlung bringt, die stickige Luft der Abfertigungshalle nur durcheinanderwirbelt. Der Luftzug streift Sebastians Haar, er fährt mit der Hand darüber, vertraute Geste, dennoch nur in der Erinnerung gespeichert, wie die manchmal aufzuckenden Bilder aus Kindertagen. Da war jemand, der zu mir gehörte, wir sind lange nebeneinander gegangen, was hat sich dazwischengeschoben, Zeit, Entfernung, der Fluß, der die Dinge trennt, die Luft zwischen den Planeten.

Sebastian schüttelt die Starre ab, versucht ein Lächeln.

„Simone."

„Sebastian."

„Ich wußte nicht –"

„Natürlich nicht. Es war eine Kongreßreise."

„Wir waren beim Sigmund-Freud-Symposion in Kairo."

„Wir?"

„Marion. Sie ist dort drüben." Er fährt mit den zwei Boardingtikkets ziellos durch die Luft, deutet die Rückwand des Gatekorridors an. „Sie ist – wir – Marion bekommt ein Kind."

„So", sage ich, stelle meine Handtasche an der Brüstung ab, versuche gehorsam, sinnlos die vage bezeichnete Gegend nach einem in Frage kommenden Gesicht abzusuchen.

Sebastians Lächeln wird freier, er scheint froh, daß er es gesagt hat.

„Und du? Bist du –" Er weiß nicht wie er es formulieren soll, jemand drängt uns von der Seite gegeneinander, ruft einem Cowgirl ein paar Worte in unverständlichem Texasenglisch zu. Die Tafeln auf dem Anzeigebrett beginnen zu rotieren, neue Zeiten, neue Städtenamen scheinen auf. „Ich meine, ob du glücklich bist. Gibt es jemanden, den du liebst?"

„Ja", sage ich wahrheitsgemäß.

Ein Schatten fliegt über sein Gesicht, Sekundenbruchteile, er fängt ihn ab, rasch, vollständig. Sieht nach der Anzeigentafel.

„Ich muß zum Ausgang. Mein Flugzeug."

„Sebastian –"

Der Texaner nimmt Anlauf, wird im nächsten Augenblick quer durch unser Gespräch marschieren.

„In der Nacht des achtzehnten Februar – war dein Schiff da auf der Höhe von Cypern?“

Er überlegt kurz, sucht in seinem Gedächtnis. Schüttelt dann den Kopf. „Das war der Tag vor Kongreßbeginn. In der Nacht waren wir auf der Busfahrt von Alexandria nach Kairo. Warum fragst du?“

„Ich dachte nur. Leb wohl, Sebastian.“

„Wie geht es Christopher?“

„Gut. Du wirst daheim sicher Post vorfinden.“

„Leb wohl, Simone.“

Er wendet sich zur Rückwand. Der zielstrebige Südstaatler, strohbehütet, sonnenbebrillt, hat es geschafft, sich zwischen uns zu drängen. Vermerkt den Erfolg mit gemischten Gefühlen, sieht dem davonstrebenden Sebastian nach.

„Sorry, Madam. Das wollte ich nicht.“

„Schon gut“, sage ich, greife nach meinem Handkoffer, versuche mich dem Strom der Gate-Fünf-Passagiere anzuschließen. „Keine Sorge. Das ist schon in Ordnung.“

IV

19

„Und weiter?" fragt Kayssa.

Der Aquavit sickert in meinen Kreislauf, sanft, tropfenweise, löst die Verkrampfung der vergangenen Stunden: Ankunft, das fremde Haus auf dem Capitolinus, in dem ich vorher daheim gewesen bin, Koffer auspacken, hohe, helle Räume mit viel zu großen Fenstern.

Kayssa steht vor mir, im offenen weißen Mantel, wippt auf schwedischen Gesundheitspantinen, hat mir ihren Schaukelstuhl überlassen, das Wasserglas mit der durchsichtigen Flüssigkeit randvoll gegossen.

„Trink das. Du siehst aus wie deine eigene Mumie."

„Ich fühle mich auch so."

Wir waren einander in der Bibliothek begegnet, in die ich mich geflüchtet hatte, als mir das große Haus zu still, zu hoch, zu leer erschien.

Ein paar Briefe von Christopher, ein Paket Fachliteratur, ein Strauß langstieliger hellroter Rosen in Cellophan auf der obersten Treppenstufe am Hauseingang. Er mußte wenige Minuten vorher abgelegt worden sein, Hillebrand kennt die Ankunftszeit, seine Perfektion hat in ihrer kühlen Kalkuliertheit etwas Bestechendes. Ich stellte die Rosen auf den runden Couchtisch im Wohnzimmer, etwas Lebendiges, ein kleiner Vogel wäre mir lieber, ich muß mir ein Haustier anschaffen, vielleicht einen Kater, der sich auf meinen Bauch legt und an dem ich mir die Hände wärmen kann.

Eine Stunde später hatte ich ausgepackt, alles geordnet, die Post erledigt, wenn man allein ist, geht alles unheimlich rasch. Dann stand ich auf der Türschwelle zwischen zwei leeren Zimmern, unschlüssig, griff schließlich nach den Skripten für morgen und verließ beinahe fluchtartig das Haus.

Die Universität. Das war schon besser.

Krappmeier, Portier und Giftmischer, sprang auf, zog eine schwungvolle Kurve durch die Logentür, schüttelte meine Hände, bestätigte mir Erholtsein und südliche Gesichtsfarbe, überreichte mir nach längerem Kramen in der überfüllten Tischlade eine in Stanniol gewickelte, flache Rolle: Ein Freund von ihm, Portier der technischen Lehr- und Versuchsanstalt in Wangerode, sei Schmalfilmer aus Hobby und habe die seinerzeitige Aufführung in der Aula mitgedreht. Eigentlich wollte er ihm, Krappmeier, eine Freude machen, er habe die ganze Zeit über erwartet, daß nach seinem ersten Satz: „– einen beschwerten Brief, fünfzig Dukaten, franco halb", noch ein weiterer Auftritt käme, aber da dies nicht der Fall war, sei der Film eben auch so mitgelaufen und er wolle ihn mir, dem Regisseur, überlassen, da sein Anteil an der Sache wohl in keinem Verhältnis zu meinem stünde.

Ich dankte ihm herzlich, Christopher hat seinen Vorführapparat daheim gelassen, vielleicht spiele ich mir abends einmal Goethes „Geschwister" vor. Ich muß anfangen, ein Programm für die künftigen, wohl durchwegs leeren Abende meines Lebens zu gestalten.

Kayssa saß in Hut und Mantel an einem Ecktisch, die halbausgeronnene Zigarette zwischen den Lippen, ein Dutzend aufgeschlagener Wälzer vor sich, sie kritzelte, las, rückte an der Brille, ich blieb stehen, mir wurde besser, als ich sie sah, sie tastete nach einem Aschenbecher, merkte, daß die Zigarette ausgegangen war, hob den Blick.

„Aha", sagte sie, nickte kurz, kein Erstaunen, keine Überraschung, sie nahm das ausgeronnene Papierröllchen vorsichtig zwischen die Finger, hielt es mir über Jaspers' Psychopathologie anklagend entgegen.

„Hast du Feuer for mich?"

„Einen Augenblick."

Ich suchte in meiner Tasche, fand ein flaches Streichholzbriefchen mit dem Porträt eines Hochseeschiffes und der Aufschrift „SS Odysseus". Zündete ein Hölzchen an, hielt es Kayssa unter die Nase.

„Dankeschön."

Sie nahm einen Zug, verankerte die schwach glimmende Zigarette in ihrem Mundwinkel und sah mich durch die dünne Rauchfahne erwartungsvoll an.

„Also –?“

„Tu die Beine hoch. Das entspannt. Und fang schon an, ich meine, richtig: Die Herbstzeitlose, die ihr in der See begraben habt. Der Schiffsarzt mit den sanften grauen Augen. Und weiter?“

„Ein Großindustrieller namens Hanns Eberhard, sein Familienname tut nichts zur Sache. Samt Ehefrau. Eine Professora von der Vesleyen-Universität mit ihrer Tochter. Als der Faustkampf stattfand, fungierte ich als Ringrichter. Zwei Schweizer, David und Goliath aus Freuds Taschenkatalog. Eine Sportsmaid mit à la Helena Rubinstein geschminktem Körper. Mein Gott, Kayssa, ich kann dir nicht sämtliche Passagiere aufzählen.“

„Nicht sämtliche“, sagt Kayssa, wendet sich um, greift nach einer weiteren Aquavitflasche, entkorkt sie liebevoll. „Nur die, auf die es ankommt. Außerdem solltest du nicht bei der Schiffsreise beginnen, sondern beim Tag deiner Scheidung. Wenn ich nicht irre, bist du seither jeder meiner Aufforderungen zu einer Sitzung mit den fadenscheinigsten Entschuldigungen ausgewichen.“ Sie streckt die Hand nach meinem Glas aus, füllt es randvoll, bedeutet mir mit der Flasche, meinen Platz zu wechseln, mich auf die Couch zu setzen, läßt sich in den nunmehr freien, leicht wippenden Schaukelstuhl fallen. „Diesmal kannst du mir nicht erzählen, daß du ausschließlich Bridge oder den stummen Beobachter gespielt hast.“ Sie wippt, jongliert mit Glas und Flasche, versucht, nach der auf dem Holztisch liegenden Zigarettenschachtel zu greifen, was daran scheitert, daß hierzu eine dritte Hand nötig wäre. Ich ziehe die Beine hoch, lehne mich an die Wand.

„Weißt du, daß du mir überhaupt nicht gefehlt hast? Ich hatte dich die ganze Zeit über bei mir. Ich habe mich bei jeder passenden Gelegenheit mit dir unterhalten.“

„Auch bei jeder unpassenden, hoffe ich“, sagt Kayssa grinsend. „Das zeigt, daß unsere Kommunikation perfekt funktioniert. Mit anderen Worten, daß ich ein fabelhafter Psychiater bin. Im Fachjargon nennt man so etwas Übertragung, und es ist ganz normal. Wenn ich ein Mann wäre, würdest du mit mir ins Bett gehen wollen."

„Ich kann mich auch so kaum beherrschen", sage ich, strecke die Hand nach der Flasche aus, um Kayssa den Griff nach der Zigarettenschachtel möglich zu machen. „Ich zögere nur, weil es meine Situation auf unzulässige Weise komplizieren würde."

„Unzulässig ist ein hartes Wort", sagt Kayssa, „man sollte es nicht leichtfertig anwenden. Jedenfalls sind wir beim Thema angelangt. Leg dich hin."

Sie deutet mit dem Glas eine flach hinfließende Bewegung an, manövriert mich damit in Patientenposition. Gabelt mit der Spitze ihres Gesundheitspantoffels ein auf dem Boden liegendes Samtkissen auf, spielt es mir in gestrecktem Steilpaß zu.

„Also? Wie viele waren es? Fünf? Zehn?"

„Einer", habe ich gesagt, das glatte, prallgespannte Samtkissen in meinem Nacken. „Es war nur einer. Aber, mein Gott, Kayssa!"

Sie hat gelächelt, dem Sessel einen kleinen Schwung gegeben, Vierteldrehung, Glas und Flasche auf ihre Knie sinken lassen.

„Verdammt, verdammt. Hätte ich dem Jungen gar nicht zugetraut."

Dem Jungen? Ich schlucke, begreife: Ich habe Paul vergessen. Richte mich rasch auf.

„Nein, Kayssa. Entschuldige. Es waren zwei."

Sie lacht. Es ist ein dunkles, fröhliches Lachen. Gut, es wieder zu hören.

„Schon besser", sagt sie, stellt das Glas auf den Teppich, behält die Flasche in der Hand. „Er läßt dich übrigens grüßen."

„Wer?"

„Der Junge. Ich habe ihn in Berlin getroffen. Er macht sich. Steht vor dem zweiten Rigorosum. Wenn du jemals möchtest, daß er wieder an die Victoria Luise kommt, sagt er –"

„Danke. Ich meine, danke, daß du es mir sagst."

„Verstehe", sagt Kayssa. „Nichts ist toter als eine tote Liebe."

„Toter ist eine logische und grammatikalische Unmöglichkeit", sage ich, der Aquavit macht sich in meinen Handflächen und Fußsohlen breit. „Paul könnte dir das anhand seiner Philologiereferate erklären. Leider bin ich im Moment nicht in der Lage dazu."

„Bist du in der Lage, über den anderen zu referieren?"

„Den anderen?"

„Den einen."

„Das kommt darauf an", sage ich, drehe Fußspitzen und Handflächen nach außen, während sich die plastikbezogene Martercouch in eine weißblühende Wiese verwandelt, „wieviel an Romantik du zu ertragen imstande bist."

„Mit einer Flasche Aquavit in der Hand", sagt Kayssa mit ihrer dunkel dröhnenden Stimme, „kann ich eine ganze Menge aushalten, willst du mir das glauben?"

Hillebrands Rosen auf meinem Wohnzimmertisch sind aufgeblüht. Haben die Knospen gesprengt und sich zu breiten Kelchen aufgefächert. Seltsamerweise machen sie dadurch den Raum noch höher, noch stiller. Am dritten Tag haben die Blätter abzufallen begonnen, einzeln, lagen als runder Rahmen um die mit Christophers flüchtigen Pinselstrichen bemalte Porzellanvase, Kindergartenarbeit, unter den Augen der zweihundertpfündigen, koloraturzwitschernden Erzieherin hergestellt.

Ich habe vergessen, mich zu bedanken, bin ihm in der Alma mater nicht begegnet, erinnere mich erst daran, als das Telefon läutet, seine Stimme den Hörer füllt.

„Hallo –?"

„Professor Hillebrand", sage ich, „ich danke Ihnen für Ihre Rosen."

„Nur für die Rosen?"

Ich schalte nicht rasch genug, überlege, ob ich etwas übersehen haben könnte.

„Wofür noch?"

„Für die Fahrt", sagt er, lacht leise auf, es klingt drängend, einige Tonlagen übereinandergeschaltet. „Ich dachte, für die Fahrt. Oder hat sie Ihre Erwartungen nicht erfüllt?"

Ich fühle, wie das Blut mir in die Schläfen steigt. Er manövriert mich schon wieder in Verteidigungsstellung. Natürlich kennt er die „SS Odysseus“, weiß von den Gepflogenheiten der Matrosen, den mehr oder weniger gut verpackten Attacken des Servicepersonals.

„Es war interessant“, sage ich, hasse das Wort, da ich es ausspreche, es ist das dümmste, sterilste Wort der deutschen Sprache, „ich hatte eine Menge interessanter Eindrücke.“

Was ist mit mir los?

Kayssa hat mich ausgelaugt mit ihrer Séance. Oder sind es die Vorlesungen, bei denen Paul Helwin in der ersten Reihe fehlt. Der Playmaker ist da und lümmelt, Aufmerksamkeit ausstrahlend, auf der Löschblattunterlage, und der hagere, freundliche Knut Mörike. Barbara mußte aufhören, ist nach Westfalen abkommandiert worden. Die Familie braucht sie, Mutter ist nach einem Unfall teilweise gelähmt, fünf Geschwister sind zu versorgen, das Studium ist nicht so wichtig, das Studium hat Zeit. Es tut mir leid um sie, wie es einem immer leid tut, wenn ein Mensch aus dem Gesichtskreis verschwindet, mit dem man noch hätte sprechen müssen. Außerdem war sie mein Halt in der rechten Saalhälfte. Ich schwimme zwischen den Polen, suche die mir zugewandten Gesichter nach Stützpunkten, Ankerplätzen ab. Ein Positivum ist der nach einem halben in London absolvierten Semester zu meiner Hörerschaft gestoßene, hellhaarige, etwas grobknochige Sohn Seiner Magnifizenz. Er ist ein bemerkenswerter junger Mann, der auf holzschnittartige Weise poetisch wirkt und auf den in dieser Familie wenig überraschenden, sonst eher seltenen Vornamen Wittiches hört: Wittiches Lauerbach, er sitzt in der zweiten Reihe, Eckplatz Mittelgang, versucht vergeblich, seine gekreuzten Beine im Pult unterzubringen, zieht sie fürsorglich ein, wenn ich mich dem Mittelgang nähere, streckt sie befreit wieder aus, wenn ich die Gefahrenzone in Richtung Vortragspult verlassen habe.

„Sind Sie bei der Sache, Frau Kollegin? Oder störe ich Ihren Gedankenkreis?“

Verdammt. Ich schwimme mir selbst dauernd weg. Bin wie in eine Chloroformwolke getaucht. Wenn Hillebrand operieren will, braucht er nur nach dem Skalpell zu greifen.

„Einverstanden –?“ fragt er, hebt die Silben stufenweise an, die Frage erinnert an die offengebliebene Pointe eines Aktschlusses.

Womit bin ich einverstanden, was hat er gefragt, was habe ich geantwortet?

„Doch“, sage ich, „sicher.“

Es handelt sich vermutlich um Berufliches.

„Wunderbar“, sagt Hillebrand, „dann morgen um vier. Ich hole Sie ab. Sie werden sich nach der Vorlesung umkleiden wollen.“

Wie es scheint, habe ich eine Verabredung getroffen. Schon vorher? Oder erst jetzt? Wohin gerate ich? Das ist Wahnsinn, hat Kayssa gesagt, ist dir das nicht klar? Reiner Wahnsinn. Sie ist auf ihren Gesundheitsschuhen durch die Mansarde gerannt. Planlos, von Wand zu Wand. Ich habe sie nie vorher so gesehen. Warum regst du dich auf, wenn ich mich nicht aufrege, habe ich gefragt. Weil du in Trance bist, hat sie geantwortet, weil du Scheuklappen trägst und ich die Realität sehe.

Wovon sprach sie, was meinte sie? Ich war zu müde, um nachzudenken, bin es noch. Morgen habe ich eine Verabredung mit Hillebrand. Bärbel Krappmeier war hier, sie hat gehört, daß ich zurück bin. Ich habe ihr Christophers Hausschlüssel gegeben, damit sie kommen kann, wann sie will. Sie trägt ihn an einer Kette um den Hals, neben einem Haifischzahn und einem Holzkreuz. Kein Internat, sagte sie, nein, es ginge so ganz gut. Sie führt ihrem Vater die Wirtschaft, wenn sie später einmal heiratet, könnte sie ihre Erfahrung vielleicht gut verwerten. Ob Christopher in den Ferien käme. Möglich, sage ich, da Witticher Lauerbach nicht mehr in Harrow ist. Sie hat den Schlüssel in ihrem Blusenausschnitt verstaut und ist im Hüpfschritt den Kiesweg hinuntergerannt, im Zickzack, immer von einer Seite zur anderen.

In Lauerbachs Keller stand ich dann Nikolaus Schilling gegenüber. Er schien kleiner geworden, noch igelhaariger, freundlich, sanftfröhlich wie immer. Nahm seine Brille ab, putzte sie, setzte sie wieder auf.

„Du bist schöner geworden, Simone.“

„Du siehst gut aus, Nikolaus.“

Wir lügen beide. Die Falten in seinen Augenwinkeln haben sich vertieft, seine Handbewegungen sind fahrig. Und was von meiner potentiellen Schönheit übrig ist, beinhaltet die Skizze von Leda und dem Schwan, die Nikolaus' Sohn verfertigt hat und die mir beim Auspacken aus dem Koffer gefallen ist.

„Wie geht's mit deinem Buch?"

„Fabelhaft. Vierte Fassung. Ich schreibe sonst nur drei. Aber der Stoff ist lebendig, verstehst du? Er wächst mir unter den Händen. Der Großindustrielle kommt zischendurch einmal in die Stadt, in der das Mädchen lebt. Kennst du die Wendung schon, oder stammt sie aus der Zeit deiner Reise?"

„Ich kenne sie nicht. Was passiert in der Stadt, in der das Mädchen lebt?"

„Nichts. Sie stehen nebeneinander vor einer Kinokasse. Er sucht nach seiner Brieftasche, sie studiert das Filmplakat. Die letzte Karte in der Reihe wird an ihn verkauft."

„Und? Was bedeutet das?"

„Es ist ein Zufall. Verstehst du? Sie bekommt ihre Karte in der nächsten Reihe. Sonst hätten sie nebeneinander gesessen. In den wenigen Minuten, die sie vor der Kasse standen, haben sie einander nicht erkannt."

„Das ist grausam, findest du nicht?"

„Das Leben ist so", sagt Nikolaus. „Man begegnet einander nur dann, wenn es sein soll." Er sieht auf, fährt mit gespreizten Fingern durch sein Haar. „Und du, bist du nicht auch meiner Meinung, Simone?"

„Doch", sage ich.

Wenn ich drei Schritte näher am Ausgang gestanden hätte, wäre ich Sebastian nicht begegnet. Dann wüßte ich jetzt nicht, daß es ein Mädchen gibt, das ein Kind von ihm erwartet. Wie heißt sie? Marion. Man begegnet einander nur, wenn es sein soll. Ich frage mich, warum Kayssa deswegen übergeschnappt ist. Ich brauchte eine halbe Flasche Aquavit, um sie zu beruhigen. Dabei ist sie der Psychiater und nicht ich. Sie hat nicht begriffen, daß ich dem Fliegenden Holländer begegnet bin, daß meine Seele verkauft, verloren ist. Ich frage mich, warum sie sich so bemüht? Laß doch, habe ich gesagt, Sebastian, das ist schon gut, wie soll es anders sein?

„Simone", sagt Nikolaus. „Als ich dir geraten habe, dir deine Schizophrenie zu bewahren, habe ich gehofft, daß du davon Gebrauch machen wirst."

„Das tue ich“, sage ich. „Ich bin über eine Dornenhecke geklettert. Ich sitze hier neben dir in der Kantine und bin gleichzeitig die Galionsfigur auf einem Hochseeschiff.“

„Fabelhaft“, sagt Nikolaus. „Ich wollte nicht indiskret sein, aber irgendwie habe ich es dir angesehen. Soll ich dir ein Geheimnis verraten?“

„Wenn es dir nichts ausmacht.“

„Ich habe mein Buch fertig“, sagt Nikolaus, „die endgültige Fassung für den Verleger. Es ist die dritte. Ich schreibe die vierte nur für mich. Weil es mir Freude macht. Vielleicht schreibe ich nachher noch eine fünfte, auch nur für mich. Hast du so etwas schon gehört?“

„Ich erinnere mich nicht. Aber ich finde es ganz natürlich. Es ist schließlich dein Buch.“

„Ich glaube“, sagt Nikolaus, „daß es außer dir niemanden gibt, der das versteht. Sie arbeiten nicht für den Weg, sondern für das Ziel. Das ist steril, nahezu unkreativ. Findest du nicht?“

„Ich hatte einen Großvater“, sage ich, „der erfand im Alter von fünfundzwanzig Jahren eine elektromagnetische Briefwaage. Es war ein Instrument mit unendlich vielen Rädchen, Federn und Zeigern. Er arbeitete bis zu seinem Tod daran. Er starb mit fünfundsiebzig. Er hat sie nicht verbessert, verstehst du? Sie war perfekt, von Anfang an. Er nahm nur einzelne Rädchen heraus, um zu sehen, was dann passierte. Setzte sie wieder ein und nahm einzelne Federn heraus, ebenfalls um zu sehen, was passierte. Er wurde sozusagen mit der Briefwaage alt. Es genügte ihm nicht, daß sie funktionierte. Sie war ein Stück von ihm, mit dem er lebte.“

„Hat man ihn nicht für verrückt gehalten?“

„Einige haben es getan. Aber er nahm es als Kompliment.“

„Wie du, Simone.“

„Wie du, Nikolaus.“

Er küßte meine Hand. Ich zögerte, ihn nach seinem Sohn zu fragen. Sicher würde ich ihm irgendwann in der Alma mater begegnen.

Nach und nach beginne ich mich in der alten Umgebung zurechtzufinden. Es scheint nur alles wie in Nebel gehüllt. Zumindest bis zwei Uhr früh. Dann wache ich mit einem Ruck auf. Das Fenster verliert seine Form und wird zum Bullauge, die Gartenlaterne zur

Relinglampe. Traurigkeit, die zerstückelt, leblos macht. Dann kann ich nichts tun als warten, bis der Morgen kommt, die verschwollenen Augen mit kaltem Wasser waschen, den bitteren Geschmack aus meinem Mund spülen: Salome, dritter Akt, würde Kayssa sagen.

Dabei hatte es ganz vernünftig angefangen.

„Verstehe –", hatte Kayssa mit ihrer dunklen Stimme gesagt.

Ich hatte eine halbe Stunde lang gesprochen. Auf der Couch liegend, die Handflächen nach außen gedreht. Nicht über alles. Aber über beinahe alles. Es war leichter gewesen, als ich dachte. Kayssa hatte aufgehört, in ihrem Stuhl zu schaukeln, hielt die Aquavitflasche ruhig auf den Knien. So war es, so ist es, das ist das Ende: Ich liebe einen Mann, den ich nie mehr im Leben sehen werde.

„Du könntest ihn wiedersehen", sagte Kayssa.

„Wieder für drei Wochen. Ich kann meinen Beruf nicht aufgeben, um Dauerpassagier auf der ‚SS Odysseus' zu werden. Außerdem würde es alles nur schlimmer machen."

„Wegen Sebastian?"

„Mit Sebastian hat das nichts zu tun. Sebastian kommt nicht wieder", sagte ich.

Kayssa wandte sich um. Langsam, als hätte sie mich nicht verstanden. Verankerte ihre Gesundheitsschuhe mit Akribie in den langhaarigen Teppichfransen. „Was sagst du da?"

„Sebastian kommt nicht mehr", sagte ich, stützte mich von der zur Plastikcouch zurückverwandelten Sommerwiese ab, sah ihr zerstreut in die zusammengekniffenen, stahlgrauen Augen. „Er bekommt ein Kind. Ich meine, Marion bekommt ein Kind. Er heiratet ein Mädchen, das Marion heißt und ein Kind bekommt."

Kayssa beugte sich vor. Die Aquavitflasche entglitt ihr auf Armlänge, baumelte neben ihrem Knöchel drei Zentimeter über dem sandfarbenen Teppich. „Und das sagst du so ruhig?"

„Warum soll ich es unruhig sagen? Es würde nichts ändern."

„Herrgott!" Kayssa sprang mit einem Ruck auf. Der Schaukelstuhl schlug hinten gegen die holzverkleidete Mansardenwand, kippte vorn beinahe über, besann sich, an der Schneide stehend, des ihm zugemessenen Radius, wiegte sich wütend zwischen den ihm zugemessenen Polen. Kayssa rannte auf die gegenüberliegende Seite der Mansarde, es ist ein beachtlicher Weg, das Dachgeschoß ist geräumig, sie nahm die Distanz der Länge nach, blieb unter dem schrägen, mit Schilfrohr verkleideten Balken stehen, senkte die zu Fäusten geballten Hände in die Taschen ihres Ärztekittels.

„Sebastian heiratet?“

„Er hat es nicht expressis verbis gesagt. Aber da er ein geschiedener Mann ist, besteht theoretisch kein Hindernis.“

Kayssa begann den Rückweg. Auf halber Strecke wurden ihr die Gesundheitstreter hinderlich, sie schleuderte sie einzeln von sich, traf mit einem die auf dem Boden liegende Psychopathologie von Jaspers, mit dem anderen mein linkes Schienbein, lief in Strümpfen weiter. Blieb schließlich unter dem Fensterstock stehen, zwischen Schaukelstuhl und Schreibtisch, einen halben Meter neben der umgefallenen, glücklicherweise zugestöpselten Aquavitflasche.

„Kayssa“, sagte ich, ich hatte mich aufgesetzt, ihre Aktivitäten mit mattem Staunen verfolgt, „was ist mit dir los?“

Sie holte Luft, schnaubte durch die Nase, stieß mit ihren Fäusten in die Taschen, daß es in den Nähten zu krachen begann.

„Was mit mir los ist? Das frage ich dich. Was ist mit dir los? Hast du nicht begriffen? Verdammt, begreifst du nicht? Du mußt etwas unternehmen. Dieser Wahnsinn hat zu unterbleiben. Sonst kannst du dein Leben stückweise aus der Mülltonne auflesen.“

Ich begriff nicht. Überlegte, wie ich sie beruhigen könnte. War mit der extrovertierten Seite ihrer schwedischen Mentalität noch nicht konfrontiert worden.

„Ich weiß nicht, wovon du redest, Kayssa.“

„Entschuldige. Das mit der Mülltonne klingt etwas brutal. Aber da du dich hinter den sieben Bergen verkrochen hast, weiß ich nicht, wie ich dich sonst zur Vernunft bringen sollte.“

„Hinter den sieben Bergen?“

„Oder hinter den sieben Meeren, falls dir das lieber ist. Die Katastrophe ist die gleiche. Woher weißt du das von Sebastian?“

„Von ihm selbst. Ich habe ihn auf dem Flughafen von Athen getroffen.“

Kayssa bückte sich nach der Aquavitflasche, ohne mich aus dem

Blick zu lassen, hob sie auf, entkorkte sie langsam, nahm einen Schluck.

„Und?"

„Nichts. Er hat es mir gesagt."

„Was gesagt?"

„Daß er ein Kind bekommt."

„Wie gesagt?"

„Bitte?"

„Wie hat er es gesagt? Wiederhole den Wortlaut."

Ich versuchte mich zu konzentrieren.

„Er stand an der Sperre. Nein, ich stand dort. Es war ein ziemliches Gedränge. Er versuchte an mir vorbeizukommen. Dabei erkannten wir einander."

„Und?"

„Er sagte: ‚Simone.' Und ich sagte: ‚Sebastian.'"

„Blödsinn, natürlich. Und weiter?"

„Er sagte – ich glaube, daß er aus Kairo käme. Er sagte ‚wir'. Ich fragte, wer das sei, ‚wir'. Er sagte: Marion. Sie ist dort drüben. Sie bekommt ein Kind."

„Ist das alles?"

„Genügt es nicht?"

„Bei Gott."

Sie begann wieder zu wandern. Diesmal mit der Flasche in der Hand. Hielt an der Balkenseite, nahm einen Schluck, kam zurück.

„Und du? Was hast du gesagt?"

„Nicht viel. Er fragte mich, ob ich auch jemanden liebe, und ich sagte ja."

„Du hast ja gesagt?"

Sie blieb stehen, diesmal mit in Hüfthöhe gehobener Flasche.

Ich wurde ungeduldig. „Natürlich. Was wundert dich daran? Ich hab' es dir gerade eine halbe Stunde lang erzählt."

„Du hast Sebastian deinen Fliegenden Holländer als eine existente Person präsentiert?"

In meiner Magengrube begann es zu kribbeln. „Willst du behaupten, daß er nicht existiert?"

„Das behaupte ich ganz entschieden", sagte Kayssa, schleuderte Carl Jaspers, der ihr bei einem neueingeschlagenen Marsch im Weg lag, mit dem schwarzbestrumpften Bein zur Seite. „Nicht als der, als den du ihn sehen willst. Er ist ein Blitzschlag, ein Feuerwerk, möglicherweise hat er die Kapazität eines Laserstrahls. Aber du kannst damit keinen Kamin heizen. Und was du zum Leben brauchst, ist Wärme und nicht statische Elektrizität."

„Deine naturwissenschaftlichen Argumente könnten von Hillebrand stammen", sagte ich. „Der Mann, den ich liebe, existiert. Er ist Kommandant eines Schiffes und ist ein Mensch mit Kopf, Armen und Beinen. Man kann ihn ansehen und mit ihm sprechen. Und ich, begreifst du, ich liebe ihn, und ob ich ihn jemals wiedersehe oder nicht, wird an dieser Tatsache nichts ändern."

„Er wird außer Armen und Beinen noch einiges an sich haben", sagte Kayssa, „aber das ist nicht das Problem. Das Problem ist, daß du Äpfel und Birnen addierst und meinst, eine neue Obstsorte erfunden zu haben. Es ist nicht so einfach, wie du denkst. Und es ist nicht so schwierig." Sie blieb, die Flasche vor den Bauch gedrückt, vor mir stehen. Sebastian ist die Erde, in der du steckst. Er ist die Luft, die du atmest: Auch wenn du vorübergehend glaubst, ohne Luft und Erde auszukommen: du vertrocknest. Früher oder später merkst du, daß es nur einen Mann gibt, den du liebst, und das ist Sebastian."

„Ich liebe einen Mann, und das ist Cyros Colytas, Kapitän der 'SS Odysseus'", sagte ich, entwand Kayssas widerstrebenden Händen die Flasche und nahm einen Schluck. „Willst du das begreifen? Ich werde möglicherweise vertrocknen oder zerstückelt in der Mülltonne landen, oder es wird sonst etwas von den freundlichen Dingen geschehen, die du mir in Aussicht stellst. Aber der Mann, auf den das zurückzuführen ist, ist Captain Colytas und nicht Sebastian."

Kayssa gebrauchte einen schwedischen Ausdruck, dessen Übersetzung besser nicht wiedergegeben wird und den ich in den letzten zehn Jahren nur zweimal von ihr gehört habe: Einmal als sie ein eben fertiggestelltes Manuskript im Linienflugzeug Stockholm–Berlin hatte liegenlassen, das andere Mal, als der frisch gebaute Kamin in der Mansarde ihres Bungalows auf dem Esquilianus explodiert war und einen Teil des Daches mit sich genommen hatte.

„Kayssa", sagte ich und gab ihr die Flasche zurück, „ich verstehe nicht, was dich aufregt. Ich habe Sebastian gesehen. Wir haben miteinander gesprochen. Wir waren beide ganz ruhig. Es mag ungewöhnlich klingen, aber es ist so. Bis zu einem bestimmten Augenblick sind wir gemeinsam gegangen, und jetzt haben sich unsere Wege getrennt. So etwas kommt vor. Wir sind einander nicht böse, und keiner trägt die Schuld. Ich glaube nicht, daß er darüber anders denkt als ich."

„Und du liebst ihn nicht mehr."

„Ich werde ihn immer lieben", sagte ich, fühlte die kalte Plastikunterlage unter meinen Handflächen, „wie ich Christopher liebe und das Leben, in dem ich vorher zu Hause war. Es ist nur so, daß eine Sache zu Ende gegangen ist und eine andere dazwischen liegt. Es ist kein Bruch und keine Wunde. Es tut überhaupt nicht weh, Kayssa. Vielleicht steht eine Art Gesetz dahinter."

„Simone", sagte Kayssa langsam, „willst du sagen, daß du all das glaubst, was du mir da erzählst?"

„Natürlich. Weswegen sollte ich dich belügen?"

„Weswegen", sagte Kayssa, nahm ihren Fußmarsch auf und gelangte bis zum Schaukelstuhl. „Natürlich. Da du dir mit Sebastian einig bist. Daß ihr beide wahnsinnig seid, ist euch im Strudel der Ereignisse entgangen."

„Kayssa", sagte ich sanft, „und wenn es wäre, wie du sagst, und wenn ich versuchen wollte, etwas zu ändern: es ist zu spät, begreifst du? Auch von seiner Seite. Es ist von beiden Seiten zu spät."

Sie wandte sich ab, sah zum Fenster hinaus. Murmelte etwas vor sich hin. Ich glaubte nicht richtig zu hören, es war das schwedische Wort von vorhin. Zum zweiten Mal während einer einzigen Sitzung. Etwas wie Erstaunen über die augenscheinliche Ernsthaftigkeit meines Falles glitt durch mein Bewußtsein. Gleichzeitig merkte ich, wie müde ich war. Wir verstehen einander nicht, dachte ich, möglicherweise unterschätze ich ihre Argumente. Aber ganz sicher unterschätzt sie die meinen. Ich sah aus schrägem Blickwinkel, wie sie die Flasche an ihre Lippen hob und in sanft zerstreuten Zügen bis zur Hälfte leerte. Dann rammte sie den Pfropfen in den gläsernen Hals und faltete die ringgeschmückten Hände darum.

„Gott und die Fachwelt wissen, daß ich das rechthaberischste Frauenzimmer bin, das je seinen Fuß in die Psychiatrie gesetzt hat", sagte sie, in ihrer aquavitverdunkelten Stimme rollte der Donner eines schwedischen Sommergewitters, „aber ich bete, hörst du, Simone: ich bete darum, daß ich in diesem einen einzigen Fall unrecht behalte."

Meinem Karman hat das lange Stehen nicht gutgetan. Er streikt schon beim Starten, springt dann zögernd an, ein blechernes Nebengeräusch ist dabei unüberhörbar, er läßt sich widerwillig aus der Garagentür manövrieren, rollt tuckernd das Waldstück bergabwärts, gibt in der ersten Flachkurve unter Abfeuern einiger mittlerer Gewehrsalven seinen Geist auf. Ich steige aus, betrachte ihn von allen Seiten. Wage mich, da er von nirgendher raucht, näher, öffne die Kühlerhaube. Da ich nichts von Motoren verstehe, ein überflüssiges Unterfangen, das nur Pflichtgefühl und Routine entspringt. Immerhin kann ich feststellen, daß Wasser und Öl vorhanden sind, ebenso genügend Benzin. An den Verbindungsteilen hat sich reichlich Rost angesetzt. Ich hole einen Putzlappen aus dem Kofferraum, reibe an den augenfälligsten Stellen herum. Versuche wieder zu starten. Kein Anspringen, nach wenigen Sekunden auch kein Startgeräusch mehr. Was jetzt? Meine Vorlesung beginnt in zwanzig Minuten. Zu Fuß keine Chance. Mit dem Bus spielend zu schaffen, aber der Acht-Uhr-Bus ist durch, der Neun-Uhr-Bus zu spät für mich. Wenn ich über die Flachkurve hinaus wäre, denke ich, nachher geht es wieder stark bergab. Ich müßte jemanden haben, der mich ein paar Meter anschiebt, dann könnte ich fast bis vor das Universitätsgebäude rollen. Die Straße liegt verlassen im Frühnebel, Märzanfang, in einigen Häusern auf dem Hügel brennt hinter den beschlagenen Scheiben noch das elektrische Licht. Ich überlege, ob es möglich ist, den Wagen selbst anzuschieben und dann sozusagen im Laufen aufzuspringen. Versuche es, komme damit zwei Meter weit, sobald ich drin sitze, hört das Ding zu rollen auf. Ich steige aus, versuche es ein zweites Mal. Es handelt sich um lächerliche hundert Meter. Aber wenn ich versuche, sie im Alleingang zu nehmen, kostet mich das mindestens eine halbe Stunde. Außerdem ist der Wagen schwerer, als ich dachte. Nach dem zweiten Versuch klebe ich bei offener Tür im Polster wie ein an Land gespülter Fisch, keine Arme, keine Beine, keine Luft. Ich versuche mit der Körperkraft Schwung zu nehmen wie auf einer Kinderschaukel. Erfolglos. Ich lehne mich schließlich ergeben, erschöpft im Polstersitz zurück.

„Hallo", sagt eine hohe, flachklingende Stimme neben mir.

Ich weiche zurück, realisiere im ersten Aufsehen die Körpermitte eines jungen Mannes, der in der Tür steht: Jeans, breiter dunkelbrauner Ledergürtel mit Silberschnalle, lose hineingestecktes, blau-weiß kariertes Hemd, braune Nappajacke. Da er sich herunterbeugt, die aschblonden Haare auf seine Schultern fallen, erkenne ich den Poetensohn und Verfasser obszöner Porträtgraphik, Daniel Schilling.

Im Grunde müßte ich erschrocken sein. Weiß zu gut, daß seine Anwesenheit in meinem Leben negative Vorzeichen trägt. Das sonderbare ist, daß ich kein Gefühl von Abwehr oder auch nur Vorsicht aufbringen kann. Das liegt vielleicht an seinem Gesichtsausdruck, der, wenn er nicht gerade die Augen auf zynische oder lauernde Art zusammenkneift, von wehrloser Traurigkeit überschattet scheint. Vielleicht auch daran, daß ich erleichtert bin, auf dieser morgenleeren Straße überhaupt einem Menschen begegnet zu sein. Trotz seiner Attacken ist Daniel mir nicht im entferntesten so unangenehm wie Rafe Collins. Wie komme ich auf den Playmaker? Richtig, die beiden sind einmal während der Probenzeit in Nikolaus Schillings Wagen vor mir hergefahren, von der Victoria Luise weg hinauf ins Bibertal.

Daniel gräbt seine Hände in die Jeanstaschen, steht mit leicht gegrätschten Beinen im Türausschnitt, sieht auf mich herunter, ein kleines Lächeln zuckt um seinen Mund.

„Steckengeblieben, Frau Professor?"

„Wie Sie sehen."

Ich presse mich mit dem Rücken gegen die Polsterlehne, halte das Lenkrad umfaßt. Wird er mich demütigen, mich zwingen, ihn um Hilfe zu bitten? Er hebt das rechte Bein, stellt es auf die metallene Türleiste dicht neben meinen Fuß. Gibt damit dem Wagen einen kleinen Ruck, er schaukelt ein paarmal hin und her, steht dann wieder still.

„Sie haben Vorlesung, nicht wahr?"

„Ja", sage ich, löse die Hand vom Lenkrad, greife sinnlos nach dem Startschlüssel. Er fühlt sich eisig an, der Märzwind ist durch die offene Tür in den Wagen gedrungen, füllt den kleinen, nach Leder und Feuchtigkeit riechenden Raum.

„Rücken Sie mal", sagt Daniel.

Er hat sich gebückt, ich weiche mechanisch auf den Nebensitz aus, er klettert in den Wagen, zwängt sich hinter das Lenkrad, zieht die Tür hinter sich ins Schloß.

Zwei Sekunden vergehen, drei. Daniel sitzt reglos in den Polster gedrückt, sieht geradeaus durch die Windschutzscheibe. Greift dann nach dem Schlüssel, versucht ihn zu drehen.

Kein Startgeräusch, wie vorher. Er zieht ihn heraus, fährt mit dem Finger über die stumpfgeschliffenen Zacken. Schiebt ihn wieder ins Schloß.

„Der Starter funktioniert nicht", sage ich, „der Wagen ist drei Wochen lang nicht gefahren worden."

„Drei Wochen und vier Tage", sagt er, nimmt seine Hand so rasch vom Armaturenbrett, daß die Schlüssel leise aneinanderklirren. „Sie waren drei Wochen und vier Tage fort."

Ich antworte nicht. Die Zeichnung, die er mir an Bord der „SS Odysseus" geschickt hat: Als er vorhin in der Wagentür stand, habe ich nicht daran gedacht. Er weiß, daß ich sie bekommen habe, wir wissen es beide. Vielleicht denkt er daran, in diesem Augenblick. Was kann ich sagen, tun? Es ist plötzlich heiß im Wagen. Er hat die Tür geschlossen, sitzt stumm, bewegungslos hinter dem Lenkrad.

Die Zeit läuft weg. Meine Vorlesung. Was ist es, das mich in seiner Gegenwart lähmt? Der Morgennebel hebt sich, gibt die Straße frei. Ich streife den Jungen neben mir mit einem Blick. Sein blasses, sensitives Gesicht scheint angespannt, um seinen Mund fliegt das nervöse Zucken von vorhin. Er löst die Hände vom Lenkrad, greift in die Jackentasche, zieht ein Paket Zigaretten heraus.

„Rauchen Sie?"

„Nein. Danke."

Er zündet sich eine Zigarette an. Steckt die Packung wieder ein.

„Mein Vater", sagt er nach dem ersten Zug, bläst den Rauch mit vorgeschobener Unterlippe gegen das Wagendach, „ist noch nie zu einer Vorlesung zu spät gekommen."

„Ich bin auch noch nie zu einer Vorlesung zu spät gekommen", sage ich. „Wenn es heute passiert, ist es das erste Mal. Ich habe nicht damit gerechnet, daß mein Wagen streikt."

„Man muß mit allem rechnen", sagt Daniel, beschreibt, die Zigarette zwischen Zeige- und Mittelfinger geklemmt, einen umfassenden Bogen über dem Steuerrad. „Mit allem. Oder sind Sie anderer Meinung?"

Danke für die Belehrung. Seine Plattheiten haben meine Aktionsfähigkeit wiederhergestellt. Ich wende mich zur Tür, drücke die Klinke nieder.

„Wohin wollen Sie?"

„Hinaus. Vielleicht nimmt mich ein Wagen mit. Schlimmstenfalls gehe ich zu Fuß."

„Wollen Sie nicht, daß ich Ihnen helfe?"

„Nein", sage ich. „Danke. Kann ich den Schlüssel haben?"

Er hat ihn abgezogen, schließt die Finger darum, hält ihn in der geschlossenen Faust, sieht darauf nieder.

„Sie können den Wagen hier nicht stehen lassen."

„Ich stelle das Pannendreieck auf und schicke Krappmeier los. In einer halben Stunde ist er abgeschleppt."

„Und Ihre Vorlesung?"

„Machen Sie sich darüber keine Gedanken. Ein pünktlicher Germanist im Haus genügt."

Meine Aggression gilt nicht Nikolaus, dem igelhaarigen Freund, dessen Seele über den Wassern von Apulien Gleitflug übt. Daniel hat mich provoziert. Mein Wagen hat drei Tage lang funktioniert. Ich konnte nicht wissen, daß er am vierten Tag anfangen würde, den angesetzten Rost gegen mich auszuspielen.

„Den Schlüssel!" sage ich, halte Daniel die geöffnete Hand hin, es klingt härter, als ich es gewollt habe, an Daniels geschlossenen Fingern treten die Knöchel weiß hervor. Worum kämpft er mit mir, zu welchem Zweck? Er wendet sich mir langsam zu, in seine Augen ist ein kühles Glitzern getreten.

„Heißt das, daß Sie meine Gefangene sind?"

Der Zorn schießt mir in die Schläfen, sekundenlang habe ich den Wunsch, meine Nägel in seinen Puls zu schlagen, ihm den Schlüssel mit Gewalt zu entreißen. Sinnlos, wie ich weiß, er ist in jedem Fall stärker als ich. Er hat mich beobachtet, meine Gedanken zumindest teilweise von meinem Gesicht abgelesen. Sein Ausdruck ändert sich, wird weich, der Zynismus ist fortgewischt, die blassen, hübschen Züge gleiten ineinander in sanfter, beinahe schmerzhafter Intensität.

„Es tut mir leid", sagt er, seine Stimme klingt brüchig, flach.

„Den Schlüssel!" sage ich.

Er nimmt ihn am Metallring, hält ihn über meine geöffnete Hand. Läßt ihn aus geringer Höhe in meine Handfläche fallen.

Ich wende mich zur Tür. Er hat sich blitzschnell herumgedreht, greift über mich hinweg mit der linken Hand nach der Türklinke. Hält mich, mir zugewandt, gefangen, ohne mich zu berühren. Er atmet rasch und hart, ein unterdrücktes Aufstöhnen klingt in seinen Worten, als er sagt: „Geben Sie mir eine Chance."

Ich halte still, wider Willen. Bleibe abgewandt, gegen die gepolsterte Wagentür gedrückt.

„Welche Chance?"

„Ich hole meinen Wagen. Er steht auf dem Waldweg. Ich bringe Sie zur Alma mater. In zehn Minuten sind Sie im Hörsaal."

Ich registriere meine seltsame Lage. Daniel scheint es ehrlich zu meinen.

„Bitte. Ich bitte Sie."

„Gut, Daniel."

Er löst sich augenblicklich. Springt aus dem Wagen, ist mit zwei Schritten drüben am Straßenrand, verschwindet im Wald.

Ich steige aus, sperre den Wagen von außen ab. Meine Hände sind klamm, ich kann die Mappe kaum halten. Nach zwei Minuten stoppt ein Wagen mit schleudernden Reifen neben mir, es ist Nikolaus' brombeerroter Ford, Daniel springt heraus, läuft um den Wagen, öffnet mir die Tür.

„Danke, Daniel."

„Ich danke Ihnen."

Er sitzt neben mir, startet, gibt Gas.

In meinem Hirn ist es leer. Ich kann Daniels Gedankengänge nicht aufschlüsseln, bin zu müde, zu verwirrt. Wenn er mich zur Vorlesung bringt, ist es gut. Er fährt rasch, vorsichtig, ohne den Blick von der Straße zu nehmen. Noch eine Biegung, da liegt der Universitätskomplex vor uns. Der Nebel hat sich aufgelöst, das

Dach leuchtet in dumpfem Ziegelrot, wir rollen langsam auf das Parktor zu. Habe ich auf einen Zwischenfall gewartet? Ich weiß es nicht. Daniel stoppt, eine Gruppe Studenten kreuzt unseren Weg, drei, vier, bleiben mitten im Tor stehen, Daniel kurbelt das Fenster herunter, ruft ihnen ein Wort zu, sie weichen zur Seite. Einer der Burschen ist Rafe Collins, er steht dicht neben Daniels geöffnetem Fenster, ihre Blicke begegnen einander, kein Gruß, keine Reaktion, Daniel gibt Gas, fährt langsam weiter, biegt, nachdem er die Gruppe hinter sich gelassen hat, in den Parkplatz ein.

„Sind Sie nicht mit Rafe Collins befreundet?"

Ich habe gefragt, ohne zu denken, bedauere es im gleichen Augenblick. Sich um Privatangelegenheiten der Schüler zu kümmern kann Konflikte bringen. Daniel steuert eine Parklücke an, schaltet den Hebel auf Leerlauf.

„Mit dem Playmaker? Nein. Wer behauptet das?"

Wer behauptet es? Ich habe die beiden zusammen ins Bibertal fahren sehen, in dem Wagen, in dem ich mich jetzt befinde. Daniel chauffierte, Collins saß neben ihm. Es war kurz vor der Aufführung, der Ginster zu beiden Seiten der Straße stand in Blüte.

„Ich weiß nicht", sage ich, vorsichtig geworden, Daniel hat mich gewarnt, ohne es zu wissen. „Jemand sagte mir, daß er Sie zusammen gesehen hätte."

„Unsinn", sagt er brüsk, beinahe aggressiv, bremst den Wagen zehn Zentimeter vor der Mauer ab. „Ich habe noch keine Minute meines Lebens mit Rafe Collins verbracht. Ich bin normal, falls Sie das interessiert."

Normal? Heißt das, daß er Rafe für abnormal hält? In welcher Beziehung? Rafes spontanes Referat über Oscar Wilde fällt mir ein, sein Engagement für die Freistellung homosexueller Beziehungen. Ist Rafe homosexuell? Oder Daniel? Besteht eine derartige Verbindung zwischen ihnen? Warum sonst sollte Daniel die Bekanntschaft mit Rafe leugnen? Nicht weiter, denke ich, das führt ins Uferlose. Ich muß Krappmeier bitten, meinen Karman abzuschleppen. Es ist fünf vor neun, Daniel hat Wort gehalten. Ich habe ihm zu danken, das ist alles.

„Danke, Daniel. Kommen Sie nicht mit?"

Er ist auf seinem Fahrersitz zusammengesunken, starrt durch die

Scheibe auf die Betonwand. Um seine Lippen zuckt es, er sitzt reglos, ohne aufzusehen.

„Gehen Sie bitte. Ich bleibe noch.“

Ich unterdrücke Antwort, Aufforderung. Wenn er seine Vorlesung versäumt, ist das seine Sache. Die Mappe ist mir entglitten, ich bücke mich, um sie aufzuheben. Streife Daniel im Wiederaufrichten mit einem Blick, flüchtig, absichtslos. Stocke für Zehntelsekunden, als ich, ohne es zu wollen, registriere, daß er seine Hand, zur Faust geballt, an der Kante des Ledersitzes zwischen seine geöffneten Schenkel gestützt hat, seinen Körper dagegen preßt. Der Wind streicht die Mauer entlang, schlägt mir den Mantelkragen ins Gesicht, ich richte mich auf, halte die Mappe in starren Fingern, schlage die Wagentür zu. Haste zwischen den parkenden Autos über den Hof, die Mitteltreppe hinauf, erreiche das Gebäude, lasse das schmiedeeiserne Tor der Alma mater aufatmend hinter mir ins Schloß fallen.

„Sie hören mir nicht zu“, sagt Bärbel Krappmeier mit leichtem Vorwurf in der Stimme.

Sie hockt auf dem Teppich neben der Couch, verarbeitet die Quasten des Stricküberwurfes zu Zöpfen. Sie tut das immer, wenn wir im Wohnzimmer sind, frisiert die Fransen mit ihren gespreizten Fingern und flicht sie, sieht zwischendurch in die auf dem Boden liegenden aufgeschlagenen Schulbücher und Vokabelhefte oder erzählt, wie jetzt, Anekdoten aus ihrem nicht unkomplizierten Alltag mit Vater Krappmeier.

„Und was denken Sie, war in der Zuckerdose?“

„Ich weiß nicht“, sage ich, versuche mir vorzustellen, was der Charakterdarsteller und Hobbychemiker in der Zuckerdose deponiert haben könnte. „Ein Pflanzenschutzmittel?“

„Nicht schlecht“, sagt Bärbel, dreht die bereits geflochtenen Zöpfe zu einer Riesenlocke, „aber trotzdem kilometerweit daneben: Wissen Sie, was es war? Zyankali. Zweihundert Gramm. Weil die Zuckerdose hermetisch abschließt. Und wissen Sie, wie Zyankali aussieht? Wie Staubzucker.“

Ich reagiere, wie sie es erwartet hat, glaube ihre Geschichte aufs

Wort: Krappmeier ist in Ausübung seines Giftmischerjobs von nahezu skrupellosem Sendungsbewußtsein. Er kennt im Umkreis von hundert Kilometern jede Apotheke, die Strychnin, Zyankali oder Arsen ohne Giftschein abzugeben bereit ist, bewahrt die Schätze in skurrilen Verstecken auf, hat sie zur Hand, wenn Spezialanfertigungen von ihm verlangt werden. Die weibliche Geographie soll dem Vernehmen nach eine Verjüngungskur mit einer Krappmeierschen Arsenmischung hinter sich haben, es ist ein unbestätigtes Gerücht, aber die Dame lebt und erfreut sich bester Gesundheit. Und Krappmeier hat eine Zeitlang jeden, der sich mit ihm in ein Gespräch einließ, gefragt, ob er nicht fände, daß Frau Professor Leuze sich fabelhaft erholt habe. Vielleicht sollte man ihm nahelegen, sich daheim einen eigenen Laborraum oder zumindest gekennzeichnete Gefäße zuzulegen, ehe er oder seine Tochter oder ein Zufallsgast seinem Hobby zum Opfer fällt.

„Toll, was?" sagt Bärbel, die mit meiner Reaktion zufrieden scheint. Löst die Zopflocke auf, frisiert die Fransen mit den Fingerspitzen glatt.

„Ich weiß nicht", sage ich, „ich finde es gefährlich."

Wenn Bärbel nicht so aufmerksam wäre, hätte längst etwas schiefgehen können. Ich werde mit Krappmeier sprechen. Soviel ich mich erinnere, habe ich ein Dutzend verschließbarer Porzellantöpfchen zu Hause, sie stammen noch aus Christophers biochemischer Phase.

„Es ist nicht weiter schlimm", sagt Bärbel, zuckt mit den Achseln, wendet sich dem Lateinbuch zu. „Ich gebe schon acht. Ich dachte nur, daß es Ihnen Spaß macht."

Sie will mich aufheitern. In der letzten Zeit versuchen alle, mich aufzuheitern. Wirke ich so umdüstert? Kayssa verfällt in sanfte Melancholie, wenn wir einander begegnen. Dabei beschäftigen mich mehr sonderbare als traurige Gedanken, zumindest tagsüber. Daniel und der Playmaker. Nikolaus Schillings vierte Fassung von Apulien. Hillebrands Einladung, von der ich nicht weiß, wieso ich sie angenommen habe. Ich weiß nicht einmal, in welcher Kleidung ich aufkreuzen soll: Skianzug oder Abendrobe. Bin ich mit ihm zu einer Bergtour oder in die Oper verabredet? Ich kann ihn nicht gut anrufen und fragen.

Kayssa tröstet mich gelegentlich, sie ist über mein Schicksal so entsetzt, daß sie sich abreagieren muß. Erzählte mir kürzlich die Geschichte aus der Sammlung der Freiin von Witzleben, in der eine Dame der besseren Gesellschaft rasend in einen Turnierreiter verliebt ist. Allerdings nur, solange er sich auf dem Rücken seines Pferdes befindet. Sobald er heruntersteigt, verfliegen ihre Gefühle wie Rauch. Eine schwierige Situation, vor allem was die Realisierung betrifft. Kayssa wollte mir beibringen, daß der Captain ohne die romantische Kulisse, in der ich ihm begegnet bin, für mich nicht das geworden wäre, was er ist. Irrtum, Kayssa! Wenn er in der Alma mater aus dem naturgeschichtlichen Kabinett käme, wäre er das gleiche Wunder, das er auf der „SS Odysseus" war. Sie hat mir nicht geglaubt, glaubt nichts von dem, was ich sage, lächelt geduldig, behandelt mich wie ein schwererziehbares Kind.

„Die Elche", sagt Bärbel, von ihrem Buch aufsehend, „mit den Beinen ohne Gelenke, die an einen Baum gelehnt schlafen, gibt es die?"

„Sicher nicht. Professor Hillebrand meint, Caesar hat damit einen Witz gemacht."

„Glauben Sie das? Daß ein Mann wie Caesar Witze gemacht hat?"

„Warum nicht?"

„Haben Sie mit ihm darüber gesprochen? Mit Professor Hillebrand?"

„Christopher hat ihn gefragt. Hillebrand ist Naturwissenschaftler."

„Ich weiß", sagt Bärbel, „Christopher fragt immer den Chef, wenn er etwas wissen will."

„Wie kommst du darauf?"

„Mein Vater hat es gesagt. Er ist mit dem Portier vom Psychiatrischen Krankenhaus befreundet. Christopher wollte etwas wissen und ist zum Chef gegangen."

Ich schiebe die vor mir aufgehäuften Seminararbeiten zur Seite.

„Was sagst du da?"

„Daß Christopher sich immer an den Richtigen wendet. Wußten Sie das nicht?"

„Doch. Aber daß er im Krankenhaus war. Was wollte er?"

„Den Primarius etwas fragen. Wegen eines Prozesses. Kennen Sie ihn nicht?"

„Wen?"

„Doktor Sutterfield. Christopher hat sich bei ihm melden lassen und mit ihm gesprochen."

Das sieht ihm gleich. Er hat kein Wort gesagt. Bekam von mir nicht die fachliche Auskunft, die er haben wollte, und wandte sich an den Chefarzt. Ich erinnere mich an das Gespräch über den Prozeß. Ich war ungenügend informiert, es war, bevor die Alraune mich aufgesucht hatte. Außerdem bin ich kein Psychologe. Christopher sagte damals, daß er gern eine Privatvorlesung von Sebastian über das Thema hätte. Aber kurz darauf haben wir uns getrennt. Was hat Christopher an dem Prozeß interessiert? Hat er damals nicht den Wunsch geäußert, Psychiater zu werden? Oder war es Jurist? Seine Berufswünsche sind nicht zu zählen. Jedenfalls ist er nicht imstande, ein aufgeworfenes Problem beiseite zu schieben. Holt sich die Auskünfte, wo er sie zu bekommen glaubt, macht sich ein Bild daraus. Mir, die ich meine Erfahrungswerte mehr oder weniger aus dem Chaotischen schöpfe, ist seine Vorgangsweise beispielhaft und irritierend zugleich. Als Mutter bin ich stolz auf ihn, als Lehrerin bemühe ich mich, seine Systematik in meinem Wirkungskreis anzuwenden, was an meinem Hang zur Chaotik scheitert und mich zur mittelmäßigen Epigonin meines fünfzehnjährigen Sohnes macht. Gottlob weiß Christopher nichts von diesen Versuchen. Im Gefühlsleben ist es zwischen uns denkbar normal, wie zwischen allen Müttern und Söhnen, die einander uneingeschränkt vergöttern.

„Sie hören schon wieder nicht zu", sagt Bärbel.

Ich rette mich in einen schäbigen Erwachsenentrick: „Ich muß mich fertig machen, Bärbel. Ich bin verabredet."

„Okay", sagt sie, lümmelt sich auf den Teppich. Seit sie in der Oberstufe ist, hat sie sich verändert. In der Kleidung ist sie von sportiver Lässigkeit, trägt hautenge Jeans und übergroße Wollpullover, hat ihre Lockenpracht zu einem Roßschwanz hochgezurrt. „Kann ich hierbleiben?"

„Natürlich. Wenn du gehst, laß bitte das Flurlicht brennen."

„Mach ich", sagt Bärbel, „klarer Fall." Sie rollt sich wieder auf den Bauch, wendet sich Caesar zu. Ich überlege zum zehnten Mal, was ich anziehen soll, entscheide mich für Faltenrock und Baumwollbluse, da Hillebrand Naturwissenschaftler ist, wird es kein Barbesuch werden, außerdem wäre die Tageszeit ungeeignet. Bärbel kritzelt etwas in ihr Vokabelheft, sieht dann auf.

„Sie möchten, daß man denkt, daß Sie daheim sind, stimmt's?"

„Es ist besser, wenn man nicht den Eindruck hat, daß das Haus leersteht. Und vergiß nicht, die Tür abzusperren."

„Keine Spur", sagt Bärbel, „Sie können sich auf mich verlassen. Ich bin ein prima –", sie überlegt kurz, wühlt in ihren neuerworbenen Kenntnissen, hat das Wort dann anstandslos zur Hand, „– ein prima Zerberus. Vor ein paar Tagen habe ich einen aus Ihrem Garten verscheucht, das hätten Sie sehen sollen."

Ich horche auf, bleibe in der Tür stehen. „Verscheucht? Du hast jemanden verscheucht?"

„Klar. Er stand auf dem Vorplatz und wollte ins Fenster schauen. Dachte wohl, daß Sie in der Vorlesung wären. Ich bin raus und fragte ihn, was er will. Der hat vielleicht dumm geschaut!"

„Wann war das?"

Bärbel überlegt. „Vorgestern. Nein, Dienstag. Ich hatte eine Stunde früher aus. Saß in Christophers Zimmer und spielte Breakfast in America. Da merkte ich, daß einer ums Haus schleicht."

„Wie sah er aus?"

„Es ist einer von der Uni. Stoppelhaare und Säbelbeine. Sportstyp. Trug einen Sweater mit der Aufschrift ‚Oregon'. Gegen Heidelberg hat er drei Tore geschossen, falls Sie dabei waren."

Rafe Collins.

Da ist die seltsame Empfindung wieder. Etwas geht um mich vor. Was ist es, zu welchem Zweck? Was führt jemand, dessen Absicht ich nicht kenne, gegen mich im Schilde? Ist das Verfolgungswahn, wenn ich mich beobachtet, umstellt fühle? Daniels Attacken, Rafes unterwürfige Aufmerksamkeit. Die Verbindung zwischen den beiden, die Daniel mit brüsken Worten leugnet. Der Playmaker vor meinem Fenster, wenn er das Haus leer glaubt. Er hat sich Dienstag entschuldigen lassen, fehlte in der Vorlesung. Daniels Bleistiftzeichnung liegt noch oben in meinem leeren Koffer. Ich weiß nicht, warum ich sie nicht wegwerfe, nehme es mir immer wieder vor.

Hillebrand wartet. Ich nehme mir vor, die nächsten Stunden ohne paranoide Anwandlungen vorbeigehen zu lasen. In wenigen Minuten werde ich erfahren, wozu ich mich mit Hillebrand verabredet habe. Dann ist wenigstens eines der mich umgebenden Geheimnisse gelüftet.

„Besser, Frau Kollegin?“ fragt Caspar Hillebrand.

„Ja. Danke.“

Er hat das Fenster hochgekurbelt, die Waldluft dringt in den Wagen. Außerdem liegt die kurvenreichste Strecke hinter uns. Ich bin die Federung seines weitausladenden Sunbeam nicht gewohnt, mein Karman gibt jedes Schlagloch unvermindert an seine Insassen weiter. Außerdem ist er ziemlich rasch gefahren, die Kurven des Bibertals haben es in sich. Ich habe nicht gefragt, wohin, er nimmt an, daß ich es weiß. Wir sind mindestens tausend Meter hochgeklettert, den dichtbewaldeten Hügel hinauf, rechts fällt es steil ab nach der Wangeroder Ebene, links geht es aufwärts – wie es scheint, in den stahlblauen, abendlichen Märzhimmel hinein.

„Hier. Sehen Sie.“

Er tritt auf die Bremse. Ein Reh kreuzt unseren Weg, langsam, gemächlich, verhält kurz vor dem Böschungsgraben, tut dann den Sprung, leichtfüßig, mit gespannten Sehnen, verschwindet im Schatten der Stämme. In Hillebrands Augen steht ein Ausdruck, den ich noch nie an ihm bemerkt habe. Er ist ein anderer, seit wir den Alltagskreis verlassen haben, scheint jeden Baum, jedes Wiesenstück in sich aufzunehmen. Ich habe gefürchtet, daß er zu viel sprechen, mich zu Aufmerksamkeit, Antwort zwingen würde, aber er schweigt. Macht mich hin und wieder auf eine Pflanze, einen Baum aufmerksam. Scheint sonst völlig hingegeben an die Landschaft, die sanfte, selbstverständliche Beherrschung seines Wagens, die Atmosphäre aus durchsichtiger Luft, die wie eine gläserne Kugel über den Wipfeln steht.

„Ist es zu kalt im Wagen?“

„Nein, wunderbar.“

Ich habe mich nur in mich selbst verkrochen, weil der Plüschsitz so weich ist. Wie eine Schale, rund, und sanft gefedert. Der Rand ein bißchen höher als die Innenfläche. Wenn er will, sitze ich bis morgen früh so und fahre mit ihm durch den Wald.

Er ist angenehm ruhig, angenehm neutral. Nichts von seiner sonstigen angespannten Aktivität. Keine Bemerkungen, die mich verwirren oder in die Defensive treiben. Er trägt einen seiner hellen Rollkragenpullover zur offenen Lederjacke, kehrt mir sein Profil zu, braungebrannt, die melierten Haare weich, glatt nach hinten gekämmt.

Verrechne dich nicht, Kayssa, du schießt meterweit daneben. Vielleicht ist mir so viel Eitelkeit verblieben, daß Hillebrands Bemühungen irgendeiner minderwertigen Zelle in mir schmeicheln. Außerdem habe ich nichts Besseres zu tun. Mein Haus ist leer. Meine Samstage sind ebenso leer wie die Wochentage, von den Sonntagen nicht zu reden. Alles um mich ist leer. In mir sehe ich lieber nicht nach. Ich muß nicht alles wissen. Falls du mit deiner Mülltonnentheorie recht hast, erfahre ich es früh genug.

„Mittelstation“, sagt Caspar Hillebrand, schaltet vor der nächsten Kurve einen Gang zurück. „Möchten Sie kurz aussteigen und Luft schnappen? Den Blick ins Tal haben wir auch, wenn ich langsam fahre.“

Ich mag mich nicht bewegen. Ich habe das seit meiner Kindheit. Manchmal fühle ich mich in einer Körperhaltung so wohl, daß ich sie nicht ändern möchte.

„Fahren wir weiter.“

Er schaltet noch einen Gang zurück, der Wagen kriecht die steiler werdende Straße hoch.

„Das Schotterstück“, sagt Hillebrand. „Später wird es wieder besser. Waren Sie schon einmal so hoch?“

„Nein.“

Die Straße wird schmal. Die Bäume am rechten Böschungsrand lichten sich, geben den Blick ins Tal frei. Der Wagen nimmt die Kurve mit hochgespannter Drehzahl.

„Jetzt“, sagt Hillebrand.

Das Tal liegt offen vor uns, braungrün mit blitzenden Flußwindungen im Schein der verglühenden Abendsonne. Gegen den Horizont hin verschwimmen die Farben im hellen Dunst, es sieht aus, als koche die Erde, sende Schwaden von Dampf in den rötlichen

Winterhimmel. Hillebrand hat den Motor abgestellt, am Auslauf der S-Kurve gehalten. Dicht unterhalb der Böschung ragen zwei riesige Föhren hoch, in den Zweigen hat sich das schräg fallende Sonnenlicht gefangen. Wir sitzen schweigend, zurückgelehnt, durch das halb geöffnete Fenster dringt die abendkühle Luft, ein Vogel schreit im Gehölz, verstummt.

„Ein Naturwissenschaftler", sagt Hillebrand, „der behauptet, Gott nicht gesehen zu haben, ist mit Blindheit geschlagen oder ein Lügner."

Ich bin zu überrascht, um zu antworten. Als er wieder anfährt, krieche ich tiefer in den Polstersitz. Die Federung des Sunbeam verwandelt die Schotterstraße in eine Kinderschaukel, der Nebel fällt in durchsichtigen Streifen vor die Windschutzscheibe, der Wagen kriecht mit ruhigem Summen bergwärts.

„Dornhaag", sagt Hillebrand. „Dort drüben."

Ich kann nur den Umriß erkennen. Der Abend kommt schnell im Gebirge. Auf einer schrägen Gehölzhalde ragt ein Viereck hoch. Trägt bei näherem Hinsehen einen flachen Dachgiebel. Drei, vier mittelgroße Nadelbäume, sonst Kriechholz. Hinter dem Viereck die hochsteigende Wiese, daran anschließend bis zum Hügelkamm hinauf der dichtstehende blauschwarze Wald.

„Dornhaag?"

„Mein Haus", sagt Hillebrand. „Ich hab' es selbst gebaut."

Er läßt den Wagen auf dem flacher werdenden Sandweg auslaufen. Die Straße führt noch weiter, schlängelt sich jenseits der hochbewachsenen Waldwiese bergwärts ins Dunkel.

„Ich wußte nicht, daß Sie ein Haus haben."

„Niemand weiß es."

Er stellt den Motor ab, zieht die Handbremse an. Wir stehen am Rand der Straße, dicht unterhalb der Gehölzhalde, das breite, flachgiebelige Blockhaus liegt vor uns. Hillebrand springt aus dem Wagen, ist auf meiner Türseite, ehe es mir gelingt, die Mechanik der Sunbeamklinke zu enträtseln, öffnet, entläßt mich in die kaltklare Bergluft. Geht, den Schlüssel in der Hand, auf die Haustür zu.

„Wie lange haben Sie daran gebaut?"

„Zwanzig Jahre", sagt er. „Es ist seit fünf Jahren fertig. Ich mußte zweimal unterbrechen. Einmal wegen meiner Berufung nach

Berlin und einmal wegen einer mehrjährigen Gastdozentur in New Jersey. Ich habe jedesmal dort angefangen, wo ich aufgehört hatte."

Er dreht den Schlüssel im Schloß, die Holztür springt auf. Hillebrand betritt die dunkle Diele, wendet sich nach mir um.

„Kommen Sie. Ich mache sofort Licht."

Ich folge ihm, bleibe im Innern des Raumes stehen. Er ist verschwunden, hantiert mit Glas oder Metall, kommt nach einigen Minuten mit zwei brennenden Öllampen wieder.

„Eine bleibt hier, die andere nehmen wir ins Wohnzimmer. Ich mache sofort Feuer." Er öffnet die Tür zum nächsten Raum, geht voraus, der Schein des Öllichts tastet über die Wände. Dunkelgemasertes Holz, eine Sitzbank mit Fellüberwurf, ein Eichentisch, ein naturfarbener Schrank. An der Innenseite des Raumes ein offener, ziegelgemauerter Kamin. Hillebrand stellt die Lampe auf den steinernen Vorsprung.

„Setzen Sie sich. Behalten Sie den Mantel an, bis es wärmer ist. Wenn ich geheizt habe, mache ich uns etwas zu essen. Die Küche ist nebenan."

Er hat eine dritte Öllampe geholt, entzündet sie, stellt sie auf den Eichentisch, schlüpft aus seiner Lederjacke, wirft sie auf einen Sessel. „Es dauert zwanzig Minuten, dann ist aus der Höhle eine Behausung geworden." Er kniet am Kamin nieder, setzt die zum Scheiterhaufen angeordneten Äste in Brand.

„Der Abzug ist fachmännisch angelegt. Kein Ruß, kein Rauch. Bleiben Sie in der Nähe des Feuers, möglichst mit dem Rücken zum Kamin. Das wird Sie durchwärmen. Ich hole Ihnen vorsichtshalber noch ein Glas Wacholder aus der Küche."

Er rüttelt die Äste mit einem Schürhaken zurecht, geht hinaus, kommt nach wenigen Minuten mit einem halbgefüllten Wasserglas wieder.

„Trinken Sie das. Kein Trick, kein doppelter Boden. Ein Freund von mir hat ihn für mich gebrannt." Ich habe mich mit dem Rücken zum Feuer auf die Sofakante gesetzt, greife nach dem Glas. Die Wärme kriecht durch meinen Ledermantel, es wäre schön, die Traurigkeit abschütteln zu können. Es wäre schön, zu glauben, daß es nicht hoffnungslos ist, dann wäre die Wärme warm, das Licht hell, die Höhle ein Haus.

„Gut so.“ Ich habe das Glas leergetrunken, er nimmt es mir ab. Ein paar Stunden meines unnützen Lebens werde ich also in Caspar Hillebrands Blockhütte auf dem Dornhaag verbringen. Warum nicht, es macht keinen Unterschied.

Die Scheite im Kamin beginnen zu knistern, vereinzelt züngeln Flammen hoch, Funken springen. Die Wärme kommt wellenförmig auf mich zu, umhüllt, umfängt, Hillebrand hantiert in der Küche mit Tellern und Gläsern. Hat mein Angebot, ihm zu helfen, zurückgewiesen.

„Meine Küche ist nicht besichtigungsreif. Muß erst ausgebaut werden. Im Augenblick gleicht sie noch einer germanischen Feuerstelle.“

Ich mag Feuerstellen. Aber ich bin zu müde, es ihm zu sagen. Fühle mich ein wenig entspannt, zum ersten Mal, seit ich die „Odysseus“ verlassen habe. Der Wald ist auf seine Art so ewig wie das Meer. Und da ich Cyros Colytas, Kapitän der „SS Odysseus“, ewig lieben werde, ist es gleichgültig, in welcher Landschaft sich das abspielt.

Vor den Fenstern ist es innerhalb weniger Minuten dunkel geworden. Ich ziehe die Beine hoch, hocke, in den Mantel gehüllt, auf dem Couchrand, den Rücken zum Feuer. Als Kind saß ich so zusammengekauert, stundenlang. Wieso kannst du das, fragte man mich, bekommst du keine Kreuzschmerzen? Nein, sagte ich, ich sitze in einer Kugel, man kann sie nur nicht sehen. Wacholder ist in gewisser Beziehung ebenso wirksam wie Aquavit. Jedenfalls friert man nach einem halben Glas nicht mehr. Da war etwas, das ich klären wollte, ich hätte es schon früher tun sollen, aber es gab keine Gelegenheit.

„Professor Hillebrand“, sage ich, als er den Raum betritt, mit einem vollbeladenen Tablett auf den Tisch zugeht, „wann fahren wir zurück?“

„Morgen“, sagt er, legt Servietten, Teller, Messer auf die Holzplatte. Steht mit dem leeren Tablett am Kamin, mustert den perfekt gedeckten Tisch, hebt dann den Blick, sieht mir offen, sanftfröhlich in die Augen. „Morgen abend. Haben Sie das vergessen?“

Ich weiß, Kayssa, du glaubst mir kein Wort. Wenn ich dir erkläre, daß ich diese Verabredung getroffen habe, ohne es zu wissen, sozusagen in Absence, wirst du mich für die größte Komödiantin des Jahrhunderts halten. Ich werde also den Versuch gar nicht riskieren, sondern mich mit den Tatsachen vertraut machen. Hillebrand bereitet das Abendessen rasch und geschickt, sitzt mir dann im geflochtenen Korbstuhl gegenüber, hebt das Glas. Der Feuerschein vom offenen Kamin liegt auf seinem Gesicht, wir sprechen über die Alma mater, Kollegen, Schüler, den neuen Assistenten an der Psychiatrie. Lauerbach hat ihn zu Beginn des Sommersemesters eingestellt, er kommt aus Schweden, ist achtundzwanzig, trägt einen blonden Lockenkranz über gelichteter Stirn, dazu Seemannsbart. Bezeichnet sich selbst als den letzten Wikinger und hat sich in heftige Verehrung für Kayssa gesteigert, von der niemand, vermutlich er selbst nicht, weiß, wo sie beginnt, wo endet. Hillebrand spricht ruhig, hat mir noch einen Schluck klaren Wacholders nachgegossen. Draußen ist es so still, daß man es zu hören meint, das Schweigen der Holzstämme, der winterharten Erde, der undurchdringlichen Nachtluft vor den Fenstern. Ich lasse mich für Minuten in die Geborgenheit fallen, schrecke daraus hoch, versuche Hillebrands Person zu sezieren, einzuordnen, wer, wie ist er wirklich, gleite zurück in dumpfes, ungreifbares Vertrauen. Wir haben beide geschwiegen, der Ton des letzten Wortes hängt noch in der Luft, was war es, ich weiß es nicht mehr, er sieht mich an, zurückgelehnt, das Glas im Schoß mit beiden Händen umspannt.

„Sind Sie müde?"

Ja. Ich bin müde. Was jetzt? Er streicht mit dem Daumen langsam über den Glasrand, es gibt einen leise schleifenden, dissonanten Ton.

„Ich zeige Ihnen Ihr Zimmer. Es ist einfach eingerichtet, aber Sie werden alles finden, was Sie brauchen. Das Bett haben die Holzfäller aus Wangerode in ihrer Freizeit gezimmert. Es ist etwas groß geraten, aber dafür kann man zehn Lexika um sich gruppieren, ohne behindert zu sein."

„Arbeiten Sie hier?"

„Nur hier", sagt Hillebrand, gibt dem Korbsessel einen kleinen Ruck. Ich merke erst jetzt, daß es ein Schaukelstuhl ist. Wie bei

Kayssa, nur daß ich hier nicht die Patientin bin. Hillebrand fängt die Bewegung mit den Knien ab, so daß ein sanftes, fast unmerkliches Wiegen entsteht.

„Sie brauchen keine Angst zu haben, daß Sie frieren werden. Ich habe einen Ölofen in Ihr Zimmer gestellt."

„Und Sie?"

Was für eine Frage. Kontrolle Null, würde Kayssa sagen. Was geht es dich an? Außerdem weißt du die Antwort.

„Ich bleibe hier." Er deutet mit leichter Kopfbewegung nach der Couch, auf der ich zusammengekauert sitze. „Ich muß den Kamin bewachen. Ich habe einen leichten Schlaf. Wenn es zu knistern aufhört, werfe ich ein paar Scheite ins Feuer." Er sieht über seine Hände hinweg in die schläfrig züngelnden Flammen. „Im übrigen sehen Sie müde aus. Morgen werden Sie so zeitig geweckt, daß Sie sich zur Ruhe begeben sollten. Haben Sie Schuhe an, mit denen Sie über Geröll gehen können?"

„Ja."

„Wunderbar." Er steht auf, abrupt, elastisch, stellt sein leeres Glas auf dem Kaminsims ab. „Ich habe nach dem Himmel gesehen, das Wetter wird brauchbar. Wollen Sie den Wacholder nicht austrinken? Dann werde ich es für Sie tun. Kommen Sie, Frau Kollegin, ich zeige Ihnen Ihr Zimmer."

Kurz nach zwei Uhr früh fuhr ich mit einem Schock aus dem Schlaf: Jemand stand im Raum. Unbewegt festgewurzelt zwischen Bett und Fenster, hatte mir sein Profil zugekehrt, hob sich scharf umrissen gegen das ungewohnt geformte Fensterviereck ab. Ich wußte sofort, wo ich war: Dornhaag, Blockhütte. Bemühte mich, die Lähmung abzuschütteln. Meine Lider waren wie Blei. Ich atmete bewußt tief und ruhig. Konzentrierte mich mit aller Willenskraft auf die Figur im Raum: Wende dich zu mir. Laß die Maske fallen.

Er tat es. Hob die Hände, die gehorsame Nacht gab seine Züge frei: die Krater seiner Augen, die Kerben um den Mund. Bist du es, geliebter Schatten? Gut so. Steh still, verlaß mich nicht. Der Morgen kommt früh genug. Du wirst mich finden, wo immer ich bin. Ich werde auf dich warten, wo immer ich bin.

„Wegmalve", sagte Hillebrand, „in ein paar Wochen wird sie blühen. Kennen Sie die hellblauen Sterne? Sie sehen aus wie die Augen von Perserkatzen. Das dort ist Bingelkraut. Und aus dem knorrigen Gehölz drüben werden bald Stockrosen wachsen. Es ist ein wenig früh im Jahr. Sie sollten die Lichtung im Mai oder Juni sehen."

„Es ist wunderbar."

Die meterhohen Stauden, das vielfarbige Gras. Die Schattierungen reichen von Rötlichbraun über Graugelb bis zum dunkelsten Grün. Einzelne Büschel ragen wie gebundene Garben hoch. Der Himmel ist glasklar und hoch, der Wald sticht als scharfkantiger Scherenschnitt gegen das stählerne Blau. Die Stille ist sanftem Summen gewichen, es kommt von überall her, an der Grenze zwischen Gehölz und Wiese bricht sich ein Bach seinen Weg durch das Erdreich, Fliegen, Mücken. Ein kleines Flügeltier, halb Motte, halb Schmetterling, fliegt auf, verschwindet in einer Grasgarbe.

„Hier sterben", sage ich halblaut, ohne es zu wissen.

Das ist die Wiese, die ich manchmal in meinen Träumen sehe. Cathy steht plötzlich vor mir, Cathy, die ihre Hände in den geschlossenen Manschetten um ihre Knie geschlungen hielt, ich liebe Herford, wo ist er, auf der Odysseus wie Captain Colytas. Unsere Erde besteht aus zwei Drittel Wasser und einem Drittel Land: Cathys Grab ist größer als alle Kontinente zusammengenommen. Als hieltest du die Welt umschlungen mit deinen schmalen Händen, wärest in ihre Tiefen getaucht, um von dorther zu blühen in jeder Wasserspinne, jeder Wegmalve, jeder Motte, die von Garbe zu Garbe fliegt.

Hillebrand steht ein paar Schritte unterhalb der Bachmulde, hat mich allein gelassen, sieht hinüber zum Waldkamm. Wendet sich mir zu, da ich ihn ansehe, korrigiert meine Worte von vorhin mit sanftem Vorwurf: „Hier leben!"

Er bückt sich, hebt eine Handvoll Erde aus dem Bachbett. Sie ist schwarz, von winzigen, kantigen Kieseln durchsetzt, sie sehen aus wie Zuckerkristalle, blitzen im Licht auf, da er die Hand öffnet, die Erde auseinanderfällt.

„Porphyr", sagt er. „Die Kiesel sind Granitsplitter. Vor 10000 Jahren war das Gebirge vulkanisch. Die Ebene von Wangerode ist eine Lavaheide. Das Bibertal eine Schneise, durch die das flüssige Feuer gelaufen ist. Es ist der fruchtbarste Boden, den es gibt. Nach meiner Emeritierung werde ich mich hierher zurückziehen und Bergschafe züchten."

Er schließt die Finger um die Erde, öffnet sie wieder. Wirft die zum Klumpen gepreßte Masse in das Bachbett, bückt sich kurz, um seine Hand zu reinigen. Richtet sich auf, sieht mir mit ernstem Lächeln in die Augen.

„Schock oder Überraschung? Der Dekan der philosophischen Fakultät ist ein Bauer. Sehen Sie einen Widerspruch darin?"

Ich nicht. Es ist nur unerwartet, gerade bei ihm. Sein gesellschaftlicher Perfektionismus, die immer ein wenig zynische Art, den Dingen auf den Grund zu gehen. Seit gestern ist er nicht der, den ich kenne. Auch seine Art, mit mir zu sprechen, ist mir neu. Als wäre er imstande, eine Empfindung, die er mir deutlich und unmißverständlich dargebracht hat, vermittels Knopfdrucks abzustellen, wie man einen Wasserhahn abstellt. Der hier neben mir steht, mir die Beschaffenheit des Bodens, der Gräser und Sträucher auseinandersetzt, der Mann, der die heutige Nacht Wand an Wand mit mir verbracht hat, spricht im Ton eines mir freundschaftlich zugetanen Lehrmeisters, reicht mir an steilen Wegstellen in neutraler Hilfsbereitschaft den Arm, spricht, doziert, lächelt, schweigt, wie Sokrates, der mit einem Schüler unterwegs ist. Halt, der Vergleich stimmt nicht! Man hat Sokrates erotische Beziehungen zu seinen Schülern nachgesagt. Diese Komponente fällt hier weg. Was hindert mich, auf seinen Ton einzugehen, mich in die dargebotene Situation fallen zu lassen, mich über einen neugewonnenen, wie es scheint ehrlichen Freund zu freuen? Ich sehe mich in der Mülltonne nach Hoffnungsresten fischen.

Manchmal glaube ich, daß das schlimmste von allem die Trennung von Christopher ist. Er wußte immer, was er wollte. War mit zwei Jahren ein fertiger Mensch. Im Sommer will er für ein paar Wochen kommen. Aber das ist noch lange hin. Wer soll ihm sagen, daß sein Vater ihm eine kleine Schwester bescheren wird? Wann findet das Ereignis statt? Wir sind mehr als ein Jahr getrennt, Sebastian und ich. Es kann heute oder morgen sein. Vielleicht ist sie schon geboren. Wieso glaube ich, daß es ein Mädchen sein wird? Weil ich nicht will, daß es ein Sohn ist. Christopher soll sein einziger Sohn sein. Quatsch, sagte der Giftgnom, der in meinem Zwerchfell wohnt, Sebastian kann noch fünf Söhne bekommen, auch wenn es diesmal eine Tochter ist. Ich will überhaupt nicht, verdammt, daß Sebastian mit anderen Frauen Kinder bekommt!

Hillebrand hat Geduld. Er läßt mich meine Kämpfe mit Sebastians theoretischen Söhnen und dem Inhalt der Mülltonne abwickeln, ohne mich zu unterbrechen. Wir gehen, stehen oder sitzen auf Baumstämmen, sind seit Stunden unterwegs. Haben gegen Mittag eine Art Jägermahlzeit abgehalten, auf einem Hochstand an der Baumgrenze. Die Halde lag zu unseren Füßen wie ein gemusterter Teppich, grüne und braune Flecken, dahinter das dunkel schattierte Kriechholz, die Kiefernstämme, die steil gegen den Himmel stachen. Es war unwirklich schön, und ich hätte es Hillebrand gern gesagt, aber ich fürchtete, den Ton zu stören. Er muß es mir angesehen haben, schien sich zu freuen, schwieg, als wir nebeneinander den Abstieg begannen.

Im Augenblick, da wir ins Auto stiegen, wußte ich, daß ich unten in meinem leeren Haus Sehnsucht nach der Blockhütte bekommen würde. Er hat es mir leicht gemacht, dachte ich, als der Wagen in sanften Kurven talwärts glitt. Ich muß ihm dankbar sein.

Ich muß? Ich bin ihm dankbar. Versteck dich nicht, nimm die Dinge, wie sie sind. Er hat zwei leere Tage deines Lebens gefüllt. Mit der Wärme seines Kamins, den Stimmen der Gräser und Bäume, der scharfklaren Luft über dem Dornhaag. Daß sein Interesse an dir erloschen ist, macht alles leicht. Wir werden Kameraden sein, vielleicht Freunde. Er akzeptiert meine unlösbare Bindung an einen anderen. Das spricht für sein Format. Vielleicht war es nur sein Erobererinstinkt, der ihn vorher anders agieren ließ. Sue hat einmal im Zorn so etwas behauptet. Ich will nicht darüber nachdenken, da das Thema sich von selbst erledigt hat.

Er sitzt zurückgelehnt, ruhig, die Hände locker auf dem Steuerrad. Biegt in die auslaufende Schneise des Bibertals, später hinaus in die offene Ebene. Noch zwanzig Minuten, dann liegt der Palatinus vor uns, der Aventinus, schließlich nach einer letzten Kehre der Capitolinus. Hillebrand bremst sanft auf dem Kiesplatz, läßt den Wagen auslaufen, springt heraus, steht neben mir auf der obersten Stufe vor der Haustür. Wartet, bis ich aufgesperrt habe, beugt sich über meine Hand. Seine Haltung, der Sitz des zurückgekämmten, melierten Haares, sein Handkuß sind perfekt wie immer. Ich möchte etwas sagen, suche nach Worten, bin blockiert. Erwidere den leichten, männlich korrekten Druck seiner Finger.

„Ich danke Ihnen, Professor Hillebrand."

„Ich danke Ihnen."

Du wirst schreien, Kayssa! Du wirst mir kein Wort glauben.

Ich wollte sofort anrufen. Ließ es dann bleiben, um mir die Empfindung noch ein wenig zu bewahren, sie langsam abklingen zu lassen. Außerdem ist Kayssa in der letzten Zeit schwer zu erreichen. Sitzt mit dem sie verehrenden Assistenten in obskuren Kneipen herum und versucht seine über alle Ziele hinausschießende Sympathie für sie auf ein akzeptables Maß zu reduzieren. „Was soll's", hat sie zu mir gesagt, „wenn das so weitergeht, will er mit mir ins Bett, und den Schock möchte ich uns beiden ersparen."

Ich habe den jungen Mann kennengelernt und glaube nicht, daß er so schreckhaft ist, wie Kayssa in grimmiger Selbstkritik annimmt. Er heißt Söre Grund, spricht seinen Namen schwedisch „Gründ" aus und bezeichnet sich selbst als den letzten Wikinger. Seine Fähigkeiten auf dem psychiatrischen Sektor sind dem Vernehmen nach außerordentlich. Kayssa behauptet, noch nie einen ähnlich guten Assistenten gehabt zu haben, was Lauerbach zu der mit hinterhältigem Grinsen vorgebrachten Bemerkung veranlaßte, sie werde in diesem Fall wohl wissen, was sie der Alma mater und der Fakultät im besonderen schuldig sei, um eine derartige Potenz an das Haus zu binden.

Kayssa verdrehte bei dem Wort „Potenz" die Augen, ich weiß, was sie fürchtet, sie hat zwei Ehen hinter sich, die eine liegt vierzig, die andere dreißig Jahre zurück. Die beiden Herren scheinen von überragendem Temperament gewesen zu sein, was Kayssa, die für die „erotische Gymnastik", wie sie es etwas rüde nennt, nie viel übrig hatte, in beiden Fällen nach kurzer Zeit zur Flucht veranlaßte. „Es macht müde und hält von der Arbeit ab" ist ihre durch nichts zu erschütternde Ansicht, und da sie mit ihrer Arbeit so etwas wie eine Liebesehe führe, sehe sie nicht ein, wozu sie sich ein Verhältnis zulegen solle. Lauerbach hat genickt, das Kinn hochgereckt und mich nach seinem Sprößling Witticbes gefragt. Ich kann nur Gutes über ihn sagen, glaube, daß er mit der Germanistik richtig liegt, versuche Lauerbachs Bedauern, daß der Junge nicht seinen eigenen Spuren – Mathematik und Naturwissenschaften – folgt, zu zerstreuen.

„Weißt du", hat Kayssa mir später erklärt, „der Söre ist natürlich schwul. Auf mich fliegen nur Schwule oder Mutterkomplexler. Nicht weil ich sechzig bin, das war schon immer so. Der Kleine hat in Schweden einiges hinter sich gebracht, dort sind zwei Drittel aller Männer schwul oder Alkoholiker. Jetzt denkt er, daß ich ihn kurieren kann."

„Und", sage ich etwas hinterhältig, „siehst du darin nicht so etwas wie eine Aufgabe?"

„Blödsinn", sagt Kayssa, fährt mit der ringgeschmückten Hand durch die Luft, „das ist erfahrungsgemäß nur eine Zwischenphase. Einer wie Söre ist nicht zu ändern. Ich frage mich, ob ich meine Nerven, meine Arbeitszeit und noch einiges mehr investieren muß, um ihm das klarzumachen."

Ich ließ sie mit ihren ungelösten Problemen zurück. Vorerst haben sie sich auf gemeinsame Kneipenbesuche geeinigt. Söre ist damit zufrieden, und die Arbeit an Kayssas Psychopathologie macht Fortschritte.

Sue hat mich gestellt, auf dem Weg zum kleinen Lesesaal, im Gang zwischen den beiden Treppenabsätzen, sie sah bildschön aus wie immer, enger Rock, knappsitzender weißer Angorapulli, Rauhledergürtel mit Silberschnalle, hochhackige Stiefel. Sie stellte sich mir in den Weg, die linke Hand an die Mauer gestützt, die Ledertasche baumelte von ihrer Schulter, musterte mich mit zusammengekniffenen Augen.

„Geht es dir gut? Immer noch gut?"

„Mein Gott, Sue –«

Sie betrachtet mich von Kopf bis Fuß, scheint mit dem Resultat zufrieden zu sein, ein kleines Lächeln zuckt um ihren Mund. „Du siehst blaß aus. Hast abgenommen. Schläfst du schlecht? Oder nimmst du irgendwelche Medikamente?"

„Ich nehme keine Medikamente."

Sie legt den Kopf schief, prüfend, in gespielter Anteilnahme.

„Vielleicht solltest du etwas nehmen. Es muß nur das Richtige sein. Sprich doch einmal mit Kayssa darüber. Was hörst du von Sebastian?"

„Nichts."

„Nun ja –" Sie lacht kurz auf, etwas zu laut, verzieht den Mund zu einer Grimasse. „Er fehlt dir ja nicht, wie wir festgestellt haben. Ist es wahr, daß du den Sommer mit einem Schüler verbracht hast?"

„Er war zu der Zeit nicht mehr mein Schüler. Er studiert in Berlin. Wir haben an einer Anthologie gearbeitet."

„Geschickt gemacht", sagt Sue, in ihren Augen steht ein kühles Licht. „Gib acht, einmal erwischt es dich. Wo warst du dieses Wochenende? Nikolaus hat versucht, dich zu erreichen."

„Ich war im Gebirge."

„Zu Fuß? Dein Karman steht in der Reparaturwerkstätte am Hendricksdamm."

„Sue", sage ich, möchte versuchen, aus der Defensive zu gelangen, ohne eine Todfeindschaft zu besiegeln. „Wollen wir nicht versuchen, miteinander zu sprechen? Ich meine nicht jetzt und nicht hier. Irgendwann, wenn du Zeit und Lust hast."

„Wir haben miteinander gesprochen", sagt sie, spielt mit der freien Hand am Lederriemen ihrer Jagdtasche. „Ich erinnere mich gut daran. Du hast meine Probleme mehr oder weniger unter den Teppich gekehrt." Sie schließt die Finger um den Riemen, öffnet sie wieder. „Das ist ganz natürlich, wenn man so beschäftigt ist wie du. Man kann es dir nicht übelnehmen."

Sie hat es mir übelgenommen. Dabei tut sie mir unrecht. Es gibt fast niemanden, der nicht auf irgendeine Weise mit Sues Problemen befaßt ist. Kayssa hat sie Söre als Ausweichmöglichkeit angeboten, aber Söre wollte nicht. Der einzige, der bliebe, ist Witticher Lauerbach. Aber man kann, verdammt, nicht von mir erwarten, daß ich den Sohn des Rektors mit einer hauseigenen Ordinaria verkupple.

„Es tut mir leid, Sue", sage ich.

Was tut mir leid? Daß sie mich verfolgt, mich haßt, mir eine Falle stellen möchte? Daß es mir nicht möglich ist, sie in ihr schönes, lächelndes Gesicht zu schlagen? Warum quälst du mich, ausgerechnet mich? Ich kann nichts dafür, daß dich keiner will. Ich gönne dir alle.

Vielleicht bin ich ebenso einsam wie du. Manchmal bin ich morgens so depressiv, daß ich die Hände nicht heben kann, aber es würde mir nicht einfallen, dich dafür verantwortlich zu machen.

Wehleidig, höre ich Kayssa sagen, wer ist jetzt wehleidig? Schon gut, sage ich, ich bin mir darüber im klaren. Aber versuche, eine bestimmte Anhäufung von Attacken zu überstehen, ohne daß du in Verfolgungswahn fällst.

„Du leidest“, sagt Sue, öffnet die Hand, der Lederriemen liegt in der Beuge zwischen ihrem Daumen und Zeigefinger. „Ich bringe dich in Verlegenheit. Du möchtest mir helfen und weißt nicht, wie. Mach dir keine Sorgen. Erinnerst du dich an den Burschen in der Spaghettikneipe? Den Italiener mit den Katzenaugen. Ich schlafe manchmal mit ihm, und er ist hervorragend im Bett. Du brauchst bei deinen Wochenendausflügen meinetwegen kein schlechtes Gewissen zu haben.“

Sie fährt mit der halboffenen Hand den Riemen abwärts, wieder aufwärts. Die Bewegung hat etwas Perfides an sich, sie macht es absichtlich, natürlich, will mich provozieren. Denkt, daß sie diesmal die Partie gewonnen hat. Mit Recht. Ich will nichts, als an ihr vorbei ins Freie.

Ich mache, ohne es zu wollen, eine Bewegung gegen die Ausgangstür. Sie nimmt sofort die Hand von der Mauer.

„Hab' ich dich aufgehalten? Entschuldige. Warum hast du nichts gesagt?“

Sie tritt zur Seite, ich gehe an ihr vorbei, stehe auf der nächsthöheren Stufe, sie hält mich am Arm zurück, sieht in gespieltem Bedauern zu mir auf.

„Es tut mir leid, Simone. Vielleicht wirst du erwartet.“ Das kühle Licht von vorhin steht in ihren Augen. „Ich wollte nicht, daß du meinetwegen zu spät kommst.“

„Es ist in Ordnung, Sue.“

„Jemand war da“, sagt Bärbel Krappmeier.

Sie empfängt mich an der Haustür. Hat meinen Wagen gehört. Er ist wieder in Ordnung, schnauft nur beim Bergauffahren mehr als früher. Den Dornhaag könnte ich gar nicht erklettern, habe ich beim Heimfahren gedacht. Irgendwann werde ich mich von ihm trennen müssen. Bärbel steht in Jeans und grauem Sportpullover Größe 46 auf der Treppe.

„Wer? Der Student vom letzten Mal?"

„Eine Frau." Sie schwenkt ein offenes Riesenheft in der Hand, ein selbstgezeichnetes Thermometer, gefüllte Wasserbehälter, Zahlen, hüpft neben mir durch den Vorraum ins Wohnzimmer.

„Kennst du sie?"

„Nein. Ich habe sie nie gesehen. Scheint von weiter weg zu kommen. Ihr Auto hatte eine Frankfurter Nummer."

„Was für ein Auto?"

„Amerikaner. Riesig. Ein Kasten. Nicht schön, sah so viereckig aus, aber sicher teuer.

Die Alraune. Ein Rolls Royce ist zwar kein Amerikaner, aber die Beschreibung stimmt.

„Und die Frau?"

„Wie aus einem Westerner. Wenn Sie verstehen, was ich meine. Gar nicht von heute. Das Hütchen und der Muff, fehlte nur die Krinoline. Wie die Dame in ‚Gold von Arizona'."

Der Film ist vorige Woche im Fernsehen gelaufen, Nachtprogramm, mit Barbara Stanwyck in der Hauptrolle. Bärbel wäre eine fabelhafte Augenzeugin.

„Was wollte sie?"

„Professor Sommer sprechen. Ich sagte, er sei nicht hier. Sie sagte, okay, dann käme sie wieder, wenn er hier ist."

Bärbel hat sich auf ihrem Lernplatz neben den Couchfransen niedergelassen, sieht zu mir auf, will hören, daß sie es gut gemacht hat.

„Meinst du nicht, daß sie zu mir wollte?"

„Das hab' ich sie gefragt. Sie sagte ausdrücklich, Herrn Professor. Und daß er sowieso bald käme, weil in sechs Wochen der Prozeß beginnt."

Der Prozeß. Sebastian als psychiatrischer Gutachter. Ich dachte, er hätte die Sache abgegeben. An Sutterfield oder einen anderen. Aber das ist nicht seine Art. Ich hätte es wissen müssen.

„Er kommt? Sie hat gesagt, daß er kommt?"

Was werde ich noch von ihr erfahren? Wieder ist sie es, die mir Nachricht über ihn bringt. Eines Tages wird sie im Zimmer stehen und sagen: Gratuliere, Ihr Ehemann hat soeben einer Tochter das Leben geschenkt.

„Hab' ich was Falsches gesagt?"

„Nein. Danke, Bärbel, du bist großartig."

„Schon gut", sagt sie zufrieden, rollt sich auf den Bauch, lümmelt über dem Physikheft, beginnt Formeln vor sich hinzumurmeln.

Sebastian kommt. Und die Alraune hat vermutet, daß er schon hier ist. Hat ihn bei mir gesucht. Einer Frau wie ihr scheint das nicht außergewöhnlich. Sie möchte mit ihm sprechen, ehe der Prozeß beginnt.

Wird Sebastian mich verständigen, wenn er da ist? Wird er hier wohnen? Auf einmal gibt es hundert Fragen. Werden wir einander sehen, auch wenn es vor Ablauf der Zeit ist? Wohin denke ich? Die Abmachung ist längst hinfällig. Vielleicht ruft er von irgendwo an und sagt: Schick meine Sachen, bitte. Oder wir sitzen im Wohnzimmer und sprechen wie zwei gute Bekannte.

Ich friere. Kann mir nichts vorstellen, das eine nicht und das andere nicht. Wahnsinn, hat Kayssa gesagt. Aber es ist geschehen und nicht zu ändern. Was jetzt? Einer der bösen langen Abende liegt vor mir. Als Bärbel ihre Sachen zusammenpackt, gerate ich in Panik.

„Mußt du gehen?"

Sie sieht von den sorgfältig gestapelten Heften auf.

„Nein. Wieso?"

„Wartet dein Vater?"

„Vater hat Kegelabend. Warum fragen Sie?"

„Ich wollte wissen, ob du vielleicht heute nacht hierbleiben könntest."

Ich suche nach einem Argument, starre auf die weiße Wand über der Couch. „Ein Freund deines Vaters hat einen Film gedreht. Über das Stück, das wir zur Hundertjahrfeier aufgeführt haben. Dein Vater spielt mit. Hast du ihn schon gesehen?"

„Nein. Wir haben keinen Vorführapparat."

„Kannst du mit dem Apparat von Christopher umgehen?"

„Klar", sagt Bärbel, „wir haben seine astronomischen Filme gespielt. War wie im Fernsehen. Haben Sie eine Leinwand?"

„Wir nehmen immer die Wand über der Couch", sage ich, „Christopher ist dahintergekommen, daß sie ein gutes Bild gibt."

Bärbel springt auf, mustert ihre Schulsachen.

„Ich habe alles, was ich für morgen brauche. Klasse. Ich muß nur meinen Vater in der Kneipe anrufen."

Wir sitzen nebeneinander wie im Kino. „Einen beschwerten Brief, zwei Dukaten, franco halb", hat Krappmeier das Spiel eröffnet. Bärbel hat vor Vergnügen gequietscht.

„Kommt er noch mal?"

„Leider nicht. Aber wir können die Stelle am Ende nochmals laufen lassen."

„Das Mädchen ist schön", sagt sie, beißt in eine Gurke, die von unserem kalten Abendessen übriggeblieben ist.

„Ja. Und sie spielt gut."

Barbara hat geheiratet, die Anzeige kam ans Institut. Einen Arzt aus Dortmund, den sie während der Pflege ihrer Mutter kennengelernt hat. Schade um sie, sie war zum Studium geboren. Was denke ich da? Vielleicht ist sie glücklich. Was habe ich plötzlich gegen die Ehe? Man kann beides haben, sagt der Gnom, der in meinem Zwerchfell wohnt, wenn man es richtig macht. Jeder muß es nicht so idiotisch anfangen wie du.

Ich starre auf den jungen blonden Mann, der die Leinwand füllt: Kein Schauspieler könnte besser sein. Da ich mich jetzt in der Situation des Publikums befinde, nicht wie damals in der des Beteiligten, bin ich objektiver, kann alles auf mich einströmen lassen. Paul ist wunderbar. Nichts ist toter als eine tote Liebe, hat Kayssa grammatikalisch nicht ganz einwandfrei festgestellt. Ich liebe Paul nicht mehr, aber ich kann meiner Empfindung von damals folgen, bekenne mich restlos dazu. Wenn er jetzt hier wäre, könnten wir die besten Freunde sein. Er ist ein wunderbarer Junge, auch wenn Ewigkeiten zwischen damals und heute liegen.

Der Krappmeiersche Freund und Hobbyfilmer hat seine Aufgabe ernst genommen. Arbeitet mit Zwischenschnitten, Großaufnahmen wie ein Kameramann. Zieht die Gesichter bei ruhigen Szenen näher, geht bei dramatischen Akzenten in die Totale. Als das Ende da ist, der Vorhang fällt, erwarte ich, daß auch die Filmrolle ausläuft: Irrtum. Der Hobbyfilmer und Portier der technischen Lehr- und Versuchsanstalt in Wangerode hat es sich nicht nehmen lassen, die Reaktion des Publikums mitzuschneiden. Die Huldigung der Schauspieler, ganz im Reporterstil, vielleicht hat er erwartet, daß Krappmeier noch einmal erscheint, tatsächlich, da ist er, verbeugt sich samt Bart und Brille, Blende ins Publikum, Lauerbach, Gefion, die Damen und Herren Spektabilitäten. Man spricht, lacht, noch einmal die Crew, da bin ich selbst, an Pauls Hand aus der Kulisse gezerrt, starre hilflos ins Publikum, noch einmal der vollbesetzte Saal, die Lichter flammen auf, ein letzter Schwenk über die festlich gekleidete Runde.

„Da“, sagt Bärbel, deutet mit der angebissenen Gurke nach dem Bild. „Da ist er.“

„Wer?“

„Der mit dem Blonden redet. An der linken Wand. Neben dem Leuchter.“

Ich folge der Erklärung, so rasch ich kann. Was ich sehe, läßt mich hochfahren.

„Halt. Laß das Bild stehen.“

Bärbel stürzt zum Projektor. Drückt den Hebel. Das Bild auf der Leinwand ist festgewachsen. Ich stehe auf, ohne es zu merken.

„Das ist er doch. Oder?“

Natürlich ist er das: Rafe Collins. Er steht etwas seitlich im Bild an die Wand gelehnt, der Kamera zugewendet. Der zweite, der, den Ellenbogen auf das Holzsims gestützt, dem Beschauer das Profil zuwendet und, wie es scheint, intensiv auf ihn einredet, ist Daniel Schilling.

Daniel, der laut eigener Aussage noch nie ein Wort mit dem Playmaker gewechselt hat.

„Ich würde es gerne noch einmal sehen, Bärbel. Nur den Schluß.“

„Darf ich von der Stelle an, wo Vati sich verbeugt?“

„Natürlich.“

Meine Gedanken hasten, überschlagen sich: Sie stehen im Dunkeln an der Wand. Daniel spricht zu Rafe, intensiv, weiß nicht, daß gefilmt wird.

„Warte, Bärbel. Spiel es erst durch bis zum Schluß. Oder nein, doch vom Applaus weg.“

Ich möchte den Ablauf sehen. War vorhin abgelenkt durch die

Protagonisten in der Bildmitte. Ohne Bärbel wäre mir das Ganze nie aufgefallen.

„Geht's los?"

„Wenn du bereit bist."

Noch einmal: Vorhang, Krappmeier, die Lehrerschaft. Dann der erste Schwenk zur Seite: Da! Sie stehen schon beisammen. Daniel gestikuliert sanft, eindringlich, Rafe scheint zu nicken, da, das war mein nicht gerade professioneller Auftritt, sie wenden sich der Bühne zu, starren hinauf. Schwenk auf Lauerbach, Gefion, Hillebrand, als die beiden wieder im Bild sind, stehen sie einander zugewendet wie vorher. Ich greife unwillkürlich nach der Sessellehne.

„Soll ich das Bild stehen lassen?"

„Nein. Mach weiter."

Licht im Saal. Vorne wieder Lauerbach, die Dekane. Kayssa fischt nach ihrem meterlangen Schal. Die beiden haben sich im Augenblick, da die Beleuchtung aufflammte, voneinander abgewendet, stehen fremd nebeneinander, applaudierend. Vorne hebt Lauerbach die Hand, hat gemerkt, daß gefilmt wird, lächelt grimmig, wedelt mit der Hand ins Objektiv. Ende.

„Das war's", sagt Bürbel.

Das war's. Ich hätte schwören können, daß der Schluß so oder ähnlich ausfällt. Mein Herz dröhnt in meinen Schläfen, ich will mich zur Ordnung rufen, bringe es nicht fertig.

Und wer sagt, daß es mit dir zu tun hat? Alles. Alles sagt es mir. Es geht um keinen Einzelfall, Zufall. So vieles stimmt zusammen. Und wenn die beiden einfach Freunde sind? Homosexuelle, die es verbergen wollen? Warum bombardiert mich dann der eine mit obszönen Zeichnungen, und der andere schleicht um mein Haus? Und daß sie sich zur Bühne wenden, im Augenblick, da ich erscheine? Nimm dich nicht zu wichtig. Ich versuche es. Ich will es versuchen.

„Darf ich in Christophers Zimmer schlafen?"

„Natürlich. Schalte dir den Radiowecker ein."

„Klasse", sagt Bärbel, „es ist toll, mit Musik aufzuwachen."

„Schlaf gut."

„Schlafen Sie auch gut", sagt Bärbel.

Etwa zehn Tage nach dem Wochenende im Dornhaag stieß ich in der Kantine auf Kayssa. Sie befand sich in bestem Zustand und bester Laune, schien den nordischen Sigmund Freud von seinen diversen Ambitionen zumindest vorübergehend auf Alkohol umgestellt zu haben und dieser Tatsache für sich persönlich positive Aspekte abzugewinnen. Als sie mich sah, segelte sie auf mich zu, in die Stirn gedrückter Schlapphut, fliegender Schal, befahl dem Adlatus mit stummer Geste ihrer ringgeschmückten Hand, unterwegs an einem Seitentisch Platz zu nehmen, ließ sich, Handtasche, Plastikbeutel, Bücher und Skripten um sich verteilend, mir gegenüber in den Sessel fallen.

„Und? –"

„Was heißt und?"

„Wo warst du am vorletzten Wochenende? Wir haben überall nach dir telefoniert."

„Wer ist wir?"

„Lauerbach. Gefion. Nikolaus. Sogar Sue haben wir gefragt."

Das ist mir nicht entgangen. Ich habe ihren Auftritt gut in Erinnerung.

„Was wolltet ihr?"

„Die Regatta gegen Heidelberg ist vorverlegt worden. Wir waren alle am Fluß. Ein Hörer von dir war in der Mannschaft."

Rafe. Ich weiß. Er rudert ebenso gut, wie er Tore schießt.

„Ich war im Gebirge."

„Aha", sagt Kayssa. Gibt beim Kantinenwirt Gräfelfing vermittels Zeichensprache über sechs Tische hinweg eine Bestellung auf, wendet sich mir wieder zu. „Ich war wahnsinnig erleichtert, als ich dich nicht zu Hause antraf. Ich hatte eigentlich deswegen angerufen. Nach allem, was du mir erzählt hast, war ich doch reichlich nervös. Aber dann dachte ich, wenn sie weg sind, ist alles in Ordnung." Sie nimmt die beiden mit einer glasklaren Flüssigkeit vollgefüllten Gläser, die Gräfelfing heranbalanciert, in Empfang, schiebt mir eines zu. „Es ist doch in Ordnung. Oder? Mit euch beiden?" Sie hebt das Glas, es schwebt einen Zentimeter über der Tischplatte. „Um des Himmels willen, Simone, mach es nicht so spannend. Es ist doch, wie es war?"

Wie es war? Ich verstehe kein Wort.

„Wovon redest du, Kayssa?“

„Wovon ich rede? Du sagst doch, daß du im Gebirge warst.“

„Ja.“

„Du warst doch nicht allein im Gebirge?“

„Nein.“

„Also!“ Sie hebt das Glas weitere fünf Zentimeter, bleibt wieder stecken. „Entschuldige: Mit wem warst du im Gebirge?“

„Mit wem hast du gedacht, daß ich war?“

„Keine Gegenfragen“, sagt sie, wedelt mit dem gefüllten Glas durch die Luft, „rede, bevor ich verrückt werde.“

„Ich war mit Hillebrand“, sage ich.

„Mit –“

„Ich wollte dich schon anrufen. Aber dann fiel mir ein, daß du ziemlich viel unterwegs bist.“

„Mit Hillebrand?“

„Jetzt bist du dran“, sage ich. „Mit wem dachtest du, daß ich war?“

„Ich dachte, mit Sebastian“, sagt Kayssa. Führt das Glas auf direktem Weg zum Mund, kippt es, stellt es wieder ab.

„Mit Sebastian?“

„Ja“, sagt sie, macht dem Wirt ein Zeichen. „Da siehst du es wieder: Alles passiert, nur der Zeitpunkt ist unvorhersehbar.“

„Kayssa, wie kommst du auf Sebastian?“

„Wie komme ich auf Sebastian?“ Sie bedeutet Gräfelfing, sich zu beeilen, ordert ein weiteres Glas für den am Seitentisch wartenden Satelliten. „Weil er hier war.“

„Sebastian war hier?“

„Das weißt du nicht?“

„Wenn ich es wüßte, würde ich nicht fragen. Wann war er hier?“

„Als du im Gebirge warst“, sagt Kayssa. „Sonst wäre das Mißverständnis ja nicht passiert.“

„Woher weißt du, daß er hier war?“

„Ich habe ihn getroffen. In der City vor einem Reisebüro. Er buchte etwas oder holte etwas ab.“

„Was hat er gesagt?“

„Er sagte: ‚Kayssa.‘ Und ich sagte: ‚Sebastian‘.“

„Blödsinn, natürlich. Weiter.“

„Er fragte, wie es mir ginge. Und ob ich mit der Psychopathologie weiterkäme. Ich sagte, ja, ich hätte einen fabelhaften Assistenten."

„Und weiter?"

„Ich fragte, wieso er hier sei. Er sagte, wegen des Prozesses. Nur für ein paar Tage, um mit dem Jungen zu sprechen."

„Und weiter?"

„Weiter nichts. Er ging in das Reisebüro."

„Hat er – nicht nach mir gefragt?"

„Nein", sagt Kayssa.

„Und du?"

„Ich fuhr zum Damm, ein Würstchen essen."

„Das meine ich nicht. Hast du nichts über mich gesagt?"

„Wie sollte ich? Ich dachte, ihr seid in Verbindung." Sie hat das zweite Glas übernommen, kippt es auf dem gleichen direkten Weg. „Ich dachte, er hätte dich längst angerufen. Hat er nicht bei dir gewohnt?" Sie sieht sich kurz nach ihrem Adlatus um. „Entschuldige, das ist eine blöde Frage. Ich glaube, ich bin in der letzten Zeit überanstrengt."

„Ich wußte nicht, daß er hier war", sage ich. Die Luft ist plötzlich dick, schwer zu atmen. Ich sehe durch Kayssa hindurch auf die weiße Wand, sie steht so still und weiß, wie Wände dazustehen pflegen, der Raum ist fühlbar von dicker Luft erfüllt.

Sebastian war hier. Ich weiß nicht, ob er versucht hat, mit mir zu sprechen. Das Haus stand leer. Die Alraune hat ihn gesucht. Anscheinend wußten alle, daß er kommt. Auch Sutterfield. Und Kayssa hat ihn getroffen. Ich war die einzige, die völlig ahnungslos war.

„Vielleicht hat er versucht, mich zu erreichen", sage ich stumpf.

„Vielleicht. Vielleicht dachte er, daß du absichtlich nicht anzutreffen bist."

„Absurd."

„Was ist daran absurd? In Rhodos hast du ihm erzählt, daß du einen anderen Mann liebst."

Sie ist beim dritten Glas angelangt. Ich möchte nicht, daß sie sich meinetwegen ins Delirium katapultiert. Dank Söre ist sie ohnehin auf dem besten Weg.

„Kayssa –“

„Laß mich nachdenken.“ Sie brütet unter ihrem Schlapphut, trommelt mit ringgeschmückten Fingern auf die Tischplatte, trommelt zwei Aquavits hindurch, schweigend, verbissen. Richtet sich dann auf.

„Es ist nichts zu tun“, sagt sie.

„Ich weiß.“

„Du weißt nichts.“ Ihre Augen funkeln mitternachtsbraun. „Hat es wenigstens mit Hillebrand geklappt?“

„Im großen und ganzen“, sage ich, „es waren zwei wunderbare Tage. Im speziellen, ich meine in dem Punkt, von dem ich vermute, daß du ihn vermutest, muß ich dich enttäuschen.“

Kayssa richte sich so abrupt auf, daß der Schlapphut in Schräglage gleitet.

„Was sagst du da?“ Sie zieht an der hochgerutschten Hutkrempe, beugt sich vor, dämpft ihre Stimme zum Flüstern: „Ist er impotent?“

„Keine Spur“, sage ich, führe meinerseits das Glas an die Lippen, kippe es rasch und unauffällig. „Ich meine, ich habe keine Ahnung. Wir haben es nicht versucht.“

„Ha ha“, sagt Kayssa.

„Ich hab' gewußt, daß du das sagen wirst. Ich wollte es dir gleich erzählen und hab' es dann doch nicht getan. Es ist total anders, als du glaubst.“

„So“, sagt Kayssa, stützt das Kinn in die Hand, fixiert mich aus goldenen Iriskreisen.

„Mein Gott, versteh doch: Er akzeptiert meine anderweitigen Bindungen. Im Gegensatz zu dir hat er die Geschichte nämlich vollinhaltlich kapiert. Wir haben auf Baumstämmen gesessen und haben miteinander geredet. Wir sind über Wiesen gegangen, und er hat mir die Pflanzen erklärt.“

„Rührend“, sagt Kayssa.

„Du willst nicht glauben, daß es so etwas gibt. Empfindungen können sich wandeln, ist dir das in deiner Praxis noch nicht untergekommen? Auch meine Empfindungen haben sich gewandelt.“

„Fabelhaft“, sagt Kayssa.

Ich fühle, wie mir der Zorn in die Magengrube steigt. „Das ist eine Tatsache, auch wenn es dir nicht in dein verdammtes Konzept paßt. Meine Empfindung für Sebastian hat sich gewandelt. Und was Hillebrand betrifft, sind wir gute Freunde, von denen keiner etwas vom anderen erwartet."

„Ha ha", sagt Kayssa zum zweiten Mal.

Ich schiebe den Sessel zurück, knalle das leere Aquavitglas auf die Tischplatte.

„Das reicht", sage ich, meine Stimme schwankt zwischen Sopran und Bariton. „Wenn du nicht mehr in der Lage bist, ein ernstes Gespräch zu führen, solltest du dich zu Sutterfield in Behandlung begeben. Er hat für Fälle wie dich eine eigene Abteilung. Und wenn du nicht zufällig Psychiater wärst, würde ich dir erklären, daß du von der menschlichen Seele keinen Schimmer hast."

Ich will den Sessel beiseite schieben, hänge mit dem Riemen meiner Handtasche fest. Versuche sie zu lösen, bin ungeduldig, zerre daran, er reißt, die Tasche fällt zu Boden.

„Simone", sagt Kayssa.

Ich bücke mich nach der Tasche. Als ich mich wieder aufrichte, faßt sie nach meinem Handgelenk.

„Laß", sage ich, „ich will nicht. Ich weiß, was du meinst. Du hast unrecht."

„Simone", sagt sie noch einmal.

Der Ton ihrer Stimme läßt mich innehalten.

„Bleib in der Spur." Sie dreht mich zu sich um, sanft, nachdrücklich, zwingt mich in ihren Blick. „Man darf die Dinge manchmal nicht so ernst nehmen, wie sie sind. Einfach um zu überleben. Begreifst du?" Ihre Fingernägel graben sich für Sekunden in mein Handgelenk. „Wir können nichts tun, als warten. Warten auf etwas, von dem wir nicht wissen, ob es je eintreten wird und was es sein könnte. In diesem Fall ist es besser, die Robe der Tragödin abzulegen und ins Narrenkleid zu schlüpfen. Es gibt dir mehr Bewegungsfreiheit, wenn du verstehst, was ich meine. Und das Publikum lacht mit dir und nicht über dich."

Gut. Gut.

Ich danke dir. Ich meine es ernst. Meine Augen brennen. Denkst du, ich weiß nicht, daß du recht hast? Ich weiß es die ganze Zeit. Kann es nur nicht sagen, sonst gerät der aufgestaute Tränenstrom in Bewegung. Ich drücke Kayssas Hand, versuche ihr zuzunicken. Klemme die Tasche unter den Arm, der Riemen baumelt, winke dem vor fünf leeren Gläsern sitzenden Adlatus im Vorbeigehen zu, bin draußen.

„Hallo", sagt Caspar Hillebrands auf Stereo geschaltete Stimme.

„Hallo."

„Ich hätte mich früher gemeldet, aber ich hatte in Berlin zu tun. Außerdem hielt ich es für besser, ein paar Tage verstreichen zu lassen." Er hält inne, ich glaube seine angespannten Atemzüge zu hören. „Störe ich Sie, oder haben Sie ein paar Minuten Zeit?"

„Ich habe Zeit", sage ich, lasse mich in die Couchecke fallen, ziehe die Beine hoch. „Hatten Sie in dieser Woche keine Vorlesungen?"

„Warum fragen Sie?"

„Ich weiß nicht", sage ich, „aus keinem bestimmten Grund."

„Wie schade", sagt Hillebrand, lacht auf, leise, ein wenig hart. „Ich dachte schon, Sie hätten mich vermißt."

„Es ist mir aufgefallen, daß Sie nicht da waren", sage ich, bemühe mich um den Sokrates-Schüler-Ton, leider fällt mir im Augenblick keine Pflanze ein, nach der ich ihn fragen könnte. „Haben Sie in Berlin gelesen?"

Reine Verlegenheit. Wenn er es wieder als Interesse nimmt, ist er selbst schuld.

„Ich war beim Rektor zu Gast. Er wollte zum zehnten Mal wissen, was mich daran hindert, die Victoria Luise zu verlassen und nach Berlin zu gehen."

Dafür kann es viele Gründe geben. Ich werde mich hüten, in die Falle zu gehen.

„Was haben Sie geantwortet?"

Verdammt! Wenn er am Telefon ist, bin ich ein Konversationsautomat.

„Daß es dafür mehrere Gründe gibt."

Ich angle nach dem mir von Kayssa verordneten Aquavit, der auf dem Unterteil des Cocktailtisches steht.

„Ich rufe an, weil ich Sie etwas fragen muß", sagt Hillebrand.

„Verzeihen Sie mir bitte dies einzige Mal, wenn ich in Ihre Privatsphäre eindringe. Es ist von größter Wichtigkeit für mich." Eine kleine Pause entsteht. „Es handelt sich um das Wochenende, das wir auf dem Dornhaag verbracht haben."

„Ja", sage ich, fühle mich, ohne es zu wollen, in den Sog seiner Erregung gezogen. „Was ist damit?"

„Wußten Sie", sagt er, „oder wußten Sie nicht, daß Professor Sommer zu diesem Zeitpunkt in der Stadt war?"

Grotesk. Auch Hillebrand. Anscheinend ist jeder außer mir Sebastian begegnet. Wie bei einer Verschwörung. Ein Lieblingsspruch der Soziologie fällt mir ein: Die Ehefrau erfährt es immer ganz zuletzt.

Dabei bin ich gar nicht mehr die Ehefrau.

„Ich wußte es nicht", sage ich zu Hillebrand in den Telefonhörer. Warum soll es ihm besser gehen als mir? Ausnahmsweise habe ich begriffen, warum er fragt, ebenso, daß Kayssa mit ihrer Skepsis recht hatte.

„Ich dachte es mir", sagte er. „Ich dachte es mir."

Es ensteht eine Pause, in der die Leitung tot, der Platz am anderen Ende verlassen scheint. Dann seine Stimme, brüchig, flach.

„Es tut mir leid, Simone."

Was tut ihm leid? Daß er gefragt hat? Daß ich geantwortet habe? Mein Name klingt seltsam aus seinem Mund. Ich glaube nicht, daß er ihn bewußt ausgesprochen hat.

Wir sind gute Freunde, von denen keiner etwas vom anderen erwartet.

Ha ha.

Warum, um alles in der Welt, kann ich ihm nicht vertrauen? Er ist, genau besehen, der einzige, der übrigbleibt.

Das ist zwar keine ethisch vertretbare Erwägung, aber ihm ist das sicher egal.

Ich muß es wissen, Caspar Hillebrand, es ist von größter Wichtigkeit für mich. Verzeihen Sie, wenn ich dies eine Mal in ihre Privatsphäre eindringe.

„Haben Sie es gewußt?"

„Was?"

„Daß Sebastian hier war. Sagen Sie mir bitte die Wahrheit."

Er atmet auf, langsam, seine Erleichterung überträgt sich augenblicklich auf mich.

„Simone", sagt er, „ich liebe Sie. Sie wissen es, und es steht bei Ihnen, was Sie damit anfangen. Ich werde es nie wieder mit einem Wort erwähnen. Aber Sie sollen wissen, daß ich auf Sie warte. Zu jedem Tag und zu jeder Stunde." Er hält kurz inne. „Ich wußte nicht, daß er hier war. Ich habe es nach unserer Rückkehr erfahren. Ich wende Ihnen gegenüber keine Tricks an. Ich warte auf ein Wort von Ihnen. Das können Sie mir nicht verwehren. Und –" Sein Ton ändert sich, ein kleines Lächeln klingt durch. „Ich warne Sie vor meiner Geduld."

Agapimo, auf den Tisch meines Wohnzimmers gelegt, in, wie niemand bestreiten wird, außergewöhnlicher Verpackung. Wer war der Schatten, der mich nicht berührte, in meinem Zimmer auf dem Dornhaag, um zwei Uhr früh? Hillebrand wartet am Ende der Leitung, ich höre, fühle ihn, kann nicht antworten. Die Stille zwischen uns ist laut wie Glockenschlag, Sekunden, Ewigkeiten, ehe ich langsam den Hörer auflege.

Der Freitagnachmittagverkehr wälzt sich als zähflüssige Schlange über den Hendricksdamm. Halten, anfahren, bremsen. Das Wetter ist strahlend, vier Uhr nachmittags, die Erde zu beiden Seiten der Fahrbahn ist weich geworden, die ersten Frühlingsblumen sprießen zwischen den noch etwas schütter stehenden Grasbüscheln.

Trotz allem vergeht die Zeit, hat Christopher aus London geschrieben. Er macht Pläne für den Sommer, möchte zuerst mit zwei Klassenkameraden nach Afrika, eine einmalige Gelegenheit, Mami, einer der Väter nimmt uns mit, im Jeep durch die Wüste von Kairo nach Khartum, sechs Wochen, ich komme dann Mitte August.

Natürlich wird er fahren. Für mich heißt das, daß mein Sommer leer sein wird. Vielleicht fahre ich nach Cypern und lege mich auf die Steine von Paphos. In allen Reisebüros sind Direktflüge annonciert, meterhohe Prospekte in den Schaufenstern. Cypern ist in Mode. Die Insel des Apoll, steht in knallroten Lettern in den Plakatsand geschrieben. Wo hat Kayssa Sebastian getroffen? Vor einem Reisebüro. Seit ich die City erreicht habe, verlangsame ich vor jedem Reisebüro das Tempo, fixiere das Portal, versuche durch die Scheiben zu sehen. Alles, was ich finde, ist Cypern. Die Idee, Sebastian halte sich bekanntermaßen vor den Schaufenstern von Reisebüros auf, ist auch nicht ohne Schizophrenie. Wenn es an den Lebensnerv geht, hat Sebastian gesagt, verflüchtigt sich der letzte Schimmer von Logik.

Ich bin hier, um nach einem Buch zu suchen. Christopher hat mich darum gebeten. Handbuch der Weltraumphysik, in London ist es nicht erhältlich.

Wieso gibt es soviel mehr Reisebüros als Buchhandlungen? Das ist schon das fünfte. Im Schaufenster diesmal zur Abwechslung Kreta. Oder bin ich an ein paar Buchhandlungen vorbeigefahren, weil ich möglichst viele Reisebüros sammeln will?

Anfahren, bremsen, halten. In den Hauptstraßen ist die Bewegung zur Hektik geworden, jeder strebt blindlings seinem Ziel zu, Fußgängertrauben bilden sich an den Übergängen, wälzen sich auf die Fahrbahn, werden am gegenüberliegenden Ufer von der Menge aufgeschluckt. Es wirkt beinahe paradox, wenn jemand sich inmitten des Hastens langsam bewegt.

Es sind zwei Personen, ein Mann und eine Frau. Sie gehen auf meiner Fahrbahnseite die Gehsteigkante entlang, den Rücken mir zugewandt, unangefochten vom Strudel des Fußgängerverkehrs, scheinen in ein intensives Gespräch vertieft. Die Silhouette des Mannes scheint mir vertraut, Sekunden später glaube ich auch die Frau zu kennen. Der hellgraue Herrentrenchcoat, etwas schlampig über die leicht hängenden Schultern gezogen, das gesträubte Igelhaar: Nikolaus Schilling, an der Randsteinkante schlendernd, die Hände in den Manteltaschen vergraben. Die Frau an seiner Seite hochgewachsen, schlank, das dunkle Haar im Nacken zu klassischem Knoten geschlungen, kein Hut, ein weicher, melierter Fuchskragen zum taillierten Kostüm, sie setzt die Schritte langsam, geht nicht, sondern schreitet, ist Nikolaus in konzentrierter Aufmerksamkeit zugewandt: Cynthia Dorffmann, die Alraune, die Mutter des Jungen, der seinen Vater exekutieren ließ.

Ich fahre im Schritt an ihnen vorüber, die Kolonne zwingt mich, das Tempo zu halten, die Ampel blinkt, weiter, ein Seitenblick, sie sind es, sehen mich nicht, sehen nichts, diskutieren, ein optisch seltsames, wenn nicht groteskes Paar. Die Schöne und der Igel, wer hat das gesagt, Nikolaus selbst über seine Ehe mit dem Druidenmädchen Gert. Meine Gedanken scheren aus: Nikolaus und die Alraune, ich begreife nichts. Grün, hinter mir hupt jemand, wir fahren, die Kolonne kriecht, zwei Straßen, drei. Woher kennen sie einander, Nikolaus hat nie von ihr gesprochen. Der Prozeß muß bald anlaufen, vier Wochen sind vergangen oder fünf. Vielleicht bin ich deshalb zur Stadt gefahren, wenn der Prozeß beginnt, wird Sebastian wiederkommen. Da ist die Buchhandlung, kein Reisebüro im Umkreis, ich finde eine Parklücke, biege ein, halte.

Und was soll ich ihn fragen?

Ich kreise um das Telefon. Habe zehnmal nach dem Hörer gegriffen, kann Nikolaus Schillings Nummer vorwärts und rückwärts auswendig, habe schon bis zur fünften Ziffer gewählt, dann wieder aufgelegt.

Am besten wäre es, ihn nach seinem Buch zu fragen. Dann, beiläufig: Nikolaus, ich habe dich in der Stadt gesehen. Vielleicht sagt er etwas. Wenn nicht, habe ich Pech gehabt. Oder ganz direkt: Woher kennst du die Alraune? Sie war bei mir, und jedesmal wenn ich ihr begegne, hat es mit Sebastian zu tun. Ich stelle mir jetzt eine Frist von drei Minuten. Unsinn, ich rufe sofort an. Wenn ich nichts erfahre, ist es das gleiche, als wenn ich es gar nicht versuche.

Zwei, vier, eins, vier, vier, sechs.

„Nikolaus, hier ist Simone."

„Hallo", sagt Nikolaus, es klingt fröhlich, „wir haben hinter dir hergewinkt, aber du hast nicht in den Rückspiegel gesehen."

„Wann?" Ein Rest von Taktik, zu dem ich mich aufschwinge.

„Gestern. In der Stadt. Ich habe deinen Wagen erkannt. Du bist direkt an uns vorbeigefahren. Hast du uns nicht bemerkt?"

„Wer ist wir?"

„Cynthia", sagt Nikolaus. „Meine Schwägerin. Sie ist wegen des Prozesses hier. Wir waren –" Er stockt.

„Wer ist sie?"

„Gertruds Schwester. Sie sagt, daß du sie kennst. Sie war bei dir. Sie ist die Mutter von Volker Dorffmann. Du weißt, der Prozeß –"

„Ja", sage ich. Bin nicht so überrascht, wie ich es sein müßte. Als ich ihr zum erstenmal begegnete, ist mir ihre psychische Ähnlichkeit mit Daniel aufgefallen. Die alles ignorierende Forderung nach Beachtung, die zur Schau getragene Indifferenz, die in seltenen Augenblicken der Lockerung aufbricht zu ungehemmter, beinahe aggressiver Zärtlichkeit. Die Alraune und das Druidenmädchen Gert sind Schwestern: Der verurteilte Junge Volker ist der Vetter Daniel Schillings, der im Alter von zehn Jahren die geladene Pistole auf seine Mutter abgefeuert hat. Ich glaube nicht, daß jemand in der Alma mater davon weiß. Nikolaus ist längst geschieden. Sicher war es sein fragiler Instinkt, der ihn an eine Familie wie diese geraten ließ. Er nimmt sich seiner Schwägerin an, da sie in Schwierigkeiten ist, gibt ihr vielleicht Ratschläge hinsichtlich des Prozesses. Als ich die beiden auf der Hauptstraße vor mir sah –

Augenblick.

„Wo wart ihr? Ich habe dich vorhin nicht verstanden."

Er zögert. Weiß nicht, ob er es sagen soll. Kleidet es dann in Selbstverständlichkeit. „Bei Sebastian. Er hat sich mit Cynthia in Verbindung gesetzt. In zehn Tagen beginnt der Prozeß."

Ich wußte es.

„Bleibt er so lange?"

„Nein. Er fliegt zurück und kommt wieder. Simone, hat er dich nicht erreicht?"

„Nein."

„Aber er hat es versucht. Zumindest als er das erste Mal hier war. Vor fünf Wochen."

„Was sagst du da?"

Meine Beine geben plötzlich nach. Ich bin sonst nicht so leicht aus dem Gleichgewicht zu bringen. Taste nach der Lehne des Samtfauteuils, lasse mich quer darüber in das Kissen fallen.

„Entschuldige, Nikolaus, wie kommst du darauf?"

„Er hat es mir gesagt. Er hat es ein paarmal versucht, bis zu seinem Abflug. Entschuldige. Simone, hätte ich es dir nicht sagen sollen?"

„Doch. Doch."

Lieber Gott, laß es nicht wahr sein. Er kann doch nur aus einem Grund anrufen.

Warten, hat Kayssa gesagt, auf etwas, wovon wir nicht wissen, was in aller Welt es sein könnte.

„Simone, bist du in Ordnung?"

„Natürlich, Nikolaus." Die beiden Aquavits aus der Kantine, mittags, haben erst jetzt meine Blutbahn erreicht.

Ich wollte ihn nach seinem Buch fragen. Suche nach einem Wort. Wie war der Titel? Apulien. Ein Schiff, das nach Apulien fährt. Damit hat es begonnen. In Lauerbachs Keller, vor eineinhalb Jahren. Wenn Nikolaus wüßte, daß er der Mann ist, der mein Leben verändert hat. Ich kann ihn jetzt nicht nach seinem Buch fragen.

„Gut, Nikolaus. Danke dir."

„Wolltest du etwas Bestimmtes?"

„Ich wollte dich nur hören. Bis bald."

„Bis bald, Simone."

20

Der Junge sieht seinem Vetter Daniel ähnlich. Ich halte das Bild weiter weg, kneife die Augen zu, kopiere in Gedanken Daniels Züge darüber: Daniels Backenknochen sind etwas breiter. Die Augen, Nikolaus Schillings Augen, stehen weiter auseinander. Alles in allem könnten sie Brüder sein. Zeitungsfotos sind sonst nicht so gut. Der Fotograf hat sich Mühe gegeben.

Kommst du zum Prozeß? hat Kayssa gefragt. Nein, habe ich gesagt. Ich möchte keine Selbstverbrennung üben. Sebastian sehen wäre reiner Masochismus. Die Begegnung mit ihm, die vermutlich letzte in meinem Leben, hat mir genügt. Ich bin, um mich Kayssa grammatikalisch anzuschließen, toter als ein toter Fisch.

Es war wie immer, wenn man auf etwas wartet und es sich in verschiedenen Variationen vorstellt: Anders. Total anders.

Er rief nicht an und läutete auch nicht an der Haustür. Er schrieb ein paar Zeilen, der Brief kam mit der Morgenpost ins Haus. „Kann ich kurz vorbeikommen? Bitte, ruf an, wann du zu Hause bist." Die Telefonnummer folgte. Dann: L., Sebastian.

„L" heißt Liebe. Es stammt aus unserer ersten Universitätszeit, in der wir einander kleine Botschaften auf offenen Zetteln oder Skripten zukommen ließen, durch Portiers, Schüler, Assistenten. Es war so automatisch wie die Unterschrift selbst, Bestandteil des Namens, signalisierte die Tatsache, auf die es sich bezog. Ich kann mich nicht erinnern, mit Sebastian je eine Meinungsverschiedenheit gehabt zu haben. Aber ich glaube, wenn wir uns je im wüsten Streit getrennt hätten, hätte seine letzte Botschaft an mich gelautet: Ich hasse dich, L., Sebastian.

Ich hielt den Brief in der Hand wie etwas Steriles, Fremdes. Ich verlasse dich, meine neue Frau bekommt ein Kind, L., Sebastian. Ich will dich nie mehr sehen, solange ich lebe, L., Simone.

Ich wählte die Nummer. Seine Stimme war fremd und vertraut zugleich, wie das Urlaubsquartier jeden Sommer bei der Ankunft: Kinderferien, erinnerst du dich, da ist der Bach, drüben der Birnbaum.

Wann willst du kommen? fragte ich, hatte die Empfindung, über dünngefrorenes Eis zu gehen, ist es dir morgen recht? Ja, morgen, sagte er, ich muß mir ein paar Sachen holen.

Trotz allem vergeht die Zeit, hat Christopher geschrieben. Trotz allem verging die Nacht. Er fuhr in seinem frisch gewaschenen, dennoch seltsam angegraut wirkenden Wagen auf dem Kiesplatz vor, mußte ihn aus der Garage geholt haben, es war sonderbar wie Schnee im Sommer, Sebastian hält vor dem Haus wie ein Gast, sonst ist er immer gleich in die Garage gefahren. Ich habe seinen Wagen lange nicht gesehen, empfinde ihn wie ein Fossil aus Stummfilmzeiten. Dann stand er an der Tür, in die Stirn fallendes Haar, offene Strickjacke, war Sebastian, war es so sehr, daß es mir den Atem vom Mund riß, anders als in Rhodos, hier, das ist Sebastian, in seinem Vorzimmer, in seinem Haus.

„Setz dich", sagte ich, „soll ich uns Tee machen?"

Ich bewegte mich wie eine Marionette. Sebastian saß am Tisch, kam mir dann nach in die Küche, lehnte am Türstock, wie er es immer getan hatte. Geht es dir gut, woran arbeitest du, leicht, fremd, nur nichts berühren, Christopher hat geschrieben, er fährt im Juli nach Nordafrika, im Jeep durch die Wüste.

Ich servierte meinem Gast Tee und belegte Brote. Mein Gott, schwarzes Brot, weißt du, wie ich das in den Staaten vermisse? Das Brot ist scheußlich drüben, weiß, mit riesigen Löchern, man kann es kneten wie Kitt. Das ist unmöglich, dachte ich zwischendurch, ich glaube es nicht, ich träume. Es kann nicht sein, daß ich nach anderthalb Jahren hier neben Sebastian sitze und über amerikanisches Brot rede. Es ist absurd, kein Regisseur würde die Szene so drehen. Ich ertappte mich bei dem Wunsch, auf die Uhr zu sehen, wie lange hat er Zeit, will ich, daß er geht oder daß er bleibt?

„Hast du es eilig?"

„Nein, warum? Hast du es eilig?"

Es war kein Gespräch, sondern ein Doppelmonolog. Ging beiderseits in den luftleeren Raum. Ich wünschte das Netz zu zerreißen, fürchtete mich gleichzeitig davor. Unsere Sätze rankten sich aneinander hoch, synthetische Gebilde, peinlich unnatürlich, peinlich steril. Gib uns eine Chance, Geist der vergangenen Jahre, oder laß uns dies Marionettenspiel beenden. Ich will ihn nicht wiedererkennen in seiner herzzerreißenden Vertrautheit, es ist Sebastian, es sind die Linien seines Gesichts, seiner Schultern. Die Fältchen um seine Augen haben sich vertieft, kaum merkbar, niemand außer mir könnte es erkennen. Sein Haarschopf ist nicht ganz so dicht, nicht ganz so voll wie damals, als er ging.

Er legt die Hände ineinander, das Glas verschwindet fast darin. Das Defizitäre, hat er immer gesagt, wenn eine Empfindung im Defizitären ankert, dann ist es Liebe.

Laß ihn nicht aufstehen und gehen, bevor wir ein Wort miteinander gesprochen haben. Dann wird es schwerer sein, sagt der Geist der vergangenen Jahre. Ich weiß. Aber wir können nicht voneinandergehen wie zwei Automaten.

Er dreht das Glas. Spricht über seine Psychopathologie, die in Columbia übersetzt wird und jetzt in englischer Sprache erscheint. Seine Assistenz ist eine fünfzigjährige Dame aus New England, ausgezeichnet, nein, keine Ähnlichkeit mit Kayssa, die ist unwiederholbar.

Ich muß ihn ansehen. Die Dämmerung kriecht ins Zimmer, bald werde ich die winzige Falte nicht mehr erkennen, den Haarriß, der mich krank macht, meine Zärtlichkeit zu physischem Übelsein steigert. Seine vorgebeugten Schultern, der spröde, nicht mehr ganz dunkle Schopf, der in seine Stirn hängt.

„Ich brauche ein paar Sachen“, sagt Sebastian, stellt das Glas auf den Tisch. Ich warte, bis er seinen Koffer aus dem Wagen geholt hat, sehe ihm nach, als er die Treppe zu seinem Zimmer hochsteigt. Ich will nicht dabeisein, wenn er unsere gemeinsamen Jahre in Gütertrennung zersägt. Als er wieder herunterkommt, ist der Koffer schwer. Skripten, denke ich, Bücher, vielleicht hat er die ungarischen Taschentücher mitgenommen, sie liegen gestapelt im Kleiderschrank. Was würde ich an seiner Stelle mitnehmen, was zurücklassen? Er stellt den Koffer nieder, hat die Hand auf den Holzknopf des Treppengeländers gelegt, offene Strickjacke, gerunzelte Stirn, etwas wie Anstrengung steht dahinter, Suchen, wonach?

Plötzlich scheint es mir, als hätte auch er den ganzen Nachmittag über auf etwas gewartet.

Er wendet sich mir zu, sanfte, kaum merkbare Bewegung. Die Dämmerung ist gefallen, seine Augen sind dunkel, Schatten stehen darin, er hält seine Schultern ein wenig vorgebeugt. Der Haarschopf fällt in seine Stirn, seine Stimme klingt ruhig, als er sagt: „Simone, ich habe dich angerufen, als ich das erstemal hier war."

„Ich weiß", sage ich. „Nikolaus hat davon gesprochen."

„Du warst mit Caspar Hillebrand, nicht wahr?"

Die Frage kommt so unerwartet, daß ich falsch reagiere.

„Woher –"

„Ich habe ihn zu erreichen versucht", sagt Sebastian, „jemand in Columbia hatte mich darum gebeten. Seine Wirtschafterin sagte, daß er ins Gebirge gefahren wäre."

„Aber, Sebastian –"

„Ich wußte es sofort. Seit dem Abend bei Lauerbach, als du mit ihm getanzt hast."

„Nein", sage ich hastig, überlaut, „das ist falsch. Daran stimmt nichts, nicht der Anfang und nicht das Ende. Wir haben –"

Er hebt die Hand. Ich weiß im gleichen Augenblick, was ihn verletzt hat: Das Wort ‚wir', das für den, der es verwendet, einen völlig anderen Klang hat, als für den, der es zu hören bekommt. Ich weiß noch, wie er es in Rhodos gebrauchte. Trotz der Schallmauer, hinter der ich mich befand, schien es mir, als hätte ich einen Schlag ins Gesicht erhalten.

„Sebastian", sage ich, „es ist nicht wie du denkst. Es ist anders, völlig anders."

Anders. Worte, gehaltlos, der Situation angepaßt. Es ist immer anders, als der andere denkt. Welchen Sinn hat es, zu ordnen, auseinanderzusetzen? Vielleicht dachte er, daß du absichtlich nicht anzutreffen bist. Du hast ihm in Rhodos erzählt, daß du einen anderen Mann liebst.

„Laß dir erklären", sage ich, konfus, irrational, versuche die fliegende Erregung niederzuhalten, meine Stimme kommt fremd, synthetisch von der Zimmerdecke her. Gib mir zwei Minuten, gib mir eine, du mußt mich hören, hast mich immer gehört.

Er schüttelt den Kopf. Winzige, kaum merkbare Bewegung, dennoch liegt spontane Abwehr darin. Laß uns nicht daran rühren, heißt das, ich kenne jede seiner Gesten, weiß, was sie signalisieren. Er sucht Schutz, will etwas von sich stoßen, wie früher in unserem gemeinsamen Leben die Erinnerung an eine Krankheit Christophers oder einen beruflichen Fehlschlag.

Vielleicht fürchtet er, selbst sprechen zu müssen, wenn er zuhört?

Das ist ein Punkt, sagt der Gnom, der in meinem strapazierten Zwerchfell wohnt, du beginnst zu begreifen. Vermutlich erleichtert deine Liaison mit Hillebrand sein Gewissen. Ich habe keine Liaison mit Hillebrand, sage ich, gut, sagt der Gnom, dann erzähl ihm die Geschichte vom Captain, oder die von Paul, wenn dir das lieber ist.

Er scheint mühsam zu atmen, hat den Kopf gesenkt. Steht, als schwanke der Boden unter ihm, sekundenlang habe ich das Gefühl, nach ihm greifen, ihn halten zu müssen. Was kann ich tun, Geist der vergangenen Jahre? Warum hilfst du nicht? Schläfst du, lebendig eingemauertes Gespenst? Die Steilfalte über seiner Nasenwurzel: das ist hilfloses Ausgeliefertsein für ihn, der zur Aggression nicht fähig ist. Wenn ich dir deinen Frieden geben kann, dann nimm ihn. Wir können die Sache in ein paar Minuten abwickeln. Dein Koffer ist gepackt, dein Wagen steht bereit.

„Sebastian –"

Er hebt beim Klang meiner Stimme den Kopf, etwas zu rasch. Sucht meine Augen. Die Schatten sind unverändert.

„Ist es – dein – das Kind, ist es schon geboren?"

Er scheint nicht gleich zu verstehen. Sein Blick liegt auf mir, müde, forschend, ein wenig zerstreut, ehe er antwortet: „Im August. Ende August."

Noch einen Wunsch? Einen Glückwunsch vielleicht. Aber das wäre verfrüht. Danke für die zwölf Jahre. Und jetzt nimm bitte deinen Koffer und geh, ohne dich noch einmal umzudrehen, L., Simone.

Er macht eine Bewegung, als wolle er mich zurückhalten, da ich mich zur Tür wende. Greift dann nach dem Koffer. Noch etwas? Keinen Kuß, das wäre Kitsch, hat der Regisseur gesagt, ohne ist es besser. Auf der obersten Stufe wendet er sich mir zu. Offene Strickjacke, in die Stirn fallendes Haar, dunkle Augen. Ein kaum merkbares Zucken um seinen weichgeschwungenen Mund.

„Danke, Simone."

„Danke, Sebastian."

Langsam ausblenden. Vom Vorplatz her das Geräusch des abfahrenden Wagens.

Schnitt.

In der letzten Zeit scheine ich Abschiede zu sammeln.

Jedenfalls halte ich es für ein gutes Zeichen, daß alle sich bedanken, wenn auch in verschiedenen Sprachen. Man könnte meinen, daß es ihnen Freude gemacht hat.

Die Unwirklichkeit weicht nicht sofort. Erst als ich in meinem Zimmer angelangt bin. Die Wände beginnen um mich zu kreisen. Es hämmert von allen Seiten. Du bist selbst schuld, du hast es gewollt. Nein, schreie ich gegen die rotierenden Wände, das nicht, das habe ich nicht gewollt. Es kann nicht sein, daß er geht, es ist nicht wahr.

Das Glas, aus dem Sebastian getrunken hat, ist noch warm von seiner Hand. Ich werde damit gegen die höhnischen Wände hämmern, mit meinen Fäusten werde ich gegen sie losgehen. Sie krümmen sich unter meinen Schlägen, versuchen auszuweichen, ich verfolge sie, ein Spiegel splittert. Schrei, sagt der Gnom, der in meinem Bauch Kapriolen schlägt, ich hab' alles vorher gewußt, ich hab' es gewußt.

Ich merke nicht sofort, daß ich blute. Erst als es über meinen Rocksaum rinnt, der Teppich zu meinen Füßen sich rot färbt. Das Glas in meiner Hand ist klebrig, etwas steckt in meiner Haut unterhalb des Daumenballens, es steckt tief, läßt bei jedem Pulsschlag das Blut aufsprühen wie eine Fontäne. Ich greife nach dem scharfkantigen Scherbenstück, es hat die Form einer Pfeilspitze, ziehe daran, hastig, unkontrolliert, das Ding bricht ab, ich halte das Ende in der Hand, die Spitze steckt unerreichbar, von rinnendem, gerinnendem Blut verdeckt, in meinem Fleisch.

Einen Verband, denke ich, im Badezimmer ist die Hausapotheke. Halte, während ich im Schrank nach der Mullbinde suche, die Hand über das Waschbecken. Es rinnt wie eine elektrisch betriebene Leitung, jeder Herzschlag hält das Kraftwerk in Gang. Da ist der Gazestreifen, vierfach, das sollte reichen, ich fange an zu wickeln, meine linke Hand ist ungeschickt, das Blut sickert augenblicklich durch den Mull, zuziehen, fester, rasch. Der Blutstrom wird breiter, ich sehe es an der Spur, die er im Waschbecken hinterläßt, was habe ich getan, den Splitter mit dem Druckverband tiefer in die Ader gestoßen, es quillt durch den Verband, dringt zwischen meinen klebrigen Fingern hervor, tropft, rinnt, kein Schmerz, nur fliegende Hitze bis hinauf in den Oberarm.

Wie verläuft die Pulsader? In Anatomie war ich immer schlecht. Wie es scheint, zieht sie sich von der Handwurzel in den Daumenballen, dort habe ich sie erwischt. Wo ist das Telefon? Kayssa? Nein, besser ein Arzt. Oder die Rettung. Laß doch, sagt der Gnom, gib dir keine Mühe: Hast du nicht vorhin, als Sebastian dir gegenüber saß, gewünscht, daß du beim Sommernachtsritt in Körös Táta vom Pferd gefallen wärst und dir den Hals gebrochen hättest? Das hier ist angenehmer. Alles verläßt dich, ohne daß du es merkst. Deine Seele schwimmt davon in einem roten Strom, der im Waschbecken mündet. Es tut nicht weh, in einer halben Stunde ist es vorüber. Lehn dich zurück, den Kopf am Leitungsrohr, der Deckel des Toilettesitzes ist teppichbelegt. Blackout im Kolonialstil, gibt es eine angemessenere Art, die Akten zu schließen?

Roter Nebel wallt auf, es ist angenehm. Woher stammt der Splitter, vom Spiegel oder von Sebastians Glas? Was habe ich getan, wieso weiß ich nichts davon, erhalte dir deine Schizophrenie.

Gut. Gut, ich komme, Cathy. Die Nadel steckt in meiner Vene. Man weiß es immer erst, wenn es zu spät ist. Sebastian ist gegangen, verstehst du? Das macht es einfach, läßt mir keine Wahl. Ich habe nicht begriffen, das war mein Fehler. Man glaubt seinen Weg zu kennen und merkt nicht, daß man ihn längst verlassen hat. Zwölf Jahre Glück, hat Kayssa gesagt, meinst du, daß sich das Schicksal das gefallen läßt?

Die Bilder wechseln rascher, verlieren an Farbe und Form. Gleiten ineinander, ein Schattenspiel, ruckweise fortbewegt wie in den Anfängen des Stummfilms. Griechischer Wein, nein, das ist Bühnendekoration, Paul küßt Barbara, Barbara küßt Paul, vor dem Projektor sitzt Christopher und dreht an der Kurbel.

Halt.

Hilfe. Halt!

Verzeih mir, Christopher. Ich komme.

Ich taumle hoch. Greife nach dem Handtuch an der Kachelwand. Zerre daran, die Leinenschlinge reißt, ich fasse zu, wickle es um mein Handgelenk, taste mich die Wand entlang aus dem Badezimmer. Der Läufer kommt auf mich zu, der Glastisch, das Telefon. Hörer, Wahlscheibe, etwas bohrt sich in meinen Magen, die Tischkante, da war eine Nummer, die ich auswendig wußte, es ist noch nicht lange her, wem gehört sie, ich erinnere mich nicht mehr, drei Ziffern, zwei, noch eine.

„Hallo –", sagt Nikolaus Schillings freundliche, etwas heisere Stimme.

„Nikolaus", sage ich, „hier ist Simone. Ich bin verletzt, hilf mir, Nikolaus."

Der Hörer entgleitet mir, ich versuche danach zu greifen, er baumelt an der Schnur unterhalb der Glasplatte. Ich kann mich nicht bücken, niederknien ist besser, ich lasse mich zu Boden gleiten, zwei Stockwerke, drei, da ist Poseidon oder schon Nereus, warum führt kein Lift nach Apollo? Sebastian erwartet mich auf der Brücke. Die Liftmaid lächelt, pechschwarz gedrehter Zopf, die Schiebetür gleitet lautlos auseinander, gleißendes Licht, ihr Lachen gellt über das Wasser, da ist Sutterfield mit seiner Goldrandbrille und drückt mir die Nadel in den Arm.

Sue Brahmswick steht an der Parkplatzmauer und hantiert am Kühler ihres Wagens. Sie stand schon da, als ich vor zehn Minuten aus dem Fenster des dritten Stockwerks auf den Hof sah, öffnete den Deckel, untersuchte den Schraubverschluß. Nun ist sie dabei, die Rillen mit einem Tuch zu polieren. Als ich den Hof überquere, wendet sie sich kurz um, hebt grüßend die Hand, vertieft sich wieder in ihre Arbeit. Ich wundere mich flüchtig: Sue ist noch nie bereit gewesen, auch nur einen Nagel selbst einzuschlagen, bin dann mit dem Aufsperren meines eigenen Wagens beschäftigt. Es geht nicht so gut, wie ich möchte, der Schlüssel liegt fremd, ungewohnt in meiner linken Hand, die rechte ist noch bandagiert, unbrauchbar für Aktionen, die Geschicklichkeit erfordern. Zur Not kann ich den

Schalthebel bedienen, ihn vorwärts stoßen oder nach hinten ziehen, auch mit dem Lenkrad komme ich einigermaßen zurecht. Aber wenn es ans Knöpfeschließen oder Zähneputzen geht, merke ich, daß die Finger meiner linken Hand so steif und widerwillig gehorchen, als wären sie gefroren oder hätten aus irgendwelchen organisatorischen Gründen keine Verbindung mit der Gehirnzelle, die die Befehle gibt.

Eine Woche, hat Sutterfield gesagt, dann kommt der Verband weg. Keine Sorge, die Hand bleibt voll bewegungsfähig. Ein Assistent aus der Neurochirurgie hat die Naht gemacht. Wie ist es passiert? Gestürzt, gegen den Spiegel gefallen? Wissen Sie, daß Sie bewußtlos waren, als Professor Schilling Sie brachte? Das kam nicht vom Blutverlust, hatte psychische Gründe.

Er klappte den Verschluß seiner Tasche zu und wieder auf, sein Gesichtsausdruck war indifferent, nur in seinen Augen hinter den goldgeränderten Gläsern stand etwas wie freundliche Verständnislosigkeit, Güte, die nicht begreift.

„Hier“, sagte er, legte mir eine unbeschriftete Packung in den Schoß, „nehmen Sie das. Jeden Abend eine Tablette. Sehen Sie zu, daß Sie acht Stunden Schlaf bekommen. Keine überflüssige Arbeit, im Augenblick. Und denken Sie an meinen Vorschlag, für einige Zeit in die Berge zu fahren.“

„Ich werde daran denken“, sagte ich, schloß die Finger um den winzigen, flachen Pappkarton, „spätestens wenn die Ferien beginnen. Ich danke Ihnen, Doktor Sutterfield.“

„Keine Ursache“, sagte er, klappte den Verschluß der Tasche endgültig zu, stand auf und entfernte sich, diesmal ohne zu lächeln.

Ich habe es geschafft, den Schlüssel im Startschloß zu drehen, die rote Lampe am Schaltbrett leuchtet auf. Noch ein Ruck, dann läuft der Motor. Drüben ist Sue dazu übergegangen, Wasser aus einem Metallbehälter in den Kühler zu gießen. Anscheinend ist er am Überlaufen, sie hält inne, wischt mit dem Tuch, gießt wieder, stellt dann den Behälter zu Boden. Ein paarmal sieht sie sich um, scheint zu warten, daß ich wegfahre, ich gebe mir Mühe, worauf sonst sollte sie warten, ich presse den Schalthebel mit der geballten Faust vor in den ersten Gang. Sue stößt den Behälter mit dem Wasser um. Läßt gleichzeitig, vermutlich vor Schreck, den Deckel der Kühlerhaube fallen. Springt, verständliche Reaktion, ein paar Schritte zurück gegen die Mitte des Parkhofes.

Der junge Mann, der, den Trenchcoat über den Arm geworfen, mit raschen, etwas eckigen Schritten den Platz überquert, bleibt stehen, wendet sich dem Geräusch zu. Sue kniet neben dem Wagen auf dem Boden nieder, greift nach dem Behälter, das Wasser rinnt über den Asphalt, der junge Mann springt über den dünnen, feuchten Streifen weg, ist bei Sue, hilft ihr, den Behälter aufzurichten, wendet sich, da beide wieder stehen, mit fragender Geste dem Wagen zu. Da er, ihren Erklärungen folgend, mir sein Profil zukehrt, erkenne ich die Züge meines Hörers Witticlies Lauerbach.

Gut gemacht, Sue. Ich habe mich ein paar Meter vorwärtsbewegt, der zweite Gang ist leichter zu schalten als der erste, beim dritten wird es wieder schwierig: Ziehen ist einfacher als stoßen. Der junge Lauerbach hat seinen Trenchcoat auf die Wagentür geworfen, den Kühlerdeckel wieder hochgezogen, in der Verstrebung festgehakt. Ich nehme den Weg durch das hintere Tor, um nicht an ihnen vorbeizufahren. Sicher ist es Sue unangenehm, daß ich ihre Inszenierung mitbekommen habe. Andererseits kann sie nur nach meiner Vorlesung sicher sein, auf den Jungen zu stoßen. Üblicherweise verlasse ich auch nicht sofort das Haus, sondern halte mich noch im Institut auf, und Sue weiß das.

Als ich in die Chaussee einbiege, überlege ich, was ich an ihrer Stelle getan hätte: Vermutlich mein Vorhaben aufgegeben und den Platz verlassen. Auf eine bessere Gelegenheit gewartet. Entweder vertraut sie auf mein Desinteresse, oder die Sache ist ihr so wichtig, daß alles andere in den Hintergrund tritt. Wer weiß, wie viele Manöver ihr schon danebengegangen sind. Unsere Begegnung hat ihren Haß auf mich verstärkt, darüber bin ich mir im klaren. Dabei tut sie mir unrecht. Ich verstehe sie besser, als ich es ihr je glaubhaft machen könnte.

Neben mir auf dem Beifahrersitz liegt die Morgenzeitung. Titelbericht: Gerichtssaal. Die Verhandlung gegen Volker Dorffmann. Heute: Die Mutter des Jungen im Zeugenstand. Für morgen ist die Einvernahme des psychiatrischen Gutachters angesetzt. Wie wir wissen, hat Professor Sommer seine Lehrtätigkeit in Columbia, Carolina, unterbrochen, um im vorliegenden Prozeß...

Auf dem Wiesenstreifen zwischen den erdfarbenen Feldern blühen die ersten Margariten. Der Föhn ist ins Tal gefallen und hat die Knospen an den Sträuchern zum Aufspringen gebracht, innerhalb weniger Stunden. Die Erde beginnt zu atmen, macht sich bereit für den Sommer. Ich komme kurz vorbei, hat Christopher geschrieben, ich muß mir ein paar Sachen holen. Alle kommen zu mir sich ein paar Sachen holen. Bärbel geht nun doch ins Internat. Keine Ausflüchte, hat Krappmeier gesagt, was sein muß, muß sein. Er baut im Keller ein Giftdepot aus, will seinen Wirkungskreis ausdehnen auf die benachbarte Hochschule für Bodenkultur und die Akademie für bildende Kunst. Zwei von den Malern greifen bei der Farbmischung zu Krappmeierschen Präparaten, wie er voll Stolz erzählt. Die Bilder behalten danach ihre Leuchtkraft nicht zwei, sondern fünf Jahrhunderte lang. Wie er zu der Behauptung kommt, ist unbekannt, ebenso, wie die beiden Maler den Vorteil auszuwerten gedenken.

Wieso hast du mich ausgerechnet zu Sutterfield gebracht, habe ich Nikolaus gefragt, mit einer Handverletzung zu einem Psychiater? Mir ist nichts Besseres eingefallen, sagte Nikolaus, der Name stand in der Rubrik „Ärzte" zuoberst auf deinem Telefonverzeichnis.

Kayssa hat mich zu einer Sitzung aufgefordert, mit Nachdruck, ihre Augen funkelten wie Kohle, sie hatte den Verband an meiner Hand bemerkt, und über ihrer Nasenwurzel stand eine steile Falte. Wie geht's mit Söre, habe ich gefragt, gut, sagte sie, wir arbeiten und trinken. Du kannst mir nicht helfen, dachte ich, als sie mit wehendem Schal und Schlapphut in ihr Kabriolett kletterte, die Bücher, die sie unter dem Arm getragen hatte, nach allen Seiten auseinanderrutschten, niemand kann mir helfen, nicht einmal ich selbst.

Ich lese keine Zeitungen mehr. Weiche den Kolporteuren in großem Bogen aus, um nicht unversehens mit einer der Überschriften konfrontiert zu sein. Seit Tagen redet fast jeder ausschließlich über den Prozeß.

Christopher war hier. Stand auf der Treppe, sah auf mich herunter, Sebastians Haltung, die Schultern etwas vorgeneigt, die Haarsträhne hing ihm ins Gesicht, er warf sie zurück mit weicher Bewegung, sein Haar ist heller als das Sebastians, mischt sich mit meinem Blond. England hat ihn noch erwachsener gemacht. Er setzt die Worte halblaut, behutsam, verfolgt ihre Wirkung voll zärtlicher Besorgnis, will nichts berühren, was weh tun, verletzen könnte. Er hat seinen Vater gesehen, ja, sie hätten nichts Besonderes besprochen. Er würde ihn irgendwann in Carolina besuchen, vielleicht in den Weihnachtsferien. Kein Wort über die Veränderung, hat Sebastian ihm nichts gesagt? Ich verstehe, daß er nicht den Mut gehabt hat, noch nicht. Ich habe ihn auch nicht. Christopher blieb drei Tage, packte ein paar Sachen, wie er es angekündigt hatte, wohnte zwei von Sebastians drei Prozeßtagen bei. Wir sprachen nicht darüber, er kletterte am Abend des dritten Tages ins Flugzeug nach Kairo, den Seesack und einen Koffer mit Büchern an sich drückend. Ich stand auf dem Balkon des Flughafengebäudes, sah, wie sich die Maschine in die Luft erhob, zwängte mich hinter das Lenkrad meines noch immer etwas aufsässigen Karman. Wann fliegt Sebastian? Ich wollte es nicht wissen, wurde damit konfrontiert, als im Fernsehen die Tagesschau lief, während ich ein paar Seminararbeiten korrigierte. „Im Prozeß Volker Dorffmann wurde eine neuerliche Einvernahme des psychiatrischen Gutachters beantragt. Sie wird am achtundzwanzigsten Mai stattfinden...“

In den Zimmern stoße ich auf Spuren Christophers. Ein Physikbuch liegt auf dem Wohnzimmertisch, die Decke auf der Couch ist beiseite geschoben, weil er den Plattenspieler dort abgestellt hatte. Ich lasse alles, wie es ist, schaffe mir damit die Kulisse seiner Gegenwart. In der Familie gab es eine Tante, die dem verstorbenen Onkel jeden Abend den Pfefferminztee ans Bett stellte, wenn ich nicht irre, fünfzehn Jahre hindurch.

Der Rektorstag fiel in diesem Jahr auf den zwanzigsten Mai. Es ist jeweils der letzte Freitag vor den Schlußprüfungen, die im Juni beginnen. Lauerbach hatte wie immer einige Omnibusse gemietet, die Fahrt sollte diesmal nach Kronstein gehen, Besichtigung der Abtei, des Schloßparks mit seinen Wasserterrassen und Laubengängen, der Instrumentensammlung, die der Besitzer, ein Kunstliebhaber und Mäzen, hat anlegen lassen. Kronstein besitzt eine Orgel mit 60 Registern, Forer aus Österreich hat sie gebaut, Gefion machte mich darauf aufmerksam, weil sie weiß, daß ich Orgeln bis zur Manie liebe. Im Grunde hatte ich keine große Lust, die Tour mitzumachen. Depressionen werden an der frischen Luft nicht besser, auch war der Gedanke, einen Tag mit der potentiell witwentröstenden Soziologie und der auf müden Sarkasmus geschalteten Sue zu verbringen, nicht erhebend. Auf der anderen Seite standen Gefion und Nikolaus, die Fahrt durch den Schwarzwald und die Alternative eines leeren Tages in meiner leeren Wohnung. Schließlich gab die Orgel den Ausschlag. Kayssa hatte sich wegen unaufschiebbarer Verpflichtungen entschuldigt. Ich war mir über deren Art im klaren und erleichtert, mich ihrem Röntgenblick nicht stellen zu müssen. Als ich in den Bus kletterte, hatte Sue den grimmig geduldigen Dionysos Lauerbach an sich gerissen, und die auf der anderen Seite sitzende Gefion streckte, mich der Verfolgung der Soziologie entziehend, geistesgegenwärtig die Hand nach mir aus. Die Fahrt ging das Ufer des Kronsees entlang, der aufsteigenden Sonne entgegen, die Panoramascheiben fingen das Licht, spiegelnde Helligkeit, schmerzend, Sues flache, hochklingende Stimme füllte den Bus, Wortfetzen, Lachen, Heiterkeit. Schräg hinter mir Nikolaus Schilling im Gespräch mit dem Ordinarius für Indogermanistik, dahinter Hillebrand, schweigend durch das Seitenfenster blickend, neben ihm die steril nach Lavendel duftende, glattgekämmte weibliche Geographie.

Kronstein. Anfang siebzehntes Jahrhundert. Die Worte der im Diskant ihren Text herunterleiernden Fremdenführerin rauschen vorbei. Dann die Abtei, Mittagsläuten von dünner, heller Glocke. In den Mauerecken nistet die Sonne, füllt jeden Winkel, läßt die Luft flimmern. Anschließend Musikinstrumente aus vier Jahrhunderten. Sehen Sie, Kollegin, die Querflöte hat ein Mundstück, wie man sie heute bei Oboen verwendet. Ein wenig Luft, als wir den Orgelsaal betreten. Die Türen zum Park stehen offen, erstes Stockwerk, Holzbalustrade, in deren Balken sich das Licht fängt. Die Täfelung in drei Farben, Birke, Eiche, Palisander. Die Wände mit eingelegten schrägen Vierecken bestückt, die Decke zweifarbig: hell, dunkel, längsgefügt. Ich trete zur Seite, lasse den Strom an mir vorbeiziehen. Mein Blick hängt an den ineinanderlaufenden metallfarbenen Pfeifen, eine Reihe, von rechts nach links sich vergrößernd, dahinter die Reihe in der entgegengesetzten Richtung anwachsend. An den Flügeln die Riesenpfeifen in seitlich aufwärtsstrebender Reihe, sie reichen vom Mittelbalken des Raumes bis an die Decke.

Die Bänke füllen sich lautlos, Gefion, Nikolaus, ich folge, ohne es zu merken. Jemand läßt mir den Vortritt, bleibt schräg hinter mir, die dunkelgetäfelten Reihen nehmen uns auf, er bleibt in gleichem Abstand, sitzt schräg hinter mir.

Ein junger Mann betritt das Podium, dunkle, knappsitzende Hose, weißes Hemd, ein Schüler Forers, der die Orgel gebaut hat. Man hat uns Programmzettel in die Hand gedrückt, die schlanke rothaarige Frau neben mir faltet das weiße Papier zu Streifen, streicht mit nervösen, schmalen Fingern darüber, sie sitzt aufrecht, starr, läßt die Orgel nicht aus den Augen. Die Ordinaria für Musikgeschichte, Doktor van Damme aus Holland, hat Orgel studiert, unterrichtete an einer Musikhochschule, ehe sie den Lehrstuhl an der Victoria Luise übernahm. Ich könnte dem Instrument keinen Ton entlocken, meine Liebe zur Orgel ist sozusagen platonisch, aber ich kann die Gefühle der Frau neben mir nachempfinden. Ihr muß es ergehen wie dem Turnierreiter, der dazu verurteilt ist, im Publikum zu sitzen und zuzusehen, wie ein anderer sein Pferd besteigt.

Es zuckt in ihren Händen, als der Junge vorn die Register zieht, in die Tasten greift. Die Töne füllen den Raum: Bruckner, laß dich fallen, es gibt keine Hoffnung, da hörst du es, die Dinge nehmen ihren Lauf: Auch du kannst mir nicht helfen mit deinem blühenden, akkorderauschenden Metall. Die Frau neben mir atmet gepreßt, da ich mich ihr zuwende, sehe ich, daß ihre Lippen weiß sind, alle Farbe ist aus ihrem Gesicht gewichen. Die Luft im Raum, man hat die Türen geschlossen, oder die Mahnung des Gerichts, das über uns hinwegfegt. Sie steht auf, abrupt, das gefaltete Papier in krampfhaft geschlossenen Händen, verläßt die Bank, geht mit lautlosen, raschen Schritten nach hinten, dem Ausgang zu. Ich überlege, ob ich ihr folgen soll, draußen ist die Saalwache, ich glaube nicht, daß sie Hilfe braucht, ein wenig frische Luft vielleicht und Alleinsein.

Ende, Applaus. Der Schwächeanfall, dem ich beigewohnt habe, hat mir einen Schlag in die Magengrube versetzt. Für Sekunden dreht sich alles um mich herum, nichts ist so ansteckend wie Labilität. Da liegt es offen, das Leben ist um nichts besser als sein Ruf.

Jeder weiß es, jeden trifft es, warum nicht dich? Aus welchem irrationalen Hochmut heraus hast du geglaubt, verschont zu bleiben?

Hinter milchweißem Schleier sehe ich, daß sich auf der Orgelbank ein Wechsel vollzieht. Ein Mädchen hat Platz genommen, weiße Bluse, langer dunkler Rock, offenes Haar. Ein modernes Stück steht auf dem Programm, ich habe den Namen des Komponisten nicht behalten, kann ihn jetzt durch den Tränenvorhang nicht lesen. Die Bank unter mir hat zu schwanken begonnen, das dreifarbige Holz der Wände rotiert. Da der Platz neben mir frei ist, lege ich, um mich festzuhalten, den ausgestreckten Arm über die Banklehne.

Stille. Das Mädchen vorn zieht die Register, hantiert am Spieltisch, stellt das Notenblatt auf das schmale Pult. Wieder Stille.

Dann ein Akkord. Er bricht in den Saal wie eine Detonation, vielstimmig, fordernd, schrill. Hallt die Wände hoch, überschlägt sich, mit seinem augenblicklich erfolgenden Echo gleichzeitig sich selbst akkompagnierend. Er hat die Wirkung eines Stromstoßes, läßt mich in unkontrolliertem Erschrecken aufzucken, als hätte ich einen Schlag erhalten.

Da berührt mich eine Hand. Legt sich auf meine Hand, sekundenlang, spontane Hilfsbereitschaft, beinahe sachliche Zärtlichkeit. Mein Herz tut einen schnellen Schlag, ich halte still, in überraschtem Staunen mich dem Trost überlassend, der mich unerwartet erreicht. Ich brauche mich nicht umzudrehen, um zu wissen: Hillebrand. Der nächste Akkord, sanft anschwellend, harmonisch, findet mich der Berührung nachfühlend, dem lebendigen Strom geöffnet, mir selbst wiedergegeben.

Die Farbe im Raum hat einen Teil ihrer Kraft wiedergewonnen. Ich fühle Hillebrands Hand, obwohl er sie längst zurückgenommen hat. Es war nur ein Augenblick. Aber die Hoffnung, die er geweckt hat, bleibt: Du bist nicht tot. Nicht toter als ein toter Fisch, um mit Kayssas Worten zu sprechen.

Als wir den Saal verlassen, ist die rothaarige Ordinaria an meiner Seite. Ich habe ihren Arm genommen, leicht, wie unabsichtlich. Sie lächelte, verstand, blieb neben mir, wir gingen durch den Schloßpark, blieben am Teich stehen. Dicht unterhalb der Wasserfläche zogen Schwärme von Silberfischen durch das Licht. Irgendwo ist Hillebrand, die Ordinaria spricht mit leiser Stimme, was war es nur, die Luft im Saal vielleicht, und dann, verstehen Sie, die Orgel. Ich verstehe, seltsam, daß sie nun doch geholfen hat, wenn auch anders, als ich es gedacht hatte. Der Tag vergeht in gedämpften Gesprächen, später wird es lauter, fröhlicher, wir finden uns in einem Keller, dann die Heimfahrt durch die aufdämmernde Nacht. Als ich aus dem Bus klettere, ein paar Abschiedsworte zu Nikolaus, Sue hat Lauerbach untergehakt, Gefion kümmert sich um die Soziologie, die, rückwärtsgehend dozierend, beinahe über den Randstein gestolpert wäre. Die Ordinaria nimmt mich an den Schultern, für Sekunden fühle ich ihr weiches, kühles Haar an meiner Wange, dann stehe ich vor Hillebrand. Sein Blick liegt auf mir, ruhig, ernst, kein Wort, er beugt sich über meine Hand. Ich habe auf die Berührung gewartet, da ist das Wunder wieder, was ändert uns, stellt die Weichen? Er hat es nicht gemerkt, löst sich, Verbeugung, sanft, korrekt, als er sich aufrichtet, steht ein winziges Licht in seinen Augen.

„Gute Nacht, Frau Kollegin."

„Gute Nacht, Professor Hillebrand."

Das war vier Tage vor dem achtundzwanzigsten Mai. Am siebenundzwanzigsten rief mich Kayssa an.

„Kannst du zum Hendricksdamm kommen? Ich glaube, Söre dreht durch."

Ich schlüpfte in meinen Trenchcoat und verließ das Haus. Draußen fiel der Regen in messerdünnen Streifen, ich schob das Garagentor hoch, der noch immer nicht manierliche Karman glänzte mattsilbern im Abendlicht, ich startete, fuhr durch die Ausfahrt, sprang aus dem Wagen, zog den Hebel herunter, das Tor glitt mit leisem Stöhnen in die Verankerung. Als ich mich wieder dem Wagen zuwandte, löste sich eine helle, etwas gedrungene Gestalt aus dem Schatten der Hecke.

Ich hätte beinahe aufgeschrien. Wich an das Eisentor zurück. Die Gestalt hatte sich zu einer Art von zögernder Attacke entschlossen, kam mit langsamen Schritten auf mich zu. Blieb einen Meter vor mir stehen, ruckweise den Kopf hebend, seltsam automatisiert, als stünde sie unter Hypnose, Zwang. Das Licht der Gartenlaterne fiel auf das helle, kurzgeschorene Haar, den offenen Staubmantel, in dessen Taschen sich die Hände unruhig bewegten.

„Professora –"

„Rafe. Was tun Sie hier?"

„Ich wollte mit Ihnen sprechen." Er wippt auf den Fußspitzen, kurz, hält wieder still. In seinen Augen steht ein gehetzter Ausdruck. „Ich bin in einer verzweifelten Lage. Ich wollte Sie bitten, mir zu helfen."

„Was ist geschehen?"

„Das kann ich nicht so schnell erklären. Ich wollte Sie bitten, mich anzuhören, Professora."

Ich lasse die Tasche, die ich in instinktiver Abwehr gehoben hatte, wieder sinken. Was ist zu tun? Kayssa wartet. Aber der Junge scheint in Schwierigkeiten zu sein.

„Ich bin verabredet, Rafe. Ich bin in Eile."

„Bitte. Ich bitte Sie."

Ich zögere. Will nach dem Hausschlüssel greifen. Da irrt sein Blick ab, zum Ende der Hecke. Etwas hat sich dort bewegt. Sekundenlang glaube ich einen Schatten zu erkennen. Rafe hat es gesehen, ebenso wie ich. Dennoch ist seine Reaktion gleich Null. Als ob er es nicht aufgenommen hätte, nicht wahrhaben wolle. Seine Hände bohren sich tiefer in die Manteltaschen.

„Professora –"

Ich habe Angst. Urplötzlich, sinnlos. Wende mich hastig nach der Wagentür.

„Ein andermal. Nicht jetzt, Rafe. Ich muß fort."

„Ein andermal?" fragt er, ein nervöses Zucken läuft über sein Gesicht, erinnert mich an etwas, an jemanden, ich finde keinen Zusammenhang, schiebe bei offener Wagentür den Startschlüssel ins Schloß.

„Ja. Ja."

„Versprechen Sie es?"

„Ja. Gehen Sie, Rafe, ich bitte Sie."

Ich ziehe die Tür zu, starte. Der Motor tuckert auf. Rafe weicht zur Seite, ich fahre dicht an ihm vorbei auf den Kiesplatz hinaus, wende den Wagen nach der Ausfahrt. Drücke mich tiefer in die Polster, klammere mich mit starren Fingern an das Lenkrad, versuche mit aller Kraft zu neutralisieren, was ich gesehen habe: Der Blick, den Rafe mir im Vorbeifahren zugeworfen hat, trug hinter der Maske demütiger Bitte die Farben maßloser Enttäuschung, maßlosen Hasses.

Natürlich war es nicht Söre, sondern Kayssa, die durchdrehte. Langsam weiß ich nicht, wer von uns beiden der Psychiater ist.

Ich fand sie am Ecktisch der Kneipe am Hendricksdamm, den aquavitbeschwingten Söre nicht gerade zu ihren Füßen, aber in hingegebener Pose ihr gegenübersitzend an den Holzpfeiler geschmiegt. Als sie mich näherkommen sah, gab Kayssa dem Kneipenwirt und ehemaligen Königlich Schwedischen Hoflieferanten einen Wink.

„Nein, Kayssa. Nicht für mich. Ich komme als Einsatzkommando und muß im Dienst trocken bleiben. Was ist los?"

„Der Söre will mich heiraten", erklärte Kayssa.

„Was?"

„Ja", sagte Söre, lächelnd, locker, machte mit zwei Fingern das Churchillsche Siegeszeichen über dem halbvollen Glas. „Ich will sie heiraten. Und?"

„Guter Gott", sagte ich, war nahe daran, wütend zu werden. „Und deshalb holt ihr mich hierher? Könnt ihr eure Kindereien nicht alleine ausmachen?"

„Heiraten ist keine Kinderei", sagte Söre etwas zungenschwer, jedoch sprechtechnisch einwandfrei, wandte sich mit sanft entschlossenem Ruck Kayssa zu. „Hast du so etwas schon gehört?"

„Nein", sagte Kayssa, maß mich mit milden Kohlenaugen, schüttelte den Kopf, daß der Schlapphut ins Gleiten kam. „Wie kannst du so etwas sagen, Simone? Es ist uns beiden ernst."

„Was um des Himmels willen ist euch beiden ernst?" Ich ließ mich neben dem Freudschen Romeo auf die Holzbank fallen.

„Dem Söre, daß er mich heiraten will", sagte Kayssa und schob mit gezielter Grandezza den Hut zurecht, „und mir, daß ich nicht will. Verstehst du?"

Ihre Worte erreichen mich nicht. Wovon redet sie? Ich bin zu

Tode erschrocken, vorhin am Garagentor. Fühle die Angst, die Rafes Blick in mir hochgejagt hat, noch jetzt in allen Gliedern. Wenn ihr mich nicht gerufen hättet, was wäre geschehen? Was wäre nicht geschehen, was sollte oder sollte nicht sein? Ich bin nicht imstande, euer Spiel zu spielen, mein Humor ist in Rekonvaleszenz. Seid mir nicht böse.

„Was er haben müßte", sagt Kayssa, „ist eine Ablenkung. Wenn ich nur wüßte, wo ich sie hernehmen soll. Mit Arbeit geht es nicht, mit Alkohol geht es auch nicht. Hast du keine Idee?"

„Nicht jetzt, Kayssa. Ich werde nachdenken."

Ich nehme es mir ernsthaft vor, nachzudenken. Eine Schiffsreise für Söre vielleicht. Ohne Kayssa. Ein paar von den Matrosen würden sich freuen. Er sollte sich an Hillebrand wenden. Die „SS Odysseus" ist im Sommer in der Karibik.

Captain Colytas ist im Sommer in der Karibik.

„Woran denkst du?" fragt Kayssa, schiebt mir ihr Aquavitglas zu, wedelt mit ihrer ringgeschmückten Hand vor meinem Gesicht herum. „Du siehst so gepeinigt aus."

„Ich bin gepeinigt", sage ich, schiebe das Glas wieder weg, greife nach meiner Tasche, stehe auf. „Du hast mir eine respektable Aufgabe gestellt. Wenn ich eine Idee habe, wie sie zu lösen ist, wird es mir besser gehen."

Achtundzwanzigster Mai. Ich habe alles getan, um nicht mit dem Datum konfrontiert zu werden. Den Kalender zur Seite gedreht, die Zeitung im Postkasten stecken lassen. Wollte ihn verschlafen, wegschwindeln. Stellte mittags im Institut das Radio nicht an. Dann rief es mir Krappmeier im Vorbeigehen zu: „Haben Sie es gehört, Frau Professor? Volker Dorffmann ist freigesprochen."

Abgangsapplaus für dich, Sebastian. Ich wußte es. Wußte, daß du nicht nachgeben würdest. Wenn du von etwas überzeugt bist, kämpfst du es durch. Wie traurig, daß ich dich nie mehr von etwas werde überzeugen können.

Da ich es ja nun doch wußte, kaufte ich mir das Mittagsblatt. Sebastian hatte die Mutter-Sohn-Beziehung aufgedeckt, dem Sohn eine Art psychischer Hörigkeit attestiert. Der Junge war nach dem

Urteil zusammengebrochen, hatte die Geschworenen angeschrien, das Urteil zurückzunehmen, ihn schuldig zu sprechen. Er kommt in psychiatrische Behandlung, Sutterfield nimmt sich seiner an. „Eine interessante Wendung. Wie wir hören, hat Volker Dorffmanns Mutter die Absicht, nach abgeschlossener Behandlung des Jungen mit ihm in die Vereinigten Staaten..."

Die Vereinigten Staaten sind weit. Wann geht das nächste Flugzeug? Der Zeitunterschied beträgt sechs Stunden: Wenn Sebastian sofort zurückfliegt – Ich greife halbbetäubt nach dem Telefonhörer. Block, Seite sechs, Buchstabe F, Flughafen.

„Hier ist Simone Sommer. Mein Mann hat einen Flug nach Columbia, Carolina, gebucht. Können Sie mir sagen, wann die Maschine geht?"

Blättern, Knacken, neuerliches Abheben. Ich wiederhole meine Frage.

„Flugnummer 134, Zwischenlandung in Montreal, Abflug sechzehn Uhr dreißig."

„Danke."

Sechzehn Uhr dreißig. In dreißig Minuten. Vermutlich kann ich die Zeit danach überleben, ich werde mein Bestes tun. Aber die Zeit bis dahin sicher nicht.

Ich halte die Tabletten in der Hand. Stelle sie wieder ins Fach zurück. Schafe zählen wäre ein Möglichkeit. Jede Sekunde ist ein Schaf, das sind dreißigmal sechzig Schafe. Man kann in Schmerz erstarren, das weiß ich jetzt: Niobe war kein Märchen. Wenn Christopher nicht wäre, dürfte ich jetzt zu Stein schrumpfen. Wenn Christopher nicht wäre, müßte ich nicht so qualvoll nachdenken, was mir helfen könnte.

Denn da war etwas, das mir geholfen hat. Ich habe es nur nicht mehr im Kopf. Es hatte mit Fischen zu tun, nicht mit Schafen, Fische auf dem Kiesgrund eines Teiches. Als sich eine Hand auf meine Hand gelegt hatte.

Heiliger Sebastian! Heiliger Caspar und die übrigen Könige: Wenn ich ihn bitte, meine Hand zu halten, Caspar Hillebrand, ist das unfair? Ist es selbstsüchtig?

H kommt nach F, Hillebrand nach Flughafen. Ich halte den Hörer in der Hand, wähle fünf Nummern, lege vor der sechsten wieder auf. Meine Seele ist zum Wäschestrick gedreht und baumelt zwischen zwei Holzpfosten im Wind.

Sicher ist er nicht zu Hause. Er kann gar nicht zu Hause sein, denn als ich von der Victoria Luise wegfuhr, stand sein Wagen auf dem Parkplatz, und sein Weg ist weiter als meiner. Vier Nummern, fünf. Er kann nicht zu Hause sein. Sechs.

„Hillebrand."

Hic Rhodos. Du hast Hilfe gewollt. Er kann sie dir geben. Du hörst an seiner Stimme, daß er es kann.

„Hier ist Simone", sage ich.

Er atmete auf, rasch, hart. Fühlt dem Klang meiner Worte nach.

„Wo bist du?"

„Zu Hause. Ich –"

„Bleib, wo du bist", sagt Hillebrand, „ich komme."

Er hat aufgelegt. Mir die Entscheidung abgenommen. Was sonst habe ich gewollt? Wenn ich jetzt warte, warte ich nicht auf Sebastians Abflug.

Zehn Minuten. Zwölf. Dann knirscht es auf dem Kies. Der Wagen hält mit schleudernden Reifen. Hillebrand springt heraus, läuft die Treppe zur Haustür hinauf. Steht vor mir, Rollkragenpullover, offene Jacke, vom Wind gelockertes Haar.

„Wo ist dein Mantel? Komm."

Er nimmt ihn mir aus der Hand, schließt mit meinem Schlüssel die Tür ab. Öffnet den Wagenschlag, läßt mich einsteigen. Wirft sich neben mir in den Polstersitz. Reversiert mit knirschenden Reifen.

„Hab keine Angst."

Ich habe keine Angst. Lehne mich im Polster zurück. Die Sonne steht schräg. Seine schmalgliedrigen Hände liegen auf dem Steuerrad. Als wir die Bergstraße zum Dornhaag hinaufklettern, die Ebene hinter uns in dunstigem Silbergrau versinkt, wendet er sich mir zu.

„Ich danke dir, daß du mich gerufen hast."

Seine Stimme ist heiser, brüchig. Er sieht wieder durch die Windschutzscheibe, erwartet keine Antwort. Da ist die Biegung mit den beiden Föhren. Damals war Winterende, jetzt ist Sommeranfang. Was liegt dazwischen?

„In Kronstein“, sage ich, „beim Orgelkonzert in der Abtei. Als du deine Hand auf meine gelegt hast.“

„Ich weiß“, sagt Caspar Hillebrand.

Es gibt immer einen, den einzigen Augenblick.

An dieser Stelle kann ich nicht umhin, eine Betrachtung über diese unumstößliche, von vielen erkannte, von wenigen zur Kenntnis genommene Tatsache einzuflechten. Herren, die ihr diese Zeilen lest, Männer aller Farben, Altersstufen, Größen, Parteien, Religionen, ob ihr nun der Gruppe der mascios, der Emanzipierten, der Introvertierten oder der Draufgänger angehört: Ihr alle habt schon einmal im Sinn gehabt, eine Frau zu erobern. Laßt euch nur so viel Zeit, wie sie euch läßt. Warten ist gut, zu lange warten tödlich. Wenn der Moment vorüber ist, da sie bereit war, wenn ihr ihn habt vorübergehen lassen, verzeiht sie euch nie. Später könnt ihr, bildlich gesprochen, auf der Schneide eines Rasiermessers den Salto mortale machen und dazu den Hummelflug von Rimski-Korsakow pfeifen. Sie wird das Kunststück gebührend würdigen und sich dann Wichtigerem zuwenden.

Ich wage zu behaupten, daß ich für die gesamte existierende Weiblichkeit spreche. Sobald der Funken gesprungen ist – und jeder fühlt ihn springen, es sei denn, er wäre psychisch taubstumm und blind, und dann geht dieser Appell ohnehin ins Leere –, sobald der Funken springt, seid auf der Hut. Es kommt der Augenblick, da euch die Frau ein Zeichen gibt. Dann nehmt das nächste Taxi, das nächste Flugzeug, das nächste Fahrrad, den nächsten Schwan. Riskiert, um Freuds und Amors willen, lieber eine Abfuhr, als daß ihr die Sekunde versäumt. Die Chancen stehen eins zu einer Million. Komponiert den letzten Satz später fertig, laßt die zu korrigierende Seminararbeit liegen, schließt das Geschäft mit dem Mercedes-Händler morgen ab. Die Liebe wird euch so beflügeln, daß euch die Akkorde später von selbst zufliegen, die Seminararbeit als Offenbarung erscheint, der Mercedes-Händler am nächsten Tag einen schöneren, billigeren Wagen anbietet.

Ich muß Sie warnen, meine Herren: Die Sekunde der Bereitschaft dauert manchmal nicht länger als eine halbe Stunde. Hätte Hillebrand wie im vorliegenden Fall nicht gesagt: „Ich komme", sondern: „Ich habe noch die Spaghetti auf dem Feuer stehen und muß meine Lackschuhe beim Schuster abholen", wäre Sebastians Flugzeug gestartet und die Chance vergeben gewesen. Die Enttäuschung hätte mich, eingestanden oder uneingestanden, so weit in die Reserve zurückgetrieben, daß bei der nächsten Begegnung eine gewaltige Hypothek abzubauen gewesen wäre. Ich wage zu behaupten, daß, hätte ich einmal wieder meinen Verstand zur Hand gehabt – wie es nach Ablauf der fraglichen dreißig Minuten sicher der Fall gewesen wäre – unsere Begegnung in diesem Leben nicht mehr stattgefunden hätte.

Hätte Paul nicht an jenem Abend nach der Hundertjahrfeier auf der Treppe gestanden, im Nachtwind, mit wehendem Haar, mein Schultertuch in der Hand, am nächsten Tag wäre die Aufführung vorüber, der Zauber gebrochen gewesen. Die Situation, die uns einander nahebrachte, war unwiederholbar, wäre es für alle Zeiten geblieben.

Gewiß: Auf Captain Colytas hätte ich gewartet bis zum Jüngsten Tag. Aber nicht von Liebe ist hier die Rede, oder nicht nur von Liebe. Auch von dem wunderbaren Funken zwischen zwei Menschen, der manchmal aufglüht wie eine Wunderkerze und nach vollzogener Flugparabel spurlos, lautlos verlischt, wenn man nicht mit beiden Händen danach greift. Auf die Gefahr, daß Sie sich verbrennen, meine Herren: Die Wunde ist leichter zu heilen als die Gewißheit, daß da, wo etwas hätte blühen können, ein müder, ungepflügter Acker von versäumten Sommertagen träumt; daß aus dem vielleicht später mit Anstrengung und Ausdauer gestarteten Korrektionsversuch ein Fehlschlag wird, oder, schlimm genug: nicht das, was es hätte werden können.

Ich gebe zu, daß ein weniger eingefleischter Perfektionist als Hilebrand vielleicht weniger spontan reagiert hätte. Aber: Welche Beruhigung, einem Perfektionisten ausgeliefert zu sein. Ich glaube, daß auch die Empfindung der Liebe bis zu einem gewissen Grad mobilisierbar ist: Von zärtlicher Sorge umgeben, mit aller Behutsamkeit umworben zu sein kann bei einer Frau einen Zustand hervorrufen, der der Liebe sehr ähnlich ist, oder zumindest ihre Skala von Dankbarkeit bis Opferbereitschaft, sprich Hingabe zugunsten des Betroffenen ausschlagen läßt. Diese Art von Perfektionismus ist erlernbar. Es braucht nichts als ein wenig Mühe und Konzentration. Die Zeiten, in denen die Frauen diesen Part übernehmen, sind trotz gegenteiliger Prognosen nicht angebrochen und werden nicht anbrechen. Ausnahmen bestätigen die Regel. Wer also bereit ist, ein wenig zu leben, ehe die Flamme verlischt, wer nicht in die Situation kommen möchte, sinnlos vor sich hinpfeifend auf einer Rasierklinge den Salto mortale springen zu müssen, wer kein Philister oder Hohlkopf ist und die Liebe, in welcher Gestalt immer, als Gottesgeschenk versteht, wird sich meinem Appell nicht verschließen.

Zurück zum Ausgangspunkt. Als wir die Geröllhalde erreicht hatten, war der Countdown bei der magischen Zahl zehn angelangt. Was mich umgab, ausfüllte, war mehr als Trost, war die Gewißheit, daß ich mich ihm überlassen konnte. Ein wenig Neugierde im Hintergrund: Wie wird er es anfangen? Davor die alles auslöschende Dankbarkeit, daß er bereit gewesen war, augenblicklich bereit, mir die Abschiedsstunde von Sebastian lebbar zu machen.

Er hielt vor dem Haus. Sprang aus dem Wagen. Der Dornhaag blühte, die Grillen erhoben ihre Stimmen, die biegsamen Gräser reckten sich im leicht hinstreichenden Wind. Das Haus war warm, da er die Tür öffnete, mich eintreten ließ. Der Geruch von Holz stand darin, Holz, auf das die Sonne gebrannt hat. Die Fensterläden knarrten, ließen ein wenig Licht ein, Luft, die Stimmen von Gras und Wald. Er nahm mir den Mantel ab, warf ihn über die Sessellehne.

„Ich bringe dir etwas zu trinken."

Das Zimmer. Die Couch mit der Felldecke. Der sauber geputzte, sommerlich untätige Kamin. Auf dem Tisch stehen frische Blumen. Wann war er zum letzten Mal hier? Das Wasser in der Vase reicht fast bis zum Rand.

Er kommt mit zwei Gläsern, reicht mir eines davon. Die Flüssigkeit ist eiskalt, läßt die Gläserwand beschlagen. Ich schließe die Finger um das Glas: Sekt und Orangensaft. Während der Kellerpartie am Rektorstag wurde über Getränke gesprochen. Damals sagte ich, daß ich Sekt mit Orangensaft mag. Hillebrand saß am Ende der Tafel, beteiligte sich nicht am Gespräch.

„Trink.“

Er ist stehengeblieben, sein Schatten füllt den Raum. Der Duft seines Rasierwassers mischt sich mit dem Geruch von Leder, Sonne und Holz. Er greift nach dem leeren Glas, stellt es auf dem Tisch ab. Nimmt mich in die Arme.

„Mein Gott. Du weißt nicht, wie ich gewartet habe.“

Er löst sich ein wenig, bleibt Sekunden, Herzschläge lang in meinem Blick, ehe er seine Lippen auf meinen Mund senkt.

Es ist nicht Liebe. Vielleicht Sex, Erotik. Vielleicht nur Verzweiflung, ich habe keinen Namen. Aber, was immer es ist, Caspar Hillebrand macht daraus ein Fest. Seine Hände habe ich immer schon geliebt. Ich mußte sie ansehen, bei Kollegiumssitzungen, Konferenzen, wie unter Zwang, wenn er sie auf dem Tisch liegen hatte: die schmalen Handrücken, die sensitiven, schlanken Finger mit den gutgeformten Gelenken. Damals, als er mich berührte, hätte ich seine Hand unter Tausenden von Händen erkannt. Jetzt, da er mich berührt, fühle ich die Liebkosung von Tausenden von Händen auf meiner Haut.

„Laß mir Zeit. Laß mir Zeit.“

„Alle Zeit der Welt. Wir haben ein Leben vor uns.“

Irgendwann ein Glas Champagner. „Wir haben keinen Orangensaft mehr. Du mußt ihn pur trinken.“

Wie in Tausendundeiner Nacht. Wenn jetzt die Tür aufginge und Harun al Raschid käme, um mir seine Aufwartung zu machen, würde ich mich nicht wundern.

„Etwas an deinem Holzhaus macht den Eindruck, als stünde es in Hollywood.“

„Das sind die Dachbalken. Ein Freund aus Wisconsin hat sie entworfen, er arbeitet sonst für Billy Wilder.“

Perfektion heißt nicht, die Dinge tun, wie sie im Buch stehen. Es heißt: einfallsreich sein und humorvoll und sensibel und wandlungsfähig. Bereit, Wünsche zu erfüllen, ehe sie gedacht sind. Sich zu verströmen, zu verbrennen.

Die Nacht war endlos kurz. Er weckte mich, mit sanften Fingern über meine Schläfe streichend.

„Sieben Uhr. Du mußt zur Vorlesung.“

Harun al Raschid ist in seinen Palast zurückgekehrt. Die Dekkenbalken stammen noch immer aus Hollywood. Ebenso das Frühstück, das er bereitet hat.

„Hast du gewußt, daß ich kommen würde?“

„Nicht gewußt. Gewünscht. Gehofft. So sehr, daß ich alle drei Tage die Marmelade ausgetauscht habe.“

Wir hielten um acht Uhr dreißig auf dem Kiesplatz. Hillebrand öffnete die Wagentür, stand in der Morgensonne. Rollkragenpullover, offene Lederjacke, vom Wind gelockertes Haar. Wartete, bis ich meine Skripten aus dem Haus geholt hatte. War neben mir, als ich meinen Karman aufsperrte, die Skripten in den Fond warf.

„Ich danke dir, Simone.“

Er beugte sich über meine Hand, stand vor mir, lächelnd, locker, ein wenig Hollywood, ein wenig Harun al Raschid.

„Wo möchtest du den Sommer verbringen? In Acapulco oder auf den Bahamas?“

„Auf dem Dornhaag“, sagte ich, ehe ich die Wagentür hinter mir zuzog, startete und an ihm vorbei durch das Tor auf die Straße rollte.

21

Es wurde ein heißer Sommer. Manchmal dachte ich, daß der Dornhaag nicht Hollywood oder das Land der Scheherezade wäre, sondern etwas wie das Paradies, im ursprünglichen Sinn. Die Pflanzen wucherten über Geröll und Fels, trugen Schattierungen vom dunkelsten Blau bis zum schreienden Orange, dazwischen glommen gelbe, lilienartige Gewächse durch das Holz, öffneten ihre Kelche dem wolkenlosen Himmel entgegen. Die Rehe kamen an die Haustür, Hasen liefen in gemächlichem Zickzack über die Lichtung, auch die Schlange fehlte nicht. Sie lag um die Mittagszeit um einen Baumstumpf geschlungen auf gesprungener Felsplatte, war eine Kreuzotter mit gelbgezacktem Rückenband, löste ihren Knoten, als ich mich näherte, verschwand ohne Eile raschelnd im Dickicht. Adam erschrak, als ich es ihm erzählte, verbot mir, barfuß den unmittelbaren Umkreis des Hauses zu betreten. Die Kiesfläche ist übersichtlich, außerdem haben wir zwei Hausigel, die auf Kreuzottern dressiert sind. Adam legte die Blattsäge quer über ein naturgeschichtliches Standardwerk, das aufgeschlagen auf dem Birkentisch lag, und nahm mich in die Arme.

Ich habe vergessen, daß von manchen Frauen behauptet wird, ein nackter Mann wäre nicht schön. Hillebrand sagte es mir, als ich ihn ansah, ich mußte lachen, schüttelte den Kopf. Sie haben dich nicht gesehen, sonst würden sie solchen Unsinn nicht behaupten. Ein männlicher Körper kann vollendet sein, vollendet harmonisch in seiner Linienführung, seinem Ausdruck. Wie es dein Körper ist, der in jeder Bewegungsphase einem Bildhauer zum Modell dienen könnte. Er warf den Kopf zurück, hob mir die Arme entgegen, du hast es nötig, schau in den Spiegel, die Spiegel in deinem Haus sind zu klein, gut, ich werde den Bach umleiten und einen Stausee anlegen, dann kannst du dich im Wasser betrachten.

Ich liebte die allgegenwärtige, spontane Grazie, mit der er jede Zärtlichkeit augenblicklich erwiderte. Konnte dennoch, auch wenn wir arbeiteten, lachten, sprachen, manchmal minutenlang den Blick nicht von ihm wenden: Er glich dem Apoll von Mykene in jeder Linie.

Manchmal dachte ich, daß es mir sonderbar vorkommen würde, ihn wieder in Alltagskleidern zu sehen, inmitten anderer Menschen in den Räumen der Victoria Luise. Die Wochen hier oben waren unser gemeinsames Leben. Im Umkreis von Kilometern gab es kein Haus, keinen Menschen. Einmal in all der Zeit war ein Traktor unten auf der Straße vorbeigefahren, mit rasselndem Motor, oben am Waldkamm zwischen den Stämmen verschwunden. Einen Tag lang hatten wir gewartet, daß er wiederkäme, später darauf vergessen. Er wird auf der anderen Seite ins Tal gefahren sein, sagte Hillebrand, sprang unter die Dusche, die, vom Dachfirst hängend, ihre Wassergarben auf den Kiesplatz schoß, es sprühte, seine Haut glänzte wie Bronze, wenn ich gewußt hätte, wie du darunter aussiehst, hätte ich dir schon damals beim Tanz auf Lauerbachs Parkett den fabelhaften Frack von den Schultern gerissen. Du warst schockiert, sagte er, ich weiß selbst nicht, wie es passiert ist. Ich habe dich begehrt, wie ich noch nie zuvor eine Frau begehrt hatte. Da ich es dir nicht sagen durfte, mußte ich es dir auf andere Weise begreiflich machen. Verrückt, sagte ich, wahnsinnig, ich weiß, sagte er, ich verstehe mich selbst nicht, es war stärker als ich, verzeihst du mir? Nein, sagte ich, vielleicht, wenn du es augenblicklich wieder tust.

Es ist nicht Liebe, aber es hat alle ihre Farben, oder fast alle. Und noch einige dazu, die in der Liebe manchmal zu kurz kommen. Natürlich sind wir süchtig, und wir wissen es beide. Natürlich wird es eines Tages zu Ende sein. Ein Höhepunkt wie dieser kann nicht dauern. Aber: Wie wunderbar, ihn gelebt zu haben.

Manchmal versuche ich mir ein späteres Zusammensein vorzustellen, scheitere nach wenigen Bildern. Sehe ihn von der Seite an, glaube, daß es ihm ähnlich geht. Für Captain Colytas hätte ich gekocht, den Boden gefegt. Mit Caspar Hillebrand ist das nicht möglich. Er kann nur in Harun al Raschids Garten blühen, und ich mit ihm. Es ist gefährlich unorthodox, gefährlich schön. Ich liebe alles an ihm, ohne ihn selbst zu lieben. Das Glück, das er mir gibt in jeder

Geste, jedem Wort. Es ist nicht Liebe, habe ich einmal gesagt. Es ist mehr als Liebe, hat er geantwortet, mich in den Sog seiner Umarmung gezogen.

Dann, an dem anderen Tag, draußen am Haag in der Sonne, als meine Gedanken wegglitten zu Sebastian. Hillebrand stand hinter meinem Stuhl, im offenen weißen Frotteemantel, legte mir die Hand auf die Schläfe.

„Ich kann ihn dir nicht wiederbringen. Vielleicht würde ich es tun, wenn ich es könnte."

Ich hatte mich ertappt gefühlt, griff nach seiner Hand. „Wenn es zu Ende ist", sagte ich halblaut, „wird jeder Tag ein Garten sein, in dem wir wohnen."

„Warum sollte es zu Ende sein?"

Er widersprach aus Zärtlichkeit. Spannte seine Finger um meinen Nacken.

„Ich weiß nicht. Ich habe es gesagt, ohne zu denken."

„Wir ändern uns", sagte er, „und einander. Alles ändert sich. Es gibt hundert Formen, füreinander da zu sein."

„Aber nur eine einzige für uns."

Habe ich geglaubt, was ich sagte? Oder es nur gehofft? In einem unvernünftigen Winkel meines Bewußtseins auf das Wunder gewartet, von dem Kayssa gesprochen hatte? Laß uns leben, Caspar Hillebrand, jetzt und hier. Der August geht seinem Ende entgegen, die Tage werden kurz. Vielleicht ist Sebastians Kind schon geboren. Vielleicht werde ich, noch ehe es geboren ist, ein Kind von dir empfangen haben.

Es ist ein seltsamer, krankhafter Trost, daran zu denken.

„Und wenn ich ein Kind bekomme?"

Hillebrand lachte. „Ein Kind von uns beiden wäre kein irdisches Wesen. Es wäre eine Nixe oder ein Kentaur. Ich wäre neugierig, es zu sehen."

Ein Kentaur. Warum nicht? Ein Zaubertier als Bruder für meinen Zaubersohn Christopher Hubertus.

Er kommt nicht mehr in diesem Sommer, hat er aus Afrika geschrieben. Er würde gegen Ferienende seinen Vater in Carolina besuchen. Vielleicht komme ich im September, Mami, an einem Wochenende. Manchmal ist meine Verzweiflung stärker als Hillebrands Kraft. Ich weiß längst, warum Christopher den Capitolinus meidet. Sein Nest ist ihm zerstört, er fühlt sich darin nicht geborgen. Zwischen den Zeilen klingt die Frage auf, ob ich ihn nicht lieber in London besuchen wolle, für zwei Wochen oder drei. Es war so schön, als du hier warst, Mami, deine Vorlesungen beginnen doch erst im Oktober. Ich werde fliegen. Ihm das Wochenende in unserem Haus ersparen. Wenn er vorher in Carolina war, weiß er ohnehin alles. Dann ist auch seine Schwester schon geboren.

Die Nächte wurden kühler. Manchmal fiel zwischendurch Regen und verwandelte den Dornhaag in einen Urwald von tropisch leuchtenden Farben. Die Sumpfblumen erblühten innerhalb weniger Stunden und zogen eine gelbe Leuchtspur durch das Riedgras. Nachts, wenn die Fenster offenstanden, roch es aus dem nahen Wald nach dem sterbenden Sommer, ein scharfer, etwas süßlicher Duft nach Verwesung, modernden Blättern. Die Tannenzapfen, auf die man allenthalben trat, bohrten sich unter dem Schuh tief in das feuchte Erdreich. Morgens und abends stand die Sonne schräg, die Kreuzotter mied den kühl gewordenen Felsblock, schließlich schossen die Herbstzeitlosen aus dem Grund und durchsetzten den Haag mit ihrem lieblichen Gift. Der Tau lag bis Mittag auf den Gräsern, die Schmetterlinge saßen mit gefalteten Flügeln auf kahl gewordenem Gesträuch. Dann ging der September zu Ende und nahm den Sommer fort.

Bärbel ist im Internat gelandet. Krappmeier ist hart geblieben. Hatte er ihr noch den Sommer zugestanden, nun geht es mit dem Umbau los. Zwei Stammtischbrüder heben den Keller aus, das Krappmeiersche Giftdepot wird jetzt unter Tag liegen.

„Ist auch besser wegen der Kunden", hat er gesagt, „der Keller vermittelt irgendwie etwas Professionelles."

Als ob man hinter der nächsten Mauer die verscharrten Opfer vermuten könnte.

Wir haben den Dornhaag verlassen, sind an die Alma mater zurückgekehrt. Manchmal noch ein Tag, eine Nacht in dem Haus auf der kahl gewordenen Lichtung. Der Wald riecht jetzt stärker nach Feuchtigkeit. Knoblauch wuchert unter dem Kriechholz, kleine

Regentümpel haben sich gebildet, an deren Rändern Eidechsen sitzen, Feuersalamander, winzige erdfarbene Kröten. Ich habe mich an Caspar Hillebrands Alltagskleidung gewöhnt. Der Sommer ist nahtlos in den Herbst übergegangen, Harun al Raschid hat auch in Rollkragenpullover und Lederjacke nichts von seinem Zauber verloren. Daß ich daheim in meiner gewohnten Umgebung auf Schritt und Tritt Sebastian begegne, zeitweise in Depressionen verfalle, die mich aktionslos machen, nahezu lähmen, ist nicht zu ändern. Es signalisiert wohl das Symptom einer Geisteskrankheit, die mich früher oder später zur Strecke bringen wird. Ich weiß genau, daß im Augenblick, da die Beziehung zu Hillebrand sich lockern, lösen sollte, die Verzweiflung mit voller Kraft auf mich hereinbrechen würde. Agiere im Bewußtsein der unausbleiblichen Katastrophe wie ein Fallschirmspringer, dessen Gerät sich nicht geöffnet hat und der den Flug genießt, solange er dauert.

Witticles Lauerbach und Rafe Collins sind an die Victoria Luise heimgekehrt, sitzen in meinen Vorlesungen wie zu Ende des Jahres. Nikolaus, urlaubsgebräunt, igelhaarig und zerstreut wie je, ist mit Korrigieren und Fahnenlesen beschäftigt, sein Buch erscheint im Frühjahresprogramm. Seinem Sohn begegnete ich bei der Tankstelle am Laubwald, er grüßte, schien sekundenlang zu schwanken, ob er herüberkommen, ein paar Worte mit mir sprechen solle. Biß sich dann auf die Lippen, wandte sich abrupt ab, kletterte in seinen Wagen. Seine Handschuhe lagen auf dem Verkaufstpult, ich kenne sie von der kurzen Fahrt zur Alma mater, schwarzes Leder mit rotem Mittelstreifen. Ich wollte danach greifen, ließ sie dann liegen. Seine Zeichnung liegt immer noch in meinem leeren Koffer. Ich kann mich nicht entschließen, sie wegzuwerfen, vielleicht weil sie das einzige Dokument meiner Begegnung mit Captain Colytas darstellt.

Die letzte, die ich traf, war Sue. Sie kam aus der Bibliothek, blieb in der Tür stehen, als sie mich den Gang entlangkommen sah. Ihr Haar war zu einer lockeren Windstoßfrisur hochgekämmt, der Ton ihres Lippenstiftes hatte eine violette Schattierung, ihre Figur schien schlanker, vielleicht weil ihr Nappaledergürtel besonders eng geschnallt war.

Sie wartete, bis ich nahe genug herangekommen war, wandte sich dann um und schlug meine Richtung ein. Verlangsamte ihren Gang, bis wir nebeneinander waren.

„Wie war dein Sommer?"

„Gut. Danke."

„Das kann man sehen." Sie musterte mich mit einem Seitenblick. „Deine Gesichtsfarbe kann nur aus Griechenland oder vom Gebirge stammen."

„Bemüh dich nicht, Sue. Es stört mich nicht, wenn du es weißt."

Sie verlangsamte ihren Schritt. „Du lebst mit Hillebrand, nicht wahr?"

„Ich lebe nicht mit ihm."

Sie blieb stehen, wandte sich mir zu. Zog die Augenbrauen hoch, nickte dann. „Entschuldige. Ich habe die feinen Unterschiede nicht beachtet. Ich hätte auch sagen können, du schläfst mit ihm. Aber ich wollte deine empfindlichen Ohren nicht verletzen. Ist er brauchbar?"

„Mein Gott, Sue –"

Sie musterte mich sekundenlang, schloß die schmalen Finger um den Taschenriemen, lockerte sie wieder. „Natürlich ist er das. Für Mittelmaß hast du keine Verwendung. Ich frage mich nur, wie du dabei mit deinen Grundsätzen zu Rande kommst."

„Ich bin geschieden, Sue."

„Bist du das?"

„Wieso fragst du?"

Sues Augen wurden schmal. „Wieso? Weil Sebastians Wagen Nachmittage lang vor deiner Haustür steht."

„Er hat sich ein paar Sachen abgeholt."

Sue lachte. „Hoffentlich bringt er sie bald zurück, damit er sie dann wieder abholen kann." Sie legte den Kopf schief, betrachtete mich, ein seltsamer Ausdruck war in ihre Augen getreten, Trauer oder Aggression oder beides. „Du hast ganz recht, Simone: Lebe das Leben. Es kommt nichts wieder, und was du vorbeigehen läßt, hast du eines Tages nicht gehabt."

Ich wollte erwidern, suchte nach Worten. Glaubte für Sekunden, den Anhaltspunkt für Verständigung, Versöhnung gefunden zu haben.

„Sue, wenn du möchtest –"

„Schon gut", sagte sie, schloß die Finger um den Taschenriemen, ihr Blick war indifferent, kühl wie vorher. „Für alles kommt die Zeit. Für jeden kommt die Zeit. Auch für dich, Simone, ob du es glaubst oder nicht."

Ich glaube es. Vielleicht ist sie schon gekommen. Sue schloß die Hand um den Riemen fester, die Knöchel ihrer Finger traten bläulichweiß unter der Haut hervor. Ihre Nägel waren violett. Sie nickte kurz, es war nicht mehr als ein Zurückwerfen des Kopfes. Wandte sich dann ab und ging mit schnellen, harten Schritten den Gang hinunter. Ich stand, ohne mich zu rühren, unbewegt festgewurzelt, bis sich das Klappern ihrer Absätze im Stiegentrakt verlor.

Um zwei Uhr früh fuhr ich aus dem Schlaf. Hat sie gesagt, Nachmittage lang? Sebastian war nur einen Nachmittag hier gewesen. Und dann: Hoffentlich bringt er es bald zurück, damit er es wieder holen kann. Ich zerlegte die Sätze in Worte, Silben, was kommt dabei heraus? Die Möglichkeit, daß Sebastian noch ein zweites Mal hier war. Ein zweites Mal, oder öfter? Nachmittage lang. Wie käme sie auf diese Formulierung? Komm, sagt der Gnom, mach es dir nicht so billig, das Puzzle ist nicht zu Ende: Du kannst jetzt überlegen, was er gewollt hat, während du auf dem Dornhaag mit Hillebrand Paradies gespielt hast.

Soll ich Sue fragen? Ein absurder Gedanke. Sie würde mich unverschämter Heuchelei bezichtigen. Wer könnte es sonst wissen? Nikolaus war mit seinem Sohn in der Toskana. „Nicht direkt in Apulien", hat er gesagt, „das wäre unbescheiden. Aber in der Nähe, das war schon etwas wie eine Belohnung."

Seltsam, daß Daniel so blaß war, trotz seines Aufenthalts im Süden. Vielleicht mag er die Sonne nicht, verläßt das Haus erst gegen Abend. Viele tun das, denen es unten zu heiß ist.

Ich versuchte wieder einzuschlafen, gab nach einer Stunde auf, um den Krieg mit dem Gnom nicht zum Faustkampf werden zu lassen. Nahm zwei Tabletten, glitt in eine Art Dämmerzustand. Als ich mit Kopfschmerzen aufwachte und unter der kalten Dusche mühsam ins Bewußtsein zurückzufinden suchte, hatte ich die unklare Empfindung, daß es besser wäre, die Vorlesung abzusagen und für diesen Tag daheim zu bleiben. Psi-Kräfte, Frau Kollegin? Vielleicht hätte es etwas abgefangen. Aber im Grunde glaube ich nicht daran. Was auf dich zukommt, dem entgehst du nicht. Du kannst es hinauszögern, nicht verhindern. Da ich mich entschlossen hatte, dem Tag zu begegnen, war die Kugel im Spiel, und es gab nichts, das ihren Lauf hätte ändern können.

22

Im Grunde darf ich mich nicht wundern. Der Aspekt zu kriminellen Verwicklungen ist mir sozusagen in die Wiege gelegt. Mein Vater, der Physiker und Vorsitzender der französischen Nuclear Energy Commission, Philippe Fleury, verbrachte die drei Wochen vor seiner Pensionierung in polizeilicher Schutzhaft, weil das unter seiner Aufsicht stehende Kernkraftlabor am Stadtrand von Auteuil während eines Experimentes in die Luft geflogen war. Mein Großvater väterlicherseits, der Getreidehändler Joliot Fleury aus der Auvergne, war kurz nach seinem fünfzigsten Geburtstag für einige Wochen im Kreisgefängnis von Clermont-Ferrand interniert, weil in einem seiner Getreidesilos das Waffenlager einer regierungsfeindlichen Verbindung aufgefunden wurde. Wie ich bereits zu Anfang erwähnte, warte ich seit Erreichung meiner Volljährigkeit insgeheim auf ein Ereignis, das mich in direkten Kontakt mit dem Staatsanwalt bringen wird. Als ich dies am Tag unserer Eheschließung Sebastian mitteilte, lachte er und meinte, solange er bei mir sei, werde mir etwas Derartiges nicht zustoßen. Wie recht er hatte. Solange er bei mir war, ist mir nichts Derartiges zugestoßen.

Als ich nach der Vorlesung, der drittletzten vor den Weihnachtsferien, auf dem Kiesplatz aus meinem Karman kletterte, müde von Schlaftabletten und dem nächtlichen Ringkampf mit dem Gnom die Treppen erklomm und den Schlüssel im Türschloß drehte, hatte ich wieder für Augenblicke das seltsame Gefühl: Geh nicht hinein! Kehr um, hast du in der Alma mater nichts vergessen, nichts zu tun? Ich zögerte, schob meine Angstgefühle auf die anstrengende Nacht und die anstrengende Vorlesung und betrat, die Gesamtausgabe von Kafkas Werken in acht Bänden unter den Arm geklemmt, das Haus. Es war gegen fünf Uhr nachmittags, der Dezembernebel lag über dem Hügel und machte das Atmen schwer, der Kies war feucht, schimmerte matt im Licht der Schwaden, die wie an Drähten aufgezogen in den Garten hingen. Ich schloß die Vorhänge, um die Dunkelheit auszusperren, telefonierte kurz mit Hillebrand, der an diesem Abend Besuch aus München hatte, und wir verabredeten uns für den kommenden Tag. Dann kochte ich mir eine Tasse Tee, trug das Tablett ins Wohnzimmer und begann die am vergangenen Wochenende liegengebliebenen Seminararbeiten über Kafka zu korrigieren.

Die Ziffern von Christophers elektronischem Radiowecker glühten mattrot durch die Dämmerung. Ich hatte kurz aufgesehen, weil ich geglaubt hatte, ein Geräusch zu hören, aber es war wieder still. Ich bin hysterisch, dachte ich, vorhin, als ich mit dem Tablett durch den Flur ging, hatte ich sekundenlang gemeint, den Geruch von Bärbels Lavendelwasser zu spüren. Seit sie zur Mittelschule geht, besprüht sie ihre Taschentücher und Pullover damit. Ich versuchte mich auf Kafkas geniale Langatmigkeit zu konzentrieren, folgte seinen Ausführungen über den Beruf eines Hungerkünstlers sieben Seiten lang, ohne aufzusehen.

Dann knirschte der Kies. Diesmal deutlich, unüberhörbar. Ich schob die Bücher beiseite, stand auf. Wollte zum Fenster gehen, den Vorhang beiseite schieben. In diesem Augenblick läutete es an der Eingangstür.

Ich ging durch den Flur in den Vorraum. Draußen auf dem Platz war in der Zwischenzeit die Laterne aufgeflammt, das Licht fiel in zwei schmalen Streifen durch das Flurfenster auf den Läufer. An der Tür zögerte ich, hielt, den Schlüssel in der Hand, inne.

„Wer ist da?"

„Ich bin es, Professora."

„Rafe?"

„Machen Sie auf. Ich bitte Sie."

Seine Stimme klang hoch, erregt. Ich erinnerte mich an die Begegnung vor dem Sommer. Damals bat er mich um ein Gespräch, und ich hatte es ihm zugesagt. Seither hatte er kein Wort erwähnt. Saß in meinen Vorlesungen wie immer, so daß ich dachte, seine Schwierigkeiten hätten sich von selbst gelöst.

„Einen Augenblick, Rafe."

Ich schiebe den Riegel zur Seite, drehe den Schlüssel im Schloß.

Er steht draußen an den Türstock gelehnt, die Hände in den Taschen seines Anoraks vergraben, die Kapuze hochgeschlagen. Sein Haar ist naß vom Regen. Im Schein der Laterne hebt er den Kopf, ein nervöses Zucken läuft über sein Gesicht.

„Professora –"

„Kommen Sie."

Ich schließe die Tür hinter ihm ab. Gehe ein paar Schritte vor.

„Legen Sie Ihre Jacke ab. Drüben, an der Kleiderablage. Ich mache im Zimmer Licht."

„Kein Licht, bitte."

Ich stehe auf der Schwelle. Wende mich um. Rafe fährt mit der Hand über sein Gesicht.

„Ich habe – meine Augen sind geschwollen. Entschuldigen Sie."

„Schon gut."

Warum kommt er nicht näher? Er steht wie festgewurzelt an der Eingangstür. Hält eine Hand hinter seinem Rücken.

„Sind Sie verletzt?"

„Nein."

„Hierhin." Er läßt sich die Jacke abnehmen, ich hänge sie über den Kleiderbügel. „Möchten Sie etwas trinken? Eine Tasse Tee oder ein Glas Wein?"

„Kein Wein." Er versucht zu lächeln, während er mit schweren Schritten ins Zimmer stolpert. „Ich bin Sportler, wissen Sie?"

„Also Tee."

Ich beobachte, wie er sich setzt. Er wirkt seltsam unbeweglich, als stünde er unter Hypnose oder hätte Drogen genommen. Ich hole eine Tasse aus dem Schrank, stelle sie vor ihn auf den Tisch.

„Danke, Professora."

Er sieht zu, wie ich einschenke, läßt sich Zucker, Zitrone geben. Scheint in seiner Erregung beinahe lethargisch, stumpf. Ich bin mir der außergewöhnlichen Situation bewußt, empfinde dennoch weder Unbehagen noch Angst. Er scheint zu passiv, als daß mir von ihm etwas drohen könnte.

„Professora –" sagt Rafe. Hat die Teetasse zum Mund gehoben, sie ohne zu trinken wieder abgesetzt.

„Was ist mit Ihnen, Rafe?"

„Ich habe Ihnen etwas zu sagen." Er spricht, als stünde er unter

Auftrag, Befehl. Das Zucken fliegt wieder über sein Gesicht. Er fährt mit der Hand über seine Stirn, bohrt Daumen und Zeigefinger in die Augenhöhlen.

„Was wollen Sie mir sagen?"

Er hat seine Haltung nicht verändert. Als wolle er sich etwas suggerieren. Das Lampenlicht fällt auf seinen gedrungenen Kopf, das nasse, an die Stirn geklebte Borstenhaar. Er atmet langsam, gepreßt, als mache es ihm Mühe. Gibt sich dann einen schwerfälligen Ruck, sieht auf.

„Ich liebe Sie, Professora."

Was hat er gesagt? Das ganze taucht in Unwirklichkeit, Absurdität.

„Professora –"

Was für ein Unsinn. Rafe, der Playmaker, Hobbyregisseur und Oscar-Wilde-Fan. Während einer Vorlesung im Sommersemester hat er eine Philippika auf die Engstirnigkeit in bezug auf Homosexualität gehalten.

„Tut mir leid, Rafe, ich verstehe nicht."

„Ich liebe Sie."

Er sagt es wie ein Automat. Dennoch: Etwas an ihm macht mich hellhörig. Ich darf es nicht zu leicht nehmen. Hinter der stumpfen Fassade ist er angespannt, aufs äußerste erregt.

„Sie wissen nicht, was Sie sagen. Etwas hat Sie aus dem Gleichgewicht gebracht. Versuchen Sie darüber zu sprechen. Vielleicht kann ich Ihnen helfen."

„Sie können mir helfen. Niemand außer Ihnen kann es." Er hebt den Blick. „Ich bin am Ende. Wenn Sie mich nicht lieben –", er atmet auf, krampfhaft, es ist ein Stöhnen, die Anstrengung gräbt Furchen in seine schweißnasse Stirn, „– ich bin am Ende."

Ihn lieben? Was für ein Auftritt ist das? Der Playmaker in einer falsch besetzten Rolle.

„Ich kann nicht leben", wiederholt er, sagt es halblaut, beinahe ausdruckslos, spricht zu sich selbst, nicht zu mir.

„Ich kann nicht leben."

Der letzte Satz war kaum verständlich. Aber es ist die Wahrheit. Ich müßte Sutterfield hier haben oder Sebastian. Einen Arzt, der ihn zur Ruhe bringt.

„Professora –“

Da war ein Geräusch. Jetzt, oder schon vorher? Im Flur, oder an der Eingangstür. Ich hatte mich zu sehr auf Rafe konzentriert. Er schließt für Sekunden die Augen, als habe auch er es gehört.

„Einen Augenblick.“ Ich will aufstehen. Er greift nach meinen Händen, hält mich fest.

„Gehen Sie nicht.“ Er umklammert meine Handgelenke, daß seine Knöchel weiß hervortreten.

„Rafe, um Gottes willen.“

Ich begreife zu spät, daß ich es mit einem Wahnsinnigen zu tun habe.

„Lassen Sie los, Rafe.“

„Ich liebe Sie. Sie müssen mir glauben.“ In seinen Augen steht ein verstörter Ausdruck. „Glauben Sie mir, Professora, ich bitte Sie. Wissen Sie, daß ich jede Nacht von Ihnen träume?“ Er sagt es, ohne abzusetzen, monoton wie einen eingelernten Text. „Ich träume, daß wir im Bett liegen, daß ich Sie –“ Er verfällt in seine Muttersprache, sagt es in breitem südamerikanischen Dialekt, wiederholt es, als wolle er sich selbst etwas beweisen. „In der Vorlesung, wenn Sie am Pult stehen. Sie sprechen über Kafka, und ich trete aus der Bank. Ich komme auf Sie zu und öffne Ihre Bluse. Langsam, während Sie sprechen. Ich schiebe Ihren Rock hoch. Ich werfe Sie über das Pult. Ich habe Sie hundertmal gehabt, vor dem versammelten Auditorium. Ich habe Sie gehabt. Ich habe Sie –“ Er fällt wieder ins Englische, ist aufgestanden, hat mir sein Bein auf den Schenkel gepreßt, kniet über mir, ohne meine Hände loszulassen.

„Ich will dich haben. Ich will dich jetzt haben.“ Er spricht noch immer englisch, seine hochgradige Erregung ist steril wie die eines Automaten, alles an ihm wirkt unecht, künstlich.

Er drückt mich nieder auf die Couch, schiebt mit einer Hand meinen Rock hoch, drängt sein Bein zwischen meine krampfhaft zusammengepreßten Knie.

„Sie sind wahnsinnig, Rafe. Lassen Sie los.“

„Ich will dich haben. Küß mich. Ich muß dich haben.“ Er läßt sich auf mich fallen, sein keuchender Atem streift mein Gesicht. „Komm! Komm um Gottes willen schnell! Ich kann nicht mehr!“

Die letzten Worte haben nicht mir gegolten. Er hat sie in Panik hervorgestoßen, unbewußt, unkontrolliert. Atmet tief auf, preßt seinen feuchten Mund auf meine Lippen.

Als hätte mich eine Riesenqualle berührt. Ich will mich abwenden, von Ekel geschüttelt, er hält mich wie mit Eisenklammern fest. Da flammt das Blitzlicht auf, einmal, zweimal. Ein Möbelstück fällt, wird beiseite gestoßen. Noch einmal: Blitz. Rafe lockert seinen Griff. Sein Keuchen wird zum Schluchzen. Er stöhnt auf, trocken, hart. Faßt nach seinem Gürtel. Richtet sich halb auf. Das vierte Blitzlicht. Dann hastige Schritte. Ich habe versucht, mich in die Richtung zu wenden, starre, blind von den Blitzlichtern, zur Tür. Sie ist geschlossen. Sekunden später fällt die Eingangstür ins Schloß. Der dumpfe Knall scheint Rafe zur Besinnung zu bringen. Er läßt mich los, richtet sich auf.

„Es tut mir leid. Ich weiß nicht, was –"

„Gehen Sie. Sofort." Ich schreie mit trockener Kehle.

„Ich wußte nicht – ich habe –"

Die Wut steigt in mir hoch, schlagartig, siedendheiß. Rauscht in meinen Ohren, jagt mir das Blut ins Hirn.

„Verschwinden Sie, augenblicklich."

Ich greife nach dem Leuchter, der auf dem Glastisch steht. Seine Augenbrauen bilden ein Dreieck, sein Bullengesicht ist zur Pavianmaske geworden: Wenn ich auf seinen stoppelhaarigen Schädel schlage, verwandelt sich die Grimasse vielleicht in ein Menschengesicht.

„Nicht, Professora. Nicht. Ich wußte nicht –"

Doch. Doch, du wußtest. Denn das war ein abgekartetes Spiel. Als du die Hand hinter dem Rücken versteckt hieltest, im Flur, nachdem ich abgeschlossen hatte, hast du den Schlüssel wieder herumgedreht, damit er hereinkommen konnte, mit seinem Blitzlichtgerät.

„Wer war es? Sag mir, wer es war?"

„Wovon sprechen Sie?" Er ist an die Tür zurückgewichen. Ich folge ihm, habe noch immer den Leuchter in der Hand. Es ist grotesk. Der Krimi gleitet ab ins Surreale.

„Geh. Geh. Nimm deine Jacke." Ich werfe sie ihm zu. Er hebt die Hände, fängt, wir spielen Fangball mit seinem Anorak, er ist bei der Tür, öffnet, will sich noch einmal umwenden, ich bin ihm auf den Fersen, trete die Tür hinter ihm ins Schloß.

Der Schlüssel. Ich drehe ihn zweimal um. Idiotisch, wie konnte das geschehen, warum war ich nicht vorsichtig. Vorsichtig, bei einem Jungen, der seit drei Jahren mein Schüler ist? Er ist verrückt. Nein, er bezweckt etwas: Sein Text war eingelernt wie eine Rolle. Meine Knie sind weich. Noch drei Schritte zur Couch, noch zwei. Der Schock bricht sich erst jetzt Bahn, wirft mich nieder, überfällt mich wie Schüttelfrost. Ich presse mein Gesicht in das grobgewebte Kissen, es ist rauh auf meiner Haut, nicht genug, zu wenig, es müßte weh tun, um mich zur Besinnung zu bringen.

Fünfzehn Minuten. Zwanzig. Die Verkrampfung löst sich allmählich, ein Teil meins Denkvermögens kehrt zurück. Ich überlege, was die Bilder zeigen: einen Schüler, der seine Lehrerin auf die Couch wirft. Anders gesehen: eine Lehrerin, die von einem Studenten auf die Couch geworfen wird. Fatal ist nur, daß niemand dem Bild ansehen wird, ob es freiwillig oder unfreiwillig geschehen ist.

Was vermutlich der Zweck der Aktion war.

Verdammt, Rafe Collins: Wo ist der Zusammenhang? Was habt ihr mit mir vor, du und dein blitzeschleudernder Komplize? Er ist dein Zeuge, und wer ist der meine? Wenn Rafe behauptet, daß er mit mir befreundet war, mehr als befreundet: Die in Frage stehende Szene hat sich immerhin auf meiner Couch, im Wohnzimmer meines Hauses abgespielt.

Die Panik kommt schleichend, sozusagen aus dem Hinterhalt. Bisher habe ich es nicht realisiert: Aussage steht gegen Aussage. Wenn jemand mich erledigen will, hat er es geschickt angefangen. Ich muß ihm zuvorkommen, um jeden Preis. Wenn ich nur wüßte, wie.

Hillebrand. Ich wähle seine Nummer, irre mich, muß neu anfangen. Die Haushälterin hebt ab.

„Professor Hillebrand ist mit dem Herrn Dekan zum Abendessen gegangen, ich glaube in den Stadtkeller. Er wird gegen Mitternacht –“

„Danke.“

Lauerbach. Kann ich hinfahren, ohne angemeldet zu sein? Wie spät ist es? Fast neun. Ich wähle Lauerbachs Nummer.

„Gefion? Ich muß mit euch sprechen."

„Wie nett, Simone. Komm doch herüber. Wir haben Gäste, die Studienkollegen von Dionysos. Es ist das dreißigjährige Abiturititententreffen. Einer ist sogar aus Argentinien angeflogen."

„Danke, Gefion, das hat keinen Sinn. Ich wollte euch allein sprechen."

„Morgen vielleicht."

„Ja, morgen."

Ich hätte darauf bestehen sollen. Habe nicht den Mut, noch einmal anzurufen. Bei Kayssa läutet es zehnmal, niemand hebt ab. Ich glaube zu wissen, wo sie zu finden ist, schlüpfe in den Mantel. Tasche, Hausschlüssel. Meine Hände gehorchen mir nicht. Der Karman hat einen neuen Motor, springt augenblicklich an. Ich versuche mir zu suggerieren, daß die Pechsträhne damit abgefangen ist. Unsinn, sagt der Gnom. Die Spinne am Morgen stimmt immer, die am Abend nie. Verzieh dich mitsamt deiner Spinne, sage ich, wenn ich mich nicht irre, geht es hier um meine Existenz. Auch gut, sagt der Gnom, dank meiner Interventionen hast du ohnehin die ganze Zeit auf deine Hinrichtung gewartet. Jetzt weißt du wenigstens, wer dein Henker ist.

Rafe Collins mein Henker. Darauf wäre ich nicht gekommen, in tausend Jahren nicht. Er war mir nie angenehm, etwas hat mich von Anfang an gewarnt. Aber der Plan, mich auf diese Weise preiszugeben, scheint mir auch jetzt noch mit seinen psychischen Möglichkeiten unvereinbar, muß dem Gehirn des Komplizen entsprungen sein, von dem mir eine dumpfe Ahnung sagt, wer es sein könnte.

Der Hendricksdamm ist leergefegt, Nebelschwaden ziehen quer über die Fahrbahn, ungleich geballt, stehen unvermittelt vor dem Kühler wie eine Wand. Ich biege in den Uferweg ein, halte bei der Baracke des Königlichen Exlieferanten, springe aus dem Wagen. Die Fenster sind erleuchtet, als ich eintrete, schlägt mir der Geruch von Whisky und Rum entgegen. Zigarettenrauch, Wärme, Stimmen, Lachen. Ich steige über Bänke, Schuhe, Holzsessel, arbeite mich vor zum Ecktisch neben dem Kachelkamin: Kayssa sitzt an der Breitseite, ihr gegenüber Söre, auf dem Tisch befinden sich drei Stöße Manuskriptblätter, vier Pakete Zigaretten und acht leere Aquavitgläser.

Kayssa hebt den Kopf, erkennt mich, etwas wie Erschrecken zieht über ihr Gesicht. Sie schiebt das Glas beiseite, nimmt die Brille ab.

„Simone, ist etwas geschehen?"

Wie kommt sie darauf? Es hätte mir auffallen müssen. Sieht man es mir an? Ich lasse mich neben ihr auf die Holzbank fallen.

„Ich bin überfallen worden, Kayssa."

Sie tauscht einen blitzschnellen Blick mit Söre. Söre schlägt das Manuskript zu. Greift nach dem ihm zunächst stehenden Glas. Kippt es, murmelt im Absetzen ein schwedisches Wort, das mir dem Klang nach fremd ist, dem Inhalt nach aber Ähnliches auszusagen scheint wie das Wort, das Kayssa bei unserer letzten Sitzung gebrauchte.

„Wann war das?"

„Vor einer halben Stunde."

Kayssa wirft Söre einen schwedischen Satz zu, er antwortet, beide scheinen erregt. Kayssa wendet sich mir zu.

„Erzähl."

Ich scheine plötzlich unter einer Sprachhemmung zu leiden. Bringe das erste Wort nicht heraus. Der Schweiß tritt mir auf die Stirn, ich presse die Hände unter der Tischplatte aneinander.

„Sie steht unter Schock", sagte Kayssa, legt die Finger an meine Schläfen, sieht mir in die Augen. „Gib ihr einen Schluck."

Aquavit als Psochopharmacum. Warum nicht? Ich schlucke, versuche zu sprechen.

„Es war ein Student."

„Germanist? Der Playmaker?"

„Wieso –"

„Weil er um deinen Garten geschlichen ist. Söre hat ihn schon früher gesehen."

„Wann?"

„Einmal an dem Abend, an dem wir dich herzitiert haben. Wir wollten dich vorsichtshalber aus dem Haus bringen. Wir wußten ja nicht, was der Junge vorhat."

„Ihr habt gar nicht angerufen, weil ihr Heiratspläne hattet?"

„Natürlich nicht. Ich meine: Der Söre will mich noch immer heiraten, aber dazu hätten wir dich nicht gebraucht."

Ich werfe einen Blick auf Söre, er nickt zustimmend, versucht mir zuzulächeln, was nur teilweise gelingt.

„Erklär mir das noch einmal, Kayssa."

Mein Hirn ist leer. Kayssa hat sich Sorgen gemacht. Ich hätte es mir denken müssen. Sie tut nichts ohne Grund. Dabei war ich damals beinahe wütend auf sie.

„Darf ich etwas sagen?" fragt Söre.

„Klar. Schieß los."

„Ich wohne auf dem Capitolinus. In Untermiete bei Frau Doktor Leuze. Sie hat vier Zimmer und braucht nur zwei. Die beiden restlichen –"

„Komm, Söre, versuch eine Kurzfassung."

„Das ist die Kurzfassung. Ich gehe also abends manchmal durch den Laubwald, um Luft zu schnappen. Mein Arzt hat bei mir eine Art Jugendverkalkung festgestellt, deshalb –"

„Söre!"

„Klar. Also, ich sehe ihn da um Ihr Haus schleichen. Zweimal, dreimal. Dachte mir erst, er wäre eingeladen und warte die richtige Zeit ab. Dann erzählte ich es Kayssa, und die sagte, eingeladen ist der sicher nicht."

„Weiter."

„Dann, einmal rufen wir Sie an, damit Sie rauskommen. Dann, heute, vermutlich war ich zu früh dran. Da war nichts los, als ich vorüberging."

„Verdammt", sagt Kayssa, „wir sind heute ein bißchen früher, weil mir eine Patientin abgesagt hat. Aber wahrscheinlich wäre es ohnedies nur aufgeschoben gewesen." Sie berührt mich am Arm. „Erzähl."

Ich gebe mir Mühe. Fange bei Rafes Anläuten an, ende bei den Blitzlichtern und seinem Abgang.

„Verdammt", sagt Kayssa, tauscht einen Blick mit Söre, winkt dem Wirt, hält drei Finger in die Luft.

„Das schlimme ist, daß mir nur der glauben wird, der mir glauben möchte. Ich könnte genausogut mit Rafe verabredet gewesen sein."

„Verdammt", sagt Kayssa zum dritten Mal. Schiebt uns unsere Gläser zu, dreht ihres zwischen den Fingern.

„Lauerbach wird dir glauben. Aber das hilft nichts. Wenn die männlichen und weiblichen Klatschweiber aufmarschieren, kann er dich nicht schützen."

„Er hat Neubrand geschützt."

„Neubrand war ein Gartenzwerg von achtundsechzig, und die Schülerin, die ihn bezichtigte, war eine notorische Hysterikerin, die bei der letzten Prüfung durchgefallen war. Ein durchsichtiges Manöver. Bei dir liegen die Dinge anders."

„Was soll ich tun, Kayssa?"

„Zuerst einmal: die Nerven bewahren. Wenn du durchdrehst, dann hast du keine Chance. Morgen früh gehst du zu Lauerbach. Wenn er den Jungen vorlädt, fällt der vielleicht um. Und dann machst du die Anzeige bei der Polizei."

„Was für eine Anzeige?"

„Hausfriedensbruch."

„Wieso? Ich habe ihm die Tür aufgemacht."

„Und dem Fotografen? Hast du dem auch die Tür aufgemacht?"

Ich habe, ohne es zu merken, eine Zigarette aus der Packung gezogen. Drehe sie in der Hand, versuche mich daran festzuhalten. Wie Captain Commander Queeg an seinen Metallkugeln. Ist das noch Schizophrenie oder schon Paranoia? Wer zwölf Jahre mit einem Psychiater verheiratet war, ist vermutlich besonders anfällig.

„Ich weiß nicht, ob ich durchkomme. Es steckt ein teuflischer Plan dahinter."

„Wir kommen durch. Schließlich bist du ebenso glaubwürdig wie ein Student."

„Es sind zwei Studenten. Und vier Blitzlichtaufnahmen."

„Hör mit deiner Mathematik auf, darin bist du eine Niete. Der Söre bezahlt, und wir bringen dich nach Hause."

Söre glitt mit seinem Blick über die kleine Batterie von leeren Gläsern, addierte, multiplizierte im Kopf, legte einen Zwanzigmarkschein auf den Tisch. Stand auf, hüllte Kayssa in ihren pelzgefütterten Regenmantel.

„Ihr wollt mit mir fahren?"

„Du fährst mit uns", erklärte Kayssa, „dein Auto bleibt hier stehen. Ein Wahnsinn, daß du dich heute überhaupt ans Steuer gesetzt hast. Der Söre ist ein fabelhafter Fahrer. Er geht dann zu Fuß zurück und stellt dir den Wagen vor die Tür." Sie griff nach ihrer monumentalen Beuteltasche und schenkte im Umwenden dem Adlatus einen aufmunternden Blick. „Stimmt's, Söre?"

„Klar", sagte der skandinavische Freud, schloß mit spitzen Fingern die Verschnürung seiner Gebirgsjägerjacke und bahnte uns durch Rauch und Alkoholdunst einen Weg zur Tür.

Schon von der Biegung aus glaubte ich Licht in meinem Garten zu sehen. Dachte dann, daß ich mich geirrt hätte und drückte mich tiefer in den Polstersitz. Dann, als wir aus dem Laubwald auftauchten, Söre den Wagen für das letzte Steilstück auf den zweiten Gang schaltete, sah ich es deutlich.

„Was ist, Simone?"

„Vor meinem Haus steht ein Wagen. Er hat die Scheinwerfer eingeschaltet."

„Erwartest du jemanden?"

„Nein."

Sie drückte ihr Gesicht an die Scheibe. Der Nebel stand dichter über dem Boden, nahm, sobald er von Söres gelbem Scheinwerfer angestrahlt wurde, die Dichte einer Wand an.

„Irrst du dich nicht?"

„Nein. Neben der Buche beginnt mein Gartenzaun."

„Fahr langsam, Söre."

Söre nahm den ersten Gang. Der Wagen schnaufte, ratterte wie ein Traktor.

„Es ist ein Kombi. Oder, warte –"

Ein Polizeiwagen. Einer von den Landrovern, sechssitzig, mit Plachendach.

„Fahr weiter, Söre."

Er bog durch das Tor, hielt auf dem Kiesplatz. Die Laterne schimmerte matt, ihr trichterförmiger Schein fiel auf den dunkelgrünen Wagen, der schräg vor der Treppe stand. Zwei Polizisten waren dabei, mit Laternen die Hecke und den Kiesweg abzusuchen.

„Warte, Simone."

Ich war ausgestiegen. Kayssa kletterte auf der anderen Seite aus dem Wagen. Einer der Polizisten, die neben dem Rover standen, trat auf mich zu.

„Sind Sie Frau Sommer?"

„Ja."

„Ich habe Ihnen ein paar Fragen zu stellen. Können wir ins Haus gehen?"

„Selbstverständlich."

„Augenblick", sagte Kayssa, „worum handelt es sich?"

„Wer sind Sie?"

„Sie ist mein Arzt", sagte ich, „der Chef der psychiatrischen Klinik und Ordinaria an der Victoria Luise."

„Und der junge Mann im Wagen?"

„Mein Assistent", sagte Kayssa.

„Ich kann Sie nicht gleichzeitig vernehmen. Wenn ich die Herrschaften bitten dürfte, sich bereitzuhalten. Haben Sie den Abend gemeinsam verbracht?"

„Nur die letzte Stunde". Ich schrecke aus dumpfem Dämmern hoch. „Was heißt vernehmen?"

„Folgen Sie mir bitte." Der Mann trägt einen Nappaledermantel, keine Uniform, der Kommissar, denke ich, das Spiel geht weiter. Er steht neben mir, als ich die Tür aufschließe. Hinter mir ruft jemand in den Garten hinunter: „Alfred! Sie ist zurück."

Der Ledermantel ist mir auf den Fersen. Denkt er, daß ich flüchten will? Er sieht sich im Vorzimmer um, macht einem Polizisten, der auf der Treppe steht, ein Zeichen, deutet auf den Fußboden. Als ich die Wohnzimmertur öffne, sehe ich, daß ein dünner Mann im Trenchcoat mit Bürstenhaarschnitt Kayssa und Söre in den Vorraum eskortiert. Kayssa wendet sich mir zu, hebt die Hand.

„Bleib auf dem Posten, Simone. Sag nichts ohne Anwalt."

Anwalt? Ich knipse die Stehlampe an, der Ledermantel weist mir den Platz auf der Couch zu, läßt sich mir gegenüber in den Armsessel fallen. Ich will nach meiner Tasche greifen, er stoppt mich mit einer Handbewegung.

„Lassen Sie, bitte."

Ich falte die Hände im Schoß. In ein paar Minuten wird alles geklärt sein. Vielleicht wache ich auf und erzähle Hillebrand meinen sonderbaren Traum.

„Wo haben Sie den heutigen Abend verbracht?"

„Zu Hause. Warum fragen Sie?"

Der Trenchcoat ist eingetreten, er hat ein Spitzmausgesicht, trägt eine Nickelbrille. Setzt sich grußlos auf den Samthocker, zieht Bleistift und Notizblock aus der Tasche.

„Geht's los, Chef?"

„Augenblick."

Der Ledermantel blickt sich suchend um, die Hand auf der Brusttasche. „Gibt's hier irgendwo einen Aschenbecher?"

Ich hole ihn aus dem unteren Tischfach, schiebe ihn vor seine Nase. Er nickt, zieht die Zigarettenpackung heraus, entnimmt ihr eine braune, dünne Rolle mit goldenem Mundstück.

„Also, noch mal von vorn."

„Darf ich erfahren, worum es geht?"

„Wir sind dabei." Der Ledermantel zündet genußvoll seine Zigarette an, bläst den Rauch in meine Richtung, öffnet den schwarzglänzenden Gürtel und zwei Mantelknöpfe, lehnt sich im Sessel zurück.

„Zu Hause waren Sie? Den ganzen Abend?"

„Bis auf die letzte Stunde. Da war ich in der Kneipe am Hendricksdamm."

„Wann haben Sie das Haus verlassen?"

„Etwas nach neun."

„Hatten Sie im Lauf des Abends Besuch?"

„Besuch? Nein. Jemand hat – jemand war hier."

„Ein Student?"

„Ja. Woher –"

„Amerikanischer Staatsbürger, Stoppelhaar, Anorak, untersetzte Figur?"

„Rafe Collins. Er ist einer meiner Hörer."

„War er öfter hier?"

„Nein. Nur heute. Er hat –" Ich stocke.

„Ja? Was hat er?"

Der Spitzgesichtige kritzelt, ohne abzusetzen. Vermutlich Stenogramm. Einzelne Worte schreibt er aus. Den Namen beispielsweise. Rafe Collins. Ich werde hier in einer Art vernommen, als wäre ich der Attentäter, nicht der Überfallene.

„Ich wäre ohnehin zu Ihnen gekommen. Ich wollte nur vorher mit meinem Rektor sprechen."

Es bleibt mir nichts als die Flucht nach vorn. Wenn ich nicht handle, werden es die anderen tun.

„Sie wollten eine Anzeige machen?"

„Ja", sage ich. Kayssa hat mir dazu geraten, sie ist nicht betroffen, als Außenstehender weiß man immer besser, was zu tun ist. „Ich möchte – ich muß wegen Rafe Collins Anzeige erstatten."

„Weswegen?"

„Er hat mich überfallen. Mit einem Komplizen. Der andere hat Blitzlichtaufnahmen gemacht. Collins hat mich auf die Couch geworfen, und der andere hat fotografiert."

„Wer war der andere?"

„Das weiß ich nicht. Ich konnte ihn nicht erkennen."

„Wie ist der –" Der Ledermantel sieht über die Schulter des Spitzgesichtigen auf den Notizblock, „– Collins, wie ist er ins Haus gekommen?"

„Ich habe ihm aufgemacht. Er läutete und sagte, daß er mich sprechen müßte."

„Was geschah, als er im Haus war?"

„Er sagte ein paar absurde Dinge. Daß er in mich verliebt wäre und ich ihm helfen müßte."

„Was finden Sie daran absurd?"

„Er hat drei Jahre lang keine Andeutung gemacht. Ich hielt ihn für homosexuell."

„Die Gefühle homosexueller junger Männer konzentrieren sich manchmal überraschend auf eine reifere Frau, die ihnen in geistiger Beziehung begehrenswert erscheint."

„Das habe ich schon gehört."

„Dennoch halten Sie Collins' Erklärungen für seine Liebe nicht für plausibel?"

„Nicht im geringsten. Seine Liebeserklärung war eine Show. Er sagte sie auf wie eine Rolle. Nichts daran stimmte. Er hat es nur gesagt, um die Blitzlichter zu ermöglichen."

„Was geschah weiter?"

„Er warf mich auf die Couch und küßte mich. Dann kam der Fotograf. Collins sagte: ‚Mach um Gottes willen schnell, ich kann nicht mehr.'"

„Zu Ihnen?"

„Nein. Er sagte es eindeutig zu dem Fotografen. Als die Bilder gemacht waren, ließ er mich los und entschuldigte sich."

„Was taten Sie?"

„Ich schrie ihn an, das Haus zu verlassen. Als er nicht gehen wollte –"

„Ja. Was?"

Sei vorsichtig, hat Kayssa gesagt. Kein Wort ohne Anwalt.

„Also?"

Mein Gott, ich habe nichts zu verbergen.

„Ich wollte, daß er augenblicklich verschwindet. Als er etwas stotterte, wurde ich wütend."

„Sie nahmen den Leuchter?"

„Den Leuchter?"

Das Blut schießt mir in die Schläfen, siedendheiß.

„Wie kommen Sie auf den Leuchter?"

„Weil er im Vorzimmer auf dem Boden liegt. Das Gegenstück steht hier."

Er weist mit dem Blick auf das Kaminsims.

Von hier habe ich ihn weggenommen. Aber –

„Sie verfolgten Collins mit dem Leuchter bis zur Tür. Was geschah dann?"

„Collins ging und ich ließ den Leuchter fallen."

„Ohne Collins noch einmal zu bedrohen?"

„Ich habe ihn nicht bedroht. Ich wollte, daß er geht."

„Was geschah dann?"

Was bedeutet all das? Wozu die Fragen?

„Antworten Sie bitte: Was geschah, als Collins das Haus verlassen hatte?"

„Ich stieg in meinen Wagen und fuhr zum Hendricksdamm. Ich dachte, daß Professor Malmström dort wäre."

„Haben Sie unterwegs angehalten?"

„Natürlich nicht. Ich wollte sie so schnell wie möglich sprechen."

„Besitzen Sie einen Revolver?"

„Nein."

„Lebt jemand in diesem Haus, der einen Revolver besitzt?"

„Ich lebe allein. Mein Mann ist in den Staaten. Mein geschiedener Mann. Ich bin geschieden."

Solange ich bei dir bin, hat Sebastian gesagt, wird dir etwas Derartiges nicht zustoßen. Der Ledermantel setzt zu einer neuen Frage an, ich komme ihm zuvor.

„Ich sage kein Wort mehr, ehe Sie mir nicht erklären, was das hier bedeutet."

„Wollen Sie das wirklich wissen?" fragt der Ledermantel, beugt sich vor, dämpft seine Zigarette im Aschenbecher ab. „Collins ist tot. Halsdurchschuß. Er ist vor einer Stunde im Laubwald gefunden worden. Neben der Straße, etwa zweihundert Meter von Ihrem Haus."

Es dringt nicht gleich zu mir durch. Manchmal ist man schwer von Begriff. Vor allem, wenn einem unglaubhafte Dinge in einem Ton gesagt werden, als könnten sie wahr sein. Rafe war vor etwas mehr als einer Stunde hier. Hat mich auf die Couch geworfen, auf der ich jetzt sitze. Es war eine schlecht geprobte Szene mit schlechtem Text, und elend gespielt. Aber er war dabei lebendiger, als ich ihn je vorher erlebt habe, mit Ausnahme der Sekunden, da er auf dem Spielfeld im Alleingang gegen das gegnerische Tor stürmte.

Absurd, daß meine erste Regung Mitleid ist. Der Junge hat mich erledigt, und ich empfinde keine Spur von Rachsucht oder Haß. Für die Rachsucht wäre es ohnehin zu spät. Er liegt im Laubwald, vielleicht mit Zeitungen zugedeckt, wie das üblich ist, bis die Polizei die Spuren gesichert hat. Oder ist schon abtransportiert worden, auf einen Plastiktisch gebettet, auf Gummirädern in den Seziersaal gerollt.

Ich bin dem Ledermantel weggeglitten, habe sein spärliches Wohlwollen strapaziert. Er beobachtet mich aus den Augenwinkeln, zerrt an der Gürtelschnalle.

„Haben Sie nichts dazu zu sagen?"

Was soll ich dazu zu sagen haben? Ich habe es noch nicht einmal begriffen. Ich sehe auf, begegne seinem abschätzenden Blick.

„Sie sind nicht sehr erschrocken, scheint mir."

Erschrocken? Vielleicht nicht.

„Es ist möglich, daß ich seit dem Überfall unter Schock stehe. Doktor Malmström hat so etwas gesagt."

„Unsere Leute werden das feststellen." Er schlägt, noch sitzend, die Hacken zusammen, holt, sich zurücklehnend, Schwung, katapultiert sich aus dem Sessel hoch. Hantiert, vor mir stehend, mit Schlaufe und Gürtelende.

„Frau Sommer, ich muß Sie bitten, ein paar Sachen zusammenzupacken, Nachtzeug und Toilettenartikel.“ Er leiert es herunter, gibt der Spitzmaus einen Wink aufzustehen. „Es tut mir leid, ich muß Sie festnehmen.“

Die Spitzmaus hat Block und Bleistift eingesteckt, ist an meine Seite getreten. Die Tür öffnet sich, zwei Polizisten stehen im Rahmen. Wie hat die Verständigung geklappt? Drahtlose Telegraphie? Oder haben die Posten Order, an der Tür zu horchen? Ich sehe auf, in meinem Kopf kreist geräuschlos ein Rad.

„Festnehmen? Was heißt das?“

„Es besteht Fluchtgefahr. Ich muß Ihnen mitteilen, daß Sie unter Mordverdacht stehen.“

„Mordverdacht?“

„Collins“, sagt der Ledermantel, und zielt mit dem Metalldorn seiner Gürtelschnalle nach der ausgestochenen Öse, „war noch nicht tot, als er aufgefunden wurde. Die beiden Männer, die ihn entdeckten, haben übereinstimmend angegeben, daß er auf die Frage, ob er etwas mitzuteilen habe, Ihren Namen genannt hat.“

Die Uhr tickt nicht, sie schnarrt. Blechern wie ein Kinderspielwerk. Die Zeiger kreisen, ohne sich vom Fleck zu rühren. Sooft ich hinsehe, zeigen sie die gleiche Zeit. Das Gehäuse vibriert bei jedem Stoß, das Ticken hält es in ständiger Bewegung. Eine kranke Uhr, sie zittert. Alles in diesem Raum ist krank. Die Pflanze auf dem Sims des viereckigen, vergitterten Fensters, der Wasserhahn, der ohne Unterlaß in das flache Zinnbecken tropft. Die Wand, die unter der abbröckelnden Tünche gelbliche Flecken aufweist, als wäre sie mit Galle oder anderen ekelerregenden Stoffen beschmiert. Man hat mir ein Radio in die Zelle gestellt, eigentlich ist es keine Zelle, hat der Ledermantel gesagt, nur das Haftzimmer. Die Zelle kommt später, vorher noch die Untersuchungshaft, da geht es Ihnen erstklassig, natürlich relativ gesehen, bis sich die Schuld herausstellt, dann, beim Prozeß. Ich höre zu, ohne zu verstehen. Da ist das Würgen im Hals, sie haben mir Fleischklöße gebracht, in einer braunen Soße, zwei

Salzkartoffeln dazu. Sie müssen essen, sagte der Aufsichtsbeamte, als ich den Teller wegschob, essen, damit Sie bei Kräften bleiben, Sie werden sehen, eines Tages fangen Sie damit an, im Anfang streiken alle.

Ich versuche mir nach dem Sonnenstand auszurechnen, nach welcher Himmelsrichtung das vergitterte Fenster liegen könnte. Da ich bei Nacht hereingebracht wurde, habe ich die Orientierung verloren. Die Novembersonne ist so schwach, daß es schwierig ist, den Strahleneinfall zu erkennen. Ich versuche in Gedanken zu rekonstruieren, auf welcher Seite des Kommissariats ich vorher viereckige, vergitterte Fenster bemerkt habe, komme nicht darauf. Du gehst blind durch die Welt, Mami, hat Christopher oft gesagt, du wärst ein schlechter Zeuge.

Vielleicht bin ich eine gute Angeklagte. Bei meiner Aussage habe ich den Ledermantel ohnehin an den Rand seiner Geduld gebracht.

Bauchschmerzen. Wütend, als stäche man mir mit Messern in die Eingeweide. Nerven, was sonst? Ich krümme mich auf dem Stahlbett zusammen. Die graue Decke riecht nach Kaffee und Mäusekot. Das Wasserglas, das man mir gebracht hat, trägt Lippenstiftflecke, obwohl ich es nicht berührt habe. Vielleicht hat man eine Prostituierte nach der Perlustrierung damit gelabt.

Ob Lauerbach es schon weiß? Und die Kollegen. Nikolaus, Sue. Ich weiß, wie rasch sich Sensationen in der Alma mater herumsprechen. Warte nur ab, hat Sue gesagt, einmal erwischt es auch dich.

Die Handtasche hat man mir fortgenommen. Ob er, der geschossen hat, weiß, daß ich hier seine Stelle einnehme? Es ist anzunehmen. Ich versuche mir seine Gefühle vorzustellen. Erleichterung, daß es ihm gelungen ist, die Schuld abzuschieben? Mitleid mit seinem Opfer? Die Uhr tickt und vibriert, die Tropfen fallen in das Becken. Ich wüßte gern, wie das Polizeigefängnis von Clermont-Ferrand ausgesehen hat. Großvater hat nie darüber gesprochen. Er pflegte unangenehme Erinnerungen unter den Tisch zu fegen. Als Kind konnte ich den Schlaf erzwingen, wenn ich verzweifelt oder traurig war. Er kam und nahm meine Gedanken fort. Wenn ich mich auf die Schlaftabletten konzentriere, die sich in meiner konfiszierten Handtasche befinden, gelingt es mir vielleicht auch hier.

Ich fahre hoch, weil sich ein Schlüssel im Schloß dreht. Die Decke riecht noch immer nach Mäusekot. Ich habe mir das Gesicht zerkratzt, an einer Nadel, die in dem grauen Filz steckt. Vor dem vergitterten Fenster ist es diesig geworden, der Regen fällt, wie gestern um die gleiche Zeit.

Da stand Rafe Collins auf dem Treppenabsatz.

Draußen nähert sich ein Licht, fällt durch die Milchglasscheibe über der Tür. Ist in den Raum gedrungen, gleitet über die kranke Pflanze, den fleckigen Bretterboden. Dann eine Stimme.

„Ist sie hier drin?"

„Jawohl, Herr Oberstaatsanwalt."

„Warum nicht in Eckhartsfeld?"

„Wir dachten –"

„Schließen Sie auf."

Im Gegenschein drei Gestalten in der Tür. Sie schieben sich in den Raum. Lichtschalter, Helle. Der Ledermantel. Ein kleiner, bebrillter Herr mit weißen Haaren im Tweedmantel. Ein Polizeibeamter in Uniform mit Schlüsselbund.

„Frau Sommer?"

„Ja."

Das Licht blendet, schmerzt in den Augen.

„Sie sind ab sofort auf freiem Fuß."

„Ich bin –" Es geht zu schnell.

„Oberstaatsanwalt Ullrich." Er macht eine knappe Verbeugung. „Ihr Anwalt hat Ihre sofortige Freilassung durchgesetzt. Professor Hillebrand kam heute morgen mit ihm zu mir."

Ich habe keinen Anwalt. Er hat mir einen besorgt.

„Ich sah keinen Grund, Ihren weiteren Verbleib in Untersuchungshaft zu verfügen, notabene die Aussage des ermordeten Collins dazu nicht ausreicht."

Der milchweiße Schleier vor meinen Augen läßt die Gitterstäbe ineinandergleiten, sich auflösen. Ich drücke eine schlaffe, lauwarme Hand, bekomme meine Tasche und Mantel ausgefolgt, eine Tür wird aufgesperrt, würden Sie hier unterschreiben, danke.

...Übrigens, der Herr Rektor erwartet Sie. Wo steht Ihr Wagen, soll Sie die Funkstreife nach Hause bringen, oder ein Taxi? Keine Mühe, sage ich, wenn Sie mich, bitte, allein lassen würden.

Vierundzwanzig Stunden Haft und man ist nicht der Mensch, der man vorher war. Wie ist es nach fünf Jahren, nach zehn? Wohin soll ich gehen, nach Hause oder zu Lauerbach? Nach Hause. Eine Vorlesung ist ausgefallen. Bleibt nur noch eine und zweimal Seminar. Der Regen kriecht in meinen Mantelkragen, es tut sonderbar wohl, das Wasser auf der Haut zu fühlen. Die Luft im Arrestzimmer war stickig, sogar die Pflanze ist davon krank geworden. Hillebrand. Zwei Straßen weiter ist eine Telefonzelle. Ich werfe eine Münze ein, wähle seine Nummer.

„Der Herr Professor ist mit dem Nachmittagsflugzeug nach Berlin geflogen. Er kommt am Sonnabend zurück."

„Hat er keine Nachricht für mich hinterlassen?"

„Nein, gnädige Frau, tut mir leid."

Der Regen ist kälter geworden. Ich habe den Hendricksdamm erreicht, beginne stadtauswärts zu gehen. Mechanisch, langsam, Schritt für Schritt. Wieviel Zeit habe ich? Vier Tage. Niemand ist da, um mich zu erwarten. Wenn man zu Fuß nach Columbia, Carolina, gehen könnte, wie lange würde man dazu brauchen?

Es ist fast zehn Uhr, als ich die Haustür aufschließe. Der Regen hat meine Kleider bis auf den letzten Faden aufgeweicht. Wozu habe ich mir diese Strafe verschrieben? Weil ich so unvorsichtig war, Rafe Collins in mein Haus zu lassen? Oder weil es Hillebrand und nicht Sebastian war, der mich aus der Haft geholt hat?

Die Wohnung sieht aus wie vorher. Auch der Leuchter steht an seinem Platz. Wahrscheinlich hat man außer meinen Fingerabdrükken nichts daran gefunden. Rafes tödliche Verwundung stammt von dem Revolverschuß. Man hat mich wieder gehen lassen. Unsichtbarer Antagonist: Ich bin so frei wie du. Wenn ich ein brauchbarer Kriminalist wäre, würde ich dich aufstöbern und zur Strecke bringen.

Zehn Minuten nach zehn läutet das Telefon.

„Hallo?"

„Hallo, du Tier. Wo hast du gesteckt? Gefion und ich haben uns Sorgen gemacht."

„Sorgen um mich?"

„Man hat uns gesagt, daß du gegen sieben Uhr entlassen wurdest. Wo bist du gewesen?"

„Ich bin zu Fuß gegangen."

„Verrückt." Es knackt im Apparat, dann Lauerbachs energisches Räuspern. „Wir haben zu reden. Wann paßt es dir?"

„Wann du es möchtest, Magnifizenz. Um eins endet meine Vorlesung."

„Die Vorlesung", sagt Lauerbach, „laß ruhig ausfallen. Könntest du gegen zehn bei mir sein?"

„Um zehn im Rektorat."

„Nein", sagt Lauerbach, „nicht im Rektorat. Ich erwarte dich bei mir zu Hause. Dann bis morgen."

„Bis morgen, Magnifizenz."

„Du kannst es dir denken", sagt er, reckt das Kinn in die Luft, die Kekse, die Gefion auf den Glastisch gestellt hat, stehen unberührt neben den unberührten, mit einer orangeroten Flüssigkeit gefüllten Gläsern. „Es ist eine Schutzmaßnahme. Ich kann nicht verantworten, daß du von seiten der Hörerschaft Unannehmlichkeiten ausgesetzt bist."

„Meine Hörer –"

„Es gibt immer ein paar Aggressoren", sagt Lauerbach, „manchmal fehlt ihnen nur der Anlaß. Wenn du willst, gilt das gleiche für die Kollegenschaft. Es geht nicht nur um den Mord. Die Fotos sind in erstklassigen Kopien an alle Dekane gegangen, darunter Caspar Hillebrand. Natürlich anonym, per Post. Wenn ich der einzige Empfänger wäre, hätte ich sie verschwinden lassen. Aber damit hat der Absender wohl gerechnet."

An alle Dekane. Der Absender muß der Alma mater nahestehen. Meine Vorlesung fällt aus. Das ist nur der Anfang. Ich hätte es wissen müssen, als Lauerbach mir sagte, daß er mich in seiner Wohnung erwarte. Er will nicht, daß ich die Alma mater betrete. „Ehe die Sache nicht geklärt ist –"

Was habe ich gedacht? Ein Lehrer, der in Disziplinaruntersuchung steht –

„Bedeutet das ein Disziplinarverfahren für mich?"

„Unumgänglich", sagt Lauerbach, sieht auf, in seinen Augen steht ein Schimmer von Wärme, den ich bei ihm noch nie bemerkt habe. „Verzeih, daß ich es so hart formuliere: Ich habe sonst keine Chance. Das Kollegium wird darauf bestehen. Erinnere dich an die Geschichte mit Neubrand. Ich konnte mich nur vor ihn stellen, weil ich die Schülerin zur Aussage brachte."

„Mein Schüler kann nicht aussagen. Er ist tot."

„Vielleicht verliert der Komplize die Nerven. Im speziellen Fall können die Ermittlungen der Polizei nur nützlich sein. Hast du eine Ahnung, wer es sein könnte?"

Meine Ahnung ist so subjektiv, daß ich mir selbst nicht traue. Ich schüttle den Kopf.

„Ein Motiv muß der Bursche ja haben."

Lauerbach steht vor mir, die Hände in den Rocktaschen vergraben. Sein Kinn mahlt unsichtbare Kiesel zu Sand. Er ist machtlos und haßt meinen unsichtbaren Gegner, hat ihn zu seinem eigenen gemacht. Mein Gefühl der Dankbarkeit ist von verzweifelter Beschämung unterhöhlt: Was gäbe ich darum, uns beiden die Situation ersparen zu können. Er macht eine Kehrtwendung, marschiert in einem großen Bogen um den Glastisch, bleibt dann wieder stehen.

„Hast du zu arbeiten?"

„Meine Anthologie. Die Korrektur ist noch nicht fertig."

„Wenn du soweit bist, wird die Sache geklärt sein." Er stößt mit seinem Kinn in die Luft, mustert die Tapetenleiste. „Am besten ziehst du dich ein wenig zurück. Zu deinem eigenen Schutz. Die Kollegen –" Er räuspert sich, korrigiert ohne Schärfe oder Zynismus. „Die Freunde werden dich zu finden wissen."

„Ganz recht, Magnifizenz."

„Muß ich dir sagen, daß Gefion und ich jederzeit für dich da sind?"

„Nein, Magnifizenz." Es würgt mich im Hals. Der Delinquent vor der Verbannung auf die Strafinsel. Lauerbach macht es mir leicht, gibt mir den Morseapparat in die Hand, über den ich aus der Klausur SOS funken kann.

„Dann halt die Ohren steif, du Tier. Es soll nicht unsere letzte gemeinsame Schlacht sein."

„Ich werde mein Bestes tun, Magnifizenz."

„Bis bald."

Er steht auf der Treppe, keuchend, am Nachmittag tags darauf, den Sack über die Schulter geworfen wie weiland Sankt Nikolaus. Versucht die regennassen Brillen mit regennassen Wollhandschuhen zu säubern, verfolgt mit geduldigem Blick sein auf dem Kiesplatz abgestelltes Moped, das sich im Regen seitwärts neigt und schließlich wie ein wildes Tier auf dem von Wasserbächen durchzogenen Boden zur Ruhe legt: Krappmeier, Portier und Giftmischer, von niemandem entsandt, nein, er käme ganz von selbst. Der Nachtportier sei für ihn eingesprungen, es habe ihm keine Ruhe gelassen, er müsse mich mit eigenen Augen sehen.

In der Alma mater kursieren die wildesten Gerüchte. Er erzählt es bei einem Glas Glühwein, hat seinen Sack ausgepackt. Krautköpfe, selbstgezogen, aus den vermutlich mit Arsen gedüngten Beeten seines Schrebergartens, ein Sack Kartoffeln, Mohrrüben, Rotkohl. Er breitet die Schätze auf meiner Couch aus, keine Angst, ich lege Zeitungspapier darunter, ich dachte, Vitamine wären gut für Sie. Alles erste Qualität, ich dachte, falls Sie von der Kost schwach sind, Sie wissen schon.

Also meint man in der Alma mater, daß gegen mich Mordanklage erhoben sei? Nicht nur das, die Meinungen gehen auseinander. Man glaubt also, daß ich schuldig bin? Mein Gott, was heißt hier schuldig, jedem können die Nerven durchgehen, wenn er gequält oder erpreßt wird. Immerhin, wie man sieht, Sie sind nicht in Haft –

Er starrt durch die nunmehr gereinigten Brillengläser in seinen Glühwein, wollte mich nicht verletzen, sondern verteidigen, mir zu versehen geben, daß er versteht. Ich muß versuchen, meine seelische Verkrampfung loszuwerden und gutmeinende Besucher nicht zu brüskieren. Wonach soll man urteilen, wenn nicht nach dem Schein? Ich gieße Krappmeiers Glas noch einmal voll.

„Wie geht es Bärbel?"

„Weniger", sagt er. „Sie ist schon einmal ausgerissen. Kam dann von selbst an und sagte, daß sie wieder zurückwolle. Die Aufseherin sagt, daß sie jede Nacht das Kissen vollheult. Ehrlich gesagt, ich weiß mir keinen Rat. Alle meinen, ich soll für ein Jahr hart bleiben, dann wird man sehen. Sie schreibt nicht, lernt nicht seit dem Ausreißmanöver. Ist total weggetreten, sagt die Aufseherin. Ich wollte Sie schon bitten, aber wie die Dinge jetzt liegen –"

Ich weiß nicht, wie die Dinge liegen. Will er mich nicht belästigen oder Bärbel keine aus disziplinären Gründen außer Dienst gestellte Beraterin zumuten? Krappmeier ordnet die Kohlköpfe, dreht das leere Glas in seiner Hand, steht schließlich auf.

„Ich bin froh, daß ich Sie gesehen habe. Jetzt kann ich allen sagen, daß es Ihnen gut geht. Es geht Ihnen doch gut?"

„Natürlich", sage ich, rolle den Nikolaussack zu einer Wurst, reiche ihn zusammen mit dem Wanderstab dem in wohlwollender Verlegenheit etwas windschief dastehenden Krappmeier. „Sie können es allen sagen. Es geht mir gut."

Nikolaus kam am Abend desselben Tages. Gesträubtes Igelhaar, ein Paket Bücher unter dem Arm.

„Damit du etwas zu lesen hast, Simone. Ich dachte, falls dir die Zeit lang wird."

Er tat so, als wäre es ein normaler Besuch. War rührend in dem Versuch, den zwischen uns gewohnten Ton aufrechtzuhalten. Erzählte vom Institut, Kayssa und Söre, Sue.

„Kayssa kommt morgen. Ist bei Sutterfield zu einer Besprechung."

Meinetwegen? Ich frage nicht, glaube es zu wissen. Sie redet nicht viel, versucht zu handeln. Hat die Dinge kommen sehen, sich hinter Söre verschanzt, um besser auf mich aufpassen zu können: das Narrenkleid, zu dem sie mir geraten hat. Sie legt es manchmal selbst an, um ihre Klugheit dahinter zu verstecken.

„Wie geht's mit Apulien?"

„Die Fahnen sind fertig", sagt Nikolaus, „morgen sehe ich den Buchumschlag. Ein Schiff mit auf Halbmast gesetzten Segeln, orangerot und braun. Abendlicht, verstehst du? Ich hoffe, daß der Graphiker die Stimmung trifft. Es muß die Hoffnung drin sein und die Resignation."

„Ist das schwierig? Ich glaube, daß beides nahe nebeneinander liegt."

„Nicht für jeden", sagt Nikolaus. „Meine Heldin braucht fast ein Leben, um dahinterzukommen."

Ich bin unkonzentriert. Formuliere die Frage, die ich ihm stellen möchte, in Gedanken hundertmal um. Weiche schließlich auf eine andere aus.

„Wie geht es deiner Schwägerin?“

„Besser. Sie hat sich mit der Wendung abgefunden. Vielleicht ist sie sogar erleichtert, ohne es sich einzugestehen. Es ist ein Unterschied, ob man einen Kranken oder einen Kriminellen zum Sohn hat.“

Und du, Nikolaus? Wen hast du zum Sohn? Ich glaube, daß du es nicht weißt. Ich weiß es auch nicht. Aber die Fäden laufen durch seine Hand.

Ich stelle die Frage so beiläufig wie möglich: „Ich habe Daniel lange nicht gesehen. Ist er verreist?“

„Verreist? Nein. Er ist hier. Wie kommst du darauf?“

„Ich dachte, ich hätte es in der Alma mater gehört. Geht es ihm gut?“

„Daniel? Ich weiß nicht. Er scheint verschlossen, verstört. Seit Monaten. Ich habe mit Sutterfield darüber gesprochen. Er fragte, ob der Zustand vielleicht mit dem Beginn des Prozesses gegen Volker zusammenfiele. Ich konnte es ihm nicht sagen. Ich weiß es nicht.“

„Zeichnet er?“

„Zeichnen? Nein. Er hat seit seinem zehnten Lebensjahr nicht mehr gezeichnet. Vielleicht wäre es gut für ihn. Ich denke es manchmal.“

„Hat er die Graphikausstellung gesehen? Die Vernissage war vorgestern. Ein paar von meinen Hörern waren dort.“

„Daniel geht in keine Ausstellungen.“ Nikolaus richtet sich auf. „Warum fragst du, Simone?“

„Ohne besonderen Grund.“

„Sag mir die Wahrheit.“

„Wovon redest du, Nikolaus?“ Ich fühle die Röte in meine Wangen steigen, wende mich ab. Idiotisch. Ich habe es idiotisch angefangen.

„Du willst wissen, ob Daniel vorgestern abend zu Hause war.“

Er ist sehr ruhig. Nur seine Lippen zittern. Er spricht langsam, seine Hände liegen offen auf den Knien.

„Wie kommst du darauf, Nikolaus?“

„Zuerst hast du gefragt, ob er verreist war. Er geht zu keinen Ausstellungen. Du denkst –“

„Ich denke nichts. Ich schwöre es dir.“

„Laß mich überlegen“, sagt er, faltet die Hände, seine Igelstirn bekommt Falten, es sieht herzzerreißend aus, in seinen Augen steht die nackte Angst. „Wenn du mir ein wenig Zeit gibst –“

„Du hast mich falsch verstanden. Ich –“

„Ich habe dich richtig verstanden“, sagt Nikolaus, „und die Antwort ist nein. Er war vorgestern abend nicht zu Hause. Er war mit einem Freund unterwegs. In der Stadt. Sie haben sich meinen Wagen ausgeliehen. Gegen zehn kam er zurück.“ Nikolaus sieht auf, seine Hände sind ineinander verschlungen, die Igelhaare stehen über der gekrausten Stirn steiler zu Berg als sonst. „Das hat er mir gesagt. Wer der Freund war, weiß ich nicht. Wir haben nicht viel gesprochen in der letzten Zeit.“

„Vergiß es, Nikolaus.“

Vielleicht ist das mein Todesurteil. Aber ich kann nicht anders. Nikolaus sitzt still, seine Hände sind auf den Knien zur Ruhe gekommen. Er atmet unhörbar, es macht ihm Mühe, sich aufrecht zu halten. Ich habe klaftertief in eine alte Wunde gestoßen, seinen Lebensnerv getroffen. Wenn ich nicht fürchten müßte, auf der Strecke zu bleiben, nicht meinetwegen, auch Christophers wegen. Ich habe einen Sohn, Nikolaus. Er ist mein Sohn, wie Daniel deiner ist.

„Simone“, sagt er, „wenn du einen Verdacht hast –“ Die Stimme entgleitet ihm, er merkt es nicht, spricht weiter, die Lippenbewegungen formen keinen Ton, er hält inne, korrigiert mechanisch, ohne sich des Geschehenen bewußt zu werden. „Wenn du glaubst, daß Daniel das geringste mit der Sache zu tun haben könnte –“, er hält inne, setzt den Satz fast unhörbar fort, „dann bitte ich dich, es mir zu sagen.“

Keine Ursache. Du kannst mir nicht weiterhelfen. Ich wollte es nur wissen. Vielleicht weiß ich es jetzt. Im Grunde war es nur eine Bestätigung. Warum soll ich dir deine Ruhe nehmen, ohne Sinn? Es würde nichts ändern. Wenn Daniel lügt, belügt er auch dich.

„Vergiß es“, sage ich noch einmal, meine Glieder sind schwer wie Blei. Als Kind, wenn ich Fieber hatte, fühlte ich Kugeln aus kaltem Quecksilber über meine Haut laufen. Sie rollten, stießen aneinander mit dumpfem Klang. Nikolaus hat den Kopf gehoben, sieht mich an, banger Zweifel, seine Stirn ist gekraust, seine Nase spitz, ein desparater Igel. Ich zwinge mich zu einem Lachen, schüttle den Kopf.

„Du hast mich mißverstanden, Nikolaus. Laß dich durch die Familienchronik nicht ins Bockshorn jagen. Es gibt Gedankenspiele, die gefährlich sind."

„Es gibt solche, die tödlich sind", sagt Nikolaus, an mir vorbei durch die Wand sehend, mit tonloser Stimme.

Wieder ein Tag. Lauerbach hat mich zum Tee gebeten. Er will eine Einvernahme ansetzen, morgen, bevor er ein Disziplinarverfahren einleitet. Ja, das sei unüblich, aber er habe es durchgesetzt – Ein Dekan und ein Ordinarius wollen aussagen. Wer? Hillebrand und Professor Malmström. Und ein weiterer Ordinarius hat sich ebenfalls zu Wort gemeldet. Ich brauche nicht zu fragen, um wen es sich handelt.

Gestern bin ich ihr begegnet. Auf dem Weg zur Stadt. Der Schnee lag graugefleckt zu beiden Seiten der Straße. Ich hielt beim Kiosk an der Böschung, um mir die Abendzeitung zu kaufen, fuhr wenige Meter in den leeren Parkplatz hinein. Als ich ausstieg, sah ich, daß dicht an der Hecke ein unbeleuchteter Wagen stand. Unvorsichtig, dachte ich, wenn ich ein paar Meter weiter gefahren wäre, hätte ich ihn gerammt. Ich wollte mich abwenden, hielt inne, weil mir etwas an dem Fahrzeug bekannt schien: die rennradartigen Felgen, das schwarze Leinendach. Im nächsten Augenblick wußte ich: Sue. Ich hatte den Wagen zuletzt gesehen, als sie auf dem Parkplatz der Alma mater das Manöver mit dem Kühlwasser gestartet hatte. Der Wagen stand abgestellt an der Böschung neben dem halbhohen Gesträuch.

Abgestellt? Ich hatte die Zeitung gekauft, ein paar Worte mit dem Kolporteur gewechselt. Ging über den kleinen Platz zurück. Da flammte vor meinem Blick das Rücklicht von Sues Wagen auf. Die Tür öffnete sich, sie kletterte heraus, blieb am Straßenrand stehen, fuhr mit der Hand durch ihr Haar, rief dem Mann, der auf der anderen Seite ausgestiegen war, ein paar Worte zu, ehe sie sich abwandte, ihre Kleider in Ordnung brachte. Der Bursche, der auf der Böschungsseite stand, eine Hand auf der Türkante, die andere auf dem Wagendach, ruhig, aufrecht, das Kinn in die Luft gereckt, war der Sohn seiner Magnifizenz des Rektors, mein gewesener Hörer Wittiches Lauerbach.

Ich beeilte mich, zu meinem Karman zu kommen, ging ohne aufzusehen über den hartgefrorenen Asphalt. Ein paar Kiesel sprangen, ich glaubte, zwei Beine zuviel zu heben, suchte im Gehen nach dem Autoschlüssel in meiner Tasche, stand neben der Tür, als mir einfiel, daß ich ihn hatte stecken lassen. Ich öffnete so rasch ich konnte, warf die Tasche auf den Beifahrersitz, war im Begriff, einzusteigen, als Sue sich herumdrehte und mich mit aufgerissenen Augen anstarrte.

Entschuldige. Hab' ich es gesagt oder nur gedacht? Ich murmelte etwas, hob flüchtig die Hand. Wittiches grüßte, überrumpelt, dennoch nicht ohne Haltung. Sue griff mit beiden Händen nach ihrer Gürtelschnalle, keine Angst, es ist alles in Ordnung, der offene Mantel flattert im Wind, die Röte ist ihr in die Wangen gestiegen, sie zieht den Pelzkragen am Hals zu, wendet sich abrupt ab, steigt in den Wagen.

Starten, Gas. Ich warte nicht, bis sie weggefahren sind, reversiere, biege hinaus auf den Damm. Sues Blick ließ keine Unklarheit über ihre Gedanken zu. Wenn sie sich selbst retten will, muß sie mich vernichten. Ich zweifle keinen Augenblick, daß sie es tun wird. Meine Glaubwürdigkeit ist erschüttert, das ist ihre Chance. Sie hat es nie so leicht gehabt.

Nichts von alledem wäre nötig gewesen. Aber darauf kommt es nicht an. Die Karten liegen, wie sie gefallen sind. Gib acht, hat Sue gesagt, eines Tages erwischt es auch dich.

„Es war Sue Brahmswick, nicht wahr?“

Lauerbach nickt. „Man muß mit allem rechnen. Ich dachte, ihr wärt befreundet.«

„Wir waren es.“ Ich stehe auf, wende mich zum Gehen. Halte ungläubig still, als seine Magnifizenz mich an der Tür abrupt und väterlich in seine kantigen Arme schließt.

Ich habe ihn von Anfang an unterschätzt, Caspar Hillebrand. Das war mein Fehler. Seine Konsequenz für Opportunismus gehalten, seine Noblesse für Raffinement. Was mich dazu gebracht hat, kann ich heute nicht sagen. Daß jemand aussieht wie die Titelseite von „Sir", sollte nicht zwingend auf Oberflächlichkeit schließen lassen. Viel eher handelt der Betrachter in diesem Fall oberflächlich. Ich wußte lange nicht, mit wem ich es zu tun hatte. Vielleicht nicht bis zu dem Augenblick, da es zu spät war.

Er steht vor mir, offene Lederjacke, Rollkragenpullover, seine Wangen scheinen mir etwas härter konturiert als vorher. Es waren fünf Tage, was haben sie gegeben, was genommen, er ist fremd und vertraut, ich weiß keine Frage und keine Antwort.

„Setz dich, bitte."

Gläser, Orangensaft. Er lehnt sich im Sessel zurück, Harun al Raschid aus Hollywood importiert, wir haben eine wunderbare Zeit gehabt, und jetzt?

Er spielt mit dem Siegelring an seinem Finger. Die Hand liegt lokker auf der Samtlehne, er dreht den Ring mit seinem Daumen, bewegt ihn, hält wieder still.

„Du hast einen Anwalt für mich besorgt. Ich weiß nicht, was – wie ich –"

Er wischt es mit einer Geste fort.

„Du warst in Berlin?"

„Der Rektor hat mich eingeladen. Er hat mir das Ordinariat angeboten, ab Sommersemester."

Das Sommersemester beginnt in zwei Monaten. Dazwischen liegen die Weihnachtsferien und die Semesterferien.

Die Frage steht im Raum, Sekunden ehe ich imstande bin, sie zu formulieren. Auf Christophers elektronischer Uhr wechseln die Ziffern lautlos, gewissenhaft ihre Gestalt. Die Sieben sieht aus wie ein Galgen, die Drei wie ein verkehrtes großes E. Was hat dich mir genommen? Der Antagonist mit seinem Bildreport? Oder Sue mit ihren beziehungsvollen Bemerkungen?

„Wirst du gehen?"

Die Ziffern springen. Zwei, drei, fünf.

„Es ist denkbar", sagt Hillebrand.

Der Daumen spielt an der Innenfläche seiner Hand mit dem Siegelring. Seine Stirn ist leicht gekraust, die Anstrengung steht fühlbar dahinter, er will sie nicht erkennen lassen, die beiderseitige Haltung nicht gefährden.

Ich suche in der Konkursmasse meiner Möglichkeiten nach einem Ausweg, einem Argument.

„Du glaubst nicht, daß ich geschossen habe."

„Natürlich nicht. Niemand glaubt es. Auch der Staatsanwalt nicht. Der Mörder wird gefunden werden. In jedem Fall bist du frei."

Niemand glaubt, daß ich geschossen habe. Aber das andere. Das werden alle glauben. Die Fotos sind in ausgezeichneten Kopien an alle Dekane gegangen, darunter Caspar Hillebrand.

„Du hast die Bilder gesehen."

Er nickt. Hört auf, den Siegelring zu drehen. Die Hand liegt auf der Samtlehne, als wäre sie ihm plötzlich schwer geworden. Ich habe ihn immer für eitel gehalten. Aber was jetzt in seinen brennenden Augen steht, trägt nicht die Farben der Eitelkeit.

Keine Frage, die Machwerke sind verdammt gut. Vor allem das eine, da Rafe vor mir kniet, nach dem Gürtel greift. Ich liege, vermutlich unter Schock, so aktionslos hingemäht, daß man es ebensogut für Entspannung, Erwartung halten kann. Auf keinem der Bilder ist die geringste Abwehr zu erkennen.

„Du kannst nicht vergessen, was du gesehen hast."

Ich kämpfe nur mehr zum Schein, habe längst aufgegeben.

Caspar Hillebrands Hände haben sich mit hartem Griff um die Sessellehnen geschlossen. „Simone, ich –"

Er wußte von Paul. Hat vermutlich jetzt durch Sue die Bestätigung erhalten. Ich erinnere mich seiner im leichten Tonfall vorgebrachten Bemerkung: Man soll über der Zypresse am Wegrand nicht die Feuerlilie am Teich vergessen. Wie recht du hattest, Sue: Für alles kommt die Zeit.

Meine Frage steht noch im Raum. Caspar Hillebrand hat den Blick gehoben, ein kleines Zucken läuft um seinen Mund.

„Ich wollte, ich könnte es vergessen. Ich wollte es um alles in der Welt, Simone."

Ich lese den berechtigten Zweifel in seinen Augen. Habe ihm nichts entgegenzusetzen. Es ist anders, als du denkst, ich kann es nicht beweisen. Für jeden kommt die Zeit, eines Tages erwischt es auch dich.

„Wann fährst du nach Berlin?“

„Montag. Ich muß mit meinem zukünftigen Assistenten sprechen.“

Beschlossen. Er weiß, was er tut, Caspar Hillebrand. Vielleicht habe ich seine Haltung erst jetzt im vollen Umfang begriffen. Daß er mir die Verzweiflung forgeschwischt hat mit behutsamen Händen, als ich über Sebastians Abflug den Verstand zu verlieren drohte, war nur der Anfang. Als er geglaubt hat, daß ich ihn mit dem Playmaker betrogen habe, hat er mich aus dem Gefängnis geholt. Was soll ich sagen? Ich danke dir? Ich habe spät erkannt, wer du bist, aber nicht zu spät: Früh genug, um meinen Irrtum zu bereuen.

„Viel Glück für Berlin.“

„Viel Glück für dich.“

Er beugt sich über meine Hand. Für Sekunden fühle ich den sanften Druck seiner Finger. Sein lockeres, meliertes Haar verschwimmt vor meinen Augen. Er richtete sich auf, sucht meinen Blick.

„Leb wohl, Simone.“

Leb wohl, Caspar Hillebrand. Ein paar Herzschläge lang tut es unbeschreiblich weh. Vielleicht war es doch Liebe. Oder kann es geschehen, daß etwas erst in dem Augenblick zur Liebe wird, da es vorbei ist? Ich stehe unbeweglich, bis Caspar Hillebrand draußen seinen Wagen gestartet hat, mit aufheulendem Motor über den Kies preschend das Tor passiert.

23

Der Konferenzraum ist düster. Kaukasisch Nuß, Schränke und Leisten, Laden, Türen, Tische. Ich habe kaukasisch Nuß immer gehaßt. Eine Tante hatte die Wohnung damit vollgestopft, sie gab Mutter Ratschläge zu meiner Erziehung, du bist viel zu nachsichtig, Simone ist aufsässig und verlogen, du wirst noch sehen, wo das endet. Sie ist verstorben, die weitblickende Tante, schade für sie, der heutige Tag wäre ein Triumph. Lauerbach hat mich durch den hohen, schmalen Korridor eskortiert. Auf der Bank neben der mit geschnitzten Girlanden verzierten Doppeltür saßen Kayssa, Söre und die in weißes Leder gekleidete Sue. Sie wandte den Kopf, als wir vorbeikamen, wich meinem Blick aus. Kayssa stand auf, küßte mich demonstrativ auf die Wange, flüsterte mir etwas zu, was ich nur dem Sinn nach verstand, schob mich durch die geöffnete Tür in den Konferenzraum. Die Herren, der Vorsitzende und Lauerbach und einige andere, nahmen an der Stirnwand Platz, mir wurde ein Sessel an der Wand zugewiesen. Der Vorsitzende in der Mitte, ihm zur linken Seite der Kugelköpfige, rechts zwei Dekane.

Der Vorsitzende stellt fest, daß alle da sind, die Einvernahme wird eröffnet. Frau Sommer, würden Sie hier vorne auf dem Stuhl Platz nehmen.

Meine Handtasche verhängt sich in dem Holzschnörkel, baumelt schließlich ein paar Zentimeter über dem brüchigen Parkettboden. Ich wage nicht, mich umzuwenden, um sie zur Ruhe zu bringen. Der Vorsitzende räuspert sich, legt die Hände zu beiden Seiten der Schreibmappe flach auf den Tisch.

„Frau Professor Sommer, Sie haben bei der Polizei angegeben, daß der Student Collins Sie aufforderte, mit ihm geschlechtliche Beziehungen aufzunehmen, und diese nach Ihrer Weigerung mit Gewalt –“

Pfui Teufel. Rafes verzweifelte Attacke war geschmackvoller als diese Zurschaustellung. Warum sagt niemand, daß er schweigen soll? Jeder im Raum weiß, worum es geht.

„Haben Sie zu diesem Sachverhalt etwas hinzuzufügen?“

„Nein.“

Die Bilder werden aus einer Kollegmappe geholt, gehen einzeln reihum. Der Kugelkopf neben dem Rotgesichtigen wirft mir einen schnellen Blick zu, unterdrückt ein Zungenschnalzen. Mir wird übel, die Hitze kriecht mir in den Nacken. Der Rotgesichtige kritzelt Notizen auf ein Blatt.

„Haben sich die Herren ein Bild gemacht? Dann bitte ich um die Zeugin Professor Brahmswick.“

Sue tritt auf, in weißes Leder gehüllt. Ein Kostüm mit knappsitzendem Rock, gegürteter Jacke. Weiße Rauhlederstiefel, weiße Tasche. Was wird das Christkind bringen? Sie lächelt dem Vorsitzenden verheißungsvoll zu.

„Ich möchte Ihnen, Frau Professor Brahmswick, ein paar Fragen stellen. Sie geben an, daß Sie nicht überrascht waren, als Sie hörten, daß Frau Professor Sommer sich mit einem Schüler eingelassen hatte. Können Sie das erklären?“

Sue zögert, spielt mit der offenen Hand am Riemen ihrer Umhängetasche. Was sie zu sagen hat, fällt ihr sichtlich nicht leicht.

„Es war nicht das erste Mal.“

„Wollen Sie sagen –“ Einer der Dekane hat das Wort übernommen, legt eine heruntergeglittene Haarsträhne säuberlich quer über die rote Kopfhaut, „daß Ihnen eine frühere Beziehung Frau Sommers bekannt war?“

Sue nickt. Klammert sich an den weißen Riemen.

„Warum haben Sie dies nicht Ihrer vorgesetzten Behörde bekanntgegeben?“

Sue beißt sich auf die Lippen. Antwortet nach einer Pause mit leiser Stimme: „Wir waren befreundet.“

Der Rothaarige blättert. Findet eine Stelle, die ihn vorübergehend fesselt. Sieht wieder auf.

„Erzählen Sie, was Sie zu sagen haben.“

Sue sieht zu Boden. Faßt sich dann ein Herz.

„Es war ein Student aus der philosophischen Fakultät. Er belegte Professor Sommers Vorlesungen. Professor Sommer hat mit ihm an einer Anthologie gearbeitet. Während dieser Zeit hat er in ihrem Haus gewohnt."

„Ist das richtig?" fragt der Vorsitzende, sticht mit seiner Brille in meine Richtung.

„Es ist richtig, daß ich mit ihm an einer Anthologie gearbeitet habe. Das war im Sommer des vergangenes Jahres. Zu dieser Zeit hatte er aber bereits seinen Austritt aus der Victoria Luise deponiert."

„Sie wollen sagen, daß er nicht mehr Ihr Schüler war, als er mit Ihnen zusammen arbeitete."

„Genau das."

„Hat er in Ihrem Haus gewohnt?"

„Ist das strafbar?"

„An sich nicht." Der Vorsitzende sieht dem Kugelkopf in die Skripten, entziffert ein Wort.

„Soviel ich sehe, sind Sie geschieden."

„Das ist richtig. Mein Mann und ich hatten uns ein halbes Jahr vorher in beiderseitigem Einverständnis getrennt."

Sue zupft an ihrer Windstoßfrisur.

„Professor Brahmswick, würde diese Erklärung Ihre Aussage entkräften?"

„Ich fürchte, nein", sagt Sue, rafft sich zu einem hilflosen Lächeln auf, „es tut mir unendlich leid, daß ich das aussprechen muß. Ich habe Simone – Frau Professor Sommer, wiederholt gewarnt. Sie scheint sich gewisser Verpflichtungen nicht bewußt zu sein, die die Bindung an eine Anstalt wie die Alma mater mit sich bringen. Frau Sommer hat vom Zeitpunkt ihrer Scheidung an ein Leben geführt, das mit der Stellung, die sie bekleidet, unvereinbar ist. Die Beziehung zu dem Studenten Helwin ist nur ein Teil davon."

„Sie gehen von der Annahme aus, daß die Beziehung schon während der Zugehörigkeit des Schülers zur Anstalt bestand?"

„Es dürfte schwerfallen, den genauen Termin zu rekonstruieren, zu dem Frau Professor Sommer mit dem Schüler Helwin intim geworden ist", sagt Sue, verlegen mit den Achseln zuckend, um die Schärfe in ihrer Stimme zu überspielen. „Ich neige jedoch zu der

Annahme, daß der junge Mann nicht auf eine bloße Andeutung oder ein bloßes Versprechen hin seinen Austritt aus der Victoria Luise vollzogen hat."

Applaus: Da spricht die Ordinaria für Logik. Eine Locke ist ihr in die Stirn gefallen, sie pustet sie nervös zur Seite. Was man hier von ihr erwartet, geht über ihre Kraft. Sie zieht die Unterlippe durch die blendendweißen Zahnreihen, sieht dem Vorsitzenden in demütiger Erwartung ins Gesicht.

„Sie sagten, dies wäre nur ein Teil gewesen."

„Frau Sommer erhielt nach der Scheidung Besuche ihres Mannes und ist zur Zeit mit dem Dekan der philosophischen Fakultät, Professor Hillebrand, liiert."

Verdammt. Das entkräftet Hillebrands Aussage. Sie hat es hervorgestoßen, sieht schwer atmend zu Boden. Ihre Lippen zittern. Diesmal ist es kein Theater. Sie weiß, was sie getan, mir getan hat. Wenn sie nicht glaubte, um ihr Leben kämpfen zu müssen, wäre es anders gelaufen.

„Augenblick", sagt da der Vorsitzende, hat aufgehört, seine Nase zu reiben. „Ich sehe in der Tatsache, daß jemand von seinem geschiedenen Mann besucht wird, nichts Außergewöhnliches. Auch nicht darin, daß jemand mit einem Kollegen eine Beziehung welcher Art immer unterhält."

„Darauf kommt es nicht an", sagt der Rotgesichtige scharf, „sondern auf die Einstellung der Beklagten zu gewissen ethischen Prinzipien. Wer es mit einem Schüler gehabt hat, hat es möglicherweise auch mit einem zweiten, wollen Sie das in Zweifel ziehen?"

Ich glaube nicht recht gehört zu haben. Läßt der Vorsitzende eine derartige Formulierung zu? Er scheint nichts daran zu finden, keine Rüge, kein Wort. Wer wahrt hier die Würde der Alma mater? Sue, die sich zu ihrem Anwalt gemacht hat? Ein triumphierendes Lächeln ist bei den Worten des Rotgesichtigen in ihren Augen aufgeblitzt, sie senkt rasch den Kopf, um es nicht merken zu lassen. Die Hand spielt lose an der Taschenleiste.

„Bin ich fertig? Dies alles ist sehr unangenehm für mich."

„Danke, Professor Brahmswick. Hat Frau Professor Sommer etwas zu der Aussage zu bemerken?"

„Nein."

Sue geht erhobenen Hauptes, vergißt, dem Vorsitzenden ein Abschiedslächeln zu schenken. Ihre Absätze klappern die Steinfliesen des Korridors entlang.

Hillebrands und Söres Aussage wird verlesen. Dann die nächste Zeugin.

„Professor Malmström, bitte."

Kayssa stolperte in den Saal. Schlapphut, Regenmantel, Gesundheitsschuhe. Sie grinst mir zu, nicht sonderlich überzeugt. Läßt sich in den Armstuhl fallen.

Der Vorsitzende schluckt. Schlägt das Protokoll auf.

„Sie haben schriftlich erklärt, daß dieses ganze Verfahren ein Witz ist. Halten Sie diese Meinung aufrecht?"

„Und ob", sagt Kayssa, „ich korrigiere mich nie. Der Junge hat die Frau überfallen, und ein zweiter hat geknipst. Sie wollen sie fertigmachen."

„Warum sollten sie diese Absicht haben?"

„Das wissen wir noch nicht", erklärte Kayssa grimmig, „aber wir werden dahinterkommen. Darauf können Sie Strychnin nehmen."

Der Rotgesichtige schüttelt nervös die Brille. Kayssas Ton paßt ihm nicht, aber er möchte dem Vorsitzenden nicht vorgreifen. Außerdem weiß er, wen er in Kayssa vor sich hat.

„Wußten Sie von der Beziehung, die Frau Professor Sommer zu einem ihrer Hörer unterhielt?"

„Klar. Nur, daß er zu dieser Zeit kein Hörer mehr war. Er war ein Mann wie jeder andere, und sie war eine geschiedene Frau."

„Sie haben zu Protokoll gegeben, daß Frau Sommer am Abend nach dem –", er zögert, "– dem Überfall unter Schock stand. Worauf führen Sie diesen Schock zurück?"

„Auf den Überfall", sagt Kayssa, „worauf sonst?"

„Sie wünschen dies als Beweis dafür angesehen, daß Frau Sommers Darstellung des Vorfalls den Tatsachen entspricht."

„Klar."

„Ich brauche Ihnen als Psychiater nicht klarzumachen, daß ein Schock auch durch die Aufdeckung einer unerlaubten Beziehung, wie im vorliegenden Fall, zustande kommen kann."

„Brauchen Sie nicht", sagt Kayssa giftig, ihre Augen funkeln wie Kohlen, „aber Sie können mir nach vierzigjähriger Praxis zutrauen, daß ich erkennen kann, ob ein Junge schwul ist oder nicht. Der Collins war so verkehrt wie ein umgestülpter Handschuh. Wenn der mit Simone ein Verhältnis gehabt hat, hab' ich eines mit Tennessee Williams."

Der Vorsitzende schweigt beeindruckt. Kayssa schiebt den schräggerutschten Hut zurecht, mustert das Gremium mit herausfordernder vorgeschobener Unterlippe. Vor der spaltbreit geöffneten Eichentür dröhnt Söres gedämpftes Lachen auf.

„Tja", sagt der Vorsitzende. Er schließt die Mappe.

„Wenn Frau Sommer den Ausführungen Professor Malmströms nichts hinzuzufügen hat, erkläre ich die Einvernahme für geschlossen."

Ich tausche einen Blick mit Kayssa: Tennessee Williams könnte sich glücklich schätzen. Sie kneift ein Auge zu, schiebt den Hut mit dem Mittelfinger in die Stirn wie weiland John Wayne nach dem Kampf mit Jack the Ripper, verläßt mit Landsknechtsschritten den Saal.

Der Vorsitzende, die beiden Dekane und Lauerbach erheben sich, verlassen den Raum.

Ich bleibe auf meinem Anklagestuhl sitzen. Hinter der Mitteltür tagt mit gedämpften Stimmen das Gericht. Es klingt wie das Summen von Stechfliegen. Sie beraten, ehe sie sich auf das Opfer niederlasssen.

Nach zehn Minuten schieben sie sich wieder in den Raum. Der Vorsitzende ergreift das Wort.

„Die Einvernahme hat keinen schlüssigen Beweis für die Schuld der Frau Professor Sommer im vorliegenden Fall erbracht. Jedoch sind wir zu der Auffassung gekommen, daß das Disziplinargericht darüber entscheiden soll, ob das Verhalten von Frau Professor Sommer geeignet war, jeden Zweifel darüber auszuschließen, daß sie sich jener gebotenen Distanz bediente, die dem Ansehen der Alma mater und der Lehrerschaft sowie dem Vertrauen der dieser anvertrauten Jugend entspricht. Frau Professor Sommer wird ab sofort von den Vorlesungen dispensiert. Ihre Bezüge laufen selbstverständlich weiter."

Der Mann tut seine Pflicht. Ich greife nach der nunmehr ruhig hängenden Tasche.

„Darf ich gehen?"

„Selbstverständlich."

Kayssa und Söre sind an meiner Seite, als wir den kahlen Hof mit den Feuermauern überqueren.

„Es war nichts zu machen", sagt Kayssa, läßt ihren düsteren Blick über den Boden schweifen, übersteigt die Pfützen mit Riesenschritten. „Sie fürchten sich vor der Mordsache. Lauerbach wird die Wände hochgehen."

„Ein paar werden sich freuen", sage ich.

Geschafft, unsichtbarer Antagonist. Wann wirst du es erfahren? Wirst du deinen Sieg feiern, und auf welche Weise? Ich wäre gern dabei. Nur um zu wissen, was dir meine Niederlage bedeutet.

Der Schnee fällt in winzigen, staubigen Kristallen, überzieht den Asphalt mit schwarzglänzender Feuchtigkeit. Vielleicht fahre ich für ein paar Tage in den Taunus. Ich habe keinen Beruf mehr. Ferien ohne Ende.

Seltsam, daß man Schritt vor Schritt setzt, als wäre nichts geschehen. Der runde Raum um mich existiert nicht nur in meiner Einbildung. Ich bin isoliert, abgesprengt von der Truppe. Die ehrwürdigen Mauern unter dem Backsteindach sind nicht mehr mein Zuhause. Mein Schiff hat sich vom Ufer gelöst, steuert die Strafkolonie an. Wann hat die Fahrt begonnen? Heute? Oder an jenem Tag in Lauerbachs Keller, da Nikolaus das Wort für seinen Titel fand?

Er kommt, Berge von Büchern anschleppend, besorgt, zerstreut, tappt ahnungslos in die von meinem masochistischen zweiten Ich gestellte Falle.

„Sebastian erzählte mir von seinem Kind. Weißt du davon?"

„Nicht viel", sagt Nikolaus, vor dem Schrank kniend, in einem Verzeichnis blätternd, „es muß ein paar Monate alt sein. Ein Junge, soviel ich weiß. Hast du –"

Er sieht auf, läßt das Buch fallen, ist mit zwei Schritten bei mir.

„Mein Gott, Simone, was ist mit dir? Ich dachte –"

Er reißt das Fenster auf. Zerrt an der Gardine. Draußen wirbelt der Schnee, fällt im Luftzug auf seine Schulter, das zu Berg stehende Igelhaar. Die Dämmerung steht vor dem Fenster wie eine Wand. Der bleiche Schein der Bogenlampe fällt auf den Christusstern, den Söre in der Fensterecke abgestellt hat, läßt die Kristalle auf den roten Blättern zu Flecken werden.

In fünf Tagen ist Weihnachten.

24

Eigentlich wollte ich keinen Weihnachtsbaum. Dann stand Krappmeier an der Tür, hielt ihn mir entgegen, nach Wald und Schnee duftend. „Er ist nicht groß, aber schön gewachsen, ich habe ihn selbst geholt, vom Haag hinter dem Bibertal, Bärbel hat aufgepaßt, wir haben zwei genommen, einen für uns und einen für Sie."

Es hat etwas wie Stil, wenn eine vom Dienst Suspendierte den Weihnachtsabend mit einer gestohlenen Tanne verbringt.

Christopher wird in Columbia sein. Dann wird ihm Sebastian sagen müssen, daß er einen Bruder hat.

Es kommt ein Stadium, da man aufgibt. Die Reserven sind erschöpft, man hat keine Kraft mehr zum Traurigsein. Unterliegt keinem Gesetzt mehr als dem der ansteigenden und abschwellenden Depression. Sie kommt nach der Uhr, sonderbarerweise, schleicht sich um sieben Uhr morgens in den Schlaf, weckt mit dem bitteren Geschmack von Mandeln auf der Zunge, den ungeweinten Tränen hinter den Lidern. Bewegungslosigkeit, Dämmern bis zehn. Im Mittagslicht schrumpft sie zu einem scharfen Kloß im Hals, das ist die beste Zeit, um ein paar Briefe zu schreiben, ein oder zwei Telefongespräche zu führen. Um vier Uhr nachmittags kriecht sie wieder aus allen Winkeln, klebt sich fest, macht die Glieder unbeweglich, das Hirn zu einer trägen, schmerzhaften Masse. Die seltenen Besucher finden mich gefaßt bis heiter, ich muß alle Kraft aufbieten, dem einfachsten Gespräch zu folgen, und absolviere das am besten hinter der mir von Kayssa verordneten Maske.

Am Nachmittag taucht Bärbel Krappmeier bei mir auf.

„Wie geht's, Bärbel?"

Sie schien enttäuscht. Hob bei jedem Geräusch im Haus den Kopf. War sonderbar schweigsam, beinahe schüchtern. Setzte ein paarmal zu einem Wort an, verstummte wieder.

„Möchtest du etwas sagen? Etwas fragen?"

„Nein."

Sie legte ein Päckchen auf den Tisch. Für Christopher.

„Er ist in Carolina", sagte ich.

Sie zuckte mit den Achseln, senkte den Kopf.

„Darf ich wiederkommen?"

„Sooft du willst."

„Auch morgen?"

„Gut, morgen."

Es war kurz vor dem Eintritt in die Abenddepression. Sie hatte sich schon angekündigt, ich mußte das Radio abdrehen, das pausenlos Weihnachtslieder spielte. Der Filter, der gleich Doktor Mirakels Brille jeden Ausblick verzerrt, hatte begonnen, sich vor meine Augen zu schieben. Ich überlegte, ob ich gleich oder später Tabletten nehmen sollte. Wenn ich sie gleich nahm, wachte ich mit Sicherheit um zwei Uhr früh auf und hatte dann die Zeit bis Tagesanbruch durchzustehen. Wenn ich sie später nahm, hatte ich vier oder fünf qualvolle Stunden vor mir. Ich entschloß mich, die Ration zu teilen, schlimmstenfalls in der Nacht aufzustocken, wenn ich mit meiner Kraft am Ende sein sollte. Stand an der Wasserleitung, Glas und Tabletten in der Hand, als es läutete.

Ich überlegte kurz: Schlucken oder nicht? Wenn es Nikolaus oder Kayssa war, gingen zwei von den fünf Stunden sozusagen heimlich vorbei, und ich konnte die Abenddepression in den Schlaf vorziehen. Wenn es jemand anders war, würde ich ihn kurz abfertigen, zurückkommen und die Tabletten nehmen.

Als ich durch den Flur ging, sah ich ein Taxi auf dem Kiesplatz wenden, durch das Tor fahren. Einen Augenblick lang zögerte ich. Seit dem Abend mit Rafe mußte ich mich stets regelrecht überwinden, um an die Tür zu gehen. Dann drehte ich den Schlüssel, öffnete.

Der junge Mann trug einen dunkelblauen Tweedmantel, war hochgewachsen, schlank, etwas an ihm schien mir vertraut: die Kopfhaltung, die Schultern, der Haarschopf über dem Gesicht, das im Dunkeln lag. Zu seinen Füßen standen Gepäckstücke, ein Koffer, ein Seesack. Mein Herzschlag stockte, ich griff nach der Klinke, hielt mich daran fest.

„Mami.“

Er trat auf mich zu, nahm mich in die Arme, fest und behutsam, drückte mich an sich. Sebastians Bewegung, seine Haltung. Er ist mir über den Kopf gewachsen, seine Stimme hat die Klangfarbe geändert, ist die Stimme eines Mannes.

„Hab keine Angst, Mami. Jetzt bin ich bei dir.“

„Wieso – woher –“

„Kayssa hat mir nach Harrow geschrieben. Es war meine Schuld. Ich hätte dich nicht allein lassen dürfen.“

Er bückt sich nach dem Koffer, schiebt ihn in das Haus.

„Wolltest du – solltest du nicht zu deinem Vater nach Carolina?“

Er schüttelte den Kopf.

„Ich bleibe hier. Wir müssen alles in Ordnung bringen. Gib acht, wir schaffen das schon. Weiß du, was du immer zu mir gesagt hast? Eine verlorene Schlacht ist noch kein verlorener Krieg.“

„Wie lange dauern deine Ferien?“

„Bis fünfzehnten Januar. Aber das ist unwichtig. Ich gehe nicht nach Harrow zurück.“

„Was sagst du?“

„Ich bleibe bei dir. Wenn ich hier gewesen wäre, wäre das alles nicht passiert. Ich war ein Egoist. Verzeih mir, Mami. Wein nicht, Mami, bitte. Worüber weinst du, ich bin doch bei dir?“

In Bärbels Weihnachtspaket für Christopher war ein elektrischer Wecker. Sie muß ein Jahr dafür gespart haben.

„Was soll ich ihr schenken, Mami?“

„Wir fahren morgen in die Stadt und kaufen einen Schipullover, Größe fünf.“

Wir haben gemeinsam Krappmeiers gestohlene Silbertanne zu schmücken begonnen. Christopher knüpfte die Fäden vermittels Schifferknoten, warf die Schlingen in gezieltem Anlauf über die Zweige.

„Vergangene Weihnachten haben wir in Harrow Pudding gekocht. Ich habe für das Schneiden der Haselnüsse eine eigene Technologie entwickelt.“

Ich habe ihn wieder. Manchmal sehe ich ihn von der Seite an, kann es nicht glauben.

Er möchte wieder mit dem Reiten beginnen. Lajos meint, die Gelegenheit wäre günstig. Gleich nach Weihnachten beginnt ein Springkurs.

„Den Wassergraben schaffe ich mit geschlossenen Augen.“

„Sieh nur zu, daß das Pferd die Augen offenhält.“

Noch zwei Tage bis Weihnachten. Es war ein klirrend kalter Abend. Vollmond, der Schnee lag weiß und unberührt im Garten. Christopher war zu einem Vortrag in die Stadt gefahren: Weltraumphysik, Mami, Professor Mucke spricht, das ist der Astronom aus Wien, vielleicht studiere ich in Wien, viele Physiker und Astronomen kommen aus Wien. Ich hatte Bärbel ein paar von Christophers leeren Kassetten überlassen. Sie überspielte „Supertramp“ von der Platte aufs Tonband, die Musik klang gedämpft vom oberen Stockwerk herunter. Später wurde es still, die Haustür fiel ins Schloß, sie wird zum Kiosk gelaufen sein, Bonbons oder Kaugummi kaufen. Der Artikel, den ich für die „Weltwoche“ zu schreiben hatte, steckte in der Maschine, meine Hände waren schwer geworden. Die Depression ist mir treu geblieben, Christopher ist alles für mich, ist alles, was ich habe, ist nicht Sebastian. Ich tippte zwei, drei Worte, ohne zu denken, hielt wieder inne.

Da ging die Tür. Bärbel, dachte ich, sie ist zurück. Schrak dennoch hoch. Es war nicht Bärbels Art, die Tür zu schließen, nicht Bärbels Schritt. Sekunden später tauchte ein Schatten vor dem Türglas auf. Die Klinke senkte sich, die Tür öffnete sich langsam.

Ich schrie auf. Stieß den Sessel zurück. Er fiel, rutschte über das glattgebohnerte Parkett. Mein Fuß verfing sich in der Teppichfalte, ich fing mich, hielt mich mit beiden Händen an der Tischplatte fest.

„Guten Abend, Frau Professor“, sagte Daniel.

Ich richtete mich auf. Versuchte den Kontakt zum Boden zu halten. „Was wollen Sie?“

„Was will ich?“ Er drückt den Türflügel, sich mit dem Rücken dagegenlehnend, ins Schloß. Seine Hände stecken in den Taschen der schwarzen, offenen Nappalederjacke. „Ihr habt es schlau angefangen. Ihr habt mir eine Falle gestellt. Aber ich bin nicht so dumm, hineinzutappen. An mir beißt er sich die Zähne aus."

„Wovon sprechen Sie?"

„Ihr habt ihn auf meine Fährte gesetzt. Er kann alles und weiß alles. Er bekommt alles heraus, nicht wahr? Aber ich werde einen Haken schlagen, daß ihm Hören und Sehen vergeht."

Er ist wahnsinnig.

Ich suche mit dem Blick unwillkürlich das Telefon, das auf dem Glastisch steht.

„Keine Dummheiten." Er ist mit zwei Schritten bei mir, hält mich am Arm. Für Sekunden ändert sich sein Ausdruck, ein Zucken läuft über sein Gesicht. „Du wirst mich anhören. Sonst bist du erledigt. Hier, schau –"

Er zieht die rechte Hand aus der Tasche, hält sie mir vor die Augen. Ich erkenne die Handschuhe, die er bei unserer letzten Begegnung an der Tankstelle auf dem Pult liegen ließ. Schwarzes Leder mit rotem Mittelstreifen. Auf seiner Handfläche liegt ein Revolver. Kleinkaliber, schwarz wie der Handschuh, gespannter Hahn. Er hebt die Hand höher.

„Greif ihn an."

„Ich soll –"

„Angreifen. Du sollst ihn angreifen. Er ist geladen. Nimm ihn. Faß ihn an."

Er sagt es in unmißverständlichem Ton. Seine Lippen zittern. Ich strecke die Hand aus.

„Gut so. Er möchte, daß du ihn streichelst. Er will gestreichelt werden. Greif nur zu. Fester."

Ich fühle das glatte, kalte Metall unter meinen Fingern, überlege fieberhaft, wie ich es anstellen soll, das Ding in meinen Besitz zu bringen. Er mustert mich aus den Augenwinkeln, schließt plötzlich mit hartem Griff die Hand um die Waffe.

„Das ist kein guter Gedanke. Setz dich."

Er richtet die Mündung locker, wie zufällig auf mich. Läßt sich mir gegenüber in den Sessel fallen. Spielt mit dem Revolver, die Mündung auf mich gerichtet, zwischen seinen geöffneten Knien.

„Ich kann es dir erklären. Willst du es wissen?"

„Ja."

Mein Schock wandelt sich zu unnatürlicher Ruhe. Ich wollte Gewißheit, jetzt werde ich sie bekommen.

„Ich habe dem Playmaker gesagt, daß ich dich fertigmachen will. Er hat mich verfolgt. Wollte mit mir schlafen. Ich habe ihm gesagt, daß er mir helfen soll, dann helfe ich ihm. Er war verrückt nach mir. Hat mir gehorcht wie ein Hund. Als ich ihm den Vorschlag machte, war er einverstanden."

„Den Vorschlag –"

„Dich zu fotografieren. Mit einem Burschen, der es mit dir treibt. Er wollte, daß ich es mache und er fotografiert. Aber das war mir zu riskant." Er hält inne, beißt sich auf die Lippen. Das Zucken fliegt über sein Gesicht. Sein blondes Haar fällt offen auf die Schultern, umrahmt das blasse Gesicht.

„Rafe kam und machte seine Show. Ich erzähle dir das, weil es dir nichts nützt. Niemand wird dir glauben. Er war ein jämmerlicher Stümper, aber das wußte ich vorher. Ich knipste und rannte weg."

Er hört auf, mit dem Revolver zu spielen, hält ihn zwischen die schwarzledernen Handflächen gepreßt.

„Dann trafen wir uns im Laubwald. Rafe sagte: ‚Jetzt bin ich dran.' Er war halb wahnsinnig. Zerrte mich in den Wagen, du weißt, wie stark er ist. Warf sich auf mich, versuchte mir sein steifes Ding in die Hand zu drücken. Mir wurde übel vor Ekel, ich griff mir den Revolver aus dem Handschuhfach."

„Du hast geschossen?"

„Er ließ los, als er es merkte. Rannte ein paar Schritte bergauf in den Wald. Wollte wohl zu deinem Haus zurück. Ich traf ihn beim ersten Mal."

Daniel hält inne, blickt zu Boden. Zuckt dann leicht mit den Achseln.

„Er war ein armes Schwein. Sein Hirn taugte nur zum Auswendiglernen. Und sein Penis nur dazu, um Leute in die Flucht zu schlagen. Ich war nicht sein erstes Fiasko."

Aber das letzte. Seltsam, daß ich von Anfang an Mitleid mit Rafe hatte. Er taugte nicht zum Henker. Weder der Plan noch die Ausführung waren seine Sache. Daniel hätte sich einen geschickteren Komplizen verschreiben müssen.

„Aber warum, Daniel? Warum?"

„Du hast meinen Vater erledigt", sagt er, es klingt leidenschaftslos, beinahe sachlich. „Du hast es unmerklich gemacht, langsam, Schritt für Schritt. Zuerst die Vorlesungen. Dann die Arbeiten. Zuletzt das Institut. Er hat sein Leben lang darauf gewartet. Er ist der Bessere, das weißt du so gut wie ich. Du machst es mit dem Sex, er macht es mit dem Kopf. Er hätte das Institut aufgebaut, daß es an der Spitze Europas gestanden hätte."

Das ist nicht möglich! Irrational, grotesk. Daß hinter alldem die besessene Liebe eines Jungen zu seinem Vater stehen soll. Wie lange, wie mühsam hast du daran gearbeitet, die Rivalin auszuschalten. Und wenn ich abgelehnt hätte, wäre ein Anfänger aus Berlin gekommen.

„Daniel, du weißt nicht – dein Vater wollte das Institut gar nicht."

„Du hast es nicht auf direktem Weg gemacht", sagt Daniel, seine Augen sind verhangen, „dazu bist du zu schlau. Du hast ihn eingewickelt wie die anderen auch. Er wußte am Schluß nicht einmal mehr, was ihm geschehen war. Er hat aufgegeben. Kapituliert vor einer Hure, wie du es bist."

„Daniel –"

„Du hast mit Helwin geschlafen. Hillebrand hat dich gehabt. Warum nicht ich? Warum nicht ich."

Er hat es hervorgestoßen, es zuckt um seinen Mund. Wie ein Kind, das weinen möchte und dem man es untersagt hat.

„Daniel, ich habe immer geglaubt, daß du micht haßt."

„Ich habe dich geliebt", sagt Daniel, seine Stimme bricht, überschlägt sich, „geliebt und gehaßt und wieder geliebt. Mein Vater ist hilflos. Er kann sich nicht wehren. Er hat sich nie gewehrt. Auch nicht, als die andere Hure ihn fertiggemacht hat."

Die andere ist seine Mutter. Er hat auf sie geschossen, als er zehn Jahre alt war. Ich sehe auf den Revolver, dessen Mündung auf mich gerichtet ist.

„Keine Sorge." Er ist meinem Blick gefolgt, hebt das schwarze Ding hoch. „Das wäre zu einfach. Ich will deinen Tod nicht. Ich will deine Demütigung. Du sollst in einem dreckigen Stahlbett schlafen, solange du lebst, und aus dem Blechnapf essen. Du sollst dir jede Stunde sagen: Das verdanke ich Daniel. Ich hätte mit Daniel schlafen sollen. Ich hätte mit ihm schlafen sollen."

Er steht auf. Tritt den Sessel mit dem Absatz seines Lederstiefels beiseite, kommt auf mich zu.

„Sag es. Sag es mir. Ich will es von dir hören, ein einziges Mal. Sag: Daniel, schlaf mit mir."

„Du bist verrückt."

„Sag es."

Er steht, den Revolver in der Hand, vor mir. Vorgebeugt, sein Atem streift meine Stirn. Lacht auf, als er meinen Blick sieht.

„Hast du Angst? Ich brauche ihn nicht mehr. Alles, was ich wollte, waren deine Fingerabdrücke darauf." Er steckt den Revolver in die Jackentasche, streift die schwarzroten Lederhandschuhe ab, wirft sie auf den Tisch.

„Du wirst es mir freiwillig sagen."

Er kniet mit einem Bein neben mir. Wie Rafe es getan hat. Zwängt das andere zwischen meine Knie.

„Sag es mir. Ein einziges Mal."

Er hält meine Hände fest. Drückt mich nieder.

Meine Fingerabdrücke auf dem Revolver. Er hat mich den Revolver anfassen lassen. Er selbst hat Handschuhe getragen.

„Mein Gott, Daniel –"

„Sag es. Sag es mir. Vielleicht wird alles gut. Wenn du es sagst, wird alles gut. Ich gebe dir eine Chance. Dir und mir. Sag es."

„Schlaf mit mir, Daniel."

Sein Griff lockert sich augenblicklich, er schließt die Augen wie im Schmerz, ein Schauer überläuft ihn, er stöhnt leise auf, zwischen zusammengebissenen Zähnen. Läßt sich neben mich gleiten.

„Darf ich dich umarmen? Ich bitte dich."

Er schiebt den Arm unter meine Schulter, kniet halb aufgerichtet über mir. Der Schein der Lampe liegt auf seinem entspannten Gesicht. Er scheint zu lächeln.

„Ich liebe dich. Ich bin froh, daß du es weißt. Auch wenn du mich für den Rest deines Lebens hassen wirst." Er spricht ruhig, fast tonlos. „Weißt du, daß ich jede Nacht von dir geträumt habe? Ich träumte, daß wir im Bett liegen. Daß ich dich –" Er hält inne. Da war ein Geräusch. Er wendet sich kurz zur Tür, ohne mich loszulassen. Sein Arm umspannt mich wie ein Schraubstock.

„In der Vorlesung", sagt er wieder dicht an meinem Ohr, „als ich dein Bild gezeichnet habe. Du warst schlecht an diesem Tag, und weißt du, warum? Weil ich im Saal war. Ich bin aus der Bank getreten und auf dich zugegangen. Ich habe deine Bluse geöffnet, langsam, während du gesprochen hast. Ich habe deinen Rock hochgeschoben und dich über das Pult geworfen. Ich habe dich gehabt, vor dem versammelten Auditorium."

Da ist es wieder. Ein Gräusch auf dem Flur. Nein, im Zimmer. Es ist im Zimmer. Ich wende mich um. Im Halbdunkel neben der Tür steht Bärbel Krappmeier, unbeweglich, mit aufgerissenen Augen.

Daniel fährt hoch. Greift im Aufspringen in die Jackentasche. Steht hinter dem Tisch, so daß er Bärbel und mich in der Schußlinie hat. Weicht mit erhobener Waffe langsam zurück ans Fenster.

„Schade, Frau Professor. Es war zu kurz für die Ewigkeit. Mein Trost ist, daß Sie mich nicht vergessen werden." Er greift hinter sich, schiebt das Fenster hoch. Schwingt sich auf das Fensterbrett, steckt die Waffe zu sich. Bückt sich, um durch das Fenster zu schlüpfen, wendet sich noch einmal um.

„Auf Wiedersehen, Frau Professor, in einem besseren Leben."

Er springt auf der anderen Seite vom Sims, der Schnee dämpft seine Schritte, er verschwindet lautlos in der Dunkelheit. Bärbel hat hart, stoßweise zu schluchzen begonnen.

„Komm, Bärbel."

Ich halte sie im Arm. Klammere mich an ihr fest. Wer tröstet wen? Es ist zuviel für jeden von uns.

„Setz dich. Trink einen Schluck. Hier ist Orangensaft. Seit wann bist du im Zimmer?"

Sie versucht nachzudenken, ihre Lippen zittern, sie schluchzt lautlos, ihr schmaler Körper wird von Stößen geschüttelt.

„Sei ruhig, Bärbel. Er ist fort."

„Kommt er nicht wieder?"

„Sicher nicht."

„Der andere auch nicht?"

„Wer?“

„Der andere.“ Sie klammert sich an das Glas. Ich habe sie zur Couch geführt, sie kriecht in die Ecke, zieht die Beine hoch.

„Bärbel, was meinst du?“

„Der, der früher da war. Der Playmaker. Der das gleiche gesagt hat. Der das gleiche getan hat.“

Ich starre in das blasse, verstörte Kindergesicht.

„Was sagst du da?“

Bärbels Lippen zucken. Ich nehme ihr das Glas weg, fasse nach ihren feuchten, eiskalten Händen. Mein Herz hat zu klopfen begonnen, in rasenden Schlägen.

„Sag, was du meinst, Bärbel, ich bitte dich.“

„Werden Sie Vater nichts sagen?“

„Nein. Nein.“

„Als ich davongelaufen bin. Vor Weihnachten. Ich hatte Angst, nach Hause zu gehen. Da bin ich hier durchs Fenster geklettert. Ich habe in Christophers Zimmer geschlafen. Auf dem Boden, damit niemand etwas merkt.“

Sie schluchzt auf, fährt mit den Händen über ihr verschmiertes Gesicht.

„Sind Sie mir böse?“

„Nein. Weiter.“

„Ich hörte, wie er reinkam. Wie er sagte, er müßte mit Ihnen sprechen. Ich stand oben auf dem Treppenabsatz. Auch als der andere kam. Der mit den Fotos.“

Herrgott.

Ich möchte aufstehen, ans Fenster treten. Bärbel klammert sich an mich, krallt ihre Finger in meinen Arm.

„Ich hätte es sagen sollen. Nicht wahr? Ich hätte es gleich sagen sollen.“

„Bärbel –“ Ich wende mich ihr zu, fasse sie an den Schultern, meine Hände zittern. „Kannst du es jetzt sagen? Vor der Polizei und der Kommission? Kannst du es sagen, Bärbel, alles, was du weißt?“

„Klar“, sagt Bärbel, „vor wem Sie wollen.“ Sie schnaubt ins Taschentuch, rollt es zu einer Wurst zusammen. „Ich bin froh, daß Sie nicht böse sind. Sie werden Vater nichts verraten?“

„Natürlich nicht... Warte! Hast du das gehört?“

„Ein Knall“, sagt Bärbel. Steht auf, läuft zum Fenster. „Ein Schuß.“

Nordseite. Da, wo Daniel vom Sims gesprungen ist.

Ich reiße sie zurück. Horche hinaus in die Nacht. Stille. Unten an der Straße fährt ein Wagen vorbei, mit gemächlich brummendem Motor.

„Wir rufen die Polizei.“

Sie ist schon beim Telefon. Nimmt den Hörer ab.

„Warte.“ Meine Gedanken überschlagen sich. „Meine Fingerabdrücke. Er will, daß man mich verdächtigt. Meine Fingerabdrücke sind auf dem Revolver.“

„Seine auch“, sagt Bärbel.

„Er hat Handschuhe getragen.“

„Seine Handschuhe sind hier“, sagt Bärbel, deutet auf den Glastisch, wo die schwarzen Dinger mit den roten Mittelstreifen liegen. „Als er auf uns gezielt hat, hat er den Revolver in seinen bloßen Händen gehalten.“

Es war trotz allem ein trauriges Fest. Sebastians Abwesenheit wurde uns schmerzhaft bewußt, als wir unter Krappmeiers Tanne standen, die Geschenke auspackten, auch die aus Übersee, Christopher die „Clear midnight“ auf seiner Mundharmonika spielte. Die Weltzeituhr glänzte an seinem Handgelenk, er hatte sie minutenlang ungläubig betrachtet, sie ist ein Wunder, Mami, ich werde sie tragen, solange ich lebe. Später kam Bärbel und nahm ihren Pullover in Empfang, zog ihn an, ließ sich dann von Christopher die sechs Uhrzeiger vorführen.

Christopher wird sich in Harrow abmelden, in das hiesige Akademische Gymnasium eintreten. Als Bärbel davon hörte, begann sie Vater Krappmeier mit allen ihr zur Verfügung stehenden Künsten unter Druck zu setzen und hatte es innerhalb von zwei Stunden tatsächlich erreicht, daß er sie aus dem Internat holen und ihr eine Chance geben will, sich zwischen Schule, Haushalt und Giftkeller zu bewähren.

Wir tranken ein Glas Punsch, dann brachte Christopher sie nach Hause.

Als ich um eins das Flurlicht löschte, schien es mir, als hätte ich in seinem Zimmer ein Geräusch gehört. Ich öffnete behutsam die Tür. Er lag angezogen auf dem Bauch auf dem Spannteppich, hatte einen Haufen aufgeschlagener Bücher um sich placiert und las.

Der Spuk hatte keine acht Tage gedauert. Lauerbach hat mich grimmig lächelnd in die Arme geschlossen.

„Ich hab' es gewußt, du Tier. Wir waren die ganze Zeit über optimistisch. Wenn der richtige Mann die Sache in die Hand nimmt –"

„Der richtige Mann?"

Er wechselte das Thema, Gefion küßte mich auf beide Wangen.

„Sag Christopher, daß ich zwei neue Pferde habe. Eine Sagastute und einen Wallach. Wir könnten am Wochenende zusammen ausreiten."

„Er kommt erst Sonntag", sagte ich, „er ist mit Lajos auf dem Springkurs im Bibertal."

„Er ist ein wunderbarer Junge. Ich wäre stolz, seine Mutter zu sein."

„Übrigens, ich habe bereits veranlaßt, daß das Disziplinarverfahren eingestellt wird", sagt Lauerbach. „Nächste Woche kannst du im Triumph ins Institut einziehen."

Nikolaus rief mich an.

„Ich möchte, daß du zu Daniels Begräbnis kommst, Simone. Nur wir beide. Er wird ohne Priester beerdigt. Macht es dir etwas aus?"

„Natürlich nicht."

Wir standen zu zweit vor dem Erdloch an der Friedhofsmauer, an dessen Rändern sich schmutziger Schnee türmte. Nikolaus reichte mir die Schaufel. Sah dem Sarg mit trockenen Augen nach.

„Er war krank, Nikolaus."

„Ja. Er war krank." Er wandte sich ab. „Du hast es die ganze Zeit über gewußt, nicht wahr?"

„Nein, Nikolaus, nein."

„Ich bin in deiner Schuld", sagte er, fuhr mit gespreizten Fingern durch sein Haar. „Ich wollte es nicht wissen. Nicht glauben. Es hat mich mit allem konfrontiert, was ich vergessen wollte. Verzeih mir Simone."

Das Igelgesicht verschwamm vor meinen Augen.

„Wann erscheint dein Buch?"

„Ich habe es zurückgezogen. Mein Verleger ist kopfgestanden, aber ich habe ihm ein anderes angeboten. Es heißt ‚Satanskerzen.' Wie gefällt dir der Titel?"

„Es klingt ähnlich wie ‚Kuckucksglocken.' Man kann sich nichts darunter vorstellen."

„Das ist das Gute daran", sagte Nikolaus. „Findest du nicht? Mit der ersten Fassung habe ich schon begonnen."

Ich möchte mit Christopher reden, ihm von den Neuigkeiten erzählen. Aber der Pferdestall hat kein eigenes Telefon. Sie schlafen in der geheizten Baracke, Lajos und er und noch ein paar Burschen. Ich muß warten, bis er zurück ist. Noch drei Tage, nein, vier.

Kienzl hat angerufen.

„Gottlob, daß ich das Institut los bin. Ich beneide Sie nicht, Frau Kollegin."

„Es gibt Schlimmeres."

„Bei Gott." Er lachte. „Wir werden uns nicht mehr sehen. Ich gehe nach Prag."

„Ich weiß. Viel Glück. Und danke."

„Keine Ursache."

Ich betrat die Alma mater wie der verstoßene Sohn sein Vaterhaus. Die Halle war leer. Meine Schritte hallten auf dem Steinboden, ich fühlte ihnen nach. Hatte vergessen, wie es klingt, wenn man durch die ehrwürdigen Gänge geht. Die kahlen Efeustauden klammerten sich an das winterlich dunkle Gemäuer des Innenhofs. Hier hat es begonnen. Hier wird es enden. Ohne meine Mitakteure, ich bin allein zurückgeblieben. Sie haben die Truppe verlassen, einer nach dem anderen: Sebastian, Paul Helwin, Hillebrand. Aus jedem Winkel scheint mir einer von ihnen entgegenzutreten. Undenkbar, daß es eine Zeit gab, da wir beisammen waren. Das war in einem anderen Leben. In einem besseren Leben, würde Daniel sagen.

Die Tür zu der kleinen Bibliothek steht offen. Ich trete auf die leicht knarrende Holzschwelle.

„Mein Gott, Simone."

Sue weicht zurück an das Regal, das Buch entfällt ihr. Sie will sich bücken, um es aufzuheben, hält in der Bewegung inne.

„Ich wollte dich schon anrufen. Bist du – ich meine –"

Ich schäme mich, aber ich bringe es nicht fertig, ihr zu helfen. Sie starrt mich aus weit aufgerissenen Augen an. Die Lider mit den geklebten Wimpern haben zu zucken begonnen, auf ihrem Hals erscheinen rote Flecken.

„Du fängst nächste Woche wieder an, nicht wahr?"

„Warum nicht?" sage ich, meine Stimme klingt ruhig. Ich höre sie selbst wie etwas Fremdes, was wolltest du, sie demütigen, und nun, da du die Chance hast, bedeutet es dir nichts, du bringst nicht einen Funken Rachsucht auf, nicht einen Funken Haß.

„Simone", sagt Sue.

Sie greift nach ihrer Gürtelschnalle. Die Bibliothek ist fast leer. Am hinteren Tisch sitzt mit dem Rücken zu uns ein glatzköpfiger Student und blättert in einem Wälzer.

„Simone –" Sie beißt sich auf die Lippen, ihre Augen füllen sich mit Tränen. „Ich war gemein. Ich hatte Angst, daß du ihn mir nehmen würdest. Versteh doch, Simone. Er ist der einzige –"

„Wer? Witticbes?"

Sie nickt.

„Wenn du ihn mir nimmst – ich war verrückt vor Angst. Dann fängt alles wieder an. Die widerlichen Affären. Ich hasse sie. Ich hasse mich. Aber ich kann nicht anders. Er hat mich aus dem Dreck geholt. Wenn du es Lauerbach sagst –"

„So etwas liegt nicht jedem, Sue."

Jetzt habe ich doch zugeschlagen. Sie krümmt sich unter der Ohrfeige, klammert sich mit beiden Händen an ihren Gürtel.

„Ich versteh' dich, Simone. Aber du mußt auch mich verstehen. Du hast alles. Ich habe nichts."

Ich habe auch nichts, könnte ich ihr sagen. Weniger als du. Ihre Augen hängen an mir wie die Augen eines getretenen Hundes.

„Wir waren einmal Freunde, Sue."

„Ich weiß. Ich weiß."

Sie weint. Lautlos, mit zusammengepreßten Lippen.

Ein bißchen Glück in einem abgestellten Auto. Wie lange kann es dauern, und wofür hältst du mich?

Die zerronnene Wimperntusche zieht schwarze Furchen in ihre Wangen. Mit dem brandroten Lockenschopf, den violetten Lippen hat sie etwas von einem verzweifelten Clown an sich.

„Sue, ich interessiere mich nicht für das Privatleben meiner Hörer."

Sie hält den Atem an. Tastet mit der Hand nach dem Pulloverausschnitt.

„Du meinst –"

„Vergiß es. Wittiches ist ein erwachsener Mann. Ebenso wie die anderen hier im Haus."

Die roten Flecken haben sich vertieft. Sue fährt mit flatternden Fingern darüber hin.

„Ich danke dir, Simone."

„Keine Ursache."

Der Glatzkopf vom letzten Tisch hat sich erhoben. Kommt näher, stellt das Lexikon in einem Regal ab. Es ist der tibetanische Buddhist, bei dessen Niesen damals im großen Lesesaal die Papierchen in die Luft flogen, Paul unterhalb der Tischkante meine Hand ergriff.

„Ich weiß, ich habe es nicht verdient. Du bist anders, ich war immer neidisch auf dich. Es ist schlimm, sich selbst zu hassen, Simone."

„Weißt du, was du einmal zu mir gesagt hast? Lebe das Leben. Es kommt nichts wieder, und was du vorbeigehen läßt, hast du eines Tages nicht gehabt."

„Gottlob", sagt Kayssa, streift die Gesundheitsschuhe ab, läßt sich in ihren Schaukelstuhl fallen, vergräbt die Zehen in den langhaarigen Teppichfransen. „Ich bin wahnsinnig erleichtert. Er wußte nicht, wie er es mir beibringen sollte. Da hab' ich ihm geholfen. ‚Söre', hab' ich gesagt, ‚ein junger Mann ist in jedem Fall etwas Attraktiveres als eine alte Frau.' Er wollte widersprechen, da habe ich ihm gedroht, mit ihm und dem Jungen ins Bett zu gehen, damit er vergleichen kann. Da hat er sich überzeugen lassen."

„Aber ihr arbeitet weiter zusammen?"

„Klar. Das ist ja das gute. Jetzt hat er endlich den Kopf dafür. Solange einer den Sex im Hirn hat, ist darin kein Platz für die Wissenschaft, willst du mir das glauben?"

„Ihr habt mir sehr geholfen, du und Söre."

„Wir konnten nicht viel tun. Wir haben uns bemüht. Der erlösende Einfall kam von Christopher."

„Von Christopher?"

„Ja. Magst du einen Aquavit?" Kayssa bückt sich nach der Flasche, sieht sich im Zimmer um, steht auf, schreitet über Schuhe, Bücher Skripten zum Schrank, kommt mit zwei Gläsern wieder. „Halt mal. Beide. Der Korken klemmt." Sie zerrt daran, bekommt ihn los, schenkt ein. „Es kam darauf an, den Mann zu finden, der einer Situation wie der gegebenen von innen her auf den Grund gehen konnte."

„Und Christopher hat ihn gefunden?"

„Ein Geniestreich. Ich rief in Harrow an, als das hier passierte. Christopher sagte: ‚Was wir brauchen, ist ein Psychogramm. Und ich weiß nur einen, der es machen kann.' Wenn die Sache nicht so ernst gewesen wäre, hätte ich mich wegen des Psychogramms schiefgelacht. Aber die Idee war geboren."

Ich halte den Atem an. Das Glas in meinen Händen ist heiß geworden. „Wer war es, Kayssa?"

„Sebastian", sagt sie, drückt den Korken wieder in den Flaschenhals. „Wir haben ihn unabhängig voneinander verständigt. Christopher von Harrow aus, Sutterfield und ich von hier. Jeder gab einen Bericht aus seiner Sicht. Sebastian ließ alles liegen und war noch vor Christopher hier."

„Er ist gekommen?"

„Er hat mit den Studenten gesprochen, die Collins gekannt haben. Dabei tauchte die Verbindung zu dem jungen Schilling auf. Sebastian wollte Nikolaus nicht beunruhigen. Er machte es so unauffällig wie möglich. Aber der Junge merkte, daß man ihm auf der Spur war, und verlor die Nerven."

Ich sehe Daniel vor mir, den Revoler in der erhobenen Hand: Ihr habt ihn auf meine Fährte gehetzt. Er kann alles und weiß alles. Aber an mir beißt er sich die Zähne aus.

„Er hat davon gesprochen. Aber ich wußte nicht, was er meinte."

„Sebastian wollte nicht, daß du es erfährst. Da du die Alma mater nicht betreten durftest, war das ganz einfach."

„Und Christopher?"

„Sie haben einander getroffen und miteinander beraten. Sie waren wie zwei Fachkollegen. Söre und ich haben uns schiefgelacht."

„Kayssa, ich –"

„Was hast du? Ist dir schlecht? Du siehst ganz grün aus. Leg dich auf die Couch. Nicht auf den Plastiküberzug. Ich geb dir eine Decke. Leg dich schon flach. Es ist meine Schuld. Ich hätte dafür sorgen müssen, daß du einen tüchtigen Schluck trinkst, bevor ich es dir erzähle."

Morgen kommt Christopher. „Du hast einen wunderbaren Sohn", hat Gefion gesagt, „ich wäre stolz, seine Mutter zu sein." Alle haben es gewußt. Auch daß Sebastian hier war. Mir ist schwindlig vom Nachdenken, ich versuche immer von neuem, die Dinge zu entwirren. Dabei liegen sie vermutlich ganz klar.

Daß Sebastian gekommen ist, um mir zu helfen: Es war selbstverständlich für ihn. Er ist unbestechlich, unbeeinflußbar, wenn es gilt, die Wahrheit zu finden.

Daniel hat geschossen. Ich muß es mir vor Augen halten, um nicht in unqualifizierte Schuldgefühle zu verfallen. Er ist Nikolaus Schillings Sohn, aber er war gefährlich. Sebastian hätte ihn zu Sutterfield gebracht. Aber er hat es vorgezogen, sich zu erschießen, mit meinen Fingerabdrücken auf der Waffe.

Sebastian ist gekomen, um den Fall zu lösen. Aus keinem anderen Grund. Sebastian hat einen Sohn in Columbia, Carolina. Ich muß mir Tabletten besorgen. Kayssa wollte mir keine geben.

„Wann ist er abgereist?" habe ich sie gefragt.

„Keine Ahnung. Er hatte noch ein paar Dinge zu tun."

Ich werde ihm schreiben, Ihm danken. Ob er seiner Frau alles erzählt hat? Wie heißt sie? Marion Sommer? Daran hab' ich gar nicht gedacht: daß es jetzt eine andere gibt, die seinen, unseren Namen trägt.

Das Telefon läutet, schrill, der Ton bleibt in der Luft hängen. Ich greife nach dem Hörer.

„Hallo?"

„Hallo. Hallo. Hören Sie mich?" Ungarischer Akzent, erregte Stimme.

„Was ist, Lajos?"

„Christopher ist gestürzt. Springt über Ziegelmauer, Pferd verweigert, geht durch. Wir haben in Krankenhaus gebracht."

„Lajos, was ist ihm -- Lajos!"

„Wenningsrode, Unfallabteilung."

Aufgelegt.

Ich wende mich um. Bärbel steht hinter mir, ihr Gesicht ist kreidebleich.

„Ist etwas mit Christopher?"

„Er ist vom Pferd gestürzt." Ich renne ins Vorzimmer, reiße den Mantel vom Haken. Bärbel ist neben mir, reicht mir die Tasche, die Schlüssel.

„Darf ich Sie später anrufen?"

„Natürlich."

Starten, Gas. Was kann geschehen sein? Ich fühle meine Arme und Beine nicht. Gut, daß man automatisch reagiert. Der Schock ist wie ein Mantel. Und wenn es schlimm ist? Denk nicht, fahr. Du wirst es hören.

Wegkreuzungen, die Dämmerung fällt. Ich kenne die Straße nicht. Verirre mich, fahre verkehrt durch eine Einbahn. Da ist der Krankenhauskomplex. Portier. Ihr Name bitte. Erster Stock, Zimmer vier.

Er liegt auf ein Keilkissen gebettet, sein Kopf ist bandagiert. Vom Infusionsgalgen, der neben dem Kopfende steht, tropft eine gelbe Flüssigkeit durch den Plastikschlauch in seine Vene.

Ich gehe auf das Bett zu. Lautlos, fühllos, wie in einem bösen Traum. Christophers Augen sind geschlossen. Sein Gesicht ist blaß. Er atmet kaum merkbar. Seine freie Hand liegt offen, leblos auf der Decke.

Christopher atmet auf. Hörbar, es klingt wie ein Seufzer. Seine Hand bewegt sich in meiner Hand. Zuckt, öffnet sich, faßt zu. Seine Finger schließen sich um meine Finger.

„Schau."

Sebastian beugt sich vor. Christophers Lider beginnen im Lampenlicht zu flattern. Noch ein tiefer Atemzug. Seine Gestalt streckt sich unter der weißen Bettdecke. Ein Augenblick der Anstrengung, seine Stirn runzelt sich. Dann schlägt er die Augen auf.

Zwei Sekunden, drei. Draußen schlägt die Uhr. Christophers Blick sucht einen festen Punkt. Wird klar. Er sucht Sebastians Gesicht, dann meines, bleibt daran hängen. Seine Lippen, in denen die Farbe wiedergekehrt ist, bewegen sich, formen kaum hörbar die Worte.

„Hallo, Eltern."

Die Tränen schießen mir in die Augen. Rinnen lautlos, mit der Kapazität von Kraftwerksschleusen, ich schäme mich, kann es nicht hindern. Sebastian legt seine Hand auf Christophers und meine, greift mit der anderen in seine Jackentasche, schiebt mir ein buntkariertes, zusammengeknülltes Taschentuch zu.

„Entschuldige. Ich habe kein anderes."

Der Strom wird stärker. Das ist mein Leben: Christophers und Sebastians Hände, die mich umfangen. Warum hast du es mir gegeben, um es mir wieder zu nehmen? Warum zeigst du mir, daß es existiert, nur nicht für mich? Sebastian und Christopher, Christopher und Sebastian. Und die Familie jenseits des Ozeans, die auf den Vater wartet, der uns nicht gehört.

„Warum mußtest du Idiot über die Mauer springen?"

Sebastians Stimme klingt rauh.

„Ich wollte, daß du stolz auf mich bist."

„Ich bin auch so stolz auf dich."

Sebastian drückt auf den Klingelknopf. Die Schwester erscheint, mustert Christophers Gesicht.

„Gut gemacht, Junge. Ein Kopf, der was taugt, muß einen Stoß vertragen. Tut's weh?"

Christopher versucht den Kopf zu schütteln.

„Rühr dich nicht! Sag ja oder nein."

„Nein."

„Prima. Du bekommst jetzt eine Spritze zum Einschlafen. Ich mache nur die Eintragung.“ Sie nimmt die Tafel vom Kopfende, sieht auf die Uhr, notiert eine Ziffer. Christopher folgt ihr mit dem Blick.

„Wann kann ich raus?“

„Raus?“ Sie schüttelt den Kopf, gespielte Entrüstung. „Ist kaum hier und will raus! Laß sehen –“ Sie wirft ihm einen prüfenden Blick zu. „Ich denke, in zwölf bis vierzehn Tagen. Dann gibt es noch ein wenig Hausarrest. Aber –“ Sie blickt mit zusammengekniffenen Augen auf das Blatt in ihrer Hand. „Karneval kannst du noch feiern. Vorausgesetzt, daß du keine Dummheiten machst.“

„Okay“, sagt Christopher, schließt seine Augen. Die Schwester hängt die Tafel an den Haken.

„Darf ich Sie bitten, zu gehen? Er braucht mindestens zehn Stunden Schlaf.“

Sebastian und ich versuchen gleichzeitig, unsere Hände zu lösen, Christopher faßt fester zu, gibt sie nicht frei.

„Kommt ihr morgen wieder?“

„Natürlich“, sagt Sebastian. „Morgen und alle Tage.“

„Und wenn ich wieder daheim bin, hilfst du mir, mein Zimmer umzubauen? Ich habe keinen richtigen Platz für mein astronomisches Fernrohr.“

„Wir werden einen finden“, sagt Sebastian.

Die Nachtluft ist kalt.

„Ich habe das Taxi weggeschickt, als ich deinen Wagen gesehen habe.“

„Ich fahre dich heim.“

Bibertal, Wenningsroder Straße. Ich biege nach Verlassen der Ebene sofort in den Hendricksdamm ein.

„Wohin soll ich dich bringen?“

Sebastian antwortet nicht. Die Lichter der Bogenlampen fallen staubig auf die grau-weiß-gefleckte Grasböschung, spiegeln sich als unruhige Striche im Strom. Sebastian holt ein Paket Zigaretten aus der Manteltasche, greift nach dem Anzünder.

„Entschuldige. Möchtest du eine?“

„Nein. Danke.“

Er zündet sie an, nimmt einen Zug. Es ist sonderbar, als wären wir außerhalb der Welt: Sebastian, rauchend, neben mir im Wagen. Wir fahren den Damm entlang. Die Alma mater mit den efeuumspannten Mauern liegt hinter uns, im Abendnebel ragen zwei der sieben Hügel auf. Einzelne Lichter schimmern durch das Grau: jemand, der Sorgen hat, oder jemand, der glücklich ist.

„Dort ist der Parkplatz", sagt Sebastian.

Ich weiß. Ich habe Gas gegeben, geradeaus gesehen, um ihn nicht zu sehen.

„Kannst du halten, Simone? Ich muß mit dir reden."

Gut, warum nicht? Es gibt Situationen wie diese. Man muß sich ihnen stellen, um ihnen zu entkommen.

„Wann fliegst du zurück, Sebastian?"

„Ich weiß noch nicht. Warum fragst du?"

„Weil du Christopher versprochen hast, daß du wiederkommst."

„Ich werde wiederkommen, sooft er es möchte."

„Und deine Familie?"

„Laß uns aussteigen, Simone."

Wir gehen nebeneinander die Uferstraße entlang. Vor uns liegt die Brücke. Es ist gleichgültig. Was ich bin und tue, liegt in seinen Händen. So war es von Anfang an, auch wenn ich es nicht wahrhaben wollte.

„Meine Familie", sagt Sebastian. „Ich vermute, du sprichst von Marion."

„Und von dem Kind. Es ist ein Junge, nicht wahr?"

„Es ist ein Junge", sagt Sebastian. Wir haben die Brücke erreicht. Der Nebel liegt unterhalb der schwarzglänzenden Eisenträger, scheint die Brücke über dem Wasser zu halten wie ein Kissen. Wenn ich im Flugzeug sitze, über den Wolken, habe ich keine Angst vor dem Absturz. Es ist, als müßte man in Watte fallen.

„Ein Junge", sagt Sebastian, „blond und blauäugig. Er heißt David Anthony, nach seinem Vater."

„Nach seinem –"

„Marion gestand es mir fairerweise zwei Monate vor der Geburt", sagt Sebastian, stäubt die Zigarettenasche über dem Brükkengeländer ins Dunkel. „Ich war sozusagen ihr Rettungsanker gewesen. David Anthony Senior hatte sich nach Columbus, Ohio, abgesetzt. Sie bat mich unter Tränen, sie nicht zu verlassen. Ich war ziemlich ratlos, und der Kavalier in mir geriet ins Schleudern. Dann saß ich einen Nachmittag lang hier bei dir und wartete auf ein Wunder. Aber es geschah nicht, und ich flog zurück."

– Ich habe es gewußt! Gewußt, daß du auf etwas gewartet hast. Aber der idiotische Gnom hat es mir ausgeredet –

„Als das Kind geboren und ein bildhübscher Junge war, tauchte David Anthony der Erste mit einem Orchideenstrauß in der Klinik auf und bedeutete mir zu verschwinden. Du ahnst nicht, wie erleichtert ich war."

Das kann ich mir denken. Wenn ein Columbusritter mit Orchideen im Zimmer steht –

Double-take, wie im amerikanischen Film – der Darsteller begreift erst Sekunden nachdem die Pointe gefallen ist:

„Du hast keinen Sohn? – ?"

„Ich habe einen Sohn", sagt Sebastian, wirft die Zigarette fort, sie zieht als winzige rötliche Sternschnuppe ihren Bogen in den Fluß. „Christopher Hubertus. Über einen potentiellen zweiten sind, wenn es nach mir geht, die Bücher noch nicht geschlossen."

Die Brücke beginnt unter meinen Schritten zu dröhnen. Die Metallpfeiler erheben ihre Stimmen, jeder in einer anderen Tonart. Langsam anschwellend, hoch, flach, sie singen ein Lied, das ich kenne. Rauschende Muschel auf Großmutters Schreibtisch, Apulien, siehst du den Landstreif am Horizont? Vielleicht können wir anlegen, die Segel sind gesetzt, vielleicht ist es ein Stück Land, das unsere Schritte trägt.

Sebastian bleibt stehen, tritt an die Brüstung. Wir haben die Mitte erreicht. Unter uns schwimmt der Nebel, gibt, hier und dort aufreißend, den Blick auf das schwarzglänzende Wasser frei.

„Hillebrand hat die Victoria Luise verlassen."

„Mit Semesterende. Er ist nach Berlin gegangen."

Sebastians Gesicht ist so dicht neben mir, daß ich nicht wage, mich ihm zuzuwenden. Er hat die Ellenbogen auf das Geländer gestützt, sieht hinaus auf den Strom.

Der Nachtwind hat sich erhoben, streicht mit leisem, dissonantem Pfeifen um die metallenen Träger. Die Stablampen, die das Ufer säumen, senden ihr mattes Glühen in die Nacht, jede von ihnen trägt eine Korona aus staubigem Weiß. Zu beiden Seiten des Flusses hat sich eine Dunstwand gebildet, wir stehen in einer Glocke aus Glas, von den Brückenlichtern über uns elektrisch aufgehellt. Weißt du noch, der Abend bei Lauerbach. Als der Pechreif über dem Brunnen brannte und du mich in Gefions Pferdestall geführt hast. Jenseits des offenen Dachfirsts jagten die beiden Himmelhunde über den Horizont. Ihre Namen waren Logos und Phren.

„Weiß du, was Glück ist?“ sagt Sebastian. „Ich weiß es seit zwei Minuten. Es ist viel weniger sensationell, als man denken würde. Und viel erregender, als ich es je geglaubt habe. Es heißt: dort vertrauen zu können, wo man vertrauen will.“

Der Wind hat sich den Stimmen der Metallpfeiler angeschlossen. Sie schlingen sich ineinander, brechen zu einzelnen Akkorden auf, lösen sich wieder, einzeln oder in Gruppen.

Es hätte schiefgehen können. Mein Herz tut einen schnellen Schlag. Es hätte nicht viel gefehlt. Dann wäre unsere Ewigkeit im Fischnetz der Irrtümer untergegangen.

„Es hätte schiefgehen können, Sebastian.“

Seine Augen sind dunkel.

„Ich weiß. Aber es existiert kein Preis ohne Risiko. Das mußten wir in Kauf nehmen.“

Erinnerst du dich an Kayssas Worte? Glück ist nicht etwas, was man als Tatsache hinzunehmen bereit ist. Man muß es verloren, zerstört und wiedergewonnen haben, um es zu akzeptieren.“

„Wir heiraten morgen“, sagt Sebastian.

„Sollten wir nicht auf Christopher warten?“

„Dann am Tag seiner Entlassung.“

Die Lichter Budapests sind in den Strom gefallen, tauchen hinein, füllen den Kiesgrund mit sanfter Helligkeit. Sebastian hat sich aufgerichtet. Sein Gesicht, unfaßbar geliebt, unfaßbar vertraut, ist so nahe, daß ich seinen Atem an meiner Wange fühlen kann.

„Diemal gibt es keinen brillenputzenden Pfarrer. Aber einen Pferdewagen und eine Musikkapelle. Wir werden Christopher erklären, warum das so wichtig ist.“

„Er kann ‚Treulich geführt‘ auf seiner Mundharmonika spielen.“

„Ich möchte dich küssen“, sagt Sebastian.

Kommt ein Schiff auf die Brücke zu? Nein, das sind die Fische, die ihre Stimmen erhoben haben. Sie singen im Chor der Metallpfeiler und des Märzwindes, der die Akkorde setzt. Die Töne dringen aus der Tiefe, mischen sich mit dem dumpfen Rauschen des Stroms.

Sebastian nimmt mich in die Arme, es ist ganz einfach. Hält mich an seinem Herzen, steht über mich gebeugt, sekundenlang. Senkt seine Lippen sanft auf meinen Mund.

Wie es von Anbeginn war. Wie es ist, wie es sein wird. Der geflügelte Gott sei uns gnädig.

Apulien, da es hinter uns liegt: Alles, was ich gesucht habe, warst du. Alles, was ich gefunden habe, bist du. Pauls jungenhafte Zärtlichkeit, die romantische Grandezza des Schattens auf der Brücke der „SS Odysseus", die verzehrende Hingabe des Magiers Hillebrand. Einmal war es Romantik. Einmal war es Sex. Und einmal, Sebastian, war es Liebe. Du aber bist Liebe, die zu Vertrauen geworden, Vertrauen, das Liebe ist.

„Wir haben Apulien vorverlegt", sagt Sebastian, „Christophers Geburtstag ist erst in zwei Monaten."

„Wir könnten ihn am Tag seiner Entlassung feiern. Ich glaube nicht, daß er etwas dagegen hat."

„Komm", sagt Sebastian. Nimmt mich um die Schulter.

„Da wir es hinter uns gebracht haben, Sebastian: Hast du genug erlebt, um für den Rest der Zeit möglicherweise mit mir auszukommen?"

„Genug, um zu erkennen, daß es überflüssig war", sagt Sebastian.

Unsere Schritte hallen flach auf dem trockenen Asphalt. Der Föhn ist ins Tal gefallen und hat die Nebelwand zerrissen. Weit unten im Flußtal ragen im Mondlicht die Türme der Alma mater hoch.

„Komm nach Hause", sagt Sebastian, da ich am Ende der Brücke stehenbleibe, mit der Hand nach dem rissigen Metall des Geländers fasse. „Oder – um des Himmels willen, Simone, du wirst doch nicht von mir verlangen, daß ich auf die Hochzeitsnacht warte?"